또 다른 세상의 완벽한 남자

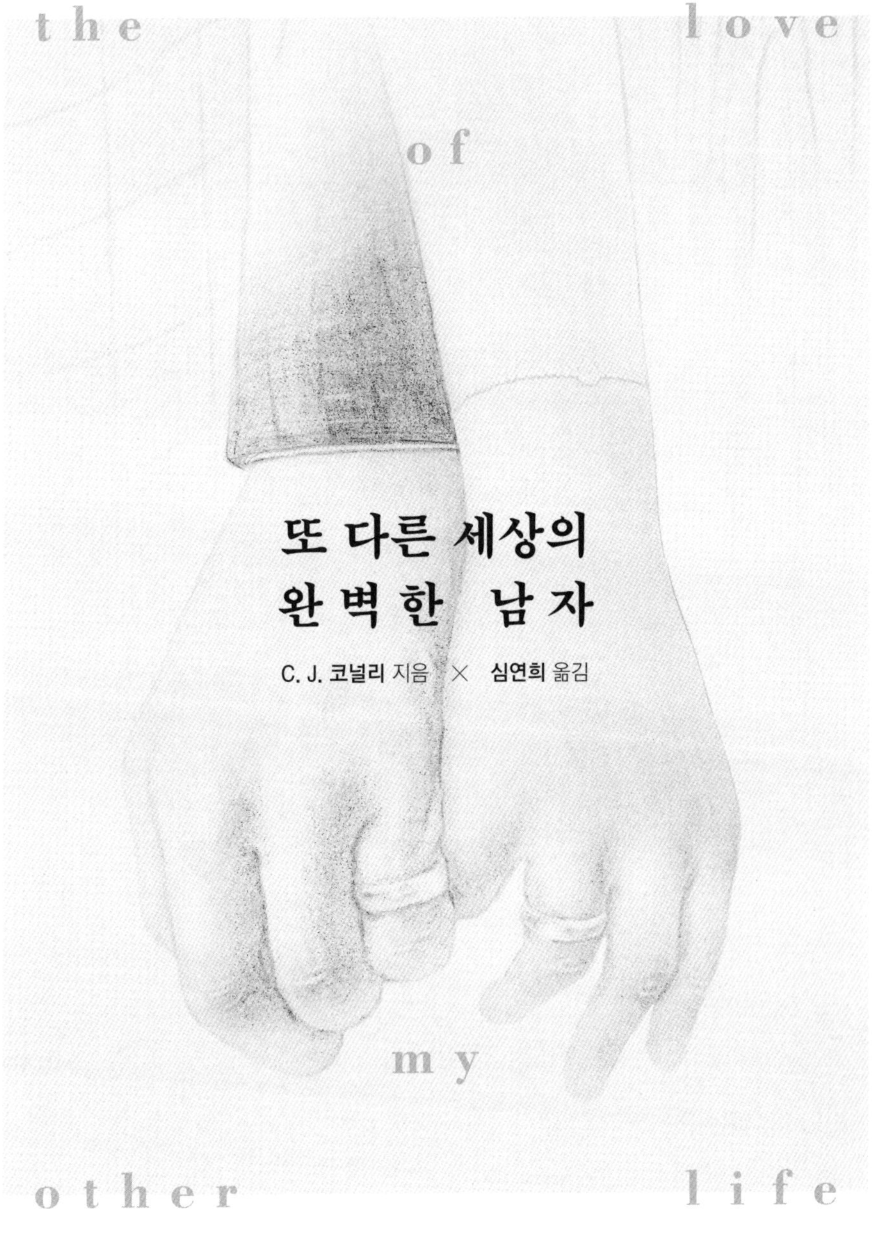

the of love

또 다른 세상의
완벽한 남자

C. J. 코널리 지음 × 심연희 옮김

my

other life

�� 문학수첩

오스카와 펠릭스에게 이 책을 바칩니다.
너희들의 삶에서 올바른 길을 선택하기를.
그리고 언제나 다른 가능성이 있다는 걸 알아두기를.

차 × 례

PART 1

나

Chapter 01

11월 30일

"지금까지 〈토크 뉴욕의 오픈 하우스〉 진행자 조시 캐번디시였습니다. 함께해 주신 청취자 여러분 감사합니다. 부동산에 대해 질문이 있으시다면, 저희 스튜디오로 이메일을…"

—띠링.

제길. 문자 왔네. 소리도 요란하게. 생방송 중인데 마이크 바로 옆에서 울렸어.

"…이메일을 보내주세요. 주소는 openhouse@talknewyork.com이고요, 555387번으로 문자도 받고 있습니다. 보내주시는 문의는 내일 바로 상담해 드립니다. 그때까지 모두들 좋은 집 고르시기 바라며, 저는 이만 인사드리겠습니다!"

나는 헤드셋을 벗고 제작 부스 쪽으로 들어가며 애비에게 살짝 얼굴을 찌푸렸다. 피디인 애비는 어처구니가 없다는 표정을 짓고 있었다.

"조시, 이러기야? 이 방송을 2년째 해왔는데 휴대폰도 끄지 않고 들어갔다고?"

"미안해, 애비. 나 오늘 완전히 엉망이라서."

그녀는 손가락을 휘휘 저으며 말했다.

"이번만 봐줄게. 부디 청취자들이 부동산 상담 문자가 벌써 왔구나, 라고 생각해 주었으면 좋겠네."

"하. 그럴 리가. 어쨌든 고마워. 문자는 우리 오빠가 보낸 거였어. 이제 오스트레일리아로 떠난대. 전화해 봐야겠어."

나는 데이비드의 영국 전화번호를 누르면서 바깥 세컨드 애비뉴로 나갔다. 오늘은 화창한 11월이었다. 맨해튼의 거리를 걷고 있노라니 발 옆으로 비닐봉지가 하나 날아갔다. 서쪽을 보자 낡은 콘크리트 빌딩이 쭉 늘어선 위로 엠파이어 스테이트 빌딩의 꼭대기가 햇살을 받아 반짝였다.

"생일 축하해, 동생아! 내 문자 받았어?"

"그래. 방송 마무리 멘트하던 참에 왔어. 내가 휴대폰을 깜빡 잊고 안 꺼놔서 뉴욕 시민 절반이 오빠 문자 소리를 들었다고."

"이런. 그래서 어떻게 했어?"

"나 오늘 좀 예민해. 어제 밤새웠거든. 연습 끝나고 술도 마셨어. 그리고 피터랑 2차도 갔고."

데이비드는 못마땅한 소리를 내었다.

"네가 죽어라 집착하는 바보 자식 말이야? 합창단에서 만났다던? 그놈 아직도 여자친구랑 살고 있지?"

나는 전화기에 대고 씩씩대었다.

"무슨 소리인지 알겠는데, 잘 들어. 난 죽고 못 사는 거 아니야. 그리고 그이는 곧 여자친구랑 헤어질 거야. 하지만 그렇다고 내가 그때까지 숨 참고 기다리진 않을 거야. 그러는 우리 못난이 오빠는 어떻게 살고 있어? 최근엔 근거 없는 오빠의 매력에 또 빠져버린 운 나쁜 여자 없니?"

데이비드는 웃었다.

"그런 여자야 수도 없이 많지. 하지만, 알잖아. 특별하게 끌리는 여자는 없어. 내가 뭐 특별한 여자가 필요한 것도 아니고."

"당연히 그렇겠지. 나도 마찬가지야."

"그래. 자, 그럼 우리 생일 맞은 동생께서는 어떻게 즐겁게 보낼 계획이신지?"

"수지랑 합창단 사람들이랑 모여서 저녁 먹기로 했어. 소호에 있는 고급 레스토랑에 가려고."

"아, 퍽이나. 진짜 소호에 가는 것도 아닐 거면서. 어쨌든 그 고급 레스토랑이 너희 일행을 들여보내 주었으면 좋겠네. 생일날 입장 거부를 당하면 너무 슬프잖냐."

"하하, 진짜 웃기지 좀 마. 난 이제 가봐야겠다. 그럼 쉬어(Take it easy. 미국에서 흔히 쓰는 작별의 인사. 옮긴이 주)."

"그럼 쉬어? 하, 미국에 살더니 미국물이 너무 든 거 아니야? 정신 차려! 영국인의 정체성을 지키라고!"

"끊을게."

"알았어, 꼬맹이. 생일 축하하고. 돌아가게 되면 연락할게. 잘 있어. 사랑해."

"나도 사랑해. 오빠도 잘 지내."

전화를 끊자 문득 마음이 안 좋아졌다. 오빠의 말이 마음에 걸려서였다. 내가 가질 수 없는 사람에게 마음을 두고 있다고 해서, 그게 꼭 집착은 아니잖아? 안 그래?

2년여 전, 피터가 합창단에 들어오며 우리는 처음 만났다. 그때 피터는 훨씬 전부터 미셸과 살고 있었다. 그에게 동거녀가 있었음에도 난 어쩔 수 없이 피터에게 푹 빠지고 말았다. 어떻게 안 그럴 수가 있겠어? 그이는 너무… 사랑스러운걸.

그리고 어젯밤, 연습을 마치고 같이 갔던 술집에서 나를 바라보는 그의 모습은 뭔가 달랐다. 마치 몇 주 전, 그와 듀엣 연습을 하면서 처음 느꼈던 그 감정이 다시 느껴졌다. 우리가 서로의 눈을 바라보며 사랑 노래를 불렀던 그때. 난 속으로 애써 부정했었다. 이건 연기야. 그냥 공연일 뿐이라고. 하지만 어제, 피터는 기다란 바 테이블 저 끝에 앉아서 그때와 똑같은 눈빛으로 나를 바라보았고…

내가 알토 파트 사람들과 수다를 떠는 동안, 문자가 왔다.

-오늘 밤 같이 한잔 더 할까? 할 말이 있어. ^-^

무슨 생각인 거지? 이제껏 내가 속으로 바라왔던 게 이루어질 거란 생각은 감히 하지 못했다. 피터가 마침내 미셸과 헤어지고 자신의 앞에 새로운 여자가 있다고 깨달으리란 생각을 어떻게 하겠어. 그게 나였으면 좋겠다고, 감히 어떻게 바라겠어. 나는 피터에게 미소를 지으며 살짝 고개를 끄덕였다. 그는 양손의 엄지를 치켜들었다. 합창단 사람들이 떠난 후, 나는 와인을 마저 마시려고 바 자리로 갔다. 이어서 주근깨투성이에 금빛 솜털이 살짝 난 남자의 손이 내 옆자리에서 보였다. 피터는 호리호리한 몸집으로 바 의자에 솜씨 좋게 앉으며 나에게 바짝 달라붙었다. 그는 괴짜 같아 보이는 검은색 뿔테 안경을 코 위로 올리고는 모래 빛깔 머리카락을 쓸어 올렸다. 그리고 바텐더에게 맥주를 주문하며 말했다.

"마침내 너랑 둘이 있게 됐네."

"무슨 일이야? 내일 생일 기념 저녁 식사를 하기로 했잖아?"

피터는 차가운 맥주병을 받아 천천히 한 모금 마시고는 나를 보았다. 목덜미에서 시작된 짜릿한 기분이 등줄기를 타고 흘렀다. 2년 동안 친구로 지내온 동안, 우리는 둘만 술집에 온 적이 한 번도 없었다. 게다가 이토록 친근한 분위기라니, 꼭 데이트 같잖아.

"할 말이 있어. 둘이서만 해야 해. 우리는 항상 다른 사람들이랑 함께 어울렸으니까."

"듀엣 연습할 때는 둘이 있었잖아."

"아니야. 내가 보기엔 우리가 함께 시간을 보내면서 난 변한 것 같아."

그는 잠시 말을 멈췄다가 이어갔다.

"미셸이랑 나 또 싸웠어. 미셸은 내가 자기보다 밴드나 합창단 사람들이랑 같이 있고 싶어 하는 것 같대. 난 그 말이 맞다고 인정했지. 그러니까 미셸이 그러더라고. '너도 조시랑 연습하는 게 더 좋잖아?'라고."

피터는 맥주를 또 들이켜고선 말했다.

"그래서 내가 그것도 맞다고 했지. 조시, 언제부터였는지는 모르지만, 난 변했어. 너랑 함께 있어서 그래. 난 너랑 연습하는 시간만 목이 빠지도록 기다리고 있어. 머릿속엔 합창단 사람들이랑 놀러 가고 싶은 생각뿐이야. 당연히 네가 있다는 전제하에서. 넌 나의 일상에서 가장 밝은 빛이야."

그는 내 손 위로 자기 손을 얹었다. 시원하고 부드러운 손길이었다.

"난 너를 더는 친구로 못 보겠어. 그건 너도 마찬가지일 거야. 우리 사이가 더 진전할 기회가 있었으면 좋겠어."

당연히 그의 말이 옳았다. 나랑 더 진전될 기회는 얼마든지 있었다. 하지만 그가 누군가를 사귀는 중이라면, 나는 아무것도 시작할 마음이 없었다.

"알잖아, 피터. 난 언제나 자기 좋아했어. 그리고 내 마음 제대로 숨기지도 못했지. 합창단 사람들도 다 알아."

나는 웃고서 말을 이었다.

"너도 드디어 깨달았구나. 지난 몇 주간 말이야."

그는 내 손을 꼭 쥐었다.

"난 정말 바보였어, 조시. 미셸과 나는 같이 있으면 행복하지 않아. 그런 지 좀 됐어."

"하지만 아직 헤어진 건 아니잖아?"

피터는 맥주병에 맺힌 물방울이 주르르 흘러내리는 모습을 지켜보며 대꾸했다.

"그게 어려워. 우린 함께 살고 있고, 인생이 서로 맞물려 있어. 하지만… 지금은 헤어지는 중이야."

그 말에 안심이 되면서도, 나는 피터가 상황을 너무 쉽게만 보게 하고 싶지 않았다.

"있지, 그 말을 들으니 다행이야. 하지만 네가 미셸과 같은 집에 사는 한, 우리 사이가 달라지는 일은 없을 거야. 그리고 나도 아무런 약속을 하지 않을 거고. 너는 말이지, 지금 미셸과 헤어진다면 나랑 사귈 수 있는지 떠보러 온 것 같아. 하지만 피터, 나는 양다리를 걸친 남자의 보험 같은 여자는 아니야."

나는 좀 도전적으로 그를 마주 보며 남은 와인을 끝까지 들이켰다. 순간, 검은 머리카락의 덩치 큰 남자가 뒷걸음질을 치다 나와 부딪쳐서 난 그만 와인 잔을 떨어뜨릴 뻔했다. 그는 미안하다며 중얼거렸다. 피터는 내게 몸을 숙이며 말했다.

"여기서 나가자."

그는 술값을 계산하고는 나에게 코트를 입혀주고 밖으로 끌고 나갔다. 11월의 밤거리는 추웠다.

"이제 어떡할 거야?"

나의 질문은 살을 엘 듯한 공기 속에서 입김이 되었다.

"조시, 알았어. 깨끗하게 헤어질게. 하지만 이것만은 알아줘. 넌 보험 같은 게 아니야. 내가 증명할 때까지 기다려 줄 거지?"

너무 추워서 이가 딱딱거렸다.

"음, 그럼 너무 시간을 끌지 마. 난 끌려다닐 마음 없어."

"그럴게. 와. 정말 춥다. 브루클린까지 같이 택시 타고 갈래? 둘이서 이야기 좀 하면서."

나는 길 건너 가드레일에 묶여있는 전기 자전거를 슬쩍 바라보았다.

"난 자전거 가져왔어. 저걸 두고 가고 싶지 않아. 더 할 말이 있는지도 모르겠고."

"알았어. 그럼 내가 오늘 밤에 미셸과 다시 이야기할게. 내일 좋은 소식을 들려줄 수 있었음 좋겠어."

우리는 길을 건너서 나의 전기 자전거가 있는 곳으로 갔다. 나는 헬멧을 쓰기 전에 까치발을 들고서 피터의 뺨에 입을 맞추었다. 부드러운 입맞춤에는 기대가 살짝 어려있었다.

"좋아. 그럼 내일 레스토랑에서 봐. 내 이름으로 6시 반에 예약했어."

"조심해서 가."

꩜

피터는 점심 전에 내게 문자를 보냈다.

-생일 축하해, 우리 예쁜이. 어서 오늘 밤이 됐으면 좋겠어. 피터 ^^

가슴이 벅차올랐다.

-나도 :) 레스토랑에서 봐. 조시♡

　직장 동료들이 선물해 준 컵케이크와 사탕을 받으며 음조가 제각각
인 목소리로 부르는 '해피 버스데이' 노래를 들은 걸 제외하면 별다를
게 없었던 하루였다. 나는 고급 부동산 중개업체의 대표이자 〈럭셔리
리스팅 뉴욕 시티〉의 스타 출연자인 한스 할스타인을 우리 라디오 프
로그램의 게스트로 섭외하려고 다시 시도했다. 하지만 할스타인의 대
외활동 담당 매니저인 앤절라 드마르코는 아무런 대답이 없었다.
　방송국 뉴스 웹사이트에 도시계획 입안자와 진행한 인터뷰를 올렸
을 즈음에는 허리가 아파 죽을 것 같았다. 아, 사무실에 제대로 된 인
체공학 의자를 놓아야 하는데 말이지.
　현재 시각은 오후 5시 37분이었다. 자전거로 내가 사는 윌리엄스버
그의 엘리베이터 없는 고층 아파트까지 갔다가 다시 맨해튼으로 오기
에는 시간이 너무 없었다. 방송국에 샤워실이 있어서 다행이었다.

따뜻한 물을 맞으며 허리의 통증을 가라앉히는 동안, 나는 둥그런 배와 여기저기 움푹 팬 허벅지를 못마땅하게 바라보았다. 어느덧 머릿속은 돌고 돌아 오늘 피터와 보낼지도 모르는 뜨거운 밤을 생각하고 있었다. 제모를 평소에 좀 해둘걸 그랬나. 지금 면도를 하고 털이 다시 날 때 가려움을 참을까? 너무 아프지만 브라질리언 왁싱을 받을까? 아니면 그냥 수북하게 자라도록 둬? 하지만 피터가 제멋대로 자라난 나의 체모를 본다고 생각하자 움찔하고 말았다.

이런 생각 그만해. 피터는 아직 여자친구랑 살고 있잖아.

나는 머리를 찰랑찰랑하게 말린 다음 회색 스웨터와 검은 바지를 입고 은빛과 검은색이 어우러진 스카프를 둘렀다. 생일 기념 저녁 식사에 아주 걸맞은 옷차림이라고 할 수는 없었지만, 그래도 그럭저럭 괜찮을 거다. 서른여섯 살 생일이 뭐 그리 특별하다고.

매섭게 추운 밤거리로 나온 나는 2번가를 달렸다. 퇴근 시간대의 교통 체증을 겪는 뉴욕의 바둑판형 도로를 이리저리 누비며 지하철 환풍구에서 올라오는 짙은 증기를 뚫고 나아갔다. 그리고 바루크 대학을 지나 곧장 매디슨 스퀘어 공원으로 가려고 25번가에서 우회전했다. 이곳은 언제나 조심하게 되는 교차로였다. 몇 년 전에 여기서 자전거를 타고 가다 대학생들을 피하려고 방향을 심하게 틀면서 발목을 삔 적이 있었다.

순간, 눈앞으로 골목에서 너무 급히 빠져나오는 쓰레기 수거차가 보였다. 검은 세단이 이상한 쪽으로 방향을 틀었다. 거기에다 자전거가 한 대 더 다가오더니, 새된 브레이크 소리와 함께…

여기서 바로 일이 벌어졌다.

Chapter 02

11월 30일 - 12월 1일

고요하게 있던 나를 깨운 건 알람 소리였다.

시계를 끄려고 몸을 돌리려 했는데, 이상하게도 움직일 수가 없었다. 와, 오늘 허리 진짜 아프다… 그런데 왜 이리 밝지? 나는 조심스럽게 실눈을 떴다.

"깨어났나 봐요."

남자의 목소리가 낮게 들려왔다. 피터인가? 아니야. 피터 목소리가 아니야.

이어서 더 나직한 목소리가 들렸다. 게다가 알람은 계속 울려대었다. 그런데 지속해서 울리는 게 아닌, 생소한 기계음이었다. 그러니까, 집에서 날 법한 소리가 전혀 아니었다.

방이 서서히 눈에 들어왔다. 수지가 내 위를 굽어보면서 환하게 웃었다. 그녀의 특징인 빨간 입술을 내 얼굴에 바짝 붙인 채였다.

"정신 차렸구나! 조시, 여긴 병원이야. 벨뷰 병원."

그녀의 목소리는 평소와 달리 온화했다.

"넌 자전거를 타고 가다가 사고가 났어. 전기 자전거는, 안됐지만 박살 났어. 하지만 네 몸에는 별 이상 없대. 기분이 좀 어때?"

내 목에서 거친 소리가 흘러나왔다.

"아. 아직 말은 잘 못 하겠어."

나는 미소를 지어 보였지만, 남이 보기엔 찡그린 얼굴로 보였나 보다.

"그래, 말하지 마, 조시."

수지는 내 왼손을 꼭 쥐었다. 아니…, 왜 오른쪽에 있으면서 왼손을 쥐는 거지? 나는 고개를 돌려 여기 또 누가 있는지 살펴보았다.

침대 옆에서 두 손으로 내 오른손을 쥐고 있는 사람이 있었다. 연갈색 피부에 숱 많은 검은 머리카락과 단정하게 다듬은 빽빽한 턱수염을 지닌 커다란 몸집의 남자였다.

전에는 한 번도 본 적 없는 사람이었다. 손을 빼려 하자, 남자는 눈살을 찌푸렸다.

"괜찮아?"

그는 자신의 얼굴을 잘 보여주려는 듯 몸을 숙였다.

"누구시죠?"

나는 속삭여 물었다. 묻는 말에는 전혀 대답이 없어서 기분이 좋지 않았다. 이 남자 친절해 보이는데. 갈색 눈이 예쁘네.

"조시. 나야. 롭이야."

이 남자, 자기 이름이 롭이라는 게 큰 의미가 있다는 것처럼 말을 하네?

"죄송한데요, 누구신지 모르겠어서…"

내가 몸을 비튼 순간, 몸통 전체적으로 불꽃이 번쩍 일 듯 통증이 일었다. 나는 수지에게 도와달라는 눈빛을 보냈다.

"조시, 얘. 정신 차려. 롭이라고. 롭 몰라? 기억 안 나? 제길, 롭. 얘 생각보다 더 심각한 상황인지도 모르겠어. 기억상실이라니…"

하나같이 이해할 수가 없었다. 난 당황하기 시작했다.

"이 남자가 내가 아는 사람이라고? 그럼 너도 이 사람 누군지 안다고?"

이젠 몸통뿐만 아니라 머리까지 아파졌다.

"당연하지, 조시. 롭인데. 네 남편이라고. 잠깐만…"

수지는 한 손을 들어 올리며 이어 물었다.

"내가 누군지는 아는데, 롭은 모른다고?"

난 어떻게든 이 대화를 이해해 보려 했지만, 도무지 그럴 수가 없었다.

"남편이라고?"

남자의 목소리가 갈라져 나왔다.

"여보. 기억해야 해. 우린 서로 사랑하는 사이야. 결혼했어. 2년도 넘었어. 꼭 기억해야 해…"

그는 내 손을 다시금 꼭 쥐었다.

"미안해요."

사과하는 내 마음은 진심이었다. 그의 목소리가 너무 가슴 아프게 들렸으니까.

"전 당신이 누구신지 모르겠어요. 그리고 손을 너무 꽉 쥐고 계셔서 아프네요."

나는 손을 잡아 빼며 덧붙였다.

"이만 가주세요. 전 좀 쉬어야겠어요. 이게 무슨 일인지 이해가 안 가요. 저기, 수지?"

"롭, 몇 분만 우리 둘이 있게 해줘. 의사 선생님께 가볼래? 병원에
요청해야 하잖아. 그러니까, 뇌 스캔 같은 거. 이런 거 흔히 들었던 경
우잖아? 기억상실에 걸렸다가 다시 기억 찾는 이야기 많으니까. 곧 회
복될 거야."

남자는 일어서서 방에서 나갔다. 그가 슬며시 닫고 나간 미닫이문
을 바라보자, 문에 난 유리창 사이로 그가 이마에 손을 짚은 모습이 보
였다. 옆으로 간호사와 이동식 침대가 지나갔지만, 그는 전혀 알아차
리지 못한 듯했다. 이윽고 남자는 돌아서서 시야에서 사라졌다.

"이게 대체 어떻게 된 거야, 수지? 저 남자는 누구고, 너는 왜 저 남자
가 내 남편이라고 하는 거야? 대체 왜?"

목소리가 다시 돌아왔지만, 겁에 질려 내 소리는 점점 높아져 갔다.

"조시, 롭이잖아. 네 인생에서 가장 소중한 사람이잖아. 하와이에서
결혼식을 올리면서 우리 다 모인 앞에서 영원히 사랑하겠다고 맹세했
던 남자잖아. 여기서 몇 블록 떨어진 집에서 행복하게 둘이서 살고 있
잖아. 네 남편이라고."

"뭐? 난 저 남자 생전 처음 봐! 그리고 나 결혼 안 한 거 알잖아, 수지.
여기 근처에 살고 있지도 않아. 난 브루클린에 산다고. 너 우리 집에 백
만 번도 더 왔잖아."

"아니야, 조시. 너는 브루클린에 산 적 없어. 네가 맨해튼에 산 지가
벌써…"

그 순간, 문이 열리더니 문제의 남자가 다시 나타났다. 이번에는 수
술복 차림의 의사와 함께였다.

"안녕하세요, 조시. 저는 담당 의사 린이라고 합니다. 좀 혼란스러운

상태시라고 들었습니다. 남편분이 기억이 안 나십니까?"

의사는 환하게 미소를 지었지만 피곤한 눈에는 웃음기가 없었다. 그녀는 차트를 쭉 훑어보았다.

"안 나요. 저는 이 사람이 누군지 모르겠어요. 제 남편이 아니라고요. 전 결혼 안 했어요."

의사는 나를 바라보더니 내 왼손을 유심히 주목했다.

"하지만 결혼반지를 끼고 계신데요?"

정말로 나의 약지에는 한 쌍의 아름다운 반지가 끼워져 있었다. 하나는 단순한 디자인의 결혼반지였고, 또 하나는 아르데코 디자인으로 네모꼴의 옅은 파란 보석 양옆으로 다이아몬드가 맞물린 모양이었다. 내가 언제나 꿈꾸던 디자인의 반지가 딱 이렇긴 한데.

의사는 차트를 덮으며 말했다.

"자, 조시. 당신은 사고를 당하셨어요. 의식을 잃긴 했지만, 머리에 심각한 손상을 입은 건 아니고요. 보통 기억상실은 뇌에 외상을 입어서 생기죠. 하지만 현재 외상은 갈비뼈와 골반과 다리에 멍이 들었고 오른손 손목이 골절된 정도입니다. 그래도 뇌 손상이 있는지 확인하기 위해 뇌 스캔을 할 거예요. 아마도 사고에서 입은 외상으로 기억에 혼동이 온 모양이에요."

그러자 롭이라는 남자가 말했다.

"고맙습니다, 선생님. 제 아내는 괜찮을까요?"

"기억은 보통 돌아와요. 하지만 좀 더 지켜봐야 하겠죠."

의사는 이렇게 말하고 떠나려 했다. 나는 가냘픈 목소리로 말했다.

"잠깐만요. 저는 기억상실에 걸리지 않았어요. 없어진 기억 같은 거 없다고요. 오늘 아침에 일어나서 직장에 나간 것도 기억나요… 잠깐만요. 오늘이 며칠이죠?"

"2017년 11월 30일이야. 네 서른여섯 번째 생일이라고."

수지는 나의 얼굴을 살펴보며 혹시 방금 들은 정보 때문에 내가 충격을 받았는지 알아보려 했다.

"그래! 오늘 맞네! 트럼프가 현재 미국 대통령인 것도 맞지? 수지, 나는 오늘 밤 소호에 있는 레스토랑에서 너랑 다른 합창단원들을 만나기로 했잖아. 난 잃어버린 기억 없어. 하지만 이 남자는 누군지 모르겠어. 정말 처음 본다고. 나 결혼 안 했다니까. 그리고 이건 내 반지 아니야. 정말 예쁘긴 하지만."

나는 반지를 뺐다. 손마디에서 걸려 좀처럼 빠지지 않던 반지는 그 와중에 침대 아래로 떨어졌다. 그 남자, 그러니까 롭은 암울한 표정으로 허리를 굽혀 반지를 주웠다. 수지는 고개를 저었다.

"아니야. 우리는 오늘 저녁을 먹을 예정이 아니었어. 너랑 롭이 갤러리에 일이 있다고 해서. 하지만 그 레스토랑 이야기를 내가 하긴 했는데…"

그때, 의사 린이 끼어들었다.

"자세한 이야기는 나중에 하세요. 조시에게 부담을 느끼게 하면 안 됩니다. 앞으로 검사를 해볼 예정이니, 지금은 다들 조시를 쉬게 해야 합니다."

의사는 이 말을 남기고 재빨리 자리를 떴다.

"수지, 우리 가족도 내가 입원했다는 거 알아? 네가 날 누구라고 생각하는지는 모르겠지만, 그래도 이 세상에 우리 가족이 있기는 있겠지?"

엄마, 데이비드 오빠 그리고 내 여동생 로라라면 나에게 거짓말을 하진 않을 테니까. 수지는 작은 목소리로 대답했다.

"당연히 있지. 내가 로라에게 전화했어. 그래서 로라가 너희 어머니에게 연락했고. 지금 히스로 공항에서 비행기 타고 날아오고 있어."

안도감에 목이 메어 흐느낌이 나왔다. 나는 내 남편이라고 우기는 낯선 남자에게서 고개를 살짝 돌렸다. 얼굴 옆쪽으로 굵은 눈물이 뚝뚝 떨어졌다.

"자, 롭. 우리는 조시가 쉴 수 있게 해주자."

수지의 목소리는 상냥했지만 그 아래엔 긴장감이 똑똑히 들렸다. 그녀는 몸을 숙이고 내게 말했다.

"있지, 지금 혼란스러울 테지만 우리가 낫게 해줄게. 좀 자, 친구야. 우리가 사랑한다는 거 알아줘."

그녀는 내 머리카락을 쓸어준 다음 일어서 문으로 다가가 기다렸다. 낯선 남자는 여전히 내 침대맡에 앉아있었다. 그가 이제 어떡해야 하나 고민하는 게 내게도 느껴질 지경이었다. 하지만 마침내 그는 의자를 쭉 끌며 말없이 일어나 수지와 함께 병실을 나갔다. 이게 다 무슨 난장판이람.

나는 병원 침대에 누웠지만 잠들지 못한 채로 수지, 그 남자와 나눈 대화를 되새겼다. 도무지 이해가 되지 않는 일이었다. 더욱이 나의 의료보험으로는 이 고급스러운 1인 병실 비용을 지불할 수가 없었다. 푹신한 소파에다 커다란 창문 앞에 호텔 스타일 커튼을 쳐둔 이런 병실이라니.

몇 시간 후, 나는 휠체어에 앉은 채로 MRI를 찍었다. 시끄럽고 불쾌한 경험이었다. 검사 후, 간호사는 나를 침대에 도로 눕힌 후 "환자분이 잘 잠드실 수 있는 걸" 주고 갔다. 복도의 불빛이 어두워진 가운데, 약효가 들기 전 나는 침대에서 힘겹게 일어나 화장실에 갔다. 그리고 불을 켠 다음 거울에 비친 내 모습을 보고서 너무 놀라 뒤로 물러서고 말았다.

거울에서 날 마주 본 여자의 모습은… 나라고는 할 수 없었다. 내가 맞긴 하지만, 다른 나였다. 머리카락 색은 더 옅어져서 더욱 금빛이 도는 금발이었고, 원래 내 머리카락보다 훨씬 길고 숱도 많았다. 그리고 내 몸은…

가운을 벗으며 몸을 움직이는 바람에 통증이 욱신대었지만 싹 무시했다. 그리고 형광등 불빛 아래서 내 몸을 샅샅이 바라보았다. 정말 놀랍고 이상했다. 내 몸이 맞긴 맞다. 누가 봐도 풍만한 가슴도, 배 위에 난 사마귀도 그대로였다. 하지만 나는 훨씬 날씬해졌다. 한 15킬로그램은 줄어들었으려나. 게다가 그곳 털은 또 어떻고! 현재 그곳 털은 아주 작은 지점만 남기고 깔끔하게 다듬어진 완벽한 모양이었다. 지금의 내 몸은 내가 언제나 바라던 바로 그 모습이었다. 물론 손목에 붕대가 감기고 옆구리에 벌겋게 멍이 들긴 했지만. 그래, 이거 어딜 봐도 심하게 엉망이 됐네.

몇 시간 만에 처음으로 소변을 보았다. 엉덩이를 변기 시트에 붙이고 있자니 피곤이 압도적으로 몰려왔다. 다시 침대에 올라와서 곧바로 잠들었다가, 이상한 꿈을 꾸는 바람에 또 잠에서 깨고 말았다. 예전에 살던 우리 집의 낡은 다락방에서 동생이 나를 찾지 못하는 꿈이었다. 동생은 내 이름을 부르고 있었다.

"보시! 보시 언니!"

보시는 어렸을 때부터 동생이 나를 항상 부르던 별명이었다. 이거 어째 굉장히 진짜 같네.

"보시! 보시…"

정말로 로라가 나를 굽어보며 부르고 있었다. 잠시 모든 게 괜찮아 보였다. 그러다 난 기억을 떠올렸다. 순간 감정이 복받쳐 올라 목이 메었다.

"로라, 아, 네가 와서 정말 다행이다. 이게 다 무슨 일인지 모르겠어. 엄마는 어딨어? 엄마도 왔어?"

"응. 엄마는 의사랑 이야기 중이야. 좀 어때? 수지가 언니 사고 이야기를 전부 해줬어. 기억을 좀 잃었다면서? 기분은 좀 어때? 우리 불쌍한 언니…"

난 항변했다.

"그게 말이지, 기억상실 같은 건 없어. 난 시간 감각도 정확하고, 내가 누군지도 알고, 어디 사는지도 알아. 그런데 사람들이 자꾸 내가 롭이라는 남자랑 결혼했다고 하잖아. 하지만 나 결혼한 적 없다는 거 너도 알지?! 난 어제 피터랑 합창단 단원들이랑 만나기로 되어있었다고. 피터한테 문자해야 해. 이게 대체 무슨 일인지 모르겠어."

"보시, 미안해. 근데 피터가 누군지 난 모르겠어. 그리고 언니가 합창단 그만둔 지도 벌써 몇 년 됐다고. 이거 트라우마 때문이겠지? 기억상실증 때문에 헷갈리는 거지? 엄마랑 롭이 언니를 어떻게 돌봐야 하는지 의사에게 물어보고 있으니까, 언니는 이제 퇴원해도 돼. 몸은 멀쩡하거든. 그리고 언니도 여기서 계속 있고 싶지는 않을 테니까."

"그 남자가, 여기 있다고?"

내 질문에 답이 들리기도 전에 엄마가 병실로 들어왔다. 어깨 길이의 머리카락은 지난번 봤을 때보다 더 희끗희끗해진 것이 원래 색인 딸기 빛깔 도는 금빛은 색이 다 빠져있었다. 옷차림은 언제나처럼 흠 잡을 곳이 없었다. 자그마한 몸집의 엄마보다 30센티미터는 훌쩍 커

보이는 짙은 턱수염의 남자가 바로 뒤따라 들어왔다. 그는 엄마의 어깨에 손을 얹고 있었다. 롭이 무어라 말하자 엄마는 미소를 지었다. 그는 나와 눈이 마주치자 눈에 띄게 놀랐다.

"자기야, 일어났네. 기분은 좀 어때?"

그는 소파를 끌어다가 내 침대 쪽으로 가져왔다. 이제 나는 점점 화가 났다. 다들 한통속이라니. 심지어 내 가족까지도. 나는 그에게 몸을 돌리고 말했다.

"있죠. 난 당신이 누군지 몰라요. 그러니 제발 부탁인데요, 자기라고 부르는 것 좀 하지 마시겠어요?"

나는 고개를 홱 돌려 엄마를 바라보았다. 내가 화를 벌컥 내는 바람에 엄마의 완벽하게 아름다운 눈썹이 확 치켜 올라있었다.

"엄마, 여기까지 와주어서 정말 고마워. 하지만 대체 왜 다들 내가 이 남자랑 결혼했다고 말하는 거야?"

엄마는 몸을 숙여 내 뺨에 입을 맞추었다. 이 기묘한 현실에서도 엄마의 장밋빛 파우더 향을 맡자 자그맣게 안도감이 들었다. 엄마는 한숨을 쉬면서 자리에 앉고서 내 손을 잡았다.

"딸, 네가 지금 아주 정신없다는 거 알아. 우리가 널 못살게 굴고 있다고 느끼겠지. 하지만 우리는 그런 게 아니야. 엄마 말 믿어. 의사가 그러는데 너 퇴원해도 된다더라. 스캔 결과는 몸에 이상 없다고 나왔어. 기억상실증이 계속된다면 외래 진료를 받으면 된대. 어서 옷 입고 다 같이 집에 가자. 알았지? 로라랑 내가 며칠 있으면서 네가 괜찮아지는지 확인하기로 했어."

집이라. 그 말은 새카만 망망대해에서 단 하나 밝게 빛나는 점처럼 들려왔다. 적어도 집이란 말은 이해가 되니까. 그러다 문득 끔찍한 생각이 들었다.

"저 사람도 오는 건 아니지?"

나는 차마 롭을 쳐다볼 수도 없었다. 엄마와 로라는 서로 슬쩍 눈빛을 교환했다. 이윽고 엄마는 내 손을 쓰다듬으며 미미한 위로를 건넸다.

"당연히 롭도 가야지. 너랑 같이 거기 사는데. 걱정하지 마. 롭이 널 잘 돌봐줄 테니까."

"그러면… 내가 어디 사는데?"

제발 브루클린이라고 해줘. 제발 브루클린이라고 말해줘.

마침내 롭이라는 남자가 입을 열었다.

"우리는 여기서 멀지 않은 곳에 살아, 자기야. 아, 미안해, 조시. 우린 유니언 스퀘어에 살아. 결혼하기 직전에 이사했어."

나는 고개를 돌렸다. 내가 참 사랑하는 나의 아파트로 돌아가지 못하게 되었다는 사실이 서서히 실감이 나고 있었다.

"나는 윌리엄스버그에 사는데요."

내가 중얼거리는 말에 무거운 침묵이 흘렀지만, 의사인 린이 들어오면서 다행히도 침묵은 깨졌다. 린은 손에 든 차트를 검사하며 물었다.

"오늘 아침 환자분은 어떠신가요? 좀 나아지셨나요? 적어도 몸은 괜찮으시죠? …이제 퇴원하셔도 좋습니다. 조시. 우리가 기억상실증을 계속 관찰할 수 있도록 전문의 예약을 잡아놓을게요."

엄마는 미소를 지었다.

"감사합니다, 선생님. 이제 퇴원 준비를 시킬게요."

"여기 진통제가 있어요. 아직 손목과 멍 부분에 통증이 있으니, 한동안 욱신댈 겁니다. 하지만 하루에 여섯 알 이상은 드시지 마시고요. 그럼 빨리 회복되시기를 빕니다. 조시."

의사는 언제나 그랬듯 나를 제대로 보는 둥 마는 둥 하고 불쑥 나가 버렸다.

"좋아, 그럼 일어나 보자, 우리 딸."

엄마는 내게 말하고는 시선을 돌려 롭을 바라보았다.

"롭, 애 옷 좀 주겠어?"

내 뒤에 선 롭은 침대 옆에 있는 커다란 옷장에 손을 뻗었다. 호기심이 생긴 나는 고개를 돌려 그를 바라보았다. 롭은 늘씬한 회색 바지와 진한 자주색 재킷, 하늘하늘한 블라우스와 회색 앵클부츠, 브래지어와 팬티를 꺼내왔다. 난 하나도 알아볼 수 없는 옷이었다. 비슷한 블라우스가 집에 있긴 있었지만 말이다.

그는 나에게 손목시계를 주었다. 자판이 깨져있는 시계의 바늘은 6시 17분에 멈춰있었다. 내가 사고를 당한 시각이었나 보네.

"내가 고쳐줄게."

롭은 은회색 트렌치코트와 버건디색 손가방, 내 자전거 헬멧을 소파에 내려놓았다. 헬멧에는 초록색 꽃무늬가 있었다. 저 헬멧만이 유일하게 알아볼 수 있는 내 것이었다.

"언니는 이런 차림으로 맨해튼에서 자전거를 탄 거야?"

로라는 블라우스를 만지작거리며 눈살을 찌푸렸다. 잉글랜드 교외에서 아이를 키우는 젊은 엄마인 로라는 어딜 가든 보통 청바지 차림으로 운전하는 사람이었다. 롭은 내가 무어라 대꾸하기도 전에 먼저 말했다.

"조시는 언제나 직장에 출근하는 옷차림으로 자전거를 타. 내가 위험하다고 말해도 자전거 타기를 그만두질 않더라. 차를 타는 것보다 자전거 타는 게 훨씬 빠르다면서. 돈이 많다고 해서 길바닥에 돈을 버려도 되는 건 아니지 않냐면서."

나는 그 말에 어설프게 웃었다. 이 남자에게 그런 말을 한 적은 없지만, 내가 했을 법한 말이라서였다. 그리고 난 교통 체증에 갇혀버린 운전자 사이를 자전거로 휙 지나가는 걸 참 좋아하니까. 엄마는 활기찬 어조로 말했다.

"음. 당분간은 자전거를 못 타겠지. 네 자전거는 망가졌으니까. 자, 그럼 조시, 일어나렴!"

엄마는 나를 똑바로 앉혀주었다. 내 뒤에 선 남자가 환자복 사이로 내 맨 등과 엉덩이 윗부분을 보고 있으리란 게 신경이 쓰였다.

"저 사람이 있는 곳에서는 싫어."

"아, 미안해."

롭은 중얼거리고는 자리를 피했다. 로라는 안쓰러운 미소를 지었다.

"조금만 기다려 줘요, 롭."

남자의 발소리가 멀어지면서 유리문이 닫혔다.

"잘 들으렴, 애야."

엄마는 내가 어렸을 적 저지른 못된 짓에 벌 줄 때 이후로는 써본 적이 없는 호칭으로 날 불렀다. 사랑이 담긴 호칭에는 엄한 뜻을 부드럽게 전하려는 의도가 있었다.

"어서 속옷을 입어. 그리고 지금 네가 롭을 기억 못 하는 상황이 롭에게도 힘들다는 걸 좀 알아주길 바라. 롭은 널 사랑하고 돌봐주고 싶어 해. 자, 여기 네 바지 있다."

나는 엄마가 시키는 대로 했다. 저 남자는 지금 어떤 기분일까? 자신이 내 남편이라고 믿는 상황이라니. 그는 분명 상냥한 사람이겠지. 엄마와 로라와 수지는 모두 그를 아끼고 있었다.

"그래. 난 착하게 굴 수 있어."

나는 동생에게 이를 드러내며 어릴 적 우리가 짓곤 했던 거짓 웃음을 지었다. 로라 역시 다른 사람과 마찬가지로 착각 중이라 해도, 어쨌든 로라가 같은 방에 있으니 안심이 되었다.

내 남편이 아닌 남자와 내 집이 아닌 집으로 가게 되었다니. 이 현실이 너무나 막막하게 다가와서 제대로 된 생각을 할 수가 없었다. 확실한 건, 선택의 여지는 없다는 거다. 엄마가 말한 대로, 상황이 정리될때까지 당분간은 엄마와 로라와 함께 거기 있게 되겠지. 그리고 피터한테 전화해서 사고가 났다고 말해야지. 이 말도 안 되는 모든 상황을 내가 다룰 방법은 이뿐이었다.

병실에 나오게 되어 다행이었다. 아빠가 돌아가신 이후로, 난 병원 냄새가 줄곧 싫었다. 문을 여니 내 남편이라는 남자는 복도에서 날 기다리고 있었다.

"준비됐어?"

나는 어깨를 으쓱이며 양옆에 엄마와 로라를 데리고서 그를 따라 병원을 나섰다. 주차장에 간 롭은 차 키를 눌러 삑 소리와 함께 피콕 그린 링컨을 열었다. 내부를 크림색 가죽으로 꾸민 차였다.

"멋있다."

난 어쩔 수 없이 감상을 내뱉고 말았다. 차 정말 멋있더라. 그는 어디에 앉아야 할지 고민하는 나를 알아차렸다.

"어머니가 조수석에 타시고 두 사람은 뒷좌석에 앉을까요?"

엄마가 무어라 항의하려 했지만 내가 얼른 대답했다.

"좋아요. 엄마, 그렇게 해줘. 난 로라랑 뒷좌석에 앉으면 좋겠어."

아침 출근길이 끝나 평소보다 한산해진 넓은 도로를 롭은 능숙하게 운전했다. 10분이 채 되지 않아 그는 유니언 스퀘어 공원을 굽어보는 높다란 유리 석조 건물 뒤로 난 깔끔한 진입로로 들어섰다. 대리주차 요원이 건물 뒤에서 나오자 그는 차에서 내렸다.

"어서 오십시오, 빌링 씨. 퇴원해서 같이 오셨다니 다행이네요."

젊은 대리주차 요원은 먼저 엄마의 조수석을 열어준 다음 내 쪽 문을 열었다. 나는 인도로 나왔다. 뻣뻣한 몸이 욱신거렸다. 롭은 그에게 차 키를 건네주며 말했다.

"고마워요, 윌."

"딸, 너 살던 집 알아보겠니?"

엄마는 내 얼굴을 조심스럽게 살피며 물었다. 나는 주위를 둘러보았다. 이곳에는 방문객용 주차장과 널찍한 출입구가 보였다. 난 이 고층건물이 최근에 〈럭셔리 리스팅 뉴욕 시티〉에 나왔을지도 모른다는 생각이 들었지만, 도무지 알아볼 수 없었다. 내가 생각하는 그 건물이 맞다면, 여기 펜트하우스에는 집을 빙 두른 테라스가 있어서 조망이 어마어마하게 근사할 것이었다.

"미안하지만 모르겠어… TV에서나 봤으려나?"

로라는 내 팔에 손을 얹었다.

"걱정하지 마. 기억은 곧 돌아올 거야."

과연 그럴까. 의심이 들었지만 난 아무 말도 하지 않았다. 그리고 롭 쪽을 보지 않으려고 계속 피했다. 그가 실망하는 기색이 여기까지 느껴졌다.

롭은 현관문 옆에서 스마트키를 눌렀고, 이어서 문이 열리며 엘리베이터가 있는 복도가 나왔다. 그 너머를 보자 호화로운 1층 로비가 보였다. 3층 층높이를 자랑하는 높다란 천장에는 작은 쇠사슬로 만든 거대하고 현대적인 디자인의 샹들리에가 고층 공간에 고급스러운 자태를 뽐내며 늘어졌다. 높다란 유리문을 지나면 호텔 스타일의 포르트 코셰르(Porte Cochère, 차를 댈 수 있을 정도로 널찍한 지붕 달린 현관을 뜻함. 옮긴이 주)가 나왔고, 그늘에는 말끔한 차림의 컨시어지가 서 있었다. 입구 바깥으로는 유니언 스퀘어 이스트의 번화가와 공원이 늦은 아침의 햇살을 받아 반짝였다.

이곳은 주눅 들 만큼 화려했다. 엄마는 나를 원목 벽을 두른 엘리베이터로 데려갔고, 롭은 18층을 눌렀다. 그 위로는 19층과 20층뿐이었다. 나는 직업이 이 분야인 데다 〈럭셔리 리스팅 뉴욕 시티〉를 너무 많이 봤기 때문에 전망이 좋을수록 가격이 높다는 걸 알고 있었다. 아니, 대체 이 남자는 돈이 얼마나 많은 거야?

이윽고 엘리베이터 문이 스르르 열리자 우리는 말없이 밖으로 나갔다. 기다란 복도 끝으로 앞장서서 간 롭은 1802호라고 쓰인 문을 열고서 확 밀어젖혔다. 나는 잠시 멈춰 서서 눈앞에 보인 광경을 가만히 들여다보았다.

안쪽 공간은 어딜 봐도 화려하기 그지없었다. 흰색 바닥을 깐 화사한 로비에는 둥근 테이블이 있었는데 그 위로 참제비고깔과 수국을 꽂은 커다란 꽃병을 놓았다. 내가 제일 좋아하는 꽃들이었다. 나는 혼란스러운 와중에도 아름다운 꽃을 보며 기쁨이 반짝 일었다.

높다란 천장엔 우아한 몰딩이 보였고, 벽 안으로 박아놓은 조명이 뿌리는 빛은 아래층에서 봤던 샹들리에의 빛을 작게 재현해 놓은 것 같았다. 중앙 벽 저편에는 추상적인 듯한 그윽한 분위기의 바다 그림이 걸려있었고, 벽 양쪽은 탁 트여서 저 너머의 널찍한 공간이 살짝 엿보였다. 이곳은 내가 본 집 중에서 단연 가장 멋진 집이 아닐까. 난 심지어 직업이 부동산 전문기자라 꽤 근사한 곳을 많이 가봤는데도 그랬다. 이토록 화려한 곳이 어떻게 내 집이라는 거야.

"뭐 떠오르는 거 없어?"

동생이 묻는 말에 나는 고개를 저었다.

"정말 멋진 곳이긴 한데, 없어."

내 목소리는 마치 내가 이곳에 없는 것처럼 붕 뜬 듯이 들렸다.

"네가 고른 곳이야."

병원에서 나온 후로 롭이 내게 처음 건 말이었다.

"모두 다 네가 골랐어. 그러니까, 나도 이곳이 참 좋긴 하지만, 나는 네가 꿈꾸던 집을 갖게 해주고 싶었어."

그는 내가 무슨 말이라도 해주기를 바란다는 듯 말을 멈추었다. 하지만 내가 아무런 대답이 없자, 그는 고개를 떨구었다.

"다들 차 드시겠어요? 어머니는 어떠세요?"

엄마는 고개를 끄덕였다.

"차 좋지."

나는 여전히 롭이 한 말을 생각 중이었다. 내가 여길 골랐다고? 안의 인테리어도 전부 다? 나는 다시금 방을 살펴보면서 수없이 들어오는 아름다운 소품들을 차례차례 바라보았다. 내가 어떻게 이걸 기억을 못 할 수 있지?

"차 세 잔 주세요, 롭."

로라가 가방을 방으로 옮기며 말했다. 로라가 문을 닫고 벽 너머 공간으로 가기 전, 눈길을 슬쩍 들자 아는 그림이 보였다.

"이리 오렴, 딸. 긴 의자에 편하게 앉자."

엄마는 나를 앞으로 데려갔다. 그러자 거실 공간이 앞에 드러났다.

바로 앞에 보이는 계단을 몇 칸 내려가면 대단히 넓은 거실 겸 식당이 나왔다. 미닫이문으로 벽을 친 거실 너머로는 널찍한 테라스가 보였다. 이 움푹한 공간 위로 높다랗게 솟아오른 천장에는 빛이 쏟아져 들어왔다. 오른편 위층에는 대리석 아일랜드 식탁과 가죽 재질의 바 스툴을 완비한 현대적인 주방이 보였다. 주방을 지나면 아래 거실로 연결되는 계단이 또 있었고, 그 너머로는 복도가 보였다. 여기 정말 믿을 수 없이 호화스럽잖아.

넓은 것도 그렇지만, 공간마다 보이는 가구며 조명, 디테일이 완벽했다. 오른쪽의 낮은 공간에는 회색과 청록색 쿠션이 놓인 하얀 소파가 두 개 있었다. 거기에 욱신대는 몸을 누이면 천국에 온 듯한 기분이겠지. 오른편 벽에는 대리석으로 둘러싸인 벽난로가 있었고, 앞에 비둘기 깃털 빛깔 회색 소파를 두 개 놓아두었다. 왼편으로는 기다란 식탁이 있었는데, 롭이 주최할 법한 화려한 저녁 식사 파티에 손님들이 앉을 의자가 열두 개도 넘게 놓여있었다. 그리고 공간마다 어울리는 샹들리에가 달려서 멋진 빛을 일렁일렁 비추었다.

내가 돈만 많았다면 당연히 이렇게 배치했을 것 같은 인테리어였다. 돈이 없어서 그렇지. 하지만 보아하니 롭은 돈이 있는 모양이었다.

"신발 벗어야지, 우리 딸. 코트도 벗고."

엄마가 부드럽게 말했다. 나는 붕대를 감은 손목 위로 코트를 당겨 빼고 부츠를 벗으려고 몸을 굽히다가 고통을 느껴 움찔했다. 엄마는 벽에 안 보이게 내장된 옷장을 밀어 열었다.

"가서 앉아, 딸. 좀 쉬어. 로라, 벽난로를 켜."

부드러운 소파에 털썩 앉자, 로라는 소란스레 내 손목을 받쳐주다가 커피 테이블에서 자그마한 리모컨을 집어 들었다. 그리고 버튼을 누르자 벽난로에 불꽃이 일었다. 뒷벽이 유리인 벽난로는 그 뒤의 방에서도 볼 수 있는 구조였다. 벽난로 위에는 청록색 색조로 그린 바다 그림이 또 걸려있었다. 하지만 벽난로 선반에 놓인 장식품이야말로 나의 눈길을 가장 많이 끌었다. 저거 혹시 내가 만든 석조 손 조각인가? 그리고 내 서른 번째 생일에 데이비드가 선물한 꽃병 아니야? 나는 그것들을 자세히 살펴보고 싶었지만, 몸이 너무 욱신거려서 일어설 수가 없었다. 그저 등을 기대고 이 공간이 주는 정보를 받아들여 보려고 했지만, 사실 이 풍요로움에 정신이 어질어질했다.

"기분이 어떠니, 우리 딸?"

엄마는 내 손에 조심스레 차가 담긴 머그잔을 쥐여주고서, 내가 그걸 제대로 받는지 확인한 다음 회색 소파에 앉았다. 나는 무거운 머그잔을 힘겹게 들고서 말했다.

"별로야. 난 정말 뭐가 뭔지 모르겠어. 내가 아는 한, 여긴 와본 적도 없는 곳인데 엄마랑 다들 여기가 내 집이라고 하잖아. 그래도 엄마랑 로라가 같이 있어서 다행이야."

나는 주변을 둘러보며 덧붙였다.

"그리고 이 아파트는 참 대단해서, 난… 잠시 여길 받아들일 시간이 필요해. 자연스럽게 와닿을 시간이…"

목소리가 갈라져 나와서 난 입을 다물었다. 주방을 슬쩍 보자, 동생이 차에 설탕을 넣어 휘저으면서 롭에게 조용히 말하고 있었다. 그리고 롭은 나를 빤히 바라보고 있었다. 엄마는 내가 어딜 보는지 살피더니 말했다.

"롭은 아주 멋진 남자야. 너를 무척 사랑해. 롭 때문에 넌 행복해졌어. 넌 평생 결혼하지 않을 거라 생각했지만, 롭이 나타나자 모든 게 척척 맞아떨어졌지. 그러니 앞으로도 다시금 모든 게 척척 맞아떨어질 거야. 오래지 않아 말이야."

나는 애써 명랑한 목소리를 내었다.

"나도 그러기를 바라, 엄마. 그러면… 우리가 어떻게 처음 만난 거야?"

"호텔 바에서 만났댔어. 이곳 유니언 스퀘어에 있는 W 호텔. 부동산 컨퍼런스가 끝나고서였지. 로비에서 피아노를 연주하던 롭을 보고, 너는 롭이 아르바이트 연주자라고 생각했어. 그래서 어떤 노래를 아느냐고 롭에게 물었지. 그런데 너희 둘의 취향이 딱 맞았던 거야. 롭은 너한테 사실은 본인이 호텔이랑 콘도 개발업자인데 어쩌다 피아노를 치게 되었다는 말을 하지 않았어. 자기에게 돈이 많다는 사실을 네가 모르는 게 좋았다더라. 그래서 네가 마침내 사실을 알게 되었을 땐 대단한 충격을 받았지."

엄마는 미소를 지었다.

"분명히 그랬겠지. 하지만… 난 W 호텔에서 컨퍼런스를 한 적이 없어. 음, 갈 뻔한 적은 있었지만. 3년 전에, 그러니까 방송국에서 일하기 전에 다니던 크레인스사에 있으면서 컨퍼런스 등록은 했었어. 하지만 가다가 자전거 사고가 났었어. 별건 아니고, 발목을 삐었지. 그래서 그 컨퍼런스 못 갔었는데."

엄마는 눈살을 찌푸렸다.

"라디오 방송국? 그게 무슨 소리야? 넌 할스타인 앤드 파우스트사에 다니기 전에는 프리랜서로 일했잖아?"

나는 엄마만큼이나 어리둥절해졌다.

"뭐? 부동산 중개업 말이야? 거긴 고급 부동산 회사잖아? 그게 갑자기 무슨 말이야?"

"네가 일하는 데가 거기잖니, 우리 딸. 크레인스사에서 나온 다음에 넌 할스타인 앤드 파우스트사에서 커뮤니케이션 담당자로 일했잖아. 롭이 네가 마이크와 한스와 면접을 볼 수 있게 주선해 줬어."

이제 나는 더욱 당황하고 말았다.

"나도 그 중개회사는 잘 아는데, 거기서 일하지는 않아, 엄마. 난 토크 뉴욕에서 일한다고. 난 라디오 부동산 프로그램을 진행하고 있어. 이제 2년 반 됐어. 엄마도 잘 알면서."

엄마는 미간에 더욱 깊은 주름살을 지었다.

"음, 난 모르는 말인데. 분명히 네가 사고를 당해서 완전히 딴판인 기억이 생겼나 보다. 딸, 너는 라디오 방송국 일 안 해. 이제 좀 느긋하게 한 걸음씩 기억을 되찾아야겠네. 그러면 곧 제대로 된 기억이 돌아오겠지."

하지만 엄마의 목소리엔 자신이 없었다. 속에서 구역질이 일었다. 얼룩 하나 없는 새하얀 소파에 찻물을 흘릴까 걱정이 되어 온 신경을 곤두세웠다. 조심스레 차를 한 모금 마셨더니, 그래도 따뜻한 차가 위안이 되었다.

"차 좋네."

이렇게 중얼거리다가 이내 나는 정신을 차리고 덧붙였다.

"아, 이 차가 좋은 이유는 내가 좋아하는 브랜드라서겠지?"

엄마는 가느다랗게 미소를 지으며 대답을 대신했다.

"다들 괜찮으세요?"

롭이 로라와 함께 자리에 들어서며 물었다. 하지만 그의 목소리는 괜찮지 않게 들렸다. 대답은 엄마가 했다.

"우린 괜찮아. 조시가 자기 직업을 헷갈리고 있지 뭐니. 특정 기억을 잃어버리게 되면 다른 기억 영역에도 영향을 주는 것 같아. 하지만 잘

해결이 되겠지."

엄마의 목소리는 다른 이가 아닌 스스로를 안심시키려는 것처럼 들렸다. 내 속에서 짜증이 확 치밀었다.

"그럼 내가 완전히 다른 기억에다 다른 직업이랑 다른 집을 알고 있다는 건 어떻게 설명할 작정인데? 그건 어떻게 해결할 건데?"

"조시."

로라의 목소리가 차분하게 들려왔다.

"난 이거 못 하겠어."

나는 찻잔을 내려놓고서 소파에서 어렵사리 일어나 롭을 바라보았다. 그는 눈썹을 치켜뜨고 있었다.

"내 방 어디죠? 좀 혼자 있고 싶어요."

그는 질문이 있다는 듯 로라를 슬쩍 바라보았다. 나는 그가 주저하는 이유를 알아차렸다.

"알았어요. 난 이 집 침실을 말하는 게 아니에요. 내가 자게 될 방이 어딘지 알려달란 뜻이었어요. 이 난장판이 정리되기 전까지는 당신이랑 같은 방 쓸 마음 없거든요. 당신이 얼마나 좋은 사람인지는 상관없어요."

롭의 목소리가 조용히 들려왔다.

"장모님과 로라가 쓸 손님방이 두 군데 있어. 당신은 우리 침실을 쓰도록 해. 나는 서재에 있으면 되니까."

그러자 로라가 일어섰다.

"안 돼요, 롭. 여긴 형부 집이잖아요. 내가 서재에 갈게요. 형부는 본인 방에 있도록 해요. 조시는 아트 룸에 가면 되니까. 거기서는 편하게 있을걸요. 엄마는 그린 룸으로 가고요. 내가 우리 짐을 거기로 옮길게."

그래도 되겠지, 엄마?"

엄마는 고개를 끄덕였다.

"그래, 고맙다, 딸. 그러는 게 딱 좋겠어. 조시는 본인 그림이랑 있으면 되니까…"

엄마는 말끝을 흐렸다. 내가 그림을 기억하고 있는지 미심쩍어하는 게 분명했다. 나는 아주 미미하게 느껴지는 승리감에 기뻐하며 대답했다.

"고마워. 그런데 그 아트 룸이라는 게 어디야? 상당히 호사스러운 이름이네."

"여기야."

로라는 식탁 옆을 성큼성큼 지나 창문으로 이루어진 벽 왼편에 난 커다란 문을 열었다. 나는 로라를 따라 유리문을 지나 테라스를 쭉 따라가다가 구석에 있는 방으로 들어갔다. 그 순간, 숨이 탁 멎었다. 저 아래로 한눈에 내려다보이는 공원과 널찍이 이어진 도시의 모습은 압도적인 장관이었다. 한낮의 햇살을 받아 도시의 창문 수백만 개가 반짝였고, 저 아래 거리에서는 늦가을의 나무가 새빨갛고 그윽한 노란빛 이파리를 펄럭여 댔다.

이 집이 보여주는 끝없는 아름다움에 압도된 채로, 나는 커다란 침대 가장자리에 앉았다. 침대에 달린 금속 기둥 네 개가 뻗어 오른 위로 높다란 천장으로부터 하얗고 투명한 캐노피 커튼이 늘어졌다. 그러다 짙푸른 인테리어 벽에 마치 미술관 작품처럼 걸려있는 일련의 미술품들을 보자 난 숨을 헉 들이쉬었다. 내가 몇 년 동안 모은 그림과 판화들이었다. 나는 고개를 저었다.

"내 소장품이…"

그러자 로라가 거실에 대고 소리쳤다.

"엄마! 롭! 언니가 그림을 알아봤어요! 기억이 전부 날아간 건 아니야!"

"정말 다행이구나."

엄마는 안심한 목소리였다. 동생은 계속 말을 해댔다.

"자, 뭐 필요해? 부부침실 옷장에 있는 물건들 꺼내올까? 내가 언니 세면도구들을 큰 욕실로 옮겨놓을게."

"고마워."

갑자기 완전히 지쳐버렸다. 손목도 욱신거리고 온몸이 아팠다.

"진통제도 주면 좋겠어."

"알았어, 언니."

로라는 나를 침대 옆에 앉혀두고 나갔다. 나는 제일 좋아하는 영국 풍경화를 멍하니 바라보았다. 우리 할아버지가 그린 그림이었다. 내가 이걸 저기에 걸어둔 건 당연한 일이었다. 문이 열려있는데도 엄마는 노크하고서 들어왔다.

"차를 마저 마시고 싶어 할 것 같아서 가져왔어."

엄마는 거울 달린 협탁에 머그잔을 올려놓았다.

"고마워, 엄마. 이 그림을 보니 좋다. 진짜 딱 맞게 걸어놨다는 생각을 하고 있었어."

엄마는 침대 옆자리에 앉았다.

"우리가 같이 건 거야. 너랑 롭이 이사 온 다음에 내가 여기 머물렀거든. 우리가 네 소품을 같이 걸었어. 그 아름다운 숲 그림은 그린 룸에 있지만, 미술품은 대부분 이 방에 있지. 너랑 롭은 그 후로 더 큰 작품을 사기 시작했지만… 참 아름답지 않니? 그러니까 이 아파트 말이야."

"정말 아름다워, 엄마. 흠잡을 데 없이 좋은 집이야. 꿈만 같아. 이게 전부 다 꿈은 아닌지 어안이 벙벙하다니까."

"음, 꿈은 아니야. 이게 좋은 소식인지 나쁜 소식인지는 모르겠다만. 어쨌든 현실이란다."

엄마는 내 손을 쓰다듬더니 일어서서 방을 나갔다. 동시에 로라가 옷을 한 아름 안고 들어와 옷장에 걸기 시작했다. 로라는 내게 화려한 회색 실크 파자마 한 벌을 건네주었다.

"언니 화장품이랑 세면도구들은 큰 욕실에 놨어. 어디 있는지 보여줄까?"

"응. 잠옷으로 갈아입기 전에 보여줘."

이 실크 파자마를 입고서 화장실을 찾아 헤매고 싶지는 않았다. 거실에서 엄마와 이야기하는 롭 옆을 지나면서, 나는 최대한 그와 눈을 마주치지 않으려 했다. 계단 맨 위에서 나는 걸음을 늦추고는 열린 방문 사이를 바라보았다. 벽이 연한 초록색으로 칠해진 것을 보니 이곳이 '그린 룸'이로구나. 안에는 내가 뉴욕에 도착한 후에 샀던 초록 숲 그림이 언뜻 보였다.

"저 그림이 있구나."

나는 방 안을 들여다보는 로라에게 말했다.

"그래. 언니가 롭을 만나기 전에 살았던 작디작은 머레이 힐 원룸에 두었던 거잖아."

"맞아."

그 후에 난 저 그림을 윌리엄스버그에 산 내 집으로 가져갔었지.

내 대답에 로라는 활짝 웃었다.

"그래도 몇 가지 기억은 제대로 남아있네?"

로라는 옆문을 밀어 열면서 이어 말했다.

"여기가 욕실이야."

나는 동생에게 미소를 지었다.

"고마워. 진통제는 어딨어?"

"저 위에 놨어. 이따 봐."

로라는 내 뺨에 입을 맞추었다. 욕실에 들어간 나는 더욱 육감적으로 변모한 내 모습을 가만히 바라보았다. 입고 있는 옷도 확실히 내 취향이긴 하지만, 단연 비싼 것이었다. 이토록 날씬해진 나를 보니 이건 이상한 수준을 넘어섰다. 그러다 문득 깨달았다. 뭐가 뭔지 모를 이 평행 우주에 들어선 이후로 먹은 게 아무것도 없구나.

어제 점심시간에 역 근처 작은 식당에서 애비랑 생일 기념으로 푸짐한 미트볼 샌드위치를 먹고 이어서 컵케이크를 먹었던 게 마지막 식사였지. 욕실에 걸린 시계를 보면 식사한 지 24시간은 되지 않았건만, 마치 아주 옛날 옛적에 있었던 일처럼 느껴졌다. 그래, 세상이 몇 번은 달라진 기분이라고. 그래도 속이 꽉 뭉쳐서 당분간은 뭘 먹을 수 있을 것 같지 않았다. 이 몸매를 보아하니 오래전에 미트볼 샌드위치 같은 건 끊은 듯했다.

나는 진통제 두 알을 삼키고는 거실로 이어진 계단을 조용히 내려갔다. 그리고 내 이야기를 하는 게 분명한 세 사람 옆을 지나 방으로 들어갔다. 실크 파자마로 갈아입으면서도 저 커다란 테라스 창문으로 혹시 누가 보는 건 아닌가 싶은 생각이 들었다. 그래서 벽을 살펴보며 블라인드 제어 장치를 찾아냈고, 블라인드는 순순히 창문 위로 내려왔다. 이토록 멋진 경치를 가리는 건 안 될 말이었지만, 나는 지금 아무도 보지 않는 곳으로 가려져야 했다. 그래서 부드럽기 그지없는 하얀 시트 속으로 들어가 얇은 캐노피 커튼을 쳤다. 뭐가 뭔지 모를 이 평행 우주에서 살아가려면, 그러는 게 아무리 봐도 제일 좋은 방법 같았으니까.

똑똑.

여기가 어디지?

어두운 방 안 가운데 침대가 낯설었다. 온몸이 여기저기 쑤셨다. 문이 슬그머니 열리면서 로라의 윤곽선이 빛 가운데 드러났다. 그러다 기억이 났다. 사고가 났었지. 내 남편이라는 남자가 있었지. 으리으리한 아파트에 왔지. 그런데 꿈이 아니었구나. 로라는 문을 열며 말했다.

"차를 한 잔 더 가져왔어. 지금 오후 6시가 다 되어가. 언니는 오후 내내 자더라. 혹시 우리랑 같이 저녁 먹을래? 롭이 칠리새우를 요리해 주겠다고 했거든."

로라는 머그잔을 옆 테이블에 놓은 다음 아까 마셨던 잔을 가져갔다. 그리고 불을 켰다. 내가 사는 세상이 아닌 세상에서, 내 남편이 아닌 남편이 요리해 주는 저녁을 먹는다는 건 온당치 못한 것만 같았다. 하지만 굶어 죽는다면 그게 다 무슨 소용이란 말인가. 배 속이 식사하자며 꼬르륵댔다.

"그래. 먹을게. 어제부터 아무것도 못 먹었어. 그렇지만 그전에 샤워를 좀 해야겠다."

이 새로운 몸으로 하는 샤워라니, 재밌겠는데.

"그래. 사실 말 안 하려고 했는데, 언니 샤워하긴 해야겠어…"

로라는 코를 찡긋하고는 내게 윙크를 하고 방에서 나갔다. 나는 침대에서 나와 잠옷과 세트인 가운으로 갈아입었다. 그리고 옷장 문에 달린 거울로 모습을 확인했다. 머리는 엉망이었지만 그리 나쁜 편은 아니었다. 이젠 머리카락이 길지는 않았지만, 숱은 평소보다 많아졌다.

성한 손으로 머리를 넘기자 두피를 따라 선이 느껴지면서 굵은 머리카락이 만져졌다. 붙임머리네. 붙임머리를 해볼까 쭉 생각해 왔지만, 시술이 비싼 데다 나의 삶엔 그렇게까지 화려한 모습이 필요가 없었다. 그런데 지금 세상의 내게는 필요한 모양이지. 나는 침대 협탁에 있던 머리핀을 들고는 머리카락을 한데 비틀어 채운 다음 거실 겸 식당으로 용감하게 나갔다.

엄마와 로라가 소파에 앉은 모습이 보였다. 로라는 엄마에게 세 살난 아들 테오의 최근 사진을 보여주고 있었다. 롭은 보이지 않았다. 주위를 둘러보는 날 보고 로라가 대답했다.

"롭은 장 보러 갔어."

나는 안심했다.

"그래. 난 샤워하러 가려고."

계단을 오르다가 지금이야말로 집 안을 살펴볼 자유 시간이라는 생각이 들었다. 그래서 현관 로비 맞은편 문을 열고서 부부침실을 찾아보았다. 그러다 나타난 어마어마하게 커다란 방을 눈에 담으며 그저 웃을 수밖에 없었다.

눈앞에 보이는 오른쪽 벽에는 대단히 큰 슈퍼 킹사이즈 침대가 있었다. 진한 자줏빛 실크 침구로 덮인 침대 위로 도시의 정경을 담은 그림이 걸려있었다. 침대 너머 높다랗고 가느다란 북향 창문으로 보이는 엠파이어 스테이트 빌딩이 어두워진 하늘에서 위풍당당하게 빛났다. 왼편을 보자 두툼한 카펫이 깔린 방이 아래층으로 이어졌다. 그곳에는 넓은 좌식 공간과 거대한 원목 책상, 의자가 있었다.

여긴 이제껏 본 방 중에서도 가장 큰 침실이었다. 내가 예전에 살던 머레이 힐 원룸 전체보다 더 넓었다. 방이 어찌나 육감적이던지 난 몸이 달아오를 뻔했다.

　방에 몰래 들어왔다가 롭에게 들킬까 초조한 가운데, 나는 급히 아래층 공간으로 내려가 인테리어 벽면에 있는 수납공간을 들여다보았다. 평면 TV와 최첨단 스마트 홈 시스템이 설치되어 있었다. 방 끝부분 벽은 한 면이 통째로 통창이었고, 테라스로 이어지는 문이 있어서 그 너머 도시 서편의 풍경이 펼쳐졌다.

　다시 침실 공간으로 돌아오자 그곳에는 인테리어 문이 또 있었다. 아마도 방에 딸린 욕실이 있겠지. 그 안을 보는 대신 나는 붙박이 옷장과 벨벳 오토만 의자를 갖춘 화려한 드레스룸을 찾아냈다. 옷장에 있는 옷을 살펴보며 혹시 내 옷이 있는지 알아보고 싶은 충동이 일었지만 애써 참았다. 그건 나중에 보자. 드레스룸 너머에는 문이 하나 더 있었는데, 열어보니 석조 욕실이었다. 역시 엠파이어 스테이트 빌딩이 보이는 창문 아래로 욕조가 놓여있었고, 커다란 샤워 부스도 보였다. 나는 다시금 고개를 저으며 웃었다. 이런 수준으로 호화로운 곳에서 산다니, 말이 되는가.

　그러자 저 멀리 쿵 소리를 내며 문이 닫히는 바람에 깜짝 놀랐다. 내가 자기 침실을 몰래 염탐하고 있다는 걸 롭이 알게 되면 뭐라고 생각할까? 허둥지둥 방에서 나와 복도를 지나 큰 욕실로 슬그머니 들어가 문을 달칵 닫아 잠갔다. 휴.

　뜨거운 샤워기 물을 맞으며 두 손 아래로 느껴지는 나의 새로운 몸은 각지고 묘한 느낌이었다. 오른팔의 붕대가 젖지 않도록 샤워하는 것도 아주 큰일이었다. 하지만 어느덧 난 내가 상처를 입어서 다행이라는 생각마저 하고 있었다. 뭔가가 잘못되었다는 걸 시각적으로 보여주는 것이었으니까. 사람들은 내가 지금 평소의 내가 아니라는 걸 부상을 보며 알 수 있으니 말이다. 물론 평소의 나와는 다른 정도가 아니라, 실은 완전히 아니라는 것까지는 모르고 있긴 하지만.

한 손으로 머리를 감는 건 더욱 힘들었다. 그리고 이 붙임머리는 대체 어떻게 감아야 한단 말인가. 헤어스타일리스트에게 물어봐야지, 하고 속으로 생각했다. 기억상실증이라고 하면 많은 문제를 해결할 수 있겠지. 그러니까, 내가 다시 일어나 보니 브루클린에 돌아와서 피터랑 한 침대에 누워있게 되지 않는다면 말이야. 아, 제발 깨어나 보니 다 꿈이었으면 좋겠는데.

가운을 다시 입은 나는 롭이 돌아올 상황에 대비하여 잠옷을 꼭 여며 입었다. 그리고 거실에 돌아와 동생과 엄마에게 미소를 지었다.

"붕대를 안 적시고 씻기가 참 번거롭네."

"내가 나중에 다시 매줄게."

엄마가 말했다. 이윽고 현관이 열리자, 나는 다시금 서글픈 미소를 가족들에게 지어주고는 방으로 총총 달려가 옷을 갈아입었다. 몇 분 후 방 안에서 나오자 맛있는 냄새가 훅 끼쳐왔다. 내가 지금 얼마나 배가 고픈지 실감이 났다.

롭은 주방에서 지글지글 소리를 내는 프라이팬을 젓느라 정신이 없었다. 로라는 샐러드와 밥을 식탁에 차리는 중이었다.

"배고프지?"

로라가 묻는 말에 난 솔직히 대답했다.

"배고파서 죽을 것 같아."

엄마는 접시 네 개를 놓은 다음 기다란 호두나무 사이드보드 서랍을 열었다. 새 식기와 낡은 식기가 뒤섞인 모습이 눈에 들어왔다. 저렴한 식기는 나도 아는 것이었다. 몇 년 전에 내가 샀으니까. 엄마는 아름다운 현대 디자인의 은 식기를 꺼냈다. 내가 감탄 어린 눈으로 식기를 바라보는 모습에 엄마는 어설픈 미소를 지으며 중얼거렸다.

"이건 데이비드가 결혼 선물로 준 거야."

"내가 산 싸구려 식기 세트보다 낫네."

나는 이렇게 대답하고서 엄마가 식탁 둘레에 우아하게 식기를 놓으며 상을 차리는 모습을 지켜보았다. 그리고 의자에 털썩 앉았다. 롭은 칠리새우를 식탁에 가져오고서 내 맞은편 구석 자리에 앉았다.

"먹어. 네가 제자리를 찾아 앉다니 다행이야."

"내가 보통 여기에 앉았어요? 좋은 자리 같네요."

그가 나를 생각하는 말에 어울려 주고 싶진 않았지만, 그는 나에게 잘해주려고 노력 중이니까.

"고마워요. 맛있어 보이네요."

나는 음식을 듬뿍 떠서 뻔뻔스럽게 마음껏 먹었다. 이 롭이란 남자는 내 모습을 있는 그대로 받아들일 필요가 있다고.

"식욕이 돌아온 것 같구나. 넌 너무 말라서 우린 네가 아무것도 안 먹고 사는 줄 알았지 뭐니."

엄마의 말에 나는 미트볼 샌드위치 먹은 이야기를 해주고 싶었지만, 별로 좋은 반응이 나올 것 같지는 않다는 생각이 들었다. 그래서 미소만 짓고선 계속 음식을 먹었다. 그런데 엄마와 동생이 내일 일정을 이야기하는 동안 난 계속 다른 데 정신이 팔렸다. 은 식기를 보니 오빠 생각이 나서였다. 지금쯤 오스트레일리아를 여행하며 서핑을 하고 있겠지? 그렇다면 시차 때문에 전화가 없는 거겠네.

"데이비드 이야기가 나왔으니 말인데, 오빠한테는 내가 사고 났다고 연락 안 했어? 멀리 있다는 건 알지만, 그래도 오빠랑 통화하고 싶은데."

순간 롭과 로라, 엄마는 서로 눈길을 나누었다. 엄마는 들고 있던 포크를 내려놓았다. 롭은 헛기침했다. 로라는 나의 시선을 피했다. 다들 아무 말이 없었다.

"왜 그래? 내 얘기 안 한 거야?"

침묵을 깬 건 엄마였다.

"딸, 정말 미안해. 우리가 거기까지 생각을 못 했네. 데이비드 일을 네가 기억 못 한다는 걸 깜빡했어."

"데이비드가 어떻게 됐는데? 오빠 괜찮은 거 맞아?"

로라가 갑자기 의자를 바닥에 긁으며 벌떡 일어서더니, 창문으로 갔다. 엄마는 식탁을 빙 둘러 와서 내 옆자리로 오더니, 의자를 옆으로 틀어서 나를 마주 보고 앉았다. 공포감이 나를 덥석 사로잡았다. 좋지 않은 이야기가 들려올 예정이구나. 내 손을 감싸 쥔 엄마는 눈시울이 붉어졌다.

"하와이에서 사고가 있었어, 딸. 우리 모두 네 결혼식에 참석하려고 갔던 그 주에. 결혼식이 지나고 며칠 후에, 데이비드가 헬리콥터를 탔어. 사촌 찰리랑, 거기서 만난 여자 둘이랑 같이. 그런데 비행 도중에 조종사가 심장마비에 걸려서, 헬기가 추락했어."

엄마의 목소리가 갈라졌다.

"이런 말 전하게 되어 정말 슬프지만, 사고에서 살아남은 사람이 없었어. 우리는 2년 넘도록 세상을 떠난 애들을 생각하며 슬퍼했어. 지금 우리는 조금씩 나아지는 중이었어. 너를 포함한 모든 사람이 다."

엄마의 말은 마치 안개를 뚫고 들리듯 아스라했다. 배 속에 든 공포감이 이제는 온몸의 세포마다 가득 퍼져갔다.

"데이비드가? 죽었다고? 찰리도?"

나는 음식을 밀어냈다. 이젠 너무 구역질이 나게 보이기만 했다. 자리에서 일어서려 했지만, 바닥이 훅 꺼졌다. 잠시 후 눈을 뜨자, 나는 아까 있던 자리와는 다른 곳에 있었다. 지금은 어딘가 부드러운 곳에 누웠다. 내 위로 드리워진 하얀 모슬린 천이 눈에 들어왔다. 엄마는 침대 끝에 앉았고, 로라는 아트월 옆에 서 있었다. 롭은 보이지 않았다.

"어떻게 된 거야?"

엄마는 내 손을 잡았다.

"너 기절했었어. 내가 데이비드 이야기를 한 다음에."

그렇다면 사실이란 거구나. 이게 꿈이 아니라는 또 다른 증거였다. 이 세상에는 데이비드가 없구나. 내가 그토록 동경하던 오빠가 없는 세상이라니. 어제만 해도 내 생일이라 나랑 통화했는데. 하지만 이 세상에선 벌써 죽은 지 2년도 넘었구나. 실제도 아닌 내 결혼 때문에 오빠는 죽었구나.

온몸이 흔들리며 흐느낌이 터졌지만 나는 굳이 참지 않고 흐느낌에 몸을 맡겼다. 그러다 울음이 크게 터지자 목 놓아 울어버렸다. 엄마는 계속 내 손을 꽉 잡았고, 동생은 침대 옆자리에 무릎을 꿇고 앉았다.

얼마나 시간이 흘렀을까. 엄마는 침대 협탁에 가서 진통제 병을 열고는 약을 더 건네주었다. 하지만 목이 너무 마른 데다 울어서 탈수 증상까지 겹치는 바람에 약을 간신히 삼켰다. 마침내 엄마와 로라는 나를 두고 나갔다. 엄마는 나가면서 방의 불을 껐고, 그렇게 어두운 방과 더불어 내 생각도 암흑 속으로 빠져들었다.

Chapter-03

12월 2일

눈을 떴다. 블라인드 가장자리로 희미하게 빛이 들어오는 걸 보니 아침인 듯했다. 이번에는 여기가 어딘지 똑똑히 알고 있었다. 그러면서 악몽이 다시금 나를 덮쳤다.

데이비드가 죽었다니.

나는 추억에 잠겨 오빠와 애틋했던 마음을 떠올렸다. 오빠가 얼마나 카리스마 넘치는 사람이었는지, 얼마나 활기찬 삶을 살았는지.

그런데 이토록 어이없게 아까운 삶이 끝나다니.

정말 말도 안 돼. 어이가 없다고.

문득 피터에게 전화하고픈 절박한 충동을 느꼈다. 이 모든 일을 어떻게든 이해해 보려면 피터의 목소리를 들어야 했다. 대체 내가 어떻게 된 건지 피터는 분명히 의아해하고 있을 테니까.

나는 일어서서 몰래 방을 빠져 나와 텅 빈 거실을 거쳐 주방으로 갔다. 그러다 마주 보이는 찬장 앞에서 우뚝 멈추고 말았다. 나라면 커피를 어디에 보관할까? 에스프레소 머신 위 찬장 문을 열자 여러 종류의 차와 함께 분쇄 원두커피가 담긴 단지가 나왔다. 처음으로 맞혔네. 옆 찬장에는 머그잔이 있었다. 나는 커피를 가득 한 잔 탄 다음 탈지유를 넣었다. 지방이 없는 커피라 좋다고는 할 수 없었지만 그래도 따뜻한 음료를 마시니 편안하더라.

그럼 이제 어쩌지? 벽시계를 슬쩍 보니 오전 7시 14분이었다. 오늘은 토요일이라 엄마와 로라를 깨우기엔 너무 이른 시각이었다. 그리고 롭은 어떤지 아는 게 없었다. 방을 훑어보다 사이드보드에서 충전기에 꽂혀있는 세련된 옅은 금색의 스마트폰을 찾아냈다. 휴대폰을 켜고 평소 쓰던 비밀번호를 입력하자 잠금이 해제되었다. 그나마 다행이다. 이젠 피터에게 연락할 수 있겠어.

나는 테라스로 나갔다. 대단히 넓은 바깥 공간은 건물 전체 너비만큼 쭉 뻗어있었고, 낮은 상자 모양 울타리를 따라 세 부분으로 나누어졌다. 두껍고 네모난 기둥이 떠받친 위층 19층 테라스는 이 공간의 지붕이 되어주었다. 기둥 사이에는 난간 대신 18층 아래 거리와 내 사이를 가로지르는 유리 벽이 있었다. 허리 높이의 유리 벽은 프레임이 없는 구조였다.

오늘 역시 맑디맑은 가을 아침이었다. 하늘은 쨍하게 파랬고, 아직 남은 낙엽이 금빛과 붉은빛으로 저 아래 공원과 도시를 물들였다.

살기에 너무 호화로운 곳이야.

파티오 소파에 앉아 스마트폰 화면을 톡톡 두드려 문자함을 열었다. 쭉 스크롤을 했는데도 피터의 문자는 보이지 않았다. 술집에서 연습이 끝난 후에 보냈던 문자와 내 생일에 왔던 문자는 물론이고 이전에 연습 때마다 보냈던 문자가 싹 사라진 상태였다. 주소록을 살펴보니 심지어 피터의 전화번호조차 없었다.

이거 내 폰 아니네. 내 진짜 휴대폰이 있어야겠는데. 하지만 초록색 케이스를 끼운 내 폰은 이 세상에 없었다. 내 소지품이 모두 든 까만 핸드백 역시 없었다.

이 세상에서 내가 피터와 친구이기는 한가? 그래도 나 아직 합창단 소속이겠지? 하지만 로라가 뭐라고 했더라? 2년 전에 합창단 그만두었다고 했었다.

그래도 나는 이메일을 확인해서 연습과 공연 관련 메일을 찾아보았다. 그러나 5월에 여름 공연 티켓을 할인가에 판매한다는 초대 메일 말고는 아무것도 없었다. 나는 우리 모임 이름인 '사운드 에클렉틱'을 검색해 보았다. 그러자 2015년 9월까지밖에 연습 메일이 없었다. 가장 마지막 메일은 단장이 나에게 보낸 답신으로, 'RE: 모두 다 감사합니다'라는 제목이었다. 내가 그해 가을 롭과 결혼을 앞두고 합창단을 나가기로 한 후에 보낸 것이었다. 그러니까, 이 세상에서는 합창단에 돌아가지 않았던 거다.

지난 2년간 합창단에 없었다면 나는 피터를 못 만났겠구나. 그이는 그해 가을에 들어왔으니까. 피터는 나를 모른다. 내가 그이 번호를 찾아낸다 해도 전화해서 지금 일어난 일을 이야기할 수는 없었다. 나를 미친 여자라고 생각할 테니.

나는 앞에 보이는 건물들 옥상을 멍하니 바라보며 지금 피터가 어디에서 누구와 있을지 생각했다. 어쩌면 여전히 미셸과 함께 지내며 행복하게 살지도 몰라.

그러다 문득 깨달았다.

피터가 나를 모르는 건 **이 세상**에서뿐이다. 잘못돼도 한참 잘못된 이 다른 시간선에서만 모르는 거다. 데이비드도 그렇다. 데이비드는 이 세상에서만 죽은 거지, 진짜 내가 사는 현실에서는 죽지 않았다. 진짜 세상에서는 아주 멀쩡하게 살아서 오스트레일리아에서 휴가를 보내며 서핑을 하고, 친구들과 술에 잔뜩 취한 채 태닝한 여자들을 유혹하고 있겠지. 그 세상에서 피터는 나와 사귀려는 마음으로 미셸과 헤어질 참이겠지. 그렇다면 진짜 현실로 돌아가기만 한다면 난 그 둘을 모두 되찾을 수 있다.

물론 어떻게 돌아갈 수 있을지는 모르겠다. 하지만 내가 이 평행 시간선으로 올 수도 있었으니 되돌아갈 방법 역시 있을 거야.

기분이 상당히 나아진 나는 커피를 마저 마시다가 테라스 저 끝의 부부침실에서 뭔가 움직임을 포착했다. 롭이 난간으로 나와 잠시 서서 밖을 바라보고 있었다. 난 무슨 말을 해야 할지 알 수가 없었다가 내가 있다는 인기척을 내기로 마음먹었다. 그래서 유리 상판 테이블 위에 일부러 머그잔을 달칵 내려놓고서 스마트폰을 빤히 바라보았다. 하지만 주변 시야로는 계속 그를 보고 있었다.

"좋은 아침이에요."

그의 목소리는 굵고 부드러웠다. 울타리 틈 사이로 다가오는 그의 모습을 슬쩍 올려다보았다. 트레이닝바지와 후드티를 입고 갈색 맨발로 테라스 바닥을 밟고 있었다. 나는 억지 미소를 지으며 대답했다.

"좋은 아침이네요."

"어젯밤 후엔 어땠나요?"

"예상했던 대로에요. 오늘은 나아졌어요. 어젯밤은 힘들었죠."

그는 고개를 저었다.

"난 상상도 안 되네요. 얼마나 충격이 컸을까요."

그는 어색하게 눈을 내리깔다가 내가 폰을 든 모습을 알아차렸다.

"휴대폰을 찾았군요. 어머니가 충전해 놓으셨죠. 사람들이 전화할 테니까요."

나는 모르는 사람들에게서 전화가 걸려올 거란 생각은 하지도 못했다. 심지어 날 두고 온갖 기대를 하고 있을 게 분명한 사람들이었다. 이거 아주 환장하겠네.

"도움이 될만한 게 있는지 살펴보고 있었어요."

"그래서 도움이 됐어요?"

"음, 이제 시작한 참이에요."

롭은 고개를 끄덕였다.

"그래요. 난 가서 옷을 갈아입어야겠어요. 배고프면 내가 아침을 좀 만들까요? 스크램블드에그는 여전히 좋아하는 거 맞죠?"

"고마워요."

"천만에."

그는 뭔가 더 말을 하려는 듯 잠시 멈칫했지만, 이내 돌아서서 안으로 들어갔다.

좋은 사람 같았다. 집에 돌아갈 방법을 궁리하는 동안 이 멋진 곳에서 함께 지낼 괜찮은 룸메이트가 되어주겠지. 하지만 나는 이곳에, 이 현실에 머무를 수는 없었다. 데이비드도 피터도 없는 곳이라니, 절대 그럴 수 없어.

이 휴대폰으로 또 뭘 알아낼 수 있을까? 다시 문자함 아이콘을 클릭했다. 롭의 이름이 목록의 맨 위에 있었다. 나는 잠시 주저하며 생각했다. 혹시 롭과… 누군지 알 수 없을 그 사람, 그러니까 진짜 아내가 나눈 은밀한 내용이 있으면 어떡해? 다른 나 말이야. 내가 이들 부부의 사생활을 침해하는 거 아냐? 그러다 나는 생각을 떨쳤다. 어쨌거나 이 폰은 법적으로 내 것이다. 그리고 모든 문자는 현재 내가 들어간 이 몸의 주인에게 온 것이므로 읽는다 해서 잘못인 건 아니다.

나는 가장 최근의 문자를 훑어보았다. 사고 당일인 이틀 전의 문자였다.

-안녕, 우리 미남. 나 직장에 좀 늦을 것 같아. 오늘 밤 곧바로 갤러리로 자전거 타고 갈게. 6시에 시작하니까 6시 30분에 거기서 만날까?

-완전 좋지. 거기서 봐, 생일 맞은 내 사랑. 멋진 정장 차려입은 턱수염남이 있으면 그게 바로 나야♡

-진짜 진부하네 ^ㅇ^ ♡♡

하. 보아하니 이 남자랑 이 세상의 나는 알콩달콩한 부부였나 보네. 그렇지만 뭔가 억지로 꾸며낸 명랑함 같은 게 있는 듯한데?

다른 문자들은 다양한 내용을 보여주었다. 수지와의 문자를 보니 브루클린에서 남편과 아이들을 데리고 산다는 내용이 나왔다. 이건 비교적 평범했다. 하지만 나랑 아주 친했던 합창단 친구인 리사와 나눈 문자는 없었다. 그리고 물론 데이비드나 피터의 문자 역시 없었다.

인스타그램 계정으로 가서 쭉 내려보았다. 뉴욕에서 살면서 찍은 사진이 많이 나왔다. 그중에는 내가 모르는 사람과 찍은 사진도 있었고, 롭과 함께 멕시코에서 휴가를 보낸 근사한 사진도 있었다. 더 옛날로 가보자. 롭과 시애틀 여행을 가서 그의 부모님으로 추정되는 사람 둘과 찍은 사진이 나왔다. 키 크고 머리가 희끗희끗한 60대 백인 남자와 자그마한 몸집에 예쁜 미국 원주민 여자였다. 이 두 사람과 함께 찍은 사진도 한 장 있었는데, 나는 창백하고 말라 보였다.

몇 년을 거슬러 올라간 끝에 마침내 내가 찾던 사진이 나왔다. 하와이 사진이었다. 데이비드와 건방진 은행가인 사촌 찰리가 마지막으로 찍은 사진이었다. 나와 롭이 그들과 함께 술집에서 술을 마시며 찍은 사진도 나왔다. 햇살에 그을린 채 사랑에 둘러싸여 행복한 모습이었다. 결혼식 때 오빠가 내 옆에 있다는, 경험해 본 적 없는 행복이 순간 포착된 사진을 보자 나는 그만 숨을 멎을 것만 같았다.

계속 과거로 스크롤해 결혼식 사진을 찾아보았다. 내 휴대폰으로 하객이 찍어주었을 법한 격식 없는 사진들이 나왔다. 거의 모든 사진에 내가 있었다. 나는 하얀 민소매 드레스 차림이었다. 상체에는 레이스가 달리고 무릎까지 오는 하늘하늘한 치맛자락이 있는 디자인이었다. 머리에는 하얀 꽃들을 엮어 장식했다. 하와이 결혼식에 딱 맞는 차림이었다.

사진에 데이비드가 또 나왔다. 짙푸른 태평양이 내려다보이는 절벽 위 잔디밭에 설치된 덩굴 아치 통로를 따라 나를 데리고 행진하는 모습이었다. 롭은 편안한 연회색 정장 차림으로, 다른 사람보다 더 큰 키와 수려한 얼굴 위로 바보같이 행복한 표정을 하고 있었다. 햇살에 그을고 기쁨으로 가득한 내 얼굴도 보였다. 엄마와 동생이 눈물을 닦는 사진도 몇 장 있었다. 우리 중 그 누구도 며칠 뒤에 데이비드와 찰리가 죽으리란 걸 알지 못했다.

더는 견딜 수가 없어서 나는 다시 현재 시점으로 돌아와 이 세상에 대한 정보를 알아보기로 했다. 다른 이메일 앱을 열어보자 업무 관련 내용이 보였다. 할스타인 앤드 파우스트사에서 한스 할스타인이 보낸 메일이 잔뜩 있었다. 엄마 말로는 내가 이 중개회사에서 일한다고 했었지. 우리 라디오 프로그램에 게스트로 와달라고 내가 그렇게 부탁해도 들어주지 않던 바로 그 한스 말이다. 나의 실제 삶에서는 그런 사람이었는데. 이 세상에서는 내가 그와 함께 일하다니.

마이크 존스와 함께 나눈 커뮤니케이션 전략 관련 대화도 있었고, 앤절라 드마르코와 주고받은 메일도 있었다. 왜 이 사람 이름을 들어본 것 같지? 그러다 생각이 났다. 실제 삶에서도 나는 이 사람과 실제로 연락을 한 적이 있었다. 바로 할스타인 앤드 파우스트사의 커뮤니케이션 담당자였기 때문이다. 내 프로그램에 한스를 섭외하려고 그녀에게 전화했었다.

하지만 이 세상에서 할스타인 앤드 파우스트사의 커뮤니케이션 담당자는 바로 나였다. 나는 앤절라의 이메일에서 직위를 확인했다. 한스 할스타인의 수석 비서. 그렇다면 내가 라디오 방송국에 다니고 있었을 때 그녀의 직업이었던 게 이 세상에서는 내 직업인가 보구나.

순간 휴대폰이 진동해서 나는 깜짝 놀랐다. 액정에 '앤절라 드마르코'라는 이름이 떴다. 호랑이도 제 말 하면 온다더니. 전화벨이 울리도록 놔두었다가 이제 폰을 끄려는데 문자가 왔다. 역시 앤절라였다.

-안녕, 조시.
끔찍하게도 자전거 사고를 당해 쉰다는 이야기 들었어요. 마이크 말로는 기억상실증에 걸렸다면서…? 우리 모두 쾌유를 빌어요. 통화하기 힘들다면 업데이트 내용이 있으니 롭에게 나한테 전화해 달라고 전해줘요. 우리를 전부 잊어버린 건 아니었음 좋겠네요!

이야. 난 기억상실증에 걸린 건 아니었지만, 만약 걸렸다면 마지막 말은 좀 생각 없이 보낸 거 아닌가.

나는 또 전화가 올까 무서워서 폰을 끈 다음 안으로 들어갔다. 엄마와 로라는 거실에서 차를 마시는 중이었고, 롭은 이제 청바지와 파란 스웨터 차림으로 주방에 있었다. 나는 동생 옆자리 소파에 털썩 앉았다. 로라는 나를 안아주며 물었다.

"오늘은 좀 어때, 보시?"

"어젯밤보다는 괜찮아졌어. 엄마랑 너는 데이비드가 세상을 떠난 사실에 익숙해졌겠지만, 나는 처음 듣는 소리였잖아. 그래서 슬퍼하는 기간을 처음부터 겪어가야겠지. 다시 말이야."

"언니는 처음에 정말로 힘들어했어. 우리 다들 그랬지. 정말 유감이야."

"난 괜찮을 거야. 이상하긴 하지만, 이게 다른 거랑 전부 뒤섞여 있어서 그래. 롭을 기억하지 못하는 것도 그렇고, 다른 것도… 그래서 고통이 좀 무뎌지는 것 같아. 이 모든 일의 또 다른 문제점이지."

나는 손을 휘저었다. 고개를 끄덕이는 로라의 곧게 뻗은 금발 단발머리가 휘날렸다.

"기억이 다시 돌아오게 되면, 언니가 겪은 치유의 과정도 기억하겠지. 린 선생님이 기억상실증 환자를 보는 전문가를 추천해 줬어."

"그래. 잘됐으면 좋겠어."

나는 별 도움이 안 될 거라 생각했지만, 로라의 희망을 꺾고 싶지 않았다.

"달걀 다 됐어요."

롭은 김이 모락모락 나는 그릇과 토스트가 쌓인 접시를 식탁에 놓으며 말했다. 로라는 즐겁게 손뼉을 쳤다.

"맛있겠다. 주말 특제 스크램블드에그네. 언니 덕분인 것 같은데, 보시."

나는 정말 그럴까 싶어 롭을 바라보았다. 그는 웃으면서 그 말이 맞다 해주었다.

"그래요. 우리는 오트밀, 아니지, 영국식으로 말하면 포리지라고 해야 하죠? 주말에는 포리지로 아침을 먹거든요. 하지만 조시는 주말에 스크램블드에그로 아침을 먹는 걸 아주 좋아하죠."

그는 커다란 몸집으로 의자에 편안하게 앉았다. 나는 그의 말에 끼어들었다.

"주말이라니 생각이 나는데, 앤절라 드마르코에게 전화가 왔어요. 받지는 않았는데, 이어서 안부를 묻는 문자가 오더라고요. 우리가 직장 동료인가 보죠? 어쨌든, 롭, 앤절라가 전화해 달래요."

롭은 고개를 끄덕였다.

"그래요. 마이크에게 당신이 사고가 났다고 말해놨어요. 하지만 앤절라에게도 전화할게요."

나는 폭신폭신한 스크램블드에그를 버터 바른 토스트 위에 넣고서 한 입 덥석 물었다.

"내 상사 말이죠? 마이크 존스죠?"

"맞아요. 마이크는 나와 버클리 동문이고 친한 친구죠. 우리 결혼식 때 신랑 들러리를 했었고요. 할스타인 앤드 파우스트사에 커뮤니케이션 담당자 자리가 났다는 것도 마이크가 나한테 알려준 거예요. 마이크랑 한스랑 둘이 동업을 하니까요. 그때는 우리가 사귄 지 몇 달 안 됐을 때였죠."

그렇다면 인맥이 맨해튼에서 아주 활개 치고 다니고 있었네. 대학

친구에게 말해서 새로 사귄 여자친구에게 멋진 일자리를 선물하다니. 이 세계의 나는 운이 좋구나.

"당신이 크레인스사에서 해고된 다음이라 마침 시기가 딱 맞았어요."

내 표정을 읽은 롭이 덧붙여 말했다.

"그렇겠죠. 기억이 안 나서요."

"음, 당신은 일을 참 잘해요. 마이크에게 당신이 기억상실증에 걸려서 지금 일터에서 일한 기억이 없다고 말해놨어요. 그러니 처음부터 다시 시작해야 하겠죠. 언제든 준비가 된다면요."

그의 말이 옳았다. 다시 원래 세계로 돌아가는 데 시간이 걸린다고 가정한다면, 나는 여기서도 언젠가 출근해야 했다. 또 다른 내가 지닌 아름답고 빼빼 마른 사람용 옷을 입은 채로 이 아파트에서만 계속 노닐 수는 없는 일이었다. 또 다른 나의 일을 해내고, 친구들과 어울리며 이 세계의 삶을 살아야 했다. 돌아갈 방법을 찾을 때까지는 말이다.

나는 스크램블드에그를 먹는 롭을 바라보았다. 그럼 이제 어쩌지? 내가 아트 룸에서 자고, 아내이되 진짜 아내는 아닌 상태로 살아도 저 사람은 괜찮은 건가? 내 기억이 돌아올 때까지 날 기다려 줄 만큼 사랑할까? 하지만 기억이 돌아오지는 않을 텐데.

불쌍한 롭. 내가 자기 아내라고 생각하고 있겠지만, 사실 아닌데. 그렇다면 저 사람 아내인 또 다른 나는 어떨까? 나와 분리되어 존재하고 있는 걸까? 내가 여기서 그녀의 몸과 삶을 차지하고 있다면, 그녀는 지금 어디 있을까? 어쩌면 브루클린에 있는 내 집에서 나만큼이나 어리둥절해하고 있을지도 모르지. 아니면 내가 그저… 그녀의 빈 자리에 대체된 것인지도 모르고.

옷을 갈아입은 후 나는 방 창문으로 유니언 스퀘어 공원을 바라보았다. 거실에 또 가서 똑같이 혼란스럽기만 한 대화를 이어갈 수는 없었다. 이토록 높다란 아파트에서도 점점 폐소공포증이 느껴지기만 했다.

"나 바람 좀 쐬고 올게, 엄마. 공원에 갈 거야. 금방 돌아올게."

나는 주방에서 설거지하는 엄마에게 말했다. 활기찬 산책이라면 언제든 좋다고 하는 엄마는 옷장에서 코치 핸드백과 은회색 트렌치코트, 플랫 부츠를 꺼내 나에게 주었다.

"갔다 와. 여기 열쇠 있어. 네 휴대폰도 가져가. 너무 멀리 가지는 말고. 네 기억상실증이 얼마나 심한 건지 우리는 모르니까. 나중에 같이 점심 먹자."

엄마는 나를 말 그대로 문밖으로 밀어냈다. 아래층에 내려가 유니언 스퀘어 이스트 쪽으로 나가자, 컨시어지가 로비 문을 잡아주었다.

"안녕하세요, 부인. 어서 회복되시기를 바랍니다."

활짝 미소를 지으며 말하는 그에게 나는 대답했다.

"많이 좋아졌어요, 고맙습니다. 여기 커피 마시기 좋은 곳이 어디죠?"

"부인께서는 보통 저 모퉁이에 있는 칼루치오에서 커피를 드셨습니다. 공원 가판대에서 파는 커피도 좋고요. 하지만 거기엔 부인이 좋아하시는 우유가 없어서요… 빌링 씨가 부인의 기억상실증에 대해 말해주었습니다. 마음이 안 좋네요."

"고맙습니다… 죄송한데, 성함이 어떻게 되시죠?"

"에드워드입니다. 에드라고 부르셔도 좋고요. 어제 만났던 대리주차 요원은 제 아들 월입니다. 그럼 즐거운 하루 보내세요."

나는 고개를 끄덕이고 나서 천천히 걸어 나갔다. 그리고 주변을 흥미롭게 관찰했다. 유니언 스퀘어에는 여러 번 왔었지만, 이 동네를 돌아다녀 본 적은 한 번도 없었다. 내가 마지막으로 여기 왔을 때는 이

곳이 없었으니까, 롭의 건물은 최근에 지은 것이겠지. 길을 건너 유니언 스퀘어 공원을 들어간 나는 고개를 돌려 건물을 제대로 보았다. 회색 돌과 유리로 지은 매력적인 건물은 위층으로 올라갈수록 좁아져서 가장 높은 맨 꼭대기에는 펜트하우스가 하나뿐인 것처럼 보였다. 18층과 19층 테라스가 눈에 보였고, 그 사이를 받치는 사각형 기둥은 우아하고 현대적인 아르 데코 양식이었다.

건물 아래쪽 번화가 건너편으로 보이는 커다란 지붕에는 역시 커다란 아르데코 양식의 글자로 '캐번디시 하우스'라고 쓰여있었다. 캐번디시? 그거 내 성이잖아? 맥박이 빠르게 뛰었다. 롭이라는 남자를 더 알아봐야겠어.

앙상하다시피 이파리가 떨어진 나무 아래 벤치에 앉아, 나는 휴대폰을 꺼내 '롭 빌링'을 쳤다가, 다시 이름을 고쳐 '로버트 빌링'으로 검색했다.

검색 결과는 많이 나왔고, 사진도 몇 장 나왔다. 그중에는 나도 찍힌 화려한 사교계 사진들도 있었다. 사진 중 하나는 브로드웨이 시사회에 참석한 것으로, 나는 에메랄드색 드레스를 입고 롭은 턱시도 차림으로 나를 보며 환하게 웃는 얼굴이었다. 하지만 지금 사진이 중요한 게 아니었다. 나는 롭이 누군지, 왜 내 이름이 붙은 건물에 살고 있는지 알아야 했다.

로버트 앤드루 빌링은 뉴욕 부동산 개발자이자 건축가다. 시애틀 부동산 개발업자인 앤드루 빌링과 루미 퍼스트 네이션의 킴 웨이드의 외아들로, 1979년 6월 4일에 태어났다. 앤드루 빌링과 킴 웨이드는 빌링이 워싱턴주 루미 부족의 영토에서 부족과 리조트를 공동 개발하면서 만났다.

내 폰에 있는 롭의 부모님 사진을 보면 이해가 갔다. 롭은 적어도 원주민 핏줄을 일부 받은 것처럼 생겼다.

2011년 5월 30일, 로버트 빌링은 B+B 개발사의 회장이자 최고경영자로 취임했다. 이 회사는 1975년에 그의 아버지가 빌링 개발사라는 이름으로 설립한 시애틀과 뉴욕 건축 및 개발사다. 로버트 빌링은 2005년 버클리 건축 대학을 졸업한 후 그곳에서 일했다. 로버트 빌링이 B+B 개발사에 취임한 후 이룬 가장 주목할 만한 개발은 2015년에 완공된 유니언 스퀘어의 주거용 건물인 캐번디시 하우스다. 빌링이 직접 설계한 이 건물은 리얼리티 TV 쇼 럭셔리 리스팅 뉴욕 시티(Luxury Listing NYC)에 소개되었다.

그렇군. 라디오 프로그램에서 일하면서 B+B 개발사 이야기를 들은 적이 있다. 하지만 사장이 누군지는 몰랐는데. 게다가 나는 그 사람과 결혼까지 했네.

개인사
로버트 빌링은 2015년 10월 10일, 하와이 마우이섬에서 영국 출신의 커뮤니케이션 전문가이자 크레인스 뉴욕 비즈니스지의 부편집장이었던 조제핀 앨리스 캐번디시와 결혼했다. 캐번디시는 현재 맨해튼에 있는 부동산 중개회사 할스타인 앤드 파우스트사의 커뮤니케이션 담당자다. 로버트 빌링이 최근에 지은 주거용 건물 캐번디시 하우스는 아내의 이름을 따서 결혼 선물로 주었으며, 현재 부부는 그곳에 살고 있다.

나는 오랫동안 앉아 건물 입구에 붙은 '캐번디시 하우스'라는 이름을 응시했다. 억만장자 남편이 내 이름을 딴 건물을 선물로 주었구나. 믿을 수가 없네.

하지만 이건 내가 모르는 남자와 결혼한 세상이자 데이비드가 죽은 세상이다. 그 호화로움과 우아한 건축물에 넘어가서는 안 된다.

나는 생각을 떨치고서 라테를 사러 가판대에 갔다. 나이 든 주인이 나를 알아보고 환하게 웃었다.

"캐번디시 씨가 오셨군요. 반갑습니다. 잘 지내셨어요?"

"네. 고마워요. 손목을 좀 삔 것 말고는 좋아요. 잘 지내셨나요?"

나도 미소를 짓고는 팔을 들어 다친 곳을 보여주었다.

"아주 잘 지냈죠. 감사합니다, 부인. 여기 레귤러 라테 있습니다. 4달러 15센트입니다."

나는 코치 핸드백에서 세련된 가죽 지갑을 꺼냈다. 다행히도 뒷부분에 현금이 있어서 5달러를 내밀었다.

"잔돈은 가지세요."

"감사합니다, 부인. 남편분에게 안부 전해주세요. 루카와 그레타가 잘 지내시라고 했다고요."

"그럴게요."

나는 커피를 한 모금 마시고는 붕대 감은 팔을 어색하게 흔들며 그곳을 떠났다. 커피는 지방이 듬뿍 든 우유를 타서 맛있었다. 또 다른 내가 여기서 커피를 사지 않는 이유가 이거구나. 저지방 우유가 없어서. 이런 몸매를 유지하려면 유지방을 안 뺀 라테를 마실 수는 없겠지. 내가 이 몸을 차지하는 동안 또 다른 조시의 몸매를 망가뜨리는 건 아닐까. 그 생각에 키득키득 웃으며 난 또 커피를 마셨다.

하지만 이런 즐거움도 오래 가지 못했다. 신문을 사서 벤치로 돌아온 나는 나의 현실과 여기가 또 어떻게 다를지 궁금했다. 지면을 차례차례 넘기며 뉴스의 변화를 확인해 보았다. 아니, 나의 달라진 삶 때문에 나비효과가 나타나서 인류의 대규모 재앙이 벌어진 것 같지는 않았다. 뉴스에 나오는 이야기들은 모두 나름의 질서가 있었다. 아니, 정확히 말하자면 내 원래 세상만큼이나 무질서하다고 해야겠지.

그때, 휴대폰이 울렸다. 핸드백에서 폰을 꺼내자 로라의 이름이 떴다.

"응, 로라."

"언니, 어딨어?"

동생의 목소리가 살짝 불안하게 들렸다. 스피커 너머로 '괜찮대요?'라고 묻는 롭의 목소리가 들렸다.

"난 공원에서 신문 읽고 있어. 아주 평범한 사람처럼. 무슨 일 있어?"

나는 지금 기분보다 더 명랑하게 말했다.

"아니, 없어. 다 좋아. 우리는 지금 배고파서 점심 먹으려고. 칼루치오에서 만날까? 공원 근처에 있거든."

"그래. 그럼 5분 후에 볼까?"

"좋아."

그렇게 길을 가다 노숙자를 마주친 나는 핸드백에서 동전 몇 개를 찾아 뒤집어 놓은 야구모자 안에 넣어주었다.

"이 신문 드릴까요? 전 다 읽었거든요."

"고마워요, 아가씨."

그는 따스한 미소를 지으며 대답했다. 아일랜드 억양의 말씨를 쓰는 노숙자는 꽤 잘생긴 40대 남자로, 금발에 날렵한 턱선을 지녔고 눈이 한쪽은 파란색, 다른 한쪽은 초록색이었다. 어쩌다가 노숙자가 되었을까. 어쩌면 다른 세상에서는 그가 다른 모습으로 존재할 수도 있겠지. 더 좋은 상태로 말이야. 나는 이 노숙자가 정장 차림으로 월스트리트를 걷는 모습을 상상하며 그에게 미소를 지어주고 자리를 떴다.

노숙자는 뒤에서 나를 불렀다.

"아가씨 번호도 좀 주면 어떨까요?"

나는 웃으면서 그를 슬쩍 돌아보았지만, 발걸음을 멈추지 않았다. 엄마와 로라는 이미 카페에 도착해서 햄 치즈 호밀 샌드위치를 주문해 놓았다. 엄마는 나를 훑어보며 말했다.

"딸, 밝아 보이네."

"섹시한 노숙자가 번호를 따려고 하더라고."

나는 웨이터에게 트렌치코트를 벗어 건네주며 말했다. 엄마는 날 짐짓 꾸짖는 척했다.

"조시! 무슨 소리야!"

"뭐, 그래서 웃었어. 아침 시간 잘 보냈어?"

엄마가 대답했다.

"응. 앞으로 며칠간 어떻게 할지 이야기를 해봤어. 로라랑 나는 화요일에 돌아가야 해."

"아, 그렇겠지."

명랑했던 마음이 싹 사라졌다. 날 여기 남겨두고 간다고? 이어서 로라가 말했다.

"미안해, 보시. 그렇지만 난 돌아가 봐야 해. 애덤 혼자 테오를 돌보기란 힘들어. 게다가 여기 오는 바람에 크리스마스 휴가를 다 써버렸거든."

엄마도 덧붙였다.

"나도 미술 수강생들이 있단다. 화실이 혼자서 굴러가진 않잖니."

"그렇지. 다들 집에 돌아가야지. 난 괜찮아. 이… 뒤죽박죽 상태가 정리되려면 좀 시간이 걸리겠지만 말이야."

난 엄마와 동생을 보내고 싶지 않았지만, 둘의 불안함 역시 느껴졌다. 그래서 용감한 얼굴을 했다.

"어쨌든, 롭이 날 돌봐줄 테니까."

하지만 그래서 내 기분이 어떨는지는 나도 알 수가 없었다.

"맞아. 기억이 돌아오는 데 시간이 걸리더라도, 롭은 널 잘 돌봐줄 거야. 그러니 걱정하지 마."

엄마는 내 얼굴을 살피며 말했고, 나는 미소를 지었다.

"다 잘될 거야."

이윽고 샌드위치가 나왔다. 엄마와 로라는 꼬마 테오 이야기를 했지만 난 대화에 거의 참여하지도 못한 채로 그저 샌드위치를 먹었다. 다시는 엄마와 로라에게 내 진짜 삶 이야기를 할 수는 없겠지. 받아들이지도 않을 거고. 그건 이 둘의 세상에서는 진실이 아니니까. 나는 앞으로도 기억상실증에 걸린 척하며 살아야 했다. 달리 어떤 말을 믿을 수 있겠느냐고.

점심을 먹은 후, 나는 계산을 하며 말했다.

"내가 이 정도는 살 수 있을 것 같아."

로라는 곰곰이 생각에 잠겨 말했다.

"언니는 좀 기분 전환을 해야 해. 현대미술관에 가보는 건 어때? 돌아가기까지 며칠 남았으니 뉴욕 관광을 좀 하고 싶어."

"좋은 생각이야. 나도 아직 아파트에 돌아가고 싶지 않아."

그러자 엄마가 말했다.

"너희 둘이 가. 나는 돌아가서 책을 읽어야겠어. 롭이 일을 수습하는 중이니, 나라도 숨 돌릴 틈을 줘야지."

나는 엄마의 뺨에 키스하며 말했다.

"고마워, 엄마."

로라가 생각한 대로, 현대미술관을 돌아다니며 오후 시간이 보낸다는 처방이야말로 내게 딱 필요했다. 온갖 그림과 예술품이 가득한 이곳은 나의 진짜 세상과 어느 정도 닮았으니까. 로라가 정기적으로 뉴욕에 방문했었다면, 같이 왔음직한 곳이기도 했다. 나는 잠시 나의 현실로 돌아가 우리가 같이 지하철을 타고 브루클린으로 가는 상상을 했다. 그럼 로라는 나의 작은방에서 이불을 깔고 잤겠지.

물론 그런 일은 일어나지 않았다. 사람이 와글와글한 카페에서 차를 한 잔 마신 다음, 우리는 지하철을 타고 유니언 스퀘어에 도착했다. 지하철이 인파로 미어터져서 나는 다친 팔을 보호하려고 왼손으로 손잡이를 잡고 애써 몸을 지탱했다. 그러다 누군가 날 밀치고 가자 로라는 짜증스러운 얼굴이 되었다.

"언니는 어디든 택시를 부르거나 차로 갈 수 있다는 거 알지? 더는 고생하며 살 필요가 없다고."

"롭이 부자인 건 나랑 상관없는 일이야. 내 돈이 아니라 롭 돈을 펑펑 쓰게 되는 거라고."

내 말에 로라는 정곡을 찔렀다.

"사실 언니 혼자 버는 것으로도 어디든 택시는 탈 수 있어. 언니 연봉 아주 높잖아. 남편 돈을 쓰는 게 싫다면 언니 돈 써도 된다고 생각하라고."

그렇게 생각하니 마음이 한결 편해졌다. 조금이나마 말이다. 내가 여기서 어쩔 수 없이 살게 되더라도, 적어도 일을 하면서 내 살 곳은 마련할 수 있겠지. 그렇다면 나의 정상적인 삶을 다시 일굴 수 있다. 하지만 데이비드는 여전히 없는 세상, 피터도 없는 세상이겠지. 내가 다시 합창단에 들어가면 모를까. 그러자 문득 드는 생각이 있었다.

지금 내가 무슨 생각을 하는지 모르도록 나는 동생에게 미소를 지었다.

"고마워. 하지만 내가 그 펜트하우스에 계속 살고 싶다면, 롭에게 얹혀살아야 하지 않을까."

로라는 비꼬는 미소를 지으며 대답했다.

"그래. 우리 언니 불쌍하기도 하지."

우리가 아파트에 들어서자 맛있는 냄새가 났다.

"우리 딸들 주려고 로스트 치킨 만들었지."

코트를 벗고 오자 엄마가 주방에서 말했다. 음색 냄새를 맡으니 마음이 포근해졌고, 화려한 주방에서 엄마가 요리하는 모습을 보자 참 훈훈했다. 그런데 롭은 보이지 않았다.

"와인 있어?"

나는 이렇게 물으며 냉장고에서 내가 가장 좋아하는 소비뇽 블랑 한 병을 찾아내어 들어 보였다.

"오오, 나 마실래."

엄마의 말에 이어 로라도 방에서 소리쳤다.

"나도!"

"롭은 어딨어?"

"서재에 있어. 와인 마시고 싶은지 물어봐 줄래, 딸?"

내가 머뭇거리자 엄마가 눈살을 찌푸리는 바람에 나는 말없이 시키는 대로 했다.

주방 오른쪽 복도로 들어서자 벽면을 장식한 예술품이 몇 점 더 보였다. 그중 두 점은 나의 소장품이었다. 그렇다면 어떤 건 이 세상에도 존재하는 거로구나. 어떻게 그게 가능하지?

어쩌면 이건 내가 롭을 만나기 전에 구한 것이라 그런지도. 여기의 모든 그림은 내 것이었고, 내 서른 번째 생일 선물로 받은 꽃병과 자전거 헬멧은 머리 힐에 살 적에 산 것들이었다. 그때 롭을 만났더라면, 결혼하면서 그것들을 같이 가져온 거겠지.

서재 문에 다다르자 재즈 피아노곡의 선율이 들렸다. 나는 노크를 했다.

"롭 있어요?"

그러자 음악이 뚝 멈췄다.

"들어와요."

문을 열자 널찍하지만 아늑한 서재가 눈에 들어왔다. 내 방의 아트월과 똑같은 대단히 인상적인 파란색으로 온통 장식한 방이었다. 거실과 맞닿은 양면 벽난로가 보이는 가운데 옆에는 침대 겸용 소파가 펼쳐져 있었다. 소파 위로는 내 동생의 여행 가방이 열린 채로 놓였고 사방에는 그 애 옷이 평소처럼 사방에 널려있었다. 롭은 창문 옆에 자그마한 그랜드 피아노에 앉았다. 그는 나를 보고 피곤한 표정으로 미소를 지었다.

"조시, 오늘 하루 잘 보냈어요?"

"나쁘지 않았어요. 고마워요. 기분은 나아졌어요. 어젯밤에는…"

나는 말을 흐렸다. 데이비드 생각은 하고 싶지 않았다. 오빠가 여기 없다는 생각은 하지 말자. 그는 진지하게 고개를 끄덕였다.

"다행이네요."

그는 확신 없는 얼굴로 일어서서 말했다.

"저녁 식사 냄새가 아주 근사하네요. 어머니 요리 솜씨가 좋다는 걸 잊고 있었어요."

"당신도 와인 마실 건지 물어보러 왔어요. 소비뇽 블랑을 땄거든요."

"고마워요. 하지만 나는 레드와인 마실게요. 시라즈 남은 게 있어요. 금방 갈게요."

"내가 잔 준비해 놓을게요."

나는 머뭇거리며 서재를 다시금 둘러보았다.

"이 방이 맘에 들어요?"

롭은 궁금한 목소리였다. 지금 던진 질문이 중요한 의미인 듯했다.

"아름다워요. 이런 방은 처음 봐요."

나는 방금 한 말이 얼마나 이상하게 들릴지 깨닫고는 얼굴이 빨개진 채로 멈칫하다 말을 이었다.

"사실 당신이 외출했을 때 부부침실에 들어가 봤는데요, 이 방은 못 봤어. 여기는 숨겨져 있는 선물 같은 방이네요."

"내가 그렇게 설계했거든요. 하지만 이곳 색은 당신이 골랐어요."

그는 어설프게 웃으며 말을 이었다.

"자그마한 방에 짙은 파란색을 고르다니 그땐 당신보고 내가 미쳤다고 했거든요. 하지만 그 선택이 옳았어요. 피아노와 함께 두니 정말 아름다워요."

"연주하는 소리 들었어요."

이젠 가야 했는데도, 무엇 때문인지 나는 계속 미적거렸다.

"우리가 처음에 어떻게 만났는지 엄마가 말해줬어요."

"그래요. W 호텔 로비에서 만났죠. 난 어렸을 때 재즈 클래식을 배 웠거든요. 아빠가 푹 빠져있어서요. 엄마는 어릴 때 피아노 교습 같은 건 받아본 적이 없어서, 나한테는 받게 해주고 싶어 했어요. 난 운이 좋았죠."

"멋진 이야기네요."

나는 고개를 끄덕였지만, 이어서 무슨 말을 해야 할지 알 수가 없어서 이렇게만 말했다.

"음… 그럼 곧 봐요."

좀 당황한 채로 난 재빨리 방을 나섰다. 재즈 피아노를 이토록 잘 치는 사람이라니, 적어도 나한테는 너무나 매력적으로 느껴졌다. 기타 치는 피터보다 더 섹시한 것도 같아. 이 세계의 내가 롭에게 반한 것도 전혀 이상할 게 없었다.

하지만 이 사람은 그 애 남편이야. 내 남편이 아니야.

하지만 저녁 식사를 하면서 롭이 능숙하게 로스트 치킨의 뼈를 발라내는 모습에서 눈을 떼기가 어려웠다. 나의 상상력은 하염없이 나래를 펼쳤다. 롭이 서재에서 거슈윈을 연주하는 동안 그 옆에 느긋하게 앉아 같이 노래를 부르는 또 다른 나의 모습은 과연 어땠을까. 저녁 식사 자리에서 와인을 자꾸 마시면서 대화에 어떻게든 집중하려 했지만, 어느새 롭의 접시와 그의 손, 커다란 입에 계속 눈길이 갔다.

그래. 이 남자 섹시해. 그건 부정할 수 없어.

나 좀 취했나 보다. 이런 식으로 다른 사람의 남편을 바라본다니 부끄러웠다. 게다가 피터랑 나는 사귀기 직전이었잖아. 나 그 순간을 참 오랫동안 바랐잖아. 아니야?

머리가 욱신거린 나머지 나는 저녁 후에 먼저 일어나겠다고 말하고 케이트 앳킨슨의 소설 한 권과 페퍼민트 차, 진통제를 들고 방으로 들어갔다. 약을 먹자 결국 약효가 들어서 잠이 왔다.

꿈에서 난 현대미술관 안에 있는 거대한 피아노를 보았다. 그걸 계속 쳐보려고 했지만, 매번 건반을 잘못 누르기만 했다. 들리는 소리는 그저 불협화음이었다.

Chapter 04

12월 초

"우리 딸, 잘 지낼 거지?"

엄마는 코트를 입으며 세 번째로 물었다.

"그래, 엄마. 엄마가 내일 콘월에 도착하면 전화할게."

"알았다."

하지만 엄마는 여전히 걱정스러운 얼굴이었다.

"챙길 거 다 챙겼니, 로라?"

내 동생은 언제나 물건을 흘리고 다니기로 유명했다.

"챙겼어, 엄마."

로라는 고개를 돌려 나를 보았다. 금방이라도 울 것 같은 얼굴이었다.

"보시 언니, 사랑해. 다 잘될 거야. 진짜로."

나는 확신을 담아 대답했다.

"당연하지. 사랑해. 나 대신 테오 많이 안아줘. 그리고 애덤한테도 안부 전해주고, 포옹을 전해줘."

미소를 지었지만, 목구멍이 콱 막혔다.

"이제 가."

"제가 짐 들게요, 어머니."

롭은 두 사람의 가방을 다 잡고서 아파트 밖으로 앞서 나갔다.

나는 현관에 서서 엘리베이터 안으로 사라지는 엄마와 동생에게 마지막으로 손을 흔들어 주었다. 그리고 거실로 돌아와 소파에 털썩 주저앉았다.

제길. 엄마랑 로라와 함께한 시간은 참 좋았지만, 내가 평행 우주에서 살다 왔으며 이젠 어떡해야 할지 모르겠는 와중에 가족까지 챙기지 않아도 되어서 안심이 되기도 했다.

그럼 이젠 롭이라는 저 남자만 상대하면 되겠군. 흐음.

롭이 아파트로 돌아오자 나는 책을 집어 들었다. 언젠가는 어쩔 수 없이 나오게 될 "이제 어쩌죠?"라는 대화를 피하고 싶은 마음에서였다. 해야겠지만, 지금은 아니었으면 좋겠어.

롭은 주방으로 들어가며 물었다.

"차 더 마실래요? 아니면 벌써 많이 마셨나요?"

"주세요. 차는 얼마든지 마셔도 되는 거니까요. 잉글리시 브렉퍼스트로요."

"지금은 오후 5시 30분인데? 영국인들은 알다가도 모르겠다니까."

그는 지나치게 친밀하다 싶은 농담을 던졌다가 어색해진 분위기를 찻주전자를 채우며 무마했다.

"집에 먹을 게 없어요. 어머니랑 로라가 전부 다 먹었거든요. 당신들 영국 분들이 너무나 사랑해 마지않는 이상한 크래커까지도 다요. 그러니 저녁은 나가서 먹을까요? 우리 처음부터 다시 시작하죠."

롭은 어깨를 으쓱이며 말을 이었다.

"당신에게 내 일 이야기를 해줄게요. 부동산 이야기이니 재미있을 거고…"

그는 말꼬리를 흐리며 입을 다물었다.

저녁 식사를 하면서 데이트하자는 거구나.

나는 마침내 대답했다.

"좋아요. 수첩을 펴놓고 인터뷰를 하고 싶은 마음이 굴뚝같지만 참을게요."

그는 진지한 얼굴로 나를 바라보았다.

"난 괜찮은데. 나에 대해 알아가 주길 바라요, 조시. 그럼 기억을 되짚어 가기 시작할까요."

그는 숱 많고 고운 머리카락을 손으로 쓸어 올리며 덧붙였다.

"우리가 평소에 가는 W 호텔 지정석 어때요?"

우리가 평소에 W 호텔 단골이었구나. 대단히 멋지네.

"좋아요."

샤워한 다음 머리를 말렸다. 평소의 내 머리카락보다 숱이 많았기에 말리는 것도 더 오래 걸렸다. 화장을 연한 스모키 메이크업으로 수정한 다음, 전혀 본 적 없지만 내가 고른 게 분명해 보이는 파란 원피스를 골랐다. 중간 길이의 원피스는 주름치마였다.

"아주 멋있어요."

마침내 나타난 내 모습에 롭이 말했다. 그는 애써 아무렇지 않은 듯한 목소리를 내었다. 그러는 본인도 검은 청바지 위에 진회색 빛 도는 파란 셔츠를 입은 모습이 아주 멋있었다. 나는 속이 울렁였다.

12월 초

"배고프죠?"

그의 물음에 나는 대답했다.

"너무 고파요."

우리는 코트를 입고서 건물을 나와 어두운 밤거리로 들어갔다. 공원 광장에는 나무마다 크리스마스 철답게 반짝이는 꼬마전구를 장식해 놓았고, 따뜻하게 차려입은 관광객들은 루카의 커피 가판대 앞에서 김이 모락모락 나는 잔을 홀짝이고 있었다.

건물 몇 개를 지나 W 호텔에 도착하자, 레스토랑 지배인이 우리를 반갑게 맞아주었다.

"어서 오십시오. 빌링 부인, 빌링 씨. 자리를 준비해 놓았습니다."

"고맙습니다, 벤."

롭은 내 코트를 받아다 지배인에게 넘겨주었다.

벤은 조명이 따스하게 빛나는 높다란 천장의 레스토랑으로 우리를 이끌었다. 롭은 내게 중얼거리며 물었다.

"혹시… 전에 여기서 식사했던 기억 나요?"

나는 그가 날 위해 노력하는 모습에 감사하며 자리에 앉아 미소를 지었다.

"아뇨. 난 이 호텔에 와본 적이 없어요. 몇 년 전에 여기서 열렸던 컨퍼런스에 참석할 일이 있긴 했었죠. 내 생일날에요. 그런데 그날 발목을 삐는 바람에 오지 못했어요."

롭은 놀란 기색으로 눈썹을 치켜떴다.

"그렇다면… 우리가 만났던 날 말이군요. 3년 전에 열린 임만 컨퍼런스 아니던가요."

나는 그를 빤히 바라보았다.

"맞아요. 그날이에요."

어색한 침묵이 이어졌다가 이내 담당 서버가 도착하며 분위기가 바뀌었다. 롭은 주류 메뉴를 보지도 않고 말했다.

"피노 그리 주세요, 캐머런."

나는 리넨 냅킨을 무릎에 펼치며 말했다.

"당신과 나는 여기서 자주 식사했나 봐요."

롭은 씩 웃었다.

"몇 주에 한 번씩은 왔죠. 오늘처럼 집에 먹을 게 없을 때요."

"그러면 당신이 경영하는 개발사가 이 호텔 공사도 했나요?"

그는 고개를 끄덕이면서 좀 더 편한 기색으로 몸을 숙였다.

"그래요. 그땐 내 회사가 아니라 아버지 회사였지만요. 하지만 다른 개발사의 하청 자격으로 참여했었죠. 난 시애틀에서 여기로 옮겨 와서 우리 회사가 맡은 일을 담당했어요. 그런 다음에 뉴욕 쪽 프로젝트를 전부 넘겨받았고요. 지금은 아빠가 은퇴해서, 우리는 뉴욕 개발 일만 해요. 그러니까 우리 건물 같은 데만요."

그는 말을 잠깐 멈췄다가 이었다.

"나에 대해서 좀 알아봤죠? 기억을 못 할 테니."

희망에 차다시피 한 그의 어조를 똑똑히 느끼면서 나는 대답했다.

"그래요. 물론 알아봤죠. 난 지금 당신과 살고 있으니, 누군지 알아봐야 하잖아요. 부모님 이야기를 보니 흥미롭던데요."

"엄마랑 아빠는 대단한 분이에요. 서로 참 다른데도 45년을 살아오며 지금까지도 여전히 아주 잘 지내고 계시죠. 두 분이 계속 당신의 안부를 묻고 있어요. 당신을 무척 좋아하거든요."

"그렇다니 다행이네요."

여기다 또 무슨 말을 해야 할까.

고맙게도 캐머런이 와인을 갖고 왔다. 나는 능숙하게 코르크 마개를 따서 롭의 잔에 와인을 조금씩 따르는 캐머런을 지켜보았다. 롭은 와인을 한 모금 맛보고는 잠시 후 고개를 끄덕였다. 캐머런은 우리 둘의 잔에 술을 따르고 물었다.

"메뉴는 결정하셨습니까?"

"내가 좋아하는 게 있나요?"

나는 롭에게 물었다.

"해산물 링귀니였어요. 하지만 최근에는 아히 샐러드를 좋아했죠."

나는 고개를 끄덕였다. 난 언제나 해산물을 좋아했으니까.

"그럼 링귀니로 주세요."

롭은 마저 주문했다.

"해산물 링귀니 둘이랑, 비트 샐러드를 하나 시켜서 나눠 먹죠. 고마워요. 캐머런."

나는 캐머런이 간 다음 말했다.

"맙소사, 당신은 누구든 다 알고 있네요?"

"음… 유니언 스퀘어 주변 호텔과 레스토랑 몇 군데 사람 정도는 아는 것도 같고요. 개발 쪽이랑 부동산 관련 인물들을 아는 거죠. 보통 나는 혼자 있는 편을 선호해요."

"우리가 찍힌 레드카펫 사진을 보면 아닌 것도 같던데요."

롭은 미소를 지었다.

"그걸 봤어요? 그쪽은 나보다는 당신이랑 연관이 많아요. 난 그저 당신이 섹시한 드레스를 입고 즐겁게 노는 모습을 봐서 행복했거든요."

"재미있어 보이더라고요. 난 그런 파티에 갈 기회가 없어서요."

롭의 미소가 흔들렸다.

"당신은 할스타인 앤드 파우스트사에서 근무하면서부터 대단히 화려한 행사에 종종 참석했어요. 부동산 관련 파티에도 많이 갔고요. 심지어 〈럭셔리 리스팅〉에도 출연한 적 있는데. 카메라가 한스를 따라 들어와 사무실 회의 장면을 촬영했거든요. PD들이 당신 인터뷰도 했다고요. 그래서 화면에 몇 번 나왔죠."

나는 고개를 저었다.

"와, 그거 멋진데요! 난 한스를 내 라디오 쇼에 섭외하지도 못했는데."

롭은 너무나 다른 나의 두 인생의 이야기가 나올 때마다 어떻게 받아들여야 할지 몰라 주저했다. 이번에도 어색한 침묵을 깬 쪽은 나였다.

"그러면 캐번디시 하우스 이야기를 해봐요."

나는 왼손으로 어색하게 링귀니를 먹으면서 롭의 건물 이야기를 들었다. 원래 이 건물 이름은 유니언 하우스였다고 했다.

"…난 당신에게 줄 결혼 선물로 건물 이름을 바꾸기로 했어요. 하지만 당신을 만나기 전부터도 거기 들어가 살고 싶다고 생각했어요. 펜트하우스랑 함께 층높이를 높인 서브 펜트하우스를 네 채 설계했고요. 1802호는 우리 살려고 따로 남겨놨죠."

"왜 최고층 펜트하우스에서 안 살고요?"

"거기가 진짜 돈벌이가 되거든요. 아직도 안 팔리긴 했지만요. 그래도 한스가 구매자를 찾아줄 거라 생각하고 있어요."

"그러면 할스타인 앤드 파우스트사가 당신의 중개인이로군요? 이해가 가네요."

"그래요. 다들 긴밀하게 연관되어 있죠. 뉴욕에서도 말이죠."

"외부의 시선으로 본 적 있었던 깃 같아요. 내 라디오 쇼를 할 때요.

하지만 또 내부의 작동 원리를 보니 재미있네요."

캐머런이 다가와 테이블을 정리하자, 롭은 다시 말이 없어졌다.

"더 필요하신 것 있으십니까?"

"전 없어요. 음식 다 맛있었어요."

난 이렇게 대답했다. 정말 그랬다.

롭은 계산을 했다. 그가 팁을 넉넉하게 주는 모습이 보였다. 저런 모습은 틀림없이 좋은 사람이라는 신호지. 그는 자리를 뜨는 캐머런을 지켜보다가 입을 꾹 다물고 다시 의자에 기대어 앉았다.

"정말 힘들어, 조시. 당신이 다른 인생 이야기를 하는 거 말이에요."

나는 고개를 끄덕였다. 이 남자에게 상처를 주고 싶지 않았지만, 그는 엄밀히 말해 내가 모르는 사람이었다.

"그래요. 하지만 내가 달리 어떻게 해야 할지 모르겠어요. 내가 흔한 기억상실증에 걸린 척하길 바라나요? 아니잖아요. 그러니까 내 말은요, 당신은 대단히 멋진 사람이에요. 그리고 난 지금 근사한 저녁 시간을 보냈죠. 하지만 그래도 난 스스로를 속일 수는 없어요. 당신을 알게 되어서 기쁘지만, 당신도 나를 알아야 하잖아요. 진짜 나를요. 그 과정에서 당신이 '여기는 당신이 가장 좋아하는 레스토랑이다'라고 말하면 내가 '그거 멋지네요. 난 여기 처음 와보는데요'라는 식으로 너무나 이상한 대화를 나누게 된다면, 이걸 감당할 수 있어요?"

롭은 테이블로 눈길을 깔더니, 어설프게 웃으며 말했다.

"그래야 할 것 같네요. 그럼 하나만 약속해 줄래요? 당신이 아는 삶만 자꾸 고집하며 이야기하려고 하지 말아 줘요. 나에게도 진실인 삶이 있으니까요. 그러니 우리가 함께했던 시간이 떠오르기 시작하면, 나한테 말해주겠어요?"

"좋아요."

나는 고개를 끄덕였다. 이윽고 자리에서 일어서자 지배인이 다가왔다. 그는 내가 코트를 입도록 도와주었고, 롭은 본인의 옷을 입었다.

"고마워요."

나는 지배인에게 감사를 표한 다음 돌아서서 롭에게 말했다.

"하지만 난 당신이 희망을 너무 품지는 않기를 바라요."

우리는 쌀쌀한 밤거리로 나갔다. 숨결이 입김으로 흩어졌다.

"전문의에게 진찰을 받을 건가요?"

캐번디시 하우스로 돌아가는 도중, 그는 침묵을 깨고 물었다. 지금은 늦은 시각이라 거리는 한산해지고 있었다.

"이번 주에 가려고요."

그는 너무 큰 희망을 드러내지 않으려고 애써 목소리를 가다듬었다.

"도움이 되겠죠? 말하려고 했는데, 마이크와 이야기를 했거든요. 한 주 더 쉬는 것도 좋다고 하더라고요."

"그거 잘됐네요. 내 손목도 그때까진 붕대를 풀 것 같으니까요. 그러면 일을 시작할 수 있을 거예요. 묘하긴 하네요. 회사에서는 기대를 잔뜩 하고 있을 테지만, 난 한 번도 안 해본 일을 시작하는 것일 테니까요."

"당신은 잘할 겁니다."

우리는 아파트 건물로 돌아왔다. 에드가 문을 열어주자, 롭은 내가 먼저 들어가도록 한 걸음 물러섰다.

"좋은 밤 되세요, 에드."

우리는 엘리베이터를 타고 말없이 아파트에 들어갔다. 나는 기진맥진한 데다 혼란스럽기 그지없었다. 어떻게든 밝은 분위기를 유지해 보려는 마음으로 난 말했다.

"케이트 앳킨슨 작가님 작품과 깊은 관계가 되어가는 중이라, 오늘은 작가님 책과 같이 자려고요. 시나몬 차 한 잔을 분위기 좋게 곁들여서요."

롭은 미소를 지었다.

"케이트 작가님과 즐겁게 지내시죠. 나는 우리, 아니 내 방에서 스포츠 하이라이트를 봐야겠군요. 지금도 당신이 아침 9시 반에 일어나는 잠꾸러기라면, 내일 일어나면 난 이미 출근해 있을 겁니다."

이쪽 세상의 나도 똑같은 점이 있구나. 나는 아일랜드 싱크대에서 주전자에 물을 넣으며 대답했다.

"그래요. 난 잠꾸러기예요. 당신 사무실은 어디인가요?"

"렉싱턴이요. 크라이슬러사 근처예요. 아르 데코 양식의 영감이 솟아나는 곳이죠."

그는 천장에 달린 몰딩을 가리키며 말했다.

"정말 그렇네요. 음, 그럼 잘 자요. 오늘 저녁 고마웠어요."

"별말씀을. 조시. 잘 자요."

그가 멀어지는 모습을 바라보며 나는 오늘 저녁 기분이 어땠는지 애써 생각했다.

당황스러웠지. 확실히.

편안했나? 조금은.

그리고, 솔직히 말하자면, 끌렸다.

Chapter 05

12월 초

2017년 12월 8일

이 일기는 뉴욕에 거주하는 영국인 조시 캐번디시의 일기다. 현재 나는 평행 우주/다른 시간선에 사는 또 다른 나의 삶을 살아가고 있다.

이 일기는 내게 일어난 듯한 특이한 사건을 기록하려는 의도로 쓰기 시작했다. 여기서 '일어난 듯하다'라는 표현을 쓴 이유는 나 아닌 다른 사람이 보기엔 이게 미친 소리라는 걸 알고 있기 때문이다. 어쩌면 난 정말로 미쳤을지도 모른다. 그렇다면 이 일기는 하얀 가운을 입은 상냥한 사람들이 날 병원으로 데려가려고 찾아왔을 때 유용하게 쓰이겠지.

하지만 이 일기를 읽어야 할 사람은 딱 둘뿐이고, 그 둘은 모두 나다. 나 그리고 이 삶의 주인공이자 역시 나인 여자. 또 다른 나 말이다.

어젯밤에 난 깨달았다. 내가 기록을 하려는 이유는 그녀가 나와 별개로 존재한다면, 그래서 우리가 서로 삶을 바꾼 거라면 언젠가 또 바뀔 수도 있기 때문이다. 그렇다면 내가 그녀의 인생을 살면서 무슨 일이 일어났는지 그녀도 알아야 하기 때문이다. 어쩌면 내가 어찌어찌 나의 다른 삶에 들어오게 된 것이라, 다른 나 같은 건 없을 수도 있겠지. 그도 아니라면 내가 미친 것이든지.

이 글을 쓰는 지금 시각은 2017년 12월 8일 오전 7시다. 나는 뉴욕 맨해튼의 유니언 스퀘어에 있는 롭 빌링과 조시 캐번디시 소유의 아파트 손님 방에 있다. 처음부터 쓰는 방법밖에 없는 것 같네.

사건은 2017년 11월 30일, 나의 서른여섯 번째 생일에 일어났다. 친구들과 함께 저녁 식사를 하려고 자전거를 타고 가던 중에…

나는 1시간 동안 침대에 기대앉아 지난 며칠간 있었던 신기한 일들을 기록했다. 허리가 아프지 않은 자세를 찾으려고 몸을 비틀며 날짜까지 다 쓴 나는 일기장을 덮었다. 초록색과 구릿빛 화려한 표지의 아름다운 일기장이었다. 휘갈겨 쓴 글씨로 이 깨끗한 페이지를 더럽히면 안 되는 건 아닐까. 사실 이건 내 것도 아닌데. 그 여자 쓰라고 둔 거지. 그 생각과 더불어 너무 딱딱한 매트리스 때문에 불편해진 나는 보통 사람처럼 일어나기로 마음먹었다.

가운을 입고 거실에 마침내 들어선 시각은 8시 15분이었다. 롭은 잘 재단된 정장을 차려입고 주방 아일랜드 식탁에서 커피를 마시고 있다가, 날 보자 깜짝 놀랐다.

"이게 무슨 일이지? 조시가 직장에 갈 필요도 없는 날 아침 9시 전에 일어나다니. 우리는 정말로 평행 우주에 온 것 같네요."

그는 나를 웃기려고 한 농담이었겠지만, 먹히지 않았다.

"너무 일찍 일어났어요?"

그는 내 표정을 보며 물었다.

"좀 그러네요."

나는 어설프게 웃었다. 이 남자는 정말 상냥하구나.

"매트리스가 안 맞아서 힘들었어요. 내가 쓰던 것보다 좀 딱딱해서요."

"허리가 또 아파요? 그 침대 때문에 그런 것 같군요. 우리가 꽤 좋은 매트리스를 산 다음엔 당신 허리도 좋아졌는데. 매트리스를 바꿔줄게요. 하지만 당신 침대는 슈퍼 킹사이즈가 아니라 그냥 킹사이즈일 거예요."

"걱정하지 말아요. 진통제 먹으면 돼요. 그리고 내가 안 자면서 너무 오래 누워있을 때만 아픈 거예요. 그러니 적당한 시간에 일어나면 괜찮겠죠. 오늘은 전문의 와인스타인 박사를 만나기로 했어요. 점심 후이긴 하지만요."

롭은 고개를 끄덕이며 커피 머신 쪽으로 다가갔다.

"앉아요. 커피 줄게요."

나는 바 스툴에 앉아서 그가 저지방 우유를 넣은 라테를 만들어 주기를 기다렸다.

"아침 벌써 먹었나요? 스크램블드에그를 좀 만들어 먹을까 해서 달걀을 사뒀어요. 지금은 주말이 아니긴 해도요."

내가 묻는 말에 그는 주방 시계를 확인하고는 머뭇거렸다.

"고맙지만…"

그러다 이내 말을 고쳤다.

"그래요. 스크램블드에그 좋겠네요."

"네. 그럼 내가 만들 테니, 당신은 토스트를 구워요."

내가 냉장고에서 우유를 꺼내는 동안, 그는 토스터에 두꺼운 빵 조각을 넣으며 미소를 지었다.

"난 당신을 만난 후로 스크램블드에그를 먹을 때만 토스트를 먹어요. 당신이 빵을 많이 안 먹었거든요. 탄수화물을 거의 끊어서요."

"그렇군요. 우리가 만난 이후로 내가 살을 아주 많이 뺐나 봐요."

이제야 이해가 잘되네. 나는 커다란 볼에 달걀을 깨서 넣은 다음 포크로 저으며 덧붙였다.

"결혼식 때문에 조금 빼고 싶어 했죠. 하지만 하와이에서 데이비드에게 사고가 일어난 다음에 당신 살이 엄청 많이 빠졌어요. 그 후로는 계속 몸매를 날씬하게 유지하는 편이 좋다고 생각했던 것 같고요. 하지만 난 당신이 예전처럼 음식을 맛있게 먹는 모습이 그리워요. 그래도 사고 이후에 식욕을 되찾은 것 같네요."

나는 달군 프라이팬에서 지글지글 녹는 버터를 보며 달걀을 휘저었다.

"내가 이토록 날씬해지는 게 맞나 싶네요. 난 토스트 먹고 싶다고요, 제길."

롭은 웃었다.

"그럼 토스트 먹어야죠. 자, 부인, 토스트 대령했습니다."

우리가 어찌나 화기애애한 분위기로 아침 식사를 마쳤던지, 그가 직장에 가면서 내 이마에 키스하지 않는 게 이상할 정도였다. 물론 그가 키스하려나 보다 싶은 순간이 있었지만, 그는 멈칫하면서 현실을 기억해 내고는 돌아섰다.

"6시에 올게요. 진료 잘 받고요. 필요한 일 있으면 전화해요."

"고마워요. 펜트하우스 바이어랑 잘되기를 빌어요."

롭이 떠나자 거대한 아파트가 그야말로 텅 빈 것만 같았다. 바쁘게 움직여 준비해야 할 약속이 있어서 다행이었다. 샤워한 다음 일주일 전 병원에서 돌아오며 입었던 버건디색 재킷과 회색 바지로 갈아입은 나는 약속 시각보다 몇 시간 일찍 집을 나서기로 했다. 병원까지 장장 쉰여섯 블록을 걸어가기로 한 것이다. 춥지만 화창한 바깥으로 나가며 나는 중얼거렸다.

"좋아, 부츠야. 널 신고 걸을만한지 알아보자고."

나는 부츠를 신고서 그랜드 센트럴 역까지 근 서른 블록을 걸어갔다. 아주 근사한 산책이라고 생각했지만, 결국 발이 뜨거워지며 아팠다. 그러다 롭의 사무실이 이 근처라는 걸 깨닫자 속이 묘하게도 계속 울렁거렸지만 애써 무시했다. 아직 진료 시간이 되려면 한참 남았기에 나는 그랜드 센트럴 역으로 들어가 거대한 공간을 거닐며 시간을 보냈다. 〈피셔 킹〉(1991년에 제작된 로맨틱 코미디 영화. 옮긴이 주)의 한 장면처럼 널찍한 창문으로 비쳐드는 햇살 아래 들리지도 않는 음악에 맞추어 왈츠를 추는 커플들을 상상하기도 했다. 나는 가판대에서 탄산음료와 파스트라미 샌드위치를 사서 앉아 먹으며 사람들을 구경한 다음, 잠시 〈뉴욕 타임즈〉지를 읽었다.

기분이 좋아. 평범한 삶을 사는 이 기분이.

12월 초

진료 시간까지 20분쯤 남자 나는 신문을 다 읽고서 지하철을 타고 몇 정거장을 지나 68번가에 갔다. 전공의의 진료실은 센트럴 파크를 굽어보는 으리으리한 5번가 건물의 1층에 있었다.

병원 밖에 선 나는 갑자기 심하게 당황했다. 의사한테 가서 이제 뭐라고 하지? 진실을 어떻게 이야기할 수 있겠어? 하지만 그러면 뭐라고 말해? 거짓말을 해? 지난 3년간의 일이 아무것도 기억나지 않는다고? 대체 왜 난 미리 계획을 세우지 않은 거지?

지금 시각은 12시 58분. 진료 시간은 1시였다. 이젠 걱정할 시간조차 없었다.

"네."

접수처에 앉은 여자는 서류철을 훑어보기만 할 뿐, 고개를 들지도 않고 대답했다.

"와인스타인 박사님 진료를 예약한 조시 캐번디시예요."

나는 그녀에게 해줄 필요 없는 따뜻한 미소를 지으며 대답했다.

"복도 끝 의자에 앉아 계세요."

"정말 감사합니다."

나는 다시금 환하게 웃어주었지만, 그녀는 여전히 고개를 숙이고 있어서 웃어주는 의미가 없었다.

복도를 지나자 초목이 푸르른 실내 정원이 내다보이는 곳에 대기 공간이 있었다. 트렌치코트를 막 벗으려니까 〈에이브러햄 와인스타인 박사〉라고 쓴 금색 명패가 달린 문이 열렸다. 이어서 곱슬머리 아래로 안경을 쓴 자그마한 남자가 나왔다.

"캐번디시 씨입니까?"

"네, 저예요."

그는 나에게 안으로 들어오라고 손짓한 다음 뒤따라 들어왔다.

"어서 오시죠."

와인스타인 박사는 책상으로 가서 서류철을 들어 펼쳤다. 그리고 가죽으로 된 책상 의자에 앉은 다음 말했다.

"앉으십시오."

나는 소파에 앉았다. 이 소파에는 환자가 얼마나 많이 누워있었을까? 누워서 상담 치료를 한다는 건 사실 다 헛소리인가?

"자, 캐번디시 씨."

"그냥 조시라고 불러주세요."

"그래요, 조시. 자전거 사고 이후로 기억을 잃어 곤란하다고 들었습니다."

그는 잠시 머뭇거리다가 말했다.

"그런데 '대체' 기억이 있으시다고요. 맞습니까?"

그는 안경 너머로 나를 빤히 바라보았다. 나는 미소를 지었다.

"맞아요."

"그래요. 저는 신경정신과 의사로 뇌와 신경계 손상에 관련하여 심리 문제가 있는 환자를 치료하고 있습니다. 벨뷰 병원에서 기억상실증 환자도 치료한 사례가 있어 조시를 제게 보낸 것이지요."

"그렇다니 든든하네요."

"지난 일주일 동안 어떤 일이 있었는지 생각대로 직접 말씀해 보시겠습니까?"

이 사람은 내가 미쳤다고 생각하겠지.

나는 자전거 사고와 더불어 병원에서 처음 눈을 뜬 얼마간의 순간, 그리고 롭을 알아보지 못했다는 사실을 설명했다. 그리고 곰곰이 생각하면서 어떻게든 그럴듯한 이야기를 애써 만들어 보았다.

"그래도 이상하긴 했어요. 단순히 지난 3년 동안의 남편이나 살았던 곳이나 직장이 기억나지 않는 게 아니라, 그동안 제가 완전히 다른 인생을 산 것 같았거든요. 전 결혼하지 않았고, 브루클린에 살고 있었고, 라디오 방송국에서 근무하던 아예 다른 사람이었죠. 하지만… 이젠 모두 희미해지고 있어요. 그게, 아직도 롭이나 우리 집이나 부동산 중개업체에서 일했던 건 기억 안 나요. 하지만 다른 삶의 기억은 희미해져 가요. 이젠 마치 꿈 같달까요."

그건 딱히 거짓말도 아니었다. 나의 옛 인생은 벌써 아득하게 느껴졌으니까.

와인스타인 박사는 책상을 펜으로 두드리며 말했다.

"그렇군요. 아마도 기억상실증으로 잃어버린 기억을 채우기 위해서 뇌가 꿈이나 공상 속에서 경험했거나 무의식이 만들어 낸 생각을 잡은 것 같습니다. 그러면 기억들이 실제 현실보다 더욱 현실적으로 느끼도록 만들지요. 특히 마지막으로 기억하고 있는 본인의 모습이 결혼하지 않은 상태였다면 더욱 그렇습니다. 결혼했다는 현실보다 안 했다는 상태가 더 말이 되니까요. 게다가 3년 전에는 형제분께서 살아계셨으니, 그분이 어딘가에 살아있다고 믿고 싶은 마음 역시 이해할 수 있습니다. 아시겠습니까?"

"네. 그렇네요."

정말 그랬다.

제길.

혹시 사실이 이런 걸까? 나의 옛 인생이란 게 실은 내가 진짜로 일반적인 기억상실증에 걸려서 생긴 기억의 공백을 메우려는 정신의 속

임수는 아닐까? 이 세상이 나의 진짜 삶인 건 아닐까?

와인스타인 박사는 나에게 계속 질문을 했고 나는 그때마다 대답했지만, 나의 목소리는 저 먼 곳의 소리처럼 들릴 뿐 내 정신은 딴 데 있었다. 30분이 지나자 박사는 검사를 마치고는 결과를 말해주었다.

"MRI 결과 뇌에 외상이 보이진 않았습니다. 그러니 기억이 저절로 돌아오기를 바랄 뿐입니다. 항상 그런 건 아니지만, 대부분 기억은 돌아옵니다. 한 달 후에 다시 촬영해서 상태를 확인해 보도록 하죠. 나가시면서 마리에게 진료 예약을 하십시오."

"감사합니다."

우리는 둘 다 일어섰다. 내 다리는 젤리처럼 흐물거렸다. 박사는 문을 잡아주었고, 나는 다음 예약을 잡고 가라는 지시를 무시한 채로 접수처를 지나 병원 밖으로 비틀비틀 나갔다.

무거운 문을 밀어젖히고 5번가에 들어섰다. 먹구름 사이에서 극적으로 내리쬐는 햇살이 공원을 밝게 비추고 있었다. 5번가를 건너 69번가 공원으로 들어가면서 아직 사라지지 않은 낙엽을 밟는 동안 머릿속이 마구 휘몰아쳤다. 혹시 나의 이전 인생은 진짜가 아니었던 걸까?

저 앞에 인파가 보였다. 아이스링크가 있는 곳이었다. 사람들을 구경하며 생각에 잠기기에 딱 좋은 곳이네. 나는 가판대에서 핫초코를 산 다음 관람석에 앉아 목둘레에 목도리를 두 겹 칭칭 감았다.

눈앞에 펼쳐진 광경은 마치 고전 영화의 한 장면 같았다. 온갖 색깔의 알록달록한 니트를 입은 크고 작은 다양한 사람들이 스케이트를 신고서 빙판 위를 활주하며 또 비틀거렸다. 그들 뒤로 센트럴 파크 남쪽이 보이면서 이젠 앙상하다시피 헐벗은 나무들이 마지막으로 남은 빨간색과 금색의 이파리를 반짝여 댔다. 그 너머로는 맨해튼의 마천루가 우뚝 솟았다. 아름다운 뉴욕의 모습은 이 세계에서도 한결같구나.

나는 끈적한 핫초코를 홀짝홀짝 마시고서 차분하게 숨을 골랐다.

좋아, 그럼 생각해 보자. 의사 말이 옳다고 본다면, 나의 이전 인생이란 기억상실증 때문에 생긴 공백을 채우려고 만들어 낸 뇌의 결과물이라는 거지?

오랫동안 이 점을 곰곰이 따졌다. 겉으로 보기엔 그의 말이 논리적으로 맞았다. 내가 다른 현실에서 또 다른 나와 자리를 바꾸었다는 내 생각보다 의사의 의견이 더 말이 되니까. 그야 당연하지.

하지만 아니야. 그럴 리가 없어. 나의 옛 인생이 너무 자세하단 말이야. 막연한 인상만 가지고 있었다면야 그럴 수도 있겠지만, 나는 옛 인생의 3년간을 매분 속속들이 기억해 낼 수 있는 데 반해, 현재의 삶은 아무것도 떠올리지 못하는걸. 브루클린에 있는 내 집으로 이사해서, 계단으로 가구를 올리고, 지금은 롭에 아파트에 걸려있는 그 숲 그림을 그 집에 걸었다. 엄마가 방문해서 손님방에 깐 요를 두고 불평했던 기억도 났다. 작디작은 식탁에 둘러앉아 사람들과 저녁을 먹은 적도 있었지. 라디오 프로그램 일도, 언제나 크래커 부스러기가 덮여있던 흠집 난 책상도, 내 귀에 걸쳤던 헤드폰의 느낌도 기억난다. 심지어 나의 라디오 방송용 목소리까지도. 내 친구들과 방송국 선배들도. 그리고 우리 오빠, 데이비드도.

데이비드가 죽은 지 정말 2년이 넘었다면, 불과 3주 전에 트럼프 대통령을 두고 오빠와 나누었던 대화가 기억날 리 있을까? 그리고 지난 9월, 오빠는 친구들과 함께 비아리츠에서 서핑하려고 프랑스로 휴가를 떠났는데(그때 남자들은 서핑하고, 나는 친구인 멜과 그 애 아기와 함께 놀았다). 그리고 작년 크리스마스에는 내가 영국으로 가서 런던에 있는

데이비드의 아파트에서 온 가족이 함께 보냈다. 설명할 수 없는 기억들이 너무나, 수도 없이 많단 말이다.

내가 정말 이걸 다 상상으로 지어냈다고?

의사의 말은 틀린 게 분명하다. 그가 받은 정보를 생각해 보면 이해는 가지만, 그래도 틀렸다. 그럴 수밖에 없다.

하지만 또 한편으로는, 내가 모르는 남편이 있고 오빠가 죽은 다른 시간선에 갇혀버렸다고 생각하니 이게 과연 좋은 일인지 역시 잘 모르겠다. 이 새로운 세상을 받아들이는 편이 여러모로 훨씬 쉽기야 하겠지. 하지만 나의 옛 인생이 존재한다는 믿음, 비록 손에 닿지는 못하더라도 데이비드가 어딘가 살아있는 세상이 있다는 믿음은 말할 수 없으리만큼 위안이 되었다.

스케이트 타는 사람들이 빙판 위에서 빙글빙글 도는 모습을 바라보며 나는 두 세계를 생각해 보았다. 그러다 너무 춥다는 생각이 퍼뜩 들어 시계를 보았다. 오후 4시가 다 되었네. 하늘은 어둑해지고 있었다. 벌써 2시간이 금방 가버렸단 말이야?

점점 익숙해지는 새로운 동네로 돌아온 나는 근처의 가게에 들러 갓 만든 탈리아텔레(기다란 리본 모양의 파스타. 옮긴이 주), 훈제 연어, 딜, 생크림을 샀다.

집에 들어와 허브를 썰고 있자니 롭이 돌아왔다. 그는 코트를 벗으면서 말했다.

"그 유명한 훈제 연어 파스타를 하는군요. 나에게 좋은 인상을 주려는 건가요?"

얼굴이 빨개졌다. 언젠가 내가 이게 데이트하는 날 밤에 즐겨 하는 요리라고 말했던 것 같았다. 나는 어깨를 으쓱이며 대답했다.

"만들기 쉬워서요. 샐러드 만들어 주겠어요?"

"그래요."

하지만 롭은 냉장고를 향해 가지는 않았다. 그는 눈빛에 미소를 머금고 있었다.

"의사랑은 잘 만났나요?"

"재밌었어요. 다 말해줄게요. 펜트하우스 거래는 잘됐나요?"

"해냈죠!"

롭이 당당하게 말했다. 그리고 등 뒤에서 샴페인 병을 불쑥 꺼냈다.

"가구까지 포함해서 1,775만 달러에 팔았죠. 다들 기뻐했어요. 축하할 수 있을 것 같더라고요. 이 샴페인도 저녁과 잘 어울리겠네요."

"축하해요. 이야, 이거 좋은 술이네요."

나는 병을 살펴보며 말했다. 롭은 샴페인을 차갑게 하려고 냉장고에 넣으며 대답했다.

"최고만 추구하죠. 아, 그래요. 샐러드 만들어야지."

잠시 후, 저녁 식탁 자리에서 롭은 파스타와 샐러드를 접시에 담을 때까지 기다렸다가 샴페인을 따서 기다란 샴페인 잔에 따랐다.

"무엇에 건배할까요?"

"펜트하우스 매각에요. 1,775만 달러예요. 멋진 결과네요."

"우리의 성공에 건배."

우리는 잔을 챙 부딪쳤고, 롭은 덧붙여 말했다.

"그리고 서로를 알아가는 데 건배. 처음이든, 처음부터 다시든 말이죠."

그는 미소를 짓고서는 샴페인을 쭉 들이켰다.

나는 차갑고 알싸한 술을 한 모금 마시며 대답했다.

"그래요. 그것도요."

롭은 포크로 능숙하게 파스타를 말며 입을 열었다.

"그럼… 진료 이야기를 해봐요."

"와인스타인 박사님은요, 음, 똑똑하시더군요. 흥미로운 대화가 오 갔죠. 나는 그분에게… 어느 정도의 진실을 말했어요. 내가 지난 3년 간 다른 삶을 살았다고 생각한다고요. 하지만 지금은 잘 모르겠다는 식으로 말을 아꼈어요. 당신을 만난 이후의 일은 여전히 아무것도 기 억나는 게 없긴 하지만요. 너무 미친 것처럼 보이고 싶진 않았거든요. 까딱하다 그분이 하얀 가운 입은 사람들에게 날 끌고 가라고 할까봐 요. 박사님은 흥미로운 이론을 갖고 계셨어요."

나는 포크로 양상추를 집으며 덧붙였다.

"그래서 난 좀 충격을 받았죠."

롭은 눈썹을 휘며 물었다.

"그래요?"

"그분 말로는 내 뇌가 단기 기억을 잃은 자리를 채우려고 거짓 기억 을 채우는 반응을 한 거래요. 꿈이랑 무의식이랑, 당신을 만나기 전의 내 삶에서 나온 내용으로 기억을 만든 거래요. 데이비드가 살아있고, 나는 아직 결혼하지 않았고, 다른 직업을 가진 등등의 것들이요. 게다 가 그 3년간의 실제 기억이 사라졌기 때문에 그게 더욱 생생하게 느껴 지는 거래요."

롭은 잔을 들고서 샴페인을 멍하니 빙글빙글 돌렸다.

"당신은 어떻게 생각하는데요?"

"합리적인 이론인 것 같았죠. 주어진 정보를 따져보자면요."

크림 파스타를 한 입 더 먹고 있으려니까, 롭이 내 얼굴을 바라보았다.

"그래서요? 뭔가 더 할 말이 있는 것 같은데요?"

나는 음식을 꿀꺽 삼켰다.

"그래요. 생각해 봤죠. 오랫동안요. 공원에 몇 시간 앉아있었어요. 하지만 그분 말이 옳다고 생각할 수가 없더라고요. 지난 3년간의 기억을 그토록 하나하나 상상해 내다니, 그건 말이 안 돼요. 난 그 시기를 실제로 산 게 맞아요. 당신이 지난 3년을 살았듯이, 나도 내 삶을 산 거라고요. 난 몇 주 전에 브루클린 집에서 데이비드와 스카이프로 영상통화를 하면서 현 정권에 관해서 이야기했던 기억이 나요. 그건 3년 전에 일어났을 리가 없는 일이라고요. 지난 9월에 친구들이랑 프랑스에 휴가 간 것도 기억나고요, 그땐 3년 전에 태어나지도 않았던 아기도 같이 갔었어요. 난 지난 몇 년간의 기억이 너무 많아요. 그건 분명히 내가 살았던 다른 인생이에요. 전부 상상일 리가 없다고요."

롭은 눈살을 찌푸렸다.

"그렇겠지요. 갑자기 사람들이 나한테 와서는, 내가 당신을 만난 적도 없고 나한테는 다른 아내가 있고 다른 곳에 살고 지금 직업도 내 직업이 아니라고 한다면 진짜 이상할 테니까. 그게 어떤 기분일지 나도 쭉 상상해 봤거든요."

나는 롭 쪽으로 몸의 기울여 식탁 위에 놓인 그의 손 옆에 손을 얹었다. 하지만 그 손을 건드리지는 않았다.

"그렇게 생각해 주어 고마워요."

이건 진심이었다.

"이게 다 미친 것처럼 보이겠죠. 당신에게도 힘들 테고요. 내가 당신을 기억하지 못하잖아요. 이제껏 내게 참 친절했는데."

롭은 고개를 숙이면서 슬쩍 미소를 지었다.

"그러면 이제 중요한 질문이 남았군요. 당신은 이게 무슨 일이라고 생각하죠? 솔직히 말해봐요. 비판하지 않을게요. 약속해요."

그는 샴페인 잔을 둘 다 채우고서 기다렸다.

나는 접시를 밀어내고 식탁 끝을 손으로 잡았다.

"정신 나간 것처럼 들리겠지만… 내가 보기엔 불가능한 일이 일어난 것 같아요. 어떻게 된 건진 모르겠지만, 내가 살던 현실이랄까, 내 시간선에서 튕겨 나왔어요. 내 인생은 3년 전에 갈라졌어요. 그래서 당신을 만난 인생과 안 만난 인생으로 나뉘었어요. 난 3년 전 그날 자전거를 탔다가 위험천만한 사고를 당해서 발목을 삐고 컨퍼런스에 못 갔죠. 그래서 거기 있던 당신을 만나지 못했어요. 그런데 최근 자전거 사고가 났던 그 지점에서 나는 다시 이 시간선으로 들어와 버린 거예요. 3년 전 가지 않았던 인생길로요."

나는 본격적으로 하고픈 말을 이어가기 시작했다.

"생각해 보면, 당신의 현실에 있는 조시는 갤러리에서 만날 약속을 하고 자전거를 타고 있었겠죠? 어쩌면 우리가 정확한 시간과 더불어 정확한 장소에서 서로 사고가 났던 거예요. 그래서 이런 변화가 생긴 거죠."

나는 이게 얼마나 헛소리인지 인식하고는 잠깐 말을 멈췄다.

"물론, 이건 논리적인 설명은 아니죠. 시공간 연속체의 구조에 틈이 생긴다는 게 실제 있는 일이 아닌 이상에야."

나는 분위기를 명랑하게 바꿔보려고 웃었다.

롭은 불편하게 미소를 짓긴 했지만 아무 말이 없었다. 그는 샴페인을 한 모금 더 마시고는 내 옆으로 저 아래 반짝이는 맨해튼의 불빛을 바라보았다.

나는 주저하다가 결국 말을 꺼냈다.

"한 가지 더 모르겠는 점이 있어요. 혹시 나만 이런 건지, 그래서 다른 시간선에서 이쪽 시간선으로 옮겨 와버리기만 하고 그걸로 끝인 건지 궁금해요. 아니면 나 말고 다른 조시가 있어서 현실이 두 개인 걸까요. 그렇다면 사고 현장에서 우리는 서로 바뀐 거겠죠. 그게 사실이라면 지금 당신 아내, 진짜 아내는 내 삶으로 떨어진 거예요. 당신 없이요. 그래서 분명 어떻게 당신에게 돌아갈 수 있을지 궁리하고 있을 거예요."

롭의 표정이 어두워지면서 눈길을 내 쪽으로 휙 돌렸다.

"아니. 말도 안 돼. 당신은 내 아내가 맞아."

그는 저녁 식사 접시를 달그락 소리를 시끄럽게 내며 쌓고서는 주방으로 가는 계단을 올랐다. 나는 샐러드 볼을 들고서 그 뒤를 따라갔다.

"당신이 듣고픈 말은 이런 게 아니라는 거 알아요, 롭. 하지만 내가 다른 삶에서 여기로 온 거라면, 당신 아내도 거기 있을 가능성을 생각해야 해요. 하지만… 누가 알겠어요? 어쩌면 나만 존재해서, 내가 다른 시간선에 오게 된 걸 수도 있죠. 어쩌면 의사 말대로 내가 가짜 기억을 담고 있어서, 다른 현실 따윈 없을지도 모르죠. 어쩌면 난 정말 미쳐가고 있는 건지도 모르겠다고요."

나는 비네그레트 향이 알싸하게 풍기는 차가운 샐러드 볼을 꽉 쥐었다. 목에서 흐느낌이 흘러나와서, 나는 애써 울컥함을 삼켰다.

"나도 이게 대체 무슨 상황인 건지 모르겠어요."

롭은 내게서 샐러드 볼을 받아 조리대에 놓더니, 갑자기 나를 성큼 끌어당겼다. 그는 커다란 팔을 나에게 둘렀고, 그의 가슴에 덥석 안긴 내 이마에 그의 턱수염이 닿았다. 그는 내 머리카락에 대고 속삭였다.

"당신은 미친 거 아니야. 내가 당신을 돌봐줄게요. 약속해요. 곧 다 잘될 거야."

난 아무 말도 하지 않은 채로 뺨을 그의 쇄골에 대었다. 온몸이 차분해졌다. 나를 누가 이렇게 안아준 게 얼마 만이던가. 이 세상에서든, 다른 세상에서든 정말 오랜만이었다. 따스하고 안전한 그 느낌에 나는 잠시 그를 믿었다. 그래, 모든 게 다 잘될 거야.

우리는 서로를 끌어안은 채로, 한동안 말없이 서있었다. 그러다 롭은 내 머리카락을 쓰다듬더니 물러서서 나를 바라보며 물었다.

"그럼 어느 쪽이 진실이었으면 좋겠어요? 다른 삶이 있다고 생각하는 당신 믿음이 진실이기를 바라나요? 차라리 틀린 쪽이 더 쉽지 않겠어요? 비록 날 기억하지 못한다 해도. 기억상실증에 걸린 나의 아내로 사는 게 낫지 않아요?"

"물론 그편이 더 쉽겠죠. 이 세상이 하나뿐이고, 평행 우주 같은 미친 세상은 없고, 우주의 법칙이 우리가 아는 대로 흠결 없이 완벽한 편이 좋죠. 기억상실증 같은 건 케케묵다시피 흔한 이야기이기도 하고요. 하지만 난 내가 옳다고 생각해야 해요."

"왜요?"

롭이 나지막이 물었다.

"이 세상에선 데이비드가 죽었잖아요."

그래, 입 밖으로 말해버렸구나.

"결국, 내가 어디에 살든, 누구랑 있든 상관없어요. 여기에선 데이비드가 죽었어요. 하지만 난 오빠가 오스트레일리아에서 지금 서핑을 하는 다른 세상이 있다고 믿어야 해요. 그리고 그 세상이 내가 살 곳이에요."

12월 초

롭은 내게서 물러섰다.

"그 때문이에요? 데이비드가 이유에요? 그래서 우리가 말해준 후로 거의 울지 않았던 거군요? 아직도 데이비드가 살아있다고 생각해서."

그는 얼굴을 찌푸리며 나를 바라보았다.

"오빠는 나한테 살아있어요. 어딘가에요."

롭은 고개를 저었다. 나는 그의 팔에 손을 얹었다.

"롭, 미안해요. 하지만 거짓말은 안 할게요. 말 안 하고 숨기지도 않을게요."

"그러면… 어떡할 건데요? 여기서 놀다가 결국엔… 돌아갈 건가요? 옛 인생으로? 그래서 여기를 떠나려는 거예요?"

그의 목소리가 갈라졌다.

"모르겠어요."

정말로 모르겠다. 그에게 끌리는 마음이, 이 삶에 끌리는 마음이 나의 이전 현실로 돌아가려는 욕망과 충돌하는 기분이었다.

"나는 매사 최선을 다할 거예요. 난 이 삶을 살아갈 거예요. 주어진 새로운 일을 할 거예요. 예전에 다녔던 합창단 단장에게도 1월부터 돌아갈 거라고 이메일도 보내놨어요. 내가 있던 곳으로 돌아갈 수는 있는지 모르겠고. 솔직히 이 모든 게 너무 혼란스러워요. 왜냐하면요, 솔직히 말하자면, 난 여기가 마음에 들거든요. 여기서 당신과 있는 게 좋아요. 여긴 꿈에 그리던 집이니까요. 그리고 당신은 정말 멋진 사람이에요. 하지만 데이비드는 내 오빠잖아요? 우리는 정말로 친했어요. 난 오빠를 버릴 수가 없어요."

롭은 얼굴을 문지르며 뒤로 물러섰다.

"미안해요. 난 못 견디겠어. 당신은 내 아내고, 난 당신을 사랑해.

나는 당신이 날 기억해 주길 바라고, 우리가 함께 평생 살기를 바라. 난 당신을 위해서 강해지려고 해. 최대한 참아볼 거고. 하지만 이건 너무 엉망이잖아. 누가 이런 현실을 감당할 수 있는데?"

그는 너무나 비참해 보였다.

"당신은 대단히 잘하고 있어요. 진심이에요."

나는 훌쩍이며 말했다. 눈앞이 온통 흐릿해졌다. 핸드타월로 눈물을 닦으며 말을 이었다.

"평행 우주에서 몸이 바뀌어 버린 상황에서 어떻게 해야 하는지 알려주는 설명서 같은 건 없잖아요. 날 정신병원에 입원시키지 않은 것만으로도 정말 잘하고 있는 거라고 생각해요. 그리고 울어서 미안해요. 너무 보기 싫을 것 같네요."

이런 말을 하는 것조차 미친 것만 같았다.

"당신이 보기 싫은 순간이라니, 그런 건 없어."

롭은 접시를 들고서 돌아섰다.

Chapter 06

12월 중순

나른한 일요일, 나는 거실에서 와인스타인 박사에 대해 일기를 쓰고 있었다. 문득 롭이 아이패드를 보다 말고 고개를 들었다.

"있죠. 말해줄 게 몇 가지 있어요. 우리 같이 계획을 짜야 해요."

"그래요?"

"이 세상에는 우리가 치러야 할 행사가 있거든요. 크리스마스라는 건데요. 혹시 알아요?"

그는 장난스레 눈짓했고, 나는 웃어버렸다.

"오, 이제는 없어진 고대의 축제 같은 건가요?"

"딱 맞췄네요. 올해는 원래 시애틀에 가서 우리 식구랑 같이 보내기로 했었죠. 작년에는 우리끼리 여기서 보낸 다음에 새해 전에 잉글랜드에 갔었거든요. 그래서 엄마랑 아빠는 올해 우리가 두 분이랑 보낼거라고 생각하고 있죠. 하지만 당신이 시애틀로 여행할 수 있을지 잘 모르겠다고 했더니, 두 분이 대신 여기로 오겠다고 하셨죠."

롭은 명랑했던 기색을 바꾸어 불안한 모습을 비추더니, 서둘러 말했다.

"두 분은 8일 정도 머무를 예정이에요. 크리스마스이브에 도착해서 새해 후에 떠나실 거고요… 당신은 우리 부모님과 아주 잘 지냈어요. 그래서 두 분은 당신을 무척 보고 싶어 하죠. 어떻게 생각하나요?"

"난 두 분을 아주 잘 알 거 아니에요? 그렇다면 두 분에게도 무척 이상한 일이겠지요. 우리가 만난 이후의 기억을 내가 전혀 못 한다고 말씀드렸나요?"

"기억상실증 때문에 3년간의 기억이 없어졌다고 말했어요… 아무것도 기억 못 한다고."

그는 씩 웃으며 덧붙였다.

"그랬더니 아빠가 말했죠. 당신에게 두 번째로 좋은 첫인상을 줄 수 있으니 괜찮겠다고요."

나는 미소를 지었다.

"그러시다니 좋네요. 당연히 두 분 오셔야죠. 당신 말이 옳아요. 난 시애틀에 갈 마음의 준비는 안 됐지만, 그래도 좋은 분들과 함께 크리스마스를 보내면 즐거울 것 같아요."

나는 아파트를 슬쩍 둘러보았다. 이 공간에, 이 삶에 서서히 익숙해지고 있었다.

"재미있을 거예요."

그는 다시 들고 있던 아이패드로 시선을 돌렸다. 나는 일기장을 들다가 다시금 그의 말을 떠올렸다.

"말해줄 게 몇 가지 있다면서요? 또 뭐가 있죠?"

"아, 그래요. 펜트하우스 분양 성공 기념 축하 파티가 있죠. 한스는 우리가 파티를 주최하기를 바라고 있어요. 우리도 이 건물에 살고 있으니까요. 집 매각 후 나오게 될 〈럭셔리 리스팅 뉴욕 시티〉 새 시즌이 있는데, 거기서 파티를 촬영하면서 이것저것 하고 싶다는군요. 물론 나는 당신에게 물어보고 한다고 한스에게 말해 뒀어요."

"우와. 그거 진짜 대단하네요."

과연 나는 TV에 나오는 화려한 파티를 주최할 준비가 되어있나. 이게 언젠가는 할 수 있을만한 일인가.

"그래요. 우리는 전에도 이런 파티를 몇 번 주최한 적이 있어요. 물론 TV 방송을 하진 않았지만, 비슷하게 화려한 행사였죠. 파티를 계획하고 음식을 준비하는 건 전부 플래너가 하면 되니까, 당신은 멋진 드레스를 입고 거실에 나타나기만 하면 돼. 혹시 파티 주최를 할 수 없을 것 같으면, 수지네 집에 가서 있어도 되고요. 내가 혼자 할 수 있으니까요."

하지만 그 목소리에는 주저하는 기색이 역력했다. 그가 혼자 파티를 준비하도록 놔두는 건 너무한 것 같았다. 펜트하우스 매각은 아주 큰 계약이었다.

"언제쯤 하게 되나요?"

"2월쯤? 그렇다고 들었어요."

두 달이라. 그때까지 내가 여기 살 거라고 상상하기란 어려웠지만, 그렇다고 원래 세계로 돌아갈 방법을 찾아낼 것이라고는 더더욱 상상하기 어려웠다.

"괜찮을 거예요. 진짜로요. 한스에게 말해요. 우리가 파티 주최하겠다고요."

내 목소리는 생각보다 더욱 확신 어리게 흘러나왔다. 롭은 나에게 무척 상냥했잖아. 그리고 여긴 그의 집이잖아.

"그럼 다 하는 겁니다! 내가 이래서 당신을 좋아한다니까."

그는 일어나서 기지개를 켜더니 물었다.

"점심으로 수프 먹을까요?"

나는 웃었다.

"좋아요. 그런데 마이크가 오늘 오후에 와서 나랑 복직에 관해 이야기를 한다고 했던가요?"

롭은 주방으로 가며 말했다.

"그랬죠. 겸사겸사 놀러 오는 거라고도 생각해요. 우리 집 커다란 스크린으로 하키를 보고 싶어 하거든요. 맥주를 가져온댔어요. 아, 한스도 오고요."

그는 나의 어리둥절한 표정을 보고는 덧붙여 설명했다.

"마이크는 당신의 상사지만, 괜찮아요. 당신도 그 둘을 마음에 들어할 거예요. 우리 다 친한 친구거든요."

롭의 말은 옳았다. 몇 시간 후 마이크와 한스가 나타나자 나는 그들을 곧바로 좋아하게 되었다. 마이크는 건장한 체격과 잘 다듬은 턱수염을 지닌 매력적인 남자였다. 그는 롭과 비슷한 나이였고 대학 동창이었다. 그의 동업자인 한스는 물론 내가 익히 알고 있는 얼굴이었다. 나의 라디오 방송에 그를 섭외하고 싶기도 했고, 〈럭셔리 리스팅 뉴욕 시티〉에 나오는 한스를 오랫동안 봐왔으니까. 커다란 키에 금발인 한스를 본 나는 연예인을 본 듯한 기분이라 얼떨떨해졌지만, 그의 친근한 태도에 그런 마음도 사라졌다. 마이크와 한스는 대단히 멋진 한 쌍의 남남 커플이었으며 서로를 무척 아끼는 게 잘 보였다.

"조시, 자기는 오늘도 참 멋지네요."

한스는 여전히 독일어 억양이 짙은 말씨로 대답했다. 그는 양손으로 내 어깨를 잡고서 뺨에 차례차례 키스했다. 나를 좋아하는 게 분명히 드러났다.

"자기가 정말 보고 싶었다고. 물론 당신은 우리가 누군지도 기억을 못 할 테니 그립지는 않았다는 걸 알지만요. 그래도 우리를 좋아하게 될 거야."

한스와 롭은 거실에 자리를 잡고 앉아 프로젝터 화면으로 경기 전 영상을 보려고 준비했고, 마이크와 나는 서재로 가 잠깐 대화를 나누었다.

"좀 이상하게 들리겠지만, 그래도 조시는 내 아래에서 일하는 사람이잖아. 우리는 자기가 얼른 돌아오기를 기다리고 있다고요. 어서 출근해 주기를 바라고 있어요. 업무상으로도 그렇지만, 개인적으로도 마찬가지야. 지금 자기 머리가 어떻게 된 건지 궁금하단 말이죠."

그의 솔직한 태도는 신선했다. 나는 그에게 말했다.

"친절하게 대해주셔서 고마워요. 참 이상하죠. 내가 이 일도 기억을 못 하고, 게다가 난 전에 커뮤니케이션 관련 일을 해본 적도 없거든요. 여러분이 기대를 많이 하셨다가 실망하게 되는 건 바라지 않아요. 난 아마 모든 걸 처음부터 다시 배워야겠죠. 그러니 혹시 그 자리에 걸맞은 다른 경력자를 고용하고 싶다 해도 전적으로 이해해요."

그러자 마이크는 곧바로 아주 단호하게 대답했다.

"그렇게 말해주어 고맙지만 안 돼. 우리는 조시가 크레인스사에서 부동산 저널리즘 관련 일을 했던 경험이 있어서 뽑은 거라고요. 그 경력은 기억하고 있잖아요? 그리고 조시는 우리가 뽑자마자 아주 빠르게 회사에 적응했다고. 타고난 인재란 말이야. 그 자리를 지금 앤절라가 대신하고 있고, 잘하긴 하지만 자기가 첫 주부터 보여준 성과에 비교할 수는 없어요. 우리가 원하는 건 조시 당신이란 말이야."

"우와. 이토록 인정해 주시다니 고마워요."

이 말은 진심이었다. 내가 맡은 일을 잘한다는 걸 알게 되니 좋았다. 어떻게 했는지 기억을 못 하는 상황에서라도 말이다.

"좋아요. 그럼 제가 언제부터 일하면 될까요?"

"크리스마스 휴가로 쉴 때까지 2주밖에 안 남았으니까, 업무에 적응하기 딱 좋은 시기겠네. 그때 재교육을 하고, 2018년도 전략 회의하고, 앤절라가 프로젝트를 다시 돌려주면 되겠지. 그러면 새해에는 다시 업무를 시작할 수 있어요. 괜찮겠죠?"

"아주 좋아요. 부담도 좀 덜한 것 같고요. 그러면… 내일부터 나갈까요?"

마이크는 곰곰이 생각하더니 대답했다.

"수요일부터 하죠. 그리고 두 사람, 크리스마스 파티에도 올 거죠? 이번에도 라파예트 레스토랑의 프라이빗 룸을 예약했어요. 목요일에 할 거예요. 다들 올 겁니다. 파트너도 데리고. 한스랑 나도 있고, 롭의 팀까지 전 직원이 총출동할 거죠. 롭이 말하지 않았나?"

나는 누가 봐도 멍한 표정이었다.

"아직 못 들었어요. 알아둬야 할 게 엄청 많네요. 하지만 파티 재밌겠네요. 며칠 후면 사무실에 출근할 테니, 그때쯤이면 사람들 이름을 좀 외워놨겠죠."

"롭이 〈럭셔리 리스팅 뉴욕 시티〉 파티 주최하는 것도 말했어요?"

"네. 2월에 한다고요. 얼마나 빨리 계획할 수 있을지 두고 봐야겠죠.

준비는 대부분 새해를 넘긴 다음에야 되겠죠."

나는 잠시 머뭇대다 말했다.

"사실, 지금 생각해 보니 밸런타인데이 즈음이 되어야 할 것 같네요. 테마를 그걸로 정할 수도 있겠죠. 안 그래요? 해시태그로 #러브럭셔리리스팅 같은 걸 정하면…"

마이크는 갑자기 고개를 젖히며 활짝 웃었다.

"이야! 이러면서 직장 일이 걱정된다고? 몇 초 만에 SNS에 올릴 해시태그랑 파티 테마를 생각해 냈으면서! 우리 멋진 영국 아가씨, 당신은 아무 문제 없이 잘할 거야."

나는 처음으로 무척 설렜다. 이 직업 정말 멋진 것 같아. 마이크는 재미있는 상사이자 친구인 듯했다. 게다가 난 내가 이쪽 일에 재능이 있다는 것도 확실히 알고 있었다.

마이크는 일어나서 문을 열었다.

"좋아요. 우리 남편들이 맥주를 죄다 마셔버리기 전에 나도 한잔하고 싶네. 가실까요?"

거실에 앉아 있던 롭은 내 표정을 보고 빙긋 웃었다.

"다 잘됐어요?"

그는 자신의 옆자리를 치면서 어서 앉으라 손짓했다.

나는 그곳에 앉아 발을 가지런히 모으고 마이크가 어깨너머로 건네주는 맥주를 받으며 대답했다.

"네, 잘됐어요. 다음 주 수요일부터 다시 출근해요. 그리고 목요일에는 회사 파티에서 사람들을 만나볼 거고요."

롭은 고개를 끄덕이면서도 나를 조심스레 바라보았다.

"정말 그래도 괜찮겠어요?"

"그럼요. 라파예트 레스토랑이 참 멋지다는 이야기는 많이 들었어요."

마침내 그는 미소를 지었다.

"작년에 앤절라가 그곳에서 회사 파티를 하는 걸 당신이 도왔었죠."

"그렇군요. 기억에는 없는 곳이라 알아가야 할 곳이 많네요."

"처음 해보는 일일 테니 훨씬 재미있겠죠."

그는 나에게 조금 더 가까이 다가와 앉더니 거대한 스크린을 슬쩍 바라보았다.

"자, 그럼 이젠 하키 게임의 이모저모를 알아볼까요?"

할스타인 앤드 파우스트사에는 나의 자그마한 실내 사무실이 있었다. 그곳에서 난 내가 준비한 듯한 겨울 홍보 캠페인 자료를 쭉 읽어보고 있었는데, 마이크가 들어왔다. 첫날이었던 어제는 온갖 정보를 얻고 자기소개를 거치느라 정신없이 보냈는지라, 오늘에서야 내 업무를 서서히 파악하기 시작했다.

마이크는 의자를 하나 끌어다 앉았다.

"잘돼가요? 뭐 이상한 건 없고?"

"일이 많네요. 하지만 이상한 건 없어요. 제 생각의 흐름이 어떤지 보이네요. 이건 해낼 수 있을 것 같아요. 해보면서 알게 되겠죠."

마이크는 고개를 끄덕였다.

"그건 의심의 여지가 없지. 우리는 이 작업을 모두 함께했으니까 언제든 나한테 물어보면 돼요. 다른 업무는 조시네 집에서 할 〈럭셔리 리스팅〉 파티인데, 이건 PD랑 같이 일해야 할 거예요. 그쪽에서 촬영할 거니까. 그 일도 당신 업무니까. 파티 플래너랑 같이 업무 시간에 해도 돼요. 크리스마스 때까지 마무리하기에 좋은 첫 번째 임무겠죠?"

"아주 좋아요."

그날 오후 롭은 나에게 문자를 보냈다.

-둘째 날 잘 보내고 있어요? 나는 4시 30분에 일이 끝날 것 같으니 다들 5시에 떠난다면 내가 당신 사무실로 먼저 갈 수 있을 것 같은데요.

-응, 둘째 날도 잘 보냈어요. 고마워요. 앤절라 말로는 라파예트 예약이 5시니까 우리는 4시 50분쯤 나가게 될 거랬어요. 우리 모임 장소는 지하 와인 저장고예요. 나중에 봐요.

화장실에서 화장을 마무리하고 있으려니까, 한스의 비서인 앤절라가 불쑥 들어왔다. 그녀는 목둘레선이 깊게 패고 딱 달라붙은 초록색 드레스를 보란 듯이 입고 머리를 올려 묶었다.

"방금 롭이 도착했어요. 마이크랑 한잔하고 계세요."

"알려줘서 고마워요."

나는 립글로스를 바른 다음 이브닝 백에서 찾은 미니 향수를 뿌렸다. 내게는 좋은 향기였다.

"나 어때요?"

나는 드레스룸에서 찾은 은빛 시폰 칵테일 드레스 차림에 본격적으로 스모키 메이크업을 했다. 긴 금발은 등 뒤로 늘어뜨렸다.

"언제나처럼 대단히 멋있어요. 난 어떤가요?"

앤절라는 머리를 부풀리며 거울을 바라본 채 입술을 삐죽였다.

"너무 예뻐요."

정말이었다. 앤절라는 정말 예뻤다.

"좋아요. 그럼 준비됐네요."

롭은 마이크의 사무실 책장 옆에 둔 가죽 의자에 등을 대고 앉아 커다란 위스키 잔을 빙글빙글 돌리며 웃고 있었다. 문을 열고 안으로 들어가는 나는 예상치 못한 긴장감을 느꼈다. 롭은 고개를 돌려 예의 편안한 미소를 지었다. 그는 나와 똑바로 눈길을 마주했다.

"이야, 우리 아내 정말 눈부시게 예쁘네."

"당신도 꾸미면 꾸밀수록 멋있으면서."

나도 모르게 내뱉은 10대 청소년 수준의 은근한 말에 얼굴이 빨개졌다. 하지만 진회색 디자이너 수트에 목 단추를 풀어놓은 하얀 셔츠를 입은 롭은 누가 봐도 멋진 남자 그 자체였다.

"두 사람, 어서 가죠. 마저 마시고 가자, 롭."

마이크는 우리를 사무실 밖으로 몰아냈다.

레스토랑까지는 몇 블록 걸어가야 했다. 수많은 관광객과 휴가 나온 사람들을 헤치고 지나가는 길에 롭을 대놓고 돌아보는 여자들이 계속 나왔다. 하지만 그는 하이힐을 신은 나를 부축하며 가느라 여자들의 시선을 보지 못했다. 이윽고 라파예트 레스토랑에 도착한 우리는 지하의 넓은 와인 저장고로 내려갔다. 적어도 50명은 앉을 수 있는 화려한 테이블 두 개가 아름답게 놓인 가운데 저편에는 바와 라운지 공간도 따로 갖추어져 있었다. 나는 롭에게 말했다.

"여긴 참 넓네요. 우리 회사에선 20명만 오는 줄 알았는데."

"B+B 사람들도 오거든요. 연합 파티라는 거 기억하죠? 우리는 함께 작업하는 게 많으니까 당연한 일이죠. 당신 회사 쪽에서 20명, 우리 회사 쪽에서는 거의 40명이 와요. 이거 원래는 당신 계획이었던 것 같은데.”

“맞아요. 앤절라가 무척 좋아하는 것도 이해가 가네요. 할스타인 앤드 파우스트 사람들에게 이렇게까지 신이 나리란 생각은 안 드네요.”

롭이 웃었다.

“우리 팀 사람들이 곧 와서 앤절라를 기쁘게 해주어야겠군요. 한잔 할래요?”

사람들이 방에 계속 들어오자 그는 내 등에 손을 얹고서 나를 바 쪽으로 안내했다.

할스타인 앤드 파우스트사의 직원들은 대부분 본인 자랑에 상당히 열 올리는 사람들이었지만, 그래도 롭과 마이크, 한스와 나누는 대화는 우리 아파트에서 했던 것처럼 재미있고 재치가 넘쳤다. 한스는 화려한 트로피컬 패턴의 셔츠를 입고 나타나서는 “크리스마스는 개나 줘”라고 선언했다.

저녁 식사 자리에서 나는 롭 옆에 앉았다. 내 다른 옆자리에는 회사의 안내 담당 젊은 직원인 조쉬가, 맞은편에는 앤절라가 앉았다. 앤절라는 우리와의 대화에 별 관심이 없는 듯, 옆자리에 앉은 매끈한 머리의 남자와 열심히 이야기했다. 하지만 이따금 눈을 가늘게 뜨고 묘한 눈초리로 나를 보았다. 나는 그녀를 무시하고는 맛있는 스테이크와 감자튀김을 먹으며 조쉬와 즐겁게 이야기를 나누었다. 조쉬는 솔직하고 아주 재미있는 사람이었다.

이윽고 한스가 자리에서 일어나 포크로 잔을 두드리자 사방이 조용해졌다.

“다들 아시겠지만, 저는 수줍고 조용한 성격이잖습니까. 그래서 스포트라이트 받는 게 싫기 때문에…”

이 말에 사람들이 조롱기 서린 코웃음을 치며 커다랗게 야유를 보냈다.

"짧게 말하겠습니다. 우리 할스타인 앤드 파우스트사 분들에게 참 감사하고, 또 우리의 친구인 B+B 분들께도 감사합니다. 올 한 해를 멋지게 성공적으로 보낸 여러분 정말 수고하셨습니다. 캐번디시 하우스의 마지막 펜트하우스까지 지난주로 매각되었지만, 우리는 또 트라이베카 빌딩을 새로 짓고 있으니, 우리의 이 관계가 오랫동안 이어지기를 바랍니다.

관계 이야기가 나왔으니 말인데요. 개인적으로 한마디 하겠습니다. 조시, 우리 식구로 다시 돌아와 주어 정말 기쁩니다. 우리와 함께해 주어 얼마나 좋은지 모르겠어요. 다들 감사합니다. 그리고 즐거운 연휴 되시길 바랍니다. 건배! 프로스트(Prost, 독일어 건배사. 옮긴이 주)!"

"프로스트! 건배!"

테이블에 둘러앉은 이들이 다들 소리쳤다. 이어서 들려오는 소리가 있었다.

"롭! 한마디 해야죠!"

"아니, 아냐, 난 됐어요…"

롭은 싫다며 손을 내저었다. 하지만 사람들이 그의 이름을 계속 부르자 결국 입을 열었다.

"좋아요. 다들 입 다물어 주시죠. 전 연설 준비 같은 건 안 했습니다. 그건 언제나 수줍음이나 조용함과는 거리가 멀고도 먼 한스 담당이었거든요. 하지만 저희 B+B 직원들도 나름의 칭찬을 들어야 할 것 같으니까… 감사합니다, 여러분.

올 한 해는 우리 B+B 식구들에게도 대단히 좋았습니다. 우리 친구

할스타인 앤드 파우스트사 친구분들 도움을 많이 받았죠. 여러분 모두에게 감사하다고 전하고 싶습니다. 그리고 저의 아름다운 아내이자 캐번디시 하우스에 영감을 준 조시를 두고 한스가 했던 말을 다시 들려드리고 싶습니다."

롭의 목소리가 한층 부드러워졌다.

"여러분도 다들 들으셨겠지만, 조시는 지금 기억상실증에 걸려서 여러모로 힘든 시기를 겪고 있습니다. 하지만 그래도 조시가 제 곁에 있어주어 참 감사하고, 할스타인 앤 파우스트사 여러분이 조시를 잘 보살펴 주시리라 생각합니다. 그 점 역시 감사드립니다."

그는 잔을 들고서 나를 바라보았다. 다들 자신의 잔을 화답하듯 들어올렸다. 나는 모두의 주목을 받으며 얼굴이 빨개졌지만, 그래도 롭의 다정한 말에 기분이 너무 좋았다. 너무 좋아 마음이 어지러울 정도로.

"우리의 휴가 기간과 다가올 2018년에도 계속해서 건강하고 행복하며 승승장구하시길 바랍니다. 메리 크리스마스."

다른 이들도 건배를 외치자 롭은 고개를 숙여 내 정수리에 입을 맞추었다. 나는 샴페인을 들어야 한다는 것도 잊고서 내 어깨를 짚은 그의 손에 손을 올렸다.

이윽고 한스가 손을 저으며 말했다.

"다들 일어서세요! 테이블을 치우자고. 어휴! 이젠 춤을 춰야지!"

다들 계속해서 샴페인을 잔뜩 마셨고, 파티의 밤은 점점 달아올랐다. 나는 이 자리에 없는 남자친구를 두고 계속 불평을 하는 조쉬와 함께 미끄러운 바 의자에 앉아있었다.

"망할 자식. 저 화장실 가야겠어요."

조쉬는 이렇게 외치더니 날 두고 가버렸다. 회사 동료들은 신나는 음악에 맞추어 춤을 추고 있었다. 그런데 롭은 어디에도 보이지 않았다. 어디 있을까 찾으러 가려던 순간, 핀 스프라이트 정장에 머리를 매끈하게 넘긴 남자가 내 옆으로 바짝 다가와 앉았다. 저녁 식사 때 앤절라 옆에 앉아있던 사람이었다.

"조시 맞죠? 우리 작년에 만났었는데… 기억 못 하겠군요. 카일이라고 해요. 한잔할래요?"

그는 내 귓가에 속삭였다. 나는 가득 찬 잔을 들여 보이며 대답했다.

"고맙지만 괜찮아요."

"난 B+B의 사업 개발 담당이에요. 부사장이죠. 여긴 멋진 회사예요. 다닌 지 18개월 됐는데 진짜 좋네요. 당신 팀에 있는 앤절라와는 쭉 친구였죠. 오래 알고 지냈어요."

"그렇군요."

"조시, 그러니까 난요, 진짜 궁금해요. 기억상실증에 걸려서 완전 다 잊었다면서요? 앤절라가 말해줬어요. 진짜 하나도 기억 안 나요?"

그의 눈빛은 반쯤 풀렸고, 혀도 꼬부라졌다.

"음, 3년 전 일부터 전혀 기억나지 않아요. 하지만 장기 기억에는 문제없어요. 다만 할스타인 앤드 파우스트사에서 일한 지는 2년 반밖에 되지 않아서 업무에 대한 기억이 하나도 없어요. 어제 처음부터 다시 시작했죠."

"그거 힘들겠네. 그럼 롭은요? 두 사람 만난 지 얼마나 됐죠?"

"3년쯤요. 결혼한 지는 2년 됐고요."

나는 카일 너머로 방을 훑어보았다. 롭이랑 마이크는 어디 간 거야?

"둘 사이가 전혀 기억나지 않았어요? 일어났더니 남편을 못 알아봤다면서요? 앤절라가 그러던데."

12월 중순　　　　　　119

"그랬죠."

나는 와인을 홀짝 마셨다. 이 남자 때문에 점점 기분이 불편해.

"그렇군요. 그러면 지금은 결혼 안 한 기분이겠네? 그러니까, 롭도 기억 안 나고, 결혼한 것도 기억 못 할 거 아니야?"

그는 내 쪽으로 몸을 기울였다. 그의 숨결에서 위스키 냄새가 훅 끼쳤다. 그리고 경악스럽게도, 그는 팔로 내 허리를 슬그머니 감았다.

"기억도 안 나는 남자랑 결혼하고 싶지 않겠죠… 그러니까 내 말은, 당신에겐 이제 다른 기회가 있다 이거죠."

그는 이쪽으로 와락 달려들어 내 몸을 자기 쪽으로 당겼다. 나는 몸을 피해 의자에서 내려오다가 카일의 값비싼 수트에 와인을 흘렸다.

심하게 화가 난 나는 벌떡 일어나서 그의 흐리멍덩한 눈을 똑바로 바라보았다.

"내 걱정은 마시죠. 당신같이 느끼한 놈의 헛소리를 듣는 것보다 내가 모르는 남자와 결혼한 편이 훨씬 좋으니까."

나는 보란 듯이 반항적으로 와인을 들이켠 다음 잠시 주저했다가 그의 얼굴에 남은 술을 확 뿌리며 덧붙였다.

"개새끼야."

그리고 돌아선 순간, 롭이 보였다. 그는 앤절라와 마이크와 함께 저쪽에 서서 우리의 대화를 지켜보고 있었다. 앤절라는 롭의 귀에 손을 대고 무어라 속삭였다. 롭은 눈썹을 찌푸리며 그쪽으로 다가가는 나를 바라보았다. 나는 드레스 매무새를 매만지고는 땀에 젖은 채로 춤을 추는 동료들 사이를 이리저리 지나 롭에게 다가갔다. 그리고 아주 짜릿한 기분으로 마이크에게 말했다.

"나 술이 다 떨어졌어요. 하지만 이젠 그만 마실 때도 됐죠."

그때, 〈페어리테일 오브 뉴욕〉이 흘러나오기 시작했다. 내가 제일 좋아하는 곡이었다. 나는 롭을 바라보았다.

"춤출래요?"

"오, 좋죠."

그는 짧게 웃으며 대답하고는 앤절라를 바라보았다.

"실례할게요."

그의 목소리에는 그답지 않은 냉랭함이 서렸다. 앤절라는 입을 멍하니 벌렸다.

롭은 나를 방 한가운데로 데려갔다. 동료들이 우리 주위로 신나게 움직이는 가운데, 그는 나를 댄스 플로어 주위로 빙글빙글 돌리며 가볍게 움직였다. 조용한 곳으로 가서 날 가까이 끌어당긴 롭은 음악이 점점 흥겨워지자 날 밀어냈다. 마치 우리가 예전에도 춤을 춘 적이 많이 있었던 듯한 기분이었다. 어쩌면 이런 게 근육 기억일까. 어쨌든, 이 순간 기쁨 비슷한 게 느껴진다는 사실은 부정할 수가 없었다.

한참 후, 파티를 마치고 아파트로 돌아온 우리는 얼굴에 소비뇽 블랑을 맞은 꼴불견 남자 이야기를 하며 웃었다.

"아마 나한테 세탁비 청구서를 보내지 않을까요. 그럴만한 개새끼니까."

내 말에 롭은 키득키득 웃었다.

"아, 술을 맞아 마땅한 놈이었죠. 정말 유감이에요. 그 인간이 멍청하다는 건 알고 있었는데, 이 정도일 줄은 몰랐어요. 자존심이라는 게 있다면 월요일에 사표를 내겠죠."

"해고하지 말아요. 나 때문에 하진 마세요."

"그쪽이 어떻게 처신하는지 볼게요."

롭은 해고하지 않겠다는 약속을 하지는 않았다.

"그 사람이 앤절라 친구라는 거 알아요? 내 느낌인데, 앤절라가 그 사람보고 나한테 접근해 보라고 한 것 같았어요. 이상하죠."

롭은 고개를 끄덕였다.

"앤절라는 나한테도 이상하게 굴었어요. 카일이 당신에게 추근댈 때, 내가 그 장면을 확실히 보게 하더라고요. 마치 당신을 곤란하게 만들고 싶어 하는 것 같이요. 하지만 앤절라는 당신이 커뮤니케이션 자리를 맡은 후로 언제나 당신을 질투했어요. 본인도 그 자리에 지원했거든요. 게다가 당신이 자리를 비운 동안에는 일을 맡아서 했고요."

"나도 그렇지 않을까 생각했어요."

그날 밤 파티 전에 앤절라가 날 보던 눈빛이 떠올랐다.

"앤절라나 카일을 생각하며 시간을 낭비하고 싶지는 않네요. 한잔 더 할래요?"

나는 망설였다. 너무 솔깃한데. 하지만 내 몸에서는 이미 화이트와 인과 땀 냄새가 풍겼고, 좀 심하게 취하기도 했다. 게다가 내일은 또 출근해야 한다. 무엇보다도, 롭 옆에서 자제력을 잃고 싶지는 않았다. 오늘 저녁은 참 근사했다. 하마터면 이 삶이 내 것이라고 생각할 뻔할 정도로.

"고맙지만 난 자러 가야겠어요. 내일도 일해야 하니까요."

"그렇죠. 음, 그럼 잘 자요. 상여자 씨."

나는 씩 웃었다.

"잘 자요. 그리고 덕분에 오늘 정말 재미있었어요. 그 멍청한 자식 일이 있긴 했지만."

"나도 그래요. 잘 자요."

롭은 고개를 숙여 내 뺨에 입을 맞추었다. 그의 입술이 스친 자리가 따끔거렸다.

Chapter 07

크리스마스와 새해

크리스마스이브에는 롭의 부모님이 미소 띤 얼굴로 나타나 따스한 포옹을 해주었다. 앤드루는 은발에 날카로운 파란 눈동자 위로 무테안경을 쓴 커다란 백인이었다. 그에게선 시애틀의 건축가 분위기가 물씬 풍겼다. 재치 있고 거침없는 언변을 지닌 그는 마치 나이 지긋한 스티브 잡스 같았다.

"우리 아들 롭! 와서 늙은 아버지 좀 도와주지 않으련?"

앤드루는 와인 여섯 병이 들어가는 상자를 들고서 무거워 비틀거리는 척하며 말했다.

하지만 내가 가장 흥미롭게 본 사람은 롭의 엄마인 킴이었다. 그녀는 70대 초반의 자그마한 원주민으로, 새카맣고 긴 머리카락 사이로 은빛 가닥이 섞여있었다. 그리고 사람의 마음을 끄는 예쁜 얼굴을 지녔다. 낮은 목소리에는 귀 기울여 듣게 만드는 힘이 서렸고, 남편과는 달리 그녀의 말은 조심스럽게 정제된 단어였다. 킴은 남편의 거침없는 말을 듣고 짜증스러운 미소를 살짝 짓더니 남편의 장난이 끝나기를 기다렸다가 조용히 분위기의 주도권을 잡았다. 나는 그녀의 평정심과 인내심이 참 부러웠다.

"아주 다정한 부부시네요."

두 분이 그린 룸에 짐을 푸는 동안 나는 롭에게 말했다.

"내 기억으로는 두 분이 심하게 싸운 적은 한 번도 없어요. 아빠가 엄마를 짜증 나게 하긴 해도, 엄마는 진짜 세상에 통달한 분이라서 뭐든 그냥 넘기시죠."

아들인 롭은 엄마를 닮은 모양이었다. 내가 정신 나간 상황을 만들었는데도 롭은 이제껏 상당히 침착했으니까.

"그거 다행이네요. 서로 다르시지만 상호 보완적이시잖아요. 어머니는 아버지가 루미 부족과 리조트 개발 건으로 같이 일하면서 처음 만나셨댔죠?"

"그래요. 두 분이 결혼한 건 한참 뒤의 일이었지만요. 우리 할머니는 엄마에게 많이 의지하고 사셨기 때문에, 30대 초반에 아빠와 결혼한 후에도 엄마는 보호구역에서 살았어요."

어딘가 먼 곳을 바라보며 미소를 짓는 롭의 얼굴에 그리운 기색이 스쳤다.

"시애틀 북부 라 코너에 아직도 아빠 쪽 조부모님이 사셨던 집이 있어요. 거기서 엄마는 일주일에 며칠씩 아빠랑 사셨죠. 하지만 나를 임신할 때까지는 계속 할머니랑 살았고요. 그러다 아빠 사업이 커지면서 엄마랑 아빠는 시애틀로 이사하기로 한 거죠."

가족과 함께 있는 롭을 보면 그가 어떤 점을 물려받았는지 알 수 있었다. 커다란 키와 여유로운 분위기는 아버지를 닮았지만, 연갈색 피부와 숱 많은 새카만 머리카락, 진갈색 눈과 널찍한 얼굴형은 어머니를 닮았다. 그는 두 분의 완벽한 조합이었다. 그래서 자꾸만 눈길이 갔다.

크리스마스이브 저녁 식사를 즐겁게 하던 도중, 앤드루가 말했다.

"조시, 내가 듣기론 회사 파티에서 어떤 얼간이가 우리 며느리에게 수작을 부렸다던데?"

그의 눈빛이 웃음기로 반짝였다. 롭이 말했구나.

나는 롭을 슬쩍 바라보았다. 그의 미소 띤 얼굴 위로 촛불이 아름답게 일렁였다.

"네. 아주 추잡한 놈이었죠. 결혼한 기억이 안 난다면, 나한테 '다른 기회가 있다'는 걸 알려주고 싶었대요."

앤드루는 고개를 절레절레 저었다.

"도무지 믿을 수가 없네. 그게 무슨 말도 안 되는 소리야. 설령 타당한 이야기라도 해도, 감히 사장의 아내에게 그런 수작을 걸어? 얼마나 개새끼면…"

"그래서 뭐라고 했니, 조시?"

킴은 앤드루에게 못마땅한 눈초리를 던지며 내게 물었다.

"음, 제가 그 남자한테 느끼한 놈이라고 하고서 남은 와인을 얼굴에 뿌렸던 기억이 나는 것도 같아요. 그다음엔 롭에게 가서 느긋하게 춤을 췄죠. 재밌게도 그 후엔 그 남자를 못 봤어요."

롭은 즐거운 기색으로 눈가에 주름을 잡았다.

"그 사람, 며칠 있다가 꼬리를 내리고 내 사무실에 왔더라고. '제가 사과를 드려야 할 것 같습니다. 파티에서 과음하고서 사모님께 부적절한 말을 한 듯합니다. 원하신다면 사직서를 제출하겠습니다' 같은 말을 했어. 참 구질구질했지."

"그래서 어떻게 했어?"

롭을 바라보며 묻는 킴의 표정은 온화했다. 그때, 앤드루가 단언했다.

"나라면 그놈을 해고하겠어. 그토록 판단력이 부족하다면 회사에 안 맞는다는 뜻이잖아. 세상에 어떤 개새…"

킴의 눈빛을 받은 앤드루는 들으란 듯이 씩씩대며 의자에 앉았다. 롭은 어깨를 으쓱였다.

"우리는 인사팀과 공식 회의를 거쳤어. 인사팀에서는 경고했지만, 이번에는 그냥 넘겼어. 조시는 자기 때문에 그 사람이 해고되는 걸 바라지 않았거든. 하지만 그자는 앞으로 회사에 자신의 능력을 많이 입증해야 할 거야."

"잘못 판단해서 저지른 실수잖아. 경각심을 일깨우는 계기가 되었을 거라 생각해요. 앞으로는 직장 행사에서 술 취하면 안 되겠다고 생각하겠지."

내 말에 킴은 이쪽을 보며 미소를 지었다.

"네 아내는 머리가 좋구나, 롭."

칭찬을 들으니 참 좋으면서도 어쩐지 불편했다. 이분들은 내 본질을 알면 좋아하지 않을 테니까. 나는 롭의 진짜 아내가 아니잖아. 난 이쪽 세계 조시를 사칭하고 있어.

크리스마스 당일은 가벼운 숙취와 함께 시작되었지만, 롭이 만들어준 푸짐한 정식 영국식 식사와 커피가 달래주었다. 그는 이걸 "우리 영국인 아내를 위한 대접"이라고 했다. 그런 다음에는 선물 증정식이 있었다. 다행스럽게도 나는 사고 전에 크리스마스 선물을 미리 주문하고 사두었다. 고맙게도 또 다른 내가 휴대폰에 선물 목록을 작성해 두었고, 지난 몇 주 동안 다양한 선물이 배달되었다. 나는 그저 선물을 잘 포장하기만 했다. 다른 사람이 고른 선물을 포장하다니, 더욱 사기꾼이 된 느낌이었다. 하지만 내가 달리 뭘 어떻게 하겠는가?

킴은 내가 준 작고 부드러운 꾸러미를 제일 먼저 열어보았다. 그건 고급 부티크에서 산 파란색과 회색의 화려한 실크 스카프였다. 킴은 선물이 마음에 든 것 같았다. 현재의 내가 골랐다 해도 그걸 샀을 것 같았다.

내가 앤드루에게 준 선물은 더글러스 쿠플랜드가 밴쿠버에 관해 쓴 책인 《시티 오브 글래스》 양장본으로, 저자 친필 사인본이었다. 그는 내가 어떻게 저자의 사인을 받아냈는지 궁금해하며 감탄했지만, 난 전혀 알 수가 없었고 롭 역시 대답을 못 했다.

롭의 부모님이 내게 준 선물은 커다란 상자에 담겨있었다. 그건 고급 가정용품점에서 구매한 은색과 갈색의 인조 모피 덮개와 쿠션이었다. 못해도 수백 달러는 들었을 선물이라 나는 죄책감을 느꼈다.

"이건 롭에게 주는 선물이기도 해서 망설이지 않고 샀단다."

킴은 내 표정을 보면서 말했다.

"마음에 쏙 들어요. 감사합니다."

"이젠 내가 선물을 뜯을 차례네."

롭은 내가 은색 종이로 포장한 커다란 정육면체를 들었다. 이 분위기에서 선물이 어떻게 받아들여질지 난 알 수가 없었다. 나라면 그에게 이걸 절대로 줄 리가 없을 테지만, 이건 사실 또 다른 조시가 선물한 것이니까.

그가 리본을 풀고 포장지를 벗기자 뚜껑 달린 상자가 나왔다. 뚜껑을 열자 안에는 또 상자가 있었고, 상자 안에는 또 상자가 세 번 연속 나왔다. 마지막에는 15센티미터 변의 정육면체 상자가 나왔다. 그 안의 은색 부직포 사이에서 롭은 선물을 찾아냈다. 빨간 봉투에 든 워싱턴주 오카스 아일랜드의 블루 하버 인 호텔 2일 숙박권과 2인 저녁 식사권이었다.

그는 바닥에 책상다리하고 앉은 자세로 나를 올려다보았다. 그의 눈망울이 그렁그렁했다.

"와, 정말 고마워. 자기야. 멋진 여행이 될 것 같아."

그는 어머니를 바라보며 말했다.

"봐, 오카스 아일랜드에서 주말을 보내게 됐어. 대단하지? 블루 하버 인에 묵어보고 싶었는데 잘됐어. 거기 음식 정말 유명한데 이제껏 가본 적이 없었어. 우리는 라 코너에서 하룻밤 잘 수도 있을 거야."

킴은 나를 보며 말했다.

"정말 멋지구나. 너희도 거기가 마음에 들 거야. 앤드루랑 나는 블루 하버 인에서 여러 번 자고 식사도 했거든. 대단히 근사한 곳이지. 너희가 거기 가면 시애틀에도 들러서 우리를 꼭 보고 가렴."

"언제 갈 거니?"

앤드루가 물었다.

"모르겠어. 봄쯤 가지 않을까?"

롭의 얼굴이 환해졌다. 그는 무척 행복해했다.

"그래. 그쯤이 딱 좋겠어요."

그때까지 내가 여기에 있긴 할까. 하지만 블루 하버 인 이야기를 들어본 적이 있었기 때문에 거기 간다는 생각에 들떴다. 나는 킴에게 말했다.

"사실, 저는 롭을 만나기 훨씬 전부터 이 호텔을 알고 있었어요. 몇 년 전에 〈뉴욕 타임스〉 기사로 읽었거든요. 비행기를 타고 갈만한 가치가 있는 최고의 레스토랑이라고 했었죠. 대단히 멋질 것 같더라고요. 저는 항상 태평양 북서부를 야생적이고 낭만적인 장소라고 여겼거든요."

"고마워, 자기야."

롭은 무릎을 꿇었다. 그는 나에게 팔을 두르고 품으로 끌어당겨 옆머리에 입을 맞추었다. 그의 입술이 잠시 내 살갗을 누르며 턱수염이 뺨을 간질였다. 나는 다시 10대가 된 것처럼 얼굴을 붉혔다.

"별거 아냐."

하지만 그가 품에서 날 떼어내자, 나는 유순한 미소를 어설프게 지었다. 그건 진짜 내가 준 건 아니지 않으냐고, 우리 둘 다 알지 않느냐는 의미의 미소였다.

"그럼 이제 자기 차례야."

그는 커다란 하얀 리본을 묶은 납작한 빨간 상자를 들어 내 무릎에 놓았다.

"포장이 크리스마스 분위기가 물씬 나네."

리본을 풀자 뚜껑이 떨어졌다. 안쪽에 곱게 접은 검은색 부직포 사이로 무언가 진하고 붉은 실크 자락이 보였다. 드레스인가? 그랬다. 리본 너비의 어깨끈 두 개를 들어 올리자 상자에서 드레스가 솟아올랐다. 길고 매끈한 드레스는 눈부시게 아름다웠다. 아, 내가 이 드레스를 입을만한 몸매라서 얼마나 감사한지! 한 달 전의 나였다면 절대로 이 옷을 입을 수 없었을 텐데. 어깨끈은 등을 가르고 깊숙이 V자를 이루며 교차했다. 앞쪽 목둘레선은 단순한 V자로, 가장자리에 어깨끈 리본이 장식으로 달려 단순하지만 화려한 디자인이었다. 그야말로 아주 섹시하고 고급스러웠다.

난 그만 웃고 말았다.

"믿을 수가 없을 정도로 아름다워요."

나는 소파 팔걸이에 기대 바닥에 앉은 롭에게 몸을 숙이고는 그의 옆머리에 입을 맞추었다.

"잘 맞았으면 좋겠는데."

그는 나를 흐뭇한 표정으로 바라보았다.

"맞아야죠. 조금 있다가 입어볼게요. 정말, 정말 고마워요."

"있죠, 이건 당신에게만큼이나 내게도 선물인 거 알죠?"

"입으면 참 예쁘겠구나."

킴이 미소를 지으며 말하자, 롭이 덧붙였다.

"한스랑 마이크가 여는 신년 파티에 이걸 입고 가요."

"아니면 좀 뒀다가 밸런타인데이에 촬영할 〈럭셔리 리스팅〉 파티에 입을까 봐요. 그 자리에 딱 어울릴 거예요. 신년 파티에는 입을 드레스를 이미 골라놨어요."

새해 맞이 파티에 입을 옷으로 나는 검은 레이스로 장식하고 기다란 시폰 소매가 달린 무릎길이의 칵테일 드레스를 골랐다. 롭이 선물한 빨간 드레스는 내 몸에 완벽하게 맞았지만 그건 나중에 입을 마음으로 미뤄두었다. 여기다 아주 긴 은목걸이와 스트랩 샌들을 같이 착용했다. 그리고 숱 많은 머리카락을 굽슬굽슬하게 드라이했다. 이렇게 하여 맨해튼 상류층의 새해 파티에 갈 준비가 되었다.

롭과 부모님은 거실에서 나를 기다리고 있었다. 오늘 롭은 고급 회색 수트에 하늘색 셔츠를 차려입은 멋진 모습이었다.

"당신 정말 근사하네요."

그는 나를 안고 이마에 입을 맞추었다. 부모님이 여기 계시지 않았다면 아마 이런 행동은 하지 않았을 테지. 비록 내가 기억상실증에 걸려 손님방에서 자고 있긴 하지만 그래도 우리가 행복한 부부라는 걸 두 분에게 보여줘야 했을 것이다.

파티는 첼시에 있는 한스와 마이크의 집에서 열렸다. 그 집은 어떨지 감이 잡히지 않았다. 아마도 고급 마감재로 장식한 초호화 아파트려나. 그런데 한스가 문을 열고 우리를 안으로 들이는 순간, 나는 입을 딱 벌렸다. 그곳은 전형적인 뉴욕 상층부 건물의 멋이 느껴지는 대단히 감각적인 공간이었다. 널찍한 공간과 높이 솟은 천장, 벽돌과 파이프, 덕트가 노출된 벽면이 눈에 들어왔다. 거대한 창문이 줄지어 쭉 이어진 가운데 페인트칠이 오래된 듯한 벽 마감이 보였다. 특이하게도 벽 대신 유리 벽돌 파티션과 일련의 가구들로 방을 구분했다. 여기에는 가죽 소파 두 개를 놓았으면 저기에는 현대적인 식탁과 크롬 의자를 놓고, 구석에는 커다란 책상을 배치해 놓는 식이었다. 방 저 끝에는 DJ 데크가 보였다.

한스는 커다란 창문을 가만히 바라보는 날 눈치챘다.

"여기 왔던 기억 안 나나 보죠?"

나는 고개를 저었다.

"지난번엔 우리 집이 사방에다 대리석을 장식한 우아한 아파트가 아닌 걸 보고 놀랐잖아요. 자기네 집 아파트 같을 줄 알았다면서. 그 집보다 금칠을 더 해놓을 줄 알았다고."

그 말에 나는 웃어버렸다.

"들켰네요."

한스는 비밀을 말하듯 속삭였다.

"음, 사실은 자기네 집이랑 비슷하게 될 뻔했지. 하지만 마이크가 이런 디자인을 하자고 강력하게 우겼거든. 우리끼리 하는 이야기지만, 마이크는 나만큼 게이는 아니라서."

그는 나를 쿡 찌르며 윙크했고, 나는 또 웃었다.

나중에 뷔페 접시에 음식을 잔뜩 담으며 나는 롭에게 말했다.

"우리는 참 흥미로운 부부를 많이 보네요. 서로 상호 보완이 아주 잘되는 부부들 말이에요. 당신 부모님도 그렇고, 한스랑 마이크도 그래요. 물론 수지와 도널드도 있고요. 수지네 쌍둥이를 보러 브루클린에 가봐야겠어요."

순간 나는 당황했다. 혹시 이 세계엔 쌍둥이가 없나? 있다 해도 내 기억엔 없어야 하는 애들인가? 걔넨 두 살밖에 안 됐으니까.

생각에 잠겼던 내게 롭이 말을 걸었다.

"수지한테는 뭐라고 했어요? 지금 당신 상황에 대해서?"

"다른 사람들한테 말한 거랑 똑같이 말했죠. 기억상실증에다 혼란스러운 기억이 섞여있다고요. 내가 당신과 결혼한 것도 못 믿겠고, 데이비드가 살아있다고 생각한다고요."

"그렇군요. 그리고 쌍둥이는 꼭 보러 가요. 아주 귀여우니까."

나는 그 말에 안심했다.

"그럴게요."

몇 시간 후, 아파트에는 팝 음악이 쿵쿵대며 흘러나오는 가운데 헐

벗은 차림의 파티 참가자들이 가득 차게 되었다. 자리에서 빠져 나와 잠시 혼자 있으면서 한스와 마이크의 분리형 주방에서 진토닉을 마시고 있으려니까, 앤드루가 나타났다.

그는 콘크리트 조리대에 기대어 말을 걸었다.

"우리 딸이 여기 있구나. 오늘 밤은 재미있게 놀고 있어? 나는 몇 사람 만났는데…"

그는 우스꽝스러운 표정으로 주변을 둘러보며 덧붙였다.

"아주 매력이 넘치더구나. 다들 킴을 무척 좋아하는 것 같았지. 킴은 신나게 놀고 있어."

나는 빙긋 웃었다.

"네, 재밌어요. 자정이 되기 전에 조금 쉬고 있어요."

"아, 이제 새해가 되겠군. 시간을 잘 봐야겠네. 그런데 내가 물어볼 게 있는데 말이지."

앤드루는 잠시 주저하다 입을 열었다.

"이런 걸 물어봤다고 하면 킴이 날 죽이려 들겠지만, 그래도 넌 아직 아트 룸에서 자고 있잖아… 보아하니 아직도 롭을 만난 지 얼마 안 된 기분인가 본데, 그러면 이 상황이 이상하겠지. 하지만 지금은 좀 어떠니? 네 기억이 아직 돌아오지 않았지만, 그래도 둘 사이는 뭔가 발전이 있니? 내가 보기엔 있는 것도 같지만, 겉으로 보기엔 말이다. 네가 주저하고 있는 것 같거든… 물론 그거야 내가 참견할 바는 아니다만."

나는 여기에 뭐라 대답할지 알 수가 없어서 술을 한 모금 마셨다.

"저한테는 이상한 상황이죠. 롭은 정말 좋은 남자예요. 절 이제까지 잘 돌봐줬어요. 부담 주지도 않았고요. 우리가 처음 만났을 때 이야기를 해주는 사람들은 다들 우리가 서로에게 아주 빨리 반했다고 했어요. 하지만 이번에는 그렇지 않았어요. 훨씬 더 많은 게 걸려있잖아요. 우린 벌써 결혼해서 같이 살고 있었으니까, 서두르면 그만큼 잃을 게 많아요. 저는 확실하게 하고 싶어요. 그이를 사랑하는 것뿐만 아니라, 여생을 그이와 함께 살고 싶다는 마음마저 들어야 해요. 그래야 의미가 있는 것이니까요."

전에는 이런 말을 한 적이 없었다. 내 마음속에서 인정한 적도 없었다. 하지만 입 밖에 내고 나니 기분이 좋았다. 나는 앤드루에게 돌아서서 말했다.

"제가 그이를 좋아하지 않는다는 게 아니에요. 저는 여전히 제가 맞으니까, 당연히 좋아하게 될 거고요. 하지만 다시는 과거로 돌아가고 싶지 않은 마음이 확실히 있어야 하잖아요."

"당연하지. 넌 곧 나아질 거야."

앤드루는 나를 꼭 안아주었다. 그 포옹이 위로가 되었다.

나도 그분을 꼭 안아주며 말했다.

"롭에겐 말하지 마세요. 아셨죠? 이건 우리만의 비밀이에요."

"물론이고말고. 얘야. 자, 그럼 가자. 자정이 다 되어가니까."

거실에서는 파티가 한창이었다. 지금 한스는 플래퍼 드레스(1920년대의 '신여성'들이 입은 짧은 드레스로, 깃이나 소매가 없고 허리선이 직선적인 치마. 옮긴이 주) 차림으로 〈영 하츠 런 프리〉를 부르며 춤에 푹 빠져있었다.

"한스 노래 잘하는데요. 합창단에 들여야겠어요."

롭을 찾아낸 나는 그의 귀에 대고 반쯤 소리치듯 말했다. 롭은 고개를 끄덕였다.

"그래요. 당신 합창단 공연에 대단한 활력소가 되겠죠. 어디 있다

왔어요?"

"주방에서 아버님이랑 가족 간의 대화를 좀 나눴죠."

나는 알 듯 말 듯한 분위기를 풍기며 대답했다. 그러자 롭은 미소를 지었다.

"아하. 아빠의 격려사가 있었군요. 난 못 들은 걸로 할게요. 이리 와요."

우리는 춤추는 사람들 사이를 이리저리 누비면서 DJ석에서 떨어진 아파트 저 끝으로 갔다. 그곳은 다른 곳보다 조금 더 조용해서, 사람들이 소파 여기저기에 앉아 쉬고 있었다. 높다란 창밖으로 첼시 지구의 옥상이 어두운 밤하늘을 배경으로 마치 조각보처럼 알록달록하게 눈에 들어왔다. 나는 롭을 돌아보았다.

"말하고 싶은 게 있는데…"

순간, 스피커를 타고 한스의 목소리가 쩌렁쩌렁 들려와 내 말을 가로막았다.

"자, 잔을 드시죠! 카운트다운이 시작됩니다! 이제 10, 9, 8, 7, 6, 5, 4, 3, 2, 1… 해피 뉴 이어!"

"해피 뉴 이어!"

높다란 천장을 가로질러 설치된 그물망에서 2018이라고 쓰인 은색 풍선 수십 개가 쏟아져 내렸다. 모두가 웃고 환호하며 서로를 안고 키스하는 가운데 음악이 다시 시작되었다.

나는 롭에게 돌아서서 수줍게 미소를 지으며 그를 향해 잔을 들어 보였다.

"해피 뉴 이어."

그는 느릿한 손짓으로 내 잔을 받아 창턱에 내려놓았다. 그리고 양손으로 내 얼굴을 잡고서 내 입술에 자신이 입술을 대었다. 하지만 부드러운 그 입술은 나 역시 그에게 적극적으로 키스해 주기를 바라는 중이었다. 나도 너무나 그러고 싶어 안달이 났다. 부드러운 수염을 헤치고 그의 입술에 내 입술을 세차게 누르고 싶었다. 하지만 그 순간, 머릿속에 떠오르는 장면이 그 모든 마음을 밀어내었다.

새해 첫 순간을 보내고 있을 또 다른 나의 모습이었다. 술집에 앉아 있을까. 아니면 수지와 도널드의 집에서 프로세코를 마시고 있을까. 그녀는 이 순간, 자신의 남편과 함께 있을 나를 생각하고 있겠지. 우리가 어디 있을까. 내가 그에게 지금 키스했을까 궁금해하겠지. 그리고 그 여자는 나다. 난 그녀를 배신할 수가 없었다. 난 나를 배신할 수 없었다.

그래서 롭에게 키스하지 않고 물러섰다. 온몸의 근육이 가닥가닥 이러지 말라고 비명을 질러대었지만 어쩔 수 없었다. 나는 그를 힘없이 바라보았다.

그는 입을 꾹 다물고, 나만큼이나 망가진 표정을 지었다.

"해피 뉴 이어."

그렇게 롭은 자리를 떴다.

Chapter 08

1월 중순

나는 나답지 않게 긴장한 채로 합창단 연습실에 들어가 코트를 벗었다. 1월 밤의 차가운 바깥 공기에 시달린 몸에 보상이라도 해주듯, 라디에이터가 삐걱대며 작동하는 연습실은 후끈했다. 리사는 두 명의 테너와 함께 쌓아놓은 의자를 내리고 있었다.

"조시! 어떻게 지냈어? 정말 오랜만이야! 다시 와서 정말 좋다!"

그녀는 들고 있던 의자를 쿵 내려놓고는 달려와 나를 안아주었다.

"고마워."

나는 약간 당황한 채 대답했다. 11월 말 연습을 했을 때도 리사를 봤는데. 하지만 리사 입장에서 나는 2년도 넘게 합창단을 떠나있던 사람이겠지. 내가 단원들도 노래도 기억 안 나는 척해야 하니 이상할 것 같았다.

"내가… 기억상실증에 걸렸잖아. 그래서 오래 있다가 온 것 같지 않아."

"그렇겠구나. 3년간의 기억을 잃어버렸다면, 마지막으로 기억나는 시기에 합창단에 있었을 테니까. 그러면 아직도 같이하는 기분이겠네. 말도 안 돼. 네가 옛날 연습곡만 알고 있다니 참 안타까운데."

리사는 웃으면서 머리를 뒤로 넘겼다.

"금방 따라잡을게. 내가 다시 오기로 한 다음에 연휴 동안 새 곡을 연습했어. 그러니 괜찮을 거야."

이어서 한 무리의 남자들이 방으로 들어서자 나는 가슴이 두근대었다. 내가 긴장했던 이유는 바로 라이언과 함께 웃으며 코트 옷걸이 쪽으로 걸어오고 있는 키 188센티미터의 남자 때문이었다. 바로 피터였다. 그는 검은 코트와 울 비니를 벗은 다음 모래 빛깔 머리카락을 쓸어 올리다가 나를 언뜻 보았다. 그리고 안경을 코에서 밀어 올린 다음 공손하게 웃음 비슷한 걸 짓고서 다시 라이언 쪽으로 돌아섰다. 물론 그는 나를 알아보지 못했다. 하지만 그래도 가슴이 아팠다.

리사는 내가 보는 쪽을 바라보았다.

"저 사람이 피터야. 귀엽지? 합창단에 들어온 지 2년 됐어. 네가 나간 다음에 바로 들어왔지. 너랑 롭이 작년 공연 때 왔잖아. 그때 내가 피터랑 여자친구 미셸을 소개해 줬어. 하지만 넌 기억 못 하겠지."

"응. 안 나."

이거 정말 이상하구나.

"피터는 재미있는 사람이야. 너도 마음에 들 거야. 항상 장난을 치면서 캐서린이랑 아웅다웅한다니까."

이윽고 단장인 캐서린이 연습실로 들어와 앞에 서더니 손뼉을 쳐서 모두의 시선을 끌었다.

"다들 새해 복 많이 받으세요. 그리고 새해에도 와주셔서 감사합니다."

그녀는 손뼉을 딱 치고서 본론으로 들어갔다.

"자, 그럼 인사말은 이 정도로 하고, 시작할까요. 그런데 연습 전에 할 일이 잔뜩 있고 몇 가지 공지사항도 있어요. 우선 다시 합류한 단원을 소개할까 해요. 돌아온 조시 캐번디시를 맞아줍시다. 조시가 합창단에서 나간 지가 음, 한 2년 반쯤 되었던가요?"

나는 고개를 끄덕였고, 모인 사람들은 아낌없는 박수를 보냈다. 리사와 라이언은 기분 좋게 환호성을 두어 번 질렀다.

"잘 모르시는 분들을 위해 말씀드리자면, 조시는 기억상실증에 걸려서 지난 3년의 세월을 기억하지 못합니다. 이전에 조시를 만난 적이 있으신 분이라도, 조시 쪽에서 기억을 못 할 수도 있습니다. 그러니 기분 상하는 일 없으시길 바라고요. 쉬는 시간에 다시 자기소개를 해주세요."

단장은 메모를 슬쩍 바라보며 말을 이었다.

"다음 안건으로 넘어갈까요. 올해 여름 공연에서 〈캔트 슬립 러브〉 듀엣을 해줄 소프라노가 필요합니다. 여기 계신 매력적인 피터와 함께 부르게 되죠. 까다로운 역이지만, 여러분 중에서 분명히 하실 수 있는 분이 있을 겁니다."

그러더니 단장은 나를 바라보았다.

"조시. 방금 돌아온 건 알지만, 그 역이 조시와 잘 어울릴 것 같은데 해볼 생각 있어요? 추가 연습을 해야겠지만요."

나는 놀라서 눈이 휘둥그레졌다. 사고 며칠 전, 내가 진짜 삶에서 피터와 몇 주간 연습했던 바로 그 듀엣곡 이야기잖아? 나는 그 노래를 속속들이 알고 있었다. 피터랑 많이 불러보기도 했다. 이건 단장의 생각보다 훨씬 쉬운 일이었다.

모두들 나를 바라보았다.

"한번 해볼게요."

이미 그 노래를 알고 있다는 것 말고 지금 내 머릿속에는 오로지 한 생각뿐이었다. 이제 피터와 함께 있을 수 있어. 이 세계에서 우리 사이에 무슨 일이 있기는 있는지 알아볼 기회라고. 나는 궁금하다는 듯 눈썹을 치켜뜨고 그를 바라보았다. 당신은 괜찮은지요? 피터는 알쏭달쏭한 표정으로 어설프게 웃어 보였고, 그제야 나는 지금 내 표정이 지나친 친근감을 드러냈음을 깨달았다. 민망해진 나는 고개를 돌렸다.

"우리 조시 장하네요. 피터 이야기가 나왔으니 말인데, 마지막으로 알려드릴 게 있습니다. 아주 기쁜 소식이에요. 피터와 미셸에게 아기가 태어날 거랍니다! 정말 대단하죠? 축하해요, 피터."

뭐라고?

다른 단원들은 일제히 피터에게 축하를 건네며 아기가 몇 주 되었는지, 아들인지 딸인지, 그리고 계속 그린포인트의 아파트에서 살 것인지 물었다.

나는 애써 태연함을 보이며 물병을 땄다. 하지만 머릿속은 온통 어지러웠다.

아기라고? 어떻게 그 둘한테 아기가 생겨?

6주 전, 이 남자는 내 남자친구가 될 뻔했다. 미셸과 좋은 사이를 유지하지도 못했다. 둘은 깨질 예정이었다고!

하지만 그건 내가 그의 인생에 있었을 때 이야기였다. 어쩌면 피터의 관계가 파탄이 난 건 나 때문일지도 모른다. 내가 없는 세상에서 피터와 미셸은 위기를 극복하고 더 끈끈해졌을지도 모른다.

나는 노래에 제대로 집중할 수가 없었다. 그저 흐름을 따라갈 뿐이었다. 쉬는 시간에는 몇 년 동안 알고 지낸 친구들이 내가 저들을 기억하지 못한다고 생각하고 자기소개를 했다. 난 다 알고 있으면서도 어색한 대화를 더듬더듬 이어갔다. 그러다 근처 술집에 가서 뒤풀이할 때쯤에는 손쓸 수도 없이 혼란에 빠졌다. 게다가 아직 피터와 말도 못 붙여봤다.

"기억상실증 때문에 많이 힘들지? 정말 혼란스러워 보여."

리사는 호기심 어린 눈빛으로 나를 찬찬히 바라보았다. 나는 고개를 끄덕였다.

"그래. 딱 그 상태야. 정신이 하나도 없어. 머리에 부상을 입었다고 이 지경이 될 줄은 몰랐어."

"이젠 자전거 타고 퇴근하지 않았으면 좋겠어. 특히 길이 빙판일 때는 말이야."

"안 할 거야. 전기 자전거는 망가졌어. 지난주에 롭이 새로 빨간 자전거를 사주긴 했어. 깜짝 선물이었지. 하지만 아직 타기엔 너무 위험해."

"그럼 피터한테 차 태워달라고 해. 항상 차 가지고 다니거든. 피터랑 미셸은 그린포인트에 사니까, 미드타운 터널을 타면 유니언 스퀘어가 멀지 않거든."

내가 뭐라고 말하기도 전에 리사가 소리쳤다.

"피터!"

피터가 맥주를 들고 이쪽으로 다가오자, 리사가 말했다.

"있잖아. 작년에 우리 공연에서 조시랑 남편 만났던 거 기억하지?"

피터는 우리 맞은편 의자에 앉더니 나에게 미소를 지었다.

"그래. 두 분 다 기억하고 있어요. 물론 당신은 절 기억 못 하겠죠. 피터 클라빈스라고 합니다. 나름 훌륭한 베이스라고 자부하고 있죠."

"만나서 반갑습니다. 어, 다시 만나 반갑다는 뜻이에요."

나는 그를 제대로 바라보기 힘들었다. 이건 다 거짓말이야.

"그리고 말이죠, 저랑 듀엣을 해보겠다고 말해줘서 고맙습니다. 나도 오랫동안 듀엣을 하고 싶었는데, 캐서린은 제 목소리와 어울리는 소프라노를 찾지 못했거든요. 당신이 나의 유일한 희망입니다. 이건 마치 〈스타워즈〉에서 오비완이 유일한 희망인 것과 마찬가지인 상황이죠."

그는 나에게 너무나 스스럼없이 굴잖아.

"제가 악보랑 파트 녹음본을 이메일로 보내드리겠습니다. 그러면 연습 전후로 시간을 좀 내서 따로 맞춰보죠. 이메일 주소가 어떻게 되시죠?"

내가 이메일 주소를 적어주자, 리사가 끼어들었다.

"있잖아, 그린포인트로 갈 때 터널 지나서 가지? 그럼 유니언 스퀘어에 들러서 조시 좀 내려주면 안 돼? 15번가에서 몇 블록만 가면 돼. 조시는 자전거 사고 이후로 자전거를 아직 못 타대. 그리고 우린 조시를 돌봐줘야 하고."

피터는 잠시 당황한 듯했지만 이내 표정을 가다듬었다.

"그래. 당연하지. 하지만 난 곧 가봐야 하는데. 미셸한테 가야 하거든. 미셸이 아침 점심 저녁으로 입덧을 해. 조시, 일찍 일어나도 괜찮겠어요?"

"좋아요."

나는 다시 긴장하고 말았다. 와인을 한 모금 마시고는 그대로 내버려 두었다. 피터는 맥주를 비웠다.

리사는 우리에게 고개를 끄덕여 주었다. 누군가 나를 책임지고 데려다준다고 해서 안심한 기색이었다.

"넌 그럼 차를 타고 가, 조시. 와인은 내가 살게. 다음엔 네가 사고."

나는 코트를 입으며 리사에게 말했다.

"고마워. 내가 꼭 살게."

밖으로 나간 나는 피터가 예전에 타던 쉐보레 차를 금방 알아보았지만, 가까스로 어느 차가 피터 것인지 모르는 척해야 한다는 걸 기억했다. 차 안의 향기는 그대로였다. 둘이서 추가로 연습하던 기억과 브루클린까지 차를 타고 가면서 서로 설렘을 주고받았던 기억이 물밀 듯이 밀려왔다.

정말 피터를 좋아했었다. 아주 오랫동안. 하지만 지금도 같은 감정을 느끼는 게 맞나? 롭이 내 인생에 들어왔는데?

그가 출발하자 나는 숨을 깊이 들이쉬었다.

"축하해요. 아기 가지신 거요. 정말 놀라운 일이죠."

"고마워요. 우린 정말 행복해요. 미셸과 난 이런저런 우여곡절이 많았는데, 결국 몇 달 전에 아이를 갖자고 결심을 했죠. 그리고 이제 임신이 됐네요. 이럴 운명이었나 봐요."

그의 목소리에서 따스함이 느껴지면서 예상치 못한 감정이 나를 와락 덮쳤다. 솔직히 그가 행복해서 기분이 좋았다. 난 이 남자를 정말 아끼고 그가 잘되기만을 바라니까. 설령 다른 여자와 아이를 갖게 되는 한이 있더라도 말이다.

도로는 아주 한산해서, 그는 곧 캐번디시 하우스 앞에 차를 세웠다.

"남편분이 이 건물에 당신 이름을 붙였네요? 이거 진짜… 끝내주는데요."

"그렇죠? 결혼 선물이었어요. 수도 없이 많이 받은 선물 중 하나였던 것 같아요… 난 사실 그이를 만난 것도, 결혼한 것도 기억이 안 나요. 잃어버린 시기에 다 들어있어서요."

피터는 미소를 지었다.

"그렇다면 제가 좋은 소식을 알려드릴게요. 앞으로는 다시 한번 사랑에 빠지게 될 거예요. 세상 최고의 기분을 느끼게 될 겁니다. 당신 이름을 건물에 붙였다니, 그분은 분명 조시에게 푹 빠져있을 거잖아요. 멋진 분이죠?"

"대단히 멋있죠."

그건 진심이었다. 롭은 정말 대단한 남자였으니까.

"음, 태워줘서 고마워요, 피터. 미셸이 입덧을 심하게 하지 않기를 바라요."

"별것 아니었습니다, 조시. 그럼 다음 주에 보죠."

나는 차를 타고 멀어지는 그에게 살짝 손을 흔들었다.

18층까지 올라가는 내 마음은 묘하게도 평온했다. 아파트에 들어와 현관 탁자에 열쇠를 내려놓았다. 롭이 움직이는 소리가 들렸다.

"나 왔어요."

주방으로 들어가며 나는 그에게 인사했다. 그는 내게 미소를 지었고, 순간 그가 내 뺨에 키스하러 올 것만 같았다. 하지만 그런 일은 없었다. 그저 가볍게 대꾸가 돌아왔을 뿐이다.

"안녕. 그거 알아요? 당신 사고 이후로 오늘 밤 처음으로 우리가 같이 저녁 시간을 보내지 않았다는 거? 보고 싶었어요."

Chapter 09

밸런타인데이

나는 빨간 드레스 지퍼를 올리고 아트 룸의 거울 앞에서 몸을 돌려 보았다. 새로 산 누드 브라 덕분에 뒤가 파인 등 부분은 문제가 없었지만 팬티 라인은 선명하게 보였다. 이건 안 되겠어. 이번에는 노팬티로 다녀야겠군.

출장 요리사들에게도 지시를 내려야 한다. 게다가 밴드 멤버들이 내 침실 문을 가로막고 있었다. 나는 빨간 밑창의 루부탱 구두를 들고서 조심스럽게 문을 열었다.

"방에서 준비 다 끝나셨나요, 부인?"

기타리스트가 내게 물었다.

"네. 이제 마음껏 하세요."

나는 그에게 미소를 지으며 까만 케이블 뭉치 위를 건너서 나와 거실을 둘러보았다. 지난 며칠 동안 그럭저럭 모양을 잡아가긴 했지만,

오늘에서야 마무리를 지은 밸런타인 장식은 대단히 멋있어 보였다.

평소 높다란 층고를 자랑하는 천장에는 격자로 와이어를 걸어놓고 가느다란 청회색 사슬 수천 가닥을 물결 모양으로 달았다. 그 결과 거실은 훨씬 어둡고도 내밀해 보이는 공간이 되었다. 나는 가장 아래쪽 사슬에 설치한 작고 통통한 하트 수백 개를 확인했다. 그 하트는 초콜릿으로, '#러브럭셔리리스팅'이라는 해시태그가 새겨진 빨간 포일로 싸서 손님들이 따서 먹을 수 있게 달아놓았다. 식탁엔 분홍과 빨강과 하양 빛깔을 화려하게 뽐내는 음식이 가득했다. 나는 구운 연어 네 마리를 통째로 담은 접시를 똑바로 놓고 분홍빛 드레싱을 곁들인 왕새우 링과 커다란 치킨 크랜베리 접시, 하얀 롤빵과 토마토 브로콜리 샐러드, 층층이 쌓은 분홍과 하얀색 초밥, 화이트 초콜릿과 다크 초콜릿을 묻힌 딸기 접시를 훑어보았다. 사이드보드에 놓은 은색 얼음 버킷에는 핑크빛 샴페인이 담겨있었다.

"모든 게 훌륭하네요, 에리카. 고마워요."

나는 출장요리 담당자에게 말했다.

롭은 남색 슈트를 입고 나타났다. 연회색 셔츠의 윗단추를 풀고 진한 빨간 넥타이를 헐렁하게 맨 차림이었다. 그는 계단을 내려오다가 나를 보고는 멈춰 서더니, 고개를 저으며 웃었다. 나는 내 모습이 어디가 이상할까 의식하면서 드레스를 매만지며 물었다.

"왜요? 드레스가 좀 길다는 건 알아요. 아직 하이힐을 안 신어서 태가 안 나긴 해요."

"아니요, 당신이 얼마나 완벽하게 아름다운지 헛웃음이 날 정도라서요. 그 드레스를 입으니 정말 이 세상 아름다움이 아니군요. 계속 쳐다볼 수밖에 없잖아요."

나는 당황한 채로 말했다.

"아, 그렇죠. 백만 달러짜리 고급 인간이 된 느낌이 들긴 해요. 솔직히 인정해야겠죠."

나는 손에 구두를 들고서 그에게 다가갔다. 맨발로 옆에 서니 그는 무척 커다랗게 느껴졌다. 나는 손을 뻗어 그의 넥타이를 제대로 매주었다.

"우리가 오늘 밤을 함께 꾸려가게 되었네요. 당신 아주 잘생겼어요."

"고마워요, 꼬마 아가씨."

롭 특유의 미소가 다시 나왔다. 그는 방을 둘러보면서 만족스럽게 고개를 끄덕였다.

"진짜 뭔가 보여주고 있네요. TV 촬영진들은 언제 오죠?"

"2시간 후에나 올 거예요. 촬영진이 올 때쯤엔 손님들은 모두 와있겠죠. 그들이 방해될 수도 있으니 1시간 먼저 여유 시간을 줬어요. 그러면 파티에서 그쪽 담당자들을 촬영한 다음에 9시에 한스의 연설을 찍겠죠. 그 후에는 촬영을 끝내길 바라고요. 그럼 우리도 쉴 수 있을 테죠."

롭은 신난 내 모습에 미소를 지었다.

"내가 뭐 도와줄까요? 얼음 넣어서 마실 거라도 만들어 줘요?"

"아뇨, 괜찮아요. 당신한테 잠깐 기대서 구두 좀 신을게요. 손님을 맞으면서 신발도 안 신고 있으면 안 되니까요."

1시간 후, 사람들이 대부분 도착했다. 밴드가 한쪽 구석에서 음악을 연주하는 동안 손님들은 웃고 떠들며 뷔페 음식을 마음껏 들었다. 직장 동료들과 롭의 회사 직원들이 거의 다 왔을 뿐만 아니라, 내가 초대한 합창단 사람들도 대부분 참석했다. 다들 캐번디시 하우스의 내부를 무척 보고 싶어 해서다. 피터는 미셸이 여전히 몸이 좋지 않아서 유감스럽게도 오지 못한다 전했다. 솔직히 안심되었다. 피터와 나는 그간 듀엣 연습을 따로 몇 번 했고 지금까지는 괜찮았지만, 그래도 그와 롭이 같은 공간에 있지 않기를 바랐으니까.

이윽고 수지가 도착했다. 하늘색 점프슈트에 빨간 립스틱을 바르고 높다란 하이힐을 신은 화려한 모습이었다.

"이야, 그 유명한 드레스가 이거구나. 머리기사에 나오기 딱 맞네."

그녀는 내 어깨를 잡고 돌려보면서 감탄했다.

"고마워. 너도 정말 끝내주게 멋있어. 와서 나랑 앉아. 이 하이힐을 신고 밤새 서있을 수는 없어. 그리고 곧 TV 촬영진이 올 거야."

〈럭셔리 리스팅〉의 PD는 짧은 머리칼에 아주 섹시한 포르투갈 출신 여성으로, 함께 일하면 정말 좋겠다 싶은 최고의 인력이었다. 수지는 이성애자 유부녀로 행복하게 살고 있으면서도 그녀에게 푹 빠져서 감탄해 댔다. 그리고 TV 출연 중개업자 두 사람이 주방 아일랜드 식탁에서 마주한 채 경쟁심을 불태우는 순간도 있었다.

"에릭, 그 매물은 내 거라는 거 당신도 알잖아!"

"사랑과 부동산은 수단을 가리지 않는다는 거 몰라? 유능하신 분이 왜 이러나."

여기서 한스가 극적으로 개입했지만, 사실은 다 짜고 치는 쇼였다. 펜트하우스 판매를 두고 한스의 웅장한 감사 연설과 성공적인 시즌을 위한 건배가 이어지고, TV 촬영진과 경쟁자 중개업자들은 품위 있게 퇴장했다.

롭이 양손에 새로 딴 분홍빛 샴페인을 들고 오자 나는 한숨을 내쉬었다. 그는 잔 하나를 내밀며 물었다.

"좀 나아졌어요?"

"이제야 쉴 수 있겠네요. 지금부턴 안 좋은 일이 생기더라도 수백만 명에게 방송될 일은 없으니까요."

마이크와 한스는 각자의 방식대로 늠름하게 우리 곁에 다가왔다.

"손님 중에서 위층 펜트하우스를 보고 싶어 하는 분들이 있는데 어떡할까? 아직 비어있을 때 보고 싶다는데."

롭은 샴페인을 좀 마시고서 말했다.

"그래도 될 것 같긴 한데. 몇 명만이라면야. 하지만 저 위에 술을 갖고 가진 말라고 해. 구매자는 가구를 전부 가져간다고 했으니, 손상되면 안 되니까. 열쇠는 네가 갖고."

마이크가 자리를 뜨자 나는 롭에게 말했다.

"나도 올라가 보고 싶어요. 펜트하우스 나도 정말 보고 싶거든요."

그러자 한스는 놀라서 나를 바라보았다.

"펜트하우스에 한 번도 안 가봤다고?"

나는 롭에게 대답을 듣겠다는 식으로 바라보며 말했다.

"내 기억엔 없어요. 사고 이후로 가본 적이 없으니까요."

롭은 묘하게 당황한 표정으로 한쪽 눈썹을 치켜떴다.

"전에 보여준 적은 있죠. 하지만 한동안은 아니긴 했어요."

그는 씁쓸한 미소를 지으며 눈을 내리깔았고, 나는 재차 말했다.

"음, 그럼 지금 보고 싶어요."

"펜트하우스 투어를 원하시는 분은 술잔을 두고 저를 따라오시죠."

마이크가 현관에서 소리쳤다. 그는 잘 차려입은 손님들을 이끌고 엘리베이터를 탔고, 나와 롭은 그 뒤를 따라갔다.

나는 복도에서 기다리며 롭에게 물었다.

"무슨 일 있었어요? 전에 펜트하우스에 올라가 봤을 때?"

그러자 롭은 의도를 역력하게 담은 눈빛으로 내 입술을 바라보다가 깊이 팬 목선으로 시선을 내렸다. 그리고 내 허리를 슬그머니 팔로 감고는 맨 등에 손을 대고 가까이 몸을 기댔다. 그의 턱수염이 내 뺨을 간지럽혔다.

"우리는 거기 많이 올라갔었거든요. 종종 아주 늦은 밤에 불을 전부 끄고 가곤 했었죠. 우리는…"

그는 머뭇거리다가 나에게 가까이 몸을 숙였다. 그의 턱수염이 내 뺨을 간질었다.

"방마다 다니면서, 누울 수 있는 곳이면 어디든 섹스했어요. 온갖 자세로, 온갖 가구 위에서요."

그는 손을 슬며시 내리면서 엄지로 내 엉덩이를 쓸었다. 팬티를 입지 않았다는 걸 알고 있다고, 내게 확실히 알려주는 손짓이었다.

내 인생에서 다시없이 뜨거운 순간이었다.

이윽고 엘리베이터가 열리자 우리는 그 안으로 비집고 들어갔다. 롭의 팔은 여전히 나를 감싼 채였다. 20층에 도착하자 그는 성큼성큼 앞으로 나아가 안내를 맡았다.

나는 롭의 말과 행동에 너무 얼이 빠진 나머지 펜트하우스의 360도 전망과 화려한 인테리어를 제대로 감상할 수가 없었다. 어딘가 앉고 싶었지만, 지금 내 드레스 엉덩이 부분에 축축하게 젖은 자국이 남을 것 같아 걱정되었다. 주위를 둘러보자 대리석과 이탈리아제 타일이 있었지만, 그걸 보자 저 위에서 격한 섹스를 많이 했겠구나 하는 생각만이 들 뿐이었다.

그때, 한스가 나를 따라오더니 내 팔을 잡고서는 윙크하며 말했다.

"오늘 밤 누구는 좋겠네. 내가 보지 말아야 할 걸 본 모양인데."

나는 민망해서 얼굴이 빨개졌다.

"봤어요? 미안해요. 남이 안 보는 데서 해야 했는데."

"아, 괜찮아요. 난 엄지로 엉덩이 쓸어주는 게 그렇게 좋더라고. 아니. 더 좋은 건 따로 있지만…"

그는 키득키득 웃었고, 나는 그의 팔을 쳤다.

"한스!"

"미안하지만 안 미안하거든. 당신 남편은 정말 섹시하다고. 제발 둘이 부부 관계를 다시 시작했다고 말해줘요. 당신이 안 하면 대신 내가 그 남자를 뼈째 발라먹어 버릴 테니까. 마이크도 롭이랑 했다면 이해하고도 남을걸."

나는 고개를 저으며 웃었다.

"세상에나. 말해두겠는데요, 첫째, 손 떼시죠. 둘째, 우린 아직 안 했어요. 내가 준비가 안 됐다고요. 나한테 롭은 최근에 만난 남자 같은 느낌이라서. 난 상황을 제대로 잡아야 해요."

"물론 그러시겠지. 하지만 기억상실증을 소재로 한 〈서약〉이라는 영화 알죠? 당신은 지금 레이철 맥아담스라고. 우리 모두 목 놓아 하는 말인데, 정신을 차려보니 채닝 테이텀이 남편이라면, 토 달면 안 돼."

"알았어요! 알았다고요."

나는 다시 파티장으로 내려가 술을 한 잔 더 마시려 했다. 손님이 점점 빠지기 시작하면서 조쉬가 나와 대화를 하려고 다가왔다. 밴드는 마지막 곡인 발라드를 연주하기 시작하자, 누군가 내 어깨를 두드렸다.

고개를 돌려 보니 롭이 보였다.

"오늘 밤 파티 주최자인데도 우린 춤 한 번 추지 않았잖아요."

조쉬는 내 잔을 받아들더니 나를 롭 쪽으로 슬쩍 밀었다. 그리고 의미심장하게 고개를 끄덕이며 말했다.

"가보시죠."

롭은 나를 방 한가운데로 데려갔다. 그곳에선 마이크와 한스를 포함하여 끝까지 기운이 남은 커플 몇 쌍이 춤을 추고 있었다. 수지는 소파에 앉아 좀 취한 채로 리사와 대화를 나누었다. 롭은 내 허리를 슬그머니 감고 자신에게 끌어당겼다. 그는 왼손으로 날 잡아 자신의 가슴에 대었다. 나는 그 순간에 몸을 맡긴 채, 그의 어깨에 머리를 기대고 그의 숨결을 느끼며 가수의 목소리를 들었다.

"내 사랑, 아 당신은 어디 있나?"

난 당신을 찾으러 갈 거야, 롭. 내가 당신을 떠나야 한다면, 내가 데이비드가 있는 원래 세상으로 돌아가게 된다면, 당신을 꼭 찾으러 갈 거야.

나는 고개를 휙 들었다. 당연하지. 왜 내가 전에는 몰랐지?

또 다른 내가 지금 내가 떠나온 세상에 있다면, 당장 롭을 찾으러 갔을 거야. 어쩌면 둘은 거기서도 함께 있겠지. 그래서 행복하게 지낼지도 몰라. 어쩌면 그녀는 이 삶으로 돌아오고 싶어 하지 않을지도 몰라.

"왜 그래요?"

롭은 조용히 물으며 손가락으로 내 턱을 들어올렸다.

"아무것도 아니에요. 난 괜찮아요."

나는 도로 그의 어깨에 머리를 기대고 그를 가까이 끌어안았다. 내 몸짓에 화답하듯 그도 뺨을 나의 정수리에 대고서 손가락으로 내 머리타래를 배배 꼬았다.

노래가 끝나고 손님들이 손뼉을 치자, 가수는 밴드에게 감사 인사를 전하며 자리를 마무리했다.

수지는 혀 꼬부라진 소리로 말했다.

"고마워, 조시, 롭. 정말 멋진 파티였어. 너희 다 진짜 멋져. 지이인짜 둘 너무 멋지다고. 이제 가야겠다. 차가 왔어. 어엄청 재밌는 파티 열어 줘서 고마워."

"고마워, 조심해서 들어가."

이윽고 집이 텅 빈 후에도 나는 여전히 생기가 넘쳤다. 코트를 챙겨 입고 바람을 쐬러 바깥 테라스로 나갔다. 그곳에도 수백 개의 꼬마전구와 더 많은 초콜릿 하트가 달려있었다.

도시의 전경을 멍하니 바라보고 있노라니 뒤쪽 테라스 문이 열리면서 롭의 목소리가 들렸다.

"남은 초콜릿이 너무 많다는 문제가 있네요."

나는 돌아보며 미소를 지었다.

"회사에 가져가야겠죠. 우리가 저걸 다 먹으면 이 아파트에서 나갈 수 없을 정도로 뚱뚱해질걸요."

롭은 난간에 선 내 옆으로 다가왔다.

"그것도 나쁘지 않은데요. 지난번에 세상 마지막 날처럼 눈이 왔을 때도 우리는 배달 음식을 먹으면서 영화를 보며 살았잖아요?"

그는 1월 말에 왔던 어마어마한 폭설 이야기를 꺼냈다. 그때 우리는 며칠 동안 고립되어 살았다. 당시의 기억을 떠올린 나는 미소를 지으며 고개를 끄덕였다.

"그때 재밌었죠. 오늘 파티요, 정말 성공적이었어요. 어떻게 생각해요?"

"빛나는 승리 같은 파티였어요. 당신은 승리의 여신이었고요. 지금 몇 시죠?"

"자정 넘었어요."

"정말 멋진 밸런타인데이였어요. 당신 덕분에 완벽한 밸런타인데이를 맞았네요."

그는 나를 바라보며 말했다. 그리고 손을 뻗어 손등으로 내 옆얼굴을 쓰다듬었다. 느릿하고 의도적인 손길로 그는 내 머리 뒤로 손을 뻗어 손가락 사이에 머리카락을 쥐었다. 온몸에 전율이 흐른 채로 난 고개를 기울이며 속삭였다.

"고마워요."

이번은 달랐다. 롭의 입술이 나의 입술에 와 닿는 순간, 나의 입술은 그의 입술을 찾아 나아갔고, 나의 혀는 그의 혀를 간절히 원했다. 그 손이 내 머리카락을 쥐는 순간 나는 그에게 온몸으로 달라붙었다. 그는 나를 기둥에 밀고서 애타게, 필사적으로, 또 사랑스럽게 나에게 입을 맞추었다. 그의 입술이 위로 움직여 나의 눈가에 닿았고, 또 몸을 기울여 가며 헤어라인과 목덜미에 닿았다. 나는 그 키스가 향하는 대로 날 내어줄 수밖에 없었다.

그러다 다시금 떠오른 모습은 나를 자유롭게 놓아주지 않았다. 또 다른 나, 바로 그 여자였다. 밸런타인데이에 롭과 함께 있는 나를 상상할 그 여자. 자신이 있어야 할 남편의 옆자리에 대신 선 나를 미워하고 있을까. 아니면 나 역시 그녀이기 때문에 눈물을 머금고 나를 축복하고 있을까. 어쩌면 둘 다인 건 아닐까. 아니면 둘 다 아닐 수도 있겠지. 그걸 대체 어떻게 알겠는가?

"자기야, 왜 울어?"

롭이 물러서며 말했다. 난 내가 우는 줄도 몰랐다. 아무 말도 할 수가 없어서 고개를 저었을 뿐이었다. 그는 엄지로 내 얼굴에 흐르는 눈물을 닦아주었다.

"오, 조시. 당신이 혼란스러운 건 알아요. 하지만 우리 사이를 혼란스러워할 필요는 없잖아요? 이게 잘못된 것 같아요? 왜 마음을 못 놓지?"

그는 대답을 구하려는 듯 내 얼굴을 살펴보았다. 하지만 난 그를 쳐다볼 수가 없었다. 계속 보고 있다간 다시 키스할 것 같았으니까. 그리고 이번에 키스하면 분명히 같이 잠자리에 들겠지. 같이 자게 된다면, 난 이제 그의 아내가 되는 것이다. 완벽하게. 그러면 이 남자를 위해 모든 걸 포기하게 되겠지. 나의 예전 삶도, 우리 오빠도, 그리고 내가 나라는 자아 인식까지도.

"정말 미안해요."

나는 이 말을 남기고 몸을 일으켰다. 그리고 테라스 끝에 있는 내 방으로 들어가 문을 잠그고 블라인드를 쳤다.

하지만 이 세상에서, 있어서는 안 될 결정에서 도망칠 수는 없었다.

Chapter 10

부활절

"준비됐어요?"

롭이 내 가방을 들면서 물었다. 나는 꽃무늬 벽지에 빅토리아식 황동 침대와 고풍스러운 옷장, 구식 화장대를 갖춘 방을 둘러보았다.

"여기 정말 아름답네요. 나중에 여기 오면 더 오래 있고 싶어요."

경사진 천장의 지붕창 밖으로는 워싱턴주의 유서 깊은 라 코너 마을의 정경과 그 옆으로 흐르는 강이 보였다. 우리가 머무는 곳은 마을 위절벽에 자리 잡은 전통적인 건물로, 현재 이곳은 부활절 휴일에 더해 튤립 축제까지 열려서 관광객들로 붐볐다. 거기에 튤립 축제까지 열리고 있었다. 나는 잠시 망설이며 거리의 소음을 듣다가 창문을 닫았다. 그리고 롭을 돌아보며 미소를 지었다.

"저 바깥은 여름 같네요. 이 방은 정말 예뻐요. 여기에 묵게 해주어고마워요. 언제나 당신 방 같았는데요."

지난 목요일 우리는 시애틀로 와서 앤드루와 킴과 함께 퀸 앤 지역에 있는 두 분의 커다란 단독주택에서 함께 지냈다. 그리고 라 코너로 차를 타고 와서 이곳에 있는 앤드루 집안의 주말 별장인 이곳에서 묵게 되었다. 그리고 아름다운 튤립 농장에서 관광을 했다. 하지만 지금은 남편에게 크리스마스 선물로 준 블루 하버 인 호텔에 가서 주말을 보내야 할 때가 되었다. 어서 가고 싶은 마음이 굴뚝같았다.

우리는 아나코테스에 있는 페리 선착장으로 운전해 가서 차와 함께 페리 안으로 들어갔다. 거센 바람을 뚫고 다른 아름다운 섬들 사이를 지나며 우리는 오카스섬까지 항해했다. 오카스섬에 내려 눈부시게 아름다운 웨스트 사운드만으로 들어간 다음, 디어 하버의 자그마한 마을을 지나 섬의 서쪽 해안에 있는 호텔로 향했다. 체크인을 한 다음에도 숙소에 가려면 해안가를 따라 800미터 정도 더 운전해야 했다.

"우리 숙소를 업그레이드했어요. 호텔 객실도 멋지지만, 우리 공간이 좀 더 넓으면 좋겠다 싶었죠. 그래서 해변에 있는 다락 딸린 독채에서 묵을 거예요."

롭의 설명에 나는 숙소에 대한 기대에 만감이 교차하는 마음으로 대답했다.

"좋은 아이디어였네요."

커다란 전원주택 분위기의 독채는 내부 천장이 교회당처럼 뾰족하게 솟아있었고 바다가 보이는 거대한 창문이 달려 무척 멋진 분위기를 자아냈다. 평화로운 휴양지의 완벽한 모습이랄까. 편안한 거실 겸 식당과 주방을 돌아보고 나자 나는 나선형 철제 계단을 올라갔다. 그러자 경사진 천장 아래로 메자닌(Mezzanine, 건물 1층과 2층 사이 라운지 공간을 의미하는 이탈리아어. 옮긴이 주) 침실이 있었다. 그리고 아래쪽은 독

채 뒤편으로 욕실과 본 침실이 있었다.

가파른 철제 곡선 계단을 내려오자 롭이 나를 바라보며 말했다.

"당신이 큰 침실을 써요."

그는 나의 작은 여행 가방을 침실로 가져가며 덧붙였다.

"이젠 당신이 큰 방을 쓸 차례니까요. 게다가 당신이 밤새 화장실을 가려고 네 번이나 다락방 계단을 더듬더듬 오르락내리락하는 일은 우리 둘 다 원치 않잖아요. 그리고 오늘 밤에 있을 멋진 저녁 식사와 어쩔 수 없이 마시게 될 와인 양을 생각하면 화장실에 갈 수밖에 없다는 걸 우리 둘 다 알고 있고요."

"일리 있는 지적을 하네요. 예약 시간이 언제죠?"

그는 내가 짐을 풀도록 자리를 비켜주며 말했다.

"1시간 후에요. 그건 세트 메뉴라서 다들 6시 반에 식사해요. 그럼 10분 후에 봐요."

나는 샤워를 한 다음 청회색 헬무트 랭 블라우스와 인디고 청바지를 골랐다. 내 청회색 웨지 힐과 잘 어울릴 것 같아서였다. 바닷가를 쭉 둘러 난 자갈길을 걷기에 이 웨지 힐이 괜찮을지는 또 다른 문제였지만, 어제 튤립 축제에서 운동화가 너무 더러워지는 바람에 어쩔 수 없이 힐을 신어야 했다.

내가 마침내 거실로 나가자 롭은 나를 멍하니 올려다보았다.

"멋지네요."

검은 리넨 셔츠에 청바지를 걸친 그의 모습은 너무나 잘생겨 보였다. 숱 많은 검은 머리카락이 샤워 후라 살짝 젖어있었다.

"준비됐어요?"

나는 고개를 끄덕였다.

우리는 걷기 쉽게 포장된 길을 따라 호텔 레스토랑에 도착하여 바다 전망의 테이블에 앉았다. 레스토랑은 섬의 해안에서 잡아 올린 해산물이나 호텔 부지에서 자란 채소 등 현지에서 공수한 식재료로 저녁을 준비하느라 분주했다. 롭이 와인을 따르는 동안 양념한 굴과 소금에 절인 대구 튀김이 애피타이저로 나왔다. 우리는 음식을 빠르게 먹어치웠다.

"훌륭한 음식과 훌륭한 와인, 훌륭한 회사를 위하여. 이번 주말 같이 와주어 고마워요."

그는 잔을 들고 나를 지그시 쳐다보며 말했다.

"난 별로 한 게 없는걸요. 하지만 고맙다는 말은 기쁘게 받을게요. 나도 여기 와서 좋아요."

나는 아주 부드럽고 그윽한 와인을 꿀꺽 마시고는 너른 바다 위로 저무는 태양을 가만히 바라보았다. 여긴 참 평온하구나. 뉴욕과는 달라. 여기선 우리 둘 다 느긋하게 긴장을 풀고 있었다.

우리는 한동안 바다 위로 멀리 보이는 섬과 페리를 즐겁게 바라보았고, 롭은 각각의 섬 이름을 알려주었다. 그러면서 2년 전 우리가 오카스섬과 인근 루미족 보호구역을 방문했고, 작년에 돌아가신 외할머니도 만났다고 알려주었다. 그의 표정을 보니 외할머니와 무척 애틋한 사이라는 게 분명히 드러났다.

우리는 그릇에 아름답게 담긴 음식을 들었다. 송로버섯을 곁들인 기름진 성게 요리는 풍미가 진한 진미였다. 그다음엔 주 요리로 신선한 넙치와 함초가 나왔다.

"난 외할머니를 정말 좋아했어요. 참 멋진 분이셨죠. 재치가 번뜩이고 재미있는 분이셨거든요."

나는 미소를 지었다.

"좋은 분이었던 것 같네요. 나도 그분과 잘 지냈나요?"

"그럼요. 하지만…"

"하지만 뭐요?"

롭은 포크로 넙치 조각을 집으려 하며 말했다.

"우리가 결혼한 지 여섯 달 후에야 친해졌어요. 데이비드가 죽은 다음 말이에요. 상황이 참 힘들었죠. 당신은 일과 사교 행사에 몰두하며 살았다고나 할까요. 마이크랑 한스와 파티에 많이 다니기도 하고요. 내가 보기엔 언제나 데이비드 생각을 하지 않도록 머리를 비우는 방법이었던 것 같았죠."

그는 넙치를 포크로 찍었지만 먹으려고 들지는 않았다.

"우리는 싸웠던 적도 드물게 있긴 했는데, 한 번은 당신이 이런 말을 했어요. 우리가 결혼하지 않았더라면, 아니 적어도 하와이에서 하지 않았더라면 헬리콥터 사고도 없었을 거라고. 그러면 데이비드도 아직 살아있었을 거라고요. 당신은 어마어마한 죄책감을 안고 살아왔던 거죠.

우리는 정말로 여전히 사랑하고는 있었지만, 많이 힘들었죠. 난 당신이 내 탓을 하는 건 아닌지 궁금할 때가 많았어요. 그리고 할머니는 뭔가 잘못되었다는 걸 눈치채셨죠. 그래서 내가 당신과 함께 살아 행복한지 물어봤어요."

나는 고개를 끄덕였다.

"이해가 되네요. 하지만 그건 2년 전 일이잖아요. 그러면 그 후에, 그러니까 내가 사고를 당하기 전까지는 둘 사이가 어땠어요? 아, 미안, 우리 사이요. 내가 무슨 뜻이었는지 알죠."

"상황은 좋아지고 있었죠. 당신도 심하게 슬퍼하진 않았고요. 하지만 우리가 너무나 행복했던 결혼 전과는 전혀 달랐어요. 우리가 예전에 느꼈던… 기쁨은 없어졌죠."

롭은 테이블 위로 손을 뻗어 내 손 위에 얹었다.

"하지만 당신이 사고를 당한 후엔요, 그러니까 당신이 사고를 받아들이고 난 후엔 말이죠, 나한테는 더 좋아졌어요. 마치 초기화 버튼을 누른 것 같아요. 당신은 우리의 결혼과 데이비드의 죽음을 두고 죄책감을 전혀 느끼지 않았죠. 뭐, 당신은 지금 우리가 결혼하지도 않았고 데이비드가 죽지도 않았다고 생각하고 있긴 하지만요. 하지만 그게 생각하면 얼마나 기이한지는 우리 둘 다 알고 있고요.

하지만 그래서 참 효과적으로 원래의 당신이 내게 되돌아온 셈이 되었죠. 내가 사랑에 빠진 여자가 다시 돌아왔다고요. 죄책감 느끼지 않고, 하루에 10시간 이상 일하지도 않고, 시사회나 초연 행사에 갔다가 반쯤 녹초가 되어 나랑 말도 걸기 싫어하지도 않는 사람으로 돌아왔다고요. 물론, 당신은 지금 나름의 문제가 있지만, 그래도 당신은 여전히… 당신이에요. 우리가 함께 저녁을 먹을 때면, 아, 이게 바로 내가 상상하던 아내와 함께 저녁을 먹는 모습이지 싶어요. 이게 무슨 말인지 당신이 이해해 줄지는 모르겠지만."

이어서 웨이터가 접시를 치우러 오자 그는 내게서 손을 뗐다. 우리는 말없이 고개를 바다로 돌렸고, 마지막 햇살을 위쪽 구름으로 따스하게 비추며 섬 위로 저물어 가는 태양을 바라보았다.

웨이터는 디저트를 가져다주겠다고 말하고 자리를 떴다. 나는 롭을 바라보며 고개를 저었다.

"와. 난 몰랐어요. 당신은, 아니, 우리는 완벽한 부부 같아 보였거든요. 비극을 겪고서 관계가 좀 틀어지긴 했지만, 그래도 여전히 사랑 넘치고 행복한 부부인 줄 알았는데."

그는 내 말을 얼른 받았다.

"그랬죠. 지금도 그렇고. 아무것도 사실 틀어진 건 없어요. 그저 힘든 일을 겪고 있었을 뿐이죠."

"이해했어요. 하와이에서 벌어진 일은… 너무 잔혹했죠. 관계란 관계가 죄다 타격을 받을만한 일이었어요. 비록 난 그 사건에 대한 기억이 없지만, 그래도 더 행복한 상태로 회복하게 되어서 다행이에요."

"나도 그래요."

롭은 미소를 짓고서 몸을 숙여 내 잔에 와인을 더 따라주며 말을 이어갔다.

"내 아내가 날 기억도 못 하고 손님방에서 자는 몇 달이 그전보다 더 행복하다니, 이상하네요. 정말 말도 안 되죠."

나는 그를 보며 미소를 지었다. 이 멋진 남자를 어떻게든 행복하게 만들어 주었다는 생각에 너무 기쁜 마음을 주체할 수가 없었다. 와인을 마저 마시고 웨이터가 가져온 셔벗을 먹었다. 이 지역의 나무 열매로 만들어 민트를 곁들인 맛있는 셔벗을 먹고 나자 둘 다 기분이 들뜬 채로 레스토랑을 나섰다.

"해변을 따라 걸어갈까요?"

롭이 말했다. 이제 해는 완전히 저물었지만, 하늘은 여전히 짙은 주황색이고 저 멀리 섬들의 윤곽이 보였다. 나는 신발을 바라보았다.

"이 웨지 힐을 신고 잘 걸을 수 있는지 봐야겠는데요. 단단한 모래 위야 잘 걸을 수 있겠지만, 커다란 바위 위는 아니겠죠. 그러니 좀 도와줘요."

그는 웃으면서 해변으로 내려가는 날 부축해 주었다. 우리는 한동안 조용히 걸었다. 그의 걸음은 안정적이었지만, 나는 살짝 비틀거렸다.

"와인 마셔서 그래요? 아니면 신발이 불편해요?"

그의 얼굴은 황혼 가운데 어둡게 보였지만, 목소리엔 웃음기가 스며있었다.

"둘 다요. 자, 나 좀 도와줘요."

우리 앞길을 돌무더기가 가로막고 있었다.

그는 평평한 바위 위로 우아하게 올라가 나에게 손을 내밀었다. 그 손을 잡자, 롭은 나를 옆으로 끌어당겨 올렸고, 돌 위를 넘어 반대편으로 내려갈 때까지 안정감 있게 길을 안내했다.

"당신을 계속 잡고 가는 게 낫겠어요."

나는 단단한 지면에 다다랐지만, 그의 손을 잡으며 말했다. 그는 아무 말이 없었다. 내가 비틀거리면 손을 꼭 잡아주었고, 거친 돌길에서 걸음이 느려질 때면 기다려 주었을 뿐이다.

독채 숙소로 돌아왔을 때는 날이 거의 저물었다. 롭은 내 손을 놓고 문을 열었다. 빈손이 허전하게 느껴지면서 그의 손길을 더 받고 싶었다. 내가 웨지 힐을 벗어 던지고 소파에 털썩 주저앉는 동안 롭은 주방으로 들어가더니 나에게 소리쳤다.

"와인 한잔 더 할 건데, 당신은요?"

"좋아요."

더 마셔도 되는 건진 정말 모르겠지만, 이 밤의 분위기를 계속 이어가고 싶었다. 너무 멋진 시간이었어.

롭은 와인 한 병과 다리 없는 와인 잔 두 개를 들고 돌아왔다. 그는 잔을 내려놓고 아이폰 도킹 스피커로 레이 라몬테인의 곡을 틀고 내 옆에 앉았다. 그리고 와인을 따른 다음 잔을 들었다.

"건배 한 번 더 하죠. 멋진 음식과 아름다운 저녁 시간을 위하여. 나랑 같이 있어주어 고마워요."

우리가 잔을 부딪친 순간, 갑자기 멋쩍어졌다. 분위기가 긴장감으로 가득했다.

롭은 이것저것 말을 주워섬기기 시작했다.

"어디까지 말했었죠. 그래요. 내가 최근에 더 행복하다고 말했죠. 그래서 당신 기분은 어떤지 궁금했어요. 상황이 꼬인 건 알지만, 그래도 요즘 당신은 좋아 보였거든요. 행복한 것도 같았어요. 물론 처음에야 당연히 겁이 났겠지만, 지금은 아니라고…"

그는 잔에 든 와인을 빙글빙글 돌리며 나를 바라보았다.

나는 고개를 끄덕였다. 무슨 말을 얼마나 더 해야 할까. 마음 한구석으로는 롭이 내게 안정감과 행복을 준다고 말하고 싶고, 그의 품에 기대고 싶다고 말하고 싶었다. 밸런타인데이에 했던 것처럼 다시 키스하고 싶다고. 하지만 한 번 열린 마음의 문은 다시 닫을 수가 없을 것이다. 그래도 될까?

"나도 행복하게 지냈던 것 같아요. 물론 처음에야 전부 이상하기만 했죠. 당신과 사는 거랑, 새로 생긴 우리 집이랑, 새 직장이랑 모두 다요. 하지만 이건 나의 새로운 일상이 됐어요. 그리고 정말 멋진 삶이에요. 우린 많은 걸 가졌고, 멋진 곳에서 살고 있죠. 그리고 너무 환상적인 사람들도 만났고, 일도 재밌고… 그러네요."

나는 어깨를 으쓱이면서 내 속마음과는 달리 태연한 척을 했다.

롭의 부드러운 미소가 흔들렸다. 그는 입술을 꾹 다물었다.

"그렇다니 좋네요."

그리고 당신이 있다고, 그렇게 말하고 싶었다. 이젠 당신이 있다고, 나를 사랑해 주는 당신이, 이제껏 본 남자 중에서 가장 아름답고 믿을 수도 없을 만큼 멋지고 친절한 남자인 당신이 있다고. 당신이 내 남자라서 난 너무 운이 좋다고. 난 그럴 자격이 없는 여자인데 당신을 받았다고.

왜 말을 못 해? 이렇게 말하고 싶어. 이 남자도 그 말을 듣고 싶어 하잖아.

"한스 앤드 파우스트사에서 정말 잘하고 있는 것 같아요."

그가 말을 잇자 사라진 긴장감에 나는 안도했다. 우리는 그 후로 1시간 동안 나의 업무와 B+B 사가 진행할 새로운 트라이베카 프로젝트 이야기를 나누었다. 하지만 뭔가 빠진 게 있었다. 마무리 짓지 않은 일의 빈틈이 느껴졌다.

나도 와인을 다 마시고 화장실에 다녀오니 방이 기우뚱하게 보였다. 나는 벽에 기대어 몸을 지탱한 채로 롭에게 말했다.

"난 여기서 그만 마셔야겠어요. 당신 마실 때마다 같이 따라 마셨잖아요. 당신 때문에 50킬로그램은 쪘을 거야."

롭의 목소리는 스스럼이 없었다.

"그렇게 되는 게 좋으니까 그랬겠죠. 당신은 지금 매우 멋지다고요. 나는 조금 더 있다 잘게요. 아직 10시밖에 안 됐는데요. 방에서 편하게 자요."

"고마워요. 난 괜찮아요. 그럼 아침에 봐요."

"잘 자요, 조시."

나는 실크 파자마로 갈아입고서 이불 속으로 기어들어 갔다. 와인과 음료 때문에 곯아떨어질 줄 알았건만, 이상하게도 잠이 오지 않았다. 거실의 불빛이 꾸물꾸물 방문 밑으로 스며들었고, 나는 어느새 작은 소리에 하나하나 귀 기울이고 있었다. 조용한 음악이 흘러나오는 가운데, 롭은 이따금 잔을 내려놓고 또 가끔 자세를 바꾸었다. 나는 열심히 바깥소리를 들으며 혹시 그의 일상적인 움직임이 단서를 주지는 않을까 싶은 생각을 했다… 무슨 단서인진 나도 모르겠지만.

대체 왜 이래? 나 무슨 소리를 듣고 싶은 건데? 사랑에 빠져 괴로워하는 남자의 깊은 한숨 소리를 듣고 싶어? 아니면… 내 방을 조용히 두드리는 소리?

근 1시간 만에 나는 모두 포기한 채 옆으로 돌아누워 잠을 청했다. 하지만 내가 바라는 것보다 침대가 딱딱해서 편하게 잠들 수가 없었다. 이제 수면 유도 진통제를 먹어야 하는 건 아닐까 생각하던 순간, 스위치 소리가 달칵 들리면서 거실 불이 꺼지고 롭이 나선형 계단을 올라 다락으로 가는 소리가 들렸다.

순간 격한 실망이 나를 덮쳤다. 마치 기회를 잃어버린 기분이었다. 무슨 기회? 하지만 난 답을 알고 있었다.

그이와 함께 있을 기회. 오늘 밤. 완전히 함께할 기회. 그런데 내가 날렸어.

나는 어둠 속에서 눈을 크게 뜨고서 가만히 누워 위층에서 들려오는 롭의 발소리를 들었다. 살면서 이만큼 귀를 쫑긋 세웠던 적이 또 있었을까.

롭은 아직 깨어있어. 그렇다면 내가 기회를 완전히 날린 건 아니야. 난 지금이라도 위층에 올라갈 수 있어.

더는 생각하기를 그만두고 나는 침대에서 내려와 문을 열었다. 다락방 조명이 흘러나와 밝게 빛나는 거실에 나오자 온몸의 털이 곤두섰다. 나는 차마 숨소리도 내지 못한 채로 계단 아래로 발걸음을 옮겼다.

"저기, 아직 안 자요?"

나는 계단을 올라 다락 바닥 위로 고개를 내밀며 말했다.

롭은 하얀 티셔츠와 검은 사각팬티 차림으로 침대에 앉아있었다. 협탁에 놓은 램프 불빛이 은은하게 그의 몸을 비추었다. 그는 누가 봐도 놀란 얼굴로 나를 빤히 바라보았다.

"어… 그렇죠. 어디 안 좋아요?"

그는 얼어붙은 상태에서 회복하여 휴대폰을 들고는 알람을 맞추는 척했다.

난 문득 부끄러워졌다. 이거 망신당하기 직전이잖아.

나 지금 뭐 하는 거야? 롭이 나를 원하지 않는다면 어떡하지?

"난 괜찮아요. 침대 때문에 그래요. 나한테는 너무 딱딱해서, 편하게 잘 수가 없더라고요. 여기 매트리스가 더 푹신하지 않을까 생각했어요. 미안해요."

"아, 괜찮아요. 여기가 푹신하니까 마음에 들 거예요. 누워볼래요?"

"고마워요."

나는 침대 반대편에 앉았다. 매트리스가 푹 들어가는 게 어서 누우라고 유혹했다. 나는 한숨을 쉬었다.

"여기가 훨씬 좋네요."

롭은 나를 돌아보았다.

"그럼 당신이 여기서 자요. 내가 내려갈게요."

"아, 아네요. 그러니까, 그럴 필요 없어요. 난 당신 내쫓고 싶지 않아요. 여기 아주 넓잖아요."

"그래요, 그렇다면야."

그는 망설이다가 나를 보지 않고 이불 속으로 들어갔다. 나도 역시 똑같이 그를 보지 않고 누웠다. 우리는 둘 다 몸을 뻣뻣하게 굳힌 채 어색해했다. 이윽고 롭이 침대 협탁으로 가서 불을 껐다.

나는 잠깐 누워 어둠에 적응하여 시야를 회복했다. 심장이 미친 듯이 뛰었다. 베개를 움직이고 잠시 시간을 끌다가 롭 쪽으로 고개를 돌렸다. 천장을 바라보는 자세로 누운 그의 옆얼굴을 경사진 천장의 채광창으로 들어온 달빛이 비치고 있었다. 평평한 이마선과 날렵하게 뻗은 코, 내려갈수록 수염이 보송보송하게 돋은 턱선과 깊게 갈라진 틈새로 이루어진 입술이 보였다. 그의 기다란 속눈썹이 규칙적으로 깜빡였다.

내 옆 어둠 속에서 그는 기다리고 있었다. 내가 뭔가 말해주기를, 아니 어떻게 움직이기를.

"침대 때문에 올라온 건 아니에요."

그는 내게 고개를 돌렸지만 아무 말 없이 그저 기다렸다. 지금 그의 표정을 볼 수 있으면 좋을 텐데. 하지만 더없는 어둠 속에 그의 이목구비는 가려져 있었다.

"당신이랑 같이 있으려고 올라온 거예요. 완전히, 당신 아내로 있으려고요."

이거다. 롭에게 필요한 초대의 말은 이것뿐이었다. 그는 날 향해 몸을 돌리고는 단번에 한쪽 팔을 내 허리 아래로, 다른 팔은 내 위로 슬며시 움직인 다음 이제껏 했던 키스보다 더없이 깊게 입을 맞추었다. 그렇게 나에게 계속해서, 거듭해서 키스가 이어졌다. 그렇게 열띠게 그의 티셔츠가 벗겨 던져지고 나의 파자마 단추가 풀리도록 입맞춤은 멈추지 않았다.

그다음에 이어진 경험은 이제껏 내가 알아온 그 어떤 육체적, 정신적, 성적 경험을 죄다 능가하는 것이었다. 욕망과 다급함, 열정과 환희가 소용돌이치며 아찔한 감각으로 다가와 흐릿하게 온몸을 잠식해 갔다.

여기, 이 작은 다락방에서 나는 모든 시공간 감각을 잃었다. 여기가 어딘지, 내가 누군지, 우리 둘 중 하나가 어디서부터 시작되어 어디서 끝나는지 알 수 없는 시간이었다. 침대와 헤드 보드, 의자와 옷장, 바닥과 경사진 천장에 밀치고 난간에 기대고 심지어 딱딱한 나선형 철제 계단에 매달린 채로… 우리가 낙원으로 만든 이곳의 몸 닿는 표면마다 육체와 영혼의 결합을 봤다. 내 몸의 목덜미부터 배꼽, 허벅지 안쪽에 이르기까지 내 몸 속속들이 그가 탐험하고 열띠게 삼키지 않은 곳이 없었고, 나 역시 그의 몸을 마찬가지로 대했다.

우리 사이에 만든 작디작은 우주는 그의 세계도, 나의 세계도 아니었다. 그곳은 제3의 장소, 그와 나만이 존재하는 초월적인 그 어딘가였다.

그러다 잠에서 깨었다. 아직도 우리 둘만이 어딘가 저 멀리, 창백한 푸른 바다와 회색 조약돌 해변으로만 이루어진 행성에 있는 꿈에서 완전히 깨어나지 못했다. 우리는 어디로 갈지 정하지 않고 해변을 따라 걷는 것이 목적인 듯 산책을 했다. 롭은 바위 위에 서서 날 도와 내 몸을 자신의 품으로 들어 올렸고, 그때마다 키스해 주고 계속 해변을 걸어갔다.

잠시 나는 여기가 어딘지 기억이 나지 않았다. 뭐가 꿈이고 뭐가 현실인지 구분이 안 됐다. 너무나 찬란한 빛에 눈앞이 아찔해져서 완전히 눈을 뜰 수도 없었다. 침대는 낯설었지만 폭신했고, 머리는 지끈거렸다. 저 멀리서 삐 소리가 들렸다. 순간 나는 더럭 겁이 났다.

나 또 병원인가? 이번엔 진짜 세상에서 다시 깨어난 거야?

햇살에서 고개를 돌리자 다락방과 내가 누운 침대가 보였다. 흐트러진 시트와 베개, 바닥에 떨어진 잠옷과 레이스 팬티, 웃기게 뒤집힌 의자도 보였다. 어젯밤의 증거였다.

아 다행이다.

진짜였구나.

채광창으로 쏟아지는 햇살 아래에 가만히 누웠다. 맨살 위로 땀이 반질반질 빛났다. 하지만 롭은 보이지 않았다.

롭. 어젯밤의 편린을 떠올렸다. 기억들을 떠올리자 미소가 나고, 얼굴이 빨개지고, 정말 그랬나 싶어 고개를 젓기도 했다. 그러다 롭이 없다는 사실에 가슴이 아팠다. 어디 간 거지?

다시금 삐 소리가 세 번 울렸다. 이번에는 그게 전자레인지의 조리 완료 소리라는 걸 알아차렸다. 잠시 후, 묵직하고 느릿한 발소리가 계단을 울리더니, 흐트러진 까만 머리카락 아래로 고개 숙인 모습이 보였다. 이어서 검은 체모가 난 떡 벌어진 갈색 가슴이 나타났고, 마침내 그가 조심스럽게 들고 있는 푸짐한 아침 식사 쟁반이 커다랗게 보였다. 방 안으로 들어서는 롭은 흰색 팬티 한 장만 걸치고 있었다. 고개를 들어 나를 본 그의 표정은 의기양양했다.

"계단이 너무 좁아서 올라오다가 쟁반을 뒤엎을 거라고 생각했는데, 다행히 무사히 들고 왔네요."

그는 쟁반을 침대에 놓았다.

"우아. 이렇게 만들 필요까진 없었는데요."

하지만 이렇게 아침을 차려주어서 좋더라.

"음, 내가 배고파서요. 그리고 내가 만든 것도 아니고요. 호텔에선 보통 독채에 아침 식사를 날라다 주진 않지만, 내가 나름의 수를 썼죠. 라테가 조금 식어서 전자레인지에 돌렸지만, 나머지 음식은 모두 신선해요."

그는 우스꽝스럽게 윙크하며 말했다. 그리고 내게 몸을 숙여 키스했다. 그 동작이 참 자연스러웠다.

"잘 잤어요? 우리 미인."

그는 나를 보며 싱긋 웃고는 말을 이었다.

"솔직히 말해서… 머리는 산발이네요. 게다가 땀도 좀 나고. 하지만 그래도 여전히 눈부시게 예뻐요."

그는 내게 다시 입을 맞추었다. 나는 웃으면서 내 손으로 입을 가렸다.

"고마워요. 그런데 나 지금 분명 입 냄새도 아주 심할 텐데."

"난 아무 말도 안 하긴 했지만… 어쨌든 라테 데운 거 마셔요. 그럼 좀 나을 거야."

그는 눈썹을 찡긋하고는 보란 듯이 쟁반을 가리켰다.

"부인, 부활절 일요일이니만큼 저희가 수란을 곁들인 허브 팬케이크를 준비했습니다. 그리고 절인 연어와 치즈 스콘, 직접 만든 요구르트도 있습니다. 자두 주스와 같이 드시지요, 라고 레스토랑에서 말했겠죠?"

"멋지네요. 배고파 죽을 것 같아요. 그리고 살짝 숙취도 있고요."

나는 접시와 포트를 들고서 수란을 팬케이크 위에 올리고 노른자를 터트려 연어와 함께 먹었다.

그는 나에게 농담을 던졌다.

"그래요. 뭐, 당신을 좀 취하게 만들었으니까 침대로 끌어들일 수 있었겠죠? 하지만 기절할 정도로 취하진 말아야 했죠. 그래야 당신이 스스로 걸어 들어왔다고 생각할 테니까요. 그것까지 다 나의 교활한 큰 그림이었죠."

그는 손을 비비더니 치즈 스콘을 크게 베어 물었다.

"당신의 음흉하고도 천재적인 계획이 잘 이루어졌네요. 잘했어요. 난 그저 당신의 손에서 놀아나는 존재죠."

"맞아요. 그랬죠. 자, 그럼 오늘 일정 말인데. 온종일 침대에 있어도 좋고."

그는 다시 스콘을 베어 물고 씹다가, 나를 은근히 바라보더니 말을 이었다.

"하지만 그래도 오늘은 날씨가 화창하고 맑네요. 해가 쨍쨍해요. 그러니 여기 온 의미를 최대한 살리기 위해 밖에 나가야겠죠. 벌써 10시 45분이에요."

나는 맛있는 팬케이크를 우물거리며 대답했다.

"뭐라고요? 그렇게 시간이 많이 된 줄은 몰랐어요."

"우리가 꽤 늦게 일어났던 것 같아요. 새벽 3시가 되어서야 잔 것 같은데. 아니, 4시던가? 기억이 가물가물하네요."

나는 빙긋 웃었다.

"그래요. 드문드문 나는 기억이 꽤 야한데요. 어젯밤은 정말 좋았어요. 이제껏 지내온 밤 중 최고였어요."

"오 그래요? 이제껏 중 최고였다고?"

그는 한쪽 눈썹을 치켜떴다.

"음, 이제 와서 잘난 척하지 마시죠? 아마 근육 기억 때문 아닐까요? 그러니까, 우리가 같이 잔 게 나한텐 이번이 처음이지만, 당신에게는 전혀 그렇지 않잖아요. 내 몸도 마찬가지겠고요. 아마 서로를 만족시키는 방법이 이미 몸에 새겨져 있었을 거예요. 당신 기술 덕분이 전혀 아니라 이거예요."

그가 내 팬케이크를 찍어 가져가자 나는 그의 옆구리를 찔렀다. 그는 나를 보며 씩 웃었다.

"그래요? 그럼 그 말이 맞는지 다시 한번 해볼까?"

2시간 후, 우리는 여전히 침대에 누워있었다. 창문으로 들어온 네모꼴 햇살은 이제 다른 곳을 비추어, 롭의 번들거리는 맨가슴을 환하게 밝혔다. 나는 그의 어깨에 누워 롭의 매끈한 피부를 손가락으로 여기저기 그으며 가슴 털을 쓰다듬었다.

"당신을 만나다니 난 정말 운이 좋네요. 이런 일이 없을 수도 있었을 텐데."

"나도 그래요."

롭은 내 머리에 키스하고서는 입을 떼지 않은 채로 나의 부스스한 머리카락에 속삭였다.

"우리의 만남은 항상 행운이라고 생각해 왔거든요. 하지만 오늘은 더더욱 운이 좋았네요. 난 세상에서 가장 운이 좋은 사람이야."

그는 나를 꼭 끌어안았다. 나 역시 그를 마주 안았다가 몸을 떼어 그의 팔에 머리를 대고 얼굴을 올려다보았다. 그의 눈시울이 젖어있었다.

"왜 그래요."

나는 손을 뻗어 그의 얼굴을 매만졌다.

"미안해요. 그냥, 난 그냥 이 순간을 쭉 기다려 왔거든. 정말 행복해서 그래."

그는 다른 팔로 얼굴을 닦고는 나를 바라보며 말했다.

"넌 정말 사랑해, 조시. 네가 나한테 돌아올 줄은 몰랐어."

이 남자는 너무 다정하잖아.

"알아요. 하지만 나 여기 있잖아. 난 아무 데도 안 갈 거예요. 난… 당신을 너무 사랑하게 됐어요. 완전히, 더할 나위 없이 사랑하게 됐다고. 언젠가는 반드시 일어날 일이었던 것 같아요. 난 여전히 나고, 당신도 여전히 당신이고, 그러니까…"

하지만 그의 키스에 나의 말이 막혔고, 우리는 다시금 서로에게 빠져들었다. 우리 둘 다 "사랑해, 정말 사랑해"라는 말을 얼마나 많이 했는지 셀 수조차 없었다. 이제 불이 붙은 사랑은 멈출 수가 없어 보였다.

결국, 침대에서 다시 나왔을 때는 느지막한 오후였다. 그것도 샤워하고 양치를 하기 위해서였다.

"나 냄새나."

나는 하얀 목욕 가운을 입으며 솔직하게 말했고, 롭은 고개를 끄덕였다.

"맞아. 냄새나네. 하지만 나도 마찬가지야. 먼저 샤워할 시간 딱 5분 줄게. 그다음에 나 들어갈 거야."

우리는 결국 햇살이 화창한 그날, 밖에 나가지 못했다. 저녁을 독채로 주문해서 목욕 가운을 입은 채 거실에서 저녁을 먹었다. 그런 다음 소파에서 느긋하게 사랑을 나누다가, 바닥으로 미끄러져서 결국엔 등을 카펫에 대고 누워 정신이 혼미하도록 행복해지는 시간을 보냈다. 하지만 편하게 있기에는 바닥이 너무 딱딱해서 우리는 억지로 몸을 일으켜 철제 계단을 다시 올라 엉망진창이 된 다락 침대로 갔고, 거기서 우리만의 낙원을 만들며 둘째 날 밤을 보냈다.

난 이곳을 떠나고 싶지 않아. 롭을 떠나고 싶지 않아. 영영토록.

미안해, 데이비드.

난 오빠를 찾으러 돌아갈 것 같지 않아.

PART 2

그녀

11월 30일

으, 아프다.

통증이 손목에서 목덜미로 쭉 올라갔다. 무릎에서 엉덩이로도 마찬가지였다.

으으으.

바닥이 왜 이리 딱딱하고 거칠고 차가울까. 날이 어두웠다. 거리의 소음이 들렸다. 경적이 울리고 사람들이 웅성거렸다.

"괜찮으세요?"

커다란 손이 눈앞에 나타나며 친절하게 도움을 주었다. 하지만 이게 뭐가 뭔지 정말 모르겠어.

"이게 무슨 일이죠?"

조시의 목소리가 머릿속에서 아득하게 울렸다.

"자전거를 타다가 넘어지셨어요. 일어나실 수 있겠어요?"

손이 여전히 보였다. 조시는 이번에 그 손을 잡았다.

손을 뻗어준 남자는 조시의 몸을 일으켜 앉혀주었다. 그녀는 잠시 호흡을 고르고는 몸을 확인했다. 부러진 데는 없었다. 잘은 몰라도 일단은 그런 것 같았다. 그래서 고통스레 두 발로 일어섰다.

"괜찮아요. 그냥 멍만 좀 든 것 같아요. 도와주셔서 감사합니다."

그녀는 간신히 말하며 갈색과 녹색 자전거 헬멧을 조심스럽게 벗었다.

다른 사람들도 길을 걷다 멈춰 서서 이쪽을 지켜보고 있었다. 그들의 입김이 밤공기 사이로 안개처럼 퍼져갔다. 몇몇은 벌써 가던 길을 도로 가기 시작했다.

남자는 낡은 비니 아래로 눈썹을 지그시 모으고 그녀를 지켜보았다. 그리고 아직 서있는 구경꾼들을 보며 말했다.

"이분 괜찮으시답니다."

조시는 몸을 폈다. 벌써 몸이 뻐근해지는 기분이었다.

"전 괜찮아요. 차 한 잔 마시러 가려고요. 그럼 괜찮아지겠죠. 차는 만병통치약이잖아요."

그녀는 남자에게 다시금 확실하게 말했다. 속마음보다 더 확신에 찬 말투였다. 그리고 떨리는 미소도 지어 보였다.

남자는 누워있는 엘렉트라 자전거를 가리켰다. 앞바퀴가 구부러지고, 핸들이 이상한 각도로 꺾여 있었다.

"자전거가 망가졌어요."

조시는 그쪽을 보았다.

"아, 어떡해! 내가 정말 좋아하는 자전거인데. 일단 어디에다가 묶어둬야겠어요."

남자는 조시를 도와 망가진 자전거를 스탠드에 같이 묶어주면서 말했다.

"하마터면 차에 깔려 큰일 나실 뻔했어요. 제가 카페에 모셔다 드릴게요. 어디 가시던 길이었어요?"

그는 조시에게 핸드백을 건네주었다. 엘렉트라의 바구니에서 떨어진 가방이었다. 그리고 조시를 모퉁이에 있는 카페에 데려다주었다.

"저는 남편을 만나러 미드타운에 있는 갤러리에 가던 길이었어요. 늦는다고 문자를 보내야겠네요. 도와주셔서 감사합니다."

조시는 카페 문 앞에서 멈춰 서고서는 주저하며 말했다.

"저기… 제가 커피 한 잔 사드릴까요? 뭐 필요하신 거라도?"

남자는 미소를 지었다.

"아뇨, 괜찮습니다. 필요한 거 없어요. 그럼 조심히 들어가세요."

"네, 전 괜찮아요. 감사합니다."

그녀는 다시 그에게 안심하라 말을 건네고 헤어졌다. 그리고 카운터에서 런던 포그(얼그레이 라테. 옮긴이 주) 한 잔을 주문했다.

잠깐만. 그런데 왜 예전에 쓰던 낡은 핸드백을 들고 있지? 이건 안 쓴 지 꽤 됐는데.

조시는 생각을 되짚어 보았다. 오늘 아침에 버건디색 코치 핸드백을 들고 나온 게 똑똑히 기억났다. 오늘 착장에 어울리는 백이었으니까. 아까 홍보 관련 회의가 있었고, 또 갤러리에 가야 해서 골랐던 건데.

"손님? 4달러 15센트입니다."

"아, 네. 여, 여기요."

그녀는 말을 더듬거리며 까만 핸드백을 열어 천 지갑을 꺼냈다. 이것 역시 아주 오래전에 쓰던 것이다. 지금은 롭이 준 가죽 지갑을 쓰고 있다. 이게 무슨 일이지? 머리를 다쳤나? 그래도 지갑엔 현금이 있었다. 그녀는 계산하고서 조용히 흥분한 상태가 되어 다른 손님들 사이를 이리저리 헤치고 카운터 저편 유리창 자리 빈 곳에 앉았다. 그리고 길 건너편 스탠드에 묶어둔 자신의 자전거를 빤히 바라보다가, 이중창에 비친 자신의 일그러진 모습을 눈여겨보았다.

이거 정말 이상하네. 왜 나는 낡은 핸드백을 가지고 나왔을까. 조시는 눈을 감았다. 이러면 생각이 나겠지. 분명 옷장에서 핸드백을 잘못 꺼내온 거야.

조시는 차를 천천히 마시면서 길고 차분하게 숨을 쉬었다. 그러자 뼛속까지 몸이 부르르 떨리면서 손목이 욱신거렸다.

아, 맞다, 롭! 아직도 갤러리에서 날 기다리고 있을 텐데. 그 후엔 저녁 식사를 하기로 했잖아. 오늘은 내 생일이니까.

그녀는 시계를 보고선 욕을 했다. 자판이 부서졌고, 바늘은 6시 17분을 가리키고 있었다. 조시는 핸드백을 뒤져 아이폰을 꺼냈다. 그런데 옛날에 쓰던 초록색 케이스 안에 든 건 구형 아이폰이었다.

이게 어디서 나왔지?

그녀는 잠금 화면을 자세히 살펴보았다.

"조제핀 앨리스 캐번디시. 혈액형 O+, 알레르기 없음. 복용하는 약물 없음."

조시는 응급 상황에 대비해 언제나 잠금 화면에 이 정보를 써넣었다.

비밀번호를 치자 화면이 풀렸다. 지금 시각은 6시 33분이었다. 6시 30분까지 갤러리에 가야 했는데. 다시금 심호흡을 했다. 이게 무슨 일인지는 모르겠지만, 일단 롭과 이야기하는 게 급선무였다. 그럼 둘이 같이 이 상황을 따져볼 수 있겠지.

조시는 연락처를 찾아 스크롤을 하다가 R 순서에 다다랐다. 라이언. 예전에 활동했던 합창단 사람이었다. 루벤. 크레인스사에 다녔을 적 동료였다.

계속 화면을 내리다가 다시 올렸다.

롭 어딨어? 대체 롭의 번호는 어디 있지? 생각해 봐. 생각을 하라고.

조시는 롭의 번호를 외우지 못했다. 요즘 세상에 누가 번호를 외우고 다녀? 어쩌면 롭을 다른 식으로 저장해 놨을지도 몰라.

조시는 이름을 훑어보며 아무 데나 눌러서 명단을 살폈다. 대부분 아는 이름이었지만, 모르는 이름도 많았다. 애비 크로퍼드가 누구야? 브렌트 토머스? 케이틀린 애벗이란 사람은 뭐지?

점점 마음이 불안해진 조시는 문자함을 확인했다. 그러다 아직 읽지 않은 문자가 새로 와있었다. 수지가 보낸 것이었다. 다행이다. 아는 이름이야.

-생일 맞은 아가씨, 거의 다 오고 있지? 우리 자리 잡고 앉아있는데 여기 너무 사람 많아. 네가 올 때까지 주문 안 하고 있어서 담당 서버가 계속 째려보고 있다고. 어서 서른여섯 살 먹은 몸뚱이를 끌고 오시지!

하지만 그녀는 오늘 밤 수지를 만날 예정이 아니었다. 롭과의 약속에 늦었는데.

조시는 수지의 번호로 전화를 했다.

울지 말자. 울면 안 돼.

수지는 전화를 받았다. 스피커 너머로 레스토랑의 소음과 음악이 크게 들려왔다. 수지는 고함을 질렀다.

"너 조금 있으면 오지? 나 너희 합창단 사람들이랑 같이 있어. 하지만 네가 안 오면 이 자리에 계속 있을 수가 없어."

"저기, 나 못 가… 나 사고 났어. 자전거가 부서졌어."

조시는 이마를 문지르다가 손의 상태를 알아차렸다. 더러운 손은 피부가 까지고 붉은 상처투성이였다.

"미안해. 내가 너랑 만나기로 했었어? 나 약속을 겹쳐서 잡은 것 같아. 나 롭이랑 만나야 하는데 늦었거든. 그런데 사고가 나서… 지금 카페에 있어."

"어머, 어떡해. 너 다쳤어? 잘 들어. 난 네 소리가 안 들려서… 내가 너 데리러 갈게. 내가 집까지 데려다줄게. 알았지? 어디 있는지 말해줘."

조시는 주변을 둘러보았다.

"나 3번가랑 25번가 교차로에 있는 벨 에어 카페에 있어. 바루크 대학 옆에 있는 곳이야. 나 롭한테 전화해야 하는데, 번호가 없어서…"

"벨 에어? 3번가랑 25번가? 알았어. 거기 가만히 있어. 내가 갈게."

수지의 목소리 때문에 조시는 머리가 지끈거렸다.

"그래. 하지만 롭의 번호를 먼저 문자로 좀…"

하지만 수지는 전화를 끊었다.

그래도 조시가 나타나지 않으면 언젠간 롭이 전화하겠지. 아마도 자신이 늦었다는 것조차 모르고 사람들이랑 한가롭게 수다를 떨고 있을 것이다.

조시는 다른 문자를 꼼꼼히 보았다. 하지만 롭의 흔적은 어디에도 없었다. 아니야, 롭이 보낸 문자는 평소 들고 다니는 핸드백 속 원래 폰에 있을 거다. 이 오래된 아이폰엔 있을 리 없어.

그녀는 휴대폰과 핸드백 생각을 애써 그만두었다. 대신 마음을 한결 편안하게 만드는 익숙한 얼그레이의 향에 집중했다. 그리고 데이비드의 죽음 이후 수지가 가르쳐 준 마음챙김 명상을 했다.

잔을 들자. 잔의 온기를 느껴보자. 천천히 쭉 한 모금 들이켜자. 거품이 많은 우유의 질감을 느껴보자. 단맛과 향신료 맛을 느껴보자. 입속에서 마신 걸 굴려보자. 천천히 삼켜보자. 따스한 액체가 목을 타고 넘어가는 감각을 만끽하자.

수지가 카페 문을 벌컥 열고 들어왔을 때, 조시는 거의 무아지경에 빠져있었다.

"조시! 괜찮아?"

수지는 조시의 의자를 홱 돌려서 턱을 잡았다. 부드러운 손길이었다.

"심하게 긁혔네. 너 온몸에 멍들었겠다. 불쌍한 내 친구. 생일에 사고가 나다니. 너 집으로 데려다줄게. 물건 다 챙겼지?"

그녀는 자전거 헬멧을 탁자에서 집어 들었다.

"응. 그런데 가방을 잘못 가져왔어. 휴대폰도…"

조시가 일어서는 순간, 갑자기 바닥이 휘청였다.

"조시, 우리 응급실 가야 하지 않아? 밖에 택시가 기다리고 있어. 집으로 갈래? 아니면 병원 갈래?"

"집으로 갈래. 나 롭한테 전화해야 해."

그녀는 수지의 팔을 잡고서 불안정하게 걸음을 떼었다.

"어디로 갈지는 두고 보자고. 알았지? 자, 가자."

수지는 조시의 스카프를 목에 둘러주고 택시가 기다리고 있는 추운 밤거리로 데리고 나갔다. 그리고 조시를 뒷좌석에 태우면서 창문에 기대어 기사에게 주소를 알려주었다. 조시는 온몸이 쑤시고 멍든 느낌이었다. 택시는 출발하면서 히터를 최대로 켜놓아서, 그녀는 목에서 스카프를 풀었다.

그러다 두 손에 잡은 은색과 검은색 천을 바라보았다. 이건 아무리 봐도 자기 것이 아니었다.

하지만 지금 이게 무슨 일인지 생각할 겨를조차 없었다.

"나 롭 번호 잃어버렸어. 그이한테 전화해야 해, 수지. 나 기다리고 있을 거야."

그 말에 수지는 눈살을 찌푸렸다.

"너 약속을 이중으로 잡았어? 데이트하려고? 네 생일에? 그럼 레스토랑에도 안 올 작정이었어? 그럼 어떡하라는 거야."

"나 모르겠어, 미안해… 너랑 약속한 게 하나도 기억이 안 나. 롭이 걱정할 테니, 전화를 해줘야겠어. 너 롭 번호 있지?"

"내가 왜 너 남자친구 번호를 알겠어?"

"남자친구? 롭 말이잖아, 롭. 너 롭 번호를 몰라? 이게 대체 무슨 일이지?"

"조시, 난 롭이란 남자 이야기를 들어본 적도 없어. 자, 이제 집에 데려다줄게. 집에 가서 무슨 일인지 알아보자고."

어리둥절해지다 못해 머리가 어지럽고 속이 메스꺼웠다. 조시는 창밖을 멍하니 바라보았다.

심호흡을 해. 심호흡을 해.

그러다 지금 윌리엄스버그 다리를 건너고 있다는 걸 알아차렸다.

"잠깐만… 우리 지금 다리 왜 건너? 집에 가자고 했잖아, 수지. 너희 집 말고 우리 집에 가야지. 지금쯤이면 이미 도착했어야 해. 이 사람 우리를 어디로 데려가는 거야?"

점점 겁이 심하게 났다.

"진정해. 우리는 브루클린에 있는 너희 집에 가고 있잖아, 조시…"

수지는 뒤를 돌아 조시의 얼굴을 가만히 바라보며 덧붙였다.

"넌 윌리엄스버그에 살고 있어. 기억나지?"

"아니야! 수지! 난 맨해튼에 살잖아. 알면서. 나 뉴욕으로 이사 온 다음엔 쭉 맨해튼에 살았어."

"제길. 생각보다 심각하네. 너 뭔가 기억을 잃었구나, 조시. 머리를 부딪쳤나 봐. 어휴, 먼저 병원에 데려갈걸."

수지는 앞좌석에 쳐진 플라스틱판을 두드려 기사를 불렀다. 기사가 판을 열어주었다.

"계획이 바뀌었어요. 제 친구를 병원에 데려가야겠어요. 우드 헐 병원이 여기서 가깝죠?"

"네, 열 블록쯤 가면 됩니다. 응급 상황입니까?"

수지는 조시를 바라보며 말했다.

"아뇨, 괜찮은 것 같긴 해요. 하지만 검사를 받게 해야겠어요."

몇 분 후 택시가 우드 헐 병원의 응급실 앞에 멈췄다. 수지는 조시를 사람이 복작복작한 대기실로 급히 데려간 다음, 하나밖에 남지 않은 플라스틱 의자에 앉혀주었다. 그 옆에 앉은 비만 여성은 자리를 비집고 앉는 조시를 째려보았다. 조시는 수지가 접수처 직원과 이야기하는 모습을 지켜보았다. 친구는 참 매력적이었다. 조시는 코트를 주섬주섬 벗다가 옆자리 여자의 눈총을 또 샀다. 하지만 그녀는 입고 있던 레인코트를 빤히 바라보느라 정신이 없었다. 이것 역시 내 것이 아니야. 게다가 아래 입은 회색 스웨터도 평소 입던 것보다 컸다.

지금 뭔가 아주, 심하게 잘못되었어.

이 생각을 끝으로 조시는 옆에 앉은 여자에게 털썩 쓰러졌다. 이어서 암흑이 닥쳤다.

∽

조시가 깨어난 곳은 녹색 커튼을 둘러친 병원 침대였다. 커튼 너머
옆자리에서는 어떤 남자가 신음하고 있었다.

*그래, 자전거 사고가 났지. 생일이었고… 롭에게 안 좋은 일이 있
었어.*

그녀는 똑바로 앉으려 했지만, 왼손에 힘이 들어가자 통증이 느껴
졌다.

이윽고 관자놀이가 희끗희끗한 의사가 커튼을 열고 들어와 휙 닫았
다. 그리고 검은 피부와 대조를 이루는 새하얀 치아로 미소를 지으며
차트를 들었다.

"자전거 타실 때는 좀 더 조심하셔야 합니다, 캐번디시 씨."

의사의 말씨는 억양이 심했다. 남아프리카공화국 출신일까. 아니면
짐바브웨 쪽이려나.

"접수처에서 기절하셨어요. 하지만 손목과 엉덩이에 멍이 좀 든 것
말고는 괜찮습니다. 머리에 부상은 없어요."

의사는 다시 미소를 지으며 말했다.

"친구분이 서류 작성을 다 마치면 집으로 데려다준다고 하셨습니다.
입원하실 필요는 없어요. 강한 진통제를 처방했으니 괜찮을 겁니다."

"감사합니다, 선생님."

"천만에요, 캐번디시 씨. 이제 몸조심하세요. 아셨죠."

의사는 마지막으로 미소를 번뜩이고는 다시 휙 나갔다.

조시는 일어나 앉아 침대 아래로 다리를 조심스레 내려보았다. 그래도 서있을 수는 있네. 옷도 다 입고 있고. 옆자리 남자가 다시 신음을 흘렸지만, 애처로운 소리를 듣고도 와주는 이가 아무도 없는 듯했다.

조시의 머릿속에 다시 롭이 떠올랐다. 지금쯤 걱정하느라 정신없을 텐데.

"들어가도 돼? 커튼에 노크할 수는 없으니까…"

이건 분명히 수지의 목소리였다.

"그럼, 들어와."

수지는 커튼을 옆으로 밀치고는 조시를 날카로운 눈초리로 훑어보았다.

"좋아. 일어났구나. 그럼 가자. 네 가방 속에 있는 보험 정보로 서류 작성은 마쳤으니까, 준비는 끝났어. 차가 데리러 올 거야."

그녀는 조시에게 팔을 내밀었다.

"자매여, 일어서시지요."

"고마워. 나 정말 바보 같다. 너 오늘 밤 재미있게 놀아야 하는데 나 때문에 망쳐서 미안해."

"우리 둘 다 재밌게 놀기로 한 거잖아. 그리고 괜찮아. 친구 좋다는 게 뭐니?"

그녀는 조시의 것이 아닌 조시의 코트를 들고 예전에 쓰던 핸드백을 들었다. 조시의 머릿속은 여전히 빙빙 돌고 있었다. 트라우마보다 뭐가 뭔지 모르겠는 혼란스러움이 더 큰 채로, 두 사람은 카 셰어링 차량이 정차한 곳으로 걸어 나갔다.

수지는 운전자에게 신분을 밝히고는 차에 탔다. 차가 출발하자 조시가 다시 물었다.

"롭한테 전화했어? 지금쯤 그이는 무척 겁먹었을 거야."

수지는 이상한 눈초리로 그녀를 보았다.

"난 롭이란 남자 번호 없다니까. 요즘 만나는 사람이야? 오늘 밤에 처음 들은 이름인데. 우리 같이 저녁 먹기로 했잖아. 너희 합창단 사람들이랑. 그런 다음에 롭이랑 만나려고 했어?"

"수지, 지금 무슨 소리야? 롭이라니까! 내 남편 롭 몰라? 너 내 결혼식 때 왔었잖아. 도널드랑 다 같이. 데이비드도 왔었고. 그… 알잖아. 헬리콥터 사고 전에."

"결혼했다고? 헬리콥터 사고는 또 뭐야? 무슨 소리야?"

수지는 조시가 미쳤다는 듯이 빤히 바라보았다. 조시는 믿을 수 없어서 고개를 저었다.

"그 사고 때문에 우리 오빠랑 찰리가 죽었잖아. 나 결혼식 바로 끝나고. 2년 전에. 너도 있었으면서. 넌…"

그녀는 할 말을 잃고 말았다.

"친구야, 내가 보기엔 아까 기절하면서 너무 생생한 꿈을 꾼 것 같네. 넌 결혼한 적 없고, 내가 장담하는데 데이비드랑 찰리도 멀쩡히 살아있어. 너 지금 잠깐 정신이 나간 모양이야. 아무 문제 없다고… 내가 데이비드한테 연락해서 너한테 전화하라고 할게. 어때? 그러면 기분이 좀 나아질 거야. 내가 집까지 데려다줄게. 도널드한테 말해서 뭣 좀 사 오라고도 해야겠다."

"그래… 고마워."

하지만 조시가 들은 것이라고는 데이비드가 살아있다는 말뿐이었다. 어떻게 그럴 수가 있지?

조시는 입을 꾹 다물었다. 롭이 뭔가 말하고 싶지 않을 때 하는 버릇을 그대로 따라 했다.

이윽고 차는 수지와 도널드가 사는 브루클린 브라운스톤에 섰다. 뒤쪽 복도의 불이 환하게 켜진 가운데, 도널드는 문 앞에서 기다리고 있었다. 수지는 조시가 계단을 올라가도록 도와준 다음, 도널드에게 키스했다.

"쌍둥이는 저녁 먹고 지금 좀 나아져서 지금은 졸고 있어."

도널드는 수지의 짧은 머리카락을 쓰다듬으며 말하고는, 조시의 빰을 쿡 찌르며 말했다.

"조시, 너 때문에 우리가 얼마나 놀랐는지 아냐."

"미안해, 도널드."

"아냐. 들어와."

그는 옆으로 비켜서서 문을 열어주었다.

수지는 조시를 곧바로 위층으로 안내했다. 그녀는 무대에서 대사를 속삭여 주는 사람처럼 나직하게 말했다.

"쌍둥이 깨지 않게 올라가. 손님방에 잠자리를 마련해 놨어. 곧 돌아올게. 내가 코데인(진통제의 일종. 옮긴이 주)이랑 물을 좀 가져다줄게. 알았지?"

수지가 조시를 안내해 준 하늘색 손님방에는 예쁜 꽃무늬 침구가 깔려있고 모래사장과 바다가 그려진 차분한 색조의 그림이 걸려있었다. 조시는 침대에 털썩 앉았다. 어둑한 조명 아래 보송보송하고 폭신한 침대에 앉자 혼란스러운 마음도 한결 가셨다. 그녀는 검은 핸드백에서 낯선 휴대폰을 찾아 화면 잠금을 해제한 다음 연락처 목록을 찾았다. 그리고 혹시 아까 롭의 번호를 못 보고 넘어간 건 아닌지 확인하려고 다시 R 항목으로 화면을 내렸다. 없었다. 혹시 롭의 성 빌링으로 찾아야 하나? B 항목을 보았다. 없었다. 주소록은 성이 아니라 이름으로 정렬해 놓은 게 분명했다.

그녀는 스크롤을 하다가 어떤 이름에서 멈췄다.

데이비드 캐번디시.

데이비드의 번호가, 있었다.

조시는 18개월 전, 자신의 아이폰에서 오빠의 번호를 지웠다. 그가 죽은 지 여섯 달인가 일곱 달쯤 되었을 때였다. 데이비드와 찰리의 죽음이라니. 하지만 그땐 새 폰으로 바꾼 시점이었으니, 이 오래된 핸드폰에는 오빠의 번호가 남아있을 수도 있겠지.

그녀는 화면을 내려보다가 찰리의 이름도 발견했다.

조시는 숨을 들이쉬고는 데이비드의 이름으로 돌아갔다. 그리고 세부 항목을 클릭하자 오빠가 몇 년 동안 쓰던 번호가 여덟 자리 그대로 나타났다. 전화를 걸어야 하나? 침대 옆 시계를 보니 오후 11시 17분이었다. 그렇다면 런던은 새벽 4시 17분이란 뜻이다.

문자는 괜찮겠지. 해보자.

그녀는 문자를 클릭하고 쳤다.

-안녕, 오빠 뭐 해?

그리고 전송 버튼을 눌렀다.

그 순간, 부드럽게 들려온 노크 소리에 조시는 깜짝 놀랐다. 수지는 대답을 기다리지 않고 발로 문을 슬쩍 열었다. 두 손 모두 자그마한 쟁반을 들고 있었다.

"차를 끓여왔어."

"고마워. 협탁에 놔줘."

"잠옷이 필요하면 서랍 속에 티셔츠가 있고, 욕실 수납장에 새 칫솔 있으니까 써."

그녀는 조시에게 물 한 잔과 알약 몇 개를 주면서 손에 들린 휴대폰을 슬쩍 바라보았다. 그 눈빛이 마치 불법 행위를 잡아내려는 것 같았다. 이윽고 그녀는 눈을 둥그렇게 뜨고 다시 조시를 바라보았다.

"너 괜찮아?"

"응, 괜찮아. 고마워."

"그렇다니 다행이야. 우리는 서로를 돌봐주는 친구잖아. 안 그래?"

그녀는 작게 미소를 지으며 "잘 자"라는 말을 남기고는 나갔다.

조시는 물 빠진 티셔츠로 갈아입고 침대에 올라갔다. 왼손이 욱신거렸다. 베개로 몸을 괴고서 다시 휴대폰을 들었다. 그리고 데이비드의 이름을 클릭하고서 문자를 쭉 올리며 읽었다.

[11월 30일 오후 11:19]
안녕, 오빠 뭐 해?

[11월 30일 오전 9:52]
생일 축하해 동생! 사람들 말대로 "좋은 하루 보내!" 내 선물 우체국에서 찾아왔으면 좋겠다. 너무 늦게 보냈다면 미안해. 생일 잘 보내고, 내가 오늘 밤 시드니행 비행기 타기 전에 전화해. 사랑한다 ^0^

[11월 18일]
아 닥쳐! 내가 여기 있는데 엄마 선물을 어떻게 쉽게 사겠어. 엄마는 어쨌든 상품권 좋아한다고. 다들 좋아하는 거 맞잖아?

[11월 17일]
어이, 이 구두쇠야. 진짜 엄마 생일 선물에 아마존 상품권을 줬어? 참 못났다.
이제 오빠 생일에 뭘 받게 되지는 알고 있겠지? ㅋㅋㅋ

[11월 6일]
안녕 왕재수탱이. 엄마 생일 선물 뭐 줄 거야? 나도 너랑 같이 사는 걸로 하면
안 돼? 지금 선물을 보낼 시간이 없어. 엄마한테 뭔가 예쁜 거 사주고 그거
내가 사자고 했다고 해. 아 진짜 ㅋㅋ

오빠는 계속 문자를 보냈어. 오늘 아침까지도.
오빠는 살아있어.
조시의 심장이 두근두근 뛰었다. 문자를 더욱 빠르게 올려 읽어갈
수록 손가락이 덜덜 떨리면서 목구멍에서 흐느낌이 울컥 치받쳐 올라
왔다.
조시와 오빠 사이의 애정 어린 농담은 계속 역순으로 이어졌다. 8월
부터 9월 중순까지 조시와 데이비드는 친구 몇 명과 함께 비아리츠로
휴가를 같이했던 모양이었다.
조시는 흐르는 눈물을 닦으면서 문자함을 닫고 인스타그램에 접속
했다. 아나나 다를까, 포스팅을 역순으로 살펴보자 자신과 데이비드,
친한 친구 두 사람과 그들의 파트너, 한 부부의 아이까지 찍힌 사진이
수십 장 나왔다. 모두 '프랑스 비아리츠'라는 지역이 태그된 올해 9월
사진이었다. 그들이 가파른 절벽 옆 해변에 누워있거나 프랑스 카페
에서 와인을 마시거나 오래된 동네 길을 걷거나 짧은 수영복 차림으로
머리를 적신 데이비드가 여러 사람과 서프보드를 나르는 모습이 담겼
다. 다들 햇볕에 그을리고 머리를 산발한 채 행복해 보였다.

하지만 조시는 그 여행을 간 적이 없었다. 올해 여름에는 롭과 함께 멕시코에 가서 너무 매운 음식을 먹었다가 이틀 동안 설사를 했다. 그건 확실히 기억한다. 죽은 오빠와 비아리츠에 갔을 리가 없지 않은가.

띠링.

문자가 왔다. 설마 데이비드가 보냈을 리는 없겠지?

-조시, 괜찮아? 레스토랑 오는 길에 사고를 당했다면서 수지가 달려 나갔어. 우리는 거기서 기다리면서 잠깐 네가 나타나기를 바라고 있었어. 당신이 걱정돼. 전화하거나 문자 보내줘! 피터

피터가 대체 누구지?

조시는 머릿속 연락처를 쭉 떠올려 보았다. 뉴욕에서 알고 지내는 피터는 두 사람이었다. 하나는 크레인스사에서 함께 일했던 아저씨였고, 다른 하나는 예전에 다녔던 합창단 소속의 키 큰 남자였다. 그는 조시가 합창단을 떠난 후 들어온 사람이었지만, 마지막 콘서트에서 조시와 롭은 그를 잠깐 만난 적이 있었다. 수지 말에 따르면, 합창단 친구들이 자신의 생일을 축하해 주기 위해 레스토랑에서 기다리고 있다고 했으니 이 피터는 합창단원이겠지. 하지만 왜 이렇게 걱정 가득한 문자를 줬지? 우린 서로 거의 알지도 못하는 사이인데.

그녀는 문자를 위로 올렸다.

[11월 30일 오후 12:15]
나도 :) 레스토랑에서 봐. 조시♡

[11월 30일 오전 11:54]
생일 축하해, 우리 예쁜이. 어서 오늘 밤이 됐으면 좋겠어. 피터 :P

[11월 29일 오후 9:48]
오늘 밤 같이 한잔 더 할까? 할 말이 있어. ^-^ 피터

문자를 보면 피터와 자신은 친구인 것 같았다. 어쩌면 친구 이상이려나? 하지만 말이 안 되는데.
조시는 새로 온 문자에 답장하려고 했다. 이 남자가 누군지는 모르겠지만, 계속 문자를 보내지 않도록 달래주기 위해서였다.

-고마워요. 심하게 다친 건 아니고, 자전거를 타다가 사고가 나서 좀
놀랐어요. 내 친구가 날 잘 보살펴 주고 있으니 걱정하지 않아도 돼요.
안부를 물어주어 고마워요. 그리고 내 생일 파티에 가지 못해서 정말
미안해요! 다들 이른 시일 내로 다시 봐요. 조시

조시는 휴대폰을 내려놓고 눈앞에 보이는 벽에 걸린 해변의 그림을 바라보았다. 여기가 비아리츠려나. 이제는 미지근해진 캐모마일 차를 천천히 들이켜면서도 머릿속이 빙빙 돌았다. 죽은 오빠가 살아난 걸까? 남편은 사라진 걸까? 이 피터란 남자는 정체가 뭐지? 이게 교통사고 후유증인가? 아니면 진통제가 마침내 듣기 시작한 건가?
어쩌면 모두 다일지도.
눈꺼풀이 너무 무거워졌다. 시계를 슬쩍 보았다. 새벽 1시 6분이었다. 데이비드가 곧 문자를 보낼지도 몰라.
이윽고 눈을 감은 그녀는 기억 없는 꿈의 너른 바닷속으로 빠져들었다.

Chapter 12

12월 1일

"조시, 아침이야."

깊은 잠이 들었던 조시를 수지의 부드러운 목소리가 깨웠다.

조시는 눈을 떴다. 그러자 진지한 갈색 눈동자 한 쌍이 이쪽을 가만히 바라보고 있었다. 수지의 특징이라 할 빨간 입술이 부드러운 미소를 지었다.

조시는 몸을 일으켰다.

"아, 들어오는 소리를 못 들었어. 미안해."

"괜찮아. 너는 좀 쉬어야 한다고 생각했어. 오늘 난 집에서 쌍둥이들이랑 있을 거야. 유언이 아직 콧물을 흘리고 있어서. 넌 기분이 어때?"

수지는 조시의 머리에 시원하게 느껴지는 손을 얹었다.

"아직 뭐라 말은 못 하겠어. 많이 아프진 않은데, 좀 혼란스럽지. 충격도 받았고."

조시는 헤드보드에 기대어 앉아 뒤에 받친 쿠션을 부풀리다가 멍 자국에서 느껴지는 통증에 움찔했다. 어젯밤이 정말 사실 맞나? 어떻게든 밝은 표정을 지어보려 했지만, 배 속부터 공포가 응어리졌다.

"당연히 그렇겠지."

수지는 창문으로 다가가 커튼을 열고서 조시를 돌아보며 꼼꼼히 훑고는 덧붙였다.

"그럼 있고 싶은 만큼 있어. 오늘 밤에 집에 가고 싶지 않다면 도널드를 너희 집으로 보내서 물건을 챙겨오라고 할게. 여기서 몇 분 안 걸리니까."

조시는 지금 들은 '너희 집'이라는 게 어딘지 모른다는 걸 깨달았지만, 수지에게 그런 말을 할 수가 없었다. 그녀의 집은 남편과 함께 사는 유니언 스퀘어의 서브 펜트하우스고, 적어도 20분은 가야 나오는 거리였다. 하지만 수지가 지금 말하는 집은 그곳이 아닐 게 뻔했다.

"어, 그래. 고마워."

"차랑 진통제 더 가져왔어. 깨끗한 수건은 욕실에 있으니까 샤워하고 싶으면 해. 느긋하게 하고. 내려오고 싶으면 언제든 내려와. 아니면 종일 누워있든지."

수지는 조시의 어깨를 꼭 잡아주고는 방에서 나갔다.

전날 밤을 떠올리자 고마움과 어리둥절함, 공포가 뒤섞인 눈물이 차올랐다.

대체 이게 무슨 일이야?

침대 협탁에 놓인 휴대폰이 깜빡이고 있었다.

데이비드.

그녀는 떨리는 손으로 휴대폰을 집었다.

제발 오빠한테 온 문자이기를.

그건 문자였다.

발신인은 오빠였다.

-어이, 동생. 나 지금 시드니라는 거 알지? 지금 축구 보러 술집 가는 중이야.
  무슨 일 있어? 수지한테 문자 받았는데, 자전거 사고 났다며? 괜찮은지
  알려줘. ^^

　조시는 기쁨인지 괴로움인지 모를 목멘 소리를 냈다. 이어서 얼굴
이 일그러지면서 눈물이 주르르 흘렀다.

　밤낮으로 수없이 우주를 향해 빌었다. 기회를 달라고, 시간을 되돌
려 오빠를 되찾을 수 있게 해달라고 간절히 빌었다. 애초에 결혼식을
하려고 하와이에 가지 말게 해달라고, 오빠와 다시 술집에서 놀면서
술 마시고 바보처럼 웃을 수 있게 해달라고, 데이비드가 어엿한 남자
로 한껏 피어나 언젠가 남편이자 아빠로 살게 해달라고 빌었다.

　그런데 보라, 아무 일도 없는 것처럼 문자가 왔다. 오빠에겐 아무
일도 일어나지 않았던 거다.

　손으로 눈물을 닦으며 그녀는 떨리는 손으로 답장을 했다.

-괜찮아. 난 문제 없어. 술 마시러 가다가 자전거 사고가 났는데, 오빠가
  죽어버린 끔찍한 꿈을 꿨다니까! 그래서 연락해 보고 싶었어. 사랑해, 오빠.
  다음에 우리 또 언제 봐? 조시

　그녀는 액정을 빤히 바라보며 빨리 답장이 오기를 바랐다. 1분 후에

답이 왔다.

-아이고, 이런 바보. 나도 사랑해, 마음 약한 우리 동생. 너 크리스마스 때
  집에 올 거지? 그리고 이번에는 아마존 상품권 같은 거 안 받아!
  네가 직접 올 거니까 우린 진짜 선물을 받아야겠어. 멋진 걸로. ㅋㅋ ♡

그렇군. 조시는 오빠를 크리스마스에 만나기로 했었군. 아직 몇 주
는 더 있어야 했다.

그녀는 지메일을 열고 오래전에 설정한 '여행' 폴더를 찾아냈다. 거
기에는 12월 20일에 출발하여 28일에 돌아오는 영국항공 탑승권이 있
었다. 날짜는 변경 가능했다.

어서 빨리 데이비드를 만나야 했다.

그리고 당장 떠나야 했다. 지금 이해가 될만한 건 영국뿐이었으니
까. 이 뉴욕이란 도시는 어제까지 알던 도시가 아닌 것 같았다.

문득 조시는 콘월에 있는 어린 시절 집에 가서 죽은 줄 알았던 오빠
까지 모여 온 가족에게 둘러싸이고 싶은 마음만이 간절해졌다. 오빠를
두 눈으로 직접 보기 전까지는 믿을 수가 없었다.

그래서 또 문자를 했다.

-사실은 더 일찍 갈까 생각 중이야. 오빠는 언제 런던에 돌아와? 내 걱정은
  하지 마. 몸은 멀쩡해. 그냥 좀 놀랐을 뿐이야. 지금은 수지랑 도널드네 집에
  있어. 선물로 받고 싶은 거 있어? 조시

오빠의 답은 금방 왔다.

-멀쩡하다니 다행이네. 이번엔 너 좀 오래 있었으면 좋겠다. 난 8일에 돌아갈 거야. 이번에는 짧은 여행이라서. 크리스마스 때 엄마네 가기 전에 우리 집에 있으면서 런더니움에서 파티하고 싶으면 하자. 일정 알려줘. ㅋㅋ

오빠와 함께 런던에 있을 수 있다니, 이 세상에서 그보다 더 바랄 게 있을까. 조시는 항공편을 다시 보다가 메일함을 쭉 읽었다. 남편은 어떻게 됐지?

롭의 흔적은 전혀 없었다. 문자도, 메일도. 마치 그가 이 세상에 존재하지 않는 듯했다. 롭에 대해 말했을 때 수지가 보였던 반응을 잊었다. 그녀는 계속 메일 페이지를 내려보았다. 항상 자신의 번호를 친목 수단으로 삼았던 마이크와 한스에게서 온 이메일도 싹 사라졌다.

수지가 보낸 이메일은 많았지만, 쌍둥이나 도널드 이야기를 제외하면 알아볼 만한 내용은 없었다. 그리고 수지와 함께 짠 활동 계획은 조시의 기억보다 더욱 많았다. 그리고 브루클린을 기반으로 이루어졌다.

합창단 친구들이 보낸 최근 문자와 단장에게서 온 것도 많았다. 연습 관련 내용과 앞으로 있을 공연 이야기였다. 하지만 자신은 이미 합창단을 떠난 지 몇 년 되었는데. 지금 보니 여전히 사운드 에클렉틱 합창단 단원이었고, 다음 주에 어린이 병원에서 캐럴 공연을 할 예정이었다. 그래서 이 피터라는 남자와 이토록 친했던 거구나.

그녀는 이메일을 계속 읽어가며 뭔가 알아볼 만한 단서를 찾기를 바랐다. 자신의 삶이 왜 이토록 기억과 다른지 알만한 실마리를 말이다.

조시는 그, 답을 빠르게 찾기를 바라며 여행 폴더로 되돌아갔다. 최근에 갔던 여행이 맨 위에 떠있었다. '2017년 9월 비아리츠'가 첫 번째

였고, 아까 본 휴가 사진과 일치했다. 그다음은 '2016년 12월 런던'이었다. 그렇다면 작년 크리스마스에도 고향에 간 것이군. 그리고 '2016년 4월 버몬트'를 보자 수지가 한턱내는 여행으로 둘이서 주말에 스파에 다녀온 게 드러났다. 조시는 수지가 스파에 가자고 제안했던 게 기억났지만, 롭과 선약이 있었기 때문에 수지는 다른 친구와 함께 갔었다.

그 폴더 아래에는 '2015년 6월 이탈리아'라는 폴더가 있었다. 인스타그램을 보면 베네치아에서 엄마와 아주 즐거운 휴가를 보낸 것 같았지만, 조시는 그 기억 역시 전혀 없었다. 그때는 조시가 롭을 만난 지 7개월쯤 되었던 때였다. 그때, 그녀는 롭에게 베네치아에 가고 싶다고 했었고, 롭은 언젠가 함께 가자고 약속했었다.

이탈리아 폴더 아래에는 '2014년 9월 바르셀로나' 폴더가 있었다. 데이비드, 로라, 로라의 남편 애덤, 당시 5개월 된 둘의 아들 테오와 함께 간 여행이었다. 조시는 그 여행은 기억하고 있었다. 실제로 같이 갔었으니까.

그녀는 정리벽 없이 살았던 자신에게 고마움을 느꼈다. 받은 메일함을 정리하고 살지 않아서 참 다행이었어. 이곳에는 역사가 그득했다. 조시는 롭을 만난 2014년 11월의 서른세 번째 생일까지 거슬러 올라갔다. 이 날짜 이전에 받았던 모든 이메일은 자신의 과거 삶과 일치했다. 자신이 기억하는 삶이 맞았다. 하지만 서른세 번째 생일 이후로는 아무런 기억이 나지 않았다. 왜 이러지?

그리고 몇 가지 맞지 않는 점이 있었다.

2015년 3월은 롭을 만난 후였지만 그때 크레인스사에서 받은 해고통지서와 퇴직금은 이 삶에서도 그대로 있었다. 하지만 이메일을 보면 할스타인 앤드 파우스트사에서 보낸 입사 제안서와 계약서 메일은 없고, 대신 〈토크 뉴욕〉 라디오 방송국과 주고받은 수많은 메일을 보게 되었다. 그곳에서 먼저 면접 제의를 했고, 부동산 라디오 프로그램의 진행자 겸 온라인 리포터 자리를 제안했다. 그녀는 담당자인 애비 크로퍼드라는 이름을 알아보았다. 초록색 케이스의 구형 아이폰 연락처에서 봤던 이름이었다. 그렇다면 이 사람이 나의 상사겠군.

하지만 이건 자신의 직업이 아니었다. 그녀는 할스타인 앤드 파우스트사에서 커뮤니케이션 업무를 담당했고, 상사는 마이크 존스인데.

하지만 마이크와의 면접을 주선해 준 건 롭이었다. 만약 롭을 만나지 않았다면…

조시는 그와 만난 날을 또렷하게 기억하고 있었다. 3년 전인 2014년 11월 30일은 자신의 생일이었고, 또한 W 호텔에서 열리는 부동산 컨퍼런스에 갔던 날이기도 했다. 롭을 만난 건 그날 저녁이었지만, 기억 속 그날은 온종일 화창했었다. 머레이 힐에 있는 자그마한 집에서 엘렉트라를 타고 유니언 스퀘어까지 내려오던 서늘하고 맑은 아침이 기억에 생생했다. 노래를 부르면서 2번가를 지나 25번가로 돌았었지. 그곳은 사실 어제 사고가 났던 바로 그 교차로였다. 모퉁이를 돌던 순간, 하마터면 보도에서 방금 내려온 바루크 대학 학생들을 보지 못하고 그대로 부딪칠 뻔했다.

잠깐만… 이상하네. 그 교차로에서 또 사고가 난 게 우연일까? 하마터면 사고가 났을 뻔한 순간이었는데?

만약 거기서 뭔가 일이 터져서 컨퍼런스에 가지 못했다면 어땠을까? 정말로 사고가 나서 집이나 병원에 갔다면, 컨퍼런스에 참석하지 못했겠지. 그랬다면 롭을 만나지 못했을 거고, 할스타인 앤드 파우스트사에서 마이크와 면접을 보지 못했을 테니 다른 직장을 구해야 했겠고, 그래서 라디오 방송국에 취직했겠지. 롭이 없으니 결혼하지 않은 채로 엄마와 함께 베네치아에 갔을 거고, 합창단을 그만두지도 않았을 것이다.

하와이에서 결혼하지도 않았을 거고. 그래서 데이비드는 여전히 살아있는 게 맞다. 찰리도.

자신은 롭과 결혼하지 않은 인생을 살고 있는 것이다.

어떻게 이런 일이 가능하지? 물론 가능할 리 없지. 그러면 난 미쳐 버린 건가? 〈프린지〉(평행세계를 주제로 한 미국 드라마 시리즈. 옮긴이 주)를 너무 많이 봤나?

조시는 벽에 걸린 해변 사진을 바라보았다. 하지만 눈앞에는 자신이 알고 있는 삶의 이미지들이 보일 뿐이었다. 어쩜 이럴까 싶을 만큼 대단하고 친절한 미남 남편, 둘이 살던 아름다운 집, 자신의 이름을 딴 유니언 스퀘어의 고층건물.

만약 자신이 정말로 롭을 만난 적 없는 삶에 빠져버린 거라면, 유니언 스퀘어에서 롭과 함께 살고 있지 않다는 소리다.

그렇다면 어디에 살고 있는데?

수지는 도널드가 조시의 옷을 가져오는 데 몇 분 걸리지 않을 거라고 했다. 그렇다면 집은 브루클린에 있겠지.

다시 지메일을 열어본 그녀는 '2015년 구매 윌리엄스버그 아파트'라는 폴더를 보았다.

고마워, 다른 평행세계의 조시.

안에는 윌리엄스버그에 있는 소박하고 예쁜 방 두 개짜리 아파트 매물 링크와 더불어 2015년 6월에 작성한 매매 계약서, 조시와 부동산 중개인이 주고받은 이메일이 쭉 들어있었다. 그녀는 2년 전에 이 집을 샀다.

라디오 방송국 일자리에서 나오는 급료를 보면, 그 돈만으로는 이 아파트를 살 수 있을 리가 없었다. 하지만 조시는 양쪽 세계에서 모두 할머니의 유산을 물려받은 게 틀림없었다. 이메일을 보면 계약금으로 매매가의 50%를 이미 지급해 놓았다.

조시는 부동산 매물 사진을 훑어보며 혹시 익숙하게 보이는 게 있는지 확인했다. 하지만 아무것도 없었다.

자신의 집은 그녀의 것이 아니었다.

자신의 직업은 그녀의 직업이 아니었다.

자신의 남편은 그녀의 남편이 아니었다.

자신의 죽은 오빠는 살아있었다.

목에서 신물이 훅 끼쳐 오르면서 찻물도 울컥 솟았다. 너무 겁이 난 나머지 가까스로 허리를 숙이고 침대 옆 쓰레기통을 잡고 토했다. 더는 토사물이 나오지 않을 때까지 계속 구역질을 하는 동안 뺨으로 눈물이 흘러내렸다.

그러다 지쳐버린 조시는 베개에 털썩 쓰러졌다. 그러다 무시무시한 생각에 사로잡혀 다시 몸을 일으켰다. 이 괴상한 현실에서 롭이 자신의 남편이 아니라면, 그는 존재하기는 하는 사람일까?

그녀는 다시 휴대폰을 들고서 땀에 젖어 축축하고 미끌미끌한 손으로 로버트 빌링이라는 이름을 구글에 검색했다.

위키피디아 항목을 보자 한숨이 나왔다. 이건 자신도 기억하는 것 같았다. 롭의 부모님과 B+B 개발사에 관한 내용이었다. 그러다 '개인사' 항목으로 넘어갔다.

2017년 현재 로버트 빌링은 수린 챈과 사귀는 사이다. 두 사람은 수린이 소유한 부동산 중개업을 소개하는 자리에서 만났다. 챈은 맨해튼 부동산 개발자 버나드 챈과 사교계의 부유한 상속녀 애너벨 챈의 딸로, 애너벨 챈은 고(故) 석유 재벌 타이슨 데이비스의 딸이다.

어안이 벙벙해진 조시는 사진을 클릭했다. 그러자 레드카펫 위에 선 롭과 매우 화려하고 자그마한 몸집의 여자가 보였다. 그들 뒤로 〈럭셔리 리스팅 뉴욕 시티〉라는 글자가 인쇄된 배경 화면이 있었다. 롭과 이 여자는 한스와 마이크와 함께 파티에 참석한 모습이었다. 롭과 이 여자가…

그녀는 고개를 저으며 다시 쓰레기통에 몸을 숙였지만, 더는 토할 것도 없었다. 그녀는 깊이 숨을 들이쉬고 다시 천천히 내쉬면서 마음을 진정시키고 공포를 가라앉히려 했다. 어떻게든 이 혼란한 상황 속에서 질서를 찾아내어야 했다.

숨 쉬고…

생각해 봐.

그래.

롭은 자신의 남편이 아니다.

지금 맨해튼의 재벌가 상속녀와 사귀고 있다.

자신의 집은 브루클린 어딘가의 작은 아파트로, 모르는 곳이다.

자신은 지금 평범한 월급을 받으며 라디오 방송국에서 일하고 있다.

그럼, 좋은 건가?

숨 쉬고…

생각해 봐.

데이비드가 살아있다. 그건 무엇보다 좋은 거지. 찰리도 살아있고.

몸이 어디 이상한 데 없고, 그래도 집도 있다.

직업도 있다. 물론 한 번도 해본 적 없는 일이지만.

그리고 수지는 여전히 친한 친구였다. 그건 안심이었다.

하지만 이제 어쩌지? 난 어떡해야 하지?

조시는 본능적으로 영국에 돌아가고 싶다는 마음이 들었다. 유일하게 말이 되는 생각이었다. 거기 가서 이게 무슨 일인지 찬찬히 생각해 보자. 어쩌다가 여기에 왔는지, 그리고 이걸 어떻게 되돌릴 수 있는지. 그런데 되돌리고 싶기는 한지. 여기는 데이비드가 살아있는 세상이잖아. 데이비드야말로 최우선 순위였다.

그렇다면 만약 자신이 또 다른 인생 같은 것에, 그러니까 〈슬라이딩 도어즈〉(기네스 펠트로 주연의 1998년 영화로, 주인공 헬렌이 해고된 후 급히 떠나는 지하철을 타느냐 마느냐에 따라 결과가 달라지는 평행세계를 다룬 영화. 옮긴이 주) 같은 일이 실제로 일어난 현실을 받아들인다면, 이걸 자신의 삶으로 인정한다면 앞으로 어떻게 해야 할까? 자신은 이 현실에서 모르는 게 너무 많았다. 일단 직장 일을 어떻게 해야 할지부터가 문제였다. 라디오 일은 한 번도 해본 적이 없으니까. 그러니 기억상실증에 걸린 척하고 과거 3년간의 일을 전혀 기억하지 못하는 척해야 하겠지. 물론 병원에 가서 검사를 받아야겠지만, 별달리 방법이 또 있나? 당장 생각나는 다른 방법은 아무것도 없었다. 기억상실이 아니라 사실은 이렇다고 해봤자 누가 믿어줄까?

조시는 여행 폴더로 돌아가 런던 항공편 예약 메일을 클릭했다. 12월 9일에 도착해서 1월 2일 아침 일찍 야간비행으로 돌아오는 항공편으로 예약을 바꿀 수 있었다. 그렇다면 지금부터 일주일 동안 몸을 회복하고, 브루클린 아파트로 가서 영국행 짐을 싸고, 병원에 가서 기억상실증 결과를 얻도록 검사를 받고, 1월까지 휴가를 내보자.

조시는 작게나마 안도감을 느꼈다. 적어도 이젠 계획이 있구나. 조금 더 긴장이 풀린 기분으로 천천히 침대에서 일어나자, 온몸에서 근육통이 느껴지면서 멍든 부위가 욱신거렸다. 이제 수지네 집에 도착한 후 처음으로 화장실로 향했다. 아까 심하게 토하느라 소변이 나오지는 않아서, 화장실 수납장에서 남은 칫솔을 찾다가 앞에 달린 거울을 흘끗 본 순간이었다.

이게 뭐야?

그녀는 수납장 문을 쾅 닫고서 거울에 비친 여자를 째려보았다. 그녀 역시 이쪽을 째려보았다. 자신과는 너무나 다른 모습이었다.

턱 부분의 상처 빼고는 아주 창백한 얼굴이었다. 지난 24시간 동안 일어난 일을 생각하면 창백한 건 당연했다. 하지만 뺨과 턱 주변은 몇 년 전처럼 훨씬 통통해 보였고, 머리카락은 탈색을 해서 만든 화사한 금발이 아니라 원래 머리카락 색인 짙은 금발이었다. 어깨까지 내려오는 기장도 짧았고, 붙임머리도 없었다. 속눈썹도 연장하지 않았고, 눈썹도 다듬지 않았다. 그녀는 롭을 만나기 전의 조시 같았다.

두 손을 꼼꼼히 살펴보았다. 자신의 손보다 통통했다. 그리고 인조 손톱은 또 어디 간 거야?

그녀는 고통을 느끼며 단번에 티셔츠를 훌렁 벗었다. 그리고 다시 거울을 본 다음 이번에는 아래를 내려다보았다.

이야.

거울 앞에서 몸을 이리저리 돌려보았다. 손목과 엉덩이의 멍 따위는 눈에 들어오지 않았다. 불룩 나온 뱃살과 엉덩이와 허벅지의 셀룰라이트를 가만히 바라보았다. 기억보다 15킬로그램은 너끈히 나가는 몸매였다.

롭을 처음 만났을 때의 몸무게를 떠올렸다. 아마도 자신이 알고 있는 몸과 지금의 몸의 중간 정도. 그러니까 한 7킬로그램에서 8킬로그램 차이나는 몸무게였다. 결혼 전 자신은 일부러 조금씩 몇 킬로그램 감량했었다. 하지만 데이비드가 죽은 다음에 살이 더 많이 빠졌다.

그렇다면, 이 삶에서는 결혼식도 안 올리고 데이비드도 죽지 않고 롭도 안 만나서 화려한 삶을 살지도 않았기 때문에, 조시는 지난 3년간 차근차근 살이 쪄왔었군.

끝내주네.

샤워기 아래에 서서 씻기 시작하자 통통해진 몸이 이상하게 느껴졌다. 게다가 아래 털은 또 어떻고! 몇 달이나 왁싱을 하지 않은 것 같았다. 몸을 닦는 데도 평소보다 더 시간이 걸리는 느낌이었다. 말려야 할 할 부분이 늘어났으니.

방으로 돌아온 조시는 자신이 처한 현실, 아니 이 현실 자체를 서서히 깨닫기 시작했다. 그리고 침대 가장자리에 앉아서 두 손에 머리를 파묻었다.

그런데 협탁에서 초록색 구형 아이폰이 반짝였다. 조시는 잠시 희망을 느꼈다. 데이비드인가? 롭인가? 하지만 액정을 보자 실망이 확 밀려왔다.

-다치지 않았다니 다행이야. 아직도 만나서 이야기하고 싶은 마음이 간절해. 네가 좋아할 만한 소식이 있거든. 좀 나아지면 전화해서 만날 약속을 잡자. 네 생각 하고 있어. 피터.

어우, 이 남자 끈질기네. 뭐, 그냥 기다리라고 해.

조시는 전화기를 무음으로 돌려놓은 다음 검은 청바지와 회색 스웨터를 재빨리 입고 아래층으로 내려갔다. 거실에서는 어린이 프로그램이 방영되고 있었다.

"나 왔어."

그녀는 널찍한 주방으로 들어가며 힘없이 말했다. 수지는 커다란 원목 식탁에서 노트북을 켜놓고 있었다.

수지는 환하게 웃으면서 빨간 매니큐어 바른 손톱으로 까만 짧은 머리를 쓸어 올리며 말했다.

"너 살아있었구나. 사실 잘 있나 확인하고 싶었지만 쉬는 데 방해하고 싶지 않아서. 기분은 좀 어때? 점심 먹을래?"

"고맙지만 아직 생각 없어. 지금 속이 너무 안 좋아. 하지만 다른 데는 괜찮은 것 같아. 몸은 말이야. 그런데…"

그녀는 말을 끝맺지 못하고 탁자에 앉았다.

"그런데 뭐?"

수지는 눈살을 찌푸렸다.

"나… 기억이 안 나. 내가 어디 사는지, 직업이 뭔지 하나도 안 나. 정말 머릿속이 뒤죽박죽이야."

수지는 한층 눈살을 찌푸렸다.

"잠깐만, 조시! 너 아무것도 기억이 안 난다고?"

"음, 내가 누군진 알아. 너도 알고. 이 집이랑 도널드도 알아… 우리 가족도 기억나고, 뉴욕으로 이사 온 거랑, 머리 힐에서 살았고 크레인스사에서 일했던 건 기억 나. 하지만 그 후는…"

"그 후는 어떤데?"

이건 소용없었다. 수지에게는 진실을 말해야 해. 나의 진짜 삶과 진짜 기억을 말해야 해.

조시는 심호흡을 하고서 자신의 삶을 요약해서 이야기했다. 롭을 만나 결혼하고, 부동산 중개회사에서 일한 것과, 결혼식과 헬리콥터 사고가 나서 오빠와 사촌이 죽은 이야기까지 다 했다.

"슬픔이 심해서 결혼 생활은 힘들었지만, 롭이랑 나는 잘 극복해 왔어. 너랑 롭도 친구야. 둘은 정말 잘 지내고 있어. 도널드도 그렇고. 이게… 지난 3년간의 내 기억이야. 하지만 너는 기억이 다르겠지."

수지는 이야기를 듣는 내내 고개를 저어대었다.

"너 이거 제정신으로 말하는 거 맞아?"

"그래, 수지. 난 어딜 봐도 제정신이야. 내가 보기에 넌 완전히 다른 일을 경험하며 살았겠지. 네가 알기로 나는 브루클린 어딘가에 살고 있고, 결혼한 적도 없고, 심지어 롭이라는 남자와 사귄 적도 없고, 데이비드는 아직 살아있겠지. 그런데 나한테는 너무나도 기적 같은 일이야. 나는 런던에서 열린 오빠 장례식에서 아이처럼 막 울었거든. 하지만 지금은 오빠가 살아있는 세상에서 오늘 아침에도 둘이 같이 문자를 주고받았어. 이건 말도 안 돼… 말 그대로 믿을 수 없는 일이라고."

조시는 조리대에 있는 키친타월을 집어다 코를 풀었다.

"그럼 우리 쌍둥이는?"

수지는 거실에서 깔깔 웃는 두 살 난 유언과 아일라를 고갯짓으로 가리키며 물었다.

"롭이랑 나는 너희 쌍둥이가 태어나고 나서 곧바로 커다란 인형을 선물하면서 우리 약혼 소식을 알렸어. 그래서 넌 온 가족을 하와이로 데려가야 할지, 아니면 도널드한테 아기들을 맡기고 너만 결혼식에 와야 할지 고민했지. 결국 너희 가족은 모두 왔어. 6개월 된 아기들까지도 우리 결혼식에 왔는데, 유언이 계속 우는 바람에 너랑 도널드는 결혼식의 반을 보지 못했지."

"제길, 조시. 믿을 수가 없어. 말 그대로 이건 믿을 수가 없는 소리라고. 난 하와이에 가본 적이 없어. 넌 결혼한 적도 없고, 크레인스사에서 해고되고 나서 몇 달 있다가 라디오 프로그램을 시작했다고. 그일을 무척 좋아하고. 그런 다음 윌리엄스버그에 집을 샀어. 넌 애인 없은 지 꽤 됐고, 네가 너희 합창단의 피터라는 남자를 쭉 좋아해 왔다는 거 알고 있기는 해."

수지가 어찌나 빠르게 말하던지 따라잡기가 힘들었다.

"그럼 너 윌리엄스버그 집에 대한 기억이 하나도 없어? 피터도?"

"없어. 그건⋯ 나한테 일어났던 일이 아니니까."

조시는 입꼬리를 축 늘어뜨린 채로 대답했다.

"이런 썅!"

수지는 머리카락을 두 손으로 쓸어 넘기다가 쥐어뜯었다.

"이거 진짜 심각하네. 병원에 가봐야겠어. 뭔가 큰일이 나도 단단히 났네. 뇌진탕인가 봐. 그래서 뇌 손상이 온 거야. 내가 도널드한테 전화해서 애들 봐주러 오라고 할게. 그런 다음에 나랑 병원 가자. 알았지?"

조시는 고개를 저었다.

"지금 당장 가야 할 정도로 급한 건 아니라고 봐. 사실을 말하자면, 지금 상황은 기억이 엉망진창 이상해진 게 아니야. 이건 진짜 내 기억이 맞아. 병원에서도 어쩔 수 없을 거야."

"하지만 어젯밤 의사한테는 네가 생판 다른 기억을 갖고 있다는 걸 말 안 했잖아! 조시! 기억이 정말 엉망이라니까."

수지가 조시의 손을 어찌나 꽉 쥐었던지 조시는 움찔했다.

"너의 뇌에 혹시… 부종 같은 게 생겼으면 어떡해? 머리 외상이 심해진 거면 어떡하냐니까? 그러니 확실히 알아봐야지."

"수지, 나는 런던으로 돌아가서 데이비드를 보고픈 마음뿐이야. 지금 생각나는 건 그것밖에 없어. 2년 전에 오빠가 죽었다고. 정말 끔찍하게 죽었는데, 지금은 다시 살아났다잖아? 오빠한테 가봐야 해. 나 벌써 영국 가는 비행기 표 바꿨어. 다음 주에 출국할 거야."

수지는 눈살을 찌푸렸다.

"알았어. 하지만 네 뇌가 어떻게 된 건지도 전혀 모르면서 비행기를 탄다는 건 좋은 생각이 아니야. 병원에 널 데려갈 수는 없을 것 같지만, 당분간은 나랑 같이 있어야겠어. 넌 쉬고 있어. 그럼 내가 널 지켜볼게. 그런 다음에 내가 너희 집에 데려다주었는데도 정말 아무것도 기억이 나지 않으면, 넌 뇌 스캔 예약해서 검사를 받아본 다음에 떠나는 걸로 해. 알았어?"

"알았어."

완전히 지쳐버린 조시는 고개를 끄덕이고선 식탁 위에 얹은 팔 위로 머리를 푹 숙였다.

"좋아. 그럼 어서 위층으로 올라가서 누워. 그리고 혹시 혼수상태에 빠지기라도 하면, 나한테 죽을 줄 알아."

 Chapter 13

12월 초

"열쇠 줘."

두 사람은 조시가 이메일 속 매물 사진으로만 봤던 윌리엄스버그 건물 밖에 섰다.

조시는 검은 핸드백 안에서 낯선 열쇠 꾸러미를 찾아내어 수지에게 주었다. 그녀는 초록색 문을 열었다. 문 옆으로는 열두 개의 초인종이 있었는데, 그중 하나에 '캐번디시 3C'라는 글자가 적혀있었다.

"뭐 좀 알아보겠어?"

같이 계단을 올라가 3층 복도를 지나 3C호에 다다르자 수지가 물었다. 문이 열리자 둘은 자그마한 현관 공간으로 들어갔다. 수지가 조명 스위치를 켰다. 짧은 복도를 지나자 조시의 왼편으로 자그마한 주방이 보였다. 그 너머로는 햇살이 잘 드는 탁 트인 거실이 있었다. 오른편에 있는 문 두 개는 닫혀있었다. 왼편에 있는 문도 마찬가지였다.

이제껏 긴가민가했었다면, 지금은 아니었다. 여기 와본 적은 처음이건만, 자신이 여기에 살았다는 건 분명했다. 무척 좋아하는 그림들이 벽에 걸려있었고, 오래된 초록색 벨벳 소파가 거실에 놓였으며, 조리대 위에는 자신의 것이 분명한 에메랄드색 물병이 보였다. 이곳은 작지만 아름다웠다. 매력적인 집이었다.

수지는 그녀를 조심스럽게 바라보았다.

"집을 전혀 알아보지 못하는구나."

이건 질문이 아니라 단언이었다.

조시는 고개를 끄덕이고서 솔직히 말했다.

"그래. 모르겠어. 매물 사진에서 본 기억뿐이야. 하지만 내 물건이 여기 있으니까 아주 달라 보이네. 그림이랑 가구랑, 소파는 분명히 기억이 나고…"

"너 이 소파 머리 힐 살 때 나랑 같이 골랐던 거 기억해?"

수지는 거실로 들어가 소파 뒤에 손을 얹으며 물었다. 조시는 고개를 끄덕이면서 나머지 공간을 찬찬히 살펴보았다. 물건은 대부분 익숙했지만, 벽난로 위에 있는 커다란 거울은 모르는 것이었다. 그녀는 거울을 가리키며 말했다.

"하지만 이건 본 적 없어."

수지는 고개를 갸웃거리며 입술을 오므렸다.

"넌 그 자리에 두려고 그 거울을 샀어. 네가 기억하지 못하는 시간이 얼마나 되는지 정확하게 알 수 있을 것 같네. 2년 이상이고… 4년은 덜 되려나? 기간을 알면 의사들이 진단할 때 도움이 되겠지. 넌 다시 병원에 가서 검사를 받아야 해. 지금은 말이 안 된다고."

조시는 방을 건너 익숙한 소파에 털썩 앉아 다리를 위로 올려 책상

다리로 앉았다.

"난 시간을 기억하지 못하는 게 아니야, 수지. 내 인생이 어디에서 갈라졌는지도 정확히 알아냈어. 롭을 만난 순간부터야. 아니, 롭을 만나지 않은 순간부터라고 해야겠지. 지금 이 현실에서는 그런 것 같아."

남편 생각을, 정확히 말하자면 남편이 없다는 생각을 하자 새로이 눈물이 터졌다. 그녀는 고개를 팔에 숙이고는 눈물을 그저 흘렸다. 수지는 말없이 주방으로 가서 조시에게 줄 진하고 달콤한 차를 한 잔 끓였다.

수지는 머그잔을 조시의 보조 의자 위에 올려놓고 말했다.

"알았어. 난 마트에 갔다 올게. 냉장고에 우유랑 토마토밖에 없더라. 10분 후에 초인종 울리면 문 열어줘."

조시는 그녀를 올려다보았다.

"나 집 문 어떻게 열어주는지 모르는데."

수지는 잠깐 멈칫하더니 웃기 시작했다.

"와, 너 겉은 멀쩡해도 속은 완전히 돌았구나? 알았어. 그럼 내가 열쇠 가져갈게. 넌 여기 꼼짝 말고 있어. 문 열어주는 법은 나중에 같이 알아보자. 쉬어."

조시는 차를 한 모금 마셨다. 따뜻한 차에 수지의 웃음소리까지 들으니 마음이 진정되었다. 참 이상하게도 이 공간은 편안했다. 롭이 옆에 있기 전에 가지고 있던 자신의 물건들에 둘러싸여 있어서일까. 이곳을 선택하고 살아가는 자신의 모습이 그려졌다. 물론 그건 결혼해서 화려한 삶을 살지 않았을 때의 이야기겠지.

그는 일어나서 집 안을 탐색했다. 자신이 마치 침입자처럼 느껴졌다. 거실에 난 문을 열면 아주 작은 침실이 나왔다. 파란색 손님용 담요와 자그마한 이케아 옷장 말고는 아무것도 넣을 수 없는 넓이였다. 저것들은 몇 년간 보지 않았던 것들이었다. 현관과 가까운 문을 열어 보니 좀 큰 방에 자신이 옛날에 쓰던 침대와 골동품 소파, 떡갈나무 서랍장 세트가 들어있었다. 골동품 소파는 그녀가 영국에서 머리 힐로 가져온 것이었다. 이 가구들은 자신이 롭과 함께 살려고 이사했을 때 나눔했다. 머레이 힐의 원룸에 걸려고 샀던 초록색 숲 그림은 당당하게 침대 위에 걸려있었다. 이 그림은 자신이 아직도 가지고 있는 것으로, 지금은 맨해튼 아파트의 그린 룸에 전시되어 있다. 조시는 복도 건너편으로 가서 작은 실내 욕실을 찾아냈다. 그 안에는 예전에 쓰던 세면도구들이 가득 있었다.

조시는 다시 방으로 들어가 침대에 엎드려 이불을 덮었다. 익숙하고 따뜻한 느낌이었다. 어쩌면 여기서도 괜찮게 살 수 있을 것 같아. 이 세계에 데이비드가 살고 있다면 말이야.

띠링.

데이비드가 보낸 것이기를 바라며 그녀는 주머니에서 휴대폰을 꺼냈다. 하지만 이번에도 그 망할 피터라는 남자였다.

-안녕, 오늘은 몸이 좀 나아졌어? 답장이 없어서 걱정하고 있어.
 언제 통화 가능해? 피터

자신이 관심 없다고 확실하게 말하면, 이 남자는 더는 연락 안 할지도 모른다. 피터에게 자신이 기억상실증에 걸렸다고 말하면, 질문만 더 나오겠지. 그러니 그냥 대충 넘겨야겠다.

12월 초   217

-난 많이 좋아졌어요. 고마워요. 지금은 브루클린에 있는데, 며칠만 더 있다가 영국에 가서 휴가를 보내려고요. 지금은 가족과 함께 있어야 해서요. 그 후에 모두에게 연락할게요. 잘 지내고 행복한 연말연시 보내세요. 조시

이렇게 해두면 예전 상황이 어쨌든 간에, 자신이 그쪽을 좋아하지 않는다는 걸 확실하게 알 수 있었으면 좋겠다. 결국, 조시라는 인물은 행복한 기혼여성이니까.

그러면 롭은 어떡하지?

하지만 그녀는 당장 롭 생각을 할 수는 없었다.

"엄마, 난 괜찮아. 내일이면 비행기 타고 가는데. 토요일 점심쯤엔 런던에 있을 거라고…"

"응, 그래. 무섭긴 하지만 난 MRI를 찍었는데 뇌 손상이나 부종은 없었어. 다 괜찮아 보인다고 했어. 의사들 말로는 사고에서 받은 충격이나 외상 때문에 발생한 기억상실증이라고 했어. 내 기억은 돌아올 수 있대. 어차피 실제 치료법은 없으니까…"

"그렇다니까. 게다가 중요한 건 다 기억나. 엄마도 기억나고, 내가 누군지도 알아…"

"아니야. 라디오 방송국에서 한 달 휴가 받았어. 대체인력이 있어. 어쨌든, 엄마를 만나면 다 파악할 수 있을 테니까…"

"그래. 열흘 동안 데이비드 집에 있을 거야. 오빠가 19일에 차 타고 같이 갈 거야…"

"나도 어서 가고 싶어. 데이비드 집에 가면 전화할게…"

"나도 사랑해, 엄마. 안녕."

조시는 엄마에게 거짓말하고 싶지 않았지만, 자신의 말을 믿지 못하는 수지를 보면서 진실을 이야기할 상대를 신중하게 골라야 한다는 걸 알아차렸다. 이건 단순한 진실이 아니었기 때문이다. 차라리 다른 사람들에게는 기억상실증이라고 하는 편이 나았다.

조시는 오빠와 최근에 주고받은 문자를 쭉 훑어보았다. 문자로 그녀는 자신의 현재 상태에 대해 말해주고, 예정보다 일찍 런던에 갈 것이며 토요일까지 오빠네 집에 있겠다고 전했다. 오빠와의 대화를 읽고 또 읽는 동안 바보처럼 웃음이 나왔고, 오빠를 다시 보게 되었다는 기적 같은 두 번째 기회를 믿을 수가 없어서 고개를 젓기도 했다.

하지만 조시는 떠나기 전에 해야 할 일이 줄줄이 있었다. 라디오 방송국의 애비 크로퍼드에겐 이메일을 보내 새해까지 일정을 조정해 두었다. 다음으로는 합창단 단장에게 이메일을 써서 자신이 당한 사고와 '기억상실증' 이야기를 전하고 크리스마스 공연에서 빠지겠다고 했다. 자신이 기억상실증이라는 이야기는 리사가 피터에게 전해주겠지. 그러면 피터는 자신이 본인을 기억하지 못한다는 걸 깨달을 것이다.

머지않아 단장에게서 답장이 왔다. 조시에게 쉬면서 회복하라고, 1월에 돌아올 수 있다면 연휴 동안 그간의 곡들을 다시 연습할 수 있다고 말했다.

"음악은 치료 효과가 아주 좋거든요. 노래를 부르다 보면 기억이 되살아날 수도 있다고요!"

나쁘지 않은 생각이었다. 조시에겐 되살아날 기억이 없어서 그렇지. 그래도 조시는 궁금해졌다. 1월이 되면 다시 합창단에 들어가고 라디오 방송국에서 일하게 될까? 분명 무슨 일이 또 일어나서 진짜 세상으로 돌아가게 될 텐데? 안 그래?

이 점을 염두에 두면서도 영국으로 가기 전에 할 일이 하나 더 있었다. 방정식의 반대편을 확인하는 일이었다. 오빠가 살아났으니, 참으로 큰 것을 되찾았지만 그만큼 큰 것을 잃어버린 것 같았다. 바로 롭이었다.

지금 조시가 롭에게 전화해서 내가 당신의 아내라고, 너무 사랑하고 보고 싶다고 말할 수 있는 상황이 아니었다. 그는 조시를 미친 여자라고 생각할 테니. 하지만 조시는 둘이 함께 살던 건물에 가봐야 했다. 정말 그 건물이 있는지부터 확인해야지. 롭이 자신의 이름을 따서 지은 그 건물이 있는지.

엘렉트라를 타고 갈 수 없었으므로, 윌리엄스버그의 집에서 그곳까지는 지하철을 타야 했다. 불쌍하게도 망가진 자전거는 누가 가져가지 않았다면 아직도 3번가와 25번가 교차로에 묶여있겠지. 오늘 그 자전거도 같이 처리하는 편이 좋겠다. 그녀는 가장 가까운 지하철역을 검색했다. 여기서 걸어서 12분 거리였다. 그래서 평소에 자전거를 타고 다녔구나. 그녀는 베드퍼드 애비뉴 역까지 걸어가서 L호선에 탄 후, 익숙한 역인 유니언 스퀘어에 내렸다. 역 계단을 올라가자 유니언 스퀘어 이스트 위로 쌀쌀한 12월의 밝은 햇살이 비쳐들었다.

그 광경은 곧바로 보였다.

건물은 여전히 그 자리에 있었다. 둘의 건물인 그곳은 아주 살짝 다른 점이 있기는 했다. 서브 펜트하우스와 맨 위층 펜트하우스로 갈수록 좁아지는 상단의 건축 양식이 조금 더 상자처럼 보인다는 변화가 있었다. 우아한 면이 살짝 사라지고, 아르 데코 형식도 덜했다. 좀 더 현대적이라고나 할까.

하지만 가장 큰 변화는 바로 포르트 코셰르의 캐노피 위였다.

커다랗고 우아한 글자로 '캐번디시 하우스'라고 건물 이름을 써두었던 자리에는 지금 선명하고 널찍한 글자로 '유니언 하우스'라고 적혀있었다.

그렇다면, 사실이라는 거구나.

자신과 롭은 한 번도 만난 적이 없다는 게.

조시는 입술을 깨물어 감정을 꾹 눌렀다. 이건 비극과 큰 슬픔을 맞닥뜨리면서도 언제나 평정심을 유지하던 롭에게서 배운 버릇이었다. 거리에서 나와 광장으로 들어간 그녀는 곧장 커피 가게로 향했다. 루카가 카운터 뒤에 서 있었다. 혹시 루카는 나를 알아보려나?

"레귤러 라테 주세요."

조시는 미소를 지으며 루카의 아내인 그레타도 옆에 있나 궁금해했다. 루카는 그녀를 알아보는 기색 없이 미소를 지었다.

"여기 있습니다, 손님. 4달러 15센트입니다."

그는 다시 조시에게 미소를 지으면서 75센트를 거슬러 주었다. 여전히 아무런 반응이 없었다. 자신을 알아보지 못하는 루카를 깨닫자 조시의 배 속으로 공허함이 훅 밀려들었다.

커피를 들고 가장 좋아하는 벤치 자리에 앉은 조시는 햇볕을 쬐면서 지나가는 사람들과 농담을 주고받는 명랑한 노숙자를 바라보았다.

그래도 조시에게는 집과 가족이 있었다. 저 남자는 살면서 무슨 일이 있었기에 저렇게 된 걸까?

잠시 후, 햇볕을 쬐었는데도 몸이 으슬으슬해지기 시작했다. 조시는 길가에 앉은 노숙자 옆에 있는 쓰레기통에 컵을 버렸다. 노숙자는 고개를 들어 그녀를 보았다. 주름진 눈꼬리 옆으로 보이는 눈은 한쪽이 파란색이고 다른 쪽은 초록색이었다. 그리고 놀라우리만큼 미남이었다.

"여기 받으세요."

조시는 그의 앞에 놓인 야구모자에 75센트를 넣었다. 그는 씩 웃었고, 그녀는 돌아서서 자리를 뜨려 했던 순간이었다.

"아가씨 번호도 좀 주면 어떨까요?"

노숙자는 아일랜드 억양으로 그녀를 불렀다. 조시는 웃으면서 그를 슬쩍 돌아보았지만, 발걸음을 멈추지 않았다.

기분이 살짝 풀린 채로 지하철을 다시 타러 가려던 순간, 지금은 이름이 바뀐 유니언 하우스를 슬쩍 쳐다보았다.

그 순간, 조시는 걷다 말고 멈췄다.

롭이었다. 그가 정문에서 나오고 있었다. 언제나처럼 수려한 외모로, 검은 턱수염과 대조를 이루는 하얀 셔츠 차림으로, 윗단추를 살짝 푼 위로 날렵한 정장 차림이었다. 조시는 숨을 참았다. 나의 남편, 나의 롭이 저기 있어. 내 평생의 사랑이 저기 있어. 분명히 롭은 나를 알아볼 거야. 나를 보는 순간 알아보지 않을까?

롭은 문가에서 멈춰 서서 컨시어지인 에드와 환담을 나눈 다음, 누구를 기다리는 듯 로비를 돌아보았다. 그러다 뒤따라 나오는 수린이 보이자 조시의 심장이 덜컥 내려앉았다. 구글 검색에서 찾아봤던, 롭과 사귀는 여자였다. 롭은 그녀에게 팔을 두르고서도 계속 에드와 이야기를 했다. 수린은 통굽 킬힐을 신었는데도 롭의 반도 안 되게 작아 보이는 몸집이었다. 새카만 머리카락에 코발트블루 빛깔 파워 슈트를 걸친 그녀는 눈부시게 아름다웠다.

롭의 차인 피콕 그린 링컨이 포르트 코셰르에 들어섰다. 에드는 수린에게 조수석 문을 열어주었고, 롭은 차 앞을 빙 돌아 운전석으로 가서 에드의 아들인 대리주차 요원 월에게 키를 받았다.

월이 길을 비켜주자, 롭은 운전석을 열기 전 그 자리에서 잠시 멈추었다. 그러더니 갑자기 고개를 들고 길 건너편에 있는 조시 쪽을 똑바로 바라보았다.

둘 사이의 도로는 널찍하고 혼잡했지만, 그들의 눈이 잠깐 분명히 마주쳤다. 그 순간, 세상이 정지했다. 그는 이쪽을 빤히 바라보았고, 조시 역시 그를 바라보았다.

날 알아봤을까?

본능적으로 조시는 반쯤 손을 들어 인사했다. 자신을 그에게 알리고 싶은 충동을 참을 수가 없었다. 롭은 고개를 갸웃거리면서 어리둥절한 기색으로 눈썹을 찌푸렸다. 그러더니 휙 돌아서서 차에 탔다.

이윽고 그는 뉴욕의 거리로 차를 몰고 들어갔다. 바보처럼 여전히 손을 든 조시를 길가에 남겨두고서.

12월 초

12월 중순

조시는 지금 정말로 심하게 두려웠다.

하지만 그 두려움은 그 무엇보다도 좋은 것이었다.

일주일 전, 이 미친 세상에 도착했을 때부터 생각해 온 순간이 바로 눈앞에 다가왔으니까.

타운하우스 밖에 선 그녀는 문 옆에 있는 번호와 휴대폰에 저장한 워털루 집 주소를 세 번째로 맞춰보았다. 이 뜻깊은 재회를 위해서 여기까지 왔건만, 벨을 잘못 눌렀다가 문가에서 알지도 못하는 할머니가 파자마를 입고 나타나는 일은 결코 없어야 했으니까.

주소는 정확했다.

그녀는 아주 천천히 숨을 내쉬고서 초인종을 눌렀다.

잠시 침묵이 흘렀다.

"왔냐, 보시? 잠깐 기다려. 내려갈게."

224   PART 2   그녀

틀림없는 오빠의 목소리였다.

테라스 딸린 이층집 계단을 쿵쿵 내려오는 발소리가 들리더니 문이 활짝 열렸다.

데이비드는 그녀를 보며 환하게 웃었다. 헝클어지고 햇볕에 색이 빠진 숱 많은 머리를 손으로 쭉 쓸어 올리고서, 단추는 반이나 안 채운 셔츠에다 비가 부슬부슬 내리는 12월의 추운 날씨에도 서핑 반바지를 입은 이 남자는 조시의 오빠였다.

조시는 바보처럼 그를 빤히 바라보았다. 지금 자신을 지탱해 줄 것은 여행 가방 손잡이밖에 없는 것처럼 꽉 붙잡은 채였다.

"동생아! 다시 보니 참 좋네."

그는 두 팔을 휙 벌려 그녀를 감쌌다. 머리 뒤로 손이 닿으며 오빠가 그녀의 머리 옆에 진하게 입을 맞추었다.

조시는 여행 가방을 놓아버리고는 오빠에게 두 팔을 둘렀다. 어서 안지 않으면 금방이라도 데이비드가 사라져 버릴까 봐 무서웠다. 하지만 그의 억센 몸은 단단했다. 조시는 안은 팔에 힘을 주고서 오빠의 어깨에 머리를 푹 기댔다. 그리고 무릎에 힘이 풀린 채로 격하게 펑펑 울기 시작했다.

"보시, 보시, 왜 그래? 아, 이러지 마! 그만둬. 안으로 들어가자. 자, 그건 나 주고."

그는 한쪽 팔로 동생을 감싸고 다른 손으로 여행 가방을 잡은 채 열린 문 안으로 들어가 카펫 깔린 복도로 조시를 끌어대었다. 그리고 맨발로 문을 차서 닫았다.

그는 조시를 위층으로 안내했지만, 여행 가방을 들고 가느라 그녀를 부축하지는 않았다. 하지만 조시의 다리는 제대로 말을 듣지 않았다. 계속 흐느껴 울던 그녀는 그만 네 번째 계단에서 쓰러지고 말았다.

데이비드는 여행 가방을 놔두고 그녀 옆에 앉았다. 계단에 나란히 앉으려니 무척 좁았다. 조시는 오빠를 빤히 바라보았다. 여기에, 내 옆에 있다니 믿을 수가 없어. 그는 조시를 따스하게 안아주고서 울음이 그치기를 기다렸다.

"미안해… 내가 지금 엉망이야."

그녀는 콧물을 훌쩍이면서 간신히 말했다. 데이비드는 상냥하게 미소 지었다.

"그래, 진짜 엉망이야. 너도 아는구나? 불쌍한 보시. 사고를 당한 충격이 이토록 심할 줄은 몰랐네."

그녀는 눈물을 꺽꺽 삼키며 고개를 끄덕였다.

"나… 진짜… 많은 걸 잃어버렸어. 오빠랑 같이 있어야 할 시간을 잃어버렸어."

내 말이 무슨 뜻인지 오빠는 모르겠지.

"그래, 알아. 진짜 말도 안 되는 일이지. 너 지난 몇 년이 하나도 기억나지 않는다면서? 작년 크리스마스에 여기 왔던 일도 몰라? 비아리츠 간 것도? 엄마랑 베네치아 간 것도 까먹었어?"

그녀는 다시 훌쩍이면서 고개를 끄덕였다. 마침내 서서히 정신이 들기 시작했다.

"맞아. 사진을 보긴 했는데, 내 기억으로는 거기 간 적이 없어. 난 내 집도 직업도 몰라. 심지어 살면서 만났던 사람들도 몇몇은 몰라."

"와, 진짜 난장판이다. 악몽도 이런 악몽이 다 있냐. 자, 이 계단 끝까지 올라가 보자. 같이 정리를 좀 하자고."

그는 일어서서 조시의 겨드랑이에 팔을 넣고 계단 위까지 끌어올린 다음 재빨리 여행 가방을 가져왔다. 그리고 조시를 지나쳐 아파트 문을 밀고 안으로 들어갔다. 오른편으로 돌출 창이 있는 널찍한 거실이 보였지만, 그는 왼편으로 가서 아주 작은 뒷마당이 쭉 이어진 전망이 보이는 작은 방으로 들어갔다.

"난 신사니까 네가 내 방을 쓰도록 해. 지금 넌 환자니까 특별히 봐주는 거야. 난 어차피 이틀 중 하루는 간이침대에서 자거든. 내가 이부자리 정리해 줄게."

그는 윙크하며 말했다. 이윽고 정말로 호텔처럼 정돈된 침대가 완성되었다. 서로 어울리지 않는 리넨 이불에 곱게 갠 수건을 놓더니 그 위에 은박지에 싼 초콜릿까지 두었다. 기쁨에 겨운 조시는 오빠다운 손짓을 보며 웃고 말았다.

그녀는 돌아서서 다시 오빠를 껴안았다. 이번에는 마음이 유쾌해서였다.

"여행 사이트에 이 집 좋다고 별점 다섯 개짜리 후기 남길게. 내가 너무 징징거려서 미안해. 이제껏 정말 많은 일이 있어서, 오빠를 다시 보니까 그저 좋아서 그랬어."

데이비드는 손등으로 그녀의 머리를 콩 쥐어박았지만, 손짓은 부드러웠다. 그리고 예의 그 번뜩이는 미소를 보여주었다. 그 미소 때문에 문제가 생긴 적도, 또 문제가 해결된 적도 있을 만큼 멋진 표정이었다.

"정신 좀 차리고 있어. 내가 물을 끓일게. 얼그레이 마실래?"

"좋지. 건배하자고."

둘은 다시금 제 모습을 되찾았다. 지난 몇 년 동안 아무 일도 없었던 듯한 느낌이었다. 어느 평행세계에서든 말이다.

조시가 작은 식탁에 앉아 차를 마시는 동안 데이비드는 요리했다.

조시는 오빠를 가만히 바라보며 지난 3년간 조시가 알아야 할 것 같은 일을 죄다 알려주는 그의 말을 들었다. 가족 간의 소소한 일부터 비아리츠에서 휴가를 보내며 서핑했던 일, 런던에서 보냈던 작년 크리스마스, 몇 년 전에 지금은 헤어진 여자친구인 헤일리와 뉴욕을 방문해서 조시와 함께 지냈던 일까지(사실 헤일리와 함께 왔던 뉴욕 여행은 조시도 기억하고 있었지만, 이야기를 들어보니 내용이 달랐다. 그녀와 롭은 데이비드의 생일날 다 함께 일레븐 매디슨 파크(Eleven Madison Park, 뉴욕에 있는 미슐랭 3스타 레스토랑. 옮긴이 주)에 갔다. 하와이에서 결혼하기 여섯 달 전의 일이었다).

그는 뉴욕에서 주식 중개인으로 일했던 게 얼마나 싫었는지도, 최근에 오스트레일리아 골드코스트로 여행을 가서 했던 서핑이 얼마나 대단했는지도, 그리고 정치권과 국제 정세에 일어난 새로운 내용도 이야기해 주었다. 물론 조시는 이미 대부분 알고 있는 것이었다. 적어도 두 현실에서 똑같은 게 있구나.

"혹시 아직 못 들었냐? 네가 정말로 3년을 잃어버렸다면… 당선된 대통령이 누군지 알면 못 믿을걸?"

그는 번뜩이는 페투치네 접시 두 개를 얹고서 식탁으로 의자를 끌어당겼다.

"알아. 트럼프라면서."

"맞아. 수지가 그건 많이 알려줬을 것 같네."

"게다가 지난주에 뉴스도 봤어. 그래도 내가 모르는 게 많을 거야."

조시는 파스타를 한 입 먹었다. 데이비드는 뒤편에 있는 레트로풍 냉장고에서 맥주 두 병을 꺼냈다. 그리고 병을 따서는 한 병을 그녀에게 주었다.

"그래서, 찰리는 많이 만나?"

그녀의 질문에 데이비드는 맥주를 한 모금 마시고 대답했다.

"가끔 봐. 금요일 밤에 퇴근하고 맥주 마시러 가. 걔는 진짜 재수 없긴 한데, 그래도 웃겨. 파리바 은행에서 떼돈을 벌고 있고, 아직도 그 조이라는 애랑 사귀지. 그 은행원처럼 생긴 거대 제약회사 상속녀 말이야."

"여기 있는 동안 찰리를 만나고 싶은데. 다음 주 금요일쯤 어떨까? 오랜만이잖아."

"그건 안 돼. 걔는 12월 말까지 조이네 가족이랑 카리브해에 있을 거라서. 크리스마스도 거기서 보낸대. 아마도 잰 이모가 요리한 톱밥만큼이나 버석버석한 칠면조를 먹기 싫어서겠지. 재수 없는 놈."

데이비드는 익살스럽게 윙크를 하고서 파스타를 크게 한 입 떠먹었다.

남매는 느긋하게 저녁을 들었다. 데이비드는 온갖 이야기를 했고, 조시는 오빠와 함께 앉아 오빠의 웃음소리와 존재를 만끽했다. 식사 후에는 맥주를 더 따서 데이비드네 거실 가죽 소파에 앉아 〈제로 다크 서티〉(2012년 개봉된 미국의 스릴러 영화. 옮긴이 주)를 보았다. 영화 엔딩 크레딧까지 다 끝나자, 조시는 오빠를 안아주며 멋진 저녁 시간을 만들어 주어 고맙다고 했다.

"뭐? 파스타 먹고 텔레비전 본 게 멋져? 너 진짜 대접하기 쉽네. 또 와도 돼."

그녀는 웃으면서 잠자리에 들었다. 그리고 불을 끄면서 이 순간이 살면서 제일 행복한 시간이라고 속으로 생각했다.

결혼식 날보다 더 행복하다고.

Chapter 15

크리스마스와 새해

"우리 아가들! 너희 둘 다 무사히 와서 참 다행이야."

조시의 어머니는 현관 양편에 달린 램프 빛을 받아 환한 모습이었다. 조시가 어릴 적 살던 집 문에는 크리스마스 리스가 달려있었다. 인도풍 하늘하늘한 드레스를 입은 엄마는 언제나처럼 우아한 모습으로 차에서 조시가 채 내리기도 전에 덥석 안더니, 다시 몸을 떼고는 딸을 찬찬히 살펴보았다. 그게 꼭 기억상실증을 가늠하려는 행동 같았다. 조시는 불쑥 솟아나려는 죄책감을 차분하게 억눌렀다. 진실보다는 기억상실증으로 둘러대는 편이 가족들에게 훨씬 쉽게 이해받을 만한 상황임을 다시금 떠올렸다.

"좀 어때? 두통이나 현기증 같은 건 없니?"

"난 괜찮아, 엄마. 정말이야. 기억을 좀 잃었지만 그뿐이야. 뇌는 참 이상하지. 하지만 기억상실증 환자들은 상당수가 삶에 전혀 문제가 없어."

조시는 그러면서도 궁금하긴 했다. 기억상실증 환자들은 알고 보면 다른 시간선에서 온 사람이 아닐까? 다만 그걸 인정하지 못하는 건 아닐까? 이렇게 생각한 적이 한두 번이 아니었다.

"엄마, 안녕. 아들은 보이지도 않는지 인사도 안 해주네. 그래도 괜찮아. 난 잘 지냈어."

데이비드는 트렁크에서 여행 가방을 꺼내며 투덜거렸다.

"으음, 넌 어디 아픈 게 아니잖니, 아들."

엄마는 오빠의 뺨에 무심하게 입을 맞추고 덧붙였다.

"로라랑 테오는 놀이방에 있고, 애덤은 낮잠 자고 있어. 불쌍하게도 애덤은 완전히 지쳐버렸단다. 여기까지 오느라 운전을 8시간 했거든."

인도풍 하늘하늘한 드레스로 우아한 자태를 뽐내는 조시의 엄마는 아들딸을 데리고 자갈 깔린 진입로를 지나 따뜻한 빛이 넘치는 집으로 들어갔다. 우아한 분위기의 하얀 치장 벽토를 칠한 집이었다. 낮 동안엔 뒤쪽 정원에서 험준한 콘월 북부 해안의 너른 전망이 한눈에 보였다. 조시가 세상에서 가장 좋아하는 장소였다.

세심하게 타일을 깐 현관 바닥에 가방과 선물 보따리를 내려놓은 데이비드와 조시는 곧바로 지하 놀이방에 내려갔다.

"보시!"

로라는 언니를 보자마자 벌떡 일어나 덥석 포옹했다. 꼬마 테오도 두꺼운 카펫 위로 나무 기차를 끌며 어설프게 이쪽으로 다가왔다.

"어떻게 지냈어? 몸은 괜찮고?"

로라도 엄마처럼 조시를 자세히 살펴보았다.

"난 괜찮아."

조시는 눈가에 눈물을 글썽이며 말했다. 그러다 생각을 돌리려고 조카의 눈높이에 맞게 웅크려 앉았다. 로라는 이모와 조카 옆 카페에 앉아서 가만히 생각에 잠겼다.

"언니가 3년간의 기억을 잃었다면, 분명히 애도 못 알아보겠네. 애가 이제 이만큼 컸어! 테오가 아기였을 때 기억이 없다니 진짜 안타깝다. 마지막으로 본 기억이 언제야?"

이런. 조시는 이 생각은 미처 하지 못했다.

자신이 테오를 본 건 4달 전, 제네바에서 열린 부동산 박람회에 롭과 함께 참가하러 가는 길에 영국을 들러 하룻밤 묵었을 때였다. 그때 본 테오는 지금과 거의 달라 보이지 않았다.

로라는 어쩔 줄 모르는 조시를 보고서 기억상실증 때문이라고 넘겨짚으며 먼저 입을 열었다.

"바르셀로나 여행 때던가? 3년 반 전이었지 아마? 그때 테오는 태어난 지 몇 달 되지 않았잖아."

"그때였나 봐."

조시는 테오를 빤히 바라보며 말했다. 아이는 잠깐 멈춰 인사를 했지만, 지금은 다시 데이비드와 함께 즐겁게 기차놀이를 했다.

"테오를 2번 만난 기억은 나. 태어났을 때는 물론 나고. 나 너랑 같이 있었잖아. 그리고 음, 그래, 바르셀로나였지. 그 후론… 다 흐릿해."

거짓말을 하자 속이 메스꺼워졌다.

조시는 돌아서서 동생을 바라보며 덧붙였다.

"테오 정말 많이 컸다. 이젠 말도 하네. 그리고 날 기억해."

"응, 당연히 기억하지, 언니 바보냐. 데이비드랑 언니가 비아리츠 가는 길에 여기 와서 테오를 봤으니까. 그거 9월밖에 안 됐어. 언니는 그때 우리 집에서 하룻밤 자고 개트윅 공항에서 아침 비행기로 출발했잖아. 그리고 그전에는 크리스마스 전에 데이비드네 집에서 봤고. 데이비드가 그 이야기는 안 했어?"

조시는 고개를 끄덕이면서 마른침을 삼켰다. 어서 대화가 길어지기 전에 끝내고 싶었다. 이러다간 거짓말이나 반쪽짜리 진실만이 더욱 늘어날 뿐이니까. 목구멍이 바짝 말랐다.

쪼그려 앉아있다가 일어섰더니 몸이 뻣뻣했다. 사고를 당해 다친 몸이 아직 완전히 낫지는 않았다.

"나 차 좀 줘. 너무 마시고 싶어. 위층에서 볼까?"

"그래, 금방 갈게. 애덤을 깨워야겠어. 낮잠 자고 있거든. 곧 저녁 먹을 시간일 거야."

조시는 다시 위층으로 올라가 복도에 있던 여행 가방을 잡고서는 2층으로 올라가기 시작했다. 계단 난간 가득 인조 소나무로 만든 크리스마스 갈런드가 달려있었다.

그녀는 주방에 있는 어머니를 불렀다.

"엄마, 나 블루 룸 쓰면 될까?"

조시가 방을 각각의 테마로 꾸미는 것은 어머니에게서 물려받은 취향이었다.

"그럼. 되고말고, 우리 딸. 15분 뒤에 내려와서 저녁 차리는 거 도와줄래?"

"그래."

조시는 가방을 들고 블루 룸으로 갔다. 자신이 쓰던 방과 그곳은 아주 달랐다. 원래는 다락방이었던 공간을 개조한 블루 룸은 현재 어머니가 사무실로 쓰는 곳이었다. 언제나 가장 멋있는 방이라고 생각했던 그곳은 공작새와 나무, 초록색과 파란색의 탑 무늬가 정교하게 그려진 벽지를 발라놓았고, 침대부터 베개와 커튼, 커다란 창문 옆에 놓인 폭신한 소파까지 전부 짙푸른 색으로 통일했다. 창밖의 하늘이 파랗게 빛나면서 집 옆으로 바다가 한 뼘 보이자 블루 룸의 빛깔이 바깥까지 이어지는 듯했다. 하지만 그 순간도 잠시, 곧 날이 어두워졌다. 조시는 미소를 지었다. 창문 옆 화장대 위에 어머니가 놓아둔 자그마한 흰색 전구 장식의 미니 크리스마스트리가 거울에 비쳤다.

조시는 침대에 털썩 누워 눈을 감았다. 어쩌면 결국 다 잘될지도 모르겠어. 열린 문틈으로 저 아래 주방에서 어머니와 데이비드의 웃음소리가 들렸다. 로라가 꼬마 테오를 데리고 계단을 올라오는 소리가 들렸다. 동생은 아이를 데리고 자신의 방을 지나쳐 커다란 다락방으로 난 마지막 층계를 올라갔다. 그곳은 예전에 조시 남매의 놀이방이었다.

로라는 아이에게 속삭였다.

"가서 아빠 깨우자. 아빠 침대에 폴짝 뛰어오를까? 재밌겠지? 그렇지?"

자신의 상황은 좋은 게 아니었지만, 그래도 조시는 너무나 기분이 좋았다. 아무도 나에게 질문하지 않는다면 괜찮을 거야. 아니, 괜찮은 것 이상이지. 데이비드가 다시 웃고 있잖아. 여기가 천국인 거야.

마침내 조시는 커다란 침대에서 몸을 일으켜 짐을 풀었다. 그리고 데이비드와 런던으로 돌아와 참가할 새해 파티에 입으려고 공항에서 산 파란 드레스를 포함하여 이런저런 크리스마스 연휴 의상을 옷걸이에 걸었다. 며칠 후에는 뉴욕의 집으로 돌아가야 하겠지만 그 생각은 하고 싶지조차 않았다.

초록색 스웨터로 갈아입은 조시는 머리를 빗은 후에 아래층으로 내려갔다. 가족들은 주방에 다들 있었고, 테오는 한가운데 있는 조리대에 맨발을 달랑이며 앉아 요구르트를 먹고 있었다.

어머니는 스토브 앞에서 말했다.

"내려왔구나. 우리는 저녁 식사 하고서 트리를 장식해야 해. 너희들 다 오기를 기다리고 있었어. 혼자서는 도저히 못 하겠더라고. 올해 배달된 트리가 어마어마하게 크거든."

"내가 장식품 가지고 올까?"

조시가 물었다.

"내가 벌써 다 내려놨어. 애덤이 지금 받침대에 트리를 올려놓고 조명 다는 중이야. 가서 좀 도와주겠니? 저녁은 다 준비됐어."

거실 겸 식당으로 간 조시는 크라운 몰딩(내부 벽과 천장이 맞닿는 곳에 설치하는 처마 모양 장식용 몰딩. 옮긴이 주)을 복원해 놓은 높은 천장을 바라보며 잠시 감탄했다. 이 공간은 집 앞의 높다란 테라스 창문부터 시작해서 뒤편 석조 테라스로 통하는 프렌치 도어까지 쭉 이어져 있었다. 어머니는 아버지의 생명 보험금을 상당수 이 집 인테리어에 썼기 때문에, 조시가 어렸을 적보다 지금의 집 장식이 더 우아했다.

앞쪽 테라스 딸린 창문 앞으로 선 커다란 트리가 보였다. 로라의 남편인 애덤은 사다리에 올라가 곱슬머리를 손으로 넘기며 전구를 설치 중이었다. 그 아래 놓인 커다란 상자 두 개에는 '크리스마스트리 장식'이라는 글자가 보였다. 조시가 10대 때 손으로 쓴 글씨였다. 그걸 본 조시는 뭉클해져 목이 멨다.

"안녕, 애덤."

뒤를 돌아본 애덤은 고개를 끄덕여 인사했다.

"마침 잘 왔네. 불 켜줄 사람이 필요했거든. 고르게 걸어졌는지 봐줘."

조시는 방을 건너가 전구의 스위치를 켰다.

"짠!"

참 크리스마스다운 분위기가 되었다. 그녀는 뒤로 한 발짝 물러서서 반짝이는 전구가 고르게 분포되었는지 살펴보았다.

"왼쪽 맨 위에 전구가 뭉쳐있어. 거기 말고…, 그래, 거기! 한결 낫네."

"알았어. 이제 불 꺼."

애덤은 바닥으로 뛰어내리고선 조시에게 다가가 안아주었다.

"잘 지냈어? 크리스마스 공식 환영회는 트리 장식을 달면서 하자고."

저녁 식사는 활기찬 분위기였다. 평소처럼 데이비드는 모두의 시선을 끌면서, 오스트레일리아의 골드코스트에 '기가 막힐 정도로 끝내주는' 파도가 있다는 이야기와 시드니의 투자 은행에서 일하는 친구들 이야기로 좌중을 즐겁게 해주었다. 테오를 재우고 온 로라는 놀이 친구 그룹에서 아이가 새로 사귄 친구 이야기를 해주었는데, 그중에는 테오가 레고 놀이방에서 꼬마 에밀리에게 키스했다는 소문도 있었다.

저녁 식사 후에는 조시가 오빠와 같이 설거지를 하겠다고 나섰다. 로라와 애덤은 상자에서 트리 장식을 꺼냈다.

"기분은 좀 어때, 동생?"

조시가 싱크대에서 캐서롤 접시를 설거지하는 동안 데이비드는 마른행주를 든 채로 그릇의 물기를 닦으려고 기다리고 있었다. 조시는 창밖을 내다보았다. 평소라면 잔디 깔린 정원과 그 너머로 해안선이 보였을 것이다. 하지만 지금은 더욱 보고팠던 장면이 유리창에 비치고 있었다. 자신과 데이비드가 나란히 서서 어릴 적 살던 집에서 설거지하는 모습이었다. 그녀는 멍하니 자신들의 모습을 바라보았다. 고개를 돌리기만 하면 오빠가 사라져 버릴 것만 같아 두렵기까지 했다.

그녀는 숨을 깊이 들이쉬고는 무쇠 접시를 건네주고서, 고개를 돌려 오빠를 바라보았다.

"이게 다 뭐가 뭔지 모르겠어. 정말 혼란스러워. 하지만 여기서 오빠랑 모두와 함께 있으니까 정말 좋아. 기분이 훨씬 좋아졌어. 뉴욕은 이제 내가 살기에 너무 이상한 곳이야. 내 직업도, 내 집도 알아볼 수가 없어. 여기 있다는 것만이 유일하게 말이 되거든."

데이비드는 그릇 물기를 다 닦고서 두 팔로 그녀를 안아주었다.

"넌 괜찮을 거야. 네 아파트에 익숙해지면 곧 좋아하게 될 거야. 그리고 라디오 일도 좋아하게 될 거고. 너 아주 잘하거든. 게다가 네 합창단도 있잖아. 너 노래하는 거 좋아하잖아?"

그는 조시를 놓아주고서 가만히 바라보았다.

"뉴욕은 언제나 너에게 꿈의 도시였어. 그리고 넌 그 꿈을 이루었지. 네가 거기서 잘해낼 수 있다면… 음, 어떻게 살고 있는지 기억은 하잖아. 포기하지 마."

물러서는 데이비드를 보며 조시는 고개를 끄덕였다.

"맞아. 난 아직 회복하는 중인 것 같아."

"아니, 이럴 수가! 너 지금 말투 되게 미국식이었던 거 알아? 아주 양키가 다 됐네…"

데이비드는 이제 젖어버린 행주를 배배 꼬아 채찍처럼 휘두르며 장난을 쳤다.

"당장 도망치는 게 좋을걸…"

조시는 비명을 지르며 오빠에게 세제 물을 튀기고는 쫓아오며 다리를 행주로 찰싹찰싹 쳐대는 데이비드를 피해 깔깔 웃으며 거실로 달려갔다.

"내가 너희들 모두를 채찍질해 버릴 테다!"

데이비드는 벽난로 가에 앉아 트리 장식을 분류하고 있는 가족들을 향해 으름장을 놓았다.

"데이비드, 그거 내려놓고 와서 너도 도와."

소파에 앉은 어머니는 짐짓 엄한 목소리로 꾸짖으면서도 장남의 까불까불한 모습을 기쁜 눈초리로 바라보았다.

트리 장식은 장장 2시간이나 걸렸다. 그들은 케임브리지 킹스 칼리지의 〈나인 레슨스 앤드 캐럴스〉(킹스 칼리지에서 거행하는 세계적으로 유명한 크리스마스이브 예배로, 낭독과 더불어 크리스마스 캐럴과 여러 성가 공연으로 구성됨. 옮긴이 주)와 싸구려 크리스마스 팝송 컴필레이션 앨범을 들으며 트리를 꾸몄다. 장식이 다 끝나자 데이비드는 천장 조명을 껐고, 조시는 트리 조명을 켰다.

조시는 아까보다 더 크게 열정 어린 목소리로 "짠!"이라고 소리쳤다.

"와아아!"

온 가족은 가지각색의 어조로 진심을 담아 하나같이 감탄했다. 트리는 대단히 장관이었다.

가족들은 잠시 경외감 어린 침묵 가운데 말없이 섰다. 그러다 데이비드가 "선물을 깜빡했어!"라고 외치며 복도에 나가서 선물이 가득한 가방을 들고 왔다. 그리고 안에 든 게 깨지든 말든 트리 아래에 와르르 쏟아놓은 다음 누가 준비한 선물인지에 따라 무더기로 분류했다.

"선물은 받는 사람을 기준으로 모아야 하지 않아? 그래야 어떤 선물을 받을지 보고 두근거릴 수 있잖아."

조시가 말했지만, 데이비드는 고개를 저었다.

"아니야. 난 내 선물을 하나씩 주고 싶다고. 게다가 받는 사람별로 모아놓으면, 테오가 받을 선물이 우리보다 782퍼센트나 많을 거라고."

"그거 일리 있네."

조시는 싱긋 웃고 나서 하품하며 덧붙였다.

"좋아, 그럼 나는 꿈나라로 가야겠어. 다들 안녕히 주무세요."

"잘 자, 우리 딸."

엄마는 고개를 들었고, 조시는 허리를 굽혀 엄마의 이마에 키스했다.

잠시 후, 조시는 불을 켠 채로 오랫동안 침대에 누워 집이 정돈되는 소리를 들었다. 너무나 완벽한 저녁 시간을 보냈다는 기쁨에 벅차서 잠이 오지 않았다.

크리스마스에 사랑하는 사람들이 어린 시절 아름다운 집에 모두 모여있다니. 뭐, 오래전에 돌아가신 아빠는 못 왔지만.

아, 롭도 없구나.

제길.

롭을 잊으면 어떡해.

"묵은해가 지나고 새해가 왔다!"

좁은 술집 안으로 열두어 명 사람들의 환호성이 우렁차게 울려 퍼졌다. 데이비드의 친한 친구들, 같이 온 매력적인 파트너와 아내들은 새해를 축하하며 건배했다. 데이비드는 씩 웃으면서 손가락을 들어 잠시 주목하라는 신호를 보낸 다음, 극적으로 자세를 잡고서는 라거 파인트 잔을 단숨에 마셨다. 그는 빈 잔을 치켜들어 더욱 요란한 환호를 받고서는 손등으로 입을 쓱 닦고 서핑 애호가다운 덥수룩한 금발을 흔들었다.

조시는 그를 향해 짐짓 못마땅하다는 듯 고개를 저으며 웃었다. 데이비드는 치아를 드러내면서 그의 특징인 가짜 미소를 짓고서는 성큼성큼 걸어와 동생의 어깨에 팔을 척 걸쳤다.

자신이 대화를 주도하는 분위기를 한껏 즐기면서, 그는 다소 취한 기색으로 사람들에게 말을 걸었다.

"얘들아, 알려줄 게 있어. 너희들 중에는 새해를 축하하는 척 여기 왔지만, 본심은 여기 뉴욕 시민인 내 동생을 꾀어보려고 온 놈이 있을 거다. 내 동생이 기억상실증에 걸렸으니까 너희들이 얼마나 쓰레기인지 잊어버렸을 거라고 생각하고 있겠지만, 음, 너희는 운이 더럽게 없어. 얘가 기억을 잊었다고 미적 감각이나 취향까지 잊은 건 아니거든. 그러니 포기하라고."

이 말에 몇몇 남자가 신음을 흘렸고, 그중 하나는 코트를 움켜쥐고서 정말 나가려는 척을 해서 조시는 몹시 당혹했다. 데이비드는 동생의 뺨을 꼬집으며 웃었다. 그는 언제나 조시를 불편하게 만들면서도 자신의 친구보다 동생이 더 소중하다는 걸 보여주려고 조시에게 관심을 많이 두었다.

조시는 그의 팔을 찰싹 쳤다.

"아주 고마워 죽겠네. 나를 트로피처럼 말하고 다니는 게 아주아주 맘에 들어."

"하! 고맙다는 말은 언제든지 환영이지, 귀여운 동생아. 아니, 진짜야. 나중에 그레인이 너를 마구 만져대지 않았다는 걸 나에게 고마워하게 될 거라고. 네가 아주 헤픈 드레스를 입고 나온 걸 고려하면 널 보호해 주려고 어떻게든 해야 했다고. 그러니까, 몸 가리고 다녀. 넌 예의도 없냐?"

조시는 파란색 드레스를 부드럽게 매만졌다. 가슴골이 좀 파이긴 했지만, 과하게 야하지는 않았다.

"대체 뭐가 문제야?"

데이비드는 치아를 드러내며 그녀의 머리를 헝클였다.

"장난이야. 그리고 진짜 고마워. 엄청 고맙지는 않고. 이제 가서 '이즐링턴의 진짜 주부들'에게 상냥하게 말 좀 걸어줘. 난 한잔하러 갈 거야."

"내가 살게. 뭐 마실래?"

"고맙지만 됐어. 남들이 사주는 술을 밤새워 마시고 있다 보면 저기 있는 섹시한 빨간 머리한테 말도 못 걸게 될걸. 행운을 빌어주라."

그는 살짝 비틀거리는 발걸음으로 바에 다가갔다.

"잘해봐!"

조시는 뒤에서 소리쳤다.

데이비드가 다소 불쾌하다 싶을 만큼 앞사람 두엇을 제치고 바로 다가가는 모습을 조시는 지켜보았다. 술이 나오기를 기다리던 새빨간 머리의 예쁜 여자 옆자리를 데이비드는 어찌어찌 차지했다. 그가 여자에게 뭐라 말하자, 여자는 눈썹을 치켜뜨고서 데이비드를 바라보았다. 그러더니 이내 얼굴 위로 미소가 퍼졌다. 오빠는 개차반이긴 해도 확실히 매력 있지. 조시는 속으로 웃으면서 그들을 계속 지켜보았다.

이곳은 런던 중심부 플리트 스트리트에 있는 오래된 펍이었다. 하지만 조시에겐 이 자리에 자신과 오빠만 있는 것만 같았다. 죽은 지 2년이 넘은 오빠와 함께 새해를 축하할 수 있다니, 이건 기적을 넘어서는 일이었다.

오빠가 기적적으로 부활했다는 사실에 지난 몇 주간 조시는 집중이 되지 않았다. 이번 새해엔 롭이 어디서 누구와 있을지 전혀 생각조차 나지 않을 정도였다. 아니, 아예 안 난 건 아니었지만. 슬슬 뉴욕으로 돌아갈 날이 가까워져 올수록, 남편 생각이 다시 나기 시작했다.

이 세계에서는 롭이 화려한 미인인 수린과 함께 연말연시를 보내고 있겠지. 정말 기분이 끔찍했지만, 일리가 없는 생각은 아니었다. 이 세상에선 롭이 나를 알지도 못하니까.

하지만 내가 살다가 떠나버린 그 세계에서는 어떨까?

조시는 롭의 인생에서 단순히 사라져 버린 걸까?

아니면 다른 세상의 나 자신과 몸이 바뀌어 버린 건 아닐까? 브루클린에 살면서 살아있는 데이비드를 오빠로 둔 또 다른 조시가 그 세상에 있는 건 아닐까?

그녀는 지금 내 남편과 함께 있을까?

혹시 새해 카운트다운을 하면서 키스했을까?

조시는 마른침을 삼켰다. 배 속이 다시금 익숙하게 꼬여갔지만, 누군가 두 손으로 눈을 가리는 바람에 어두운 상상이 그쳤다.

"누구게?"

조시는 걸걸한 남자의 목소리를 듣자 누구인지 금방 알아차렸다.

"찰리!"

그녀는 남자의 손을 잡고 고개를 돌렸다. 주황색 머리카락을 지닌 사촌이 앞에 서있었다. 비싼 슈트 위로 목부터 상기된 얼굴을 한 찰리는 멀쩡하게 살아있는 모습이었다. 그녀는 팔을 확 벌려 찰리를 꼭 껴안았다. 둘은 딱히 친한 사이가 아니었는지라, 찰리는 살짝 당황했다.

"와, 다시 보니 정말 반가워!"

"나도 다시 봐서 좋아, 사촌! 이야, 너무 반갑게 맞아주는데."

그는 뭔지 모르겠다는 표정으로 조시를 보고 웃으며 말했다.

"이쪽은 내 여자친구 조이야."

연갈색 머리카락에 몸집이 자그마한 여자가 찰리 뒤에 서있었다. 그녀는 데이비드의 친구들이 점점 더 취해서 술을 흘려대는 걸 피하느라 정신이 없어 보였다. 조이는 조시에게 미소를 지었다.

"안녕, 조시. 날 기억 못 할 수도 있겠지만요."

"안녕하세요. 죄송하지만 기억이 안 나네요…"

찰리는 조시를 도와주러 조이에게 말했다.

"그래, 생각해 봐, 자기야. 너랑 내가 만났을 때는 조시가 기억을 완전히 잃어버린 시기에 있거든. 그렇지, 조시?"

조시는 고개를 끄덕이면서도 죽었던 사촌이 살아서 눈앞에서 떡하니 서있다는 사실을 애써 받아들였다. 마우이에서 결혼식 다음 날 후로 그를 본 게 이번이 처음이었다. 바로 그와 데이비드가 죽기 이틀 전에 말이다.

조시는 조이를 바라보았다.

"기분 나쁘게 하려는 게 아니라, 정말로 기억이 안 나요. 전 많은 친구랑 제 직업이랑 아파트도 하나도 기억이 안 나거든요."

조이는 괜찮다는 듯 미소를 지었고, 이어서 찰리가 말했다.

"난 잠깐 바에 갔다 올게. 두 숙녀분 모두 소비뇽 블랑 괜찮지? 아, 이런. 데이비드가 저 여자랑 이야기하고 있는 것 좀 봐. 완전히 빠졌는데."

지금 데이비드는 빨간 머리 여자와 대화를 하느라 정신이 없었다. 그러다 이쪽을 슬쩍 보더니, 자신을 바라보는 세 사람을 눈치채고서 승리의 미소를 번뜩였다.

조시와 조이는 몇 분간 예의상의 대화를 나누었지만, 조시가 기억을 잃은 데다 조이의 수줍은 성격까지 더해 대화는 자꾸만 어색해졌다. 그러다 찰리가 아이스 버킷에 와인과 잔을 들고 나타나자 어색함이 해소되었다. 그는 술을 넉넉하게 따르고 잔을 들었다.

"행복한 2018년을 위하여! 그리고 가는 데마다 멋진 여자를 꾀어대는 데이비드의 놀라운 능력을 위하여!"

셋 모두 웃으며 잔을 부딪쳤다.

새벽 1시 45분쯤 되자, 조시와 조이는 와인 한 병의 기운을 빌려 좀 더 나은 사이가 되었다. 그러다 작별을 고할 때가 되어 조이와 찰리는 조시를 껴안고 인사했다.

"너 워털루로는 어떻게 돌아갈 거야? 오늘은 데이비드네 집에서 혼자 자야 할 것 같은데."

찰리의 물음에 조시는 오빠와 빨간 머리 여자를 슬쩍 바라보았다.

"문제없어. 기회를 봐서 오빠한테 어떻게 할 거냐고 물어볼게. 두 사람은 가. 만나서 반가웠어요, 조이. 음, 다음에 봐요."

둘이 떠난 후, 조시는 휴대폰을 확인했다. 정신없는 술집에 혼자 있을 때는 휴대전화야말로 정서적인 안정을 주니까. 그런데 놀랍게도, 소리도 안 들리게 문자가 번쩍이며 새로 왔다.

-안녕, 영국에서 잘 지내고 있어? 가족과 즐겁게 지내기를 바라. 새해 복 많이 받고! 뉴욕은 아직 저녁 8시밖에 안 됐어. 하지만 너는 벌써 자정이 넘었겠지. 리사가 알려줘서 네가 사고로 기억상실증에 걸렸다고 들었어. 그래서 왜 나랑 이야기하고 싶지 않아 하는지 알겠더라. 나를 기억하지

못한다는 걸 설명하기 힘들었겠지. 하지만 예전 문자를 읽어보고 우리가 좋은 친구 사이였다는 걸 알 수 있었으면 좋겠어. 그리고 우리 합창단 17일에 연습을 새로 시작할 때 와주기도 바라. 그러면 서로를 다시 알아갈 수 있을 거야. 그때까지 행복한 2018년 보내! 피터

조시는 마음과는 달리 미소를 지었다. 이 남자 꽹장히 다정한 것 같네. 그녀는 멀찍이 있는 데이비드를 슬쩍 보았다. 그는 지금 예쁜 빨간 머리 여자가 코트 입는 걸 도와주고 있었다. 조시는 문자에 답을 했다.

-네. 난 잘 지내고 있어요. 새해 복 많이 받으세요. 지금은 오빠랑 오빠 친구들이랑 밖에 나와있지만, 이제 곧 들어가려고요. 귀여운 빨간 머리 아가씨 때문에 오빠가 날 버리고 갈지도 모르겠지만, 두고 봐야겠죠! 나는 1월 2일에 뉴욕으로 돌아가요. 합창단에도 갈게요. 그때 다시 만나길 기다리고 있을게요. 조시.

문자 전송 버튼을 누르는 동안, 데이비드와 빨간 머리 여자가 조시의 테이블로 다가왔다. 데이비드는 조시에게 몸을 숙여 물었다.

"나 애나 택시 잡아주고 올게. 너 2분만 여기서 기다릴래?"

그녀는 고개를 끄덕이고는 애나에게 미소를 지어주었다. 이윽고 두 사람은 밖으로 나갔다.

조시는 아까 새해 건배 사진을 올렸던 인스타그램을 쭉 훑어보고 있었는데, 문자 오는 소리가 또 들렸다.

-그렇다니 좋네. 여행 잘해. 피터.

"뭘 보면서 웃어?"

데이비드는 차가운 기색을 온몸에 풍기며 술집으로 들어와 물었다.

"합창단 친구한테 문자 보냈어. 자, 오빠 그 빨간 머리 마음에 드는구나?"

"그래. 시끄러운 은행원 녀석에게 널 버려둬서 미안해. 하지만 쟤가 너무 예뻐서. 그러니까, 번호를 땄다 이거야."

그는 조시의 얼굴에 칵테일 냅킨을 흔들어 보였다. 마지막에 덧붙인 말은 엉터리 미국식 억양이 섞였다. 조시는 웃고 말았다.

"잘했어, 오빠. 그리고 걱정 심하게 해준 건 고맙지만, 찰리랑 재밌게 보냈어. 그 수줍음 많은 자그마한 상속녀랑도."

"조이 참 착하지 않냐? 찰리한테 너무 과분한 여자야. 음, 어쩌면 나도 이제 조이랑 찰리처럼 행복한 커플 천국에 들어갈지도 몰라. 내가 말해두겠는데, 보시, 애나는 특별한 사람이야. 농담이 아니라, 바로 내가 찾던 운명의 여자일 수도 있다고. 다만 여섯 달 후에는 시드니로 돌아가야 해서 그렇지…"

"음, 시드니는 오빠가 가장 좋아하는 도시잖아? 딱이네. 애나랑 결혼해서 빨간 머리 아기를 잔뜩 낳으라고. 그럼 애들은 찰리 닮겠다."

그는 얼굴을 찌푸렸다가 고개를 끄덕였다.

"그래야겠다. 자, 그럼 집에 가서 위스키를 마시면서 새벽까지 〈기묘한 이야기〉를 정주행하자. 내일은 출근 안 하니까."

"그다음 날 나는 비행기 타고 돌아가야겠지."

데이비드는 짐짓 진지한 척 조시를 찌푸린 얼굴로 노려보았다.

"그렇지. 그리고 현실로 돌아가라고. 그게 뭐가 됐든 말이야."

Chapter 16

1월 초에서 중순

"마이크를 다시 끄려면 어느 버튼을 눌러야 하나요? 이건가요?"

조시는 라디오 방송국의 대단히 멋진 PD인 애비에게 물었다.

애비는 격려가 깃든 따스한 목소리로 말했다.

"맞아요. 금방 익히게 될 거예요. 이건 그냥 한번 쭉 해보는 거로 해요. 뒀다가 정식으로 써도 되고 아니면 훈련 연습이라고 생각하면 되니까. 해봐요. 타이머를 잘 보고. 14분쯤에 첫 번째 쉬는 시간이 되면 나와요. 그러면 마르셀라가 들어가서 세금 이야기를 할 거예요. 두 번째 휴식 시간 다음에는 전화 인터뷰가 있을 예정이에요. 내가 연결해 줄게요. 그럼 시작하죠."

애비는 PD용 부스로 들어가서 문을 닫고서는 양쪽 엄지를 들어 보였다. 벽에 걸린 디지털 타이머에서 카운트다운이 시작되자, 조시는 심호흡을 하고서 얼굴에 함박웃음을 지었다.

"안녕하세요, 뉴욕 시민 여러분. 오늘도 부동산과 개발, 주택 문제를 이야기하는 〈토크 뉴욕의 오픈하우스〉입니다. 오늘 여러분을 위해 저희가 준비한 내용, 함께 살펴볼까요.

이 시간에는 토크 뉴욕의 뉴스 디렉터 마르셀라 그랜드가 스튜디오에 나와서 빈집세(주택 매입자가 타지에 거주하여 주거용이 아닌 주택 소유 시 부과하는 세금. 옮긴이 주)에 대한 최신 뉴스를 전해드리면서, 부동산 개발자 매니 벨먼과 함께 옥상에 추가로 주택을 시공하는 추세에 대한 이야기를 나누겠습니다. 먼저, 단기 임대 주택이 최근 이슈가 되고 있는데요, 과연 이런 주택이 임대 매물 부족 현상에 책임이 있을까요? 여러분의 의견 받겠습니다. 저희는 오픈 하우스니까요. 오늘은 실시간 전화를 받지 않고요, 대신 이메일 openhouse@talknewyork.com으로 문의하시거나 555387번으로 문자를 남겨주시면 됩니다. 스튜디오로 음성 메시지도 받고 있습니다. 번호는 212…"

시간은 쏜살같이 흘러갔다. 생생한 토론이 가득한 토크 라디오는 흥미로웠다. 조시는 관심 있는 사람이라면 누구나 이런 주제로 오래 이야기할 수 있다고 생각했지만, 그래도 자신에겐 재능이 있는 것 같았다. 몇 단어는 좀 더듬대었어도 타이밍을 잘 맞추어 모든 대본을 다 소화하고 다음 프로그램에 대해 예고도 했다.

애비는 조시를 안아주었다.

"와, 대단했어요! 봤죠? 괜찮을 거라고 했잖아. 자기가 쉽게 돼도 이걸 미리 녹화한 버전으로 써도 되겠다. 콘텐츠는 한 달 정도 갖고 있을 수 있어요. 하지만 생방송으로 해도 잘했을 거야. 괜찮아요?"

조시는 고개를 끄덕였다. 자신이 정말로 라디오 진행자라는 걸 서서히 깨닫고는 살짝 놀란 상태였다.

"네, 괜찮아요."

정말로 괜찮았다.

"매일 말 많이 하는 게스트를 두어 명 섭외해 주시면 문제 될 건 없을 거예요. 저 개발자분이 아주 좋았어요."

"제가 하는 일이 바로 그거예요. 당신이 다루고 싶은 주제를 찾거나 내가 흥미로운 걸 발견하면 게스트를 섭외하죠. 그런 다음에 오후에는 웹사이트에 올릴 기사를 작성하세요. 오전에 방송하고, 오후에 뉴스 기사를 작성하면 끝이에요. 쉽죠?"

애비의 까만 앞머리 아래로 파란 눈이 번뜩였다. 조시는 젊은 여자 PD의 열정에 미소를 지었다.

"네, 할 수 있어요."

"당연히 할 수 있죠. 그럼 한잔하러 갈래요? 오늘은 여기까지 해야겠어요."

솔깃한 제안이었다.

"고맙지만 나는 아직도 시차 적응이 안 돼서요. 게다가 새로운 업무까지 배우려니 피곤하네요. 내일 밤은 어떨까요? 금요일이니까요."

"좋아요. 그럼 쉬어요. 내일 뵙고 다음 주에 생방송을 진행할 때 나올 게스트를 잔뜩 찾아봐요."

애비는 말이 끝나기도 전부터 자신 앞에 있는 클립보드를 보고 있었다.

조시는 두툼한 겨울 코트를 들고서 라디오 방송국을 나와 추위를 뚫고 2번가를 서둘러 지나 가까운 전철역이 있는 33번가로 향했다. 오후 4시 반이라서 아직은 혼잡한 퇴근 시간이 아니었다. 뉴욕 기준으로 봤을 때 한산한 정도인 거리는 할스타인 앤드 파우스트사의 사무실에서 일하면서 익숙해진 스프링 스트리트 부근 동네보다는 좀 허름했다.

그녀는 시험 삼아 어제 첫날의 출근길과 다른 경로를 택하여 가보았다. 6호선을 타고서 구글이 추천하는 길이 아니라 더 남쪽으로 간 다음, M번 버스로 갈아타고 베드퍼드 역이 아닌 윌리엄스버그의 마시 애비뉴에서 내렸다. 이러면 집까지 가는 길이 더 멀어지고 더 오래 걸어야 했지만, L호선을 타고 베드퍼드 역으로 가면 유니언 스퀘어에서 환승해야 했기 때문이다. 게다가 어제, 그녀는 유니언 스퀘어에서 내려서 길을 건너 아직도 자신의 진짜 집처럼 느껴지는 건물로 들어가 에드에게 롭과 이야기할 수 있게 해달라고 빌고 싶은 마음을 참느라 꽤 애를 먹었다. 하지만 미친 스토커로 오해받고 싶지는 않았던지라, 조시는 아예 그 근방은 얼씬도 하지 않는 편이 낫겠다고 생각했다.

마시 애비뉴에서 내렸을 때는 날이 이미 어두워졌다. 조시는 쌀쌀한 저녁 날씨를 대비해서 두툼한 목도리를 목에 두르고 장갑을 낀 다음 15분을 걸어서 집에 도착했다.

아파트로 돌아온 다음엔 거실의 작은 가스 벽난로를 켜고 차 한 잔을 끓인 다음 노트북을 켰다. 런던에서 시작한 일기 쓰기는 생각을 정리하는 최고의 배출구가 되었고, 평정심을 유지하는 데 유용했다.

처음에는 데이비드가 내 삶에 돌아왔다는 생각에 너무 정신없고 심하게 기뻤다. 마치 내가 롭과 함께하는 진짜 삶에서 벗어나 잠시 휴식 시간을 가진 것 같았다. 나는 다시 살아난 오빠와 콘월에서 함께 있기만을 바랐고, 실제로 그 소망을 이루었다. 여러모로 인생 최고의 크리스마스를 보냈다. 데이비드뿐만 아니라 엄마와 로라, 꼬마 테오와 함께 특별한 시간을 보냈다는 것 역시 참 뜻깊었다.

하지만 크리스마스 이후로 롭이 정말 보고 싶다. 그날 저녁 벽난로 앞에서 다 같이 선물을 뜯었을 때, 데이비드가 산타 모자를 쓰고 선물을 나눠주고, 로라와 애덤의 다정한 모습을 보면서 나는 롭이 너무 그리워 거실에서 하마터면 울어버릴 뻔했다. 그날 밤 파란 방에서 자면서 나는 롭을 생각하며 울었다.

게다가 화도 났다. 그가 다른 여자, 그 예쁜 수린과 함께라는 게 질투가 났다. 분명히 롭은 그녀와 함께 크리스마스를 보냈고, 앤드루와 킴도 함께 있었겠지. 나의 시부모님들과 말이다. 내 가족인데!

하지만 진짜 내 마음은, 지금 질투하는 게 수린만이 아닌 것 같다. 물론 수린에게 정말 질투를 느낀다. 하지만 마음속으로는 또 다른 생각이 점점 강해지고 있다.

조시는 자신의 속을 갉아 먹어온 이 공포를 글로 적어야 할지 말지 머뭇거렸다. 글로 적는 순간 그게 사실이 될 것만 같아서였다. 그녀는 얼굴을 찌푸리고서 억지로 손가락을 들어 자판을 눌렀다.

또 다른 내가 있다는 생각 때문에. 내가 지금 또 다른 나의 삶을 살아가고 있듯이, 나와는 완전히 다른 또 다른 내가 내 삶을 살아가고 있다는 생각이 든다.

처음 몇 주 동안은 그런 생각을 해본 적도 없었다. 데이비드와 다시 만났다는 놀라운 사건에다, 모든 상황이 미친 듯이 흘러가는 이 현실이 너무 충격적이라 머릿속이 꽉 찼기 때문이겠지. 하지만 크리스마스 날 선물을 뜯으면서 나의 옛 삶에 일어난 일들을 생각해 보기 시작했다. 그리고 새해가 되는 날, 런던의 술집에 있을 때 내 주위에서 키스하는 커플들을 보면서 그런 생각이 더 많이 났다.

또 다른 나라는 게 있을까? 그 존재가 나와 삶을 바꾼 걸까? 그러면 내가 주문한 선물은, 롭과 같이 가려고 계획한 워싱턴주 여행과 킴에게 줄 명품 스카프와 앤드루에게 줄 저자 사인본은 어떻게 되었을까? 또 다른 조시가 그들에게 주었을까? 그래서 시부모님에게 점수를 땄을까? 예전 삶과 지금의 삶을 분리하려니 미쳐가는 것만 같다.

롭과의 삶이 진짜였다는 건 알고 있다. 실제로 내가 살았으니까. 그리고 이 새로운 버전의 삶도 진짜겠지. 다만 또 다른 내가 살아온 삶일 뿐이다. 내가 어찌어찌 또 다른 나의 삶에 들어와 버렸으니, 그녀도 존재한다고 봐야 하는 거다.

이게 사실이라면, 어떤 의미인지 나는 안다.
또 다른 내가 롭과 함께 있다는 뜻이다. 분명 우리 아파트에 살고 있겠지. 물론 그쪽의 나는 롭이 자신의 남편이 아니라는 걸 알고 있다. 결혼한 적이 없으니까. 그쪽의 나는 확실한 독신이고, 브루클린에 살고 있으며 라디오 프로그램 진행자고 오빠가 죽지 않았다. 아마도 그쪽의 나는 원래의 삶으로 돌아가고 싶겠지. 그쪽의 나는 롭을 사랑하기는커녕 누군지 알아보지도 못했을 것이다. 또 다른 나는 사고가 나기 전 브루클린에서 살면서 누군가를 사랑하고 있었을지도 모른다. 어쩌면 그 피터라는 남자일지도.

그는 분명히 관심을 보였으니까. 그러니 또 다른 나는 이 삶을 돌아오고 싶어 할지도 모른다.

아니, 아닐 수도 있다. 어쨌든 그쪽의 나도 역시 나니까. 나는 롭을 만나자마자 사랑에 빠졌다. 우리가 만난 그날 밤, 나의 서른세 번째 생일에 나는 그가 술집과 호텔 로비에서 연주하며 먹고 사는 피아니스트인 줄 알았다. 하지만 또 다른 내가 정말 존재한다면, 그녀는 《오즈의 마법사》 주인공 도로시처럼 펜트하우스와 파티가 일상인 호화로운 세상에 뚝 떨어졌겠지. 게다가 옆에는 자신만을 오롯이 사랑하는 화려하고 잘생긴 남편이 있고. 그 삶을 거부할 수 있을 리 있나.

조시는 담요를 가져다가 무릎을 감쌌다. 가스난로를 켜놓았는데도 몸이 덜덜 떨렸지만 계속 키보드를 쳤다.

롭은 또 다른 나를 아낌없이 사랑하려나?
어쩌면 롭은 그녀가 진짜 자신의 아내가 아니란 사실을 알아차렸을지도 모른다. 아니면 또 다른 내가 롭에게 솔직하게 털어놓아서 롭은 그 말을 믿고 진짜 아내인 내가… 다른 세상에 있다는 걸 알게 될지도 모르겠다. 내가 롭이 없는 곳으로 가버렸다고, 하지만 롭을 생각하고 보고 싶어 한다는 걸 알게 되었을지도. 나는 스스로를 잘 알고 있다. 그러니 또 다른 나는 그 상황에서 솔직하게 나갈 것이다. 아무것도 모르는 착한 남자에게 내가 거짓말을 할 리 없다. 그리고 스스로를 배신하지도 않을 테고. 아닌가?

지금 그 둘은 함께 있을까? 뭘 하고 있을까? 새해 카운트다운을 하면서 키스했을까? 같이 잤을까?

생각만 해도 역겹다. 롭과 수린이 함께 있다고 생각하면 토할 것 같다. 뭐, 이 세상의 롭은 내가 있는 줄도 모르니까 배신도 아니지. 하지만 나만의 롭이, 나의 남편이 나와 똑같은 외모와 목소리를 지니고 나처럼 생각하긴 하지만 진짜 나는 아닌 여자와 같이 잔다니 정말 혐오스럽다.

어떻게 롭이 그럴 수 있어? 어떻게 그 여자가 그럴 수 있어?

그리고 데이비드도 있다. 이 세상에는 데이비드가 살아있지만, 그쪽 세상에서는 죽었다. 조시는 대체 그걸 어떻게 감당하려나?

조시는 더는 참을 수 없었다. 7시가 넘도록 거의 2시간을 앉아서 이 상황에 집착하고 있지 않았나. 이윽고 저녁으로 구운 닭고기와 채소를 먹으며 〈아웃랜더〉 재방송을 보면서 생각했다. 지금이 최악의 상황은 아니잖아. 그래도 난 동시대의 같은 세상을 살고 있잖아. 제일 좋아하는 드라마 〈아웃랜더〉의 내용을 생각하며 그녀는 애써 집착을 덮었다.

난 해낼 수 있어. 해내야 해.

당장은 말이야.

～⁕～

조시는 입술을 깨물고 부스의 전화기를 들었다. 예전의 개인 사무실에서 전화를 걸던 때가 그리웠다. 그래도 아무도 자신이 뭘 하는지 관심을 기울이지 않으니 괜찮았다. 이런 섭외 전화는 보통 애비가 했지만, 이번 섭외는 직접 하고 싶었다. 그녀는 컴퓨터 화면의 온라인 검색 결과에 뜬 번호로 전화를 걸었다.

"B+B 개발입니다. 어느 부서로 연결해 드릴까요?"

명랑한 여자의 목소리가 물었다.

"안녕하세요, 어, 〈토크 뉴욕〉 라디오 프로그램의 조시 캐번디시라고 합니다. 로버트 빌링 씨 사무실로 연결해 주시겠어요?"

조시는 얼굴을 찌푸렸다. 나 정말 해낼 수 있을까?

"잠시만 기다리세요."

고통스러운 몇 초가 지나자, 익숙한 목소리가 전화 너머로 들려왔다.

"로버트 빌링 씨 사무실입니다. 용건을 말씀해 주시겠습니까?"

이 사람은 조시가 롭과 사귀기 전부터 그의 충직한 비서로 지내던 돌로레스였다.

"아, 안녕하세요. 돌로, 아, 네. 저는 조시 캐번디시라고 하고요. 〈토크 뉴욕〉 방송국의 라디오 프로그램인 〈오픈 하우스〉 진행자입니다. 혹시… 그게, 저희가 빌링 씨를 아침 생방송에 게스트로 초청하고 싶어서 연락드렸습니다. 관심이 있으실까요? 캐번, 아니 유니언 하우스 빌딩의 마지막 매물까지 다 판매하고 현재 트라이베카 프로젝트를 시작하고 있는 걸로 아는데요. 청취자분들이 들으시면 아주 관심을 보이실 거라고 확신해서요…"

그녀는 말꼬리를 흐렸다.

"네, 섭외가 왔다고 빌링 씨에게 알려드리겠습니다. 빌링 씨는 저희 홍보 담당자가 직접 처리하기를 바라실 것 같으니, 담당자가 연락드릴 겁니다. 전화번호나 이메일을 알려주시겠습니까?"

"그럼요. 보통 섭외는 저희 PD인 애비 크로퍼드 씨가 담당해서요, 저한테 담당자 정보를 주시면 전할게요. 홍보 담당자분께서 크로퍼드 씨에게 이메일을 보내면서 저를 참조로 넣어주시면 좋을 것 같아요."

조시는 연락처를 말해준 다음 전화를 끊었다. 심장이 두근두근 뛰었다. 해냈어. 정말 해냈다고.

그러다 입술을 깨물었다. 혹시 바보짓을 한 건 아닐까? 하지만 이것만이 롭을 만날 수 있는 유일한 합법적 방법이었다. 만나서 말을 걸어보고, 혹시 둘 사이에 무슨 일이 일어날지 알아봐야 했다. 하지만 롭은 지금 여자친구가 있었다. 그것도 아주 매력적인 여자였다. 게다가 조시를 전혀 모른다. 겨우 라디오 인터뷰 한 번 했다고 자신에게 관심을 가질 이유가 있을까?

그러다 조시는 W 호텔 로비의 피아노 앞에 있던 롭과 자신이 주고받았던 표정을 떠올렸다. 그는 조시를 보자마자 사랑에 빠졌었다. 그렇다면 이번에도 그럴 수 있다. 그러니 한번 해볼만하지 않나?

조시는 휴대폰을 보았다. 5시가 지나 있었다. 저녁 방송 PD들과 다른 몇 명을 제외하면 방송국 사람들은 모두 퇴근 준비를 하고 있었다. 그녀는 6시까지 로어 이스트 사이드에 합창단 연습을 하러 가야 했다. 인도는 얼음장이 되어 끔찍하게 미끄러운 상태라, 가는 시간을 넉넉하게 잡고 싶었다. 게다가 지난주에 새로 산 연회색 자전거를 타고 통근하기엔 길이 너무 위험했다.

그녀는 불안정한 걸음으로 32번가에 있는 지하철역을 향해 갔다. 그리고 남쪽으로 다섯 정거장 내려갔다. 연습실은 걸어서 갈만한 거리였지만, 가다가 넘어질 수도 있었기 때문에 환승해서 가까운 역으로 갔다. 지하철 승강장에서 〈잇츠 콜드 아웃사이드〉를 부르는 거리 공연자들을 지나치자 그녀는 자신과 앤절라가 여기서 두 블록 떨어진 라파예트 레스토랑에서 진행하고 있던, 할스타인 앤드 파우스트사와 B+B 개발사 직원들이 참석하는 연휴 파티가 잘되었는지 궁금해졌다.

아마 파티는 취소하지 않고 해냈겠지. 조시가 없는 이 세상에서는 앤절라가 할스타인 앤드 파우스트사의 커뮤니케이션 담당자일 가능성이 컸다. 그렇다면 자신은 앤절라에게 전화해서 한스를 자신의 프로그램에 섭외해야 한다. 정말 웃기겠네.

조시는 F호선 만원 열차에 올라타면서 소리 내어 웃었다. 그 바람에 옆에 딱 붙어 서있던 여자가 깜짝 놀랐다. 조시는 그녀를 보고 멋쩍게 미소를 지었다가 다시 키득키득 웃었다.

자신은 사람들을 얼마든지 어리둥절하게 만들 수 있었다. 롭과 한스, 마이크, 조쉬까지 모두를 다 말이다. 조시는 그들에 대해 정말 많은 걸 알고 있지만, 그들은 조시에 대해서 아무것도 몰랐다. 하지만 그 생각이 참 재밌으면서도 동시에 슬퍼졌다. 자신이 사랑하는 사람들이 정작 자신을 하나도 모르다니.

조시는 에식스 스트리트에서 내려서 미끄러운 인도를 조심스레 디디며 합창단이 연습용으로 대여한 교회로 향했다. 교회 안은 너무 더워서 입었던 두툼한 코트와 기다란 카디건을 벗고 머리핀을 찾아다 머리카락을 올려 묶어 목 뒤를 식혔다.

도로 사정 때문에 늦는 단원들이 많아서, 도착한 사람은 몇 안 되었다. 조시는 자신에게 문자를 보냈던 피터라는 커다란 남자를 어렴풋이 알아보았다. 그는 지금 단장의 조심스러운 눈초리를 받으며 의자를 놓는 중이었다. 그러다 조시를 보고는 양손에 의자를 하나씩 든 채로 멈춰 섰다. 피터는 그녀에게 좀 과할 정도로 가까이 다가와서는 옆에다 의자를 하나 놓았다.

"머리카락이 좀 빠졌네."

피터는 손을 뻗어 땀으로 축축해진 조시의 머리카락 한 타래를 손가락으로 접고는 포니테일 쪽으로 넘겨주었다. 그러면서 피터의 손이 그녀의 목덜미에 닿았다.

두 사람의 눈이 마주쳤다. 조시는 놀라서 그에게서 물러섰다. 갑자기 자신의 맨팔과 땀이 맺힌 목둘레션이 신경 쓰였다.

"고마워요."

그녀가 중얼거리는 말에 피터는 작게 미소를 지었다.

"천만에."

눈길을 거둔 그는 다시 의자를 놓기 시작했다.

조시 쪽에서 보자면 딱 한 번밖에 만난 적 없는 사람이 하기엔 지나치게 친밀한 손짓이었다. 지난여름, 자신과 롭이 함께 참석했던 합창단 공연의 인터미션에서 본 적 말고는 없는데. 그녀는 리사가 피터와 파트너로 추정되는 미셸이라는 아름다운 흑인 여성을 소개했던 순간을 기억했다. 피터는 비디오 게임 디자이너이자 파트타임 뮤지션이라고 자신을 소개했고, 조시가 아는 정보는 그게 끝이었다. 물론 최근에 주고받은 문자가 있긴 했지만.

연습이 시작되자 조시는 집중해서 노래를 불렀다. 노래를 부르자 활력과 차분함이 동시에 느껴지면서 아까의 접촉은 잊게 되었다. 하지만 쉬는 시간이 되자 조시는 연습실 저편에서 베이스 단원들과 이야기를 나누는 피터를 자꾸만 의식하게 되었다. 그는 마치 조시 이야기를 하는 것처럼 이쪽을 똑바로 바라보고 있었으니까. 조시는 고개를 돌려버렸다. 그래, 피터는 매력적이었다. 커다랗고 여윈 체격, 모래 빛깔 피부 위로 까만 뿔테 안경을 쓴 그는 약간 세련된 괴짜 같은 매력이 있었다. 하지만 조시는 결혼한 여자였다. 말하자면 말이다.

그녀는 리사 쪽으로 다가갔다가 그녀가 조시와 피터 사이를 번갈아

쳐다본다는 사실을 깨달았다. 리사는 조시의 귓가에 대고 속삭였다.

"있지, 피터가 널 계속 볼 수밖에 없나 봐. 이젠 숨길 마음도 없어 보여!"

그녀는 조시에게 몸을 숙이고는 다시 피터를 살펴보았다.

"이러지 마. 네가 오히려 빌미를 주고 있잖아."

조시는 도로 10대가 된 기분이었다. 그러자 리사는 눈썹을 치켜떴다.

"안 될 게 뭐야? 마지막으로 남자랑 만나본 게 언젠데? 피터 진짜 귀엽잖아! 그리고 이제 미셸이랑도 안 사귀고. 아, 너 미셸 기억 못 하겠구나. 아니, 피터도 기억 못 하겠지. 하지만 내 말 믿어. 이제 피터는 싱글이고, 너랑 둘이 아주 가까웠다고. 내가 이따가 술집에서 둘 같이 앉혀줄 테니까…"

"됐어! 난 관심 없다고. 알았어? 저 사람이 그렇게 귀여우면 네가 가서 꼬셔."

"음, 그럴까? 하지만 피터가 좋아하는 사람은 내가 아닌걸?"

단장이 다시 연습을 시작하자고 하자 리사는 중얼거리며 말을 이었다.

"피터도 윌리엄스버그로 이사한 지 얼마 안 됐어."

단장이 고개를 돌려 이쪽을 째려보자, 조시는 또다시 10대가 된 기분이었다. 캐서린은 못마땅한 기색을 분명히 드러냈다.

"수다 다 떨었으면, 이제 여름 공연에 올릴 솔로와 앙상블 파트를 연습합시다. 가을에는 피터와 조시가 〈캔트 슬립 러브〉 듀엣을 연습해 왔죠. 조시, 합창단에 돌아온 걸 환영합니다. 지난 몇 시즌 동안의 기억을 잃었다는 걸 알지만, 그래도 두 사람 목소리가 노래에 아주 잘 어울렸어요. 혹시 둘의 파트를 다시 배워서 추가로 연습할 생각이 있나요?"

"우, 우리가요? 죄송해요. 저는… 몰랐는데…"

조시는 말을 더듬었다. 리사는 옆구리를 슬쩍 찌르면서 격려 조로 윙크했다. 조시는 한숨을 쉬고서 대답했다.

"음, 다들 그렇게 생각하신다면야…"

그런데 시야 저편으로 연습실 끝에 앉은 피터가 이쪽을 보며 싱긋 웃는 모습이 보였다. 캐서린은 만족스럽게 고개를 끄덕였다.

"우리 조시 장하네요. 그럼 몇 주 후에 연습을 시작해 보죠. 그때까지 기억이 되살아나면 좋겠군요. 자, 다음은 〈올 댓 재즈〉 솔로 할 사람이 필요한데 하고 싶으신 분?"

9시 30분이 되자 합창단원들은 일제히 〈레이트 레이트〉라는 술집으로 들어갔다. 조시는 자신에게 여전히 눈길을 보내는 피터를 피해 일부러 떨어져 앉았다. 그의 눈길을 외면하며 여자 단원들에게 자기소개를 했고, 그동안 리사는 남자들과 함께 테이블 저 끝에 앉았다.

조시는 와인을 크게 한 잔 마신 후, 윌리엄스버그 다리를 건너 집으로 가는 길을 가만히 생각했다. 여름이라면 걷기 괜찮은 거리지만, 요즘 같은 겨울에는 아니지. 지하철을 타면 M호선으로 한 정거장만 가면 되지만, 마시 애비뉴에서 내려서 미끄러운 인도를 15분이나 걸어가야 하는데 어떡하나. 아무리 봐도 좋을 것 같지 않았다. 조시는 두툼한 외투를 입고서 휴대폰으로 차량공유 앱을 켰다.

그때, 리사가 테이블 저쪽에서 말했다.

"조시! 지금 가려고? 내가 너 태워줄 사람 찾아놨는데."

이어서 그녀의 옆에 앉은 피터가 일어서더니 묵직한 짙은 색 코트를 입었다. 그의 고운 피부와 까만 안경에 잘 어울리는 옷이었다.

그는 조시 쪽으로 눈썹을 찡긋거렸다.

"다리 건너까지 태워줄 사람 필요하지 않아요?"

"아, 아뇨. 저 때문에 고생하실 필요 없어요. 차 잡을 수 있어요. 걱정하지 마세요."

"그건 마음 쓰지 않아도 되는데. 내가 최근에 나이트호크 극장 바로 옆으로 이사했거든요. 그러니 가는 길에 내려주기 좋아요. 그리고 조시가 어디 사는지도 알고 있거든요. 여러 번 태워줘서요. 자, 갈까요?"

별달리 선택지가 없던 조시는 고개를 끄덕였다. 그리고 피터의 안내를 받아 술집에서 나가면서 이쪽을 향해 함박웃음 짓는 리사를 째려보았다.

바깥은 훨씬 추웠다. 그래서 조시는 좀 어색하긴 해도 차를 타고 가길 잘했다고 솔직하게 인정했다. 하지만 이 남자에게 여지를 주고 싶지 않기에, 낡은 쉐보레를 개조한 피터의 차에 타면서도 좀 쌀쌀맞게 굴었다.

하지만 피터는 말이 많았다. 그는 조시에게 사고 전 둘이 같이했던 듀엣 이야기와 연휴 전에 이사한 아파트 이야기를 늘어놓았다. 보아하니 이쪽의 무뚝뚝한 반응을 눈치채지 못하는 것 같았다.

다행히도 차는 금방 조시의 집에 도착했다. 조시가 고맙다고 말하고서 차 문을 열려는데, 피터가 조시의 팔을 잡고 멈춰 세웠다.

"기억상실증 때문에 힘든 건 알아요. 하지만… 조시와 나는 사고 전에 친하게 지냈거든. 여자친구와 헤어지고 집을 옮긴 다음에 당신과 한층 깊은 사이가 되리라고 생각했어요. 사고 전 문자를 분명히 봤겠죠. 그러니 우리 사이에 뭔가가 있다는 걸 당신도 알았을 거예요."

그는 잠시 말을 멈추었다 이었다.

"하지만 기억이 나지 않더라도 괜찮아요. 처음부터 다시 시작하면 되니까. 우리는 집이 가까우니까, 그냥 간단하게 하죠. 연습이 아닐 때도 같이 노는 게 어떨까?"

그는 따스하게 미소를 지으며 조시를 보았다.

"금요일에 바쁜가요? 동네 작은 술집이 있는데, 재즈 밴드가 공연을 하거든요. 조시 마음에도 들 거예요."

조시는 핸드백에 달린 술을 만지작거렸다. 이 상황이 어색했다.

"고마워요. 하지만 안 가는 게 좋겠어요."

"아, 그러지 말고. 재밌을 텐데요. 라이브 뮤직 아직 좋아하잖아요?"

"그야 좋아하지만…"

그녀는 머뭇거렸다.

"당신은 저를 안다고 생각하시죠. 하지만 전 당신을 몰라요. 죄송해요. 무례하게 굴고 싶지는 않지만, 지금 전 데이트할 상황이 못 돼요. 그런데 지금 제안이 데이트처럼 들려서요. 권해주셔서 고맙지만, 못 가겠어요. 그래도 차 태워주신 거 고마워요."

조시가 차에서 내리자 피터가 중얼거렸다.

"그래요."

하지만 그의 차는 곧바로 출발하지 않았다. 잠시 후, 조시는 자신이 집에 잘 들어가는지 피터가 확인하려는 것임을 깨달았다. 추운 날씨 가운데 열쇠를 손가락으로 더듬어 꽂다가, 무거운 문이 열리자 비로소 그의 차가 출발하는 소리가 들렸다.

조시는 뒤를 돌아보지 않았다.

Chapter 17

밸런타인데이

조시는 스튜디오 유리 벽 너머로 방송국의 응접실을 들여다보았다. 그곳엔 롭이 빈티지 가죽 소파에 앉아서 느긋하게 〈더 타임스〉를 읽고 있었다. 그녀는 10분 전 롭이 이곳에 들어오는 모습을 보다가 도시 계획가와 진행한 생방송 전화 인터뷰의 맥락을 하마터면 놓칠 뻔했고, 지금은 간신히 정신을 붙잡은 수준이었다. 제작 부스를 슬쩍 보자, 애비가 이쪽을 보며 "대체 왜 이래요?"라는 표정을 짓고 있었다.

"뉴스까지 30초 남았어요."

애비는 조시를 노려보며 헤드셋에 들리게 말했다.

"그렇군요… 오늘 저희와 함께해 주셔서 감사합니다, 대니얼. 부디 앞으로도 지역 재개발 과정 진행 상황을 알려주시기를 바랍니다. 여러분은 지금 〈토크 뉴욕의 오픈 하우스〉를 듣고 계시고요, 저는 조시 캐번디시입니다. 지금은 뉴스 잠깐 들으시겠습니다. 그 후에는 우리 뉴욕시를 대표하는 부동산 개발사의 최고경영자를 모시고 고급 주택 프로젝트에 대한 내용을 들을 예정입니다. 바로 트라이베카에 곧 건설될 새로운 고층 건물에 대한 이야기 역시 들어보실 수 있고요. 그럼 잠시만 기다려 주세요."

애비는 스튜디오에 들이닥쳤다.

"왜 이래요? 개발 반대 시위에 대해선 물어보지도 않았네요. 난 그게 핵심이라고 생각했다고요."

"미안해요. 내가 지금 정신이 없어서요. 집중할게요. 진짜로요."

그때였다. 인턴 하나가 롭에게 무어라 하더니, 그는 코트를 집어 들고 스튜디오로 향했다.

맙소사, 진짜 오고 있어.

애비는 눈살을 찌푸렸다.

"알았어요. 다음 순서는 조시가 이야기하고 싶어 했던 개발사 사장 로버트 빌링이에요. 그런데 왜 이분을 고른 거예요?"

"아, 멋진 고층 빌딩에 최첨단 이미지에다 고급스러운 물건이 있으면 좋으니까…"

인턴이 롭을 안으로 들이자 조시는 말꼬리를 흐렸다.

애비는 유리 벽 스튜디오를 나가서 롭과 악수를 한 다음 조시 쪽을 가리켰다. 그는 이쪽으로 거침없이 성큼성큼 다가오며 저도 모르게 활짝 미소를 지었다.

"롭 빌링입니다."

그는 대기업 최고경영자답게 더없이 위엄 있고 스스럼없는 분위기로 손을 내밀었다.

조시는 잠시 뜸을 들이다 그 손을 잡을 수 있었다. 이렇게 가까이서 다시 만나게 되다니, 비록 악수했을 뿐이라 해도 믿을 수가 없었다. 이 커다랗고 덩치 큰 남자의 육체가 주는 존재감이 어쩌면 이토록 매력적인지 잊다시피 하지 않았나. 그의 매끈하고 검은 머리카락은 평소보다 조금 짧았고, 수염은 마지막으로 봤을 때보다 훨씬 깔끔하게 다듬었다. 하지만 누구나 부러워하는 속눈썹 아래 짙은 갈색 눈동자에는 여느 때처럼 영혼의 깊이감을 담고 있었다.

그녀는 처음 만난 사람인 것처럼 정중하게 그의 손을 잡았다.

"조시 캐번디시에요."

이어서 심호흡을 한 그녀는 미소를 지으며 말했다.

"여기 앉으세요. 이 헤드폰을 쓰시면 되고요. 아직 광고가 몇 분 남았어요."

그는 의자에 앉아서 헤드폰을 들었다.

"자, 그럼 우리는 준비한 요점을 중점으로 이야기하면 되겠죠?"

"그렇습니다. 제가 돌, 그러니까 회사 팀원 분들에게 핵심 질문을 보내드렸어요. 앞으로 있을 개발 프로젝트 이야기를 주로 할 거예요. 하지만 트라이베카 공청회에서 제기된 반대 의견과 고급 주택이 전체 주택 수요에 어떻게 도움이 되는지에 관한 질문도 있어요. 이 점도 잘 이해해 주시길 바라요."

"그럼요. 알겠습니다."

그는 활짝 웃었다. 조시는 속이 뒤집어지는 것 같았다.

"1분 남았어요."

인터폰 너머로 애비의 목소리가 경고했다.

조시는 헤드폰을 쓰고서 머리카락을 뒤로 매끈하게 넘겼다. 그리고 애써 호흡을 가다듬었다. 그러다 롭이 무어라 말해서 한쪽 헤드폰을 들어올렸다.

"뭐라고 하셨어요? 생방송까지 1분도 남지 않아서요."

"그렇군요. 제가 물었던 건… 혹시 저를 개인적으로 아십니까? 전에 만났던 적이 있는 것 같은데요?"

심장이 화들짝 뛰었지만, 그녀는 무슨 말이냐는 듯 놀란 표정을 지어냈다.

"아뇨. 아닌 것 같은데요. 어쩌면 부동산 컨퍼런스에서 만났을 순 있지만…"

"30초 남았어요."

애비의 목소리를 들으며 그녀는 덧붙였다.

"헤드폰 쓰셔야 해요. 그리고 볼륨을 조정하세요."

롭은 그녀의 반응을 곰곰이 생각하는 듯했지만, 마침내 헤드폰을 썼다.

"방송까지 5, 4, 3, 2, 1…"

"〈토크 뉴욕의 오픈 하우스〉 다시 시작합니다. 안녕하세요, 여러분과 함께하는 저는 조시 캐번디시고요. 오늘 이 자리에 초대한 두 번째 게스트를 소개해 드립니다. 바로 고급 주택을 개발하는 B+B 개발사의 로버트 빌링 씨를 모셨습니다. 뉴욕에서 아주 흥미로우면서도 때로는 논란이 되는 주택 개발 프로젝트를 진행하는 분이시죠. 로버트, 반갑습니다. 오늘 스튜디오에 와주셔서 감사합니다."

"저도 오게 되어 기쁩니다, 조시. 롭이라고 편하게 불러주세요."

"고맙습니다, 롭. 롭의 회사인 B+B 개발사와 앞으로 진행할 프로젝트 이야기를 나누고 싶은데요. 물론 저희 〈오픈 하우스〉는 청취자 여러분의 의견과 질문을 모으고 있습니다. 저희 방송은 누구든 참여할 수 있는 오픈 하우스니까요. 저희에게 전화 주실 번호는 212…"

20분 후, 필립 필립스의 노래 〈홈〉이 방송되며 코너가 마무리되었다. 롭은 헤드폰을 벗고서 웃으며 의자에서 일어섰다.

"재밌네요! 솔직히 말씀드리자면, 조시가 저를 좀 살살 다루신 것 같은데요. 저 어땠습니까?"

인터뷰는 정말 재미있었다. 방송이 시작되자 조시는 자신이 잘 아는 주제를 두고 자신이 아주 가까이 지내면서 얼마나 몰아붙여야 하는지 정확히 알고 있는 남자를 상대하며 대화를 술술 풀어갔다. 애비는 유리창 너머로 양쪽 엄지를 들어 보였다.

조시는 롭에게 말했다.

"아주 잘하셨어요. 저희 웹사이트에 개발사의 트라이베카 고층 건물 프로젝트에 대한 이야기를 써야 하거든요. 그래서 대표님 말씀을 몇 마디 인용할 수 있도록 이번 인터뷰를 기다리고 있었어요. 정말 많은 내용을 말씀해 주셨고요."

"잘됐네요. 그러니까, 인용할 말을 얻으신 것 같아서 기쁘다는 뜻이었습니다. 하지만 트라이베카에 대해서라면, 방송에서 말씀드린 것보다 훨씬 더 많은 이야기가 있죠. 그런데 시간이 없었어요."

그는 시계를 확인하고서 덧붙였다.

"지금 시간 되십니까? 전 곧바로 일정이 있지는 않아서요. 혹시 공개 자문 관련해서 더 이야기를 듣고 싶으십니까?"

조시의 심장이 10대 여학생처럼 두근거렸다. 물론 이야기를 더 많이 듣고 싶기도 했지만, 무엇보다도 롭과 같이 시간을 보내고 싶었다. 그래야 롭이 나와 사랑에 빠질 수 있으니까.

"고마워요, 그러면 참 좋겠네요. 커피 한잔하시겠어요? 전 개인 사무실이 없고, 뉴스룸은 좀 어수선해서요.”

“좋죠. 그럼 앞장서세요.”

그는 조시가 처음 보는 갈색 가죽 가방과 코트를 들고 문을 향해 손
짓하며 말했다. 애비는 조시가 롭과 함께 나가는 모습에 의아한 듯 눈
썹을 치켜떴다.

“롭이랑 커피 마시러 가려고요. 트라이베카 개발에 대해 말씀하실
게 더 있대요.”

“느긋하게 있다 오세요.”

애비는 그들 뒤로 소리쳤다.

조시는 좋아하는 커피숍으로 롭을 데려갔다. 그녀가 계산대에 서 있
는 동안 롭은 테이블에 앉았다.

“제가 살게요. 그런데 라테 드시죠?”

그녀는 이렇게 물었다가, 롭이 신기하다는 듯 쳐다보는 눈빛에 너
무 스스럼없이 말했다는 걸 깨닫고 얼굴을 찌푸렸다.

“고마워요. 맞아요. 어떻게 아셨죠?”

커피 메뉴판에는 수십 가지 종류가 있었다. 그러니 당연히 궁금할
수밖에. 좀 더 조심해야 해.

“아, 라테 좋아하실 것 같아 보이세요.”

그녀는 민망해서 고개를 돌렸다. 그리고 그런데 라테 두 잔을 주문
했다.

라테 좋아하실 것 같아 보이다니, 그게 무슨 말이야?

커피를 들고 자리에 앉은 조시는 롭에게 설탕을 넣을 건지 잊지 않
고 물어보았다. 그리고 스플렌다(Splenda, 설탕 대용으로 쓰는 인공 감미
료. 옮긴이 주)를 잔에 넣고 저으며 필요 이상으로 커피에 녹이는 데 집

중했다. 테이블은 아주 작아서 둘의 무릎이 계속 닿았고, 둘 사이도 아주 가까웠다. 생방송 인터뷰야 아주 공개적이었지만, 지금은…

조시는 먼저 입을 열었다.

"그래서, 또 말씀하실 게 어떤 건가요?"

롭은 1시간 넘도록 그녀에게 이야기하며 창고의 젠트리피케이션에 반대하며 그 자리에 공공주택을 세워야 한다는 시위대의 주장과 자신이 받은 살해 협박까지도 자세히 알려주었다. 그리고 조시가 이미 알고 있는 자신의 과거 경력과 더불어 미처 몰랐던 사실까지도 전해주어서 꽤 놀라웠다. 롭은 그녀에게 대단히 멋진 이야기를 들려주면서, 조시가 메모하고 인용될 어록을 확인하는 동안 계속 그녀를 바라보며 참을성 있게 기다렸다.

"정말로 우리가 만난 적 없었던 거 맞아요? 분명히 어디서 본 것 같거든요."

그가 다시 물으며 부끄러움 없이 빤히 바라보는 눈빛에 조시는 온몸이 떨렸다.

"제 기억으로는 없어요. 하지만 아까도 말씀드렸듯이 같은 행사에 참석했던 적이 있었겠죠."

롭은 무심코 미소를 지었다. 그 말에 확신이 서지 않는 얼굴이었다.

"음, 같이 이야기해서 참 즐거웠습니다, 조시. 제 이야기만 주로 해서 죄송하네요. 당신도 훨씬 더 재밌는 이야깃거리가 분명히 있을 텐데 말이죠. 잉글랜드에서 성장한 후에 어떻게 뉴욕에 오게 됐는지 같은 것 말입니다."

그는 계산대 위에 걸린 시계를 슬쩍 보았고, 조시 역시 그의 시선이 향하는 곳을 확인했다. 지금은 11시 45분이었다. 조시는 그가 곧 떠나면 이걸로 끝이라는 사실에 덜컥 겁이 났다. 그에게 전화를 걸거나 만날 이유가 더는 없으니까. 우연히 업무가 겹치는 행사에서 만난다면 모를까. 하지만 그것도 그저 동종업계 사람으로 만나는 것이겠지.

그녀는 애써 매력적인 미소를 지어 보였다.

"물론 재미있는 이야기가 있죠. 그럼 같이 여기서 점심 드시겠어요? 여기 음식 아주 맛있거든요. 제가 잉글랜드 이야기로 즐겁게 해드리죠."

롭은 미소를 지었고, 놀랍게도 조시의 팔에 손을 얹었다.

"그러고 싶어요. 하지만 지금 여자친구랑 약속이 있어서요. 내가 늦으면 그 친구가 진짜 싫어하거든요. 오늘 밤 〈럭셔리 리스팅〉 방송국 직원들을 불러 성대한 밸런타인데이 파티를 같이 기획해야 해요. 그러니 중요한 날이죠. 조시와 같이 점심을 먹으면 정말 재밌겠지만, 다음을 기약해도 될까요."

조시는 얼굴이 빨개졌다. 사랑하는 남편인 남자에게 점심을 먹자고 했다가 거절을 당하다니 너무나 민망했다. 게다가 여자친구와 밸런타인데이를 준비한다니. 그녀는 울고 싶었다.

두 사람은 자리에서 일어섰고, 롭은 그녀의 코트를 들어주었다. 이별것 아닌 익숙한 손길에, 조시가 너무나 당연하게 생각해 왔던 남편의 행동 때문에 그만 완전히 무너져 내릴 뻔했다. 그의 품에 안겨 두 손으로 그 얼굴을 잡고 입을 맞추며 내가 아내임을 알아봐 달라고 애원하고 싶었다.

하지만 그녀는 코트를 어깨에 걸치고 롭에게 감사 인사를 한 다음 있는 힘껏 품위를 유지하며 그 자리를 나섰다. 그리고 지하철역으로 들어가 곧장 눈에 보이는 화장실에 가서 흐느껴 울었다.

Chapter 18

3월 중순

조시는 식은땀을 흘리며 한밤중에 깨었다. 자그마한 아파트 바깥에서 가로등이 인공적인 불빛을 밝혔다.

조금 전까지만 해도 자신은 롭의 집에서 테라스에 서 있었다. 그들 눈앞으로 태양이 지면서 도시 위로 진한 색을 발산해 댔다. 테라스 저 끝, 희미해지는 빛 가운데서 형체를 구분할 수 없을 만큼 어떤 커플이 꼭 껴안고 있었다. 두 사람은 난간 옆에서 입을 맞추었고, 그 사랑스러운 모습은 붉은 하늘을 배경으로 윤곽선을 이루었다. 가까이 다가가자, 그 커플은 롭과 수린이라는 게 보였다. 두 사람은 조시를 향해 미소를 지었고 보란 듯이 행복에 겨운 모습을 자아내었다. 둘이 다시 키스하자, 수린의 얼굴이 롭의 얼굴과 섞이면서 그녀의 얼굴이 일그러지더니 조시의 얼굴로 변했다. 하지만 자신이 아닌 또 다른 조시였다. 그녀가 롭과 키스를 하고 있었다. 둘은 다시 조시를 바라보며 웃었다. 그녀를 보면서 비웃고 또 비웃었다. 조시는 안으로 도망치다가 걸려 넘어지고 쓰러지고 얼굴을 바닥에 찧고 말았다. 하얀 타일 위로 새빨간 피가 스몄다.

그녀는 침대 옆 스탠드를 켜고서 애써 마음을 가라앉혀 보았다. 이건 꿈일 뿐이야. 지금은 오전 3시 12분이었다. 물을 한 모금 마신 그녀는 이제 손 닿는 곳에 비치한 수면제를 찾았다.

롭과 인터뷰를 한 이후로 몇 주간 그녀는 제정신이 아니었다. 마치 그 만남이 그를 다시 차지하여 내 것으로 만들 수 있었던 유일한 희망이었던 것만 같았다. 밸런타인데이 다음 날, 그녀는 〈페이지 6〉에서 한스와 마이크의 집에서 열린 〈럭셔리 리스팅〉의 최종화 기념 파티 기사를 읽었다. 몸에 딱 달라붙는 푸셔 핑크 드레스를 입고 검은 머리카락에 장미를 꽂은 수린이 롭과 아주 가까이 붙어 찍은 사진이 보였다.

하지만 사실을 말하자면, 롭과 함께 있는 여자로 상상한 사람은 수린이 아니었다. 롭과 커피를 함께 마시며 대화를 나눈 후, 그가 자신을 모르고 실제로 다른 여자를 사귄다는 사실을 깨달은 조시는 이 남자가 자신의 롭이 아니라는 걸 인정했다. 자신의 롭은 첫눈에 자신을 사랑했지만, 이 남자는 아니었으니까.

그랬다. 밸런타인데이 이후로 조시를 뒤덮은 느낌은 자신이 두고 온 세상에서 또 다른 조시가 남편과 함께 있다는 것이었다.

그 둘은 지금 뭘 하고 있을까? 그쪽에서 파티를 열었을까? 그럼 조시가 안주인 역할을 했을까? 또 다른 조시는 롭이 자신의 남편이 아니라는 걸 아는데도 그 둘은 부부가 되었을까?

잠들어도 전혀 안심이 되지 않았다. 그날 밤부터 악몽이 시작되었으니까. 언제나 그 둘이 나타나서 키스하고 조시를 비웃었다. 또 다른 조시는 자신의 남편을 훔쳐갔다는 걸 알면서도 아랑곳하지 않았다. 그리고 롭은 자신의 품에 안긴 여자가 진짜 아내가 아니라는 걸 알면서도 그녀를 선택했다.

수면제 기운을 빌려 몇 시간 더 쉰 조시는 피곤하고 짜증스러운 기분에다 허리가 아팠지만 출근하려고 일어났다. 엄청나게 비싼 매트리스를 쓰지 않으면 허리가 아프다는 사실을 잊고 살았었다. 조시는 매트리스를 바꾸기 위해 저축을 해야겠다고 마음먹었지만, 한 달 동안 영국에 가서 크리스마스를 보내고 돌아온 데다 엘렉트라를 폐기하고 새로 산 자전거인 진 그레이 대금을 치러야 하는 상황이었다.

작디작긴 해도 뜨거운 물이 나오는 욕실에서 샤워하면서, 그녀는 사고 후 수지네 집에서 머물렀을 때부터 쭉 생각해 왔던 가설을 떠올렸다. 롭을 처음 만났던 컨퍼런스 장소로 가는 길에 대학생들과 부딪힐 뻔했던 3번가와 25번가의 교차로는 어쩌면 일종의 평행 시간선의 약한 부분이 아니었을까. 3년 전 일어날 뻔했던 사고로 생긴 우주의 찢어진 틈이 아닐까. 그 순간 그녀의 삶이 둘로 갈라져서, 또 다른 현실에서는 그 대학생들과 부딪히는 바람에 컨퍼런스에 가지 못했고, 그래서 롭을 만나지 못했던 것이다.

하나의 인생이 그 순간에 두 가지 가능성으로 갈라졌다. 그래서 두 조시가 같은 날, 같은 장소에서, 그것도 자신의 생일날 부딪히는 바람에 두 사람의 우주가 잠시 합쳐지게 되었고, 두 조시는 뒤바뀌어 서로 잘못된 삶으로 떨어졌겠지. 물론 이런 생각은 터무니없긴 하지만…

하지만 이게 사실이라면, 조시가 본래의 삶으로 돌아갈 열쇠는 바로 그 교차로라는 뜻이었다. 물론 이것도 자신이 현실로 돌아갈 마음이 있을 때의 이야기다. 롭에게 돌아갈 수는 있겠지만, 그렇다면 데이비드를 또 잃어버리게 되는 것이니.

라디오 방송국에서는 자신에게 악취처럼 달라붙은 악몽의 기억을 애써 잊고 평소대로 일상을 보내려고 노력했다. 하지만 애비와 점심을 먹어봐도 기분이 좀처럼 나아지지 않았다. 그러다 오후 4시쯤 휴대폰이 울리고 나서야 비로소 엔도르핀이 아주 살짝 솟았다.

-동생, 잘 지냈어? 알려주고 싶은 게 있어. 애나랑 나랑 비행기 표 샀다!
4월 12일에 JFK 공항에 도착 예정이니까 일단 시차에 적응한 다음에
성대한 축하 파티를 열자고. 내가 마흔이 되다니 믿을 수가 없어! 마흔은
새로운 서른 아닐까 싶다. 엄마랑 로라는 이미 비행기 예약했고 내가 호텔도
알아놨어. 나랑 애나를 재워준다니 정말 다행이야. 엄마랑 로라 숙박비만
해도 엄청 비싸더라고 T-T 어쨌든 재밌게 놀자. 뉴욕아 우리가 간다! ㅋㅋ

조시는 미소를 지었다. 새해 파티에 만났던 빨간 머리 애나는 요즘 오빠의 인생에서 상당히 중요한 존재가 된 듯했다. 아마도 그들은 진지한 사이일지도 모르지. 데이비드에겐 처음 있는 일이었다. 다음 달 뉴욕을 방문하는 가족 여행에 애나도 같이 온다는 건 아주 큰 진전이었다.

그녀는 오빠에게 답장했다.

-보아라 브루클린! 캐번디시 씨족이 떼로 몰려온다! 아주 기대가 되네요,
아저씨. 마흔이라고 해서 멋진 선물을 받을 거란 생각은 접어둬.
나 지금 거지야. 오빠 선물은 우리의 존재만으로도 충분하다고!
하, 뭐, 조금은 아닐 수도 있겠지만. 조시.

데이비드의 마흔 번째 생일을 맞이하여 온 가족이 브루클린에 온다는 생각이야말로 조시에게 꼭 필요한 희망을 주었다. 데이비드는 중요한 날이니만큼 온 가족이 함께해야 한다고 주장하면서, 다른 사람들에게 윌리엄스버그의 호텔을 잡아주었다. 로라와 애덤은 테오가 태어나기 전부터 뉴욕에 한 번도 가본 적이 없었고 언제나 좋은 조건에는 쌍수 들고 환영하는지라 그 기회를 덥석 잡았다. 물론 이렇게 되어 어머니도 쉽게 설득할 수 있었다.

합창 연습을 하러 로어 이스트 시티로 들어간 조시는 기분이 한결 나아졌다. 적어도 지금은 지난 몇 달처럼 어둡고 춥지만은 않으니까. 저녁은 평소보다 따스했고, 아직 밝을 때 교회에 도착하게 된 것도 다행이었다. 조시는 진 그레이 자전거를 울타리에 묶어두고 안으로 들어갔다. 노래를 부르면 기분이 나아지겠지.

조시는 조금 일찍 도착했다. 베이스 단원들은 〈올 어바웃 댓 베이스〉라는 곡을 코믹하게 연기하며 부르고 있었다. 그녀는 구석에 앉아서 단원들의 노래를 즐겁게 들었다. 베이스 단원 중에서도 단연 키가 큰 피터는 가운데 서있었는데, 조시를 보자 연기에 한층 물이 올랐다. 그는 "내가 황홀하게 해줄 수 있어, 당연히 그렇게 해주어야겠지"라는 부분을 부를 때는 씩 웃으면서 조시를 가리켰다. 다른 베이스 단원들은 서로 옆구리를 쿡 찌르며 눈썹을 실룩였다. 분명히 이건 본 공연 때 관객석에 앉은 여자들을 향해 연기하는 부분이겠지. 어쨌든 조시는 이걸 보며 웃었다. 피터는 조시를 웃게 하는 걸 잘했다.

연습 내내 그는 아주 생기 넘치는 모습으로 장난을 자주 쳤다. 한 번은 수다를 떤다고 지적을 받던 중 단장이 등을 돌린 새 피터는 조시에게 음흉하게 윙크를 했다. 조시는 소리 내어 웃었고, 단장은 고개를 홱 돌려 조시까지 노려보았다. 조시는 피터 때문에 혼이 나게 되어 인상을 썼고, 결국 둘은 모두 빙긋 웃었다.

조시는 여전히 둘의 듀엣곡을 완벽하게 부르지는 못해서, 두 사람은 연습이 끝난 후에도 단장과 함께 남아서 여름 공연에 올릴 〈캔트 슬립 러브〉를 연습했다. 앞선 연습 시간에 조시와 친하게 장난친 사건으로 용기를 얻은 피터는 조시의 두 손을 잡고 얼굴을 똑바로 바라보며 사랑과 열정의 가사를 노래했고, 조시는 얼굴을 붉히다 가사를 더듬고 말았다.

연습이 끝날 무렵엔 벌써 10시가 넘었다. 조시는 피곤했지만 근 몇 주 만에 가장 활기찬 기분을 느꼈다. 피터가 단장과 함께 문을 닫는 동안 그녀는 슬그머니 밖으로 나가서 진 그레이 자전거를 울타리에서 풀려 했다.

아, 제길.

누군가 바퀴를 훔쳐갔다.

예전에 쓰던 엘렉트라의 차체에는 안전 잠금장치가 있어서, 그에 익숙해진 조시는 안전장치가 없는 새 자전거를 같은 자물쇠로 잠그면 안 된다는 걸 깜빡하고 말았다.

"썅!"

조시는 욕설을 뱉었다.

"투렛 증후군(신경 장애 때문에 무심코 자꾸 몸을 움직이거나 욕설을 하는 증상. 옮긴이 주)이 또 도졌나요? 그건 극복한 줄 알았는데. 여기가 교회라는 건 알죠?"

피터의 목소리가 뒤에서 들려왔다.

"미안해요. 누가 내 바퀴를 슬쩍해 갔어요."

"오. 제길. 정말로 슬쩍 가져갔군요. 정말 안타깝네요."

피터는 주위를 둘러보다 말했다.

"그럼 어떻게 집에 가려고요? 내가 태워다 줄 수 있었을 테지만, 아쉽게도 차가 수리 중이라 난 걸어가야 하거든요."

"나도 걸어갈 수 있어요. 여기서 집까진 멀지 않고 날도 안 추우니까요. 일단 진 그레이는 여기에 두고 갔다가 나중에 자전거 수리점에 맡겨야겠어요. 이 근처에 가게가 있겠죠."

"조시네 집 근처에도 자전거 수리점이 있지 않아요? 베드퍼드에? 그쪽이 더 가까울 텐데요."

그녀는 고개를 저었다.

"그렇죠. 하지만 거기까지 자전거를 들고 갈 수는 없잖아요. 바퀴가 없어서요. 저걸 택시에 싣고 갈 수는 없을 것 같아요."

"자전거 꽤 가벼운데요. 내가 그럼 조시네 집까지 들어다 줄게요. 원한다면요."

"정말요? 그래 주시면 감사하죠."

조시는 안도한 기색을 굳이 숨기지 않았다. 그녀는 자전거 자물쇠를 풀었고, 피터는 자체를 어깨에 메고서 전혀 무겁지 않은 것처럼 들었다. 이윽고 둘은 걷기 시작했다.

"근데… 진 그레이(Jean Gray. 마블 코믹스 세계관의 등장인물로, 자신이 상상하는 것을 무엇이든 현실화시키는 능력이 있음. 옮긴이 주)라고요? 자전거에 여자 이름을 붙였네요?"

"네. 난 항상 자전거에 마블 슈퍼히어로 이름을 붙여요. 런던 집에는 레이디 시프(Lady Sif. 토르 시리즈의 등장인물인 아스가르드인으로, 강한 전사이자 토르의 친구. 옮긴이 주)가 있었죠. 지금은 내 여동생 것이 되있는데 개는 그걸 안 타더라고요. 그런 다음 뉴욕에 와서는 엘렉트라 (Elektra Natchios, 데어데블의 연인으로 각종 무술을 통달한 인물. 옮긴이 주) 가 있었죠. 몇 달 전에 사고로 망가진 자전거 말이에요. 그리고 이번 자전거는 진 그레이가 된 거고요."

"그렇군요. 참, 기억상실증은 좀 어떤가요?"

"그게… 힘들어요. 내가 기억 못 하는 사람이 참 많더라고요. 직장 도 우리 집도 기억이 전혀 안 나요. 2014년 가을 즈음부터의 기억이 없 어요. 그 이후에 같이 근무하거나 만났던 사람들은 모두 알아볼 수가 없어요. 사람들한테 기억상실증에 걸렸다고 말을 했는데도, 내가 기 억 못 한다는 걸 다들 속상해하더라고요. 마치 지울 수 없는 낙인을 남 긴 것 같아요."

"그러니까, 나처럼 말이군요."

그는 미소를 지으며 자전거를 어깨에 단단히 고쳐 맸다. 조시는 얼 굴을 찡그렸다.

"미안해요, 그런 뜻이 아니라…"

"알아요. 기분 상하라고 한 말 아니에요."

"그런데 자전거 들고 가는 거 정말 안 힘들어요? 다리를 전부 건너 가야 하는데요."

조시의 말에도 그는 고집을 부렸다.

"난 진짜 괜찮아요. 로어 이스트 사이드에 쓰러진 진 그레이를 그냥 두고 갈 수는 없잖아요?"

집으로 가는 길 동안 피터는 괜찮은 말동무라는 느낌을 주었다. 조 시의 기억상실증을 두고 조심스럽게 질문하면서도 그녀가 기억하지 못하는 상황을 가볍게 놀려대기도 했다. 연습 때는 카리스마 있게 분위기를 띠우는 사람이었고, 둘이서만 연습하거나 대화를 할 때는 사려 깊고 친절하며 다정한 모습을 보여주었다. 물론 가끔은 좀 바보 같은 모습도 보였다. 조시는 어느새 자신이 그를 인간적으로 무척 좋아하게 되었다는 걸 깨닫기 시작했다.

다리 한가운데 맨 윗부분에 다다른 두 사람은 잠시 걸음을 멈추고 도시의 불빛이 가득한 북쪽을 바라보았다.

"자전거를 반대쪽 팔로 들어야겠어요. 우리 자리를 바꿔서 걷죠."

둘은 이제 다리를 내려갔다. 하지만 서로가 옆에 있다는 사실을 좋아하면서 더욱 천천히 걸었다. 피터는 주말에 펑크 밴드에서 기타를 연주한다는 이야기를 하다가, 갑자기 화제를 바꾸었다.

"있죠, 첫 번째 연습 기억나요? 내가 집까지 데려다주면서 같이 공연 보러 가지 않겠느냐고 물어봤죠. 그때 조시는 아직 데이트할 때가 아니라고 했고요."

"그랬죠…"

무슨 이야기를 하려는 거지?

"그거, 기억상실증 때문에 기분이 한창 안 좋아서 그랬나요? 사고를 당한 지 얼마 안 되어서 그랬을 거라 난 생각하는데요."

조시는 그에게 사실을 털어놓고 싶었다. 하지만 당연히 그럴 수는 없었다. 잠시 후, 그녀는 순순히 인정했다.

"그뿐만은 아니었어요. 그 사고 때문에 난 심리적으로 큰 충격을 받긴 했죠. 하지만 감정적으로도 누구랑 데이트할 상태가 아니었어요. 난… 사실 사귀는 사람이 있었거든요. 지금도 완전히 벗어나진 못했어요."

"아, 그러니까 기억이 사라진 시점인 3년 전에 사귀는 사람이 있었다는 뜻이에요?"

그 말을 듣자 조시가 미처 생각하지 못했던 문제가 또 나왔다.

"어, 맞아요. 그때 있었어요. 하지만 나한텐 3년간의 기억이 없으니 불과 몇 달 안 된 것같이 느껴져요. 우린 서로 사랑했는데, 사고 후에 깨어나 보니 그 남자는 더는 내 인생에 없다는 걸 알게 됐어요. 난 무슨 일이 있었는지 모르고요. 내 친구들도 그 사람이 누군지 알려줄 수가 없는 문제였어요."

"이런, 정말 짜증 나는 상황이네요. 하지만 그 남자가 이젠 당신 인생에 없고, 친구들도 그 남자를 모른다면 사실은 깊게 사귄 남자친구는 아니지 않아요? 잠깐만… 혹시 불륜 관계였나요?"

조시는 한숨을 쉬었다. 혹시 지금 내가 내 무덤을 파고 있는 건 아닐까. 하지만 지금은 이 사람에게 반쪽짜리 진실을 주는 게 최선이었다.

"그 남자는 아내가 있었어요. 하지만 난 그이를 사랑했죠. 내가 알기론 그이도 날 사랑했고요. 하지만 그건 기억상실증 걸리기 전의 기억이죠."

피터는 진입로 가로등 불빛을 얼굴에 받으며 고개를 끄덕였다.

"정말 짜증 나는 상황이겠네요."

조시네 집 건물 옆문에 다다른 피터는 자전거를 보관소에 내려주었고, 조시가 보관소 문을 닫기를 기다렸다.

"자전거 옮겨주어서 고마워요. 정말 도움이 됐어요. 다음에 내가 한 잔 살게요."

희미한 불빛 아래 피터는 미소를 지었다.

"그 말 기억할게요, 영국 아가씨."

그는 돌아섰다가 이내 멈춰 서더니 말했다.

"있잖아요, 그 남자 말인데요. 조시의 마음속에서 아직 생생하게 살아있다는 건 알겠지만, 이젠 인생에서 오래전 사라진 사람이에요. 당신과 함께 있고 싶어서 문을 박차고 들어오지 않았다면, 그 사람이 바보인 거라고요. 그 남자한테 당신은 아까워요."

피터는 망설이다가 조시의 머리 위에 손을 얹고 이마에 키스하며 덧붙였다.

"다음 주에 봐요."

"쌍둥이 이야기는 이쯤 하자. 그 피터라는 남자랑은 어떻게 됐어? 계속 그 사람 이야기를 하는 걸 보니 둘이서 듀엣 연습하는 거 꽤 재밌나 보네?"

수지는 하이탑 테이블에 서서 퇴근 후 벌써 세 잔째 마티니를 마셨다.

"세상에, 너도 리사만큼이나 나쁘다. 피터는 아주 재밌고 진짜 똑똑한 사람이야. 그래서 같이 이야기하는 게 좋지. 우리 집 근처에 사니까 가끔 집에 데려다주기도 하고, 한 번은 같이 걸어온 적도 있어. 하지만 난 보통 자전거로 다닌다고. 우린 그냥 친구야. 아니, 사실 친구랄 것도 없지. 합창단 밖에서는 만나지 않는다니까. 그러니까 합창단 동료 정도인 거야."

수지는 잘 다듬은 눈썹을 치켜떴다.

"음, 작년 너희 공연에서 피터 봤던 거 기억나는데, 진짜 잘생긴 남자였어. 그러니까 그 남자를 친구 영역에서 꺼내다가 네 망태기에 넣어버려야 해. 그 남자, 너 좋아하는 거 확실하다고. 대체 뭐가 문제야? 너 마지막으로 섹스한 게 언제니?"

조시는 커다란 메이슨 자(Jar)에 든 칵테일 침전물에 대고 한숨을 쉬었다. 수지는 브루클린 쪽의 단골 술집 대신 소호 업무지구 근처에 가서 한잔하자고 제안했다. 그러나 조시는 롭과 함께 있었을 땐, 그리고 돈이 많았을 땐 전혀 익숙하지 않았던 이런 장소에 와버려서 어느새 완전히 지쳐버렸다. 사실 그녀는 신용카드로 값비싼 음식과 음료를 제한 없이 먹고 마신 다음 무료 탑승 서비스 차에 타서 집에 오는 삶에 익숙해져 있었다. 게다가 그 집이란 곳도 몇 블록만 가면 나왔었는데.

"너도 문제가 뭔지 알잖아, 수지. 넌 그런 경험이 없을 테니 듣기에 힘들다는 건 알지만, 나 사실은 결혼한 몸이라고. 내가 계속 말했잖아."

수지는 천천히 고개를 끄덕였다.

"그래, 난 널 믿어. 적어도 네가 그렇게 믿는다면 나도 얼마든지 믿는다고. 하지만 친구야, 롭이 라디오에 왔는데도 널 모른댔다며. 게다가 롭한테는 섹시한 여자친구도 있고. 그러니까 이쪽 세상에선 넌 싱글인 거야. 그러니 하고 싶으면 누구든지 골라서 데이트해도 돼."

조시는 입을 꾹 다물었다. 자신이 싱글이라는 생각이 들지 않아서였다.

"그렇겠지. 나는 피터를 좋아해. 하지만 이래도 되는지 모르겠어. 그냥 여기 계산하고 나가자. 너무 형편없는 곳이야. 얼른 집에 가서 일찍 잘래."

집으로 돌아온 조시는 오늘 치 일기를 쓰려고 노트북을 켰다. 그러다 일기 파일을 쭉 올려서 몇 주 전의 내용을 다시 읽어보았다. 그날 이후 계속 마음에 남았던 순간이 기록된 부분이었다. 바로 거리에서 우연히 롭을 마주친 일이었다.

그날 조시는 크라이슬러 빌딩과 가까이 있는 렉싱턴가에 있었다.

그곳에서 직장 동료와 점심을 먹고 나서 밖으로 나와 작별의 악수를 했다. 그리고 돌아서다 모퉁이에서 누군가와 부딪힐 뻔했는데, 그게 롭이었다. 그곳은 롭의 사무실과 가까운 곳이었지만, 조시는 그날 롭 생각도, 그가 근처에 사무실이 있다는 사실도 거의 하지 못했다.

롭은 그 자리에서 멈춰 섰다. 보아하니 점심을 먹으려고 막 나온 듯했다. 그리고 조시가 놀란 만큼이나 롭도 놀란 모습이었다.

"조시, 안녕하세요. 이렇게 만나니 또 반갑네요."

조시는 여기서 악수를 해야 하나 말아야 하나 알 수가 없었지만, 롭이 먼저 자신의 어깨를 잡고 몸을 숙여 뺨에 키스하자 깜짝 놀랐다. 아마도 여자 지인들과 일상적으로 나누는 습관인 듯했다.

그녀는 애써 침착한 목소리를 내었다.

"안녕하세요, 롭. 잘 지내셨나요?"

"그럼요. 당신에게 전해주려고 했는데 말이죠, 우리 인터뷰 후에 온라인에 올라온 기사 봤습니다. 대단하던데요. 아주 균형 잡힌 시각이었어요."

"아… 감사합니다. 이야기해 주셔서 고마웠어요. 저희는 라디오 방송국이라서 독점 기사를 쓰는 일이 잘 없거든요."

"도움이 되었다니 다행입니다. 점심 먹으러 왔어요?"

"네, 이제 방송국에 가야 해서요. 들어가실 거죠?"

롭은 뒤쪽을 가리키며 고개를 끄덕였다.

"네. 수린과 뭣 좀 먹고서 햄튼스로 가려고요."

순간, 조시는 롭의 뒤에 서서 대화를 나누는 여자 두 명을 보았다. 그중 3월의 흐린 날씨와 어울리지 않게 커다랗고 검은 선글라스를 쓰고 크림색 치마 정장을 세련되게 입은 여자가 수린이라는 걸 알아보았다. 그녀는 대화하던 여자에게 작별 인사를 하고서는 선글라스를 벗은 채로 이쪽으로 다가와 소유권을 주장하듯 롭의 팔짱을 꼈다. 그리고 조시를 훑어보며 소개해 주기를 기다렸다.

"자기야, 이쪽은 조시 캐번디시 씨야. 몇 주 전에 내가 나간 라디오 인터뷰 기억나지? 거기 진행자야. 조시, 이쪽은 내 여자친구 수린 챈입니다. 부동산 중개업 일을 하고 있으니, 수린에게도 방송국에서 연락을 주시죠. 수린이 할 이야기가 아주 많을 겁니다."

수린은 조시 이야기를 들었다는 기색을 전혀 내비치지 않았다. 그저 손을 내밀며 말했다.

"만나서 반가워요."

조시는 마음에 전혀 없는 말로 인사를 했다.

"만나서 정말 반갑습니다. 물론 아버님이 누구신지도 잘 알고 있습니다. 여기 제 명함을 드릴게요…"

그녀는 명함을 건넸지만, 수린은 입술을 꾹 다문 채로 명함을 슬쩍 볼 뿐 읽지 않았다. 그리고 롭에게로 돌아섰다.

"자기야, 차 막히기 전에 가려면 얼른 식사해야 해."

그녀는 롭의 팔을 살짝 끌었고, 그가 찡그리는 모습이 보였다. 하지만 롭은 이내 여자친구에게 미소를 짓더니 조시를 바라보았다.

"만나서 반가웠습니다, 조시. 이야기할 만한 프로젝트가 생기면 연락드리죠."

"기다리고 있겠습니다. 우연히 만나 봬서 반가웠습니다."

수린은 다시 선글라스를 썼다.

"만나서 정말 반가웠어요."

그녀는 전혀 감정이 서리지 않은 말로 중얼거리더니 롭을 끌고 가버렸다.

그때 조시는 회사에 돌아가야 한다는 걸 알면서도 그랜드 센트럴로 들어가 방금 두 사람을 만난 일을 생각했었다. 어쩐지 마음이 허전해서였다.

나 롭을 잊기 시작한 걸까?

조시는 지금도 같은 생각이었다. 1월과 2월에 꾸었던 극심한 악몽도 지금은 누그러졌다. 롭과 수린을 두고서도, 심지어 롭이 다른 조시와 함께 있을 거란 가능성에도 이젠 심하게 집착하는 일이 없었다. 어쩌면 자신은 새로운 미래로 나아가기 시작하는 건지도 모른다.

조시가 곰곰이 생각하는 와중에 노트북에서 알림이 들렸다. 그녀는 생각에서 벗어나려고 이메일을 확인했다.

고맙게도 생각에서 벗어나려는 조시를 도와준다는 듯, 피터가 보낸 이메일이었다.

-안녕. 나 로린 힐 공연 티켓이 두 장 있거든요. 몇 달 전에 예약한 건데,
  같이 갈 사람이 필요해요. 같이 가겠다고 해줘요! 다음 주 토요일 밤
  공연이에요. 내가 부활절 선물로 보여줄게요. 부활절 때 아무 계획도
  없다고 했으니까… 피터

아, 될 대로 되라지.
그녀는 마음을 바꾸지 않으려고 재빨리 답장했다.

-좋아요. 데이트해 보자고요. 조시

PART 3

나

Chapter 19

4월 초

2018년 4월 5일

—이제야 난 깨달았다. 실은 몇 달 전부터 롭을 사랑하게 되었구나. 오카스섬에서의 행복한 주말을 보내기 전까지 인정하고 싶지 않았던 것뿐이구나. 또 다른 내가 롭과 만났을 때처럼, 정상적인 상황이었다면 우리는 거의 보자마자 사랑에 빠졌을 것이다. 다만, 롭의 세상으로 빨려 들어가 새로운 현실에 적응해야 한다는 충격적인 사건 때문에 감정이 느리게 피어올랐을 뿐이었다. 그리고 사고를 당했던 당시엔 나도 피터를 좋아하고 있었고, 그와 사귈 수 있다는 희망을 피터가 내게 주었기 때문이기도 했다. 하지만 피터는 여전히 미셸과 사귀며 이제 아기를 낳을 것이다. 이 세상에서는 말이다. 그리고 롭은 너무 멋진 사람이라… 솔직히 말하자면 난 1월 말부터 이미 롭을 무척 사랑하고 있었다. 이 새로운 삶에 떨어진 지 불과 두 달 만

에 말이다.

이 '새로운 일상'에 내가 어찌나 쉽게 적응했는지 생각하면 어안이 벙벙하다. 나는 다른 사람의 삶과 결혼생활, 직장과 친구를 그대로 넘겨받았다. 그러면서 난 나의 진짜 삶을 대부분 버렸다. 물론 두 세상 모두 고맙게도 존재해 주는 변함없는 친구와 가족도 몇 있다. 하지만 나의 브루클린 집과 라디오 프로그램, 피터 그리고 무엇보다도 우리 오빠를 나는 이 새로운 세상을 위해 버렸다. 데이비드가 너무나 그립다는 것 말고는 난 이 삶이 괜찮다.

물론 나의 새 남편이 너무 섹시하고 어마어마한 부자인 것도 나쁘지 않다. 이 남자는 이제껏 만난 사람 중에서도 단연 대단하고 정중하고 상냥한 사람이다.

하지만 마음 깊은 곳에서는 여전히 불안하다. 이건 나의 삶이 아니라는 생각이, 나는 그저 겉모습만 똑같은 사기꾼이라는 생각이 존재한다.

나는 칵테일을 홀짝거리며 수지에게 말했다.
"그러니까, 정말 대단한 여행이었어. 월요일에 시애틀에서 비행기를 타고 돌아온 다음에도 우리는 단 몇 분도 서로에게서 손을 떼지 못했지. 둘 다 나흘 동안 추가로 휴가를 받아서 거의 일주일 내내 침대에서 보냈어. 그이는 정말 멋진 남자야."

나는 10대 소녀처럼 생글생글 웃었지만, 민망함 따위 없었다. 수지는 내 이야기에 흠뻑 빠진 얼굴로 나를 바라보았다.

"와, 조시. 정말 멋지다. 너랑 롭이 잘되어 진짜 다행이야."

그녀는 프로세코를 한껏 들이켜고는 말을 이었다.

"하지만 좀 더 자세히 들어야겠어. 그러니까, 얼마나 대단한데? 이제 남편과 아내로 살고 있겠네?"

수지가 한쪽 눈썹을 치켜뜨자 나는 얼굴이 확 달아올랐다.

"더할 나위 없이 좋아. 난 그이한테 이게 근육 기억 때문이라고 농담을 했지. 내 몸이 그이랑 어떻게 지냈는지 기억한다고 말이야. 하지만 우리 몸의 관계는 내가 아는 한 진짜 최고야. 감정 관계도 마찬가지고. 음, 내가 노다지를 발견했네."

수지는 천천히 고개를 끄덕였다.

"그래. 난 항상 롭이 침대에서 짐승이 될 거라고 생각했었어. 그 커다란 손이며 발을 보라고. 죽여주지 않니."

나는 깔깔 웃었다.

"수지! 그래, 맞아. 됐어?"

"응, 들으니 속이 다 시원하다. 그럼 이제 너희 둘은 행복하게 살 거지? 네 기억이 돌아오지 않더라도 상관없어?"

나는 이 모든 삶이 불쑥 시작되었던 것처럼 난데없이 끝날 수 있다는 불안감을 애써 외면하며 대답했다.

"그런 것 같아. 난 그냥 하루하루 살려고 해. 일어나서 재미있게 일하고, 멋진 집으로 돌아와서 맛있는 저녁 먹고, 좋은 영화 보고, 사랑하는 남편이랑 대단한 섹스를 할 거야. 그렇게 다음 날도 똑같이 살 거야. 나쁠 거 없지."

4월 초

하지만 수지는 뭔가 더 있어야 한다는 투로 이야기했다.

"그게 다야? 그러니까, 네 말이 뭔지는 알겠어. 나도 도널드와 처음에 결혼하고 일이 년은 정신이 혼미해질 정도로 행복했거든. 그런데 점점 그것도 무뎌져서 평범해지더라고. 사는 게 전부 동화 같진 않잖아. 그러다 쌍둥이가 태어나고서야 우린… 비로소 이유를 찾았지."

나는 다시 웃었다.

"그래서 지금 우리가 아이 계획이 있냐고 물어보는 거야? 쌍둥이 놀이 친구 할 애 낳으라고?"

"그래, 그런 것 같아. 너희는 아주 좋은 부모가 될 거야. 그리고 꼬마 롭 2세랑 꼬마 조시 2세가 뛰어다니면 진짜 귀여울걸. 물론 나랑 도널드도 재미있겠지만. 그래도 난 내가 아니라 너 좋자고 생각하는 말이야."

"뭐, 참 고마운 말이긴 한데, 우린 아직 그런 이야기까진 안 했어."

나는 잠시 말을 멈추다가 이었다.

"그래, 롭이랑 나는 지금 서로 사랑하고 아주 행복해. 하지만 난 롭이랑 서로 알고 지낸 지 네 달밖에 안 됐다는 걸 생각해 줘. 지난주에야 비로소 부부가 되었다고. 결혼식 기억이 없으니까 진짜 결혼한 것 같지도 않아. 아직도 나한테는 전부 낯설기만 하다고."

수지는 솔직하게 말했다.

"내가 거기까진 미처 생각을 못 했네. 결혼은 했는데 결혼식 기억이 없다면 이상하긴 하겠다. 하지만 하와이에서 있었던 일을 생각해 보면 그게 나을지도 몰라."

그녀는 사려 깊은 표정으로 입술을 오므리며 덧붙였다.

"너는 새 출발이 필요해."

"그게 우리가 지금 하는 거야. 롭 말로는 우리가 재시작 버튼을 누른 것 같대. 그래서 지금이 최고래."

그 말에는 죄책감이 서려있었다.

Chapter 20

4월 중순-하순

나는 테라스 소파에 발을 올려놓고 아이스티를 들었다. 무릎에는 믿음직한 일기장과 펜이 놓였다. 롭이 장을 봐서 금방 집에 들어올 테니, 오늘 아침 해주겠다고 약속한 새우 리소토를 만들어 주겠지. 유리 난간 너머로 뉴욕의 스카이라인을 바라보았다. 4월의 따스한 햇빛이 눈부시게 찬란했다.

심호흡을 하면서 수지가 알려준 마음챙김을 연습해 보며 차를 한 모금 천천히 마셨다. 달콤한 차의 맛과 시원함에 집중하자. 옥상 너머를 바라보며 롭과 함께 보낸 마법같이 황홀한 2주를 떠올렸다. 우리가 함께한 후, 그는 남자가 얼마나 사랑스러울 수 있는지 속속들이 보여주었다.

내 인생 최고의 2주였다. 하지만 다시금 죄책감이 몰려왔다.

이 아파트를 거닐 때면 그런 죄책감이 다가왔다. 이제는 내 집처럼 느껴지지만, 사실은 내 집이 아닌 곳이니.

그리고 오늘은 참 힘들었다.

데이비드가 살아있었다면 오늘 마흔이 되었겠지. 아니, 정정하겠다. 데이비드는 마흔 살이 됐는데, 다만 내가 그곳에 있지 않을 뿐이다. 오빠가 너무 보고 싶었다. 오빠의 건방진 농담과 논리 없는 고집과 어딜 가든 파티 분위기로 만들어 버리는 능력이 보고 싶었다. 나는 오빠가 우리 세상에서 생일에 뭘 할지 궁금했다. 지금쯤 런던은 밤 11시가 다 되었겠지. 그러니 분명히 어딘가 술집을 빌려서 친구들을 모아 놓고 좌중의 관심을 받으며 미친 듯이 파티를 벌이고 있겠지. 어쩌면 그 여자, 또 다른 나와 함께 말이다.

내 뒤로 발소리가 나더니 롭이 어깨에 손을 얹었다. 그는 고개 숙여 내 정수리에 입을 맞추었다.

"안녕, 자기야. 오늘 하루 잘 보냈어?"

나는 고개를 뒤로 젖히고는 미소를 지으며 그를 보았다.

"잘 지냈어."

하지만 눈가에 맺힌 눈물을 숨길 수는 없었다.

그는 옆에 앉더니 내 발을 자신의 무릎에 얹었다.

"무슨 일이야? 왜 속상한 얼굴이야?"

"난 괜찮아. 그냥… 오늘은 데이비드의 마흔 번째 생일이잖아. 슬퍼서 그랬어. 곧 나아질 거야."

"자기야, 정말 마음이 아파. 나도 당연히 그래."

그는 입술을 꾹 다물었다. 자신이 오늘을 잊었다는 데 속상한 모양이었다.

"당신 오빠가 마지막으로 보냈던 생일은 여자친구와 같이 여기에 왔었던 때였지. 3년 전에."

그는 내 손을 잡았다. 다정하게 대해주려고 애를 쓰고 있구나. 하지만 난 그저 짜증이 났다.

"오빠가 죽은 게 슬퍼서가 아니야. 오빠는 살아있고, 오늘 마흔 살이 되었어. 난 작년에도 오빠의 생일을 같이 축하해 줬어. 런던에서였지. 그리고 그전에는, 그래, 3년 전에는 오빠가 여자친구랑 나를 보러 왔어. 하지만 브루클린으로 왔었지, 여기에 온 게 아니야."

나는 점점 흥분하고 말았다.

"오빠 생일에 참석하지 않은 적이 없었어. 뉴욕으로 이사 와서도 항상 갔었다고. 그런데 올해는 처음으로 생일을 축하해 주지 못했어. 오빠가 보고 싶어."

나는 손을 뻗어 아이스티를 들고서 꿀꺽 마셨다.

롭은 다시 입을 꾹 다물고는 내 맨다리를 쓰다듬더니 자신의 무릎에서 내려주고 본인은 일어섰다.

"미안해. 오늘 참 힘들었을 거라 생각해. 난 저녁 준비할게."

그는 자리를 뜨다가 잠시 멈추고는 내 머리를 쓰다듬은 다음 안으로 들어갔다.

내 기분은 엉망이었다. 롭은 나에게 친절하게 대하려고 하잖아. 롭은 아무런 잘못이 없어. 하지만 난 아직 그의 장단에 맞춰줄 수가 없었다.

전에도 여러 번 그래왔듯 오늘도 나는 아이폰을 들어 데이비드의 사진을 쭉 훑었다. 하와이에서 햇살에 그을린 행복한 얼굴을 한 오빠의 마지막 사진이 보였고, 그전에는 2015년에 나와 롭을 마지막으로 방문했던 여행 사진이 있었다. 그 사진 모음에는 일레븐 메디슨 레스토랑에서 데이비드의 생일 기념 식사를 함께했던 사진이 있었고, 그중에는 당시의 여자친구였던 백금발 여자와 함께 데이비드와 롭, 내가 미소 짓는 얼굴도 있었다. 그 여자 이름이 뭐더라? 애슐리였나, 헤일리였나? 이젠 기억도 안 난다. 하지만 3년 전, 오빠가 나에게 놀러 왔을 때는 분명히 기억한다. 그건 내 세상의 이야기지만, 오빠와 여자친구는 브루클린에서 우리 집에 묵었다. 내가 그쪽 집으로 이사한 지 6주 후의 일이었다. 우리 셋은 그때 오빠의 생일 기념 식사를 하려고 그리스 레스토랑에 가서 싸구려 하우스 레드 와인을 마시고 취했다. 서버가 미니 케이크를 내오며 폭죽을 터트려 주었고, 직원들이 "생일 축하합니다" 노래를 부르자 데이비드는 직원들 앞에 서서 지휘를 하는 척했고, 좌중의 시선을 한 몸에 받으며 마지막엔 아주 거창하게 절을 했었다.

나는 눈물을 글썽인 채 미소를 지으며 진짜 기억을 떠올렸고, 그러면서 손으로는 내 휴대폰 속 더욱 화려한 방식으로 찍힌 오빠의 생일 파티를 보았다. 태양은 이제 도시의 스카이라인 부근까지 내려왔지만, 나는 계속 밖을 서성였다. 저녁이 되자 다시 따스해지기 시작했다.

드디어 안으로 조심스레 들어가 보자, 롭은 야트막한 접시에 아주 맛있는 냄새를 풍기는 새우 리소토를 담고서 그 위에 파르메산 치즈를 살짝 갈아 넣었다. 나는 그의 뒤로 다가가 허리를 두 팔로 안았다. 롭이 행동을 잠시 멈추자 나는 어깨뼈 사이에 고개를 기대고 그를 끌어당겼다.

"미안해. 당신은 정말 나한테 다정하게 행동했는데. 내가 요즘 힘들어서 그래."

내가 중얼거리는 말에 롭은 치즈 그레이터를 내려놓고 내 품에서 몸을 돌려 두 손으로 내 얼굴을 잡았다. 그리고 부드럽게 입을 맞춰주었다.

"나도 미안해. 가끔은 당신이… 여기 온 게 어떤 기분일지 자꾸만 쉽사리 잊어버리게 돼."

"난 자기랑 같이 있는 게 정말 좋아. 알지?"

그의 턱수염 사이로 입술이 빙그레 미소를 지었다.

"알지. 자, 이리 와. 나 너무 배고프다."

그는 돌아서서 우리의 저녁 접시를 들었다.

"나도 그래. 나 술도 한잔하고 싶어. 뭐 좀 줄까?"

"내가 샴페인 골라놨어. 냉장고에 있어. 리소토랑 곁들이면 아주 좋을 거야."

"아주 멋져."

나는 냉장고 문에서 샴페인 병을 꺼낸 다음 크리스털 샴페인 잔을 같이 가져왔다.

"데이비드 생일을 위해 건배하자."

우리는 식탁에 앉았다. 롭은 샴페인 코르크 마개를 땄다. 그리고 잔을 내게 준 다음 자신의 잔을 들어 올리며 건배사를 했다.

"어디 있든지 생일 축하해, 데이비드."

"생일 축하해, 데이비드."

나도 그의 말을 따라 하고는 술을 한 모금 마셨다. 오빠는 지금 혹시 또 다른 나와 생일을 맞이하고 있을까.

나는 포트를 들고서 향긋한 쌀을 들며 물었다.

"그래서, 이게 다 뭔데?"

"뭐라니?"

롭은 어리둥절한 표정이었다.

"아, 알면서 그래? 멋진 저녁 식사에 샴페인에… 그냥 데이비드 생
각에 우울한 내 기분을 풀어주려고 그런 게 아니었잖아. 자기는 데이
비드 생일을 깜빡했으니까. 그래서, 왜 아무 날도 아닌 목요일에 특별
대접을 하는 건데?"

롭은 서글프게 웃었다.

"자기한테는 아무것도 숨길 수가 없네?"

나는 고개를 저었다.

"음, 이야기할 수 있을 것 같아서. 우리에 대해서 말이야."

"어, 이런."

나는 포크를 내려놓았다. 갑자기 불안해졌다. 그러자 롭은 내 손 위
에 자신의 손을 얹었다.

"아니야. 좋은 일이야. 하지만 그 이야기를 하기 전에…"

"뭔데?"

"음, 난 자기가 여기 있고 싶어 하는 거 알아. 날 사랑하는 것도 알
고. 그 점은 걱정 안 해. 하지만 자기는 여전히 다른 삶이 어딘가에 있
다고, 데이비드가 살아있는 세상이 있다고 여기는 것 같아서. 그러니까
브루클린의 삶 말이야. 만약 그렇게 여기고 있다면, 난 자기가 100퍼센
트 나한테 모든 걸 줄 수 있다고 생각하진 않아. 말하자면, 우리가 여기
서 누리는 이 삶에서 자기는 얼마나 존재하고 있는 거야?"

"난 여기 존재하고 있어. 진짜야, 자기야. 내가 무슨 반으로 잘린 것
같은 게 아니라고. 난 어쩔 수가 없어. 하지만 내게 선택지가 있었다
면, 당신을 선택했을 거야."

나는 몸을 앞으로 기울이며 말을 이었다.

"난 이 삶을 선택했어. 당신과 함께 있는 삶을. 자기를 아주 많이 사랑하니까."

눈에 눈물이 글썽였지만, 이건 더욱 행복한 감정 때문이었다. 아, 데이비드. 미안해.

롭은 안도한 모습을 역력히 드러내며 미소를 지었다.

"그 말을 듣고 싶었어, 자기야. 가끔 나는 당신이 여기 있는 게 그저… 어쩔 수 없이 여기 갇혀버렸기 때문은 아닌가 싶었거든. 이게 당신 삶이라고, 여기에 의미가 있다고 느껴주었으면 좋겠어. 그래야 하고. 자기랑 나랑, 이 세상에서 함께 살아가는 삶이라고. 사고 이전에 살아온 궤적이 뭐든 간에, 이제는 이게 당신의 앞길이야. 올바른 길이라고. 알겠지?"

"그래, 알아."

나는 그에게 몸을 숙여 키스를 받으며 확실하게 말했다. 그리고 그의 얼굴 옆쪽을 쓰다듬으며 수염을 부드럽게 매만졌다.

"난 여기 있어. 여기 있고 싶어. 이게 내 삶이야. 당신이 내 삶이고."

"음, 그래. 저녁 식사의 목적이 이거였어."

그는 한 손을 빼어 주머니에 넣었다. 그리고 내가 의자에 도로 기대앉자, 롭은 자그마한 까만 상자를 우리 사이 식탁 모서리에 올려놓았다.

"열어봐."

나는 시키는 대로 상자를 열었다. 안에는 아주 작은 다이아몬드를 세팅한 앤티크 타원형 사파이어 약혼반지가 들어있었다.

롭은 의자에서 스르르 내려와 내 앞에 한쪽 무릎을 꿇었다.

잠깐만… 이게 뭐야?

"나랑 결혼해 줄래?"

나는 너무 놀라서 그만 웃고 말았다.

"어… 정말 반지가 아름답긴 한데… 우린 이미 결혼했잖아."

"그건 나도 알아. 하지만 너는 어떤데? 그러니까, 진짜로 그렇게 생각해? 자기는 우리 결혼식도 기억 못 하잖아. 사실, 넌 날 '남편으로 맞이하겠습니다'라고 말한 적이 없어. 나랑 평생을 보내겠다고 서약한 적이 없다고. 그걸 하지 않는 한 너는 우리가 결혼했다고 생각하지 않을 것 같아. 솔직히 인정하자면, 수지가 나한테 말해줬어. 하지만 난 이보다 더 좋은 생각이 없다는 걸 깨달았지. 그러니까, 다시 말할게. 나랑 결혼해 줄래? 아니, 나랑 다시 결혼해 줄래?"

나는 심하게 놀랐다.

"결혼식을 하자는 거야?"

"그래, 결혼식. 좋아, 일단 나 일어날게. 이 바닥이 나 같은 아저씨가 무릎을 대고 있기엔 너무 딱딱하네."

그는 계속 내 손을 잡은 채로 다시 의자에 앉았다.

"나를 정식 남편으로 맞이해 줄래?"

나는 웃었다.

"이게 무슨 일인지 모르겠네. 난 생각도 못 한 일이라고! 그러니까, 우린 결혼했잖아. 그러니까 이런 일은 없는 게…"

"제발 부탁인데, 날 괴롭히지 말아 줄래. 승낙할 거지? 만약 거절한다면… 제길, 이혼 같은 걸 해야 하나."

그는 짐짓 익살을 부렸지만, 그 아래로 불안한 기색을 볼 수 있었다.

나는 감정이 깊이 보이는 그의 눈동자를 바라보았다.

"그래. 당연히 승낙이지! 당연히 자기랑 결혼해야지. 사랑해."

롭은 웃었다. 그의 얼굴에서 긴장감이 싹 사라지면서 환한 기색이 돌았다.

"아, 감사합니다. 너 때문에 걱정했다고."

그는 상자에서 반지를 꺼낸 다음 내 왼손을 살펴보더니 말했다.

"으음, 근데 벌써 내가 준 약혼반지를 끼고 있네. 결혼반지는 물론이고. 그럼 어떡하지?"

"여기."

나는 약혼반지와 결혼반지를 뺀 다음 그걸 다시 오른손에 끼었다. 그리고 이제는 비어버린 왼손을 롭에게 내밀었고, 롭은 앤티크 반지를 나의 약지에 끼워주었다. 우리는 잠시 서로를 바라보다가 웃음을 터뜨리고서는 다시 입을 맞추었다. 입맞춤은 계속해서, 거듭해서 이어졌다.

"그으으으렇지. 샴페인은 이러라고 마시는 거지…"

"보고 싶어! 보여줘!"

수지가 탈의실 바깥에서 소리쳤다. 그녀는 공짜로 나오는 미모사(칵테일의 일종으로 샴페인과 차가운 오렌지주스 등을 섞어 만듦. 옮긴이 주)를 마시고 살짝 취해있었다.

나는 드레스 지퍼를 올리고 몸매를 살펴보았다. 이게 벌써 열세 번째인지 열네 번째인지 모를 드레스였는데, 드디어 마음에 드는 걸 찾았다. 정말 멋있는 웨딩드레스였다.

나는 바깥 휴게실로 나갔다. 수지는 의자에 누워있었다. 나는 전신 거울이 삼면으로 붙은 앞에 설치된 둥근 단상에 올라갔다.

수지는 나를 위아래로 훑어보며 말했다.

"와, 이거지, 친구야. 이야, 네가 이거 입고 있으면 나라도 같이 자고 싶겠다."

"장난해? 넌 어쨌든 나랑 같이 잘 거면서."

내가 놀리는 말에 수지는 마시고 있던 미모사를 코로 뿜었다.

"그럼… 이거지? 이걸로 해야겠지?"

수지는 코를 닦으며 말했다.

"그래. 두말할 거 없어. 롭이 아주 죽겠는데."

"음, 지난번에 있었던 일을 생각하면 죽지 않기를 바라자고. 어쨌든 고마워."

"우리 숙녀분들, 잘 고르고 계신가요?"

가게 직원인 케이트가 휴게실로 다시 들어왔다. 그녀는 반짝이는 티아라와 얇은 고사머 실크 베일을 들고 있었다. 케이트는 만족한 기색으로 나를 꼼꼼히 보았다.

"어머, 세상에. 정말 예쁘세요."

"정말 완벽한 드레스에요. 제가 바라던 빈티지 스타일인데, 이런 걸 찾을 수 있을지 몰랐거든요."

나는 다시 거울을 보면서 이리저리 몸을 돌려보았다. 정말 예쁜 드레스였다. 1940년대 올드 할리우드 글래머 스타일의 늘씬한 드레스는 상앗빛 실크 소재로 만든 것으로, 소매에는 길게 단추가 달렸고 어깨는 살짝 각이 져있었으며 목둘레선과 등 라인은 깊숙이 V자로 파였다. 등과 가슴의 V자 라인 아래에는 납작한 다이아몬드 모양의 패널을 달았는데, 그 패널을 기준으로 실크 천이 아르데코 형식 특유의 스타버스트 모양으로 퍼지는 디자인이었다. 드레스의 등은 가슴 부분보다 더 깊이 파였고, 뒷자락이 살짝 바닥에 끌렸다.

"라나 터너(Lana Turner, 미국의 배우이자 모델. 옮긴이 주)도 울고 가 겠네."

수지가 덧붙였다.

"이거 너무… 팜 파탈처럼 보이지 않아? 나 결혼식 날에 헤픈 여자 처럼 보이고 싶진 않은데."

수지는 고개를 격하게 저었다.

"아니야. 정말 그랬다면 내가 말해줬을걸. 근데 아니야. 천이 나름 넉넉하게 흘러내려서 몸매를 너무 부각하지는 않아. 천이 많은데도 아 주 섹시한 스타일이야."

"그렇다면. 이걸로 하자."

"머리는 올리실 건가요? 아니면 늘어뜨리실 거예요?"

케이트가 물었다.

"음, 올릴 건데 전부 묶어 올리지는 않으려고요. 너무 격식 차린 스 타일은 아니었으면 해요. 그러니까, 라나 터너는 머리를 풀어 내렸을 때가 가장 아름다웠잖아요? 이건 그런 분위기의 드레스인 것 같아요. 그리고 베일은 안 할래요."

"그럼 머리 한쪽에 이런 걸 꽂으면 어떨까요?"

케이트는 상자를 뒤져서 진주가 박힌 머리꽂이를 꺼냈다. 12센티미 터 정도 너비의 휘어진 꽂이었다. 그녀는 나의 머리카락 한쪽을 능숙 한 솜씨로 올리더니 뒤에 그걸 꽂았다. 정말 아름다웠다.

"그런 다음엔 이 반대편은 부드럽게 웨이브를 준다고 생각해 보세 요… 아주 고풍스럽겠죠."

"완벽해요. 고마워요."

나는 단상에서 내려오다가 킬힐을 신은 바람에 비틀거렸고, 케이트는 나를 지탱해 주었다.

"이 구두는 안 되겠어요. 걸을 수가 없네요. 하지만 나중에 맞는 걸 찾아볼게요. 케이트, 정말 대단히 멋진 걸 골라주셨어요. 고마워요."

다시 평상복을 입고서 어마어마한 금액의 계산서를 지급한 다음, 나는 근처 스탠다드 그릴 레스토랑의 파티오에서 수지에게 점심을 사주었다. 오늘 날씨는 바깥에 앉아도 될 만큼 따뜻했고, 꽃이 만발한 나무가 쭉 늘어선 모습이 마치 다가올 나의 결혼식을 함께 축하해 주는 것만 같았다.

"오늘 도와줘서 고마워."

나는 와인을 마시며 말했다. 수지는 연어를 먹으며 대답했다.

"별말씀을. 그 머리꽂이 정말 예쁘더라. 머리를 그렇게 내리는 데 딱이야."

나는 고개를 끄덕였다.

"그래야 할 것 같아. 목 뒤가 보이는 건 싫거든."

"왜?"

"음, 전에도 분명히 말한 적이 있었을 텐데, 나 언제나 문신을 하고 싶었거든. 네 어깨에 있는 새 문신이 언제나 너무 부러웠어. 그래서 나랑 롭, 우리의 삶을 상징하는 문신을 디자인했어. 그래서 롭에게 결혼 선물로 문신을 새기고 있거든. 내 목 뒤에, 헤어라인 바로 아래에."

수지는 신나서 두 손을 꼭 맞잡았다.

"너무 멋있다! 디자인은 완성한 거야? 할 거면 제대로 해야 해. 이건 진짜 힘이 많이 들어가는 큰일이잖아."

"음, 결혼하는 것만큼이나 큰일은 아니지만, 확실히 그렇긴 하지. 오랫동안 문신을 새겨볼까 생각했는데, 이제는 이유와 의미가 있는 문신을 하게 됐네. 이거야."

나는 휴대폰 화면을 넘겨서 도안을 찾아냈다.

"우리 마케팅 디자이너한테 제대로 그려달라고 부탁했어."

나는 수지에게 감각적인 디자인의 나무 문양을 보여주었다. 가지가 이리저리 휘어지고 꼬인 도안이었다.

"여기 R자랑 J자 보여?"

수지는 고개를 갸웃거렸다.

"진짜 예쁘다… 아, 이게 R이구나. 그리고 여기가 J고. 맞아? 그래. 마치 책에 나오는 금장 머리글자처럼 고전적이네. 알겠다. 넌 문신이 확 드러나 보이는 신부가 되고 싶지 않은 거구나. 너답지 않을 테니까."

그녀는 문신을 다시 살펴보며 물었다.

"멋지긴 한데, 왜 나무를 골랐어?"

나는 휴대폰을 내려놓았다.

"나랑 롭을 중심으로 한 건데, 나무는 일반적으로 삶을 상징하니까. 나뭇가지가 갈라질 때마다 새로운 가지가 나고, 거기서 계속 가지가 갈라져 나가면서 수천 개의 가지가 생기잖아?"

나는 수지에게 몸을 기울였다.

"내가 보기에 가지가 갈라진다는 건 모두 인생의 선택이나 나에게 일어나는 수많은 일을 의미해. 그리고 내가 고르는 삶의 길이란 수없이 많은 가능성 중 하나일 뿐이지. 인생은 아기로 시작하고, 그건 하나의 단일한 밑동과도 같지. 하지만 살아가면서 가지가 휘어지고 틀어지면 거기서 수백만 개의 길이 생겨. 나는 그 길을 따라 살던 롭과 내가 서로를 만난 게 정말 대단히 놀라운 일이라고 생각해. 다른 수많은 길이 있었으니, 우리는 만나지 못했을 수도 있으니까."

수지는 한쪽 눈썹을 치켜떴다.

"음, 무슨 소린지 모르겠어. 그냥 내가 보기엔 멋지기만 해."

Chapter 21

5월 말

태블릿에서 사진을 쭉 내려 보는 동안, 리무진 뒷좌석에 앉은 롭은 같이 사진을 보려고 내게 몸을 기댔다. 차가 모퉁이를 돌자 그의 어깨가 묵직하게 내 어깨를 누르는 느낌이 편안하게 다가왔다.

나는 사진 하나를 확대해서 보여주었다.

"사진작가가 이 사진을 벌써 보내주었다니 놀라운데. 분명히 밤을 새웠을 거야."

"음, 그게 VIP 서비스라는 거지. 이것 봐."

롭이 가리킨 사진은 어제 갓 결혼한(정확히 말하자면 다시 결혼한) 나와 남편이 브루클린 식물원 팜 하우스(뉴욕 브루클린 식물원 내에 있는 예식장. 옮긴이 주) 안에서 결혼 서약을 하며 서로를 바라보는 클로즈업 사진이었다. 우리의 옆모습에 선명하게 초점이 맞춰진 가운데, 주위를 두른 거대한 야자수 잎과 화려하게 차려입은 하객들은 그 순간에 맞추어 배경으로 희미하게 처리되었다.

화면을 더 내려보자 피로연 사진이 나왔다. 내 동생이 남편과 아이를 데리고 활짝 웃는 모습이었다. 이 순간이 지나자마자 테오는 투정을 부려서 결국 애덤은 아기를 데리고 호텔에 가야 했다. 로라와 엄마가 나와 함께 찍은 사진도 아주 많았다. 엄마는 영국인 신부의 엄마답기 그지없는 예복과 머리 장식을 한 대단히 우아한 차림이었다. 연두색 드레스를 입은 예쁜 로라와 라나 터너식 웨딩드레스와 웨이브 진 글래머 헤어스타일을 한 내 모습이 보였다. 스윙 밴드의 연주에 맞추어 모두 야자수가 빙 두른 댄스 플로어로 나가서 춤을 추는 사진도 있었다. 수지는 1950년대 물방울무늬 드레스를 입고 도널드와 함께 춤을 추었고, 밴드가 쉬는 시간에는 합창단 친구들이 나와 노래하는 사진도 있었다. 내 뒤에 선 롭이 갈색 손으로 나의 창백한 목덜미에서 머리카락을 정리하는 모습도 찍혔다. 그의 엄지는 새로 새긴 나무 무늬 문신을 마치 그냥 둘 수 없다는 듯이 어루만졌다. 바깥에 나가 리무진에 올라탄 우리 둘의 모습과 손님들이 환호하며 종이꽃가루를 뿌리는 모습 뒤로 불이 환하게 켜진 팜 하우스가 보였다.

완벽한 결혼식이었다. 아니, 하나 빠진 게 있긴 하다. 이 아름다운 사진 속에 없는 단 한 사람, 바로 데이비드였다.

"정말 멋졌어. 역대 최고의 결혼식 같았어."

나는 롭의 어깨에 입을 맞추었다. 그는 내 입술에 다시 키스하며 말했다.

"그랬지. 역대 최고의 결혼식이었지. 이제는 역대 최고의 신혼여행을 가자고."

"그건 당연하겠지. 하지만 이젠 우리가 어디로 가는지 말해줘야 하잖아."

"맞아. 그래서 마지막 순간까지 미뤄두려고. 알겠지?"

"알았어. 말해준 대로 서늘한 날씨와 따뜻한 날씨를 모두 대비해 짐을 쌌어. 그러니 열대 지방은 아니란 뜻이겠지. 이젠 짐도 부쳤으니 내 손을 떠났네."

롭은 웃었다.

"걱정하지 마. 자기가 가고 싶어 했던 곳이 확실하니까."

"아니, 우리가 거기 가고 싶다고 이야기한 적이 있었어?"

"음, 그렇기도 하고 아니기도 하지. 자기가 사고 난 다음에는 아니었지만, 그러니까, 지금의 너한테는 아니야. 하지만 나는 확신이 있어."

"알겠어… 믿어볼게."

나는 롭을 정말로 믿었고, 롭은 빙긋 웃었다.

"아니, 믿지 않아도 돼. 하지만 내 말이 맞다는 걸 알게 될 거야."

이윽고 차가 멈추자 롭은 내가 내리는 걸 도와주었다. 우리 앞으로 쭉 뻗은 저층 건물이 보였다. 커다란 회전문 사이로 바퀴 달린 여행 가방을 든 사람들이 드나들고 있었다.

"여기는 JFK 공항이야. 아직은 놀랄 건 없어. 이쪽이야."

롭은 내 허리에 손을 대고서 앞으로 날 안내했다.

결혼식 전에 모두 짐을 부쳤기 때문에 나는 지금 1박용 가방 하나만을 들고 있었다. 그래서 나는 마음 편히 자그마한 규모의 VIP 승객용 보안 검색대로 향했다. 아직 목적지가 어딘지 알 수 없는 가운데 롭은 나를 활주로 쪽으로 안내했다. 잠시 후 계단식 출입구가 달린 자그마한 제트기가 보였다. 나는 입을 떡 벌리고 롭의 팔을 찰싹 쳤다.

"장난해? 미쳤다고 개인용 제트기를 빌렸어?"

그는 수줍게 미소를 지었다.

"그래. 하지만 우리가 정말 결혼식을 올린 거라면, 이번 여행은 신혼여행이잖아. 안 그래? 게다가 우리는 장거리 비행을 할 건데, 자기가 얼마나 기내에서 짜증을 내는지 잘 알거든. 일등석에 앉아도 그러더라고."

그건 사실이라서 나는 어깨를 으쓱였다.

"그렇구나. 알겠어."

가파른 계단을 올라가자 깔끔하게 차려입은 승무원이 내게 손을 내밀었다. 화려한 기내는 푹신한 가죽 시트와 널찍한 짙은 색 원목 테이블을 갖추어 놓았다. 나는 롭을 바라보며 믿을 수 없다는 듯이 웃었다.

"우아, 대단하다. 우리 비행시간이 얼마나 된댔지?"

"한 8시간 정도야. 여기 시각으로 새벽 1시에 도착할 거야. 물론 현지 시각은 다르지만."

"그럼 현지 시각은 몇 시인데…?"

롭은 히죽 웃었다.

"내가 바보인 줄 알아? 그걸 알려주면 우리가 어느 시간대 지역으로 가는지 알 수 있잖아. 그러니 안 돼."

"아우, 진짜! 자기 때문에 못 살아."

나는 그에게 키스한 다음 커다란 가죽 시트에 앉았다.

"난 괜찮아."

비행하는 동안 우리가 대서양을 건너 동쪽으로 가고 있다는 건 알수 있었다. 그렇다면 유럽으로 가는구나. 도착하면 아침이겠네. 그러다 4시간쯤 지나자 나는 롭에게 내가 추측했다는 걸 말하지 않은 채로 시트에 몸을 기대고 두어 시간 잤다.

5월 말

그러다 기내방송으로 들려오는 기장 목소리에 잠에서 깼다.

"안전벨트를 착용해 주시기 바랍니다. 우리 비행기는 하강 중으로, 20분 후에 착륙하겠습니다. 현재 지상의 온도는 섭씨 16도로 구름이 조금 낀 날씨입니다. 현지 시각은 오전 7시입니다."

하지만 여기가 어딘지는 여전히 알 수 없었다.

기체가 하강하며 느껴지는 압력 때문에 힘겹게 마른침을 삼키며, 나는 뿌연 구름 사이로 지면을 살펴보려고 했다. 이윽고 구름이 걷히면서 저 아래 풍경이 드러났다. 반짝이는 물이 보였지만 그 위에 둥둥 뜬 듯한 도시도 역시 보였다. 한 줄기 둑길 위로 아주 작은 차들과 자그마한 기차가 육지의 해안선에서 이쪽으로 넘어오는 모습도 보였다. 난 여기가 어딘지 곧바로 알아보았다. 몇 년 전에 바로 저 기차를 타고 도시로 들어갔으니까. 틀림없이 그곳이었다. 난 롭의 선택에 짜릿함을 느꼈다.

베네치아야.

나는 롭을 돌아보았다. 그는 이미 기대에 찬 표정으로 이쪽을 보고 있었다. 이 깜짝 선물을 망치지 않으려면, 롭이 나한테 말하게 둬야겠지.

"여기가 어디야? 정말 아름다운 데네. 유럽은 분명한데."

"모르겠어?"

그는 내 쪽으로 몸을 기울이면서 어깨너머로 저 아래 풍경을 바라보았다. 나는 골똘히 생각하는 척했다.

"바다 위에 떠있는 것 같은 도시고, 육지와 떨어져 있다면… 물이 많은… 베네치아인가?"

"그래! 단번에 맞췄네. 어때, 맘에 들어?"

롭이 신나 하는 기색은 그칠 줄을 몰랐다. 내 입가에 미소가 저절로 번졌다.

"너무 맘에 들어. 정말 낭만적이야. 고마워, 자기야. 완벽한 신혼여행지야."

"자기는 항상 여기 오고 싶어 했었어. 하지만 이게 깜짝 선물의 끝은 아니야. 더 특별한 선물이 하나 더 있어. 이따 보게 될 거야."

비행기에서 내려 다시금 자그마한 검색대를 가볍게 통과한 후, 우리는 짐을 챙겨 육지 공항에서 택시를 타고 둑길을 건넜다. 아침 햇살이 비치는 광장에서 우리는 택시에서 내렸다. 나는 카날 그란데(이탈리아 베네치아에 있는 운하로, 예로부터 수상 교통의 중심이었음. 옮긴이 주)를 둘러보며 그 주변에서 나는 특유의 냄새와 관광객들의 말소리, 노점상에서 들려오는 외침과 바포레토(이탈리아 베네치아 운하 승용선으로 사용하는 소형 증기선)와 주위를 두른 거대한 고대의 건물을 눈에 담았다.

"그럭저럭 초라한 곳은 아니지?"

롭이 중얼거렸다.

"정말 놀라워. 너무 좋아."

전에도 와본 적이 있다는 건 중요하지 않았다. 지난번과 마찬가지로 이곳은 그저 놀라웠고, 롭과 함께 온 지금은 훨씬 더 낭만적이었다.

"우리 호텔은 이 근처야?"

"아니. 하지만 택시는 여기까지밖에 안 와. 지금부터는 수상 택시와 페리를 타야 해. 가끔은 곤돌라도 타고."

"오, 곤돌라 꼭 타자. 지난번엔 못 타서…"

나는 말을 하다 입을 꾹 다물었다. 롭은 나를 돌아보았다.

"뭐라고?"

나는 움찔 놀랐다. 언제 여기 왔었는지, 아니면 내가 전에 베네치아에 와본 적은 있긴 했는지 말해도 되는 걸까.

"아니, 별거 아닌데, 그게… 어떻게 설명해야 할지 모르겠어."

롭의 표정이 어두워졌다.

"전에 와봤구나."

나는 비참한 기분으로 고개를 끄덕였다. 그에게 거짓말을 할 수는 없었다.

"엄마랑 왔었어. 3년 전에 며칠 일정으로. 라디오 프로그램을 맡게 된 걸 축하하는 여행이었고, 나는 혼자서 북부 호수를 여행하고 나서 베네치아로 와서 엄마랑 다녔어."

나는 그에게 고개를 기울이면서 억지로 나와 눈을 맞추게 했다.

"자기야, 하지만 난 자기랑 같이 여기 와서 정말 행복해. 그러니까, 엄마와도 즐겁게 보내긴 했지만, 항상 남편과 여기에 오고 싶었어. 정말 낭만적인 곳이잖아. 게다가 엄마랑 묵었던 호텔은 진짜 최악이었거든. 하지만 자기는 멋진 곳을 찾아냈을 거라고 생각해."

롭은 눈썹을 서서히 찌푸리더니 고개를 돌렸다. 나는 그의 팔을 잡고 단호하게 말했다.

"미안해, 자기야. 하지만 당신이랑 함께 여기 와서 내 꿈을 이룬 거야. 그래서 난 정말 행복해."

나는 그의 목을 그러안고 까치발을 들어 뺨에 입을 맞추어 그가 억지로 내 말을 듣게 했다.

"고마워, 정말 고마워. 사랑해."

나는 그에게 계속 키스했다. 롭은 나에게 돌아서며 팔을 떼어내었다.

"괜찮아. 자기 잘못이 아니야. 별일도 아니고. 난 이곳을 둘이 함께 처음으로 보고 싶어서 그랬나 봐. 그뿐이야. 하지만 괜찮아."

"그러면 우리 같이 처음으로 보면 되잖아. 사실 난 지난번엔 여기를 제대로 보지도 못했다고. 그저 주요 관광지만 두어 군데 본 다음에 섬에서 하루를 보냈어. 베네치아엔 내가 가보고 싶은 곳이 아주 많아. 그리고 슬렁슬렁 돌아다니면서 놀고 싶어. 우린 여기 열흘 있을 거잖아? 그럼 나한테도 완전 처음인 거나 마찬가지가 될 거야."

롭은 입을 꾹 다물었다.

"그래. 문제없어, 조시. 아주 좋을 거야. 내가 지금 유치하게 굴고 있지."

그는 가방을 집어 들고서 덧붙였다.

"좋아. 그럼 수상 택시를 타자."

도시를 가로질러 흐르는 운하 중에서도 가장 큰 카날 그란데를 따라 우리가 탄 배가 쭉 달리자 롭의 기분이 점차 풀렸다. 우리는 그리티 팔라스 호텔 앞 부두에 멈췄다. 그곳은 15세기에 건축된 건물로 물 바로 위에 지어진 아주 신기한 건물이었다. 나는 놀라거나 신나는 척을 할 필요도 없이 정말로 이곳이 너무나 놀랍고 짜릿하게 느껴졌고, 우리는 부두에 내려서 짐을 포터에게 주고 로비로 들어섰다. 층고가 높은 로비에는 온갖 미술품과 골동품이 가득했다. 내가 있는 대로 기쁜 모습을 바라본 롭은 다시 미소를 지었다.

"인테리어를 바꾸고 싶다면, 우리 집을 이탈리아 궁정 양식으로 꾸밀 수 있어."

그는 조각목으로 만든 앤티크 소파 위로 걸린 화려한 르네상스 시대의 그림을 가리키며 농담을 했다. 나는 그의 말투가 가벼워진 데 안심하며 대답했다.

"난 그렇게 생각 안 해, 자기야. 거울 달린 장식장을 놓으면서 금색과 검은색 아르 데코 양식으로 온통 칠하면 모를까. 이탈리아 양식은 이탈리아 사람들이 즐겨 하도록 그냥 둬."

우리가 묵는 넓디넓은 스위트룸의 위층은 천장까지 이어진 통창이 있어서 운하가 내려다보였다. 건물의 다른 곳과 마찬가지로 참 웅장한 모습이었다. 그리고 짙은 초록색 대리석으로 만든 욕실은 그야말로 사치의 극치였다.

포터가 짐을 놓고 간 다음 나는 깔깔 웃었다.

"난 항상 이런 장식을 해놓고 싶진 않을 것 같아."

묵직한 파란 다마스크 커튼을 활짝 열자, 카날 그란데와 그 아래로 보이는 화려한 건물들이 눈에 들어왔다.

"하지만 신혼여행 스위트룸으로는 더할 나위 없이 좋다. 그렇지만 저 침대가 저토록 고급인데 난잡하게 섹스할 수나 있을까? 옛날 이탈리아 여자들은 남편이랑 방을 따로 썼을 것 같은데?"

"그래. 하지만 이탈리아 남편들은 밤마다 방에 들어와서 바라는 걸 얻어갔을 것 같은데."

롭은 내 뒤로 다가와 날 창문으로 밀었다. 나는 두 팔을 벌려 유리 창에 손을 대고 저 아래 운하와 고풍스러운 건물과 바삐 움직이는 관광객들을 바라보았고, 그는 내 목 뒤 머리카락을 젖히고는 손가락으로 문신을 어루만지며 부드럽게 키스하고는 턱수염을 두른 입을 거칠게 비볐다.

온몸을 나에게 세차게 밀고서 손가락을 더듬어 내 브래지어 안으로 슬그머니 들어와 유두로 향하는 그의 움직임을 느끼니 그가 날 얼마나 원하는지 알 수 있었다. 나 역시 롭을 원했다. 이 사람만큼 누군가를, 이만큼 무언가를 원했던 적이 없었다.

나는 돌아서서 그가 유리창 앞에서 나를 벗기도록 해주었다. 바깥에서 누가 우리를 보든 말든 상관없었다. 양옆의 커튼을 잡고 있는 동안 롭은 무릎을 꿇고서 내 팬티를 벗기고는 나의 오른 다리를 자신의 어깨에 걸치고 손가락과 혀로 내 안을 끈질기게 탐구해 갔다. 그러다 결국 내 입술에서 처음으로 환희 어린 외침이 나오며 온몸이 흔들리고 말았다. 그제야 롭은 일어서서 날 안고 으리으리한 침대로 가서 그 옛날 이탈리아 여인이 봤다면 기절했을 만한 이런저런 행위를 내게 가했다.

그 후, 푹신한 침대에 누운 나는 오랜 시간에 걸쳐 이루어진 섹스에 지치고 땀투성이가 된 데다 비행기에서 거의 자지 못한 나머지 점차 잠에 빠져들기 시작했다.

"오늘 뭐 해야 해? 지금 몇 시지?"

나는 롭의 어깨에 대고 중얼거렸다.

"정오쯤 됐어. 몇 시간 더 자야 해, 자기야. 오늘 밤에 깜짝 선물이 있거든. 그러니 에너지를 비축해야 해."

우리는 오후 느지막이 일어나서 씻고 샤워했다. 그리고 롭에게 오늘 저녁에 있는 깜짝 이벤트에 뭘 입고 가야 하냐고 물어보려던 순간, 바깥에서 노크 소리가 들렸다. 포터 두 명이 들어와 아주 커다랗고 납작한 상자 두 개를 날라 왔다. 거기다 더해 커다란 정육면체 상자도 있었다. 그들은 상자를 엉망이 된 침대 위에 놓았다.

"이게 뭐야?"

방을 나서는 포터에게 팁을 주는 롭을 보며 물었다. 그러자 그의 얼굴에 의미심장한 미소가 번졌다.

"자기한테 주는 깜짝 선물 2탄이야. 오늘 밤 깜짝 이벤트가 있다고 했잖아. 그리고 이건 우리가 입으려고 내가 주문한 거야. 미리 전화했더니 호텔 컨시어지에서 도와줬어. 열어봐."

나는 납작한 상자 뚜껑을 열었다. 놀랍게도 안에는 18세기 스타일의 남성용 코트와 반바지가 들어있었다. 롭은 웃었다.

"아, 그건 내 거야. 다른 상자를 열어봐."

어리둥절해진 나는 훨씬 더 큰 상자를 열었다.

상자 안에는 얇은 종이로 감싼 상아색 예스러운 무도회 드레스가 있었다. 드레스 앞면은 파란색과 금색으로 정교한 무늬를 수놓았고, 파란색 양단으로 장식했다. 나는 조심스럽게 드레스를 침대 위에 놓고서 치맛자락을 매만졌다. 차마 말이 나오지 않았다. 롭은 말없이 두 장의 티켓을 이불 위 옆자리에 내려놓았다.

마스케라타 프리마베라, 베네치아(Masquerata Primavera, Venezia.)

"마스케라타… 가장무도회잖아?"

나는 새된 비명을 질렀다.

"그럼, 베니스 가장무도회 카니발인 거야? 우리가 거기 간다고?!"

롭은 빙긋 웃었다.

"내가 깜짝 선물이 있다고 했잖아. 내가 자기를 얼마나 사랑하는지 알겠어? 난 널 위해서라면 바보처럼 차려입을 준비도 되어 있어."

그는 내게 키스하며 말을 이었다.

"2월에 열리는 베네치아 카니발처럼 큰 행사는 아니지만, 오늘 밤에는 봄맞이 가장무도회가 있어. 18세기 무도회 의상을 입어야 해서 이걸 빌렸어. 그래, 난 진짜 최고의 남편이라 할 수 있지. 어서 준비하자. 이런저런 일이 많은데 6시엔 출발해야 해."

이건 정말이지 믿을 수가 없었다. 나는 그의 목을 확 그러안았다.

"세상에, 자기야 정말 고마워. 자기 때문에 너무 행복해. 크리스마스 때보다 더 좋아."

나는 그를 놓아준 다음 행복하게 덩실덩실 춤을 추면서 상자를 바라보고 말했다. 롭은 자신의 상자를 뒤지면서 고개를 끄덕였다.

"저 정육면체 상자도 확인해 봐. 내가 이 의상에 어울릴 만한 액세서리도 잔뜩 부탁했으니까. 가면이랑 모자가 있어."

"온갖 좋은 게 다 여기 있네."

나는 그 안을 바라보며 말했다. 일단, 우리의 의상 위를 다 덮을 정도로 발끝까지 오는 길이의 벨벳 안감 망토가 두 벌 있었다. 롭의 망토는 갈색, 내 망토는 파란색이었다. 궁정용 모자와 동글동글하게 하얀 머리털을 말아둔 가발, 온갖 크기와 모양의 베네치아 가면들이 보였다. 가면 중에는 구부러진 코를 지닌 얼굴이 셋 달린 가면과 하얀색 레이스 가면도 있었다. 바닥에는 자그마한 보석 주머니가 있었다. 18세기 스타일의 구두는 없었지만, 난 상아색 웨딩 슈즈를 챙겨왔으니 그걸 신으면 딱 좋을 것이다.

"이건 정말 멋있어."

나는 화장대에 앉아 하얀 가발을 머리에 썼다. 무도회에 온 신데렐라 같네. 그리고 얼굴을 다 가리는 세라믹 가면을 골랐다. 금색과 파란색으로 장식하고, 다문 입술에 금색을 칠한 가면이었다. 가면을 얼굴에 대고 가발 아래로 고무줄을 끼우자 변신이 끝났다. 나는 아무도 알아볼 수 없는 18세기 공주의 모습으로 가장무도회에 참석하는 것이다. 물론 그게 요점이었다. 하지만 이 가면을 쓰면 말을 하거나 앞을 보기 힘들었기에, 얼굴을 반만 가리는 하얀 레이스 가면도 골랐다. 이걸 금빛 클러치에 담아 가져갔다가 먹고 마셔야 할 때 쓰면 되겠지. 정식 가면이라 할 수는 없지만 적어도 의상과 어울리긴 하니까.

롭의 눈이 휘둥그레졌다.

"이야! 가발 정말 근사하네. 좋아, 나도 욕실에서 옷을 갈아입고 올게. 그래야 자기도 가장 멋진 나를 보고 감탄할 테니."

옷 상자와 궁정 모자를 들고 욕실로 들어가며 윙크하는 롭을 보고 난 웃었다.

이윽고 난 가발과 함께 옷을 벗은 다음 웨딩 브래지어와 어울리는 팬티로 속옷을 갈아입었다. 그리고 누드스타킹을 신고서 드레스 안으로 몸을 넣었다. 코르셋을 앞으로 잡아 올려 수십 개나 되는 자그마한 후크를 채웠다. 옷은 딱 달라붙었지만 상당히 잘 맞았고, 커다란 치맛자락을 휘날리며 돌아보니 대단히 아름다웠다.

이제는 액세서리를 착용할 시간이었다. 상자에서 미색 긴 장갑을 한 켤레 꺼내고 보석이 담긴 주머니에서 드레스 색과 어울리는 앤티크 골드 세팅에 하늘색 잎사귀 모양으로 보석을 정교하게 디자인한 목걸이를 골랐다.

이윽고 욕실 문이 열리자, 크림색과 베이지색 궁정 의상 차림의 18세기 신사가 나타났다. 그는 삼각모 아래 구부러진 코를 지닌 세라믹 가면을 썼다. 그의 가면은 얼굴을 반만 가리는 디자인이었다.

이보다 더 아름답고 근사한 남자는 본 적이 없었다. 그런데 이 남자가 바로 내 남편이었다.

"어머나, 세상에. 이럴 수가. 정말 놀랍기만 해."

나는 롭의 어깨를 잡고 가면의 코 아래로 보이는 턱수염 사이 입술에 키스했다.

"정말 진짜 궁정 신사 같아. 그런데 정체를 알 수 없는 섹시한 신사인 거지. 궁정 숙녀들이 다들 꿈에 그리고 있지만, 대체 어디서 나타난 건지 아무도 모르는 그런 신사 있잖아."

롭은 웃으며 가면을 벗었다.

"고마워. 와, 이 드레스 진짜 물건인데."

나는 목덜미에 목걸이를 차고 잠금장치를 잡아 롭에게 넘겼다.

"난 아직 준비가 덜 됐어. 화장해야 해."

롭은 내 머리카락을 옆으로 넘기고 목걸이를 잠가주며 말했다.

"가면을 쓰면 화장할 필요가 없잖아?"

나는 짐짓 안쓰럽다는 표정으로 슬쩍 웃었다.

"참으로 이해력이 모자라시는군요. 네, 사실 저는 가면을 두 개 가져 갈 거랍니다. 하지만 얼굴을 전체적으로 덮는 건 하나뿐이야. 그러니 반만 덮는 가면을 쓸 때를 대비하여 화장해야지."

롭은 손목시계를 바라보며 얼굴을 찌푸렸다.

"오래 안 걸려. 20분만 기다릴래?"

"그럼 아래에서 한잔하고 있을게."

그는 두리번거리며 키 카드와 휴대폰, 지갑을 찾았다.

"이 망할 옷에는 주머니가 없어."

"음, 18세기에는 휴대폰이 많이 없었겠지. 내가 가방이 있으니까 넣 어갈게."

그는 소지품을 내게 건네주고는 내 뺨에 입을 맞추었다.

"그럼 금방 내려와. 늦지 말고."

나는 화장을 고치고 머리를 올려 핀으로 고정한 다음 하얀 가발을 썼다. 가발에는 파란 깃털과 브로치가 붙어있었다. 나는 가발을 머리 핀으로 잘 고정하고 머리를 흔들어 보았다. 가발은 단단히 고정되어

있었다. 나는 장갑을 꺼내고 내 것인 금팔찌를 그 위에 찼다. 그리고 거울 속 모습을 바라보며 미소를 지은 다음 콤팩트 파우더와 립스틱, 무도회 티켓과 호텔 키 카드 두 개, 나와 롭의 휴대폰과 롭의 지갑을 금색 클러치에 넣었다. 물론 나의 작은 레이스 가면도 잊지 않았다.

마지막으로 하나 남은 것이 있었다.

나는 아름다운 세라믹 가면을 얼굴에 대고 고무줄을 가발 아래쪽으로 당겨 끼웠다. 이제 그림이 완성되었다.

나의 모습을 보고 있노라니 상당히 기이했다. 뒤로 보이는 방은 너무나 화려했고, 침대 위에 걸린 유화는 그 화려함이 진짜임을 보증했다. 그래서 난 또 다른 삶에서 18세기 공주가 된 나를 쉽사리 상상할 수 있었다. 무도회에 나를 데려가려고 기다리는 구혼자를 둔 공주 말이다.

하지만 난 이미 다른 삶을 살다가 이곳에 와서 21세기 공주님으로 살고 있지. 공주는 아닐지 몰라도 공주만큼의 특권을 누리며 살고 있으니까.

정신 차려. 넌 지금 신혼여행을 왔다고.

가면 때문에 시야가 좁아지는 바람에 나는 클러치를 들고 조심스럽게 걸어서 로비로 내려갔다. 거대한 그림 아래에 놓인 소파에 앉아 위스키를 마시는 롭을 알아볼 수 있었다. 다른 호텔 투숙객들이 많이들 걸음을 멈추고 이쪽을 바라보았다. 그중 몇은 내가 최대한 우아하게 바닥 위를 디디며 롭에게 가는 동안 우리의 사진을 찍었다.

롭은 자리에서 일어섰다. 잠시, 그는 이해할 수 없는 표정을 지었다.

"믿을 수 없을 정도로 아름답네. 알아볼 수가 없어. 우리는 무도회에서 사진을 찍어야겠어."

나는 그의 팔을 잡으며 웃어보려 했지만 가면 때문에 입을 제대로 움직일 수가 없었다.

"나 아무것도 안 보여. 말도 잘 못 하겠어. 게다가 나 술도 한잔하고 음식도 먹고 싶을 것 같아. 그러니 이 가면은 오래 쓰고 있지 못할 거야."

내가 중얼거리는 말을 들으며 롭은 나를 카날 그란데 호텔 입구로 데려갔다. 선착장에는 리본으로 장식한 곤돌라가 기다리고 있었다.

"아, 자기야. 이것도 준비한 거야? 정말 대단하다."

"음. 현대식 교통수단으로는 그곳에 갈 수가 없어. 게다가 이런 옷 차림이라면 더더욱."

곤돌라에 먼저 탄 롭은 내가 뭐라 반대할 틈도 없이 부두에서 내 허리를 번쩍 들어다가 좌석에 앉혔다.

"자칫하면 배 밖으로 떨어질 수도 있었어. 아닌가?"

가면을 쓴 채라 롭을 째려볼 수는 없어서, 나는 대신 그의 옆구리를 찔렀다.

"이렇게 들어 올려도 되는 건지는 모르겠지만, 지금 우리는 가장무도회 복장이니까, 봐줄게. 이번만이야."

"알겠습니다, 마마."

가면의 시야로는 보이지 않는 곤돌리에는 능숙하게 노를 저어 물길을 헤쳐갔다. 나는 운하에 늘어선 멋진 호텔들과 대저택, 교회를 언뜻 보았다. 다른 배들에도 무도회 복장을 한 사람들이 평상복을 입은 사람들 사이에 섞여있었다. 마치 이상하고 아름다운 꿈의 한 장면 같았다.

"풍경이 드문드문 조각처럼 지나가네. 벌써 추억 같아."

내가 롭에게 말하자, 그는 나를 지그시 보며 말했다.

"이 풍경을 마음껏 보고 싶다면 가면을 벗어."

나는 고개를 저었다.

"난 무도회장에 의상을 다 갖춘 채 들어가고 싶어. 곧 가면을 바꿔 쓸 거야."

곤돌라는 방향을 틀어 카사그레도 호텔로 향했다. 고풍스러운 복숭앗빛 건물 앞 부두에 배를 대자 곧바로 포터들이 달려와 배에서 내리도록 도와주었다. 그 앞에는 가장무도회 복장을 한 사람들이 무리를 지어 줄을 서있었다. 다들 상상할 수 있는 온갖 색깔과 모양의 의상을 갖춰 입었는데, 그중에는 상당히 별난 의상과 가면도 있었다. 뾰족한 끝부분에 종을 달아놓은 알록달록한 빛깔의 광대 모자, 화사한 보석 빛깔 원단으로 지은 거대한 드레스, 다양한 모양의 가발 그리고 단순한 디자인의 가면부터 대단히 거대한 크기의 종이 머리 장식까지 아주 다양했다. 분장을 한 사람들은 다들 웃으며 서로 인사를 큰 소리로 주고받고 행사장 안으로 분주하게 들어갔다.

나는 남편과 팔짱을 끼고서 손님들과 함께 로비로 들어갔다. 거대한 로비에는 커다란 천장과 구불구불한 계단이 있었다. 롭처럼 차려입은 남자에게 티켓을 건네자, 멋진 연회장으로 등 떠밀려 들어가게 되었다. 그곳은 정교한 벽 장식과 거대한 크리스털 샹들리에로 꾸며져 있었다.

"정말 우아하죠?"

어떤 남자가 이탈리아 억양이 강한 영어로 뒤에서 물었다. 그도 역시 가장무도회 의상을 입었지만, 목에는 이 무도회장과 어울리지 않게 현대적인 디지털카메라를 걸고 있었다.

"여러분 사진, 찍어드릴까요?"

"그럴래?"

롭이 내게 물었다. 나는 고개를 끄덕였고, 그가 나를 돌려세워 패널 벽에 우리의 등이 닿게 되었다. 사진사는 몇 가지 포즈를 취하게 시킨 다음 우리의 사진을 찍고서 명함을 내밀었다.

"이메일을 하세요. 마음에 드시면 사진을 사세요. JPEG 파일로요. 아셨죠?"

"그래요. 고마워요."

롭은 내게 명함을 주었고, 나는 그걸 클러치에 넣었다.

서버가 샴페인 쟁반을 들고 지나가자, 롭은 잔 두 개를 가져왔다.

"좋아요, 극적인 입장도 하고, 공식 사진도 찍었으니 가면을 바꿔 낄 차례네요."

나는 가면을 벗은 다음 얼굴을 반만 가리는 레이스 가면을 썼다. 롭은 뒤에서 리본 묶는 걸 도와준 다음, 리본 끝을 가발 속에 넣었다. 나는 그를 보며 미소 지었다.

"어휴, 한결 낫네. 이제 자기를 볼 수 있게 됐고. 저 가면의 눈구멍은 진짜 작았어."

"가면이 참 멋지기는 한데, 이 가면을 쓴 게 더 좋아. 이제 자기가 내 아내 같아 보이거든. 그런 가면은 오래 쓸 수가 없어."

롭은 내게 잔을 건네주었고, 나는 샴페인을 마셨다.

"자기는 이거 안 써봐서 어떤지 절대 몰라."

롭은 술을 마시며 대화를 나누는 사람들을 쭉 훑어보았다. 그들은 아직 춤을 추고 있지 않았다.

"그럼 우리도 뭐, 왈츠 같은 거 춰야 하나?"

"우리는 어느 정도 비슷하게 구색은 맞출 수 있을 거야."

내 목소리는 속마음보다 더욱 자신감이 넘치게 나왔다. 하지만 이런 행사는 정말 꿈꾸어 왔던 것 이상이었다.

"일단 먹을 게 어디 있는지 찾아보자. 샴페인을 마셨더니 거품이 곧바로 머리로 쭉 올라오려고 해."

그 시점부터 저녁의 기억은 음악과 온갖 색채가 어우러져 흐릿해졌다. 우리는 결국 다양한 진미가 준비된 뷔페를 찾아냈지만, 다른 무도회 참가자들과 대화를 나누느라 많이 먹지는 못했다. 사람들은 대개 전 세계에서 온 관광객들이었다. 우리는 매력적인 프랑스 노부부를 만나 오랜 시간 대화를 했고, 그들은 우리의 술잔을 언제나 가득 채워주었다.

화장실에 잠깐 갔다 온 다음엔 한동안 롭을 찾을 수가 없었다. 남자들이 다들 똑같아 보이기 시작했다. 대다수가 삼각모에 코가 구부러진 남자 가면을 쓰고 있었으니까. 무도회장을 몇 바퀴 돌아봐도 찾을 수가 없자, 나는 앞을 더 잘 보려고 레이스 가면을 벗었다. 그러자 잘 다듬은 염소수염에 피부가 거무스름한 남자가 곧바로 나에게 핀잔을 주었다. 그는 짙은 녹색 의상에 얼굴 반쪽을 흘러내리듯 가린 까만 가면을 쓰고 있었다.

"쯧쯧, 가면은 언제나 쓰고 있어야 합니다."

하지만 그는 미소 짓는 얼굴이었다. 말투에는 중동의 억양이 드러났다. 나는 다시 가면의 끈을 머리 뒤로 묶었다.

"맞아요. 하지만 전 지금 남편을 잃어버렸어요. 남자들이 다들 남편과 비슷한 복장이라서요."

"음, 그렇다면 저 역시 당신의 남편분과 똑같아 보이기를 바라야겠군요. 운이 좋다면 당신이 나를 남편으로 착각해 주실 수도 있고요."

남자는 드러난 한쪽 눈으로 윙크하는 것 같았다.

"가면이란 그러라고 있는 것 아니겠습니까? 하룻밤이라도 다른 사람이 되거나, 또 다른 사람과 함께 있을 수 있으니까요."

나는 그의 대담한 말에 웃으면서 군중을 응시하며 롭을 찾아보았다.

"일리 있는 생각인 것 같네요. 하지만…"

"하지만이라니, 뭐가 걱정입니까?"

나는 이 낯선 남자 쪽으로 고개를 돌리며 말했다.

"전 항상 스스로가 다른 사람같이 느껴지는 것 같거든요."

그는 나의 솔직한 대답에 놀란 것 같았다.

"음, 그렇군요. 많은 이들이 사실은 그렇지요. 우린 다들… 스스로를 위장하며 사는 건 아닐까요? 그런 척하면 결국은 그렇게 된다, 라는 말이 미국에는 있잖습니까?"

나는 미소를 지었다.

"맞아요. 요즘 그게 제 인생의 격언인 것 같아요."

남자는 사람들이 춤을 추기 시작하는 플로어로 손짓했다. 몇몇은 진짜 왈츠를 추었고, 또 몇몇은 음악에 맞추어 몸을 흔들고 있었다.

"한 곡 추시겠습니까, 부인?"

여기서 거절하는 건 어쩐지 예의가 아닌 것 같았다. 그리고 베네치아의 무도회에서 전혀 모르는 사람과 춤을 춘다고 생각하니 마음이 설렜다. 나는 그가 내민 손을 잡고 커플들 사이를 이리저리 누비며 플로어로 들어가면서 동시에 계속 주위를 훑어보며 롭을 찾았다. 저기서 대화를 나누는 수십 명의 남자 중 하나가 롭일 수도 있으니까. 그이 모자가 크림색이었던가? 아니면 베이지색이던가?

남자는 내 허리에 손을 얹고서 정식 왈츠를 추며 나를 정중한 태도로 이끌었다. 이윽고 나의 몸은 10대 때 잠깐 볼룸댄스를 췄던 근육 기억을 되살렸고, 그는 나를 플로어에서 빙글빙글 돌리며 느릿하게 움직이는 커플들 사이를 누볐다. 무도회장이 빙글빙글 도는 가운데 나는 이 순간, 이 공간 그리고 이해심 가득하고 매력적인 낯선 남자에게 빠져들었다.

음악이 끝나고 춤의 소용돌이가 멈추자 앞에 있던 남자는 허리 숙여 절하고 나의 장갑 낀 손에 입을 맞추었다. 그러자 크림색 모자와 수놓은 코트 차림에 구부러진 코 가면을 쓴 남자가 나의 파트너 뒤로 다가와 그의 어깨를 두드렸다.

"이제 제 아내와 춤을 춰도 되겠습니까?"

그 남자는 바로 롭이었다.

"아, 잃어버린 남편분이시군요! 잘 돌아오셨습니다, 친구분. 저는 방금 당신의 아름다운 아내분과 사랑에 빠질 뻔했거든요. 그랬다면 우리 모두에게 큰 문제가 되었겠지요."

롭은 웃었다.

"글쎄요. 문제는 당신에게만 있었을 겁니다. 제 아내와 저는 지금 신혼여행 중이라서요. 그러니 아내는 사랑에 빠지는 일 없이 원하는 사람이라면 누구든 같이 춤을 추는 게 안전할 것 같습니다."

"그렇지요, 친구분."

낯선 남자는 내게로 돌아서서 손을 잡고는 다시금 입을 맞추었다.

"즐거웠습니다, 부인. 만나서 대단히 기뻤습니다."

"저도 마찬가지였습니다. 만나서 반가웠어요."

그는 롭에게로 돌아섰다.

"이 귀한 존재를 옆에 가까이 두고 계시기 바랍니다. 당신은 생각만큼 아내분을 잘 모를 수도 있으니까요."

알쏭달쏭한 말을 남긴 남자는 군중 속으로 사라졌다. 롭은 한쪽 눈썹을 치켜뜨더니 내 허리를 손으로 잡고 품으로 가까이 끌어당겼다.

"친구를 사귄 모양이네."

"응. 자기를 잠깐 놓쳤어. 그 남자 좋은 사람이었어. 과하게 치근덕거리긴 했지만, 그래도 상당히 친절하더라. 그런데 자기는 어디 있었어?"

우리는 음악에 맞추어 부드럽게 몸을 움직였다. 하지만 아까 낯선 남자와 추었던 왈츠에 비하면 좀 서툰 동작이었다.

"50대인 텍사스 출신 여자분이 와서 말을 거시더라고. 어디 사람이냐고 묻더니 내 혈통 이야기를 듣고 무척 좋아하던데. 물론 스코틀랜드 조상이 있다는 말을 좋아했지."

그가 윙크하자 나는 소리를 질렀다.

"하! 자기도 다른 여자랑 시시덕거리고 있었으면서! 그럴 줄 알았어. 내가 말했지? 숙녀분들이 당신을 정체 모를 신비한 궁정 인사로 볼 거라고."

"음, 그랬던 것 같네. 하지만 네가 사귄 친구만큼 정체 모를 신비함이 있었으려나? '당신은 생각만큼 아내분을 잘 모를 수도 있으니까요'라는 게 대체 무슨 소리야?"

나는 그의 어깨에 뺨을 기대며 거짓말을 했다.

"모르겠어. 우리가 알고 보면 우리 자신의 모습은 아니라는 뜻 아닐까."

롭은 뭐라 대답할 것처럼 숨을 들이쉬었지만 아무 말도 하지 않고 나를 무도회장 저편으로 데려갔다. 나는 긴장을 풀고 이 순간의 아름다움을 만끽하며 다른 기억은 지워버렸다.

그렇게 있다가 자정이 조금 지나자 술과 흥분감에 시차까지 겹쳐서 흐릿해졌던 기억이 조금 맑아졌다.

롭은 내 허리에 팔을 두르고 입구로 나를 안내했다.

"이제 돌아갈 시간 같지?"

그는 외투 보관소에서 망토를 입혀주었고, 나는 처음에 쓰고 왔던 얼굴을 완전히 가리는 가면을 쓰고 사진가들이 쭉 늘어선 로비를 지나갔다. 잠시 그들을 위해 포즈를 취한 다음, 우리는 선착장을 따라 수상 택시가 길게 늘어선 호텔 출구로 향했다.

"한참 걸리겠네. 발은 괜찮아? 10분 정도 걸을 수 있어? 길을 가로질러 가서 저 위 운하에서 배를 타면 어떨까?"

롭의 말에 나는 가면 사이로 중얼거렸다.

"발은 괜찮아. 걸어가자."

우리는 호텔 옆문으로 나가서 시원한 밤거리로 들어가 자그마한 자갈길을 걷기 시작했다. 롭이 지도를 보려고 내 클러치에서 휴대폰을 꺼내는 동안 나는 망토를 여몄다. 롭이 고전 의상 차림으로 손에 아이폰을 들고 있으니 뭔가 어울리지 않았다.

"조금 더 가면 리알토 근처야. 거기서 수상 택시를 잡자."

우리는 팔짱을 끼고서 울퉁불퉁한 길을 조심스레 걸었다. 저 앞에서는 카니발 참가자들 몇 명이 이리저리 뛰어다니며 소란을 피우고 간헐적으로 크게 웃거나 고함을 지르며 밤의 정적을 어지럽혔다.

"영화의 한 장면 같네."

나는 중얼거렸다. 가면을 써서 말하기가 어렵지만, 이걸 벗는다니 내키지 않았다. 롭은 아직도 가면을 쓰고 있었기에, 나는 이 분위기를 망치고 싶지 않았다.

"〈도브〉 봤어? 헬레나 본햄 카터와 라이너스 로치가 주연인 영화 말이야."

"그럼. 우린… 그 영화 같이 봤어. 만난 지 얼마 안 됐을 때. 그때 네가 베네치아에 가고 싶다고 말했어."

"아."

우리는 작은 다리를 건넜다. 앞서가던 일행이 옆으로 방향을 트는 바람에 우리는 길에 혼자 남겨졌다.

"오늘 밤을 지내다 보니 그 영화가 떠올랐어. 거기 베네치아 카니발 장면이 나오잖아? 라이너스와 헬레나가 의상을 갖춰 입고 가면을 쓴 채로 다른 여자, 그러니까 라이너스가 사랑하는 여자를 피해서 숨어 어두운 구석에서 섹스하잖아."

"이런 골목 같은 데 말이야?"

롭은 나를 캄캄한 작은 골목으로 데려갔다. 그리고 허름한 낡은 문가에 서서 내 망토 속으로 팔을 넣어 허리를 감싸고 날 끌어안았다. 그는 모자와 가면을 벗으며 검은 머리카락을 흐트러트린 채로 나의 쇄골에 키스하면서 날 문가로 밀어 문틀에 꼼짝 못 하도록 밀쳤다.

"그럼 우리가 라이너스랑 헬레나인가?"

그는 낮은 목소리로 말하며 나의 드레스 가슴선으로 입술을 움직여 갔다. 코르셋으로 꽉 조여 위로 올라붙은 나의 봉긋한 가슴 위로 그의 입술이 정신없이 움직였다.

"그래."

나는 가면 사이로 숨을 쉬면서 그를 향해 허리를 휘도록 움직였다. 그러면서 영화를 떠올렸다. 헬레나와 라이너스가 섹스하는 동안, 라이너스를 찾아 헤매던 그의 사랑하는 여자를.

롭은 장갑을 치아로 물어 벗은 다음 나의 드레스 상단 고리를 풀었다. 그리고 장갑 벗은 손을 드레스 안에 넣어 유두를 찾아대었다. 잠시후, 그는 몸을 웅크리더니 드레스 치마 앞자락을 허리까지 들어올렸다. 내가 입은 실크 팬티를 옆으로 민 롭은 내 다리 사이에 손을 넣어 젖은 속에 손가락을 대었다. 그리고 자신의 앞섶을 끄른 다음, 내 다리를 자신의 몸에 두르고는 어두운 골목에서 나를 가졌다. 나는 그 시간 내내 표정 없는 가면을 쓰고 있었다.

그와 내가 밤거리로 신음을 내뱉던 순간, 내 턱이 주는 압력을 견디지 못한 세라믹 가면의 턱 부분에 살짝 금이 가고 말았다. 나는 기진맥진한 채로 벽에 등을 기댔다.

롭은 나에게 몸을 턱 쓰러뜨리고서 중얼거렸다.

"가면을 벗어. 너에게 닿을 수가 없잖아."

금이 간 부분이 깨지지 않도록 조심하면서 난 가면을 벗었다.

"나 영화 기억나. 라이너스와 헬레나가 서로 사랑하는 것만으로는 충분하지 않았어. 라이너스는 다른 여자도 사랑하고 있었으니까."

롭은 내가 무슨 생각을 하는지 아는 듯했다.

"우리는 그들과 달라."

나는 상의를 여몄고, 그는 앞섶을 추슬렀다.

"나도 그렇다고 믿고 싶어. 그래서 자기와 결혼한 거야."

"우린 괜찮을 거야. 우린 결혼했잖아. 그리고 서로 사랑하잖아."

"맞아. 난 자기를 사랑해. 그 무엇보다 사랑해."

당신에게 또 다른 아내가 있더라도 말이야.

그 생각이 머릿속을 스쳤지만, 난 소리 내어 말하지는 않았다. 그에게 아내가 둘 있는 건 나 때문이지만.

Chapter 22

6월 중순에서 하순

2018년 6월 12일

가면 증후군(Imposter Syndrome, 자신의 성공이 스스로의 노력이 아니라 운으로 얻어졌다고 생각하며 불안해하는 심리. 옮긴이 주) 업데이트 제… 아, 몇 번째인지 까먹었다.

이젠 사무실에서도 다 알아가고 있다. 한스와 마이크랑 같이 일하는 건 재밌지만, 난 사실 힘들다. 고급 부동산 관련 파티를 기획하고 소셜 미디어 마케팅을 진행하며 넉넉한 보수를 받는다니 참 꿈만 같은 일이겠지. 하지만 점점 지겹기만 하다. 모두가 이미 다 부자인데도 다들 돈돈거리며 항상 영업적으로 살아야 하고 있는 대로 돈을 긁어모아야 한다는 압박이 심하다. 부자가 아니면 살 수가 없는 뉴욕시의 체계적인 고급 도시계획도 역시 그렇다. 파티와 만나는 이들과의 정다운 에어 키싱(얼굴에 키스를 하는 시늉으로 인사하는 것. 옮긴이 주)과 참 많이도 마시는 샴페인들. 하고 싶은 말이 목구멍까지 올라와서 참기가 힘들 때도 몇 번 있었다.

게다가 앤절라는 점점 경쟁의식을 불태우고 있다. 앤절라가 내 자리를 원했다는 걸 난 안다. 지금 내가 더는 100퍼센트 일에 몰두하고 있지 않다는 걸 앤절라는 알겠지. 그녀는 야금야금 한스와 마이크의 환심을 사고 있다. 회의에 들어가 자기 업무도 아닌 소셜 캠페인이나 여타의 커뮤니케이션 전략에 대해 제안을 하면, 이제 한스는 그걸 즐겁게 듣고 있다. 예전이었다면 성가셨을지도 모르지만, 요즘은 거기까지 신경 쓰기가 어렵다.

신경 쓰기 어려운 이유는 내가 감정 기복이 심하기 때문이다. 어떤 때는 침대에 롭과 함께 살을 맞대고 누워 그지없이 행복하기만 하다. 그러다 갑자기 내 남편도 아닌 남자와 결혼했다는 죄책감에 사로잡혀 버리곤 한다.

이 남자는 너의 남편이니까.

이젠 잘 알겠다. 스스로 인정하게 되었다. 난 네가 나와는 별개로 존재한다는 걸, 그날 우리는 서로 인생을 바꿨다는 걸 진심으로 믿는다. 그리고 난 너의 남편과 함께 살며 널 배신하고 있다는 걸, 처음부터 이 일기는 내가 아닌 너를 위해 쓰고 있다는 걸 안다. 그래야 우리가 혹시라도 다시 인생을 돌려받는다면, 여기서 무슨 일이 있었는지 네가 알 수 있을 테니까.

손목에 주근깨와 모래 빛깔 털이 난 익숙한 손이 내 어깨 위로 쓱 다가오더니 커다란 와인 잔을 탁자에 올려놓았다.

"축하합니다. 결혼식이 참 멋있었다고 들었어요."

나는 고개를 돌려 피터에게 따스하게 미소 지었다.

"고마워요. 정말 멋진 결혼식이었죠. 당신과 미셸도 올 줄 알았는데요? 당신이 감미로운 바리톤으로 〈캔트 슬립 러브〉를 부르는 목소리를 듣고 싶었는데 아쉬워요. 케이티와 앨런도 멋지게 불러주었지만, 그 노래는 당신 거잖아요."

"조시의 것이기도 하죠. 하지만 결혼식에서 신부가 다른 남자와 열정적으로 듀엣곡을 부르는 건 옳지 않을 거라 생각해요. 내가 당신과 부르면 안 되죠. 아마도 호르몬이 널뛰는 미셸이 그걸 두고 봤을 리가 없어요."

나의 맞은편에서 리사가 심하게 큰 소리로 웃었다. 나는 그쪽을 흘겨보았다.

"그래요. 좀 부적절했을 수도 있겠죠."

나는 잠시 말을 멈추고 목을 뒤로 뻗어 피터를 바라보았다.

"앉으실래요?"

피터는 안경을 밀어 올리며 말했다.

"베이스 단원들한테 가서 이야기를 들어야 해요. 라이언이 결혼식장에서 당신 친척 하나가 결혼반지 끼고 있는 줄도 모르고 작업을 걸었다는 이야기를 하고 있었거든요. 가서 들어야겠어요."

나는 웃었다.

"사실 그 친척이 내 여동생이에요. 난 동생 쪽 이야기를 들었거든요. 음, 라이언 이야기도 나중에 들려줘요. 와인 갖다줘서 고마워요."

"별말씀을. 그럼 이따 봬죠, 숙녀분들."

"나중에 봐요, 피터."

리사는 그를 향해 나긋하게 인사하고는 떠나는 뒷모습을 바라보았다. 나는 고개를 저으며 핀잔을 주었다.

"내가 이 휴지로 너 침 좀 닦아줘도 되겠니?"

리사는 고개를 저으며 말했다.

"피터 진짜 귀엽지 않냐?! 게다가 널 좋아해. 이 욕심 많은 년아. 너한텐 이미 매력적이고 잘생긴 부자 남편이 있잖아. 게다가 이젠 결혼식도 두 번이나 했으면서! 그런데 우리 합창단에서 제일 섹시한 남자의 관심까지 독차지하려고 그래?"

나는 불편한 기색으로 매우 당황했다.

"피터랑 미셸은 곧 아기를 낳을 거야. 알면서? 물론 우리는 같이 듀엣을 하지. 하지만 그뿐이잖아. 우리 둘 다 가정이 있는데. 그러니 친구로 지내면 괜찮잖아."

리사는 히죽 웃었다.

"그렇게 말씀하신다면야. 롭은 너랑 피터의 끈적한 듀엣에 대해 뭐라고 생각할까? 롭도 공연에 오지?"

"롭은 괜찮을 거야. 질투심이 강한 사람도 아니고. 난 듀엣 한다고 말도 안 했어. 그냥 특별 공연 순서가 있어서 연습을 더 한다고만 말해뒀어. 이제 말해야지."

리사는 눈썹을 치켜떴다.

"꼭 말해. 남편이 공연에 와서는 '그렇군, 저 섹시한 남자랑 노래하는 것 때문에 추가 연습을 했으면서도 나한테 말을 안 했구나?'라고 화내는 걸 보고 싶은 건 아니겠지?"

나는 씩 웃었다.

"일단, 롭은 피터가 섹시하다는 생각을 전혀 할 일이 없어. 그리고 난 꼭 말할 거야. 우리 사이에는 비밀이 없거든. 내가 스포트라이트를 받는 순간을 보며 롭은 좋아할 거라고. 다른 남자랑 같이 노래한다 해도 그이한텐 별일 아니야."

나는 베이스 단원들이 앉은 테이블을 슬쩍 바라보았다. 그들은 방금 라이언이 한 말에 야유를 보내고 있었다. 분명 내 동생 이야기겠지. 피터는 나와 눈이 마주치더니 웃음을 멈추고 알 듯 말 듯한 미소를 지었다. 나는 그에게 어설프게 미소를 짓고는 고개를 돌려 리사와 다른 이야기를 했다.

이후 집으로 돌아가자, 늦은 시각이었는데도 롭은 소파에 누워서 책을 읽고 있었다.

"안녕. 아직 안 잤네?"

그는 똑바로 앉았다.

"너 들어올 때까지 안 자고 싶어서. 술자리는 재미있었어?"

나는 그에게 다가가 관자놀이에 키스하며 대답했다.

"아주 재밌었지. 난 그 술집 마음에 들어. 하지만 연습 끝나고 갔더니 좀 피곤하네."

"그렇겠지. 요즘 연습 평소보다 오래 하잖아. 공연 날짜가 다가오니 그럴 거라 생각은 했어. 준비는 잘 돼가?"

나는 리사와 나누었던 대화를 떠올리며 대답했다.

"응. 사실, 연습이 길어지는 데는 이유가 있어. 내가 이번 공연에서 듀엣을 하거든. 펜타토닉스(미국의 아카펠라 그룹. 옮긴이 주)가 부른 〈캔트 슬립 러브〉 알지? 내가 계속 흥얼거렸잖아. 내가 부르는 건 좀 감상적인 듀엣 버전이야. 아주 멋있게 편곡됐어. 무시무시하게 부담스러운 솔로를 하는 일 없이 멋지게 스포트라이트를 받는 순간이 생긴 거지."

"그거 아주 좋네. 그 노래 알지. 남자 둘이서 커버한 유튜브 영상을 자기가 계속 봤잖아. 아메리칸 아이돌 출신 남자들 말이야. 내가 자기 인터넷 습관을 몰랐을 거라 생각은 마시죠, 아가씨. 그런데 누구랑 듀엣 해?"

"피터랑 해. 작년 공연에서 만났던 사람이야. 우리 결혼식에는 안 왔어. 키 크고 마른 남자야. 안경 썼고, 목소리가 좋아."

"나만큼 좋지는 못할걸."

롭은 내 다리를 잡고서 자기에게로 끌어당기더니 떨리는 가성을 내며 그 노래의 코러스 부분을 부르기 시작했다. 나는 웃고 말았다.

"그래, 자기 목소리가 훨씬 더 멋져. 우리 합창단에 들어와야 하는데. 노래 정말 잘하잖아. 물론 자기는 대중 앞에서 하는 공연이라면 극심한 공포를 느껴서 문제지만."

나는 몸을 일으키고서 그의 어깨에 손을 짚었다. 그리고 키스한 다음 뒤로 물러섰다.

"나 너무 지쳤어. 침대에 가야겠어. 잘래."

침실 쪽으로 이어진 계단을 오르자 롭이 소리쳤다.

"안 돼!"

그는 내 뒤에 대고 노래를 불렀다.

"잠 못 이루는 사랑을 줘(캔트 슬립 러브)!"

롭의 말이 맞았다. 종일 피곤했던 데다 강도 높은 연습에 와인까지 마셔서 완전히 지쳤는데도 좀처럼 잠이 오지 않았다. 롭과 다시 결혼하기로 한 후부터 한동안 밤마다 제대로 잠들 수가 없었다. 베네치아에서 돌아온 그 주에는 매일 밤 불면증이 슬금슬금 다가왔다. 마치 나쁜 버릇을 지닌 옛 연인처럼 말이다.

몇 시간 자봤자 별 소용이 없었다. 왜냐하면 벽 뒤에 그 여자가 항상 있었으니까. 카니발 무도회 후로 그녀는 매일 밤 그곳에 나타났다. 때로는 가면을 쓰고 나타나고, 때로는 거울 속에서 나타나고, 때로는 이름 모를 도시의 거리나 아무도 없는 해변을 걷고 있을 때 앞에 불쑥 나타났다. 가끔은 내게 말을 걸고 애원하지만, 또 어떨 때는 믿을 수 없다는 듯 고개를 저어대는 그 여자의 모습.

그래서 나는 잠을 자지 않기 시작했다. 그저 어둠 속에 앉아 저 밖의 엠파이어 스테이트 빌딩을 멍하니 바라보거나 롭을 쳐다보며 그의 가슴이 오르내리는 모습을 응시했다. 머릿속엔 그 망할 듀엣곡이 끊임없이 맴도는 채로.

"브라보! 아니, 여자한테 하는 찬사니까 브라바(Brava)라고 해야 하나?"

극장 로비에서 두 팔을 벌린 롭의 품으로 나는 걸어 들어갔다. 그는 나를 꼭 안고 앞뒤로 흔들었다. 난 그에게 키스하고 미소를 지었다.

"고마워, 자기야. 그리고 술도 잘 마실게."

바 자리에는 그가 마실 위스키와 내가 마실 와인이 한 잔 놓였다. 나는 와인을 한 모금 마시며 말을 이었다.

"내가 정말 많이 긴장했다는 걸 미처 몰랐어. 하지만 듀엣은 나한테 중요한 일이었어. 게다가 관객도 아주 많았고. 우리 표가 매진되었으니까."

그는 내 머리를 쓰다듬으며 말했다.

"나도 알 수 있었어, 여보. 너 정말 잘하더라. 자, 여기 의자에 앉아. 나는 서있을게."

나는 자리에 앉았다. 2시간 동안 힐을 신고 서있느라 발이 욱신거렸다. 이윽고 리사가 옆자리에 앉았다. 몸에 달라붙은 검은 드레스에 화사한 노란 스카프를 두른 차림이었다. 그녀는 롭을 보며 활짝 웃었다.

"네 아내 정말 대단했지?"

"당연하지. 너희들 다 멋졌어."

"으, 넌 사람이 너무 좋아 탈이야! 자, 솔직하게 말해봐. 어느 노래가 제일 좋았어?"

"음, 나는 제임스 본드 팬이니까, 제일 좋았던 건 〈스카이폴〉이었지. 〈언더 프레셔〉도 멋있었고. 하지만 최고를 꼽으라면 역시 〈캔트 슬립 러브〉겠지."

리사는 그 대답에 윙크했다.

"아주 외교적인 답변이시군요. 말이 나왔으니 말인데… 피터! 이리와. 와서 나 술 한잔 사줄래? 지갑을 휴게실에 두고 와서."

피터는 이미 체크 셔츠와 청바지로 옷을 갈아입은 모습으로 다가왔다.

"그래. 화이트 와인이지? 내가 한 병 살게."

"너 진짜 하느님의 축복을 받을 거야."

열렬한 무신론자인 리사는 이렇게 농담하며 웃었다. 나는 피터를 바라보았다.

"있죠, 롭 기억하죠?"

두 남자는 날 가운데 두고 악수했다.

"안녕하세요. 피터 클라빈스입니다. 네, 작년 이맘때쯤 잠깐 뵀었죠."

"롭 빌링입니다. 파트너분과 함께 만났던 기억이 납니다. 아기 소식도 들었습니다. 축하드립니다. 파트너분과 같이 오셨습니까?"

"아뇨. 미셸은 2시간 내내 극장에 앉아있을 기분이 아닌 상황이라서요. 특히 제가 다른 여자와 듀엣으로 공연을 한다면 더더욱 그렇죠. 지금 출산예정일이 3주 남았거든요."

"아주 기대가 되는 소식이군요. 그런데… 성이 클라빈스라고 하셨죠? 흔치 않은 성이군요."

"라트비아 이름입니다. 저는 미국 이민 2세죠. 부모님이 결혼 후에 곧바로 이민을 오셨습니다."

"그렇군요. 그나저나 듀엣 정말 훌륭하더군요. 두 사람 아주 노래 실력이 대단했어요."

"고맙습니다. 연습을 많이 했죠. 화음이 어려웠지만, 그래도 우리 잘한 것 같지 않나요, 조시?"

나는 와인을 꿀꺽 삼켰다. 피터가 아무렇지 않게 내 이름을 다정히 부르는 데서 살짝 긴장감이 흘렀다. 나는 와인에 집중하며 대답했다.

"그랬죠. 할 수 있는 만큼 다 잘 나왔어요. 우리 팀 파이팅."

롭은 내가 불편해하는 기색을 느끼고는 이쪽을 바라보다가, 다시 피터를 보았다.

"조시 말로는 비디오 게임 디자이너 일을 하신다던데요. 제가 아는 게임이 있을까요?"

"혹시 〈하이스트〉 아십니까? 그게 우리 회사에서 제일 잘된 겁니다."

"이야, 〈하이스트〉 많이 했었죠. 멋지네요. 엄청난데요."

"그리고 롭은 부동산 개발업을 하신다고요?"

피터의 질문에 롭은 위스키를 한 모금 마셨다.

"그래요. W 호텔 공사를 좀 했고, 지금은 우리가 사는 캐번디시 하우스를 설계하고 시공했습니다. 건물 이름은 당연히 이 아름다운 여성분 이름을 딴 것이고요. 지금은 트라이베카에 고층 건물 개발을 하고 있습니다. 거기에 부티크 빌딩도 많이 만들고 있죠. 사업이 잘되네요."

"멋있네요."

나는 와인을 홀짝이며 두 남자가 허물없이 이야기를 나누는 모습을 보았다. 어쩐지 남자애들이 누가 오줌 멀리 싸나 내기를 하는 것처럼 느껴졌다. 리사는 호기심을 있는 대로 드러내면서 그 광경을 지켜보았다. 그러다 다행히도 라이언과 다른 사람 두어 명이 나타나 주어, 나만 느낀 건지 아니면 진짜 있었던 건지 모르겠는 어색함은 곧 사라졌다.

와인을 한 잔 마시자 완전히 취해버렸다. 피터는 병을 들어 내게 또 따라주려 했지만, 나는 그의 팔을 잡았다.

"고맙지만 이제 롭한테 집에 데려다 달라고 해야겠어요. 지금 취했거든요."

"그래요. 우리 모두 열심히 했죠. 이제 쉬어요."

리사는 고개를 끄덕였다.

"걱정하지 마. 내가 네 몫까지 마실 테니까. 피터가 오늘 날 도와줄 거야. 그렇죠?"

나는 웃으면서 의자에서 슬며시 내려와 아픈 발로 섰다.

"누군가는 도와줄 거야. 그럼 7월에 있을 합창단 소풍에서 보자. 피터, 미셸이랑 같이 아기를 데려와요."

내가 사람들에게 작별 인사를 하는 동안 롭은 팔꿈치로 길을 헤치며 나를 데리고 분주한 바에서 빠져나왔다. 밖으로 나오자 포근한 6월의 밤을 맞이한 로어 이스트 사이드 거리에는 밤 외출을 나온 사람들로 북적였다. 롭은 2번가 모퉁이를 돌아서 택시를 불렀다.

"듀엣 공연이 제일 좋았다 이거지?"

어두운 택시 안에 앉은 채 롭에게 물었다. 그는 잠시 대답이 없다가 말을 이었다.

"그게 최고의 공연 같다고 생각했어. 두 사람 아주 호소력이 좋았거든. 둘 목소리가 아주 환상적으로 어울리던데. 하지만 솔직히 내 마음에 가장 드는 곡은 아니었어."

"아, 그렇구나. 내가 부르는 게 제임스 본드 테마를 이길 수는 없었던 거겠지?"

나는 그의 어조에 놀라서 물었다.

"그 노래의 주제가 맘에 들지 않아서. 연습하는 소리를 쭉 들었는데, 가사가 자꾸 마음에 걸려. 그건 한때의 변덕스러운 열정에 대한 노래잖아. 그런 게 최고의 사랑이라고 말이지. 일상의 사랑이나 헌신적인 사랑과 비교해서 훨씬 낫다는 거잖아. 함께 나이 들어가는 게 지루하다는 식 아니야? 그게 싫었어. 같이 영화를 보고, 산책하고, 함께 늙어가는 사랑이 진짜지. 내가 원하는 건 그런 사랑이라고."

"자기 말이 맞는 것 같아."

"게다가, 네가 다른 남자랑 열정을 다해 노래하는 걸 보기가 좀 힘들었어. 둘 다 아주 푹 빠져서 부르던데. 물론 내가 걱정할 거 없는 건 알아. 네가 사랑하는 건 나고, 저건 그냥 연기하는 거니까. 하지만 그건 너 같지 않았어. 그건 또 다른 버전의 너였지. 다른 사람과 시시덕거리는 또 다른 너였다고. 그러니까 이제껏 우리가 겪어온 일들이 전부 떠오르더라고."

운전기사가 백미러로 이쪽을 슬쩍 보았다. 지금 엿듣고 있구나. 하지만 상관없었다. 저분은 택시 운전하면서 이보다 더 훨씬 심한 이야기도 많이 들었을 텐데 뭘.

나의 배 속이 꽉 뭉쳤다.

"그래, 무슨 말인지 알겠어. 자기 마음 불편하게 해서 미안해. 그건 진짜 연기일 뿐이었어. 그러니까, 피터는 친구고, 다른 여자랑 같이 살고 곧 아기도 낳을 거야.

피터 걱정을 할 필요는 없어. 아니, 다른 남자는 누구라도 전혀 걱정하지 마. 자기야, 그건 알지? 난 이 세상에서 자기밖에 없어. 내가 내뿜는 열정적인 모습이 있었다면 그건 자기를 생각하며 노래했기 때문이야. 자기는 나한테 그런 식의 미칠 듯한 열정적인 사랑이라고. 밤마다 잠 못 자게 하는 그런 사랑이 바로 자기야. 말 그대로 말이야. 우리가 지금 함께 가진 이 사랑 때문에 그런 노래들이 창작되는 거라고."

롭은 빠르게 지나가는 도시의 배경을 바라보았다.

"넌 정말 모르겠니, 조시? 그게 문제야. 난 네가 밤새 잠 못 자고 낮에 계속 지쳐 살기를 바라지 않아. 네가 얼마나 잠을 안 자는지 내가 모를 것 같아? 게다가 넌 직장에서도 행복하지 않아 보여. 넌⋯ 만성적인 불만이 있잖아. 제아무리 모든 걸 가져도, 내가 너의 행복을 위해서 모든 걸 다 해줘도 말이야. 네가 날 사랑하는 거 알아. 나한테 푹 빠져있는 것도 알아. 하지만 난 미친 걸 바라는 게 아니야. 난 행복을 바

라. 난 만족하며 살길 바란다고. 왜 모든 게 이토록… 극적이어야 해?"

이제 운전기사는 제대로 관심을 보인 나머지 길을 거의 보지 않았다. 나는 더욱 차분한 어조로 대답했다.

"왜 그런진 자기도 알잖아. 자기가 진짜 삶을 바란다는 거 알겠어. 하지만 나한테는 이게 진짜 삶이 아니야. 나한테 바라는 게 뭐야? 난 이 삶을 받아들이기로 했어. 자기를 사랑하니까. 난 우리 오빠를 다시 볼 수 있으리란 희망도 버렸어. 자기를 위해서. 하지만 자기 말이 맞아. 이 삶 때문에 난 미쳐가고 있어. 왜냐하면… 이건 나답지 않다고 생각하니까.

자기를 발견했고, 자기는 내가 이제껏 만난 남자 중에서도 최고의 남자야. 하지만 이 모든 상황에서 대체 난 누구란 말이야? 난 스스로를 배신했다는 기분에 사로잡혀 살고 있어. 사랑 때문에, 호화로운 인생 때문에, 이 삶 때문에 배신했다고. 지금 내 삶엔 죄책감과 쾌락이 거대하게 공존하고 있어. 화려하지만 피상적인 직업을 갖고, 으리으리한 집에서 살면서, 아름다운 옷을 입고, 레스토랑과 파티에 가고, TV쇼에 나오고, 호화 부동산에 개인용 제트기에 샴페인에 둘러싸여 살지. 빌어먹을 샴페인을 정말 많이도 마셨어. 너무 쾌락이 심하고, 그만큼 죄책감도 심해."

나는 고개를 저으며 말을 이었다.

"내가 자기랑 너무 행복하게 지내고, 이 삶을 막 누리는 기분이 꼭… 음식을 처먹는 폭식증 환자 같아 보여. 눈을 감으면 다른 사람들은 갖지 못한 것들이, 내가 가져서는 안 되는 것들이 전부 보여. 난 죄책감을 견딜 수가 없어."

롭은 아무 말이 없었다. 하지만 입안을 깨물고 있었다. 난 우리 사이 좌석 위에 놓인 롭의 손에 내 손을 얹었지만, 그의 손은 아무런 반응을 하지 않았다. 택시가 캐번디시 하우스의 포르트 코셰르 앞에서 서자, 롭은 빠르게 택시비를 지급하고 차에서 내렸다. 에드가 내 좌석 문을 열어주었을 때 그는 벌써 현관에 다다랐다.

"안녕하십니까. 콘서트는 즐거우셨는지요?"

에드는 내가 들어오도록 커다란 유리 현관문을 잡아주면서, 나를 따라 들어오는 롭을 슬쩍 쳐다보았다.

"좋았어요. 고마워요, 에드."

나는 억지로 미소를 지으며, 힐 신은 발걸음으로 대리석 위를 비틀비틀 걸었다.

"고마워요, 에드."

롭은 중얼중얼 감사를 표하고는 열린 엘리베이터를 향해 성큼성큼 걸어갔다.

엘리베이터 안에서 우리는 말없이 나란히 섰다. 이 다툼을 해결할 수 있을 만한 말이 떠오르지 않았다. 이윽고 우리 집 층에 다다르자, 롭은 앞으로 성큼성큼 걸어가 문을 열었다. 나는 아픈 발에서 구두를 확 벗어 던지고 그 뒤를 따랐다.

그는 이미 드레스룸에 들어가 셔츠를 벗고 있었다. 오늘 밤은 따스해서 그의 연갈색 피부 위로 땀이 은은하게 반짝였다. 나는 문가에 서서 그를 바라보았다.

"롭. 미안해."

그는 고개를 들어 나를 바라보며, 한 손으로는 청바지 벨트를 끄르고 다른 손으로는 양말을 벗었다.

"처먹는 폭식증 같다고? 내가 너한테 그런 존재야? 처먹으면서 죄책감을 느껴대고, 그다음엔… 어떡할 건데? 다 먹으면 토할 거야?"

그는 분노하고 있었다.

"자기야, 미안해. 그런 뜻이 아니었어. 당연히 아니야. 뭐라 말해야 할지 모르겠는데, 나 지금 너무 피곤해서… 정말 미안해."

나는 롭의 청바지와 셔츠가 널린 푹신한 보조 의자를 빙 돌아 그에게로 다가가 손을 뻗었다.

"사랑해. 이리 와."

하지만 그의 까만 눈동자는 전에 보지 못했던 불길로 번뜩였다. 그는 나를 노려보았다.

"이런 썅, 조시! 모르겠어? 네가 다 망치고 있잖아."

그는 날 확 밀치고 욕실로 들어가 문을 쾅 닫았다.

Chapter 23

8월 말

정말 심하게 덥다.

나는 지금 한스와 마이크의 햄톤스 집으로 돌아가는 산책로 기슭에서 커다란 파라솔로 햇볕을 가린 채 줄무늬 의자에 누워있다. 그늘에 있는데도 피부가 지글지글 타는 것 같다. 쭉 뻗은 모래사장에는 사람이 거의 없고, 파도치는 바다는 어서 오라 손짓하는 듯했다. 하지만 난 이글거리는 햇살이 내리쬐는 해변으로 나간다는 생각만 해도 무섭다. 말 그대로… 현재 해변에 갇혀있다고나 할까. 게다가 아이스티는 1시간 전에 다 마셔버렸다.

난 초록색과 구리색 일기장을 무릎 위에 두고 어제 써둔 부분을 읽었다.

햄톤스의 날씨는 원래 이보다 더 시원해야 하는 건데. 그래서 8월을 통째로 집을 봐주기로 했건만. 이곳으로 피신 와서 바닷바람과 청록색 수영장, 바람에 휘날리는 하얀 커튼과 신선한 해산물을 즐길 거라 생각했는데. 24시간 울려대는 사이렌 소리와 어딜 가도 후덥지근한 공기, 땀에 젖어 하는 섹스와 걸핏하면 내게 되는 짜증을 피해 쉬고 싶었단 말이다. 하지만 여기나 거기나 덥고 땀 나고 성질까지 나는 건 마찬가지인 것 같다.

물론 그건 대부분 나의 이야기다. 롭은 평소처럼 초연한 모습으로 에어컨이 완비된 한스의 사무실에서 바다 전망을 보며 편안하게 일하고, 점심시간에 느긋하게 크랩 샐러드를 먹고 아이스티를 마시는 걸로 만족하고 있다. 평소라면 롭은 도시를 이토록 오랫동안 떠나있지 않겠지만, 우리는 관계를 개선해야 했다. 그래서 이제껏 나를 좀 미치게 했던 것들로부터 떠나서 살아야 했다.

난 미쳐도 많이 미쳐있었다.

내가 보기엔 항불안제 때문인 것도 같았다. 나는 너무 절박한 마음으로 와인스타인 박사와 상담을 했다. 6월에 공연을 마치고 롭과 다투면서 그날 밤 내가 그런 말을 한 후로, 나는 도움을 받아야 했다.

와인스타인 박사가 많이 도와줄 수 있는 건 아니었지만, 그래도 나의 악몽과 죄책감에 대해 누군가에게 말을 해야 했다. 지금은 일주일에 한 번씩 찾아가 기억상실증에 여전히 걸린 척하면서 사고 이후 내가 다른 사람처럼 느껴진다고, 내가 롭과 함께 살 사람이 아니라는 기분을 떨쳐버릴 수가 없다고, 난 원래 이런 모습으로 살아서는 안 되는 것 같다고 이야기를 한다. 그리고 데이비드 이야기도 많이 한다. 오빠의 죽음을 아직 받아들이지 못하고 있다고, 특히 난 오빠가 죽었다는 기억이 전혀 없다고, 그래서 오빠의 죽음을 제대로 애도한 적도 없고 받아들일 수도 없다고 말한다. 그건 모두 반쪽짜리 진실이지만, 그래도 아예 아무 말도 안 하는 것보다는 이렇게라도 이야기하는 편이 더 낫다. 롭과는 이런 이야기를 더는 하지 않는다. 언제나 싸우면서 끝나게 되니까.

와인스타인 박사는 항불안제를 처방하기 시작했지만, 이게 효과가 있는지는 모르겠다. 업무상으로는 도움이 되지 않는다. 난 그릇된 판단을 계속 내리고 있고, 나중에 후회할 말을 하곤 한다. 물론 사실이 아닌 말을 한 건 아니지만, 그래도 좀 더 신중하고 눈치껏 행동했어야 했는데. 8월에 마이크와 한스의 해변 별장으로 한스와 함께 가서 일하겠다고 결정했을 때, 마이크는 말 그대로 날 등 떠밀어 내쫓다시피 했다.

약을 먹으니 졸리기도 한다. 불면증에는 도움이 되긴 해도, 낮에 너무 힘들어서 일을 제대로 하기가 쉽지 않다. 저녁이 되면 너무 피곤해서 뭘 할 수가 없다. 현지 식당에서 근사한 저녁을 몇 번 먹기도 했지만, 난 평소보다 말이 없어졌다. 대개는 집에서 저녁을 차리고 롭과 먹으면서 업무 이야기를 하거나 서로 읽는 책 이야기를 가볍게 한다. 그러고는 책을 더 읽거나 영화를 본다. 혹시 롭은 달빛을 받으며 오랫동안 해변을 산책하면서, 깊이 있는 대화를 나누며 치유를 하고 싶었던 걸까. 와인에 취해 재잘거리다가 모래 언덕에서 한밤중의 사랑을 나누고 싶었을까. 그랬다면 분명 실망하고 있겠지.

우리 둘 다 그런 것 같기도 하다.

일기를 한창 읽는 도중 휴대폰이 귀여운 알림음을 냈다. 마이크가 보낸 문자였다.

-자기야, 파티용 신발을 신고 있는 게 좋겠어. 한스랑 나는 30분 후에 출발
 할 거고 거기는 6시 30분에 도착할 거야. 유후! 맥주 차갑게 해놓고 기다려.
 저녁 식사는 걱정하지 말고. 우리가 애피타이저 가져가고 있고, 한스가
 8시쯤에 우리랑 다 같이 오클랜드에 가서 금요일 저녁 특선 로브스터를
 먹자고 했어.

마이크와 한스는 주말 동안 해변 별장에서 우리와 같이 있기로 했다. 두 사람은 내일 여기서 대규모 풀 파티를 열 계획을 세웠고, 할스타인 앤드 파우스트사의 직원 대부분이 초대를 받았다. 조쉬와 남자친구 오스틴은 수영장 옆 별채에 머물고, 앤절라와 새 남자친구는 해변 별장의 아래층 침실을 쓰기로 했다. 다른 직원들은 주말을 보낼 인근 숙소를 빌렸다.

아주 난장판이 되겠네. 열기 넘치고 사람 진 쫙 빼는 난장판이겠지.
나는 대답을 조심스레 썼다.

-좋아요! 맥주 준비해 놓고 기다릴게요. 하지만 여러분의 애피타이저 선정
 능력을 믿을 수는 없기 때문에 난 가게에 가서 뭣 좀 사 올게요. 나중이나
 내일 아침으로 먹고 싶은 것 있으면 사 올까요? 로브스터도 좋네요. 더위
 때문에 완전히 지쳤지만, 우리 남자분들과 어찌어찌 저녁을 보낼 수 있긴
 하겠죠. 바닷가에 오면 더 시원할 줄 알았는데 이게 뭐죠?!?! 조시

전송 버튼을 누르고 나서야, 난 빠지겠다는 말을 하지 못한 스스로가 미워졌다. 하지만 그랬다면 마이크는 분명히 기분 나쁘게 받아들였을 거야.

맙소사. 햄톤스에 있는 해변 별장에서 한 달 내내 지내면서, 주말에는 친구들이 놀러 오고, 로브스터로 저녁 식사를 한 다음에 내일은 멋진 케이터링을 차려놓고 풀 파티를 하잖아… 뭘 더 바라?

나는 바다를 멍하니 바라보았다. 남자 둘이 파도를 타며 보디 보딩(작은 서프보드에 엎드려 파도를 타는 스포츠. 옮긴이 주)을 하고 있었다. 그러자 데이비드와 비아리츠에서 보냈던 휴가가 기억났다.

살아있는 우리 오빠. 그리고 내가 나라는 분명한 자아 정체성. 내가 바라는 게 그거다.

생각을 애써 떨쳐내며 의자에서 일어났다. 햇볕 아래로 나가려니 열기의 벽에 부딪히는 것만 같았다. 나는 계단을 올라가기 전에 쉬었다. 그리고 산책로와 집의 수영장 데크가 맞닿는 곳에서 잠시 걸음을 멈추고 작업실의 창문을 올려다보았다.

푸른 하늘을 반사하는 유리창 너머로 롭이 나를 보며 누군가와 통화를 하고 있었다. 내가 손을 흔들자, 롭 역시 손을 흔들면서 곧 내려가겠다고 손짓했다. 나는 접이식 문을 들고 바람이 잘 통하는 거실로 들어갔다.

해변용 깔개와 쿠션이 놓인 폭신한 하얀 소파에 털썩 앉아 그 느낌에 푹 빠져들었다. 왜 난 집 안에서 온종일 있지 않았을까? 땀투성이에다 선크림까지 바른 피부로 이 소파에 앉으면 안 되지만 아랑곳하지 않았다. 나는 모래가 찬 슬리퍼를 벗어 던지고 은빛 벨벳 보조 의자에 더러운 발을 올렸다.

롭은 널찍한 나무 계단을 쿵쿵 내려왔다.

"자기야, 해변에서 있는 거 좋았어?"

"빌어먹게 덥더라. 그늘에 있었는데도. 그래도 여긴 쾌적하네. 에어
컨이 있어서 참 다행이야."

"그래. 위층 사무실이 좋아. 할 일도 많았고. 한스 일이었어. 트라이베
카 매물 두 개를 미리 팔았대. 한스 말로는 둘이 7시쯤 여기 온다던데."

"좋아. 마이크는 6시 30분이라고 했지만, 그건 너무 낙관적인 예상
이겠지. 마트에 가서 맥주랑 애피타이저를 사야겠어. 아침 먹을 것도
좀 사고."

롭은 보조 의자에 앉아 내 발을 자신의 무릎에 올려놓고 회색 원목
바닥 위로 모래를 털어냈다.

"나 일 다 끝났으니까, 자기가 너무 더워서 힘들면 내가 갈까? 완전
히 지친 것 같은데. 게다가 솔직히 땀도 많이 났어."

그가 엄지로 나의 발을 문질러 주었다. 나는 곧바로 불안한 마음이
누그러졌다.

"잠깐만 있다가. 이거 기분 좋다."

그는 내 발을 주무르다 말고 고개를 들더니, 짙은 속눈썹을 내리깔
며 나를 보고 느릿하게 싱긋 웃었다.

"아, 그래? 나의 신비한 약손이 더 필요해?"

그가 더욱 힘을 주어 발을 문지르자, 온갖 감각이 온몸에 쭉 퍼졌다.

"으으음… 정말 좋다. 이러니까 베네치아에서 갔던 스파가 생각
나네."

나는 베개에 머리를 기대고서 눈을 감고 이 순간에 몸을 맡겼다.

"지금 생각해 보면 정말 환상적인 휴가였어."

8월 말

롭은 그 말에 잠시 동작을 멈추었다. 그럼 지금 이 휴가는 안 그렇단 뜻일까 걱정하는 듯했다. 이윽고 그는 계속 발 마사지를 했다. 선크림의 습기를 이용하여 나의 맨다리를 주물러 올라가면서 발목과 정강이, 오금을 조물조물 주무르고 이동식 보조 의자 쪽으로 몸을 돌려 내 다리를 벌려 자기 옆구리에 붙였다. 이어서 하늘거리는 여름용 드레스의 가벼운 치맛자락을 위로 밀고 허벅지를 차례대로 천천히 주물렀고, 엄지를 나의 비키니 라인 가까이에 대고 내가 흥분하도록 이끌어 갔다.

나는 고개를 들어 그를 바라보았다. 시원하고 창백한 빛깔의 환한 방을 배경으로 한 롭은 너무나 아름다웠다. 그는 슬며시 웃으며 나를 바라보다가 나를 가까이 끌어당기고 무릎을 꿇고는 내 다리를 자신의 골반에 감고 치맛자락을 내 허리까지 밀어 올렸다. 그리고 내 골반과 그의 몸이 맞닿은 곳을 내려다보며 파란색 물방울무늬 비키니 팬티 위쪽 아랫배를 손으로 쓸어내렸다.

이윽고 롭은 낮고 나직한 목소리로 물었다.

"이 비키니의 어떤 점이 내 마음에 드는지 알아?"

그는 다시 나를 바라보았지만, 대답을 기다리지는 않았다.

"이 옆쪽 끈이야. 발아래까지 당기지 않아도 풀리잖아. 그저… 이렇게."

롭은 고통스러우리만큼 느릿한 손길로 나의 비키니 팬티 끈을 잡아당겼고, 이윽고 양옆 끈이 다 풀려 늘어지기까지 계속 나를 바라보며 욕망으로 활처럼 휘어대는 나의 등 움직임을 느꼈다. 그를 이토록 원했던 적이 참 오랜만이었다. 그는 비키니의 앞쪽 천을 잡아 내 위에서 치웠다. 다리 사이에서 천이 떨어져 나가면서 뒤쪽 끈과 옆쪽 끈이 볼기를 눌렀다가 매끈하게 앞으로 빠져나갔다. 그는 팬티를 높이 들어 딱딱한 원목 바닥에 떨어뜨렸다. 나는 사랑에 빠진 10대 소녀처럼 깔깔 웃었다.

롭 역시 웃었다가 이내 고개를 숙이고 잠잠해졌다. 그가 입을 열어 내 안으로 혀를 놀리자 나는 다시, 또다시 쾌락의 파도 위를 넘나들었다. 그러면 이 남자와 영원히 살 수는 없을 거라고 생각했던 내가 왜 그랬을까 싶었다. 놀라우리만큼 상냥하고 다정한 남자인데. 상상할 수 있는 최고의 남편인데. 나는 소파 위로 몸을 굴려 그의 리넨 셔츠와 긴 반바지를 벗기고 그의 것을 입에 넣은 채 속속들이 그의 맛을 탐닉했다. 그와 바닥에 누워 사랑을 나누는 동안 그의 등을 잡고서 불편하지 않도록 깊게 쌓인 벽난로 깔개 위로 굴러갔다가, 결국 완전히 지친 나머지 벌거벗은 채로 서로 떨어져서 등을 바닥에 붙인 채 누웠다.

시간이 좀 지난 후, 내가 말했다.

"맙소사, 결국엔 바닷가 공기가 내 몸에 좋았나 봐."

롭은 낮은 목소리로 웃으며 대답했다.

"그런 것 같지? 나 슬슬 배고픈데. 자기는?"

나는 팔꿈치로 몸을 지탱하고는 벽난로 선반에 있는 시계를 보았다.

"나도 배고파. 지금 4시 45분이네. 우리 샤워하고 가게에 갈 수 있어. 6시 30분까지만 돌아오면 돼."

"네가 먼저 씻어. 넌 샤워 오래 걸리니까. 나는 우리가 저녁때까지 못 버틸 것 같으니, 급한 배를 채우는 간식으로 치즈랑 크래커 준비해놓을게."

"일리 있는 말이야."

나는 허리를 굽혀 바닥에 떨어진 우리의 옷을 주우면서 더듬더듬 일어나 롭을 유심히 보며 말했다.

8월 말

"청소를 말끔히 해놓는 게 좋겠어. 안 그럼 아빠들이 집에 왔을 때 혼날 테니까."

롭은 벽난로 옆에서 여전히 엎드린 자세로 나를 바라보았다.

"지금 같은 모습으로 청소하는 거라면 난 완전 찬성이야."

나는 롭의 셔츠와 반바지를 그쪽으로 던졌다.

"일어나! 나 치즈 줘야지!"

"알겠습니다, 부인."

미지근한 물로 샤워를 하면서 갑자기 기분이 변했다는 게 참 놀라웠다. 1시간 전까지만 해도 너무 짜증이 나고 더웠는데, 지금은 아주 명랑한 기분에다 롭과 훨씬 가까워진 느낌이었다. 기분이 확확 변한다는 게 약의 문제점이었다. 기분이 한결 나아졌다면, 곧 다시 나빠지겠지. 그래도 차근차근 증세는 좋아질 거야.

롭은 식료품점에서 날아갈 듯하다는 기색을 풍기면서 미식 코너에 있는 맛있는 음식들을 죄다 카트에 쓸어 담았다. 치즈를 잔뜩 사고 얇게 썬 햄과 소시지, 올리브는 물론이고 해산물 코너에서는 굴을 열두 개나 샀다. 아침 식사로는 신선한 빵과 달걀, 훈제연어를 샀다. 생맥주도 두 상자 넣었다.

"오늘 밤 취하게 해줄게."

그는 내 허리에 팔을 감고서 내 목 뒤 문신에 키스하며 말했다. 마치 다시 사랑해도 좋다는 허락을 받은 것만 같았다.

나는 롭에게 한껏 빠져들며 그의 행복을 즐겁게 받아들였지만, 동시에 조심스러웠다. 이러다 언제 또다시 부정적인 감정과 죄책감에 빠져들게 될까. 분명히 뭔가 분위기를 망칠 말을 내뱉게 될 거다. 이건 시간문제였다.

6시 45분쯤 집에 도착하자 마이크와 한스가 타고 온 스포츠카를 주차하는 중이었다. 한스는 당당하게 말했다.

"우린 바람처럼 달려왔다고."

마이크는 그답지 않게 화려한 동작으로 인사를 하면서 우리 둘의 입에 모두 키스했다. 그러다 마이크의 턱수염이 얼굴을 간지럽히는 바람에 롭은 웃었다.

"난 턱수염 난 남자랑 키스하는 게 참 좋더라."

롭은 자기 수염을 긁으며 말했고, 나는 롭의 뺨에 입 맞추며 그의 귀에 속삭였다.

"나도 그래."

우리는 거실에서 맥주와 굴을 들며 자리를 잡았다.

"둘이서만 이 집을 독차지하고 있으니, 집을 잘 즐기고 있어? 하지만 우리 침실에서 그런저런 짓을 하지는 않는 게 좋을 거야."

한스의 말에 나는 얼굴을 붉혔다.

"당연히 아니죠. 우리는 손님용 스위트룸에서 아주 만족하며 지낸다고요. 깨끗한 시트를 더럽히다니, 감히 꿈도 꾸지 않았어요."

남자들은 웃었다. 그러다 마이크는 맨발에서 모래를 털어내며 말했다.

"그런데 집 안에 모래를 잔뜩 묻혔네?"

그는 짐짓 심각한 척 말했고, 롭과 나는 서로를 보며 웃었다.

"그래. 제대로 치울 짬이 없었어. 청소하기보단 맥주를 사는 쪽이 더 급해서."

"이야, 모래를 여기까지 뿌려놨네."

마이크가 소파와 벽난로 사이 널찍한 원목 바닥을 살펴보며 웃었다.

8월 말

"여기서 뭘 한 거야? 아, 알았다… 우리 침대에서만 안 했지, 온갖 곳에서 다 했구나?"

그러자 한스가 소파에서 벌떡 일어서더니 반쯤은 농담처럼 말했다.

"으, 역겨워! 혹시 얼룩 있는 거 아니야? 너희 둘…"

우리는 레스토랑으로 가는 길에 모래 이야기를 계속하면서 대체 몸의 어느 부위에서 모래가 떨어져 나왔는지 이야기하며 웃어대었다. 금요일 밤의 오클랜드 레스토랑에서 우리는 로브스터 파티를 했다. 어마어마한 양의 로브스터를 먹으며, 나는 마이크와 함께 상큼한 화이트와인 한 병을 나눠 마시고, 롭과 한스는 맥주만 마셨다. 저녁 식사 내내 다들 점점 목소리가 높아졌다. 화사한 꽃무늬 셔츠를 입은 한스는 마이크를 약 올려댔고, 마이크는 절망적으로 고개를 저으면서 나에게 화났다는 식의 미소를 보냈다.

나는 마이크에게 마주 웃어주면서, 칵테일 메뉴판을 들고 몸에 부채질했다. 다시 온몸에 열이 나서, 기름진 음식과 와인은 별 도움이 되지 못했다. 나는 반 시간 전에 저녁 복용 약을 먹어서인지 몸이 나른해지기 시작했다. 생각지 못했던 하품이 나와서 애써 참는 내 모습을 마이크가 눈치챘다. 그는 눈썹을 들어 올려 내가 괜찮은지 물었고, 나는 고개를 끄덕였다.

"나 잠깐 바람 좀 쐬러 밖에 나가야겠어. 금방 돌아올게."

나는 일어서며 롭에게 말했다.

"자기야, 괜찮아?"

그는 내 허벅지 뒤쪽에 손을 댔다.

"괜찮아. 열이 나서 그래."

나는 그의 머리 위에 키스하고서는 다른 이들에게 미소를 지으며 분주한 테라스로 나갔다. 그리고 선착장으로 이어지는 계단을 내려갔다. 따스한 공기를 마시며 이 저녁을 한껏 느껴보았다. 하지만 물 바로 위에 섰는데도 공기는 여전히 후덥지근했다. 목 뒤로 땀이 흘러서 손으로 문신 위를 닦았다.

그런데 뒤편에서 발소리가 들렸다. 다행히도 날 따라 나온 건 롭이 아니라 마이크였다. 나는 그에게 미소를 지었다.

"술이랑 기름진 음식을 너무 많이 먹었어요. 약을 먹었더니 좀 졸리네요. 내가 혹시 분위기를 망친 거라면 미안해요."

"무슨 소리. 걱정하지 마. 나도 이 더위가 좋은 건 아니라고. 자기는 한스가 하얀 석고 같은 피부를 지녔으니 더위를 싫어한다고 생각하겠지만, 그이는 오히려 괜찮아. 내가 더위 때문에 에너지를 쪽쪽 빨려 문제지."

나는 청반바지 주머니에서 머리끈을 꺼내어 머리카락을 포니테일로 한데 묶었다.

"내 말이요. 더위 때문에 아무것도 할 수가 없네요. 도시는 좀 어때요?"

마이크는 얼굴을 찌푸렸다.

"지독하게 더워. 여기도 바깥은 덥다고 듣긴 했는데, 자기처럼 도시를 떠나는 게 현명했어. 뉴욕은 역겨울 정도로 덥다니까. 그래서 오늘 밤에 여기가 북적이는 것 같네. 사무실 에어컨이 고장 났다는 말 앤절라한테 들었어? 지금 다들 재택근무 하고 있어."

"그렇다면 우리가 떠나온 게 다행이네요. 적어도 해변 별장은 시원해요."

"그래… 하지만 그 집 후끈해 보이던데?"

마이크는 윙크하며 대답했고, 나는 웃었다.

8월 말

"음, 우리는 휴가 중이잖아요. 말하자면 그런 셈이죠. 그리고… 우리 관계도 새로이 할 겸요."

"자기야, 변명할 필요 없어. 둘은 부부잖아. 그것도 결혼을 두 번이나 했으면서?"

마이크는 이렇게 대답하며 눈살을 찌푸리더니 말을 이었다.

"둘 사이 괜찮은 거지? 혹시 내가 걱정해야 하니?"

"어, 아뇨. 우린 괜찮아요. 내가 요즘 많이 힘들어서요, 그게 부부 사이까지 영향이 있는 것 같아요. 여러분도 직장에서 눈치채셨다는 것도 알고요. 그 점은 정말 죄송해요. 이 약에 적응하는 과정에서 문제가 좀 있어요. 불안이랑 불면 치료제에요."

그는 내 말을 받아들이며 천천히 고개를 끄덕였다.

"그래서 효과가 있어?"

나는 난간으로 고개를 돌리고 선착장에서 둥둥 떠 흔들리는 요트 너머 바다를 바라보았다.

"있는 것 같아요. 하지만 어떤 면은 상황을 좀 악화시키는 것도 같고요. 일단 직장 일엔 안 좋은 게 확실해요. 이 약의 부작용 중에 사고력 저하가 있더라고요. 그게 문제죠. 하지만 잠은 잘 와요. 전에는 거의 자질 못했거든요. 그리고 약을 먹으니 무기력해지더라고요."

나는 어깨를 으쓱이며 덧붙였다.

"다른 제약회사 약을 먹어야 할까 봐요."

"필요한 만큼 느긋하게 해. 지난번보다 앤절라가 자기 일을 아주 잘 보완해 주고 있으니까. 우리는 앤절라를 커뮤니케이션 담당자로 승진시키고 보조 업무 인력을 채용할 생각이야. 시간이 필요하면 더 가지도록 해."

그는 말을 잠시 멈췄다가 이었다.

"그 불안이라는 게 구체적으로 뭔지 물어봐도 될까? 누가 도와주고 있어?"

"아, 물어봐도 괜찮아요. 그때 사고 이후로 계속 잠복하고 있던 거라서요. 이건 모두 그… 나의 기억상실증 때문인데요. 난 깨어나 보니 오빠가 갑자기 죽어있고, 모든 게 너무 달라져 버린 상황이에요. 그리고요, 그 문제를 해결하려고 의사를 만나고 있어요."

나는 마이크를 돌아보며 덧붙였다.

"고마워요. 난 지금 균형 감각을 되찾아야 해요. 이 세상에서 내 위치를 다시 찾아야 한달까요. 이토록 축복받은 삶을 살고 있으니, 옆에서 보기엔 쉬워 보이겠지만요."

나는 씁쓸하게 웃었다.

"아니야. 무슨 말인지 알아. 기억상실증에 걸렸으니, 자기가 알던 삶에서 갑자기 뚝 뜯겨서 직업도 다르고 누군지 모르겠는 남편도 있고 처음 보는 집에서 살아야 하는 새로운 세상에 떨어진 것 같겠지. 무엇보다도 최근까지 봤던 오빠가 갑자기 몇 년 전에 죽었다니 얼마나 놀랐겠어. 누구라도 겁이 났을 거야."

"바로 그래요. 나도 처음엔 너무 겁이 났어요. 그런데, 음, 갑자기 남편이 생긴 거잖아요? 그런데 그 남편이 너무 멋있는 거죠. 난 그이가 누군지 몰랐는데도 사랑에 빠졌어요. 이 삶 전체와 사랑에 빠졌죠. 여러분까지도 모두 다 포함해서요. 한동안은 무섭다는 생각을 할 겨를도 없이 이 모든 현실을 받아들였죠. 그래서 우린 결혼식도 올리고요. 정말 멋진 일이었지만 그 역시 정신이 딴 데 가버리긴 마찬가지였고…"

나는 고개를 젓고는 말을 이어갔다.

"하지만 이제 신혼여행도 끝났으니, 평범한 사람으로 살아가려고 노력 중이에요. 그렇지만 여전히 내가 누군지는 정확히 알 수가 없어요. 이상하죠…"

나는 말을 흐렸다. 이건 완전한 진실을 고백한 건 아니었다. 내 말은 와인스타인 박사에게 말했던 반쪽짜리 진실에 가까웠다. 왜 이렇게 반만 털어놓느냐고? 그야 롭 말고는 아무도 온전한 진실을 모를 테니까.

나는 눅눅한 공기를 들이마시며 마음을 가다듬었다.

"이제 들어가죠. 사람들이 우리가 어디 있는지 궁금해할 것 같아요."

마이크는 고개를 끄덕이며 내게 팔을 내밀었다. 그를 따라 안으로 들어가자 이 지역 밴드가 공연을 시작하고 있었다. 나는 롭 옆에 앉아 그의 팔에 손을 얹었다. 그는 궁금하다는 표정으로 나를 돌아보았다.

나는 음악 소리를 뚫고 들리도록 그의 귀에다 대고 말했다.

"난 괜찮아. 바람을 좀 쐬어야 했어. 그리고 마이크랑 좋은 이야기도 나눴어. 오늘 밤에는 더는 술을 못 마실 것 같아. 아마 마시면 안 되겠지. 내일 파티도 있으니까."

"그럼 이만 들어갈까? 택시 타고 가면 돼."

"그래. 나 좀 자야겠어. 하지만 자기는 안 가도 돼. 한스랑 마이크랑 있고 싶으면, 내가 택시 혼자 잡아서 갈게. 난 지금 어서 자고픈 마음뿐이야. 여기서 재미있게 놀다 와."

"정말?"

롭은 긴가민가한 표정이었지만, 앞에 거품이 인 맥주가 그대로 남아 있고 한스가 이미 디저트를 주문해 놓았기 때문에 아직 갈 준비가되지 않았다. 나는 그를 안심시켰다.

"그럼. 자기는 좀 더 놀아. 나는 택시 불러서 밖에서 기다릴게. 여긴 지금 내가 있기에 너무 덥고 혼잡해."

나는 일어서서 그의 옆머리에 키스한 다음 맞은편 테이블에 앉은 두 사람에게 말을 걸었다.

"여러분. 음, 난 이만 일어날게요. 너무 지쳤어요. 재미있게 놀다 오세요. 내일 아침 식사 때 봐요."

한스는 술을 내려놓고 무어라 말하려는 듯했지만. 마이크가 그의 팔에 손을 얹어 만류했다. 그래서 한스는 손가락을 입술에 대고 나에게 키스를 날렸다. 나는 손을 흔들어 인사를 하고 프런트로 향했다.

20분도 되지 않아 해변 별장에 도착했다. 이곳에 묵게 된 이후, 나는 잠자리에 들기 전의 저녁마다 잠시 바깥 데크에 서있곤 했다. 거기서 바다의 소리를 들으며, 애써 그 안에 흠뻑 빠져들며 나의 삶을 생각했다. 어떻게 이 삶을 꾸려나갈 수 있을까. 어떻게 하면 이 사람이 되어 행복해질 수 있을까.

하지만 오늘 밤엔 곧바로 위층으로 올라가 블라인드를 쳤다. 남자들이 집에 들어오면 시끄럽게 굴 거란 생각에 프리미엄 등급의 귀마개도 꼈다. 롭이 침대에 올라오면 양조장 같은 냄새를 풍기겠지.

오늘 밤엔 생각하고 싶지 않았다. 그저 자고 싶었다. 그리고 제발 아무런 꿈도 꾸지 않기를 바랐다. 결국, 내일은 또 진 빠지는 가면극을 해야 할 테니까.

내가 얼마나 더 이 삶을 이어갈 수 있을까?

8월 말

PART 4

그녀

Chapter 24

4월 중순

조시는 편안한 잠옷과 가운 차림으로 거실에 들어와 블라인드를 열었다. 그러자 나무 사이로 흩날리는 벚꽃이 보였다. 자그마한 손님방에서는 아무런 인기척도 들리지 않았다. 둘 다 아직 자고 있구나. 그녀는 노트북을 켜고 어제 썼던 일기를 마저 썼다.

피터는 롭과 비슷한 점이 전혀 없다. 난 그게 좋다고 생각한다. 피터와 함께 있으면 예전의 삶을 잊어갈 수 있으니까. 그이는 롭보다 훨씬 더 사교적이고 외향적이다. 말도 훨씬 많다. 겁도 없는 수준이다. 롭은 부드럽고 매사 초연하고 언제나 무척 상냥하고 말 한마디 할 때마다 생각을 하지만, 반면 피터는 사실상 속에 있는 걸 그대로 내뱉는다. 물론 피터도 무척 상냥하지만, 그는 남의 사정을 전혀 봐주지 않기 때문에 상냥함을 깨닫기까지 시간이 좀 걸린다.

내가 롭과 결혼했을 땐, 내게 이보다 더 완벽한 남자는 없을 거라 생각했었다. 그건 사실이었고, 지금도 그렇다. 하지만 나의 원래 삶과 결혼생활에서 벗어난 이번 인생에서는 피터와 함께 시간을 보내면서 알게 되었다. 사람들이 서로에게 완벽할 수 있는 방식은 참 다양할 수 있구나. 조용하고 부드러운 남자와 행복하게 살 수 있다고 해서, 외향적이고 카리스마 넘치며 좌중을 웃기는 남자와 행복하게 못 산다는 법은 없다.

적어도 다른 삶에선 말이지.

아니, 같은 삶에서도 마찬가지일 수도 있고.

손님용 방에서 나직한 목소리가 흘러나오는 바람에 조시는 잠시 생각을 멈췄다. 그리고 먼저 주방에 들러 주전자에 물을 올린 다음 방문을 두드리며 불렀다.

"둘 다 일어났어? 차 마실래?"

발소리가 들리더니 데이비드가 문을 열었다. 그 뒤로 애나가 새빨간 머리카락과 대조를 이루는 연보라색 실크 캐미솔 차림으로 침대에 앉아있었다. 그걸 보자 조시는 자신의 빛바랜 가운이 볼품없다는 생각이 들었다.

"고마워, 보시. 당연히 차 마시고 싶지. 안 그럼 죽을 것 같지. 오, 방금 라임 맞춰 말한 거 들었냐?"

데이비드는 웃더니 애나에게 물었다.

"자기, 차 마실래?"

"차는 영국인들이 마시는 거지. 혹시 디카페인 커피 있어?"

애나는 의기양양하게 웃었다. 그녀가 어찌나 섹시하던지 조시는 하마터면 침대로 뛰어들 뻔했다.

"그래. 어딘가 있을 거야. 그럼 차 한 잔, 디카페인 커피 한 잔. 알겠어."

"고마워."

애나가 말했다.

"별말씀을. 그리고 오빠, 마흔 살 된 거 축하해. 어젯밤은 어땠어?"

조시는 뒤따라 주방으로 들어오는 데이비드에게 물었다.

"약간 예민한 기분이야. 뭐랄까… 알잖아. 늙었다는 기분."

그는 주변을 둘러보더니 덧붙였다.

"그런데 네 새 남자친구는 또 와?"

"아니. 그이 밴드가 오늘 밤에 행사가 있어. 게다가 온 가족에게 피터를 소개하기에는 너무 일러. 어젯밤 오빠네랑 더블데이트한 것만으로도 충분해. 아직 몇 번 만나지도 않은 사이야. 연애 초반이라고."

"그렇군. 난 그쪽 맘에 들더라. 괜찮은 남자야. 양키치곤 말이지. 적어도 기타를 칠 줄 알잖아. 그럼 양키라도 봐줄 수 있지."

"나도 그렇게 생각해."

조시는 이렇게 대답하며 디카페인 커피와 프렌치 프레스가 어디 있나 찾았다. 그러자 롭과 사용하던 고급 커피 머신이 그리웠다. 거기서 라테 내려 마시면 맛있었는데.

"왜 그래?"

데이비드가 묻자 조시는 다시 오빠를 돌아보았다.

"아무것도 아냐. 숙취가 있어서. 오빠랑 애나가 여기 와서 같이 있으니까 진짜 좋네. 알겠어?"

그녀는 이를 씩 드러내며 대답했다.

4월 중순

"아주 잘 알겠다. 그리고 너 이 닦아야겠다. 이런, 벌써 10시네. 다들 몇 시에 온다고 했지?"

"글쎄, 로라랑 애덤은 호텔 조식을 먹고 있겠지. 엄마는 당연히 조식은 거절할 거고. 그럼 점심때쯤은 배고플 거야. 그렇다면… 11시쯤? 공식 선물 증정식은 11시 30분이야. 점심은 정오에 먹고."

조시는 입은 가운을 내려다보았다.

"그때까진 옷을 갈아입어야겠다. 엄마가 이 꼴을 보면 못마땅해 할 테니."

"그리고 샤워도 해. 너 냄새 나. 지난밤에 네 방귀 소리가 벽을 뚫고 들리더라고."

"그러는 우리 오라버니께서는 그 종잇장처럼 얇은 벽을 알고서도 아랑곳하지 않고 애나와 참 시끄럽게 섹스를 하시더군요."

"제길, 들었어? 미안. 우리 조용히 하는 줄 알았는데."

조시는 웃었다.

"그래. 여기 차 드시지요. 로미오. 오빠가 커피는 내려. 난 냄새 나니까 샤워해야겠어."

예상한 대로, 로라와 애텀, 꼬마 테오와 어머니는 11시가 넘자마자 도착했다. 어머니는 데이비드에게 줄 선물을 준비하지 않았다. 그저 카드만 가져왔다.

햇살 잘 드는 자그마한 거실에 모여 앉은 자리에서 어머니는 데이비드에게 말했다.

"미안하지만 너한테 줄 선물은 없어. 이게 다야. 너한테 사준 수영복이 크리스마스랑 생일 선물 합친 거란다."

데이비드는 조시에게 눈을 흘기며 대답했다.

"알았어, 엄마. 이미 합의한 거니까. 근데, 어젯밤에 조시의 새 남친을 만났어. 피터라고 해. 괜찮은 사람인 것 같더라고. 보시, 너 그 사람 좋아하잖아. 안 그래?"

"글쎄. 아직 데이트는 세 번밖에 안 했어. 그렇지만 그 사람이 좋긴 해."

조시는 방금 끓인 커피 주전자를 보조 의자 위에 올려놓으며 대답했다.

"좋구나, 딸."

어머니의 대답은 커피가 좋다는 건지 딸의 새로운 연애가 좋다는 건지 알 수 없었다.

로라와 애덤은 아직도 복도에서 짐과 테오를 정리하고 있었다. 이제 테오는 네 살이 되었다. 그들은 커다란 가방을 여러 개 가져왔다. 아이를 키우려면 필요한 물건이 참 많아 보였다. 동생네가 어째서 둘째를 가질 기미가 없는지 잘 알 수 있었다.

"안녕, 보시. 어지를 걸 잔뜩 가져와서 미안해."

로라는 조시를 안아주었다.

"걱정하지 마, 동생아. 우리 꼬마는 잘 지냈고?"

"혹시 그 꼬마가 날 말하는 거라면 난 잘 지냈어."

애덤은 농담을 하며 테오를 거실로 데려갔다.

"아, 이 꼬마 말하는 거야? 얘는 괴물이야. 강아지처럼 천진난만한 눈망울을 하고 있다고 속으면 안 돼. 얘는 네 속을 쫙 찢어놓을 거라고. 안 그래, 우리 아들? 자, 조시 이모한테 인사해야지."

테오는 커다랗고 파란 눈으로 그녀를 올려다보더니 여전히 통통한 팔을 뻗으며 말했다.

"안녕, 보시 이모."

조시는 아이를 들고서 함께 소파에 편안히 앉았다. 그동안 데이비드는 생일 선물을 뜯고 있었다. 테오도 데이비드와 조시에게 각각 선물을 주었다. 자그마한 조개껍질을 잔뜩 붙인 종이 접시에 반짝이를 뿌려 만든 것이었다. 조시는 테오에게 말했다.

"고마워, 우리 조카. 예쁘다. 이모네 벽에 붙여놓을게."

옆에서 로라가 사과했다.

"조개껍질이 제대로 안 붙어서 풀을 더 붙여야 해. 그리고 반짝이가 사방에 날릴 테니, 저건 먼지 털지 마."

소파에 털썩 기댄 애덤은 조시의 무릎에서 얌전히 앉은 아들을 보며 한숨을 쉬었다.

"오늘 아침 4시부터 난리를 피우던 애랑은 아예 딴판이네. 안 그래, 여보?"

로라는 고개를 끄덕였다.

"쟤 누군지 모르겠다."

"하지만 그래도 키울만하지 않아?"

데이비드가 저답지 않게 동생의 육아 경험에 관심을 보이며 물었다. 로라는 어깨를 으쓱이며 대답했다.

"당연하지. 육아의 절반은 악몽 같긴 하지만, 아이를 너무 사랑하니까 무엇과도 바꿀 수가 없다고."

"그렇다니 다행이네."

데이비드는 여자친구에게 미소를 지으며 질문하듯 눈썹을 치켜 떠보였다. 애나는 고개를 끄덕였다.

"지금 이게 무슨 일이야?"

조시가 두 사람을 차례대로 바라보자, 이윽고 데이비드가 대답했다.

"마흔 번째 생일이라는 중요한 사안에서 다른 이야기를 꺼내 미안한데, 사실은 뉴욕까지 우리 식구들을 모두 모으는 법석까지 떤 데는 다 이유가 있었어. 우리가 모두 한자리에 모이는 일은 드물잖아? 그래서 애나랑 나한테 큰 소식이 있어. 사실, 두 가지 소식이 있거든. 아니, 정확히는 세 가지인데…"

"혹시 아이 생겼어?"

로라가 비명을 질렀다.

데이비드가 윙크하자, 그의 옆에 있던 애나가 환하게 웃으며 말했다.

"맞아. 지금 10주니까 초기죠. 예정일은 10월 초예요. 조금 민망하긴 한데, 만난 지 일주일 만에 생긴 아기예요. 사실… 계획에 없던 일이었어요."

"하지만 우린 정말 행복해. 우린 첫눈에 서로 반했거든. 이제 평생 같이 살고 싶다는 걸 대번에 알 수 있었지. 그래서 이제 두 번째 소식을 발표할게."

데이비드는 말을 멈추고 애나를 다시 바라보며 말했다.

"우리 결혼할 거야."

로라는 다시 비명을 지르며 오빠를 두 팔 벌려 안았다.

"와! 축하해!"

다들 일제히 일어서서 데이비드와 약혼녀를 안아주었다.

"정말 잘됐다. 두 사람 덕분에 정말 기쁘다."

조시는 눈물을 글썽이며 오빠 커플에게 말했다.

천둥벌거숭이 같던 오빠였는데, 이제는 남편이자 아빠가 되는구나. 이런 날이 올 줄은 꿈에도 몰랐다. 그런데 이제는 오빠가 멀쩡히 살아 있을 뿐만 아니라 어엿한 남자가 되겠구나. 조시는 오빠가 그렇게 될 거라고 언제나 알고 있었다. 그런데 지금은 꿈꾸던 것 이상의 현실이 되다니.

다들 제자리에 앉으며 방금 들은 충격적인 소식에서 정신을 회복했을 때, 데이비드가 말했다.

"1월에 만났는데 벌써 이렇게 된 게 좀 이르다고는 생각하지만… 난 이렇게 됐어. 우리 둘 다 알고 있었어."

애나는 미소를 지으며 그에게 키스하고선 덧붙여 말했다.

"그래. 내가 1년 동안 런던에 가서 지내다가 결혼할 남자를 만나게 될 줄은 정말 몰랐어. 생각해 보면, 그 새해가 되는 밤에 그 술집에 가지 않을 뻔했다니까."

애덤은 마침내 한마디 했다.

"그렇다면 세 번째 소식은 뭐였어? 알려줄 게 세 개 있다면서."

데이비드는 더욱 긴장한 기색으로 대답했다.

"맞아. 잘 들어. 애나가 바라기로는, 아니 우리 둘 다 바라기로는, 우리는 아이를 많이 낳아서, 오스트레일리아에 키우고 싶어. 애나는 아기를 낳은 후에 가족과 가까이 사는 게 중요해. 그리고 다들 알지? 내가 시드니 참 좋아한다는 거. 그래서… 우리는 시드니에 가서 살 거야. 7월에 출국 예정이야. 애나의 임신 주수로 장거리 비행을 할 수 있을 때 가야 해서."

애나도 말했다.

"게다가 내 취업 비자가 그때 만료되거든요. 아기가 태어나기 전에는 결혼할 수가 없기 때문에 7월 말 이후에는 영국에 있을 수가 없어요."

모두 이 소식을 듣고 잠시 멍하니 앉았다.

시드니라니.

조시도 물론 뉴욕으로 이주하긴 했지만, 오스트레일리아는 비행기로 가기 훨씬 멀었다. 그렇다면 데이비드를 거의 볼 수 없겠지. 그리고 태어날 아기는 물론 아내와 처가 식구들 챙기느라 무척 바쁠 거고…

"우아, 정말 대단하다. 진짜 환상적인 계획이야. 우리 모두 둘의 미래가 기대되네. 그렇죠?"

조시는 이렇게 말하며 가족들을 돌아보았다. 이어서 애덤이 말했다.

"그래, 정말 멋지다. 축하해."

테오는 자그마한 엄지를 입에 물고 이게 무슨 일인지 어리둥절한 표정으로 가족들의 얼굴을 모두 쳐다보았다.

조시의 어머니는 새로 태어날 손주가 너무 멀리 살게 되었다고 생각하며 어안이 벙벙해진 것 같았다. 하지만 로라는 목소리를 높여 말했다.

"당연히 그래야지. 그러면 딱 맞네."

데이비드는 가족을 설득하겠다는 생각에 불타올라 계속 말했다.

"지난번에 나랑 같이 서핑했던 친구들 기억나지? 브래드가 벌써 나한테 시드니의 대형 투자 은행에 멋진 일자리를 물어다 주려고 해. 그러니까, 최고급 대우에다 연봉도 세다고. 우리는 시드니 근처에 큰 집을 구할 수 있을 거야. 그럼 우리랑 애들이 살기 좋겠지. 런던보다 낫다고."

"물론 그렇지, 애야."

드디어 어머니가 입을 열었다. 고개를 끄덕이며 이 사실을 받아들이려는 모습이 역력했다.

"멀긴 하지만, 비행기만 타면 되는 거잖아? 조시가 미국에 갈 때도 그랬으니까. 힘들 거라고 생각했지만, 이제껏 심하게 떨어져 있다는 생각은 안 들었어."

데이비드는 진지하게 대답했다.

"바로 그렇지. 그리고 1년에 한 번씩 런던이나 뉴욕에 올 거야. 이렇게 다 같이 모이는 거지. 그러면 문제없어."

하지만 데이비드는 큰 확신은 없는 목소리였다. 애나는 데이비드의 손을 잡고 말했다.

"전 데이비드를 가족한테서 뺏어가는 게 아니에요. 약속해요. 이건 진심이에요. 데이비드의 새 직장에서 받는 연봉이라면 우리가 비행기 표 얼마든지 사서 갈 수 있어요. 아니면 모두의 비행기 표를 사서 우리를 보러 오라고 보내드릴 수 있어요."

조시는 일어서서 두 사람을 다시 안아주며 애써 미소를 지은 얼굴로 말했다.

"우린 잘 해낼 거야. 축하해, 모든 일 다. 둘은 아주 행복하게 살 거야."

그녀는 숨을 들이쉬고는 덧붙였다.

"자, 그럼 이제 점심 먹자."

하지만 그날 밤, 침대에 누운 조시는 어쩔 수 없이… 눈물을 흘리고 말았다.

이젠 오빠네와 너무나 멀리 떨어지게 되겠지. 데이비드가 꼭 보러 온다는 건 진심이 맞았지만, 아기가 생긴 데다가 새로운 인생을 살게 되었으니, 운이 좋다면 2년에 한 번쯤 볼 수 있을 거다.

그렇게 다시금 오빠를 전부 잃어버리게 되겠지.

침대에 누웠어도 잠이 오지 않았다. 머릿속으로는 결혼 후 오빠를 잃고 우는 자신을 안아주던 남편 롭과 너무나 힘들었던 시간이 떠올랐다. 다시금 롭의 품에 안겨 있던 순간을 상상해 보려고 했다. 데이비드가 없더라도, 적어도 롭이라도 있다는 기분을 느껴보고 싶었다.

그러나 진실은 달랐다. 자신에겐 더는 남편이 없고, 곧 오빠도 없는 것이나 마찬가지이게 되겠지.

오늘 아침 눈을 떴을 때만 해도 조시는 이 세상에 와서 나름대로 의미가 있다고 생각했다. 옆방엔 오빠와 여자친구가 있고, 온 가족이 뉴욕에 모여 오빠의 마흔 번째 생일을 축하하게 되었으니까. 피터와 사귀기 시작한 후로는 훨씬 더 명랑해졌다. 그는 롭이 아니었지만, 자신을 아껴주는 대단히 좋은 남자였다.

그런데 이제는 데이비드와 같은 세상에 있다 해도 오랫동안 함께 있지는 못하게 되었다.

그렇다면 피터 말고 남은 게 뭐지?

피터는 솔직히, 차선책이었던 남자인데.

Chapter 25

5월 중순

피터는 조시에게 몸을 돌리고는 그녀의 베개를 끌어당겨 두 팔로 몸을 그러안았다. 둘의 벗은 몸은 서로 딱 달라붙어서, 조시의 얼굴은 그의 목 옆에 닿았다. 물론 이러면 잠을 잘 수가 없었지만, 어쨌든 그녀와 피터는 잠을 거의 자지 않긴 했다. 조시는 나중에야, 피터가 떠난 후에야 잠을 잤다.

지금은 오전 7시쯤 되었고, 두 사람은 새벽 3시까지 잠자리에 들지 않았다. 피터의 밴드가 연주를 맡은 〈스타워즈〉 코스튬 플레이 파티에 갔다가 둘은 조시의 집으로 돌아왔다. 그리고 와인을 더 마시면서 피터는 새로 나온 한 솔로 영화에 대해서 열렬히 설명했고, 상대가 든든 말든 전설적인 케셀 런(Kessel Run, 스타워즈 시리즈에 등장하는 초공간 경로로 케셀 행성으로 가는 길을 뜻함. 밀수꾼들이 이용하는 상당히 위험한 길. 옮긴이 주)을 두고 시시콜콜한 사항을 계속 늘어놓았다.

그런 다음, 조시가 공들여 꾸민 '레이(Rey, 스타워즈 시퀄 3부작의 주인공 레이 스카이워커를 뜻함. 옮긴이 주)' 머리를 해체한 다음 의상을 한 겹씩 벗겼고, 조시는 피터가 보바 펫 갑옷 아래 입은 긴 소매 티셔츠와 카고 바지를 벗겼다. 그들은 조시의 집 자그마한 벽난로 앞에서 섹스한 다음 지친 몸을 끌고 침대로 갔다.

하지만 조시는 언제나 그의 옆에서 자는 게 참 힘들었다. 왜 그런지 둘은 엄청난 열기를 발산하는 것 같았다. 때는 5월이었고 창문을 열어놓았는데도 방은 숨이 막힐 것 같았다.

피터는 그녀의 몸 아래에서 팔을 빼내었다. 두 사람의 몸은 땀으로 미끈했다. 피터는 이불을 휙 걷고는 창문으로 몸을 돌렸다.

"너 체온이 천 도는 되나 봐."

"자기도 마찬가지야."

조시는 베개에 대고 중얼거렸다. 하지만 둘 사이에 간격은 두었어도 그를 만지고 싶다는 욕망은 여전해서, 피터의 팔뚝에 있는 기타 현 모양의 문신을 손으로 덧그렸다.

피터는 황홀경에 빠진 것 같았다. 그는 등을 대고 누워 조시 쪽으로 고개를 돌리고는 그녀를 찬찬히 바라보면서 그 손이 자신의 가슴 위를 배회하다 복부로 내려가며 가볍게 소용돌이를 그리게 두었다. 조시는 이불을 걷고는 그의 성기까지 손길을 내렸고, 피터의 얼굴에는 희미한 미소가 떠올랐다. 조시가 침대 아래로 슬그머니 내려가 입으로 그의 것을 머금자, 피터는 크게 숨을 몰아쉬었다.

잠시 후, 그는 조시를 다시 침대 위로 끌어 올려 옆으로 돌려 자신에게 등을 보이게 한 다음 허벅지를 들어 올리고는 몸을 밀어 넣었다. 그들은 서로 교차한 체위로 사랑을 나누었다가 동시에 커다란 소리를 외치며 절정에 다다랐다. 그 모습 그대로 몸을 풀지 않은 둘은 숨을 헐떡이면서 갑자기 이루어진 강렬한 섹스에 깔깔 웃었다.

머리 위로 위층의 바닥이 삐거덕거리자, 두 사람은 다시 웃었다.

"우리가 마커스 할아버지를 깨웠나 보네."

피터는 이마의 땀을 닦았다. 조시는 숨 가쁜 소리로 대답했다.

"그럴만해. 세상에나. 동시 오르가슴이라니."

"그러게."

둘은 얽혀있던 팔다리를 풀고 가만히 누워서 아침 공기가 체온을 내려주도록 기다렸다.

조시가 점점 잠에 빠져들기 시작할 때쯤, 피터는 몸을 숙여 그녀의 이마에 키스하며 속삭였다.

"나 갈게. 넌 좀 자. 11시까지는 퀸스에 가야 하거든. 여동생 생일 파티 음식을 준비할 재료를 엄마가 줘서 챙겨가야 해. 안 그럼 혼날 거라서."

"괜찮아. 난 만족했으니, 이제 자기는 필요 없어. 그러니 보내줄게."

조시는 느른한 미소를 지었다.

그녀는 방 문간에 다 벗은 채로 서서 거실을 바라보았다. 그곳에서 피터는 옷을 찾으며 코스튬 복장인 갑옷과 보바 펫 헬멧, 기타를 챙기고 있었다.

"다음번엔 헬멧은 두고 가. 그 현상금 사냥꾼 복장 섹시하니까."

"기억해 둘게. 다음번엔 그럼 레이아 공주 분장을 할래? 그 머리까지? 그게 내 세대 쪽에 더 맞는데."

피터가 키스하며 한 말에 조시는 웃었다.

"그럼 내가 황금 비키니를 구해볼게."

"아, 그래… 생일 이벤트로 완벽하겠다. 몇 주 뒤면 내 생일인 거 알지? 27일?"

그는 잠시 말을 멈추었다 덧붙였다.

"하루나 이틀 정도는 같이 여행을 갈 수 있을 것 같아. 난 토요일에 가족 모임이 있지만, 내 생일 다음 날이 전몰장병 추모일(5월 마지막 월요일로, 우리나라의 현충일에 해당하며 미국의 공휴일임. 옮긴이 주)이라서. 그러니 일요일에 여행 갈 수 있을 것 같아. 주말을 길게 쓸 수 있으니까."

말하자면 짧은 휴가라 이거지?

"참 좋은 생각이네."

조시는 이렇게 대답했다. 하지만 정말 좋은 생각이라는 느낌은 들지 않은 채로 말을 이었다.

"27일 일요일. 나한테 맡겨. 자기가 운전은 해야겠지만, 나머진 내가 알아서 할게."

"아주 좋아. 그럼 연습 때 보자."

그는 조시에게 다시 키스했다. 그녀는 아파트 문을 열고서, 자신의 벗은 몸을 엿볼 사람이 복도에 아무도 없기를 바라면서 피터를 내보냈다. 그리고 훨씬 서늘해진 침대에 올라가 내팽개친 이불을 끌어당겼다.

하루 같이 여행을 간다라. 그건 큰 진전이었다. 이제껏 둘은 꽤 많은 밤을 함께 보냈지만, 여행을 간다는 건 적어도 24시간을 서로의 곁에서 쭉 보내야 한다는 뜻이다. 두 사람은 아침도 함께 먹어본 적이 없었다. 같이 아침을 먹는다는 건 어쩐지 조금 전까지 했던 행위보다 더 친밀하게 느껴졌다. 서로를 소비하는 거야 가벼운 섹스 행위라고 치부할 수 있지만, 음식을 소비한다는 건 진짜 연인만이 할 수 있는 행위니까.

조시의 만족감은 이내 불편함으로 변했다. 피터가 진짜 연인 관계가 되고 싶어 한다는 걸 알고 있었다. 문제는 과연 내가 원하는 건 뭔지 모르겠다는 점이었다. 피터는 재미있고 친절했으며 날카로우리만 큼 명석했다. 그와 함께 있으면서 육체적 친밀감을 느끼는 게 좋았다.

하지만 아직까지도 이러는 게… 잘못 같았다. 이건 어긋난 상황이었다. 조시가 잠을 잘 수 없는 건 더위가 아니라 바로 이 점 때문이었다.

사실, 조시가 알기에 자신은 유부녀였다. 롭은 이 삶에 있는 그녀를 모르지만, 진짜 남편은 저기 어딘가에 분명히 존재할 것이다. 그리고 조시는 남편을 지금 배신하고 있었다.

그러다 다시금, 그녀는 확신했다. 분명히 남편 역시 자신을 배신하고 있을 거라고.

Chapter 26

5월 말

"전몰장병 추모일에 자기와 함께 있게 되어 건배."

피터는 프로세코 잔을 높이 들었다.

조시는 그와 잔을 부딪치며 애써 이 순간을 즐겨보려 했다.

"건배. 생일 맞은 거 축하해."

둘은 술을 한 모금 마시고는 자그마한 퀴노아 비트 샐러드를 먹었다. 호텔 테라스로 통하는 거대한 유리문이 열리면서 기분 좋은 바람이 불어왔다.

"오늘 밤 정말 아름다워."

그녀는 샐러드를 네 입 만에 끝내며 말했다.

"그렇지. 식사하고 나서 이곳 정원을 돌아다닐 수 있어."

그는 따스한 봄날 저녁 풍경을 바라보며 대답했다.

조시는 식당 안을 살펴보았다. 거의 모든 손님이 다 비슷하게 여행을 온 커플들이었다. 건장한 남자 둘은 스파 가운을 입은 채로 서로에게 굴을 먹여주고 있었다. 다른 커플도 가운 차림이 몇 있었다. 하지만 조시는 차마 목욕 가운을 입고 화려한 저녁 식사를 할 수는 없어서, 새로 산 녹색 시프트 드레스를 입었다. 셔츠와 넥타이 차림의 피터를 본 것도 이번이 처음이었다.

"하지만 저녁을 다 먹고 나면 너무 긴장이 풀려서 방에 올라가 빈둥거리고 싶을지도 모르겠어."

피터의 말에 조시가 고개를 끄덕였다.

"그래, 정원은 됐다고 해. 스파는 아무것도 안 하는 게 으뜸인 곳이야. 그리고 내일 체크아웃을 늦게 하겠다고 해놨으니, 우리는 한동안 침대에 누워있을 수 있어."

사실을 말하자면 조시는 호텔 시설을 누리며 뜨거운 목욕을 할 수 있는 이 짧은 휴가가 즐거웠다. 하지만 그만큼 도시로 돌아가고 싶은 마음도 간절했다. 라디오 방송을 쉬는 게 싫기도 했고, 몇 주 후에 다가올 공연 연습을 빠지고 싶지도 않았으니까. 대형 호텔에서 피터와 함께 틀어박혀 있으면 응당 행복할 줄 알았건만. 왜 이러지?

피터는 조시를 보며 눈썹을 치켜떴다.

"온종일 마사지를 받고 온탕에 들어갔다가 애무를 받고 사랑을 나눈 사람치고 자기는 그다지 긴장이 풀린 기색이 없는데."

조시는 숨을 깊이 들이쉬었다. 그리고 피터의 얼굴을 요모조모 바라보았다. 그는 정말 아름다운 사람이었다.

"미안해. 이제껏 참 힘들어서 그게 잘 풀리지 않나 봐. 일이 보통 바빴어야지. 게다가 이 커플 여행이라는 거 자체도 그래. 난 이런 데 전혀 익숙하지 않거든. 그래도 재미있게 즐기고 있어."

피터는 천천히 고개를 끄덕였다.

"조시, 이 커플 여행이 대체 뭐가 문제인지 잘 모르겠어. 네가 날 어떻게 생각하는지 솔직히 감이 안 잡혀. 너한테 난 남자친구인지, 아니면 가벼운 섹스 파트너인지, 아니면 그냥 잠도 자는 친구 사이인지 모르겠다고. 우리가 처음 데이트 시작한 지도 벌써 두어 달이 지났잖아. 그런데도 여기서 이게 무슨 일인 건지 모르겠다고."

그 순간, 주 요리가 도착해서 어색한 순간이 깨졌다. 그린빈 여섯 개 위에 얹은 자그마한 쥐노래미 토막이었다. 조시는 음식을 내려다보았다. 이걸 먹어도 30분 후면 또 죽을 만큼 배가 고프겠구나.

그녀는 피터에게 솔직하게 말했다.

"모르겠어. 난 이런 거 잘 못 하겠어. 새롭게 알게 된 사람과 어떻게 지내야 하는지 모르겠다고. 하지만 나 노력하고 있어. 자기는 정말 사랑스럽고, 난 자기를 정말로 아껴. 당연히 이 관계를 그만두고 싶지 않아."

그녀는 프로세코를 한 모금 마시고 말을 이었다.

"자기는 그저 섹스하는 친구가 아니야. 그보다 훨씬 더 이상인 사람이지. 가벼운 섹스 파트너도 아니야. 하지만 아직 이 관계에 이름을 붙이기가 어려워."

"난 아닌데."

피터는 포크를 내려놓고는 손을 뻗어 조시의 손 위에 얹으며 덧붙였다.

"나한테는 안 어려워. 너한테 무슨 문제가 있는 건지는 모르겠지만, 내 느낌이 뭔지 난 알아."

그는 잠시 말을 멈추다 이었다.

"난 널 사랑해, 조시. 널 정말로 사랑해. 미셸과 헤어지기 전부터 이 사실을 깨닫고 있었어. 너한테는 힘들다는 거 알아. 넌 이전의 우리 관계를 기억 못 하니까. 하지만 나한테는 쉬워. 난 네 남자친구가 되고 싶고, 언젠가는 반려자가 되고 싶어. 널 내 여자친구라고 부르고 아직 우리 가족에게 소개하고 싶어. 난 우연히 데이비드와 애나를 만날 기회를 얻었지만 넌 아직 우리 가족을 못 봤잖아. 난 우리 관계를 발전시키고 싶고, 언젠가는 같이 살고 싶다고."

그는 조시의 손을 꼭 잡았다.

"우리는 서로에게 딱 맞잖아. 그러니 너는 널 못 가게 잡는 게 뭐든 그걸 놓아버려야 해. 지금은 너랑 나 둘뿐이니까. 그렇지?"

피터는 대답을 기다리지 않았다. 아니, 대답을 바라지도 않는 것 같았다. 그저 조시의 손을 놓아주며 식사를 열심히 할 뿐이었다. 그게 꼭 자신이 바라는 걸 다 이야기했으니 이제는 마음이 놓인다는 식이었다. 조시는 자기 몫의 접시를 밀어버렸다. 더는 배가 고프지 않았다.

"미안해. 내가 너무했어."

그녀는 망설이다 말을 이었다.

"이건 기억상실증 탓도 좀 있어. 내가 그 시기를 통째로 잊어버려서, 아직 해결되지 않은 감정이 남아있는 느낌이야. 하지만 그건 자기 잘못이 아니지. 그러니 우리 관계에 영향을 안 주도록 해볼게."

피터는 입에 든 음식을 삼켰다.

"마지막으로 사귀었던 남자, 그 유부남 알이야? 아직도 정리가 안 됐어?"

조시는 어깨를 으쓱였다.

"힘들어. 나한테는 끝이 나지 않으니까. 이별도 없고, 실연도 없었지. 어느 순간 함께 있다가 눈을 떴는데… 그 사람이 더는 곁에 없는 거잖아. 머릿속이 엉망이었어. 내가 자기를 무척 아끼는 것과는 별개로, 갈등이 된다고."

"무슨 말인지 알겠어. 하지만 네 기억이 다 남아있다고 해도, 그 남자가 네 선택지가 될 수 있던 것도 아니었잖아. 이별의 상황이 어쨌든, 헤어지는 게 맞는 거지. 아마 네가 직접 헤어지자고 했을 거야. 넌 너만을 사랑해 줄 남자를 만날 자격이 있다고."

피터는 다시 그녀의 손을 잡았다.

"바로 그 남자가 나야, 조시. 이제 너랑 내가 있는 거야.

과거는 잊어. 있잖아, 네가 그 남자랑 연락해서 둘 사이에 무슨 일이 있었는지 알아내고 정리하고 싶다면, 그렇게 해. 난 널 믿으니까. 하. 아니면 그 남자랑 나랑 둘 다 만나게 저녁 식사 자리를 만들든지. 그래서 셋이서 이야기하자고. 어른답게."

조시는 그 말에 웃을 뻔했다. 피터는 자신감이 참 확고하구나. 그는 자신이 조시에게 딱 맞는 사람이라고, 자신의 사랑이 끝내 이길 거라고 확신했다. 하지만 그는 온전한 진실을 몰랐다. 조시가 애써 잊으려고 하는 사람은 불륜 상대가 아니라 남편이라는 걸 몰랐다. 이런 사실을 다 알지 못한 채로 무력감에 빠진 피터가 참 안쓰러웠다. 그래서 테이블 위로 몸을 숙여 그에게 키스했다.

"그건 별로 좋은 생각이 아니야. 하지만 자기 말이 맞아. 이제는 잊어야지. 그래서 노력 중이야. 자기도 도와주고 있고."

맛있지만 양이 너무 작은 디저트를 먹은 다음, 두 사람은 방으로 올라가서 미니 바에 달콤한 게 뭐가 있나 뒤졌다. 그리고 정가보다 비싼 초콜릿을 잔뜩 먹고 감상적인 로맨틱 코미디 영화를 보았다. 다 보고나서 피터는 재미있었다고 솔직히 인정했고, 그 후엔 하던 대로 사랑을 나눈 다음 그는 곧바로 잠들었다.

하지만 조시는 불안한 마음으로 뒤척였다. 단 걸 먹고 좋았던 기분이 가라앉으면서 선잠이 들락 말락 했고, 잠들었다가도 피터가 무의식적으로 쓰다듬는 손길에 오래 자지도 못하고 깨어났다.

그러다 까무룩 잠들었나 보다. 잠시 후 땀에 젖은 몸으로 침대에서 벌떡 일어났기 때문이다. 조금 전만 해도 그녀는 아름다운 도시에서 화려한 옷차림을 한 사람 수백 명과 호화로운 건물 사이에 있었다. 주변은 온통 물, 물, 많은 물이 보였다.

그곳은 베네치아였다.

하지만 조시의 꿈에 나타나는 베네치아는 현실의 베네치아가 아니었다. 다들 예스러운 의상을 입고 있었으니까. 여자들은 프릴이 달린 커다란 무도회 드레스를 입었고, 남자들은 궁정 의상 차림이었다. 그리고 모두 가면을 쓰고 있었다.

그러다 고개를 돌려보니 으리으리한 금빛 틀의 거울이 보였다. 거울 속 자신 역시 커다란 드레스에 가발을 쓰고 얼굴을 완전히 가린 가면을 착용했다. 롭은 자신의 옆에 서서 미소를 지으며 너무나 행복하고 사랑 가득한 모습이었다. 그녀는 거울 쪽으로 다가가 가면을 벗었다. 그 순간, 잠에서 깨었다.

조시는 목 뒤에 맺힌 땀을 닦았다.

그 가면 아래 얼굴은 나였을까? 아니면 또 다른 조시였을까? 그런데 왜 나는 베네치아에 있는 꿈을 꿨지?

그곳은 한 번도 가본 적 없는 도시였다. 물론 또 다른 조시는 어머니와 함께 갔지만. 그러나 자신과 롭은 〈도브〉를 본 다음에야 베네치아에 가보자는 이야기를 한 적이 있었다. 영화에서 라이너스 로치는 자신을 사랑하는 두 여자 중 하나를 선택해야 했는데, 그러다 카니발 동안 두 여자 중 하나인 헬레나 본햄 카터와 어두운 구석에서 몰래 숨어 섹스했었다. 다른 여자의 눈을 피해서 말이다.

침대에 가만히 앉은 조시는 구역질을 느꼈다. 그건 초콜릿을 먹은 탓이 아니었다.

5월 말

Chapter 27

6월 중순

무더운 토요일 오후, 수지와 조시는 센트럴 파크에서 산책 중이었다. 수지의 쌍둥이 유언과 아일라는 저 앞에서 달리기를 했다. 수지는 목을 길게 빼어 아이들이 뭘 하나 확인했다.

"피터랑은 잘돼가? 왜 우리한테는 소개 안 해줘? 너희 사귄 지 한 네 달쯤 되지 않았어? 아일라! 길에서 나가지 마!"

조시는 발끈했다.

"아직 세 달도 안 됐거든? 그리고 다음 주말 콘서트 끝나고 보게 될 거야. 우린 같이 듀엣 공연하니까."

"공연 끝나고 몇 분 보는 게 뭐 얼마나 된다고. 네 남자친구잖아. 우리는 정식으로 소개를 받아야 해."

"내 남자친구가 맞긴 한 것 같긴 한데… 피터는 나를 사랑하고 내 남자친구가 되고 싶다고 하더라. 하지만 그렇게 말한다고 해서 꼭 그렇게 된다는 법은 없다고 생각해."

"그게 무슨 말이야? 너희는 몇 달 동안 사귀었고, 피터는 널 사랑하고, 데이비드와 애나랑도 만났다면서. 그게 남자친구가 아니면 뭔데? 오리처럼 생기고 오리처럼 걷고 오리처럼 꽥꽥 울면 그게 오리지 뭐 다른 동물이겠어?"

"알았어. 그래, 망할 놈의 오리 맞지. 그렇다면 피터도 내 남자친구가 맞겠지. 하지만 내가 100퍼센트 피터의 여자친구인 것 같지는 않아. 그이는 본인이 나를 행복하게 해줄 수 있다고 철석같이 믿고 있어서 다른 건 아무래도 괜찮다는 식이거든. 내가 거절했다는 건 아닌데, 피터는 거절을 받아들이지 않는 사람이야. 나한테 처음 데이트 신청했을 때 내가 세 번이나 거절했다는 거 알지?"

"피터가 고집을 부렸다고 뭐라 할 수는 없어. 특히 넌 피터 좋아하는 티를 엄청나게 냈는데. 아일라! 까마귀 괴롭히지 마!"

"그래. 하지만 피터를 좋아하는 게 문제인 건 아니야. 그이는 엄청 귀엽고…"

조시는 누가 혹시 엿듣지는 않는지 주변을 둘러보고서 말을 이었다.

"침대에서 끝내주거든. 하지만 난 지금 피터와 사랑에 빠질만한 정신이 아니야. 그럴 수가 없어."

"왜?"

수지가 묻자 조시는 그녀를 바라보았다.

"음, 그건 말이야, 수지. 아마도 내가 또 다른 인생에서 남편이 있었기 때문일 거야. 이걸로 말이 안 돼?"

조시의 목소리는 의도보다 까칠하게 들렸다. 수지는 쌍둥이를 계속 지켜보면서 빨간 입술을 꾹 다물었다.

"알았어, 조시. 그렇게 쏘아붙일 필요 없잖아. 옛 기억 때문에 고민하는 건 이해해. 하지만 언젠가는 너의 새로운 현실을 받아들여야 하지 않겠어?"

조시는 뺨을 부풀렸다.

"그래야 할까? 사실 힘들어. 아직도 남편이 정말 보고 싶어. 이상한 소리라는 건 알지만, 사실이 그래."

진지한 성격의 유언은 아일라의 분홍색 소맷자락을 잡아당겼다. 지금 아일라는 까마귀들과 함께 파닥파닥 날갯짓하면서 지나가는 구경꾼들의 웃음을 자아내고 있었다.

"하지만 피터는 정말 사랑 넘치고 똑똑하고 카리스마 있는 사람이야. 그래서 얼마간은 나도 모르게 롭을 잊게 돼. 그러다 피터가 떠나면, 다시 기억이 떠오르고 죄책감에 힘들어. 이건 건강한 방식의 연애가 아니잖아?"

수지는 고개를 끄덕였다.

"그래, 아닌 것 같다. 하지만 결국은 극복하게 되지 않겠니. 옛 기억은 사라지고 피터와 행복해질 수 있을 거야. 그렇게 될 때까진 넌 좋은 남자를 밀어내면 안 돼."

유언과 아일라가 돌아왔다.

"아이스크림 사줘!"

아이들의 요구에 그들은 호수에 도착했고, 수지는 아이들에게 와플콘을 사준 다음 자신과 조시 몫으로 자그마한 젤라토 컵을 하나씩 샀다. 수지는 아이들을 벤치에 앉혔다. 거기선 모두 오리를 볼 수 있었다.

"얌전하게 앉아서 아이스크림 먹어. 어, 조시! 저길 봐. 오리처럼 생기고 오리처럼 걷고 오리처럼 꽥꽥 우는 게 있네? 저 동물 이름이 뭐게?"

조시는 혀를 쏙 내밀었다.

"나도 알거든. 그냥 기분이 너무 안 좋아서 그래."

"넌 이제 런던에 가서 대대적인 환송회를 할 거잖아? 가족이랑 같이 시간을 보내면 마음 치료가 될 거야."

수지는 젤라토를 크게 한 입 먹었다.

"그래. 다음 주 일요일에 비행기 타. 공연 다음 날이지. 환송 파티는 그다음 주 토요일이고, 데이비드와 애나는 그 후에 시드니에 가. 그 후엔 로라랑 테오랑 같이 일주일 있다가 올 거야. 나 조카가 너무 보고 싶거든."

"그렇겠지. 데이비드와 애나의 출산예정일은 언제야?"

"10월이야. 내가 말 안 했던가? 딸이야. 몇 주 전에 알았어."

"아, 정말 귀엽겠다! 너한테 조카딸이 생기는구나. 그런데 너무 멀리 있어서 안타깝다. 언제 조카를 볼 수 있을까?"

"11월 중순에 결혼식 보러 갈 거야. 그때쯤 시드니는 봄이니까 결혼하기 딱 좋지. 그리고 아기는 한 달 되었을 거고. 그 후엔… 또 언제 보게 될지는 어떻게 알겠어? 데이비드 말로는 1년에 한 번씩은 런던이든 뉴욕이든 오겠다고 했지만, 너무 큰 꿈이야."

"그래. 아기들 데리고 다니는 건 진짜 어렵지. 난 2년 동안 고향에 간 적도 없고 우리 오빠나 조카를 보지도 못했어. 다들 오하이오에 가까이 사는데도 말이야."

"이야. 데이비드와 조카를 그토록 오랫동안이나 못 보게 된다니 상상조차 안 되네."

"음, 네가 어린 애를 키우면 움직이는 게 진짜 힘들어. 하지만 너랑 데이비드 사이는 다를 거라고 생각해. 다만 언제나 네가 오스트레일리아를 방문하는 쪽이 되겠지. 애나가 애들을 바리바리 데리고 지구를 돌아서 정기적으로 널 보러 올 거라는 기대는 하지 마."

조시는 아이스크림을 다 먹었다.

"그 말이 맞아. 어디든 날아갈 수 있는 무자녀 독신으로 살아가기 위해 노력하는 쪽은 언제나 내 쪽이 되겠지."

수지는 그녀를 쿡 찔렀다.

"너랑 피터랑 정말 잘된다면, 넌 자식도 생기고 남편도 생길걸. 피터는 분명히 아이를 바랄 테니까."

조시는 수지의 텅 빈 아이스크림 컵을 가져다가 자신의 컵에 끼우며 대꾸했다.

"그러면 데이비드나 조카는 진짜 못 보게 되겠네. 고맙지만 됐어."

Chapter 28

8월 말

2018년 8월 24일

와, 정말 덥다. 피터와 같이 침대에 누울 때마다 숨이 막히는 기분이다. 이게 우리가 연인이라 그런 건지 아니면 나 때문인지 알 수가 없다. 창문을 아무리 활짝 열어놔도, 이불을 제아무리 얇은 걸로 바꾸어도 소용이 없다. 가끔 난 작은 방에서 몇 시간 자곤 한다. 거리를 두고 시원하게 있고 싶어서다. 피터는 거기다 대고 불평을 한다.

우리는 꽤 많이 싸웠다. 그는 본인만 사랑한다는 말을 많이 하는데 난 사랑한다는 말을 여전히 해주지 않는다며 화를 낸다. 그리고 난 피터가 너무 자신만만한 게 화가 난다. 나의 예전 삶을 떠나보낼 수가 없다는 데 좌절했기 때문이다. 하지만 난 피터를 무척 아끼기 때문에 나 역시 그를 잃고 싶지 않다. 그래서, 서로 좀 간격을 두고 사는 게 좋다. 피터는 이제 우리 집에서 자고 가는 횟수가 줄었다. 그리고 난 사귄 지 다섯 달이 넘은 지금도 피터의 집에서 묵은 적이 한 번도 없다.

난 너무 피곤하다. 너와 거울, 가면이 나오는 악몽을 아주 많이 꾸고 있다. 때로는 베네치아의 꿈이, 때로는 외딴 서쪽 해변이 나온다. 언제나 롭은 너와 함께 있고, 가끔 너희 둘은 날 보며 비웃는다. 왜 나한테 이러는 건지, 왜 내 남편을, 내 삶을 훔쳐 갔는지 너에게 묻는다. 제발 부탁이니 내 남편을 돌려달라고 빈다. 너에게 애원한다. 그러다 지쳐서 잠에서 깬다.

그리고 최근엔 웃기는 일이 생겼다. 공황 발작이 일어나는 거다. 집에서든, 일터에서든, 자전거를 타다가도, TV를 보다가도, 피터와 침대에 누웠다가도... 며칠에 한 번씩 아주 심하게 발작이 일어난다.

배 속부터 들끓어 오르는 공황이 밀려와 온몸에 퍼지고는 몇 초 후 머리를 세차게 쳐서 아찔해지는 바람에 서있을 수조차 없다. 발작이 없는 날에도 식욕이 떨어지고 위장이 아주 예민해졌다. 속이 곤죽이 되었다.

여기까지 오자 난 깨달았다. 지금 심한 우울증 진단을 받을만한 상황이구나. 의사에게 가서 내 증상을 읊는다면 그렇게 진단하겠지. 치료를 받고 항우울제나 항불안제를 처방받을 수 있겠지. 그걸 먹으면 한결 나아질 수도 있겠지.

하지만 난 기분이 나아지고 싶지 않다. 난 기분이 나아질 자격이 없으니까. 우울증을 겪는 사람들을 보면 대개 난 주저 없이 처방 약이 뭐든 복용하라고 권할 거다. 하지만 나는 뚜렷한 질병이 있는 게 아니다. 뇌를 망치는 화학적 불균형 따윈 없다. 내가 우울한 이유는 따로 있는데, 이걸 약으로 무감하게 만드는 건 옳지 않다. 게다가 심리치료사를 만나봤자 도움이 될 것도 아니다. 그저 진실을 두고 거짓말을 할 뿐이겠지.

난 잘못된 인생에 들어왔다. 빌어먹을 우주가 잘못이라고. 그리고 난 잘못된 남자와 사귀고 있다. 멋지긴 하지만, 잘못된 남자다.

지금 이 세상을 살아갈 단 한 가지 가치가 있다면, 바로 데이비드를 돌려받은 것이다. 기적적으로, 믿을 수 없게도 다시 살아난 우리 오빠. 하지만 지금, 오빠는 오스트레일리아에서 갓 결혼한 아내와 곧 태어날 아기와 있다. 앞으로 난 오빠를 거의 볼 수 없겠지. 나의 새 조카를 알고 싶은 만큼 알 수도 없겠지.

조시는 어두운 침실에서 밝게 빛나는 노트북을 응시하며 숨을 천천히 골랐다. 요즘 계속되는 우울한 기분을 어떻게든 가라앉혀야 했다. 그녀는 등을 돌리고 깊게 잠든 피터를 슬쩍 바라보았다.
곧 태어날 조카를 생각하며 조시는 애나가 이메일로 보내준 사진을 보았다. 그리고 손가락으로 태아의 최신 초음파 사진을 덧그렸다. 이 꼬마 소녀는 앞으로 자신을 그저 저 멀리 뉴욕에 사는 조시 고모라고 생각하게 되겠지. 이제 자신은 이 애에게 생일과 크리스마스 선물을 우편으로 보내주고, 2년에 한 번씩 보러 방문하는, 멀리 사는 고모일 뿐이겠지.
조시의 눈물이 벗은 가슴 위로 한 방울 떨어졌다. 피터는 무언가를 감지하고 뒤척이더니, 어둠 속에서 그녀 쪽으로 몸을 돌렸다. 그리고 화면에서 나오는 차가운 백색광을 받은 조시의 얼굴을 바라보았다.

"자기야. 뭐 해?"

"애나가 보내준 사진을 보고 있었어. 벌써 배가 많이 나왔네. 다시 자. 나도 금방 잘게."

"너 울어?"

그는 침대에서 몸을 일으켜 땀에 젖은 팔로 조시를 안으려 했지만, 그녀는 피터의 손길을 밀어냈다.

"너무 더워… 난 괜찮아. 데이비드가 오스트레일리아에서 아기를 보게 된다는 소식에 약간 감정적이 되어서 그래. 빨리 조카를 보고 싶어."

"우린 11월에 결혼식 보러 갈 거잖아. 그때 보면 되지."

조시는 움찔했다. 피터는 자신과 함께 결혼식을 보러 시드니에 간다고 가정하고 있구나. 그런데 이걸 어떻게 대처해야 하는지 알 수가 없었다. 마음 한구석으로는 피터가 시드니에 같이 가기를 바랐고, 그러면 둘이서 같이 더 여행을 할 수 있다는 것도 알았다. 하지만 더 큰 본심은 그냥 가족들과 오롯이 시간을 보내며 다른 방해꾼이 없었으면 좋겠다는 거였다.

"왜 그래?"

피터는 그녀를 수상쩍게 바라보았다.

"난 잘 모르겠어."

지금은 새벽 3시였다. 이런 문제를 풀어가기엔 좋은 때가 아니었다.

"뭐가?"

그는 좀 더 짜증스러운 목소리로 물었다. 둘은 어둠 속에 앉아있었다. 빛이라고는 바깥 가로등에서 나오는 옅은 주황색 불빛뿐이었다.

조시는 마음을 단단히 먹었다. 결국 지금 말해야 할 것 같구나. 그래서 노트북을 덮어 협탁에 올려놓았다.

"자기가 나랑 같이 오스트레일리아에 가는 게 좋다는 생각 안 들어."

지금은 솔직하게 말하는 게 좋았다.

"난 모르겠어. 우리가 같이 가면 분명히 아주 재미있게 지내겠지. 그리고 자기가 골드 코스트를 무척 보고 싶어 한다는 것도 알아. 하지만 내 마음 한구석으로는 가족끼리 오붓하게 휴가를 즐기고 싶은 마음이 간절해. 아기랑, 결혼식을 보면서 말이야."

피터는 이제 몸을 일으켜 앉아 침대 옆 조명을 켰다. 갑자기 들어온 빛에 조시는 눈을 깜빡였다.

"조시, 지금 장난해? 넌 그럼 나를 안 데려가겠다는 거야?"

"잘 모르겠다는 거야. 난 지금 이러지도 저러지도 못하겠어. 그래서 자기한테 솔직하게 말하는 편이 낫겠다고 생각했어. 나한테 선택지가 두 개 있는데, 너무 다른 여행이라서 어느 쪽을 내가 좋아할지 모르겠다고."

"제길, 조시. 그럼 여기서 내가 좋아하는 건 뭔지 생각 안 해? 나는 결정권이 없어? 이 여행이 '조시 특집'이야? 여자들은 대부분 남자친구랑 같이 가족의 결혼식에 참석하는 걸 '좋아한다'고. 게다가 이게 아주 멋진 오스트레일리아행 휴가라는 거 알잖아?"

"당연히 알지. 내가 언제 자기가 안 갔으면 좋겠다고 말했어? 그냥 아직 모르겠다는 거지."

"잠깐만. 그거 헛소리야."

조시는 일어나서 가운을 입었다. 싸울 거면 침대에서 벌거벗은 채로 싸우고 싶지 않았다. 피터는 그녀를 노려보았다. 조시는 무릎이 후

들거려서 다시 침대에 앉았지만, 이번에는 그의 가까이가 아니라 끝에 앉았다.

"난 지금 힘들어. 피터, 자기도 알잖아. 난 항상 기분이 엉망이고, 이토록 집중해야 하는 강렬한 관계에 있다는 건 나한테 정말 큰 도전이나 마찬가지야. 난 자기를 참 많이 아껴. 하지만 가끔은 이게 너무 심하다고 생각해. 자기가 노력하는 거 알아. 그래서 고마워. 하지만 2주 동안 오스트레일리아에서, 온 가족이랑 같이 결혼식을 보고, 또 아기까지 만난다는 건… 솔직히 벅차. 내가 감당할 수 있는 수준을 좀 넘어선 건지도 몰라."

피터는 고개를 저으며 자신의 손을 내려다보았다. 그에게선 분노라기보단 패배감이 느껴졌다. 어쩐지 그 편이 더 나빴다.

"넌 날 참 많이 아끼는구나."

그는 조시의 말을 되풀이했다. 그의 눈시울이 붉어졌다. 피터가 우는 모습은 처음이었다.

"하지만 넌 날 사랑하지 않지. 지금도 사랑하지 않아. 넌 우울한 사람이야, 조시. 하지만 내가 무슨 말을 하든, 넌 도움 받기를 거절하고 있어. 그래서 난 널 행복하게 해줄 수가 없어. 네가 거절하니까."

그는 얼굴을 찌푸렸다. 조시는 손을 뻗어 그의 다리에 얹었다.

"정말 미안해. 내가 정말 미안해. 자기는 내가 주는 것보다 더 좋은 대접을 받아야 마땅해. 우리 둘 다 그 점을 알잖아."

너무나 비참한 기분이었지만, 왜 그런지 그녀는 울지 않았다.

피터는 심한 충격을 받은 얼굴로 고개를 들었다.

"그게 무슨 말이야? 이제 끝이라고?"

"그런 말 안 했어. 자기는 더 좋은 대접을 받아 마땅하다고만 했어."

조시 역시 이별이라 생각하니 당황스러웠다. 피터가 없다면, 이제 이 세상에 내게 남은 게 대체 뭐란 말인가?

"단도직입적으로 묻겠어. 문제는 이거야. 넌 나에게 더 잘해줄 수 있어?"

저 자신감을 봐. 그렇다는 대답을 기다리고 있구나.

"난 몇 달 동안 자기에게 잘해주려고 노력했어. 그런데 점점 나빠지기만 해. 아니, 잘해준다고는 못하겠어. 난 약속할 수 있는 게 없어."

조시는 지칠 대로 지쳐 고개를 저었다. 지금은 그저 자고 싶었다.

피터는 어안이 벙벙해진 채로 조시를 빤히 바라보았다. 말없이 앉은 두 사람 사이로 잠시 긴장감이 흘렀다. 이윽고 피터는 침대에서 다리를 휙 내리더니 팬티와 청바지를 입었다. 그리고 똑바로 일어서서 머리에 티셔츠를 뒤집어썼다.

"나 집에 갈게. 우리 사이를 계속하고 싶다면, 전화 줘."

그는 나가다가 침실 문 앞에서 멈췄다.

"그렇지 않으면, 넌 앞으로 한동안 날 볼 수 없을 거야. 이번 가을에 다시 합창단에 합류할 수 있을지 없을지 몰라. 밴드에 공연이 너무 많아서 차라리 합창단을 그만두는 게 나한텐 나을 수도 있겠지."

그는 움직이지 않았다. 분명 조시가 합창단을 그만두지 말라고 설득해 주기를 바라는 기색이었다. 하지만 사실을 말하자면 조시는 일종의 안도감마저 들었다. 만약 정말로 헤어져야 한다면, 피터가 연습에 오지 않기를 바랐으니까.

그녀는 피터에게 작게 고개를 끄덕여 주었다. 피터는 고개를 저으며 밖으로 나갔다. 잠시 후 그가 아래층 현관을 쾅 닫는 소리가 들렸다. 저 위 다리에서 차들이 시끄럽게 윙윙대는 와중에도, 아파트를 떠

8월 말

나는 피터의 발소리가 들렸다.

그래도 이젠 좀 쉴 수 있을 것 같았다.

PART   5

나

10월 중순

모든 것이 무너지기 시작했다.

롭과 내가 서로를 붙잡고 다 괜찮다고 말할수록, 모든 게 빠르게 부서져 흩어져 갔다.

그는 오늘 아침에도 이렇게 문자를 보냈다.

-안녕, 자기. 아침 식사 때 못 봐서 미안해. 오늘이 무슨 날인지 알아.
그래서 자기가 괜찮을 거라고, 너무 슬퍼하지 말라고 말하고 싶었어.
저녁은 음식 포장해다 먹고 같이 영화 보자. 영화는 네가 보고 싶은
걸로 골라. 사랑해. 롭

정말 다정하구나. 나는 내가 보낸 답장을 보았다.

10월 중순

405

-고마워, 여보. 데이비드가 없다고 생각하는 하루하루가 끔찍하지만,
그래도 자기가 바쁜 와중에 오빠 기일을 기억하고 내 생각을 해줘서 고마워.
난 하와이가 나쁜 곳이 아니라는 거 알아. 기억이 안 나지만 그곳은 우리의
첫 번째 결혼식이 열린 곳이잖아. 그러니 축하해야지. 음식 포장해도 좋아.
말레이시아 요리 먹을까? 영화는 데이비드가 재미있어 했을 만한 걸로
고를게. 그럼 이따 밤에 봐. 조시

　나는 테라스 난간에 몸을 기댔다. 18층 높이에서 떨어지든 말든 겁
은 나지 않았다. 그렇게 멍하니 저 도시를 바라보았지만, 눈앞에는 온
통 오빠의 웃는 얼굴이 보였다.
　오빠는 지금 어디 있을까? 런던? 아니면 어딘가 이국적인 곳? 그
여자가, 또 다른 조시가 오빠랑 있을까? 내가 그녀의 예전 삶에 확실
하게 자리 잡은 것처럼, 그녀도 나의 삶에 확실하게 자리를 잡았을까?
　만약 기회가 주어진다면, 또 다른 조시는 나와 자리를 바꾸려 할까?
데이비드를 잃었다가 돌려받은 삶이 주어진 상황에서, 데이비드를 놔
두고 남편이 있는 원래 삶으로 돌아오려 할까? 만약 그녀가 그쪽 시간
선에서 롭을 만났다면, 오빠도 남편도 갖고 있겠지. 어쩌면 날 비웃고
있을지도 모른다. 나는 거래할 게 아무것도 없는 상황이니까.
　하지만 그런 느낌은 들지 않는다. 악몽은 계속 나타나고, 또 다른
조시는 거의 매일 밤 나를 찾아와 본인의 삶을 돌려달라고 애원한다.
롭과 함께 있기 위해서는 뭐든지 할 것처럼 말이다. 심지어 데이비드를
또 잃는다고 해도.
　서쪽으로 이동한 태양이 여전히 저 높은 곳에서 피부에 따스하게 햇
살을 내리쬐는 가운데, 나는 한참 동안 테라스에 서서 저 아래에 있는
사람들을 생각했다. 저들은 지금 나의 삶을 누리기 위해서라면 뭐든

하려 들겠지. 내가 느끼는 죄책감의 여러 면 중 하나는 바로 내가 배은
망덕하게도 주어진 삶을 고분고분하게 받아들이지 못하고 있다는 혐
오감이었다. 이토록 사랑을 듬뿍 받으며 사치스럽게 살게 되었는데,
어떻게 우울할 수가 있어?

나는 생각을 그만두고 마지막으로 도시의 풍경을 바라본 다음 테라
스 끝 문을 통해 안방으로 들어갔다. 그리고 TV장을 열고 대형 TV를
켠 다음 저녁 식사 후 볼 영화를 검색했다. 플레이리스트에 여섯 편을
골라 담았는데 아파트 문이 쿵 소리를 내며 닫혔다.

"안녕. 나 왔어."

롭이 부르는 소리가 들렸다.

"왔구나."

나도 소리쳐 대답이며 주방으로 나갔다. 롭은 말레이시아 음식 상자
를 풀고 있었는데, 난 그걸 별로 먹고 싶지 않았다.

"이거 괜찮지?"

"아주 좋아. 고마워. 술 마실래? 난 진토닉 마실 거야."

"맥주 줘. 고마워."

나는 맥주를 한 병 따서 건네주었고, 그는 대구와 밥 요리를 얄은 접
시에 담았다. 그리고 무심코 내 머리 옆에 입을 맞추었다.

"오늘 잘 지냈어?"

"괜찮았어. 엄청 좋지는 않았어. 데이비드 생각하느라 정신을 놓고
있어서, 오후 3시에 한스랑 같이 〈럭셔리 리스팅〉 PD들이랑 미팅 있
는 걸 완전히 잊어버렸어. 내가 회의에 안 와서 한스가 화를 냈어. 하지
만 오늘만 그런 게 아니야. 그 약 때문에 뇌가 엉망이 됐어. 약을 끊거
나 다시 바꿔야 할 것 같아. 난 쓸모없는 인간이 됐어."

우리는 요리 접시를 식탁으로 가져갔다.

"정말 힘들었겠다, 자기야. 마음이 안 좋네. 와이너 박사랑 상담을 해야 할 것 같은데."

롭은 와인스타인 박사를 와이너라고 잘못 알고 있었다.

"그렇게. 자기는 조찬 회의 어땠어? 호텔 일 땄어?"

"벌써 땄지! 회의는 정말 대단했어. 사실 일주일 정도는 답이 없을 줄 알았거든. 그런데 오늘 오후에 전화가 왔다고! 정말 안심이야."

"진짜 대단하다, 여보."

나는 잔을 들어 축배를 들었다. 그는 정말 똑똑한 사람이었다.

"참 빨리 결정됐네? 그쪽에서 자기들을 참 좋아하나 봐. 그럼 언제 시작해?"

"우리가 트라이베카 건물을 끝마치고 나서니까, 내년 초겠지. 우리는 곧바로 새 프로젝트를 시작할 예정이야. 아, 한스가 트라이베카 701호 매수자를 구했어. 얘기 못 들었어?"

나는 고개를 저었다.

"아니. 내가 3시에 대체 어디에 있었는지 물어대느라 정신이 없어서 말을 못 했나 봐. 난 그때 죽은 오빠를 생각하며 화장실에 질질 짜고 있었다고 대답했지."

롭은 포크를 내려놓더니 주저하다가 나를 똑바로 바라보았다.

"조시, 데이비드 때문에 나도 마음이 아프고, 오늘 참 힘들었다는 거 이해해. 하지만 지금은 네 입장은 이야기하지 않으면 안 될까? 난 지금 중요한 일을 이뤄냈으니 축하하려던 참이었잖아."

나는 고개를 끄덕였다. 롭의 말이 옳았다.

"미안해. 오늘은 자기한테 좋은 날인데. 그러니 이 순간을 누릴 자격이 있지."

나는 다시 잔을 들어 그의 잔에 부딪혔다.

"축하해, 자기."

그리고 식탁 모서리에 기대어 그의 뺨에 키스하려 했는데, 롭은 고개를 돌려 내 입술에 입을 맞추었다. 입술에선 생선과 맥주 맛이 났다.

저녁을 먹은 후의 분위기는 다정하면서도 아슬아슬했다. 이어서 영화로 보려고 침실로 들어가게 되어 다행이었다. 조명을 어둡게 맞추고 대형 화면을 켜자, 롭은 소파에 앉은 다음 나에게 평소대로 2인용 소파를 내어주었다.

나는 다리를 모아 앉으며 말했다.

"내가 플레이리스트에 몇 편 넣어놨어. 자기가 어떤 걸 봤는지 몰라서. 그중에서 아무거나 봐도 난 다 좋아."

나는 화면을 쭉 내리기 시작했다.

"〈오스트레일리아〉 어때? 배즈 루어먼 감독 영화 중에서 이것만 내가 안 본 거야."

롭은 고개를 저었다.

"이건 3시간이 넘는 영화야."

"알았어. 그러면 오스카 수상작 중에서 외국 영화를 볼까? 이거 진짜 재밌겠다. 〈타인의 삶〉 어때?"

"아니. 그건 몇 년 전에 조시랑 같이 본 거라서…"

방 안 분위기가 싸늘해졌다.

"*지금 뭐라고 했어?*"

TV 불빛 아래에서 롭은 입술에 맥주병을 대다 말고 화면을 빤히 바라보았다. 그는 천천히 고른 숨을 내쉬면서 방금 한 말을 어떻게 무마

할지 고민하고 있었다. 그러더니 맥주를 내려놓고 나를 돌아보았다.

"무슨 말인지 알잖아. **예전의** 조시 말이야. 사고 전의 너. 알겠지?"

나는 고개를 저었다.

"롭, 자기는 그 여자랑 나를 별개의 사람으로 말한 적이 한 번도 없어. 단 한 번도. 자기도 그런 적 없다는 거 알지. 자기는 항상 내가 똑같은 사람이라고 믿어왔잖아. 나는 자기 아내라고, 원래 아내라고. 다만… 기억이 다를 뿐이라고. 아니야?"

그는 잠시 말이 없었다. 입술을 꾹 다물고 있는 모습은 속마음을 숨기려는 그의 무의식적 행동이었다.

"조시. 내가 무슨 말을 하길 바라는 거야? 난 아무런 속내가 없어. 내가 어떻게 생각해야 할지 하나도 모르겠다고. 그게 대체 무슨 차이인데?"

"무슨 차이냐고? 지금 나랑 장난해?"

이 순간이 지닌 막중함이 서서히 인식되기 시작했다.

"이제야 알겠다. 자기는 나를 원래 결혼했던 여자와 완전히 다른 여자라고 생각하고 있었구나? 내가 사고 난 그날 사라져 버린 원래 아내와는 다른 여자라고. 아니야? 그런데도 나한테 청혼하고 결혼했구나! 그런데 이젠 뭐? 나를 원래 부인이라고 생각하지 않아? 그럼 난 두 번째 부인이야? 조시 2탄이냐고?!"

그는 일어서서 방 안을 서성였다. 어두운 가운데서도 그의 눈빛에 다시금 불길이 타오르는 게 보였다. 나만이 롭을 이토록 화나게 할 수 있었다.

"그래. 됐어? 그렇다고. 듣고 싶던 말이 이거야? 이런 제길… 왜 내가 그렇다고 믿으면 안 돼? 넌 그렇게 믿고 있잖아. 안 그래? 넌 네가 똑같은 사람이라고 믿고 있지 않잖아. 넌 원래의 조시가 어딘가에 살아있다고 생각하고, 지금은 네가 그 여자 삶을 살고 있다고 생각하잖아. 그럼 나도 그렇게 생각하면 안 돼? 넌 나한테 1년간 계속 증명해 왔잖아. 너랑 그 조시는 같은 사람이 아니라고, 너는 다른 조시라고. 그런데 왜 이제야 놀라? 진짜, 왜 그러는 거야?"

그는 대답하라며 나를 노려보았다.

나는 망설이면서 제대로 된 대답을 애써 해보았다.

"왜냐하면, 난 자기와 결혼하고서 항상 그 여자를 배신하는 기분이었어. 하지만 자기도 그렇게 느끼는 줄은 몰랐어. 그런데 지금은… 나랑 같이 살면서 자기도 그 조시를 배신했다고 느끼는지 아닌지 어떻게 알겠어. 만약 자기가 그 여자를 나랑 별개의 존재로 생각한다면, 그렇게 믿는다면 자기는 원래 아내를 배신했다는 걸 알 거 아냐. 그런데도 그 사실을 나한테 말해준 적 없었어. 단 한 번도."

"아, 그것만 나쁜 게 아니지. 훨씬 나빠."

롭은 이제 더욱 심하게 화를 냈다. 하지만 난 서서히 깨닫기 시작했다. 롭은 나한테 화가 난 것만큼이나 자신에게 화를 내고 있었다.

"난 네가 다른 여자라는 걸 알면서도 결혼했어. 그러니 아내를 둘 둔 거지."

그는 본인이 말한 소리를 듣고 깜짝 놀랐다. 허공에 둥둥 뜬 그 말에 나는 구역질이 났다. 삼켰던 대구 살점이 위험하리만큼 속에서 훅 올라왔다. 솔직히 나도 생각했던 단어였다. 그것도 여러 번 생각했었다. 하지만 실제로 들으니 충격적이었다.

롭은 계속 말했다. 그는 지금 걷잡을 수 없는 상황이었다.

"또 뭐가 있는 줄 알아? 난 원래 조시가 없어졌을 때 크게 슬퍼하지도 않았어. 내 아내를 잃어버렸는데도. 별로 안 슬퍼했다고. 왜냐하면 난 바보스럽게도, 멍청하게도, 너랑 있는 게 더 좋을 거라고 생각했었어.”

롭은 손 아래쪽을 얼굴에 대고 있었다. 잠시 후에야 나는 그가 흐느껴 운다는 걸 깨달았다. 무릎이 풀린 그는 소파 옆 바닥에 주저앉았다. 나는 몸을 숙여 내 발치에 쓰러지는 그를 내 팔에 어설프게 받아서 허벅지에 그의 머리를 댔다.

그는 이제 헐떡이며 말했다.

“사실은, 원래 조시와 나는… 우리 문제를, 데이비드가 세상을 떠난 하와이 사고 이후로 고통스러워했던 조시와 나의 문제를 이겨냈을 거야. 우리는 저 깊은 속에서는 여전히 괜찮은 부부였어. 하지만 네가 원래 조시와 바꾸어 버리고 나서 난… 그녀를 버렸어.”

롭의 말은 통곡이나 다름없었다. 마침내 그는 완전히 정신을 놓고서 이제껏 초연하게 참으며 쌓아온 깊은 슬픔을 모두 쏟아내었다.

나는 그를 오랫동안 품에 안고서 그의 슬픔이 다 나오도록 해주었다. 그리고 나 역시 턱에서 굵은 눈물을 뚝뚝 떨구며 흐느껴 울었다. 그렇게 그를 끌어안고 또 안았다.

이윽고 흐느낌이 잦아들자 그는 나를 올려다보았다.

“난 너한테 화난 게 아니야.”

새로이 눈물이 글썽이면서 희미한 빛을 받아 반짝였다.

“알아, 알아.”

나는 그의 헝클어진 까만 머리를 쓰다듬었다. 그에게 키스하고 싶었지만 대신 이렇게 물었다.

“이런 기분을 느낀 지 얼마나 됐어?”

그는 어깨를 으쓱이며 대답했다.

"솔직히, 난 처음부터 네 말을 거의 믿었어. 네가 말하는 예전의 생활이 다 진실이라는 걸 알았지만, 그래도 넌 여전히 같은 사람이라고도 했잖아? 네가 어찌어찌 다른 시간선에 들어오긴 했지만, 너라는 존재가 바뀐 건 아니지. 하지만 넌 여러모로 참 달랐고, 난 이제껏 예전의 조시가 계속 나에게 다가오려 하는 꿈을 꿨어. 너한텐 말 안 했지만."

"뭐? 그래, 말 안 했잖아."

"처음부터 네가 다른 사람이라는 느낌이 강하게 들었던 것 같아. 하지만 억지로 부정하고 있었지. 나아진 것 같아 보이는 새로운 조시와 다시 사랑에 빠지느라 난 정신을 놓고 있었어. 그러다가 우리는 오카스섬에서 멋진 주말을 보냈잖아. 그땐 물론 우리가 예전처럼 돌아온 척했지만, 사실은 처음으로 함께 밤을 보낸 느낌이 들었어. 그 후로는 모든 게 너무나 좋았고. 프러포즈하고, 결혼한 거 말이야."

그는 기다란 속눈썹이 눈물로 뭉친 눈을 문지르며 말을 이었다.

"그러다 베네치아에서 네가 그랬지. 엄마와 여기 와본 적 있다고… 그때 정말 한 방 먹은 기분이었어. 그제야 난 알게 됐지. 진짜로 깨달은 거야. 난 원래 아내가 아닌 다른 여자와 다시 결혼했다는 걸."

그는 나의 얼굴을 찬찬히 살폈지만, 실은 내 얼굴이 아닌 다른 걸 떠올리고 있었다.

"무도회에서 가면들 때문에 정말 무서웠어. 그 순간, 네가 나의 두 아내 중 하나일 수도 있는 거구나, 하는 생각이 들었거든. 그리고 너 역시 그런 기분이라는 걸 알았지. 난 그때 너무 당황했지만, 동시에 굉장히 흥분되기도 했어."

그는 얼굴을 찌푸리고선 덧붙였다.

"이게 얼마나 진부한 이야기인지 나도 아는데, 똑같은 아내가 둘 있다고 생각하니까 흥분이 되더라."

나는 그의 정수리에 키스하며 말했다.

"자기 잘못인 건 하나도 없어."

롭은 무릎을 꿇고서 몸을 추스르고는 두 손으로 내 얼굴을 잡았다.

"네 잘못도 아니야. 넌 내게 모든 것이 되어주려고 노력했어. 넌 원래 조시의 삶을 정말 열심히 살면서, 그렇게 되려고 노력했어. 네가 아닌 게 너무나도 분명한 사람이 되려고 말이야."

그는 내게 키스했다. 우리가 흘리는 눈물에 혀끝에 짠맛이 감돌았다. 그는 더욱 세차게 입을 맞추며 나를 소파에 눕히고 목덜미에 키스하면서 얼굴을 나의 가슴골에 묻고 셔츠 단추를 끌렀다.

그렇게 조용히, 눈물을 흘리며 사랑을 나누는 우리 위로 〈타인의 삶〉이라는 영화 제목이 커다란 스크린에서 환하게 빛났다.

Chapter 30

11월 중순

2018년 11월 15일

나는 할스타인 앤드 파우스트사에서 빠져나오고 있다. 이미 한 발은 밖으로 나간 듯하다. 회사에선 더는 나를 필요하다 보지 않았고, 내 일을 거의 다 하는 앤절라의 후임을 뽑으려는 것 같다. 우리의 직업. 정확히 말하면 너의 직업이지. 난 네 남편의 아내가 된 것만큼이나 네 직장에 있으면서 사기꾼이 된 기분이다.

몇 주 전, 서로 좀 떨어져 있으려고 내가 다시 아트 룸에서 지내게 된 이후부터 롭은 상당히 위축되었다. 하지만 나한테는 여기 있는 게 도움이 된다. 이곳에서 나의 예전 삶부터 있었던 의미 있는 물건들과 예술품에 둘러싸여 있으니 좋다. 아니, 나의 예전 삶이 아니라 우리의 예전 삶이라 해야할까. 너와 내가 같은 사람일 때부터 있었던 물건들이니까.

우리가 같은 사람이었던 시절로 돌아가면 얼마나 좋을까. 혹시 너도 그러길 바라니?

난 요즘 그 생각뿐인데.

화장대 위에 펜을 내려놓고 전시실 벽에 걸린 작품을 쭉 바라보았다. 그걸 보면 언제나 마음에 위안이 된다.

그러다 문득 몇 달 전에야 이 방에 걸리게 된 커다란 사진이 눈에 들어왔다. 침대 위에는 베네치아 무도회에서 찍은 우리의 사진이 걸려있었다. 거의 실물 크기에 가까운 거대한 사진이었다. 롭은 나 모르게 사진가에게 연락해서 액자에 끼운 사진을 배달받았다. 롭이 사진을 포장한 갈색 종이와 안전 비닐을 뜯는 동안 나는 신나서 그 주위를 폴짝폴짝 뛰어다녔다.

사진은 참 근사했다. 18세기 드레스와 가발, 모자와 가면을 모두 차려입고 정교하게 장식한 무도회장 벽 앞에 서있는 우리의 모습이다. 아름답지만 또 무시무시하다. 우리는 누군지 알아볼 수가 없고, 특히 나는 얼굴을 다 가린 가면 때문에 롭에 비하면 누군지 전혀 알 수 없다. 이건 우리가 아니라 아예 모르는 사람일 수도 있다. 말하자면 비슷하게 생긴 대역이랄까. 저 여자가 정말로 난지는 알 수 없는 일이다.

나는 다시 일기장을 바라보았다. 몇 달 동안 나는 모든 걸 그녀에게, 또 다른 조시에게 이야기했다. 그러다 얼마 전에 깨달았다. 나의 지나온 삶을 기록하는 건 그저 나의 기록을 남기면서 제정신을 유지하려는 노력인 것만이 아니었다. 난 지금 이 삶에서 벗어날 방법을 찾고 있고, 만약 그녀가 원래대로 돌아온다면, 이건 그때 필요할 1년간의 가치 있는 정보라는 걸 난 인정했다.

그리고 난 원래의 조시가 돌아올 거라고 생각한다.

그렇다면 질문은 이거다… 어떻게 돌아오려나?

이건 쉽게 답이 나오는 문제다. 그녀는 나니까. 그렇다면 내가 물어볼 것은 이거다. 나라면 어떻게 돌아가려나?

이건 별생각 없이도 답이 나온다. 애초에 내가 여기에 오게 된 상황을 재현하면 된다. 같은 날짜, 같은 시각에 그 교차로에서 자전거 사고가 났다. 처음엔 우리가 각자의 세상에서 정확히 같은 시각과 장소에서 사고가 났기 때문에 그 충격으로 서로가 바뀔 수 있었다. 그러니, 논리적으로 보면(사실 이런 걸 논리라고 부를 수 있을진 모르겠지만), 우리는 같은 방식으로 다시 바뀔 수 있을 거다.

물론 여기엔 전제가 있다. 우리 둘 다 동시에 재현해야 한다는 거다. 나도 그렇고 그쪽 조시도 그렇고 목숨을 걸고 위험을 감수해야 성공할 수 있다.

만약 또 다른 조시도 이걸 계획하고 있다면, 어떻게 준비하려나 생각해 보았다. 지금 그녀는 영국에 머물면서 데이비드와 시간을 보내고 있을 거다. 그리고 오빠를 보내주겠지. 사실 그쪽의 데이비드는 자신의 오빠가 아니라는 걸, 내 오빠라는 걸 알 테니까. 그녀의 오빠는 결혼식에 참석했다가 하와이에서 죽었다. 적어도 이런 식으로 또 다른 조시는 오빠와 얼마간의 시간을 보내고, 진짜 작별 인사를 한 다음 내게 오빠를 돌려주고 자신의 남편을 찾으러 올 거다.

난 네 남편을 빼앗을 마음은 전혀 없었어. 그 점을 알아둬. 널 배신했다는 죄책감은 정말이지 견디기 힘들었어.

네가 나한테 뭘 원하는지 알아. 넌 내 꿈에 나와서 네 사랑, 네 인생을 되돌려 달라고 말하니까.

네가 남편을 찾으러 오리라는 걸 알아. 언제 어떻게 올지도 알아. 이제 곧 오겠지. 그리고 대답은 알았다는 거야. 나도 그렇게 할게.

롭도 역시 이 상황을 견디지 못하고 있어. 그래서 우리는 지금 서로 갈라지는 중이야. 처음에는 조금씩이었지만, 이제는 아주 급하게 갈라지고 있어. 우린 다시 돌이킬 방법이 없어. 그이의 죄책감은 나보다 훨씬 심해. 그이는 처음부터 난 네가 아니라는 걸 알았다고, 그 사실을 인정했어야 했다고 생각해. 새롭게 바뀐 아내를 거부하고 널 되찾을 방법을 찾았어야 한다고 생각한다고. 그래서 괴로워하고 있어.

우리의 계획이 잘된다면, 그래서 네가 돌아와서 이 글을 읽고 있다면, 넌 그이를 용서해야 해. 제발, 제발 그이를 용서하고 앞날을 보면서 살아가 줘. 롭은 아주 힘들었고, 널 정말로 사랑해. 그리고 내가 좋아진 새로운 조시가 아니라 오히려 그 반대라는 게 밝혀진 후로, 내가 보기엔 이제 롭은 너랑 있으면 훨씬 행복할 거야. 너랑 있어야 롭은 다시 평화를 찾을 수 있어. 너는 그이의 진짜 아내잖아. 난 나도 모르게 너인 척해왔던 사기꾼 대역이었을 뿐이야.

이 일기를 읽는다면 처음부터 끝까지 읽어주었으면 좋겠어. 넌 분명히 그럴 거야. 그리고 이런 일이 일어나지 않았을 수도 있다는 점을 알게 될 거야. 물론 난 롭과 사랑에 빠졌지. 난 '너니까'. 그리고 롭도 나와 사랑에 빠졌어. 내가 '너니까'. 뭐, 완전히 똑같지는 않지만. 상황이 다르고 삶의 선택이 달라서 변해버린 점이 있어도, 근본적으로 난 너야. 이렇게 될 수밖에 없었던 거야.

하지만 우리의 계획이 실패한다면, 그래서 서로 여기서 어쩔 수 없이 살아야 한다면, 난 그이와 함께 잘살아 보려고 노력할 거야. 내가 할 수 있는 걸 다 했다면, 지금과 같은 죄책감은 없을 테니까. 롭은 계속 느낄지도 모르겠지만. 하지만 더는 어떻게 할 방법이 없다는 걸 그이도 깨달을 거고, 그럼… 너도 그이를 알잖아. 자신의 욕망을 잘도 억누르는 남자지. 그러니 죄책감을 안고서도 살아갈 방법을 찾아낼 거야.

잊지 마. 난 그 누구보다도 그이를 사랑한다는 걸.

그래도, 우리의 계획이 실패한다면… 넌 이걸 읽지 못하겠지. 그럼 난 그냥 혼잣말하면서 허공에다 대고 소리치는 게 될 테고. 그때는 일기도 그만 써야 할 것 같아. 그러면 나와 롭 사이가 잘될지도 모르지. 아니면 너무 늦어서 돌이킬 수 없을 만큼 망가졌을 수도 있고. 하지만 어쨌든 디데이 이후에서나 해야 할 결정이야.

나는 사람을 압도하는 듯한 베네치아 사진을 또 올려다보았다.
만약 또 다른 조시가 돌아온다면, 롭과 내가 결혼했다는 사실을 알고서 어마어마한 충격을 받을 거다. 다시 결혼했다니. 얼마나 상처일까. 그리고 그녀가 함께 가고 싶어 했던 베네치아에 갔다는 사실도 충격이겠지. 또 내가 자기 목 뒤에 문신을 새겼다는 것도.

11월 중순

그래도 모든 사실을 일기로 적어놓았으니, 이걸 읽고서 점차 이해해 줄 거라고 믿어야겠다.

그때까지는 계획이랄 게 없었다. 일기장에 가능한 많은 정보를 기록하는 것과, 할스타인 앤드 파우스트사에 대규모 메모를 남겨놓는 것 말고는 모든 게 끝났다. 다른 우주로 가는 여행에 가방을 챙길 수는 없는 노릇이니까. 여권도 필요 없다고.

그저 강철 같은 신경 줄과 옳은 일을 해내겠다는 결심만 있으면 된다.

내 인생의 더없이 큰 사랑을 잃는 한이 있더라도.

Chapter 31

추수감사절

아파트 문이 쾅 닫히는 소리에 난 소파에서 고개를 들었다. 롭은 계단 위에서 외투를 벗고 있었다. 피곤하고 지친 모습이었다.

"안녕."

"안녕. 생각보다 일찍 왔네."

"응. 파티에 늦으면 안 되니까. 준비할 거야? 난 셔츠 갈아입어야겠어."

나는 고개를 끄덕이면서 저녁 식사를 할 힘을 애써 내보았다. 약을 이젠 끊었는데도 그럭저럭 기분도 괜찮고 상대적으로 잠도 더 잘 자고 있다. 악몽은 싹 사라졌다. 지금으로부터 일주일 후, 내가 하려는 일을 계획한 순간부터 더는 꿈을 꾸지 않았다.

엄마가 한 말인 것 같은데, 우울증 환자가 갑자기 기분이 좋아졌을 때 자살 위험이 훨씬 크다는 말을 들은 적 있다. 사람들은 불행을 끝내기로 마음먹고 계획을 세우면 기분이 좋아지기 때문이라고 한다. 지금 내가 느끼는 기분도 그런 걸까. 이것도 일종의 자살 시도겠지. 적어도 이번 삶은 끝내는 것이니까. 내가 감수해야 할 위험을 생각해 보면 실제 자살이 될 수도 있긴 하다.

나는 현재 머무는 아트 룸으로 들어갔다. 그리고 롭과 처음으로 저녁을 먹었을 때 입었던 코발트블루 드레스로 갈아입고 머리를 올려 묶었다. 다시 밖으로 나오니 롭은 주방의 아일랜드 식탁에 서있었다. 계단을 올라오는 나를 보고 그는 미소를 지었다.

"정말 예쁘다. 자기가 그 드레스 입으면 좋아. 오늘 밤엔 방긋방긋 웃어야 하는 거 알지?"

그는 고개를 숙이고는 내 입술화장을 망치지 않으려고 조심하며 부드럽게 키스했다.

나는 얼마든지 미소 지을 수 있다는 걸 보여주려고 방긋 웃었다.

"사실, 난 기분이 좋아. 준비됐어?"

"이야, 멋진 드레스를 입으면 사람이 달라지는구나. 기적의 치료법이네. 좋아, 가자."

나는 웃었다. 좀 억지웃음이긴 했지만, 택시를 타고 마이크와 한스의 집으로 가는 동안 분위기는 가벼웠다. 할스타인 앤드 파우스트사의 다른 직원 몇 명이 이미 와있었다. 조쉬와 오스틴, 앤절라와 남자친구 그리고 내가 잘 알고 지내는 부동산 중개인 몇 사람이었다. 마이크와 한스는 완벽하기 그지없는 파티 주최자의 모습으로 샴페인 잔을 계속 채웠고, 출장 요리사는 기다란 식탁 위에서 칠면조를 준비하고 있었다.

나는 평소와 달리 버진 모히토(모히토에서 럼을 뺀 무알코올 모히토. 옮긴이 주)만 마셨다. 취해서 넋두리하고 싶지는 않았다. 오늘은 술을 피하는 게 낫다. 사실을 실토하고 싶은 마음은 없었다.

반면에 롭은 고통을 외면하려고 술을 마시는 모습이 역력했다. 샴페인을 계속해서 들이키더니 급기야는 위스키를 마시기 시작했다. 그는 사교적인 모습을 보이려고 노력했지만, 내가 보기엔 많은 부분이 그저 겉치레였다.

추수감사절 건배사가 나오자 나는 남편에게 키스했다. 갑자기 이게 마지막이 될 수도 있을 거란 생각이 들자 좀처럼 키스를 끝내지 않다가, 급기야는 몸을 기울여 가며 식사 자리에 어울리는 선을 넘어선 열정적인 키스를 하고 말았다. 심지어 우리를 본 한스가 휘파람을 몇 번 불기도 했고, 누군가 "방 잡고 해!"라고 소리쳤지만 우린 싹 무시했다.

키스가 끝나자, 나는 롭의 얼굴을 두 손으로 쥐고 말했다.

"즐거운 추수감사절 보내자, 자기야."

무언가 있다는 듯, 그는 나를 바라보았다. 하지만 "즐거운 추수감사절 보내자, 내 사랑"이라고만 말했을 뿐이었다.

자정쯤엔 난 자리를 파했고, 집에 돌아올 때쯤 롭은 확실히 취해있었다. 아파트에 들어온 그는 코트와 신발을 현관에 벗어던지고 날 따라 주방으로 들어와서는 다시 몸을 숙여 키스했다.

나는 반쯤 웃으며 그를 부드럽게 밀었다.

"알았어, 자기 술 냄새나. 자, 이제 잘 시간이야. 물 좀 마셔."

내는 그의 뺨에 깊게 입을 맞추었다.

"잘 자, 여보."

나는 아트 룸으로 가면서도 오늘 밤은 안방에서 자야 할까 고민했다. 하지만 롭은 취했으니, 조용히 자도록 놔두는 게 좋겠지.

그래서 침대로 올라가려는데, 문이 열렸다. 롭은 문틀에 기대어 혀 꼬부라진 소리로 말했다.

"여기서 자지 마, 자기야. 오늘 밤에 나랑 같이 자."

그는 방으로 비틀대며 들어와서는 나를 침대 반대편으로 밀치며 바지와 셔츠를 벗고 올라왔다. 그는 내 생각보다 더 취해있었다.

"롭, 자기 취했어. 내일 이야기하자."

나는 그의 몸을 침대 아래로 내리려고 했다. 하지만 그는 덩치가 커서 내 손길에 꿈쩍도 하지 않았다. 이불을 덮고 누운 롭은 나에게서 등을 돌리고는 침대 옆 조명을 껐다.

"나랑 같이 누워."

그는 벌써 잠에 빠져가며 중얼거렸다. 그리고 나에게 손을 뻗어 자기 쪽으로 팔을 당겼다.

그를 안아주는 기분이 너무 좋아서 나는 저항을 그만두었다. 한쪽 팔로 그를 감싸고 다른 손으로는 숱 많은 검은 머리를 쓰다듬으며 그가 잠들어 가는 걸 느꼈다. 롭이 자는 모습을 보니 위안이 되었다. 비록 그게 술기운을 빌린 것이라 해도.

그러다 몇 시간이 지났을까. 다시 일어나 침대 옆 조명이 켜진 걸 봤을 때는 아직 새벽은 아니었다. 롭은 내 옆에 없었다. 그래서 일어나 앉았다가 난 화들짝 놀랐다. 그는 세라믹 가면이 바라보는 가운데 화장대에 앉아있었다. 이어서 속이 뒤집히는 느낌과 더불어 롭이 뭘 하고 있는지 봤다.

나는 발밑이 꺼지는 느낌으로 일어나 앉았다. 이제 또 진지한 이야기를 할 시간이 왔구나.

롭은 나를 올려다보았다. 거울 속으로 그와 나의 시선이 마주쳤다.

그는 고개를 저으며 일기장을 들었다. 나의 일기장을.

"어쩔 수가 없었어. 안 읽을 수가 없었어."

"나 화 안 났어. 솔직히, 자기한테 일기장이 있었다면 나도 읽었을 거야."

나는 잠시 말을 멈췄다가 물었다.

"얼마나 읽었어?"

그는 몸을 돌려 나를 바라보았다. 빨갛게 충혈된 눈과 온통 헝클어진 머리가 보였다. 완전히 엉망이구나.

"뒤부터 읽기 시작했어. 최근 몇 달 동안의 일은 다 읽었어. 당신이 그 조시에게 모든 걸 쓰기 시작했을 때부터."

"그래."

방 안 공기가 무거워졌다.

그는 숨을 거칠게 들이쉬었다.

"날 떠날 거야? 그게 '계획'이야?"

나는 입술을 깨물었다. 입 저 뒤로 탁한 침이 고여가는 걸 느꼈다가 살짝 고개를 끄덕였다.

"그 여자가 자기를 찾아올 거라고 생각해. 그러니 그렇게 해줘야지."

"뭐? 그게 어떻게 가능해? 조시, 무슨 계획인 거야?

난 말할 수 없었다.

"말해 봐, 자기야. 일기장 글만으로는 네가 뭘 하려는지 모르겠어. 그 계획이 뭔데? 짐 싸서 사라질 거야?

나는 입술을 꾹 다물었다.

"계획은 말하지 않을 거야, 롭. 사실 성공 가능성이 있는지도 전혀 모르겠어. 하지만 곧 일어날 일이니, 그때면 알게 되겠지. 계획이 성공하면 그 조시는 돌아올 거고, 당신의 아내가 될 거야. 진짜 아내 말이야. 그리고 난 사라질 거야. 하지만 계획이 듣지 않으면, 난 계속 여기 있을 거고, 그땐 내가 할 수 있는 건 뭐든 할 거야. 그러면 난 용서받을 거고, 당신도 그렇겠지. 그러길 바라고 있어."

롭은 일기장을 바닥에 던지고 침대로 다가와 올라오더니 내 앞에서 무릎을 꿇었다.

"난 네가 가지 않았으면 좋겠어, 조시. 널 사랑해… 너무, 너무 사랑해. 날 떠나지 마."

갈라진 목소리로 애원하며, 그는 내 어깨에 얼굴을 묻었다. 나는 그의 등을 쓰다듬으며 다시금 말했다.

"자기는 그녀도 사랑하잖아. 그녀야말로 당신의 진짜 아내야. 우린 서로 사랑하지만, 그것만으로는 안 돼. 베네치아에서는 이걸로 충분하기를 바란다고 했지만, 사실은 그렇지 않아."

롭은 눈길을 들어 우리 머리 위로 걸린 거대한 사진을 바라보았다. 그는 얼굴을 절망적으로 일그러뜨리더니, 주먹으로 액자 아래를 쳐서 깨뜨렸다.

"베네치아 따위가 다 뭐야. 이게 다 뭐냐고. 너 없으면 난 어떡하라고, 조시? 정말로 사랑해. 날 떠나지 마."

그의 몸이 나의 위로 무너졌다. 나는 그를 안고 귓가에 속삭였다.

"계획이 실패한다면, 난 계속 여기 있을 거야. 그러면 절대로 당신을 떠나지 않을게. 우리는 서로 운명이라는 걸 알아. 날 믿어줘."

우리는 둘 다 흐느끼다 불안하게 잠들었다. 내내 옆에 불을 켜고서.

Chapter 32

11월 30일

디데이.

오늘은 내 서른일곱 번째 생일이기도 하다. 그게 중요한 건 아니지만.

나는 알람이 울리기도 전에 일어나 가만히 누워 천장을 바라보았다. 그리고 오늘 저녁 6시 17분에 하려고 세운 계획을 너무 생각하지 않으려고 애썼다.

오늘 하루를 버티자. 그러니 생각하지 말자.

샤워를 하고 직장에 갈 오피스룩으로 갈아입었다. 평소대로 금요일에 출근하는 거다. 오늘 집에서 빈둥거리지 않을 구실이 있어 다행이었다.

추수감사절 다음 날은 블랙 프라이데이였다. 롭은 온종일 끔찍하게 숙취에 시달린 채로 눈 아래 다크서클을 달고 침실에서 땀을 뻘뻘 흘리며 누워서 말없이 액션 영화를 보았다. 할 말이 없어서겠지.

1년 전과 마찬가지로 오늘도 맑고 쌀쌀한 늦가을 날씨였다. 다행이네. 오늘은 자전거를 집에 두고 가지 않아도 되니까. 계획은 시작되었다.

주방에 가보니 롭이 슈트 차림으로 아일랜드 식탁에서 오트밀을 먹고 있었다. 그는 나를 보며 말했다.

"생일 축하해. 내가 오트밀 만들어 뒀어."

"고마워, 자기야."

나는 미소를 지으며 그의 관자놀이에 키스했다. 그리고 별로 먹고 싶지 않은 오트밀을 그릇에 채우고는 그의 옆에 앉아 억지로 몇 숟갈을 떴다. 언제부터 음식 맛이 없어졌지?

롭은 파란 봉투를 들어 내게 건넸다.

"네가 좋아할 것 같아서."

봉투를 열어보니 '생일 축하해, 조시. 언제나 내 모든 사랑을 담아. 롭♡'이라고만 적혀있었다.

이어서 더 작은 봉투가 안에서 떨어졌다. 그 안에는 버몬트에 있는 럭셔리 스파 호텔의 주말 패키지 상품권 두 장이 들어있었다. 하나는 내 이름, 또 하나는 수지의 이름이 적혀있었다. 롭은 상품권을 가리키며 말했다.

"요즘 수지랑 많이 못 만났잖아. 그러니 자기가 이걸 받으면 좋아할 것 같아서. 내가 도널드에게도 말해놨어. 난 도널드랑 쌍둥이들 데리고 경기를 보러 가든가 할게."

나는 남편이 너무나 사랑스러워서 그의 뺨에 오랫동안 입을 맞추었다.

"고마워, 여보. 정말 사려 깊은 선물이야."

난 목멘 소리로 말했다.

그는 오늘이 무슨 말인지 모르겠지. 아직도 우리에겐 시간이 있다고 생각하겠지.

롭은 턱을 굳힌 채 일어서고서 식기 세척기에 그릇을 넣었다.

"그럼 난 가볼게. 오늘 밤에 봐. 생일 기념 음식 같은 거 만들어 줄게."

나는 일어서서 아직 남은 오트밀을 음식물 쓰레기통에 버리며 시간을 끌었다. 공포가 온몸을 휩쌌다. 이제 두 번 다시 롭을 볼 수 없게 되겠지.

안 돼, 안 돼, 안 돼. 이럴 순 없어.

그는 나의 불안한 모습을 보고 오해했다.

"자기야, 직장에서 잘할 수 있을 거야. 좋은 하루 보내."

그는 나를 잠시 끌어안았다. 난 그에게 마지막으로 키스하고 싶었다. 하지만 그의 얼굴이 너무 우울해 보였기에, 지금은 때가 아니었다. 우리의 마지막 키스가 이런 식이라면 안 돼. 차라리 추수감사절의 그 키스를 마지막 키스로 남겨두자. 온 마음 다해 열정적으로 나누었던 키스가 마지막이 되도록. 이렇게 슬픈… 키스는 안 돼.

롭은 내 어깨를 쥐고서 이마에 입술을 찍더니 이내 놓아주었다. 그리고 옷장에서 코트를 꺼낸 다음 현관으로 나가면서 나를 마지막으로 보았다. 그리고 마지막으로 슬픈 미소를 지었다.

나는 아일랜드 식탁에 쓰러지듯 기댄 채 흐느꼈다. 눈물이 흘러내려 출근용 화장이 망가졌다. 결국 바닥으로 힘없이 주저앉았다. 하지만 이내 눈물이 그치면서 계획을 해내야 한다는 욕구가 서서히 날 사로잡았다.

정신 똑바로 차려, 조시. 오늘이 디데이잖아.

나는 방으로 가서 화장을 고쳤다. 그러다 롭이 바닥에 던져놓은 일기장을 보았다. 이건 또 다른 조시를 위해 쓴 것이다. 나는 화장대 거울 옆에 일기장을 세워놓았다. 그 옆으로는 나를 비난하듯 바라보는 가면이 있었다.

나는 가면에게 말했다.

"알았어, 알았다고. 할 거야."

아래층으로 내려가 주차장에 다다른 나는 데어데블(Daredevil, 마블 코믹스의 슈퍼히어로. 옮긴이 주) 잠금장치를 풀었다. 엘렉트라를 타다가 사고가 난 후 롭이 사준 빨간 자전거였다. 그리고 11월의 쌀쌀한 공기 속을 달렸다.

내면에 차오르는 공포를 억누르며, 난 사무실에서 지난 1년간 할스타인 앤드 파우스트사에서 일했던 것과 조시가 모를 모든 사항을 정리하며 하루를 보냈다. 그녀가 다시 이 일을 한다면, 이번에도 기억상실증에 걸렸다는 건 통하지 않을 테니까. 지난 12개월 동안 진행한 캠페인과 회의 사항을 기억해야 한다. 그 밖의 사항은 그때그때 알아서 해야 하겠지. 이 모든 일이 벌어진 후에도 그녀가 이 자리를 원한다면 말이다.

물론 그전에 이 계획이 성공해야 한다는 전제가 있다.

오늘 이렇다 할 유일한 인간관계 교류는 앤절라와의 점심 식사였다. 사실 이건 평소에는 없었던 일이기도 했다. 마이크와 한스의 집에서 했던 추수감사절 만찬 이후 앤절라는 나를 피했지만, 갑자기 오늘은 자신과 저녁을 먹자고 고집을 부렸다. 오늘이 내 생일인 건 신경 쓰지 않는 눈치였다. 그녀는 뭔가 내게 할 말이 있는 듯하면서도 내 눈을 마주치지 못하는 것 같았다.

그러다 불쑥 그녀가 말했다.

"조시, 죄송해요. 하지만 추수감사절 전에 내년도 커뮤니케이션 계획을 세워서 마이크에게 제출했거든요."

그녀는 내 반응을 보려고 눈길을 들고선 덧붙였다.

"이게 조시 일이라는 거 알아요. 하지만 요즘 좀…"

나는 그녀의 팔에 손을 얹었다.

"앤절라. 괜찮아요. 나라도 그렇게 했을 거야. 잘해봐요."

그녀는 눈에 띄게 안심한 듯 샌드위치를 한 입 먹었다. 하지만 난 '계획' 때문에 너무 초조한 나머지 뭘 먹을 수가 없어서 접시를 밀어버렸다.

"솔직히 말하는 건데, 할스타인 앤드 파우스트사에서 내가 일하는 게 잘될지 모르겠어요. 이번 주엔 진짜 뭔가 한번 해볼지 아니면 다른 선택지를 생각해 볼지 정해야겠어요."

앤절라는 호기심 어린 표정으로 내 얼굴을 살폈다.

"해야 할 일은 하셔야죠. 그런데, 진짜 궁금해서 그러는데 무슨 일 있으세요? 조시랑 롭 두 분 다 요즘 이상했어요. 롭은 추수감사절 때 엄청나게 취하셨던데요."

나는 물을 한 모금 마셨다.

"난 정말 불안하고 힘들었어요. 기억상실증 때문에요. 오빠가 세상을 떠난 걸 완전히 슬퍼하지도 못한 채로 온갖 것들이 자꾸만 떠오르더라고요. 그래서 롭도 힘들어했죠."

"정말 안되셨네요."

하지만 앤절라의 말투에는 감정이 없었다. 그녀는 덧붙여 말했다.

"그럼 좀 길게 휴가를 가세요. 아니, 제가 조시 자리를 원해서 그러는 게 아니에요. 정말로요!"

11월 30일

431

"하, 괜찮아요. 우리 둘 다 당신이 그 자리를 바라는 걸 알고 있잖아요. 하지만 내가 말했듯이, 당신 탓 아니라고 생각해요."

나는 어설프게 미소를 지으며 코트를 챙겨 일어났다.

인수인계 메모를 다 마친 후 '저장' 버튼을 누르자 손이 덜덜 떨려왔다. 나는 책상에 이마를 대고 안정적으로 길게 호흡을 해나갔다. 이대로 가다간 완전히 무너져 내려서 사고 지점까지 가지도 못할 것 같네.

진정하자. 진정하자고.

나는 휴대폰 시계를 다시 확인했다. 시간은 내가 맞춰놓은 알람의 순간을 향해 고통스럽게 흘러가고 있었다. 시간을 정확히 맞춰야 하니, 예상치 못하게 지연될 경우를 대비하여 그 지점에 미리 가 있어야 했다. 오후 5시 45분에 퇴근하면 넉넉하겠지.

마이크와 한스는 외근 중이었으니 다시 볼 수는 없겠고, 나는 이미 조쉬와 다른 동료들에게 작별 인사를 했다. 아무도 나의 마지막 인사가 무슨 의미인지 눈치채지 못했다. 알람이 울리자 나는 책상의 조명을 끄고 자전거 보관소로 내려갔다. 이젠 돌이킬 수 없다.

헬멧을 쓰고 안전벨트를 꽉 맸다. 지난번에도 안전 장비 덕분에 살아날 수 있었으니까. 라이트를 켜고 스프링 스트리트로 달리기 시작했다. 나는 또 다른 조시가 그날 밤 선택한 길을 그대로 따라갔다. 미드타운 이스트에서 열리는 갤러리에서 롭을 만나기 위해 달리던 그날의 길을.

그녀는 그날 밤 내가 달렸던 길을 고를 것이다. 나는 그녀가 골랐던 길을 달릴 거고.

그렇게 달리다 3번가와 25번가가 교차하는 사고 지점이 몇 미터 앞으로 다가왔다. 왼편으로는 바루크 대학이 있었다. 시계를 확인하니

6시 9분이었다. 8분 일찍 왔네.

그 순간은 6시 17분이어야 한다.

어떻게 해야 할까? 빨간불에 차선 안으로 달릴까? 하지만 또 다른 조시가 빨간불에 멈춰 서면 어떡하지? 서로 어긋날 수도 있잖아.

알 길은 없었다. 또 다른 조시가 저 반대편에 있다면, 같은 생각을 하고 있겠지.

좋아. 6시 17분이 되자마자 눈을 감고 달릴 거야. 그리고 조시 역시 그래야겠지.

점점 차오르는 공포를 애써 무시하며 몇 분을 보냈다. 정확한 시각을 확인하려고 계속 휴대폰을 확인했다. 그리고 6시 16분이 되자 시계를 바라보며 그 순간을 기다렸다. 절대로 오지 않을 것만 같은 느릿한 그 순간을.

6시 17분.

됐어.

해. 어서 해.

나는 연석에서 내려와 교차로를 향해 페달을 세차게 밟았다. 신호등이 빨간불인지 파란불인지 확인하지 않았다. 그리고 선을 넘는 순간, 나는 강하게 페달을 밟으며 눈을 감았다.

저 멀리 아스라이 경적, 누군가의 고함 소리, 타이어가 끼익 대는 소리가 들렸다. 그러면서 머릿속에 이미지 하나가 떠올랐다.

오카스섬의 높다란 방에 서있는 롭이었다. 하얀 시트를 배경으로 돋보이는 갈색 피부와 반짝이는 눈동자, 나를 향해 미소 짓는 그의 얼굴. 마치 그와 함께 방에 있는 것처럼 선명하기만 한 그의 모습.

이윽고, 아무것도 남지 않았다.

PART 6

그녀

Chapter 33

10월 중순에서 하순

"와, 얘 좀 봐. 손가락 참 작다. 너무너무 귀여워."

"그래. 내가 평생 끼고 살 거야."

데이비드는 갓 난 딸을 안고서 웃었다.

조시는 아빠 품에 안긴 화면 속 아기에게 미소를 지으며 믿을 수 없다는 듯 고개를 저었다. 3년 전, 오빠는 하와이에서 죽었는데. 이제는 사흘 전 아빠가 되고 곧 결혼도 한다니. 게다가 오스트레일리아에서 산다니.

"나도 다 같이 있었으면 얼마나 좋을까. 오빠랑 데이지랑 같이 있는 걸 보니까 진짜 마음이 뭉클하다. 그래도 스카이프가 있어서 다행이야. 이렇게라도 얼굴 볼 수 있으니까."

데이비드의 머리 뒤로 천장이 높다랗고 커다란 방이 보였다. 분홍색 석양빛이 긴 창을 통해 방 안으로 쏟아져 들어왔고, 애나가 뒤에서 움직이고 있었다. 몇 분 전, 데이지가 화면을 빤히 바라보는 동안 조시는 웹캠에 대고 온갖 표정을 지어 보였다. 아기는 정말 예뻤다. 그리고 조시가 누군지 전혀 모른다는 얼굴이었다.

그 모습과 반대로, 화면 속 자그맣게 삽입된 조시 쪽 배경은 한밤중의 아파트였다. 희미한 테이블의 조명은 조시의 얼굴을 반쯤 비출 뿐이었다. 요즘 조시의 기분과 딱 맞는 우중충한 분위기였다.

데이비드는 피곤해 보였다.

"그래. 하지만 직접 보는 것과는 다르지. 어쨌든 넌 결혼식에 올 테니까, 그때 보면 진짜 멋질 거야. 여기 묵을 곳도 많아. 너랑 피터 쓸 손님방이랑, 엄마 줄 1인실이랑, 로라와 애덤과 테오가 묵을 지하 스위트룸이 있어."

조시는 숨을 들이쉬었다. 아직 피터 이야기를 오빠에게 하진 않았지만, 엄마는 지금쯤이면 소식을 들었을 테니 오빠에게도 말했을 거라 생각했는데. 분명 엄마는 조시가 저지른 일은 알아서 처리하라고 남겨둔 것이다.

"음, 나한테 작은 방 주면 돼. 나는 혼자 갈 거야. 피터랑 나는 6주 전에 헤어졌어."

그녀는 부끄러운 마음에 웹캠에서 시선을 돌렸다. 데이비드는 얼굴을 찌푸렸다.

"뭐? 조시, 이게 무슨 일이야? 피터는 너한테 홀딱 빠졌었잖아. 너희 다시 만날 거지? 그렇지?"

"그럴 수 없어. 데이비드, 내가 그러고 싶지 않아. 피터는 정말 좋은 남자였고, 지금도 정말 좋긴 하지만, 난 피터랑 진짜로 사랑에 빠진 적은 없어. 그이도 그걸 알고 포기한 거고. 피터 말로는 내가 다시 우리 사이를 이어가고 싶다면 전화하라고 했지만, 사실을 말하자면… 난 그게 옳다는 생각이 안 들어. 그래서 전화 안 했어."

데이비드는 처참한 표정이었다. 조시는 자신도 그런 처참한 기분을 느끼면 좋았을 거라고 생각했다.

"보시, 정말 충격이다. 난 걔가 너한테 딱 맞는다고 생각했는데."

"음, 하지만 이건 아니라는 생각이 드는 점이 있었어. 오빠가 그이 마음에 들어 한 거 알아. 나도 그래서 속상해. 정말 피터가 보고 싶어. 우리가 헤어진 다음에야 그이가 나의 절친이었다는 걸 깨달았거든. 같이 놀기 정말 재미있고 피터 덕분에 음악도 많이 듣고 웃기도 많이 했어. 하지만 난 여자친구가 될 수 없었어."

"안타깝다, 보시. 하지만 우리가 기분 풀어줄게. 비행편이 언제라고?"

"나 7일에 도착할 거야. 그리고 결혼식 전에는 며칠간 시차 적응할 시간이 있어. 그리고 24일에 다시 돌아가고. 그다음엔 일하러 가야지."

"그럼 생일엔 여기 없어? 그거 아쉽다. 휴가를 더 썼어야지."

데이비드는 얼굴을 찌푸렸다. 오빠 말대로 조시는 사실 휴가를 더 낼 수 있었다. 하지만 왜 그날 돌아가야 하는지 말할 수는 없었다.

"그래. 하지만 라디오 방송을 너무 오래 쉬잖아. 내가 자리를 비우는 동안 대타를 구하긴 했지만, 26일은 추수감사절이 지나고 근무하는 첫날이야. 그러니 방송에 다시 나가야 해."

적어도 이건 사실이긴 했다.

뒤에서 애나가 데이비드에게 저녁 식사를 하라고 부르는 소리가 들렸다. 조시는 화제를 바꾸었다.

"밖에는 자주 안 나가서 노나 봐? 런던에서 새해 맞이했던 게 진짜 옛날 일 같다."

데이비드는 웃으면서 대답했다.

"그렇지. 하지만 잊지 마. 새해맞이 파티 덕분에 애나를 만났기 때문에 내가 여기 시드니에 와서 갇혀 사는 거야. 어쩌면 다시는 내가 노는 일이 없을지도 모르고."

그는 아기를 사랑스러운 눈길로 바라보았다. 조시는 오빠를 짐짓 안심시켰다.

"오, 나가 놀게는 되겠지. 데이지가 열여덟 살이 되면 다시 사람들이랑 어울려 놀 수 있을걸. 애를 또 낳지 않을 때의 이야기겠지만."

데이비드는 웃었다.

"조언 고맙다, 이 건방진 뚱땡아. 나 이제 가봐야겠다. 옆집에서 캐서롤을 주셨는데 냄새가 기가 막히더라. 스카이프 걸어줘서 고마워. 같이 이야기하니까 좋네."

"천만에. 그리고 다시 한번 축하해."

조시는 곧 끝나게 될 대화에 불안해졌다.

"어쨌든 나도 끊어야지. 벌써 새벽 2시야. 게다가 금요일도 아니고. 진짜 많이 보고 싶어. 어서 보러 갔으면 좋겠어. 데이지한테 보시 고모 대신 포옹 많이 해줘."

"그럴게. 그럼 간다. 안녕."

익숙한 신호음이 울리면서 전화가 끊어지고 화면이 어두워졌다. 수천 킬로미터 떨어진 고향의 빛과 기쁨이 싹 사라졌다. 조시는 마음이 공허해졌다. 오빠한테 사랑한다는 말도 못 했는데.

그래도 다음 달에는 오빠를 다시 볼 수 있잖아, 하고 그녀는 자신에게 말했다. 그때 직접 만나서 사랑한다고 하면 돼.

그녀는 아파트를 둘러보았다. 집은 편안했지만 요즘 상황은 좋지 못했다. 피터와 헤어지고 나면 이 불안한 마음도 누그러들 줄 알았는데. 남편이 아닌 남자와 같이 자지 않게 되었으니 죄책감도 없어질 거라 생각했는데.

그러나 우울증은 오히려 심해지기만 했다. 그래도 피터가 있을 땐 삶에 연인이 있었다. 나를 안아주고 안심시켜 주고 사랑받는 느낌을 알려주는 존재가, 슬픔에서 벗어나게 해주는 사람이 있었다.

조시에겐 슬픔이 있었고, 슬픔을 완전히 극복한 적이 한 번도 없었다. 남편을 잃은 슬픔, 남편이 다른 사람과 함께하는 세상에 던져진 슬픔이었다. 하지만 이제껏 그녀는 그 슬픔을 다른 남자와 거짓 관계를 맺어가며 덮어버렸다. 이보단 더 좋은 대접을 받아 마땅한 좋은 사람을 이용해 가면서 말이다.

피터가 떠난 후 조시는 그가 많이 보고 싶었지만, 마음속 가장 앞자리에 다시금 떠오른 것은 롭이었다. 남편과 함께 살던 시절을 그리워하며 매 순간 떠올릴 때마다 가슴이 어찌나 아프던지.

수면제에 강력한 진통제까지 복용했더니 머리가 울렸다. 침대에 누워 잃어버린 남편을 생각했다. 과연 그이를 되찾을 수 있을까.

그래. 그래서 뉴욕으로 돌아와야 할 이유가 있었다. 몇 주 전부터 마음속에서 커지던 생각이었다.

예전의 삶으로 돌아갈 수 있을 거란 생각, 그럴 방법이 있다는 생각. 무시무시하고 상당히 위험한 방법이었다. 하지만 그 생각에 자그마한 희망의 빛이 남았다.

마침내 잠들게 되자 악몽은 좀 덜해졌다. 자신이 어느 정도 통제력을 가진 기분이었다. 꿈속에서, 노을 지는 해변에 선 그녀는 또 다른 조시에게 말했다.

"난 남편을 돌려받고 싶어. 그이를 찾으러 갈 거야."

녹색 벨벳 소파에 누운 수지는 조시의 낡은 보조 의자에 아무렇게나 발을 얹었다.

"그래서, 피터랑 헤어지고 난 다음에 기분은 좀 나아졌어?"

조시는 수지 옆에 발을 모아 앉았다.

"그런 것 같아. 피터가 합창단에 없으니까 이상하긴 했지. 모두 우리가 사귀었다가 깨져서 좀 화가 났나 봐. 그래서 피터가 그만뒀거든. 라이언이 나한테 와서 그러더라. '이래서 모임 안에서 연애하면 안 되는 거야. 식사 자리에서 똥 싸는 거랑 뭐가 달라?'라고."

조시는 장난스레 코를 막았다.

"재미있는 비유였어. 어쨌든 합창단 일 빼면 기분은⋯ 그래, 나아졌어. 두 달이 지난 지금 생각해 보면 올바른 결정이었어."

조시는 살짝 웃으며 말을 이었다.

"그래도 참 고맙게 네가 있잖아. 나는 심리치료사한테 상담을 받을 돈이 없어. 여기가 바로 상담실 소파고, 네가 나의 정신과 의사야. 그점을 알아주길 바라."

그녀는 몸을 움직여 맨발을 수지의 무릎에 얹었다.

수지는 미소를 지었지만, 반은 진심이고 반은 그렇지 않았다.

"네가 피터랑 헤어진 게 올바른 일이라고 봤다면 분명 그랬겠지. 하지만 참 아쉽네. 나 피터 진짜 좋아했는데. 내가 본 바로는 괜찮았다고."

"피터는 진짜 좋은 사람이었어. 하지만 너 내 기분이 어떤지 알잖아, 수지. 피터는 내 남자가 아니야. 난 내 예전의 삶을 두고 느끼는 기분과 진짜 남편에 대한 마음을 바꿀 생각이 없어. 내가 새로운 일상에 적응하길 바라는 네 마음은 이해하지만, 그럴 일은 없을 거야."

수지는 입을 꾹 다물었다.

"조시, 그럼 그런 마음으로 어떻게 살 건데? 다른 평행 우주에 남편이 있다고 믿으면서, 아무도 안 만나고 살 거야?"

조시는 수지의 머리 뒤 거실 창문 밖으로 떨어지는 이파리를 보았다. 가을의 첫 낙엽이었다.

수지에게 말해야 할까?

"조시? 왜 말이 없어?"

조시는 고개를 들고서 와인을 한 모금 마시며 기운을 냈다. 누군가에게 말하는 게 좋겠지. 그렇다면 수지야말로 유일한 선택지였다.

"나, 돌아갈 수 있을 것 같아."

조시의 목소리는 작았다. 수지의 이맛살에 주름이 졌다.

"돌아가? 잠깐만… 너의 예전 삶으로 돌아가겠다는 소리야?"

조시는 똑바로 앉았다.

"그래. 방법이 있을 것 같아. 내가 예전에 말했잖아. 이 인생에 있었던 또 다른 나와 삶이 바뀐 것 같다고. 그리고 또 다른 조시는 여기 있었다가 지금은 내 남편이랑 살고 있다고. 기억나?

하지만 문제가 있어. 어쩌면 또 다른 조시와 롭은 내 예전 삶에서 같이 살고 있지 않을 수도 있어. 롭은 그 여자가 진짜 아내는 아니라는 걸 알아차렸을 수도 있다고. 그러니 사실 부부가 아닌 채로, 그 조시는 거기 갇혀있는 걸지도 몰라. 아니면 둘이 함께 살긴 하지만, 진실을 알기 때문에 잘 못 살고 있을 수도 있고. 적어도 또 다른 조시는 진실을 아니까. 또, 생각해 봐. 여긴 데이비드가 있잖아. 그쪽에선 데이비드가 죽은 삶을 살고 있어. 그러니 또 다른 조시도 나만큼이나 예전 삶을 되찾고 싶을 수 있지.”

수지는 미심쩍다는 표정으로 새빨간 입술을 비죽 내밀었다.

“알았어. 하지만 그럼 어떻게 돌아갈 건데?”

“음, 만약 나만 돌아가고픈 게 아니라면, 또 다른 조시도 나처럼 어떡하면 좋을지 고민했을 거야. 그리고 질문에 대한 답은 하나지. 우리는 두뇌가 똑같으니까, 같은 결론을 내렸을 거야.”

“그게 뭔데?”

조시는 계속 말해야 할지 고민하며 입술을 깨물었다.

“저기, 너무 놀라지 마. 우린… 애초에 여기로 오게 된 상황을 똑같이 재현해야 해. 하지만 이번에는 서로 반대로 해야겠지. 지난번과 같은 장소에서 같은 시각에, 같은 날짜에 다시 사고를 내야 해. 아니, 잠깐만, 수지. 내 말 들어. 우리의 인생이 갈라졌던 날이라면 애초에 내 생일이잖아?”

그녀는 심호흡하고서 말을 이었다.

“만약 우리 둘이 똑같은 순간에 똑같이 사고를 낸다면 아마 다시 바뀔 수 있을 거야. 나는 또 다른 조시 꿈을 계속해서 꾸고 있거든. 그쪽 조시는 이렇게 할 것 같아. 그러니 나도 해야지. 시도해 볼만한 거잖아.”

수지는 격하게 고개를 저었다.

“안 돼, 조시. 해볼 가치도 없어. 멍청하고 위험한 짓이야. 너 다칠 수도 있다고.”

“그 정도 위험은 감수할 수 있어.”

조시는 단호하게 대꾸했다. 수지는 잠시 말이 없다가 이내 대답했다.

"알았어. 그렇지만 네 말이 사실이라 치고 그 방법이 통한다 해도, 넌 그럼 데이비드가 죽은 세상으로 돌아가게 되는 거야. 데이비드가 더는 없고, 네 조카 데이지도 없는 세상으로 말이야. 갈 수 있겠어?"

조시는 창밖으로 떨어지는 또 다른 낙엽을 보았다.

"나도 많이 생각해 봤어. 당연히 생각했지. 하지만 난 이런 상황에서라도 선택해야 해. 결국, 나한테 가치 있는 쪽은 뭘까? 몇 년에 한 번씩 볼 오빠와 조카? 아니면 평생을 함께할 사랑하는 남편? 난 이미 결정했어, 수지."

수지는 와인을 마저 비웠다.

"보아하니 널 막을 순 없겠네, 이 미친 여자야. 하지만 제발 부탁인데, 자전거 헬멧 꼭 써."

Chapter 34

추수감사절

조시는 수영장 옆에서 햇볕을 쬐며 기지개를 켰다. 시드니에서 보내는 마지막 날이었는데도 오늘까지 이곳에 감탄이 나왔다. 데이비드와 애나가 사는 집은 왓슨스베이 교외에 있는 크림색 단독주택으로, 널찍하고 울창한 정원이 바다 쪽을 굽어보며 나있었다. 저 멀리 시드니 시내가 반짝이며 빛나는 모습도 보였다. 은행에서 데이비드에게 상당히 높은 연봉을 주는 모양이었다.

"얼마나 남았어?"

조시는 얼굴을 가렸다. 빨간 머리를 햇살에 반짝이며 하늘색 선드레스와 빨간 슬리퍼를 신은 애나는 생후 6주 된 데이지를 어깨에 메고 한쪽 옆구리에는 아이패드를 꼈다. 애나는 긴 의자에 앉고 태블릿을 내려놓았다. 조시는 그녀에게 대답했다.

"아직 두어 시간 남았어. 짐은 다 쌌고. 택시는 세 명 앉을 자리 예약했어. 데이비드는 오는 중이야?"

"응. 장 본 거 가지고 10분 후에 올 거야. 그러면 다 같이 환송 점심을 먹는 거지. 추수감사절을 축하하는 의미로 칠면조 샌드위치를 먹자. 네가 정말로 떠난다니 믿을 수가 없어. 지금 가면 언제 또 보려나."

조시의 목에 무언가 울컥 치받쳐 올라왔다. 그녀는 의자에서 몸을 일으켜 데이지에게 팔을 뻗었다. 애나는 그녀에게 아기를 건네주었고, 아기는 고모의 품에 행복하게 안겼다.

조시는 눈을 감았다. 다시는 볼 수 없겠지. 쉰 목소리로 그녀는 대답했다.

"그러게. 다들 정말 보고 싶을 거야. 특히 이 꼬마가 자라는 게 참보고 싶을 거야."

그러자 애나가 밝은 목소리로 말했다.

"음, 있지, 점심 먹을 때까지 같이할 만한 걸 가져왔어. 어머니랑 로라에게도 보여주고 있던 거야. 사진사가 결혼사진을 이메일로 보내줬거든. 볼래?"

"너무 좋지."

조시는 애써 기운을 차려가며 소리쳤다.

애나는 의자를 가까이 끌어당기고는 2주 전 이 집 정원에서 있었던 찬란한 날의 사진을 넘기기 시작했다.

사진의 시작은 결혼식 전날 밤 여자들이 묵었던 호텔에서 준비하는 애나의 모습이었다. 그동안 데이비드는 집에 있었다. 결혼식에 신부가 하는 올림머리를 하는 장면과 침대에 놓인 끈 없는 하얀 드레스가 보였다. 조시는 자신이 애나였다면 올림머리와 끈 없는 웨딩드레스를 고르지는 않았을 거라고 생각했다. 애나의 어깨에는 돌고래 문신이 있었으니까. 하지만 애나는 개의치 않았다.

다음 사진은 애나와 부모님을 태운 웨딩카가 집으로 향하는 장면과 신부 일행을 맞이하는 가족들이 줄줄이 나오는 모습이었다. 데이비드는 예상대로 보이지 않았지만, 어머니는 특별한 날에 걸맞은 화려한 옷차림으로 예쁘게 치장한 데이지를 안고 있었다. 아기의 머리에는 리본을 묶어두었다. 저 뒤로 반짝이는 바다의 만을 배경으로, 꽃으로 뒤덮인 덩굴 아치가 앞에 선 가운데 손님들은 정원에 쭉 늘어선 의자에 앉았다. 조시도 양귀비꽃 무늬 드레스 차림으로 환하게 웃고 있었다. 그리고 통로 끝에는 베이지색 여름 슈트를 입은 데이비드가 섰다.

아버지의 손을 잡고 통로를 들어오는 애나와 눈물을 글썽이며 신부를 맞이하는 데이비드의 사진을 보자 조시의 눈시울이 붉어졌다. 혼인 서약과 반지 교환, 키스에 이어 데이지를 둘에게 넘겨주는 어머니의 모습이 보였다. 아기가 울음을 터뜨리자 하객들은 웃기도 했다. 이건 조시가 롭과 식을 올렸던 하와이 때의 모습과 아주 비슷했다.

마지막은 정원의 피로연 사진이었다. 댄스 플로어와 꼬마전구가 쳐진 수영장 테라스와 저 끝에 선 라이브 밴드가 보였다. 신랑 들러리의 축사를 포함하여 이어진 연설을 듣자, 하객의 반은 폭소를 터뜨렸고 나이가 많은 하객들은 방탕하게 놀았던 데이비드의 과거사를 듣고 충격을 받는 모습이 보였다. 만 위로 석양이 진 가운데 끝없이 이어지는 샴페인에 취해 흥청망청 날뛰는 술꾼들이 찍혔다.

찬란하기 그지없었던 그날.

조시는 이 사진들을 다른 인생으로 갖고 갈 수 있으면 얼마나 좋을까 생각했다. 그러면 오빠와 조카 곁에서 함께 보낸 이 특별한 순간을 기억할 텐데. 제자리 찾기 계획이 성공한다면 자신이 가진 건 추억밖에 없을 테니까. 하지만 또 다른 조시가 돌아온다면 이 사진만을 보게 되겠지. 그래도 자신은 이 장면을 실제로 봤다.

애나는 손을 뻗어 조시의 머리를 쓰다듬었다. 지금 조시가 느끼는 감정을 오해한 것 같았다.

"넌 정말 다정해서 탈이야. 이날 참 아름다웠는데, 그치?"

조시는 고개를 끄덕였다.

"이거 나한테 보내줄 수 있어?"

"당연하지."

애나는 아이패드를 다시 받아들었다. 조시는 데이지를 다시 껴안고 아기의 향기를 맡았다.

"자, 여기 드롭박스 링크를 보냈어."

그때, 현관이 쾅 닫히는 소리가 들렸다. 데이비드가 애덤과 먹거리를 가지고 온 것이다. 애나는 자리에서 일어나 조시에게서 다시 데이지를 받아들었다.

"타이밍 딱이네. 점심 먹자. 여기서 쉬고 있어. 준비되면 데리러 올게. 샌드위치 만들어서 밖에서 먹자. 파라솔을 펴드리는 걸로 어머니가 만족하셔야 할 텐데."

조시는 다시 고개를 끄덕이면서, 마음을 가라앉힐 짬이 난 걸 다행으로 여겼다. 하지만 이제 곧 작별해야 한다니, 어쩌면 영원히 다시 볼 수 없게 된다고 생각하니 왈칵 겁이 났다. 그래서 데이비드와 데이지와 최대한 오랫동안 같이 있기 위해 안으로 들어갔다. 식료품을 정리하고 오빠가 좋아하는 샌드위치를 만드는 소소한 행위 하나하나가 그녀에게는 모두 소중했다.

칠면조와 아보카도를 넣은 바게트 샌드위치는 맛있었다. 주위도 아름다웠고, 조시가 더없이 사랑하는 이들과 함께였다. 그러나 조시는 샌드위치를 깨작거리기만 했다. 언제라도 무너져서 엉엉 울며 오빠의 목을 그러안고, 데이지를 가슴에 꼭 껴안고 절대로 이들을 떠나지 않겠노라 맹세하게 될 것 같았다.

하지만 조시는 그러지 않았다. 가족과 보내는 마지막 순간을 행복한 추억으로 남기고 싶었다.

어쩌면 계획대로 안 될 수도 있다. 그러면 이 세상에 남게 되겠고, 영원한 이별이 아니게 되겠지. 1년 후에 다시 만나게 될 수도 있었다.

하지만 조시는 그것만으로는 행복할 수 없다는 걸 알았다. 롭이 있는 삶을 되찾아야 했다. 데이비드와 애나의 행복한 결혼생활을 보면서 깨달은 게 바로 그거였다.

로라는 언니를 조심스럽게 바라보며 물었다.

"언니 괜찮아? 샌드위치가 맛있는데도 먹질 않는다니 언니답지 않은데."

조시는 애써 미소를 지으며 거짓말을 했다.

"괜찮아. 떠나려니까 마음이 안 좋아서 그래. 특히 데이지를 두고 가려니까 더더욱. 이제 얘를 언제 다시 보게 될까. 무척 달라졌을 텐데. 이 작은 아기의 모습은 분명 다시는 볼 수 없겠지."

마지막 말을 내뱉자 뺨 위로 눈물이 주르르 한 줄기 흘렀다.

로라가 뭐라 대꾸하기도 전에 조시는 자리에서 일어나 화장실에 가서 눈물을 삼켰다. 그리고 거울에 비친 자신의 모습을 보며 애써 마음을 추슬렀다. 데이비드와 데이지와 함께하는 마지막 기억 속에 자신이 훌쩍거리는 건 싫었다.

다시 밖으로 나오자 가족들은 거실에 둘러앉아 커피를 마시는 중이

었다. 조시가 찻잔을 다 비우자, 바깥 진입로 자갈길에서 타이어 소리
가 들리더니 경적이 울렸다.

그녀는 심호흡을 하고 일어섰다.

"택시가 왔네요, 여러분."

"짐 다 챙겼니?"

엄마가 물었다.

"응, 엄마. 다 챙겼어."

조시는 엄마를 안아주었다. 동생 로라도, 주방에서 뛰어다니는 꼬
마 테오도 붙잡아다가 안아주었다. 조시는 이들을 걱정하지는 않았
다. 어느 삶을 선택하든 존재하는 식구니까. 이들은 몇 달 후에 볼 수
있었다.

"같이 있어서 정말 좋았어. 여기까지 와줘서 고마워."

다시 데이지를 어깨에 멘 애나는 조시를 한쪽 팔로 안아주었다.

"세상을 다 준다 해도 바꿀 수 없는 추억이 됐어."

조시는 따스하게 웃으며 말했다. 그리고 마지막으로 데이지를 안으
려고 손을 뻗었다. 갓난아기는 통통하고 작은 손을 내밀었고, 조시는
두 팔 가득 아기를 안았다.

"보시 고모한테 잘 가라고 인사해 줘."

애나가 데이지에게 말했다. 아기는 붉게 충혈된 고모의 눈을 바라
보며 지금이 얼마나 중요한 상황인지 아는 것 같았다. 데이지는 입에
엄지를 물었고, 조시는 솜털이 난 아기의 정수리에 입을 맞추었다.

"안녕, 우리 꼬마 조카. 사랑해."

그녀는 마지막으로 아기를 꼭 안으며 속삭인 다음 엄마에게 돌려주
었다.

"이리 와, 뚱땡아."

택시가 다시 경적을 울리자 데이비드가 갑자기 조시를 와락 안았다. 어머니는 탈 사람이 곧 나온다고 알려주려 밖으로 나갔지만, 조시는 지금 겁에 질리고 말았다. 정말로 이게 끝이구나.

그녀는 기내 반입용 가방을 바닥에 내려놓고 온 힘을 다해 오빠를 안았다. 그리고 어깨에 머리를 묻으며 어떻게든 슬픔을 감추려 했다. 데이비드는 웃으면서 그녀의 등을 토닥였다. 잠시 후 마음을 추스른 조시는 오빠를 바라보았다.

"사랑해, 오빠. 오빠네 가족 모두 사랑해. 정말 보고 싶을 거야."

데이비드는 조시의 머리카락을 헝클어뜨리고는 다시금 꼭 안아준 다음 물러서서 그녀의 숄더백을 메고 여행 가방 손잡이를 잡았다.

"나도 사랑해, 바보야. 슬퍼하지 말라고. 곧 보게 될 테니까. 알았어? 어떻게든 해볼 거야. 자, 택시가 가버리기 전에 어서 타자."

데이비드는 조시의 짐을 트렁크에 실은 다음 탕 닫았다.

"잘 가."

그는 현관으로 돌아가 아내와 아기를 팔로 감싸 안았다. 조시는 가족을 마지막으로 보며 가슴속에 새겼다. 참 아름답고 행복하고 완벽한 모습이었다.

이걸, 바로 이 장면을 예전의 삶으로 가져가고 싶었다.

택시가 움직이자, 조시의 온 가족이 진입로에 서서 손을 흔들었다.

공항에 간 조시는 보안 검색대를 통과하고서 높다란 대기실에서 이메일을 열어 결혼식 사진을 다시 보았다. 언제까지나 그 사진만 보며 살 수도 있을 것만 같았다. 결혼식의 오빠와 애나보다 더 행복해 보이는 사람은 이제껏 본 적이 없었다. 그러자 다시금 롭 생각에 가슴이 미어졌다.

데이비드와 꼬마 데이지, 애나까지 보고 싶어지겠지만, 어딘가 다른 세상에서 엄연히 존재하는 이들이라 생각하니 조시는 용기가 났다. 진정한 사랑이 뭔지도 모른 채로 비극적인 죽음을 맞이한 데이비드 대신, 진짜로 사랑하는 사람을 만나 아빠가 된 데이비드를 보는 특별한 경험을 조시는 누렸다. 전에는 가능할 거라 생각해 본 적이 없던 일이었다.

어느 시간선에선가는 오빠가 아내와 아이랑 행복하게 살고 있다는 걸 알게 된 조시는 그 행복을 통해 자유로워졌다.

11월 30일

알람이 울리기 훨씬 전, 조시는 어둠 속에서 혼자 잠에서 깼다.

그날은 자신의 생일이자 '계획'을 실행할 날이었다.

애비에게는 일요일까지는 귀국 비행편이 없다고 거짓말을 해두었다. 그래서 다음 생방송 라디오 일정까지는 며칠 남았다. 앞으로 몇 주 동안은 게스트가 쭉 있으므로, 계획이 성공하고 또 다른 조시가 라디오 진행자 일을 계속하고 싶다면 바로 들어갈 수 있었다. 그녀는 또 다른 조시가 찾아보도록 포괄적인 인수인계 안내서를 만들어 놓았고, 또 다른 조시는 아마도 지난 1년 동안 할스타인 앤드 파우스트사에서 일했을 것이기에 아마 부동산 최신 정보를 알고 있으리라 짐작했다.

조시의 계획을 기억한 수지는 어젯밤에 그녀에게 전화를 걸었다. 그리고 정말로 그 계획을 실행할까 봐 걱정했다. 수지는 조시를 설득해서 사고 따위 잊어버리고 생일 기념 술자리를 갖자고 제안했다. 조시는 마음을 바꿀 생각은 절대로 없다고 부드럽게 거절했지만, 만약 일이 잘 안되면 7시에 스탠다드 호텔에서 수지를 만나기로 약속했다. 하지만 둘 다 조시가 심하게 다쳐서 그 자리에 못 나오게 될 가능성은 언급하지 않았다.

그 점을 생각하면, 또 다른 조시가 그쪽에서 심하게 다치지 않았다는 걸 어떻게 장담할 수 있을까? 어쩌면 그녀는 죽었을지도 모른다. 그래서 오지 못할지도 모른다.

조시는 억지로 침착하게 호흡을 했다. 그런 가능성은 무엇이 됐든 생각해 봤자 소용이 없었다.

오늘, 조시는 자전거를 타고 가기 전 마지막으로 할 일이 있었다. 또 다른 조시를 위해 써온 일기를 마무리 지어야 했다.

오스트레일리아 집 현관에 오빠네 가족을 두고 온 후, 난 데이비드가 그곳에서 찾은 완전한 행복 덕분에 오빠를 더는 보지 않아도 된다고 마음을 정리할 힘을 얻었어. 전에는 끔찍한 사고로 오빠를 보냈던 것과는 달리, 이번에는 작별 인사를 할 수 있었으니까. 그때 누군가 나한테 와서 내가 오빠랑 1년을 더 살 수 있고, 오빠가 결혼해서 아빠가 되는 모습을 볼 수 있다고 말했다면 난 기뻐서 어쩔 줄 몰랐을 거야. 난 우리가 함께 지낸 시간이 더 늘어나서 정말 감사하게 생각해. 데이지가 자라는 모습이나 언젠가 동생이 생기는 것까지는 볼 수 없겠지만, 너는 보게 되겠지. 난 그거면 됐어.

네가 내 남편을 사랑하게 됐을 가능성이 아주 크다는 거 알아. 결국, 넌 나잖아. 내가 그이를 사랑하지 못하게 막을 건 아무것도 없었을 거야. 하지만 롭에게 넌 내가 아니라고 말해주었기를 바라. 나라면 그랬을 테니까. 롭이 이 사실을 이해하고 믿어주고, 그래도 여전히 날 사랑해 주기를 바라야겠지. 만약 내가 돌아갈 수 있다면, 난 최선을 다해 그렇게 할 거야.

네가 이리로 돌아온다면, 그렇게 왔을 때 이 세상에선 롭이 다른 사람과 사귀고 있다는 걸 알게 되겠지. 참 유감이야. 어쩌면 이 인생의 '나'는 롭과 살아갈 운명이 아니었을지도 몰라. 내가 할 수 있는 건 네가 사랑하고 행복하기를 바라는 것뿐이야. 그리고 라디오 일은 계속하도록 해. 최고의 직업이더라.

내 생각엔 지난 1년 동안 우리는 스스로에 대해 많이 배운 것 같아. 내가 배운 건, 위대한 사랑을 위해서 아주 큰 걸 희생할 수도 있다는 거야. 심지어 가족을 다시는 못 보게 되더라도 말이야. 하지만 그보다 더 중요하게 깨달은 건 이거야. 마음의 평화를 얻으려면 자신의 본질에 충실해야 한다는 거지. 그게 없으면 갈피를 잡을 수 없게 돼. 아마도 가장 위대한 사랑을 두고 휘트니 휴스턴이 부른 노래가 옳은 것도 같아(휘트니 휴스턴이 부른 <Greatest Love of All>의 가사 중에는 '스스로를 사랑하는 법을 배우는 것 Learning to love yourself / 그것이 가장 위대한 사랑이야 It is the greatest love of all'라는 부분이 있음. 옮긴이 주).

네게 행운이 있기를. 그리고 데이비드와 데이지를 다시 만나면, 꼭 안아주고 키스해 줘. 내가 몰래 해주는 걸로 하고 말이야. 그리고 영원히 사랑한다고 말해줘. 그리고 나 역시 그들을 영원히 사랑한다고도 전해줘.

이제 가야겠다. 시간이 됐어. 우리 둘 모두에게 행운이 있기를. 그리고, 일이 잘 풀려서 네가 이 일기를 읽는다면, 나의 삶을 되돌려주어서 고마워.

조시

글을 오랫동안 썼더니 바깥이 벌써 어두워졌다. 그녀는 자그마한 거실을 둘러보았다. 이제 영영 떠나버려야 할 곳인데 짐을 챙길 필요가 전혀 없다니 기분이 묘했다.

그녀는 두툼한 겨울 코트를 입고 지갑과 헬멧을 챙긴 다음 아파트 문을 잠갔다. 그리고 문의 황동 명판에 새겨진 3C라는 글자를 어루만지고는 자전거를 찾으러 아래층으로 내려갔다.

오늘은 맑았지만 얼얼할 정도로 추웠다. 진 그레이를 타고 집 앞 거리를 나서 베드퍼드를 지나 윌리엄스버그 브리지로 향했다. 살을 엘 듯한 공기에 앞으로 일어날 일을 잠시 생각하지 않을 수 있었지만, 혹시나 3번가와 25번가 교차로까지 가기도 전에 미처 못 본 얼음판 위에서 미끄러질까 봐 조시는 두려웠다. 그녀는 조심스럽게 자전거를 탔다. 시간은 아주 많았고, 반드시 멀쩡한 몸으로 도착해야 했다. 일부러 꽉 막힌 도로 한가운데로 달려들어야 하니 말이다.

3번가와 25번가의 교차로 도착했을 때는 이미 6시 13분이었다. 4분도 채 남지 않았지만, 다행히도 그녀는 이미 어느 쪽으로 가야 할지 알고 있었다.

그들은 1년 전의 사고를 재현하고 있었다. 다만, 지금은 서로 반대로 하고 있다. 그러니 또 다른 조시는 할스타인 앤드 파우스트사의 사무실에서 북쪽으로 향하고 있을 테지. 예전에 자신은 롭을 만나려고 미드타운 갤러리로 가던 중이었으니까. 그렇다면 그녀는 토크 뉴욕 방송국에서 남쪽으로 자전거를 타고 수지를 만나러 소호로 가야 한다는 뜻이었다.

조시는 연석 위에서 기다리면서 앞으로의 단계별 계획을 생각했다. 정확히 6시 17분이 되면, 파란불이든 아니든 좌회전해야 했다. 휴대폰이 6시 16분 30초를 알리자, 조시는 길을 가로질러 왼쪽 차선에서 대기했다. 파란불인데도 그녀가 움직이지 않아서 주변 운전자들이 경적을 울려대었지만 싹 무시했다.

아직은 너무 일렀다.

휴대폰 시계를 다시 확인했다. 그리고 6시 17분으로 바뀌는 순간, 조시는 휴대폰을 다시 주머니에 넣고 신호등은 보지도 않은 채로 페달을 밟아 좌회전하기 시작했다.

전방에서 헤드라이트 불빛이 밝게 비쳤다. 고함이 들려오자 그녀는 눈을 질끈 감았다.

머릿속에 떠오른 이미지가 있었다. 햇살이 비치는 가운데 아내와 아기를 데리고 오스트레일리아 집 현관에 선 오빠의 모습이었다.

이윽고, 아무것도 남지 않았다.

Chapter 36

12월 1일

눈앞에 다시 헤드라이트가 보였다. 너무 밝았다. 그리고 온몸이 아팠다. 진짜 온몸이 다.

눈앞에서 헤드라이트가 흔들렸다. 왼쪽, 오른쪽, 위, 아래로.

누군가 그녀의 눈꺼풀을 잡고 있었다. 눈을 감고 잠들어 고통을 잊고 싶었다. 그래도 누운 곳은 부드럽고 따뜻했다. 근처에서 사람들이 이야기를 나누었다.

잠깐만… 뭐지?

이곳은 몇 초 전에 있던 곳이 아니었다. 조시는 눈을 번쩍 떴다. 그러자 어떤 의사가 주머니에 자그마한 손전등을 넣으며 말했다.

"아, 조시. 깨어나셨군요. 1년 내에 벌써 두 번째네요. 이번에도 자전거 사고로 오셨고요."

의사의 말투는 엄했고 미소에는 감정이 없었다. 조시는 이 의사가 누군지 몰랐지만, 의사는 분명히 이쪽을 아는 눈치였다.

성공했나?

조시는 목 졸린 듯한 소리를 작게 내었다. 한 일주일은 말을 하지 않은 느낌이었다. 주변을 둘러보다가 이곳은 환한 1인실이라는 걸 알아냈다. 의사는 빨대를 꽂은 뚜껑 달린 물컵을 들어 조시의 입가에 대주었다. 그리고 좀 더 친절한 기색으로 설명했다.

"여기는 밸뷰 병원이에요. 어젯밤부터 여기 입원하셨어요. 발목이랑 갈비뼈 몇 군데가 부러졌고요, 얼마간 의식이 없으셨죠. 작년에 저 보셨던 거 기억하시죠? 담당 의사 린입니다."

조시는 다시금 앓는 소리를 내며 침대 위 오른쪽 아래 다리를 감싼 유리섬유 깁스를 보았다. 그리고 갈비뼈도 느껴졌다. 몸통 근육을 조금이라도 움직일 때마다 고통스러운 비명이 나왔다. 린 박사는 그녀에게 물을 더 주었고, 갈증이 가시기 시작하자 조시는 고개를 끄덕였다.

"고맙습니다."

그녀는 쉰 목소리로 속삭였다. 의사는 침대 끝으로 가면서 차트에 무어라 썼다. 그 뒤로 문이 열렸다. 린 박사가 돌아서는 바람에 조시의 시야가 가려졌다. 들어온 사람이 누군지는 모르겠지만, 의사는 그에게 이야기하고 있었다.

"들어오세요. 의식을 찾으셨어요."

린 박사가 옆으로 비키자, 조시의 세상이 무너져 내렸다.

롭.

침대 발치에 서있는 그의 모습이 조시의 시야를 가득 채웠다.

나의 남편. 근 일 년을 보지 못했던 진짜 내 남편.

그는 피곤하고 수척하며 나이 들어 보였다. 하지만 안도한 기색으로 커다랗게 환한 미소를 지으며 조시의 침대 옆으로 얼른 달려왔다. 그리고 의자를 끌어당겨 앉고는 그녀의 손을 잡았다. 조시는 고통이 사라진 기분이었다. 롭을 봐서 너무나 기뻤다. 그리고 참으로 오랜만에 자신을 보고 너무나 기뻐하는 롭을 본 것도 기뻤다.

"자기야."

롭은 허리를 숙여 그녀의 손에 입을 맞추고는 손을 뻗어 얼굴에서 머리카락을 다정하게 걷어내었다.

"정말 걱정했다고. 대체 무슨 짓을 한 거야? 얼마나 무서웠는지 알아… 무사해서 천만다행이야. 내가 많이 사랑해."

그는 다시 조시의 손에 입을 맞추며 그 손에 얼굴을 묻었다.

"난 괜찮아. 그리고 나 아예 돌아왔어. 다시는 당신을 떠나지 않을 거야. 그동안 너무 보고 싶었어."

그녀가 속삭이는 말에 고개를 든 롭은 뜻 모를 말을 들었다는 식으로 아내를 빤히 바라보았다.

"내가 그리웠다니? 난 네가 날 두고 가버리는 줄 알았어, 자기야… 하지만 계속 여기 있어줘서 정말 다행이야. 게다가 더 심하게 다친 것도 아니다."

"무슨… 롭… 나야, 롭. 나라고. 조시라고. 당신 아내. 나 돌아왔어."

그는 의자에 앉은 그대로 핏기가 싹 사라져 병적으로 창백한 얼굴이 되었다.

"롭, 나 1년 동안 다른 데 가있었어. 당신을 1년 만에 본 거라고. 제발, 이 상황을 이미 알고 있었다고 말해줘."

그는 휘청이며 미간에 주름을 잡았다.

"조시?"

"그래, 여보. 나야. 나라고."

그는 왜 롭이 자신을 바라보고 너무나 기뻐하지 않는지, 왜 지금 이토록 이상하게 구는지 알 수가 없었다.

"돌아왔어? 정말 너 맞아?"

그의 목소리에는 힘이 없었다.

"정말 나야. 날 봐서 기쁘지 않아? 내가 다른 데 있었다는 거 몰랐어?"

조시의 말에 롭은 자신의 두 손을 빤히 바라보았다. 그녀의 손 위에 얹은 롭의 손은 이제 생기가 없었다. 그러더니 멍한 채로 고개를 아주 살짝 흔들었다.

"난… 넌 줄 몰랐어. 네가 돌아온 줄 몰랐어, 자기야. 미안해."

그는 금방이라도 기절할 것 같았다.

조시가 몸을 돌리자 갈비뼈의 통증과 다리의 통증이 확 느껴졌다. 정신이 하나도 없었다.

롭은 날 보고 기뻐하지 않았어. 내가 또 다른 조시라고 생각할 때만 기뻐했어.

그녀는 입을 열고 말을 시작했다.

"당신이랑 그…"

그 순간, 다시 눈앞이 캄캄해졌다.

얼마 후 다시 깨어나자 사람들이 주위에 모여 소란을 피우고 있었다. 수지는 침대 옆에 있었고, 롭은 창가에 섰다. 하늘은 어두웠다. 조시는 꼬박 하루를 병원에 있었으니까. 배 속이 꼬르륵거렸다.

수지는 곧바로 입을 열었다.

"이게 무슨 일이야, 조시? 자전거 사고라니? 또야? 의사 말로는 지난번과 똑같은 장소에서 구급차가 널 실어왔대. 게다가 똑같은 사고라니, 이게 가능한 일이기는 해? 조시, 너 몸 좀 제발 잘 챙겨."

조시는 입을 열어 미안하다고 말하려 했지만, 말이 나오지 않았다. 탈수 상태였기 때문이다. 물을 마시려고 몸을 일으켜 보았지만 고통이 너무 심했다.

수지는 물잔을 들고 조시의 머리를 올려 입술에 빨대를 대주었다. 조시는 갈라진 목소리로 대답했다.

"고마워. 미안해."

"걱정하지 마, 얘. 네가 괜찮으면 돼. 며칠 후에 네가 목발을 짚을 수 있으면 롭이 집에 데려다줄 거야. 네 남편이 잘 돌봐줄 테니 넌 괜찮아지겠지."

조시는 창가에 말없이 선 롭을 바라보았다. 롭은 수지에게 힘없는 미소를 슬쩍 지었다.

간호사가 음식 쟁반을 들고 들어오며 내게 고개를 끄덕였다.

"배고프시죠? 같이 계신 분들이 식사를 도와주실 거예요. 많이 다치셨잖아요."

간호사는 침대 옆 간이 선반에 음식을 올려놓았다.

"내가 도와줄까?"

수지는 조시와 롭에게 동시에 물었다. 조시는 고개를 끄덕였다.

"고마워."

그녀는 조시에게 치킨을 포크에 꽂아서 주며 말했다.

"내가 시답잖은 잡지 좀 사 왔어. 출근 안 할 동안 진통제 먹으면서 좀 쉬어. 롭이 네 회사에다 너 한동안 못 간다고 연락해 놨어. 그렇지, 롭?"

"응? 아, 그래. 내가 마이크한테 전화했어. 다 나으면 오래."

그 후로 1시간 동안 수지는 조시에게 온갖 연예인 소문을 들려주며 다른 생각 하지 않도록 열심히 노력했다가 자리에서 일어났다.

"도널드랑 같이 쌍둥이 재우러 가야 해. 하지만 너 도와줄 사람은 많을 거야. 너 다 나으면 파티하자. 네 생일 파티는 나중에 또 하고. 이번 주말에 또 올게."

그녀는 롭에게 가더니 그가 예상치 못하게 덥석 안았고, 롭은 깜짝 놀랐다.

"그럼 걱정하지 말고 잘 있어, 덩치 큰 친구야."

수지가 떠난 후, 조시는 너무너무 무서워졌다. 이제는 둘이 서로 대화할 시간이 왔다.

롭은 다시 창밖으로 도시를 바라보았다. 지금껏 1시간도 넘게 바라본 풍경이었다. 그러니까 마치 조시가 이 방에 없다는 느낌을 주었다.

"롭."

조시의 부름에 그는 이쪽을 돌아보고는 가까이 다가와 침대 옆 넓은 소파에 팔짱을 끼고 앉았다. 입술을 꾹 다무는 저 행동은 그녀에게 참 익숙했다. 이윽고 롭은 고개를 저으며 말했다.

"난… 뭐라고 해야 할지 모르겠어."

"음, 이제 우리가 대화해야 할 주제는 이거겠지. 당신은 내가 또 다른 조시라고 생각했다는 거지? 당신이랑 지난 1년 동안 같이 살았던 여자 말이야. 그리고 내가 그 여자라고 생각하고 날 보고 좋아했던 거지?"

"그래. 우린 그 이야기를 해야 할 것 같아."

조시는 고개를 끄덕였다. 그렇지 않아도 아픈 몸이 무시무시하게 긴장되었다.

"정리하자면, 지난 1년간 당신이랑 부부로 살았던 조시는… 내가 아닌 또 다른 조시라는 것과 우리는 사실 같은 사람의 두 가지 버전이었다는 사실을 당신은 전부 알고 있었다는 거지. 내 말이 맞아?"

"그래. 난 알고 있었어."

"그런데 내가 돌아왔을 때, 당신은 내가 그 여자라고 생각하면서 기뻐하다가 알고 보니 그 여자가 아니라는 걸 깨달았지. 원래의 지겨운 아내라는 걸. 내 말이 틀렸으면 고쳐봐."

롭은 그녀를 바라보았다.

"그녀는 네가 아니라는 걸, 또 다른 버전의 너라는 걸 알고 있었어. 하지만 그래도 그녀는 내 아내였고, 여전히 너였다고. 아니야? 그리고 당연히 난 자기를 봐서 기뻐. 그냥 너무 놀랐을 뿐이라고. 아내가 다시 뒤바뀌었을 거라고 믿을 이유가 없었단 말이야. 적어도, 난 그녀가 정말 계획을 실행할 줄은 몰랐어."

조시는 자세를 바꾸려다가 고통에 움찔 놀랐다.

"음, 그런데 계획을 실행했지. 나랑 같이 실행한 거야. 난 당신 때문에 돌아왔어. 내 남편이니까. 내가 생각하기엔 그 조시는 본인이 당신과 어울리지 않는다는 걸 알았기 때문에 떠난 거야. 그리고 내가 당신을 찾으러 돌아올 것도 알고 있었고."

결국, 쌓여왔던 흐느낌이 터지면서 갈비뼈만 더 아파졌다. 조시는 숨을 쉬려고 안간힘을 썼다. 어쩔 수 없을 거라고 생각은 했지만, 그래도 마음속 깊이 너무나 심했던 공포가 정말로 현실이 되었다니 믿을 수가 없었다. 그녀는 숨을 내쉬며 말했다.

"그래. 둘이 서로 안 잤을 거란 생각은 사실 안 했어. 둘은 그랬을 거라 생각했어. 당신 말대로, 그 여자도 나이긴 하니까. 하지만 그렇더라도 실제라는 걸 아니까 가슴이 아파. 너무 심하게 아파."

조시는 입을 다물었다 잠시 후 물었다.

"그래도 내가 생각하기엔 그 여자가 당신이랑 있어서 행복하진 않았을 거야. 안 그랬다면 자전거 사고로 원래 세계에 돌아가진 않았을 테니까."

롭은 어리둥절한 모습이었다.

"그럼 자전거 사고를 통해서 한 거라고? 그게 '계획'이었어? 자전거 사고를 재현하는 게?"

"그 계획을 알고 있어?"

롭은 고개를 끄덕였다.

"그녀의 일기를 읽었어. 너를 위해 쓴 일기가 있어. 언젠가 돌아올 때를 대비해서."

그가 덧붙인 말을 조시는 파악했다.

"일기가 있겠지. 그러니까, 나도 그 조시를 위해 일기를 썼으니까."

그때, 롭이 손을 잡아 오는 바람에 조시는 깜짝 놀랐다.

"조시, 내가 여기서 일을 망친 건 잘 알겠어. 하지만 이해를 해줘. 같이 살던 아내가 사실은 진짜 아내가 아니고, 어디 다른 현실에서 나온 다른 버전의 아내라니, 이런 상황에서 어떡해야 할지 알려주는 설명서가 어디 있겠어… 내 말은 이거야, 이런 말도 안 되는 상황에 선례 같은 건 없다고. 그럼 그 조시를 어디 다른 데로 보내야 하나? 엄밀히, 법적으로 내 아내인데, 그리고 본질적으로도 네가 맞는데. 난 돌이킬 수 없는 상황이라고 생각하고 거기서 나름의 최선을 다한 거야."

조시는 고개를 갸웃거렸다.

"그랬어? 아니, 그래서 다시 그 여자와 사랑에 빠졌어? 내가 가장 두려운 게 그거야, 롭. 솔직히 말할까. 우리는 하와이에서 데이비드가 죽은 후로 결혼생활이 많이 힘들었지. 그런데 갑자기 명랑하고 행복했을 게 분명한 나의 다른 버전이 등장한 거야. 오빠가 죽은 일도 없고 그 때문에 결혼생활에 후회도 없는 새롭고 좋아진 조시가 등장한 거라고. 내 말이 틀렸어?"

그 물음에 롭은 말이 없었지만, 그 침묵만으로도 충분한 대답이 되었다. 조시는 그의 손에서 자신의 손을 뺐다.

잠시 후 롭이 물었다.

"데이비드는 살아있었어? 직접 봤어?"

"며칠 전에 잘 살아있는 모습을 봤어. 지금은 갓 결혼해 오스트레일리아 아내와 어린 딸이랑 시드니에 살고 있어. 나 조카딸이 생겼어."

롭은 믿을 수 없다는 듯 고개를 저었다.

"이야. 그게, 데이비드가 살아있어서 아내와 딸이 있다니."

"그래. 이제 난 다시는 볼 수 없겠지. 돌아왔으니까. 당신 때문에."

"그럼 지난 1년 동안 오스트레일리아에 있었어?"

"아니. 거긴 결혼식 보러 몇 주 머물렀을 뿐이야. 당신의 새로운 조시가 내 삶을 산 것처럼, 나도 그쪽 조시의 삶을 살았지. 난 브루클린의 아파트에서 살면서 또 다른 조시의 직장에서 일했어. 라디오 방송국 일이었어. 그리고 데이비드와 최대한 많은 시간을 함께 있었지. 오빠가 오스트레일리아로 이사하기 전까지."

"그쪽 조시가 오빠와 조카딸을 보게 되면 무척 좋아하겠네."

롭은 생각에 잠긴 표정으로 중얼거렸다. 혼잣말에 가까운 말이었다.

"롭, 솔직히 말해서, 지난 1년 동안 내 남편이랑 또 다른 조시가 놀아났다고 생각하면 말이지, 걔가 행복하든 말든 난 알고 싶지 않아."

방금 한 말이 심술궂게 들린다는 걸 알았다. 하지만 이건 예상치 못한 일이었다.

그럼 예상했던 건 또 뭔데?

롭은 눈썹을 치켜떴다.

"알겠어. 나는 그래, 조시. 하지만 난 지금 뭘 어떻게 해야 할지 모르겠어. 네가 나였다면, 아니 그 조시의 입장이었다면 어떻게 했을까? 네가 그 조시의 입장이었다면 어떻게 했을지는 우리가 알고 있지. 그녀는 너니까. 너는 완전히 다르게 행동했을까."

조시는 한숨을 쉬었다. 롭의 말이 옳긴 했다. 게다가 자신도 피터와 사귀지 않았던가.

그렇지만 조시는 괜히 투덜대었다.

"하지만 내가 당신을 찾으러 돌아올 거란 생각을 했었어야지."

롭은 입술을 다시금 꾹 다물었다. 더는 할 말이 없었다.

명랑한 간호사가 다시 돌아와 저녁 식사를 치운 다음 조시에게 강한 진통제를 투여했다. 하지만 방 안에 감도는 긴장감을 느끼고는 재빨리 나갔다.

롭은 간호사가 들어온 상황을 기회 삼아 코트를 집어 들고 자리를 떴다.

"나는 가는 게 낫겠다."

그는 조시를 내려다보고서 고개를 숙여 이마에 입을 맞추었다.

"내일 올게."

아프도록 눈부신 조명 아래 혼자 남은 조시는 고통과 상심으로 흐느껴 울었다. 그러다 약효가 들자, 고맙게도 잠이 들었다.

Chapter 37

12월 초

"난 괜찮아."

조시는 차에서 몸을 일으켜 롭이 들어준 목발을 짚었다.

"문 좀 잡아줘."

그가 건물 문을 열어 잡았고, 그녀는 들어가기 전에 '캐번디시 하우스'라는 간판을 올려다보았다.

"다른 세상에서는 이 건물 이름이 유니언 하우스였어. 당신은 날 만난 적이 없었으니까."

그녀는 이렇게 말하며 엘리베이터로 롭과 함께 들어갔다. 목발을 의지해 걸으려니 걸음걸이가 어설펐다.

"거기 갔었어? 그러니까 이 건물에?"

"안에 들어간 적은 없어. 하지만 이곳을 확인하러 왔을 때 당신을 한 번 본 적 있지."

"그럼 나한테 말을 건 적 없었어? 날 찾아갔을 거라 생각했는데. 그러니까 다른 버전의 롭 말이야. 또 다른 롭."

"이 건물에서 봤을 때는 말을 걸지 못했어. 하지만 나중에 만나긴 만났지. 또 다른 당신을."

엘리베이터가 18층에 도착하며 울렸다. 조시는 집에 왔다는 사실에 더럭 불안해졌다. 어쩌면 이 집은 더는 내 집이 아닐지도 모르니까.

아파트 내부는 변한 게 없어 보였다. 현관 테이블엔 그녀가 가장 좋아하는 꽃이 놓여서 벽에 걸어두려고 산 바다 그림과 아주 잘 어울렸다. 그녀는 아무 말 없이 롭이 코트와 신발을 벗기게 두었다. 탁 트인 거실에 들어선 조시는 이곳에 처음 온 사람처럼 주변을 둘러보았다. 너무나 오고 싶었던 집이건만, 막상 오게 되니 견딜 수가 없었다. 지난 1년간 또 다른 조시가 가져온 물건들을, 그녀가 떡하니 살았다는 증거를 마주하는 게 너무나 두려웠다.

계단을 어찌어찌 내려온 조시는 목발을 놔두고 소파에 털썩 앉았다. 그리고 유리 커피 테이블에 깁스한 발을 올려놓았다. 롭은 주방에서 주전자에 물을 채웠다.

"또 다른 나는 언제 만났어? 난 어땠어?"

"트라이베카 프로젝트 인터뷰를 준비하면서 당신을 라디오 프로그램에 섭외했어. 그다음엔 커피를 마시러 갔지. 당신이 날 알아가길 바랐거든. 그쪽 롭에겐 나는 모르는 사람이었으니까. 내가 집에 갈 수는 없을 것 같아서 난 우리를 만나게 해야겠다고 생각했어. 그리고 나중엔 당신을 우연히 만나기도 했지. 우린 잘 지냈어. 당연히 그랬을 거라 생각해."

롭은 머그잔에 티백을 넣으며 물었다.

"그런데 아무 일도 없었어?"

"없었어. 또 다른 롭은 여자친구가 있었거든. 수린이라는 섹시한 여자였지."

"혹시 부동산 중개업자 수린 챈 말이야? 내가, 그러니까 또 다른 내가 그 여자랑 사귀었다고?"

"그래. 당신도 그 여자 알아? 음, 알 수도 있겠다."

"한동안 업무상 알고 지냈지. 아주 콧대 높은 미인이었어. 만났을 땐 매력적이라고 생각했는데, 그 후로 거래를 좀 하면서 보니 상당히 사람을 쥐고 흔들던데."

"음, 그땐 나랑 사귀던 때가 아니었으니까, 처음에 끌렸던 대로 반응했겠지. 또 다른 사람이었을 때는 둘이 사귀었으니까. 나도 이해가 안 가. 나한테는 상당히 차가워 보이던걸."

조시는 자신에게 차를 가져다주는 롭의 찌푸린 표정을 보았다. 그녀는 컵을 받아들며 말했다.

"왜 언짢아해? 그건 당신 삶도 아닌데."

롭은 가스 벽난로 옆에 앉아 난로를 켰다.

"널 만나지 못한 다른 세상에서 그런 여자와 사귀고 있는 또 다른 내가 있다고 생각하니 마음이 안 좋아. 그쪽 롭이 행복할 리 없잖아. 우리가 한 사랑 같은 건 못 했을 거고. 그러니 안타깝다고. 그리고 그쪽 롭도 나잖아."

조시는 차를 후후 물었다.

"음, 그쪽의 우리를 생각하니 속상하긴 해."

그들은 어색한 침묵을 느끼며 앉아 있었다. 조시는 최대한 오래 버티다가 자리에서 일어섰다. 시간 맞춰 약을 먹었으니 곧 잠이 올 것이었다.

"차는 침대에서 마저 마셔야겠어. 아트 룸에서 잘게. 난 곧바로 우리 침실에서 당신이랑 잘 수는 없을 것 같아. 미안해."

롭은 눈썹을 치켜뜨고 그녀를 바라보았다.

"안 놀라네?"

롭은 고개를 저었다.

"아니, 그런 게 아니야."

"그럼?"

"음, 그 방은 또 다른 조시가 자던 방이야. 마지막 한 달 동안이었지만. 만사가 무너지기 시작한 후부터 그랬지. 시트는 깨끗한데, 그쪽 조시가 쓰던 물건이 좀 있을지도 몰라. 그리고 화장대에 일기장이 있어."

조시는 속이 메스꺼웠다.

"그래. 음, 그걸 보는 게 좋겠네."

그녀는 일어나 목발을 짚었고, 롭은 머그잔을 들었다. 그는 아트 룸의 문을 열고서 조시의 차를 협탁에 놓았다. 침대엔 캐노피 커튼이 쳐져 있었지만, 그래도 그림을 걸어놓은 벽은 조시가 떠났을 때 그대로였다.

조시는 화장대 위에 놓인 물건을 살펴보았다. 롭은 문가에서 그녀가 혹여 심하게 힘들어하지는 않을지 파악하려고 서 있었다. 일기장은 조시가 찾아보도록 남겨져 있었다. 립스틱 몇 개와 반쯤 쓰다 남은 향수병은 처음 보는 것이었다. 하지만 예상치 못하게 달라진 점 중 가장 두드러진 것은 가장무도회에서 쓰는 세라믹 장식 가면이었다. 어쩐지 가면은 익숙해 보였다. 조시는 가면을 들고서 파란색과 금색으로 칠한 아름다운 외면을 살펴보았다.

12월 초

이 상황과 참 잘 어울리네.

그러다 가면의 턱 아래에 금이 간 걸 발견하고 내려놓았다. 롭은 그녀를 뚫어져라 바라보고 있었다.

조시는 일기장을 들었다.

"자기 전에 이걸 읽어야 할 것 같네. 캐노피 커튼 좀 걷어주겠어?"

"그래."

그는 얇고 하얀 천을 걷었다.

순간, 그녀는 보고 말았다.

헤드보드 위에는 실물 크기나 다름없는 거대한 사진이 액자에 걸려 있었다. 옛 시대의 정교한 의복을 입은 부부의 사진이었다.

처음에 조시는 그게 무슨 사진인지 알 수가 없었다. 정말 놀라우리만큼 아름다운 사진이었다. 패널로 둘러 장식한 공식 접견실 같은 곳을 배경으로 고혹적인 르네상스 시대의 드레스를 입고 화장대 위에 있는 가면을 쓴 여자의 모습. 옆에는 그녀의 허리를 팔로 감은 키 크고 몸집이 커다란 남자가 구부러진 코가 달린 가면으로 얼굴을 반 가리고 궁정인 의상을 입고 있었다. 머리에 쓴 삼각모까지 완벽하게 치장한 모습이었다.

그 남자는 분명히 롭이었다. 수염과 입매에서 딱 드러났다. 여자가 누군지 깨달은 순간, 조시는 다시금 구역질이 났다.

그녀는 침대 옆에 앉아서 사진을 노려보았다. 롭은 문가에 서서 그녀의 반응을 기다렸다.

"그러니까, 이게 당신이랑 그 여자인 거네? 가장무도회에 갔었어?"

마침내 조시가 말하자, 시야 끝으로 고개를 끄덕이는 롭이 보였다. 그는 목을 가다듬고 말했다.

"베네치아에 갔었어."

그녀는 롭 쪽으로 고개를 홱 돌렸다.

"당신이랑 그 여자랑 베네치아에 갔다고?"

롭의 얼굴이 흐려졌다. 그는 화장대에 기대었다가 의자에 털썩 앉더니 조시를 외면하고 가면을 바라보았다.

"그래. 그랬지. 미안해."

"여기는 솔직히 우리가…"

"그래. 우리가 가기로 했던 곳이지. 기억하고 있어. 난 그때 새롭게 시작하고 싶었어. 그땐 그녀가… 영원히 여기 있을 줄 알았거든."

"하지만 아니었잖아."

롭은 두 손에 얼굴을 파묻었다.

"알아. 나 너한테 또 할 말이 있어."

조시는 아무 말도 하지 않고서 다시금 충격을 받을 준비를 했다.

"베네치아 여행 간 거, 우리 신혼여행이었어. 그러니까, 그 조시와 나의 신혼여행."

그녀는 사진을 응시했다. 신혼여행이라니?

방 안이 빙빙 돌기 시작해서 그녀는 침대에 앉았다. 갈비뼈에서 통증이 느껴졌지만 무시했다.

롭은 고개를 돌려 그녀를 보았다.

"조시, 내 말 들었어?"

"신혼여행이라는 거? 하지만 우리는 이미 결혼했잖아."

"그래, 맞아. 하지만 또 다른 조시와 나는 아니었지. 엄밀히 따지면, 우리는 결혼한 게 맞았지만 당연히 그 조시에겐 결혼한 기억이 없었잖아. 그때 없었으니까. 그녀는 진짜로 나와 결혼했다는 느낌을 받지 못

했어. 그래서 우리는 다시 결혼했어. 5월에."

조시는 그 말을 듣고 싶지 않아서 고개를 저었다. 이건 말도 안 돼. 어떻게 그 둘이 결혼을 할 수가 있어?

롭은 어떻게든 전부 변명해 보겠다는 듯 힘을 내어 덧붙였다.

"그녀와 함께 있으면 너와 함께 있는 것 같았어. 다만 기억상실증에 걸렸을 뿐이니까. 다들 그렇게 생각했고. 어쨌든 그래서 그 조시가 모든 걸 다시 알아가는 게 이치에 맞다고 생각했어. 우리 친구들이나, 조시의 직업이나, 나까지 모두. 그래서 우리는 두 번째 결혼식을 올리는 게 맞다고 봤어."

조시는 머리가 어질어질했다. 복용했던 약이 듣기 시작하면서 이 모든 상황이 훨씬 심각하게 다가왔다. 그녀는 베개에 기대어 앉아서 간신히 입을 열었다.

"그래서 그 여자랑 결혼했다고? 결혼식을 올렸어?"

롭은 침대로 다가와 끝에 앉았다. 이 소식이 아내에게 어떤 영향을 줄지 걱정스럽다는 기색이 역력했다.

"미안해, 조시. 정말 미안해."

"하지만 당신은 그 여자가 기억상실증이 아니라는 거 알고 있었잖아. 내가 아니라는 거 알았잖아. 그런데도 결혼을 했구나."

"나는 그걸 나중에야 확실히 알게 됐어. 그러니까, 물론 그 조시는 처음부터 자기는 네가 아니라고 말했어. 그건 그녀의 잘못이 아니었어. 하지만 내가 정말로 그 말을 믿기 시작했던 때는, 아니, 스스로 그 사실을 받아들이기 시작했던 때는 베네치아의 신혼여행부터였어. 그런데 그때쯤엔…"

"그때쯤엔 이미 그 여자를 사랑하게 되었구나."

"아니. 예전부터 사랑하고 있었지. 아니, 내 아내를 여전히 사랑하고 있어. 그 여자는 여전히 너야, 조시. 난 그래서 전력을 다해야 했어."

조시는 고개를 저으며 멍해지는 머릿속을 애써 다잡았다.

"더 빨리 알았어야지. 그 여자 말을 들었어야지. 안된다고 하고, 내가 돌아오기를 기다렸어야지. 난 당신 아니고, 난… 난 실종 상태였잖아. 맙소사, 롭. 나를 되찾으려고 노력하긴 했어? 진짜 아내를 되찾기 위해서… 직접 우주를 찢고서라도 찾아다녔어야지."

그는 조시를 빤히 바라보았다.

"나도 알아. 됐어? 난 너를 단념했었어. 하지만 난 네가 돌아올 거라고 생각하지 않았어. 내가 왜? 바로 여기에 당신의 다른 버전이 있는데? 그리고 내가 너를 대체 어떻게 찾아? 어디 있었는데? 그러는 너는 그동안 뭘 했어? 다른 세계의 브루클린에서 싱글로 살았어? 나에게 그토록 돌아오고 싶었더라면, 왜 진작 돌아오지 않았어?"

데이비드 때문에.

피터 때문에.

조시의 얼굴에 한 줄기 죄책감이 스쳤나 보다. 롭은 그녀의 얼굴을 유심히 살폈다.

"조시, 왜 그래?"

그녀는 미지근한 차를 한 모금 마시고는 숨을 들이쉬었다. 머릿속이 빙빙 돌았다.

"난 곧바로 돌아오고 싶지는 않았어. 데이비드 때문에. 오빠는 거기서 아무 일도 없었던 것처럼 살아있었어. 기적이잖아? 나는 영국에서 오빠랑 몇 주 있었다가 다시 뉴욕으로 돌아왔을 땐 시간이 더 필요했어. 그때부터 또 다른 조시의 삶이 새로운 일상으로 자리 잡기 시작했던 것 같아. 그녀의 브루클린 집이나, 라디오 방송 일 같은 게 모두 딱 맞았지. 어떻게 보자면 당신과 살던 이곳의 삶보다 내게 잘 맞았어. 나만 만족하고 나만 삶의 선택을 내리며 살게 된다면 그렇게 살았을 테니까. 그래. 처음에는 무척 겁이 났지만, 시간이 좀 지나자 그 삶이 나름 괜찮더라. 게다가 그때는 내가 돌아갈 방법 같은 건 없을 거라 생각했어."

조시는 입을 다물었다. 그리고 피터 이야기를 하려고 했지만, 그전에 롭에게 좀 더 맥락을 설명해 주어야 했다.

"그렇게 데이비드와 시간을 같이 보낸 다음에 난 생각했어. 만약 당신과 함께 있을 수 있다면, 비록 또 다른 당신이겠지만, 그러면 나는 모든 걸 가진 셈이라고 말이야. 그래서 당신을 내 라디오 방송에 섭외했고, 우리는 같이 커피를 마셨어. 난 그때 당신이 사귀는 사람이 있다는 걸 알고 있었지만, 그래도 나랑 같이 있다 보면 내가 바로 당신 짝이라는 걸 알아줄 거라고 생각했었어. 그래서 사귀게 될 거라고. 그럼 나의 삶이 완벽해질 거라고. 당신도 있고 데이비드도 있으니까…

하지만 그런 일은 일어나지 않았어. 당신은 나를 사랑하게 되지도 않았지. 수린을 만나러 가버리더라. 그리고 나 없이도 무척 행복해 보였어. 그래서 난 절망하고 말았지… 데이비드가 있는 세상을 떠나고 싶지 않았지만, 난 외로웠어. 그래서 합창단을 같이하는 남자가 나한테 데이트 신청을 하니까… 내가 보기엔 당신이 다른 여자랑 같이 있는 모습을 보고 내가 상황을 합리화했던 것 같아. 어쨌든, 난 그 피터라는 남자를 만나기 시작했어. 피터랑 있으면 마음이 편해졌어. 하지만 이게 맞다는 생각은 전혀 들지 않았어.

분명히, 내가 결혼한 건 당신이라는 생각이 계속 들었어. 아직도 당신만을 사랑했어. 그러다 얼마 후엔 결국 난 피터와 끝내고 말았어. 데이비드는 애나를 만나서 아기를 갖고 오스트레일리아로 이사를 갔지. 그래서 앞으로는 거의 못 보고 살겠구나 싶더라. 그때 난 돌아갈 방법을 찾아야겠다고 생각했어. 당신에게로."

그녀는 말을 멈췄다. 고백할 때는 내내 손에 들고 있던 머그잔을 가만히 노려보았다. 하지만 이제는 잔을 내려놓고 롭을 보았다. 그의 눈은 이글거리면서도 냉혹해졌다.

"피터라고? 그 비디오 게임 만든다는 남자? 너 그동안 피터랑 사귀었어?"

그의 목소리에 이제껏 들어본 적 없던 질투가 담겼다.

"음, 그동안 내내 사귄 건 아니었지만… 누군지가 뭐가 중요해. 내가 누구 말하는 건지 아나 보네. 하지만 그건 상관없어."

롭은 입매를 비틀었다.

"그래, 만났어. 네 콘서트에서. 너랑… 뭐, 또 다른 조시랑 그 남자가 이번 공연에서 듀엣을 했어. 합이 딱 봐도 눈에 띄더라. 그 때문에 그날 밤 좀 다퉜어."

"맞아. 내가 살던 삶에서도 콘서트가 있었지. 그러니까, 그 듀엣 말이야. 실제로 피터와 나는 그때 사귀고 있었어."

롭은 그녀를 노려보았다.

"*사귀었다고?* 제길, 조시. 넌 나랑 결혼했잖아."

"알아, 알지. 하지만 그쪽 세상에서는 아니었어. 그쪽 세상에서 당신은 다른 사람과 사귀었고, 난 정말 외로웠어. 당신은 또 다른 조시와 그쪽의 상황에서 반응한 거야. 그래서 나도 그랬지. 말마따나, 여기에는 설명서 따윈 없으니까."

롭은 아무런 말이 없었다.

"미안해, 롭. 정말로 미안해. 난 당신에게 돌아올 수가 없었어. 어떻게 하면 되는지 알아내는 데만도 오래 걸렸어. 하지만 머지않아 방법을 찾아야 한다는 걸 깨달았어. 내가 정말 사랑하는 남자에게로, 내 남편에게로 돌아가는 것만을 난 바랐거든."

조시는 다시 베개에 몸을 기대어 웅크렸다. 기진맥진해지고 말았다.

"난 더는 못 하겠어, 롭. 내가 돌아온 후로 전부 이 이야기잖아. 난 완전히 지쳤고, 너무 통증이 심해. 게다가 약 기운까지… 그만 자야겠어."

그는 일어나면서 일기장을 집었다.

"그래, 좀 자. 나도 지쳤어."

조시는 롭이 나갈 거라고 생각했지만, 그는 문가에서 멈추더니 이렇게 말했다.

"그래, 알아. 지금 넌 내가 한 짓이 참 끔찍하다고 생각하겠지, 조시. 너랑 나랑 결혼한 상태인데도 내가 다른 여자랑 결혼했다고 생각하니까. 하지만 그녀는 여전히 네가 맞아. 내가 사랑했던 단 하나의 여자와 같은 사람이라고. 난 어떻게든 해보려고 노력했던 거야. 하지만 넌… 넌 나랑 결혼한 상태에서도 나와는 완전히 다른 남자랑 사귀었잖아. 그 점을 잘 생각해 봐. 그런 다음에 날 용서할지 말지 결정하라고."

그는 조시에게 일기장을 던졌고, 일기장은 페이지가 펼쳐진 채로 이불 위에 떨어졌다.

"그리고 판단하기 전에 처음부터 끝까지 일기를 잘 읽어봐."

Chapter 38

4월 중순

조시는 또 다른 자신이 쓴 일기장의 마지막 페이지를 읽었다. 지난 몇 달 동안 이걸 읽은 게 벌써 일고여덟 번은 되었을 거다.

난 네 남편을 빼앗을 마음은 전혀 없었어. 그 점을 알아둬. 널 배신했다는 죄책감은 정말이지 견디기 힘들었어.

네가 나한테 뭘 원하는지 알아. 넌 내 꿈에 나와서 네 사랑, 네 인생을 되돌려 달라고 말하니까.

네가 남편을 찾으러 오리라는 걸 알아. 언제 어떻게 올지도 알아. 이제 곧 오겠지. 그리고 대답은 알았다는 거야. 나도 그렇게 할게.

조시는 일기장을 테라스의 커피 테이블에 내려놓았다.

또 다른 조시가 롭과 함께 보낸 1년 동안 써온 일기를 읽을 때마다, 조시는 삶이 조금 무너지는 기분이었다. 하지만 매번 조금씩 치유가 되기도 했다. 두 사람의 관계가 얼마나 조금씩 발전했는지, 또 다른 조시가 진짜 조시를 배신하지 않으려고 얼마나 노력했는지, 그럼에도 둘이 함께하지 않는다는 게 얼마나 가당치 않은 일인지 다 보였다. 이해가 되었다. 속상하지만, 다른 방도란 없었다.

자신은 또 다른 조시를 용서할 수 있었다.

그럴 수 있다면, 남편도 분명 용서할 수 있을까?

그러면 남편 역시 어쩌면 나를 용서할지도 모르지.

조시는 오른쪽 발목을 돌렸다. 이건 새해가 지나고 깁스를 푼 다음 생긴 버릇이었다. 창밖으로 저 아래 유니온 스퀘어의 벚꽃이 보였다. 오늘은 또 다른 세상에 있는 오빠의 마흔한 번째 생일이었다. 아내와 아기, 어쩌면 여동생 조시까지 불러서 생일을 축하하고 있겠지. 그 삶의 진짜 동생인 조시를.

롭이 아파트에 들어오는 소리가 들리자, 조시는 데이비드와 데이지, 그리고 앞으론 절대 만날 수 없는 새 조카들에게 건배했다.

"오빠 가족 모두를 위하여."

그녀는 이렇게 말하고는 잔을 비워 삼켰다.

롭은 주방에서 장 본 것들을 정리하는 중이었다. 그녀는 고개를 들어 조시에게 미소를 지었다.

"저 밖이 아름답던데."

조시도 마주 웃어주며 말했다.

"그래. 그동안 사무실에서 갇혀 지내느라 꽃구경도 못 했네. 드디어 겨울이 끝나고 봄이 온 기분이야. 오늘은 어디 나갔다 왔어? 아니면 온종일 글을 썼어?"

그는 냉장고로 가서 몇 가지 식료품을 넣었다.

"오늘 아침에 당신이 연결해 준 인테리어 디자이너가 부탁했던 기사를 다 썼어. 그 사람 말로는 나를 블로그 콘텐츠가 필요한 임대업자랑 부동산 중개인에게 추천해 주겠대. 그래서 난 드디어 프리랜서로 첫발을 디딘 것 같았어. 그다음에는 또 그 '계시록'을 읽었어. 너무 몰두한 나머지 나가지도 못했네. 오늘은 운동도 전혀 못 했고."

롭은 테라스 창문을 슬쩍 바라보았다. 봄 햇살이 비쳐들고 있었다.

"음식을 좀 싸서 공원에 갈까? 그래서 올해 첫 피크닉을 하는 거야. 야외에서 식사하는 것도 좋을 것 같아. 팔머 박사님이 한 말이 있잖아. 처음으로 같이 뭔가를 하는 게 중요하다고… 그런 일이 전부 있은 이후로."

조시는 고개를 끄덕였다.

"좋은 생각이야. 나 옷 갈아입고 올게. 10분만 기다려."

유니언 스퀘어 공원으로 나가 꽃이 활짝 핀 나무 아래 롭은 담요를 깔고 조시는 치킨 샐러드를 펼쳤다. 롭은 물병에 담아온 와인을 플라스틱 컵에 따랐다. 그리고 그녀를 향해 컵을 들었다.

"오늘이 무슨 날인지 잊지 않고 있어. 데이비드를 위하여. 생일 축하."

"데이비드를 위하여."

조시도 그 말을 따라 하면서 와인을 마시고는 웃었다.

"하지만 당신은 작년에 생일 까먹었지? 그래서 그런 말 한 거잖아? '계시록'에 다 쓰여있다는 걸 명심해."

롭은 소심한 표정을 지었다.

"그래. 그랬지. 하지만 그 '계시록'이라는 거… 어휴, 대체 지금까지 몇 번이나 읽었어? 이젠 다 외웠겠다."

"많이 읽었어. 당신보다는 분명 많이 읽었지. 하지만 당신은 다 경험한 일이잖아…"

그녀는 어깨를 으쓱였다.

"맞아. 난 두 번밖에 안 읽었지만 거기 일어난 일을 다 기억하고 있어. 내가 왜 데이비드의 마흔 번째 생일을 잊었는지도 읽었지. 자기도 그 일기장을 다시 읽었으니까 분명 알잖아. 잘은 몰라도, 우리가 솔직하게 다 터놓고 이야기해야 할 것 같은데. 팔머 박사님 말대로, 우리 감정을 서로 알려주자고."

조시는 적지 않게 초조한 마음으로 고개를 끄덕였다.

"그 말이 맞아. 알았어. 당신은 데이비드의 마흔 번째 생일을 잊었지. 그날 다시 결혼하자는 프러포즈를 준비하느라 정신이 온통 팔렸었으니까. 또 다른 나에게 말이야. 주머니에 사파이어 반지를 담고서 아주 근사한 저녁 식사를 만들었지."

롭 역시 불안한 표정이었다.

"그래. 맞아. 그래서… 지금은 그걸 생각하면 네 기분이 어떤데?"

"솔직히 말할까? 앞으로도 좋아질 일은 없을 거야. 하지만 나아졌어. 또 다른 조시의 생각의 흐름을 보고, 둘이 어떻게 행동했는지 다시 읽으니까… 이젠 알 것 같아. 마음에 들 일은 없겠지만, 이해는 가."

롭은 고개를 끄덕였다.

"그래. 네가 없는 동안 일어난 일을 두고 내가 할 수 있는 말도 그거야. 네가 다른 남자랑 사귀었다고 생각하면 여전히 마음이 아프지만, 이해해. 그리고 네가 점차 고통을 극복해 가는 걸 보면서 나도 고통을 극복하는 데 도움이 됐고."

그는 잠시 말이 없다가 이렇게 덧붙였다.

"네가 처음엔 또 다른 조시가 새긴 문신을 지우려 했다는 거 알아. 그래서 네가 문신 제거 과정을 취소했다는 게 나한텐 정말 큰일이었어. 소란을 피우고 싶지는 않았지만, 정말 대단한 의미로 느껴졌다고. 마치 네가 이제 그 조시와 네가 하나라는 걸 인정하기 시작한 것 같잖아. 나를 향한 너의 사랑이, 너희 둘의 사랑이 같다는 걸 인정한 것 같았어."

조시는 목 뒤에 손을 뻗었다.

"그래. 이젠 문신에 익숙해졌어. 심지어 좋아하게 된 것 같기도 해. 예쁘잖아. 하지만 그보다는 기뻐서 그래. 이건 당신과 나를 기념하는 의미니까. 우리가 거쳐온 길이 제아무리 배배 꼬이고 비뚤어졌다 해도, 결국 우리가 걸어온 인생길이니까. 지금 말하는 '나'라는 존재가 누구든 상관없어. 이 문신을 받아들인다는 건 마치 또 다른 조시와 함께 있던 당신을 받아들이는 기분이야. 어쨌든 그녀는 나의 일부니까."

"그렇지? 상황을 받아들이고 앞으로 나아가는 게 중요해. 그리고 네가 날 용서할 방법을 찾아야 했던 것만큼 나도 당신을 용서해야 했어. 조시."

"알고 있어, 자기야. 나도 알아."

조시는 그의 손 위에 자신의 손을 얹었다. 이 세상으로 돌아오고 나서 롭을 '자기야'라고 부른 건 처음인가? 알 수 없었지만, 너무나 자연스럽게 그 호칭이 나왔다.

눈을 들어 남편의 진갈색 눈망울을 바라보았다. 그 눈 속으로 자신의 소울메이트이자 결혼한 남자가, 세상에 하나뿐인 사랑하는 남자가 보였다.

"내가 여전히 자기를 사랑하는 거 알지? 난 아직도 자기를 정말 사랑해. 비록 당신 말고 다른 남자를 만나긴 했지만, 다른 사랑을 한 적 없어. 언제나 자기뿐이었어. 앞으로도 그럴 거야."

조시의 목소리가 더듬더듬 말을 이었다.

"알아, 자기야. 나도 사랑해. 정말, 정말 많이 사랑해."

롭은 그녀의 얼굴에서 머리카락을 넘기고는 턱 아래 손가락을 댄 채 대답을 기다렸다. 조시는 이 순간을 파악하고, 순간의 무게를 느끼며 가만히 시간을 끌었다. 인생의 결정을 내리는 순간. 하지만 어려운 결정은 아니었다.

조시는 롭을 향해 미소를 지었다. 그리고 손을 뻗어 그의 수염을 쓰다듬고는 얼굴을 가까이 가져갔다.

EPILOGUE

우 리

Chapter 39

11월 30일

내가 뭘 하고 있었더라. 기억이 나지 않았지만, 난 차갑고 철석같이 딱딱한 인도에 벌러덩 누워있었다. 얼굴은 얼음장 같은 웅덩이에 닿았고, 발은 자전거에 엉켜있었다.

그래. 디데이. 계획을 세웠잖아.

나는 천천히 움직이며 혹시 아픈 데가 있는지 보았다. 얼굴과 손목이 쓰라렸지만, 그 밖에는 다 멀쩡한 것 같았다.

"괜찮아요?"

어떤 여자가 물어봤지만, 나를 도와주지는 않았다. 나는 그녀를 올려다보며 대답했다.

"괜찮아요. 고맙습니다. 자전거 타다 넘어져서 그래요."

나는 자전거 차체에서 발을 빼고서 겨우 몸을 일으키고는 비뚤어진 헬멧을 고쳐 썼다.

"다행이네요."

그녀는 내게 희미한 미소를 짓고는 가버렸다.

나는 자전거를 가까운 벽에 세웠다. 그리고 자세히 자전거를 바라보면서 묘한 흥분감을 온몸에 짜릿하게 느꼈다.

이거 내 자전거 아니야.

이제껏 타고 다니던 값비싼 빨간 자전거는 사라졌다. 엘렉트라가 망가진 후 롭이 내게 사준 자전거 데어데블은 이제 처음 보는 회색 크루저로 변해있었다.

가로등의 주황색 불빛 아래 나의 옷차림을 확인해 보았다. 두껍고 까만 스키 장갑에 푹신한 겨울 코트, 꾀죄죄한 부츠였다. 이건 내가 몇 분 전까지 입었던 옷이 아니었다.

계획이.

성공했어.

진짜 성공했다고!

자전거를 근처 보관소에 세워둔 다음 건너편에 있는 카페로 들어가며 나는 흥분을 참을 수가 없었다. 줄을 서면서 핸드백을 보니 내가 오랫동안 아주 좋아하던 술 달린 낡고 까만 가방이었다. 처음 보는 지갑에서 돈을 꺼내 얼그레이 라테를 사고 바 자리에 앉아 가방 속에 든 걸 뒤지며 휴대폰을 찾았다.

휴대폰은 턱 소리와 함께 탁자에 떨어졌다. 내가 예전 삶에서 쓰던 초록색 케이스의 같은 모델이었다. 평소 쓰던 비밀번호를 입력한 다음 바로 문자함을 보았다. 가장 최근에 온 문자는 수지의 것이었다. 내가 롭과 결혼하지 않은 세상으로 돌아온 게 맞다면 가능한 일이었다. 오늘이 내 생일이니 아마도 같이 놀자고 했겠지. 하지만 그건 내가 찾던 내용이 아니라서, 읽지 않고 문자를 넘겼다.

계속 아래로 스크롤을 하다가 드디어 찾아냈다.

데이비드의 이름이었다.

-집에 잘 도착했다니 다행이네, 보시. 생일 축하해! 오스트레일리아에
 너랑 같이 있어서 정말 좋았어. 애나랑 데이지랑 난 모두 네가 보고 싶어.
 내년에도 어떻게든 또 만날 수 있도록 해보자. 진짜로! 사랑한다 ^ㅇ^

이건 오늘 아침에 온 거였다.

오빠가 살아있구나. 오늘 아침에 문자를 보냈구나. 지금 오스트레일
리아에 있나 보네.

집에 왔어. 정말 집에 온 거야.

나는 오빠에게 곧장 답장했다.

-나도 보고 싶어, 오빠. 난 곧 오빠를 보게 될 거야. 진짜로. 엄청 많이 사랑해.
 조시♡

들뜬 마음으로 최근 이메일을 샅샅이 살피다 오빠가 말한 '애나'라
는 의문의 여자가 보낸 이메일이 보였다. 거기엔 텍스트는 하나도 없
고 드롭박스 파일 링크만 있었다. 제목은 '결혼식 사진!!!'이었다.

두근대는 마음으로 링크를 클릭하고 폴더를 열었다. 그 안에는 이
제껏 내가 본 결혼사진 중에서 단연 가장 아름다운 이미지들이 가득했
다. 물론, 나와 롭이 브루클린 식물원에서 했던 결혼식이 가장 아름다
웠지만 말이다. 초록색 넓은 잔디밭과 저 너머 푸른 바다가 보이는 크

림색 집이 보였다. 정장 차림의 오빠가 멀쩡한 모습으로 살아서 아주 고혹적인 빨간 머리 여자와 결혼하는 모습이 나타났다. 데이지 꽃 머리띠를 한 여자아기가 오빠와 우리 엄마의 품에 안겨 찍은 사진도 있었다. 잔디밭에서 웃고 있는 동생네 가족이 보였다. 그리고 나, 나의 예전 모습인 평범한 조시가 보였다. 어깨 길이의 어두운 금발에 살짝 살이 붙은 평범한 조시가 양귀비꽃 무늬 원피스를 입고 서글픈 표정을 하고 있었다.

그때, 휴대폰이 울려서 난 깜짝 놀랐다.

-수지: 너 괜찮아??? 지금 6시 37분이야. 20분 전에 그 멍청한 계획을 한 거 알고 있어. 일부러 사고를 내어 다시 돌아간다니! 나 지금 너 너무 걱정된다고. 여기 스탠다드 호텔에 자리 잡고 있는데, 종업원이 계속 째려보고 있어. 너 올 거야? 너 똑같은 조시가 맞기는 해?! 살아는 있니?? 전화하든 문자를 하든 당장 하라고!!

웃음이 났다. 또 다른 조시가 수지에게 모든 사실을 털어놓을 거란 생각은 한 번도 안 했는데. 게다가 오늘의 계획까지 말하다니. 하지만 생각해 보면, 또 다른 조시는 이걸 말할 사람이 아무도 없었겠지. 나는 롭이 있었지만.

나는 미소를 지으며 답장을 썼다.

-세상에 맙소사 그 조시가 너한테 다 말했다고?!! 하하하. 난 그 조시가 아니지롱. ㅋㅋ 우리의 계획이 성공했어!!! 진짜 먹혔다고! 우리는 사고를 냈고, 다시 바뀌었어! 진짜로! 난 괜찮아. 다친 데 없고. 내가 택시 타고 7시까지 갈게. 테이블 꼭 지켜! 내가 왔어!

라테를 다 마시고 나서 카운터에서 물건을 챙기고는 밖으로 나갔다. 날아갈 것같이 기분이 들떴다. 오늘 아침에는 세상에서 제일가는 사랑에게 작별을 고하고 왔는데. 이제는 어깨에서 무거운 짐이 내려간 기분이었다.

오빠가 살아있는 세상으로 돌아왔구나. 살아만 있는 게 아니라 결혼도 하고 아빠도 된 것 같은 세상으로. 나는 다시 웃으면서 추운 밤거리로 나가 택시를 잡았다. 그리고 기사에게 말했다.

"스탠다드 호텔로 가주세요. 오늘이 제 생일이거든요. 축하할 일도 있고요."

Chapter 40

밸런타인데이

문 뒤에 달린 전신 거울에 내 모습을 비춰보았다. 돌아오자마자 옷장에서 찾아낸 초록색 시프트 드레스는 새 옷이었다. 적어도 나한텐 그랬다. 드레스는 아름다웠다. 내가 그쪽의 삶보다 몸무게가 더 나가는데도 입으니 예뻤다. 어쩌면 살이 좀 붙어서 예뻐 보이는지도 모르겠다.

또 다른 나는 상당히 취향이 뛰어나구나. 뭐, 그랬겠지.

나는 자그마한 욕실로 가서 머리와 화장을 손보았다. 모든 게 다 잘되었지만, 자꾸 울렁거리는 배 속을 진정시켜 주지는 못했다. 오늘은 식사도 거의 하지 않았다. 사실 일주일 내내 방송국에서 일하면서도 정신이 팔렸었다. 결국엔 오늘 아침, 호기심 많은 애비에게 다 털어놓고 말았다. 내가 좋아하는 남자가 있는데, 12월에 점심을 먹었고, 오늘 밤 디너파티에 나를 초대했다고 말이다. 나는 그의 데이트 상대로 참석하게 되었다.

그 점심은… 그 점심은 뭔가 달랐다. 그리고 오늘은 진짜 데이트였다.

또 다른 조시가 나의 노트북에 쓴 일기를 읽고 나서 난 아무것도 기대하지 않았다. 생일날 수지와 술을 마시면서 지난 1년간 있었던 일을 들려주어 깜짝 놀라게 한 다음, 나는 밤새 또 다른 내가 겪은 일을 전부 읽었다. 처음으로 크리스마스 기간에 영국에 가서 데이비드를 만난 일이 너무 기뻤다고. 롭을 만났지만, 그는 수린이라는 여자와 사귄다는 걸 알게 됐다고. 그다음엔 피터와 사귀었다고. 나는 어쩔 수 없을 거라 생각했었다. 그는 미셸과 헤어지고 나랑 사귈 준비를 하고 있었으니까. 하지만 또 다른 조시는 여전히 남편을 사랑하고 있었기에, 결국 피터의 마음을 아프게 했다.

이 세상의 롭에게 여자친구가 있다는 소식에 나는 더없이 큰 상처를 받았다. 계획이 성공해서 다시 이 세상으로 돌아오게 된다면 난 그를 찾아가려고 했다. 내가 롭을 그만 사랑하기로 한 건 아니었으니까.

또 다른 조시는 진짜 남편 롭을 다시 만났겠지. 이제껏 참 많은 일을 겪었지만 두 사람이 잘 지내길 난 진심으로 바랐다. 하지만 난 나만의 해피엔딩도 갖고 싶었다. 데이비드가 있는 세상에서 사는 것으로도 충분하긴 하지만, 롭까지 있으면 완벽할 테니까. 나와 있었던 이전의 관계로 힘들어하지 않는 새로운 롭을 만나고 싶었다.

하지만 또 다른 조시는 그를 알아가려는 계획을 성공시키지 못했다.

그러나 그녀가 몰랐던 것이 있었다. 디데이 당일 저녁, 롭이 점심 식사를 같이하자며 이메일을 보냈던 것이다. 나는 방송국 일로 돌아왔다가 그 초대장을 발견했다.

나는 아무 일도 없었던 것처럼 행동했다. 그래서 애비와 다른 사람들은 내가 오스트레일리아에서 휴가를 마치고 갓 돌아온 사람인 줄 알았다. 최근의 자전거 사고는 말하지도 않았다. 물론 돌아와서 몇 가지 실수를 하고 '깜빡 잊었다'고 둘러대기는 했다. 내가 없던 새 새로 온 동료의 이름을 모르는 정도의 실수였다. 하지만 다른 것들은 또 다른 조시가 작성한 서류를 보면서 임기응변으로 무마할 수 있어서 괜찮았다. 결국, 이건 내가 하던 일이었으니.

밀린 업무 이메일을 뒤지던 나는 우연히 롭의 초대 메일을 보았다.

11월 30일 6시 17분
발신인: B+B 개발사

안녕하세요, 조시.
오랜만이죠. 잘 지내고 계시는지요. 앞으로 진행할 새로운 프로젝트가
많은데, 혹시 관심이 있으시다면 호텔 재개발을 상당히 좋은 조건으로
성사시킨 이야기를 여러분께 독점적으로 알려드릴 수 있을 것 같습니다.
몇 주 후에 언제 시간 내서 점심 먹으며 이야기할까요? 제가 내겠습니다.
(그리고 참고로 말씀드리자면, 전 지금 수린 챈과 사귀지 않고 있으니,
얼른 일어서거나 중간에 누가 찾아오는 일은 없을 겁니다!) 저를 만나고
싶으시면 언제 일정이 되시는지 알려주세요.
롭 빌링

맙소사.
나는 바로 전화를 걸어 약속을 잡았다. 나와 통화하여 기쁜 것 같으면서도 살짝 격식을 차린 그의 목소리를 들으니 현실 같지가 않았다. 아무리 들어도 나를 잘 모르고 있는 그의 목소리라니. 또 다른 삶에서는 며칠 전까지만 해도 나 때문에 괴로워했다는 걸 전혀 모르는 롭이

라니.

2주 후에 만나 점심을 먹었을 땐 그의 말에 집중하기가 불가능할 정도였다. 난 그저 하염없이 그를 바라보고 싶었다. 너무나 빛나고 깨끗한, 이 새로운 롭을 보라. 그는 내가 다른 삶에 남겨두고 온 피곤하고 지친 롭이 아니었다. 이 사람은 내게 상처받은 적도 없고 나 때문에 자신의 아내를 배신한 적도 없었다. 게다가 결혼한 적도 없었다. 그리고 이 남자는 본인이 진행하는 새로운 개발 프로젝트를 알려주고 자신의 인생 이야기를 들려주는 데 흠뻑 빠져있었다. 마치 우리가 서로에 대해 아는 게 거의 없는 것처럼 말이다. 나는 한껏 기쁨에 젖어 테이블 맞은편에 앉은 그를 멍하니 바라보았다. 그러다 그가 내 삶과 가족, 출신에 대해서 물었을 땐 그 잘생긴 얼굴을 환하게 밝히면서 나를 마주 보았다. 검은 턱수염 아래로 그는 계속해서 미소를 짓기만 했다.

그는 새롭고 좋아진 롭 2탄이었다.

나중에 레스토랑 바깥에 나가 그에게 키스하고 싶었다. 하지만 지금은 그저 업무상 식사 자리였고 그는 나에 대해 아는 게 없다는 걸 떠올렸다. 그래서 난 대신 악수를 했는데, 손을 잡았던 동안 그는 내 뺨에 부드럽게 입을 맞추었다.

그는 내가 탈 택시를 잡아주며 말했다.

"곧 나올 기사를 기대하고 있겠습니다. 그리고 다시 만날 수 있기를 바랍니다."

그는 차를 타고 가는 내게 손을 흔들었다. 일상적으로 만나는 업무상 지인에게 으레 해주는 것보다 더욱 오래 택시를 바라보았다.

그리고 미친 듯한 크리스마스 연휴 시기가 끝난 1월 말, 그는 내게 전화를 걸어 자신의 집에서 열리는 밸런타인데이 디너파티에 나를 초대했다.

롭은 좀 수줍은 목소리로 말했다.

"저는 유니언 하우스에 살고 있습니다. 18층에 있는 서향 서브 펜트하우스죠. 멋진 분들을 만날 수 있을 겁니다. 할스타인 앤드 파우스트사의 제 친구들도 오거든요. 그때 점심 먹으면서 한스를 라디오 방송에 섭외하고 싶다고 하셨으니, 그 자리에서 말하면 좋을 겁니다. 하지만…"

그는 주저하며 덧붙였다.

"그 일 때문이 아니라도, 꼭 와주셨으면 좋겠습니다. 제 데이트 상대로요."

휴대폰 앱이 울리며 예약한 차의 도착을 알렸다. 립글로스를 다시 바르고 초록색 시프트 드레스의 엉덩이 부분을 백 번째로 편 다음 검은 하이힐과 새 겨울 코트를 입었다.

택시를 타고 가는 머릿속은 복잡했다. 롭과 1년 동안 살았던 화려한 집으로 돌아가게 되었구나. 그런데 처음 보는 것처럼 행동해야 하겠지. 게다가 롭의 친구들도 만난 적 없는 척을 해야겠지.

어떻게 해낼 수 있을까? 혹시 실수하진 않을까?

하지만 가장 무서운 건 따로 있었다… 그래서 잘되면 어떡하지? 롭과 다시 만나기 시작하면 어쩌지? 몇 달 전에 내가 마음을 산산이 부수어 버린 남자의 또 다른 버전을 만나서 정말로 깊은 관계가 될 수 있을까?

과거의 우리를 버리고, 현재의 우리만을 생각할 수 있을까?

이윽고 택시는 유니언 하우스의 포트 코셰르에 섰다. 나는 힐을 신고 뒤뚱거리며 후들거리는 발걸음으로 차에서 내렸다. 에드는 정문을 잡아주며 친숙함 없는 미소를 지었다.

"안녕하십니까. 빌링 씨 손님 맞으십니까?"

나는 바짝 마른입으로 고개를 끄덕였다.

"18층으로 가시면 됩니다."

나는 엘리베이터를 타고서 거울에 비친 얼굴을 몇 번이고 확인했다. 서브 펜트하우스 1802호의 문 앞에 선 나는 노크를 하며 두려움에 떨었다. 저 뒤로는 어떤 삶이 펼쳐지게 될까.

하지만 난 지금 이 세상 어디에 있든 상관없었다. 롭이 사귀는 사람이 없는 싱글이고 거리낄 게 없다는 걸 안 이상, 그 무엇도 날 막을 수는 없었다.

문이 열리면서 문틀 한가득 그의 모습이 나타났다. 하얀 셔츠 차림의 롭은 심장을 떨리게 할 미소를 지었다.

"조시. 와줘서 정말 기뻐요. 자, 내가 옷 걸어줄게요."

그는 나를 안으로 들이며 코트를 받았다.

그가 숨은 붙박이 옷장 안에 내 코트를 거는 동안 나는 주위를 둘러보았다. 앞에 보이는 벽에 걸린 그림은 붉은색 현대 추상화였다. 현관에 있던 원형 테이블은 사라졌다. 내 의견 없이 그의 취향대로 꾸몄구나. 그래도 여전히 참 멋있었다.

"다들 보고 싶으시죠?"

나는 그에게 고개를 돌리며 숨을 들이쉬었다.

"그럼요."

롭은 나를 거실로 안내했고, 계단 위에서 걸음을 멈추었다. 현대적인 유리 식탁에 둘러앉아 와인을 마시며 웃고 있는 이들이 보였다. 한스와 마이크, 조쉬와 그의 남자친구 오스틴이었다. 이윽고 조용해진 그들은 고개를 돌려 우리를 바라보았다. 사랑스럽고 익숙한 얼굴들이 날 전혀 알아보지 못한 채로 미소를 지었다. 그래도 따스하고 반가이 맞아주는 얼굴이었다.

롭은 초록색 드레스가 피부를 감싸기 시작하는 등 부분에 손을 얹고서 나를 부드럽게 앞으로 밀었다. 그렇게 계단을 내려가며 그는 입을 열었다.

"여러분, 이쪽은 조시입니다."

작가의 말

난 항상 다중 우주라는 개념에 푹 빠져 살았다. 어릴 적 난 선생님에게 평행 우주와 대체 시간선에 대해 어린애가 할 법하지 않은 질문을 하곤 했다. 그리고 정말 많은 문화 매체에서 다중 우주 개념을 다양한 방식으로 받아들이는 방식이 정말 즐거웠는데, 케이트 앳킨스의 《라이프 애프터 라이프》처럼 상상력을 자극하는 책이나 〈프린지〉 같은 TV 드라마, 〈슬라이딩 도어스〉 같은 영화에 이르기까지 이런 세 장르의 영향을 모두 크게 받아 나만의 이야기를 창작할 수 있었다. 오늘날 나는 다중 우주가 정말 존재하는가에 대해선 알 수 없다는 견해지만, 그래도 의미 있든 사소하든 우리가 살면서 내리는 결정과 하는 행동을 통해 인생에서 일어날 수 있는 무한한 결과의 가짓수를 깊이 생각해 보는 게 참 좋다.

처음으로 소설을 쓴다는 것도 역시 그렇게 결과가 나오는 결정 중 하나다. 외국으로 이민 가는 것도 마찬가지다. 난 내가 바라는 모습을 이루기 위해, 최근 몇 년 사이 소설을 쓰고 이민을 했다. 내 기준에서 나의 가장 최대한의 모습을 구현하기 위해서였다. 크든 작든 각자의 삶에는 무한한 가능성이 있다는 걸, 그 길을 따라 최고의 삶을 살아가기 위해서는 그저 걸음을 내딛기만 하면 된다는 걸 내 소설이 독자들에게 알려주었으면 한다.

내가 '출간 작가'가 되기까지 도와주신 많은 분에게 감사하고 싶다. 먼저 나의 에이전트인 뉴욕의 러빈 그린버그 로스 로스탄의 빅토리아 스커닉과 런던의 조프 북스 출판인 케이트 라일 그랜트에게 고맙다. 이분들은 훌륭하고 똑똑하며 창의적인 여성들로, 이들이 내가 쓴 좀 괴상한 이야기를 받아주지 않았다면 이런 감사의 글을 쓰는 대단한 기쁨을 누리지 못했을 것이다.

여기에 오기까지 나에게 아낌없는 조언을 해준 동료 작가들과 출간 전 독자들, 편집자들과 자문해 주신 분들에게도 무척 감사하고 싶다. 특히 재능이 뛰어난 편집자이자 친구인 수전 보이스와 출간 전에 원고를 읽어준 폴라 래들, 캐서린 시버트, 모니카 스톰스, 테리 브런스팅, 브리트니 모스, 제니퍼 마라는 이 이야기가 좋아지는 데 대단히 큰 도움을 주었다. 무엇보다도 다양한 미국 원주민 문화에 대해 자문해 주신 분들(익명을 원하신다는 걸 알고 있기에 이름을 적지 않았다)과 수많은 BIPOC(Black, Indigenous and People of Color, 백인이 아닌 인종을 가리키는 말. 옮긴이 주) 작가들에게도 고마움을 표하고 싶다. 이들은 원주민의 문화나 문제를 주제로 다루지 않는 책에서 원주민 등장인물이 나왔을 때 어떻게 문제가 되는 것 없이 세심하게 묘사할 수 있을지 본인들의 지혜를 알려주었다. 실제로도, 내가 활동하는 더 넓은 온라인 글쓰기 커뮤니티에서 받은 지지와 기꺼이 내어준 도움이 어마어마하게 컸기에, 나는 이분들에게 큰 은혜를 입었다. 우리는 모두 성공을 향해 각자의 길을 걷고 있으며, 그 과정에서 서로 의지하고 있다.

끝으로 내 인생에서 날 지지해 주고 이야기에 영감을 주기까지 한 분들, 특히 나의 사랑하는 사람들에게 깊은 고마움을 전하고 싶다. 최근 시애틀 근처에서 잠깐 사귀었던 남자를 통해 나는 궁극적으로 롭이라는 캐릭터를 만들었고, 최근 사귄 두 명의 남자친구(동시에 사귀지는 않았다!)는 피터라는 캐릭터의 특징과 성격을 만드는 데 도움이 되었으며, 나의 멋진 동생 리처드는 데이비드 캐릭터의 기초가 되어주었다. 나에게 영감을 준 이 남자들에게 감사한다.

수지의 캐릭터는 나의 친구들에게서 여러 특징을 조금씩 가져다가 만든 것이다. 이토록 멋진 여자들이 나의 친한 친구들이라니 난 정말 운이 좋다. 특히 쇼나, 베키, 새러, 리비를 특별히 밝히는 바이다. 너희들은 나에게 이 세상과도 바꿀 수 없는 친구들이야. 그리고 우리 멋진 여동생 앨리스와 내 삶의 큰 기쁨이 되어준 앨리스의 어여쁜 두 아들에게도 고맙다. 너희가 있어주어 난 바랄 게 없단다. 그리고 사랑하는 우리 엄마 클레라와 엄마의 남편 이언에게도 고맙다. 두 분은 나에게 변함없는 사랑과 지지를 보내주었고, 새로운 기쁨의 길을 걸어가는 건 언제라도 결코 늦지 않았음을 알려주셨다. 그 점에 나는 언제까지나 감사할 것이다.

옮긴이 **심연희**

연세대학교와 같은 학교 대학원에서 영문학을 공부하고 독일 뮌헨 대학교(LMU)에서 언어학과 미국학을 공부했다. 영어와 독일어 전문 번역가로 활동 중이다. 옮긴 책 중 대표적인 것으로 소설 《아웃랜더》, 《레슨 인 케미스트리》, 《스파크》, 《미드나잇 선》, 그래픽노블 《인어 소녀》, 《티 드래곤 클럽》, 시리즈물 《이사도라 문》, 《마녀요정 미라벨》 등과 배우 톰 펠턴 에세이 《마법 지팡이 너머의 세계》가 있다.

또 다른 세상의 완벽한 남자

초판 1쇄 인쇄 2024년 7월 5일
초판 1쇄 발행 2024년 7월 19일

지은이 | C. J. 코널리
옮긴이 | 심연희
발행인 | 강봉자, 김은경

펴낸곳 | (주)문학수첩
주소 | 경기도 파주시 회동길 503-1(문발동 633-4) 출판문화단지
전화 | 031-955-9088(마케팅부) 031-955-9530(편집부)
팩스 | 031-955-9066
등록 | 1991년 11월 27일 제16-482호

ISBN 979-11-93790-19-9 03840